迎风的青春

程小猫 程梦琰 原作
梅八叉 改编

浙江文艺出版社

图书在版编目（CIP）数据

迎风的青春 / 程小猫, 程梦琰原作 ; 梅八叉改编.
杭州 : 浙江文艺出版社, 2024. 10. -- ISBN 978-7-5339-
7742-9

Ⅰ. I247.5

中国国家版本馆CIP数据核字第2024L2N567号

图书策划 许龙桃 张 可
责任编辑 张 可
营销编辑 宋佳音
责任印制 吴春娟

迎风的青春

程小猫 程梦琰 原作
梅八叉 改编

出版	浙江文艺出版社
地址	杭州市环城北路177号
邮编	310003
电话	0571-85176953（总编办）
	0571-85152727（市场部）
制版	浙江新华图文制作有限公司
印刷	浙江新华印刷技术有限公司
开本	710毫米×1000毫米　1/16
字数	466千字
印张	22.5
插页	1
版次	2024年10月第1版
印次	2024年10月第1次印刷
书号	ISBN 978-7-5339-7742-9
定价	69.80元

版权所有　侵权必究
（如有印装质量问题，影响阅读，请与市场部联系调换）

目 录

引子 / 001

第一章 / 002
1997，不一样的一年

第二章 / 015
我要去香港！

第三章 / 024
盛夏七月

第四章 / 034
败家子

第五章 / 043
新来的孩子

第六章 / 055
骗局

第七章 / 065
铁三角

第八章 / 074
啥家庭啊！

第九章 / 082
馒头人生

第十章 / 091
好人

第十一章 / 101
蛋黄味的月饼

第十二章 / 112
成绩不排名的班主任

第十三章 / 119
早恋是洪水猛兽啊

第十四章 / 129
海鸟

第十五章 / 139
美酒加咖啡，爱情的滋味

第十六章 / 150
谢谢你

第十七章 / 163
上学路

第十八章 / 179
要做人生的向阳花

第十九章 / 195
年前的不速之客

第二十章 / 209
新年好

第二十一章 / 221
家

第二十二章 / 234
人生路漫漫

第二十三章 / 245
城里的太阳

第二十四章 / 258
河东河西

第二十五章 / 269
家园

第二十六章 / 280
年轻的你们

第二十七章 / 290
理想国

第二十八章 / 301
迎风

番外一 / 312
胡秋敏

番外二 / 320
程芽芽和袁山青

番外三 / 330
强小娃

番外四 / 340
李肆

番外五 / 350
程苗苗

尾声 / 358

引 子

1997年发生过很多大事:中共十五大开幕,香港回归,长江三峡工程截流成功,重庆成为第四个直辖市……

但是在少女程苗苗的心中,这一切都离她太过遥远,是完全触摸不到的世界,她无忧无虑地正要和小伙伴一起度过十七岁的夏天,浑然不知这一年即将是她人生改变的开始。

第一章
1997，不一样的一年

当夏季的燥热南风吹遍西北广袤大地的时候，油田基地子弟学校林七二中的操场上正在举办"喜迎香港回归文艺大会演动员大会"。

台上的教导主任慷慨激昂地舞动手臂，用力到连为数不多的头发都甩了起来，一连串的套话喷薄而出，最终落定在胳膊的重重一挥："在整个二厂，乃至整个油田做个表率！我有信心，我相信大家也有决心！"

而台下顶着烈日的高中生们，却没有他这么激越的情绪，或是蔫蔫地低头站着，或是左顾右盼地开小差。

香港，对于这些自小生长在基本是小型城市配置的油田基地里的孩子来说，实在是一个太陌生的地方，只偶尔在录像带里看到过。回归祖国固然是大喜事，但是肖方主任的讲话再简短一些就更好了。

而在操场后面的围墙边上，却有两个人迫切地希望肖方讲得长一点儿，再长一点儿，好拖延时间让他们翻墙进来。

程苗苗率先翻过墙头，动作娴熟，一看就是惯犯。她拎着书包，宽大的校服披在身上，袖子晃荡，小辫子风风火火地朝着天，显得跟她一样不驯。

看着墙头上忽隐忽现的另一个脑袋，程苗苗小声催促："赶紧的啊，磨蹭啥呢！"

和她一起长大，既是发小又是同学的李肆，脖子上挂着书包，扒在墙头进退不得，哭丧着脸求助："没劲儿了。"

"你真是！"程苗苗毫不掩饰自己的嫌弃，凭着天生的一股莽劲儿跳起来用力把李肆连拖带拉地拽过墙头，然后两人跌跌撞撞地往操场飞奔而来。

这时候肖主任终于进入下一流程,拿着纸扫视了一眼:"下面我宣布一个处罚决定。高一一班的李肆同学。"

台下鸦雀无声。

没有得到预想中的回答,他伸着脖子,肃着脸环视了一圈。而高一一班同学们纷纷扭头,正蹑手蹑脚摸到队伍末尾的李肆就暴露了。李肆不知所措,干脆抱着书包蹲在地上不动。

"李肆!"肖方直接点名,"你蹲那干啥?"

李肆灵机一动,立刻苦着脸举手:"报告老师,我肚子疼。"

肖方担任教导主任多年,火眼金睛,岂会被这点儿小把戏瞒过去,厉声怒斥:"给我站到台上来!"

和他的狼狈不同,在同学兼闺密胡秋敏掩护下成功站入队尾的程苗苗抿着嘴笑,刚才患难与共的交情荡然无存。

李肆垂头丧气地站起来,走到了台上,老实地低头立正。

"高一一班李肆同学,上周六晚上七点半,在县城农贸市场游戏厅和社会闲散人员打架斗殴,造成了非常恶劣的影响,经同学举报、校领导查实后,现在宣布对他的处理决定。高一一班李肆,多次严重违反校风校纪,已经达到勒令退学的标准……"

李肆的脖子像小公鸡一样"嗖"地挺直了,目瞪口呆地看着肖方,心想:这和说好的不一样啊?!

台下的同学也都惊呆了,程苗苗脸上幸灾乐祸的笑容消失,紧紧盯着肖方的嘴,大气都不敢喘。

接着,肖方清清嗓子,放缓了语气:"当然,惩前毖后,治病救人嘛,学校本着不放弃一个学生的态度,最后做出记大过的处分决定。"

逃过一劫,李肆拍拍胸口,和台下的程苗苗对视一眼,情不自禁地露出了灿烂笑容。

他笑得太开心,肖方看不过去,瞪了他一眼:"现在由李肆同学做深刻检讨。"

"哦,哦哦!"李肆恍然大悟,手忙脚乱地从兜里掏出一张皱巴巴的纸,一边展平一边往话筒面前凑,习惯性地"喂喂"了两声,才觉出不妥,顶着肖方刀子一样的目光高声说:"尊敬的校领导,各位老师,各位同学——犯下的严重错误。"

台下的同学们傻了,怎么就成我们的错误了?

李肆也傻了,翻来覆去地看着纸,然后才恍然大悟地一拍脑袋:"拿错了,这是第二张。"

肖方气得不顾师道尊严,抬脚作势要踹,李肆像个活蹦乱跳的猴子,一边躲避一边还要在全身兜里翻找。各种零碎小东西稀里哗啦地掉在台上,里面甚至还有一把现成的罪证:游戏厅的代币,掉落的时候发出清脆的金属撞击声,像在给他伴奏。

程苗苗终于憋不住，藏在胡秋敏身后发出一声闷笑，李肆躲躲闪闪地凑到话筒前，稿子也不要了，眼睛一闭大声喊："对不起，我重说啊！错误都是我犯的！是重大的，不可原谅的，能气死人的，我对不起校领导，对不起同学们，啊，这个这个……总之我都改了！以后再也不敢了！祝大家身体健康，万寿无疆。"

乱七八糟地说了一通，最后看着横幅上大大的"喜迎香港回归"，李肆福至心灵，模仿粤语发音嬉皮笑脸地四下鞠躬："晒晒，晒晒。"

台下的同学们被刚才程苗苗的闷笑点燃的情绪终于一发不可收拾，哄然爆笑起来，陷入了欢乐的海洋，连台上站着的老师都有几个忍俊不禁。肖方却差点儿被气晕过去，哆嗦着指向李肆怒斥："给我滚下去！"

"好嘞！"李肆没心没肺地一笑，飞奔下台，临走还不忘把掉落台上的小零碎揣回兜里。

肖方捂着胸口，觉得自己的职业生涯里遇到的挑战真是一山高过一山，幸好，这一届学生并不都像李肆这么跳脱，还是有好孩子的。

脸色缓和，他再度站到话筒前，扬声点名："下面要表扬高一一班程苗苗同学。"

程苗苗正对着胡秋敏倒背在身后的小镜子扎头发，闻言差点儿跳起来：糟糕！没想到老师这么不上道，天底下哪有公开举报人信息的，这不等着打击报复吗？！

而这时走到一半的李肆已经听见了肖方下面的话："勇敢地向老师揭发了李肆的恶劣行为，请同学们以李肆为戒，把心思都放在学习上，不要辜负老师家长——"

下面的话，李肆已经听不见了，满脑子都是那句"勇敢揭发"，他看着面前程苗苗的脸，嘴唇哆嗦着，简直不敢相信。

而从胡秋敏肩膀上探出头来的程苗苗，毫不心虚地对他露出无辜笑容。

动员大会结束，同学们回到教室。这是一天里难得的轻松时光，谁也不急着回家面对作业和家长，互相拿出杂志、小说叽叽喳喳地交流，直到李肆板着脸，重重地把书包扔在程苗苗的课桌上，发出"砰"的一声，教室里顿时安静下来。

他心里像藏了团火一样，迫不及待要找程苗苗算账，好嘛，就说自己在外面打个架怎么就被勒令写检讨了，原来群众里面有坏人啊！

课桌前后左右的四个人都被吓了一跳。

李肆运气大喝一声："叛徒！"

他眼睛只盯着程苗苗一个人，可程苗苗毫不心虚、内疚，还一脸笑眯眯的样子。李肆心里更加冒火，再度恶狠狠地指责："叛徒！"

他高姿态地站着，指望大家一拥而上替他主持公道，没想到不但程苗苗若无其事，和她同桌的胡秋敏左右看了看，果断背起书包走人，连前桌的班长朱超也站了起来打算溜之大吉。

"你们这些人,有没有是非观?有没有做人的基本原则?"李肆挨个指过去,"胡子,说你呢,干啥去?"

胡秋敏不高兴地回头:"放学回家啊,干啥?"

"干啥?"李肆模仿肖方刚才台上讲话的姿势,手臂挥动着强调,"程苗苗做了人民的叛徒,你们都不跟我一起唾弃她这种卖友求荣的行为吗?"

此话一出,不但程苗苗无动于衷,自顾自地对着小镜子照个不停,连朱超旁边的魏雪都开始收拾书包,李肆只觉得全世界都不站在自己这边,悲愤地指控:"好你个老班,看你这临阵脱逃的背影就是下一个叛徒,小雪,你也不帮我?"

魏雪背起书包随口说:"帮啥啊,还不是因为你自己先惹的事儿。"

"就是。"胡秋敏不耐烦地说,"你打架你还有理了? 苗儿举报你是挽救你啊。"

李肆怪叫一声,张牙舞爪地说:"你们就帮着她吧!今天举报我,明天举报的就是你俩!举报你,胡秋敏把办公室的热水壶砸了,举报魏雪你……你早恋!"

胡秋敏急眼了:"谁砸的,那不是不小心摔的吗?"

魏雪的脸也忽红忽白,跺着脚骂:"谁早恋了!人家都没跟我说过话!"

两个女生的反应成功地让李肆得意起来,一边做鬼脸一边指指点点:"你们都跟她同流合污去吧,只有我为正义孤军奋战!你们等着,看我怎么对付这个死丫头,看我拿她的龙!"

本来还有点儿心怀愧疚的程苗苗再也听不下去了,放下小镜子站起身来,一脚踹在得意忘形的李肆背后,把他踹了个马趴:"对付我? 拿我的龙?"

这一脚加上前面的举报把李肆给踹伤心了,他安静下来,坐在自己座位上,昂着头,眼睛看着窗外的斜阳,在心里发誓:这次,死活也不原谅程苗苗。

教室里的人已经走得稀稀拉拉,眼看太阳就要落山,胡秋敏背着书包,暗暗对程苗苗示意。

鉴于之前的十几年,两人都是这么打打闹闹过来的,矛盾不留过夜是默认的规则,程苗苗在心里叹了口气,决定给这个傻小子一个台阶下。

她走上前,李肆明明用余光看到了她校服的衣角,却依旧撇着头不吭声。

说不原谅就是不原谅! 李肆心里想。

程苗苗出其不意地握住他的脸,强行把他掰过来跟自己对视:"你傻了?! 这是小芳的离间计,批评你,表扬我,制造内部矛盾,以达到分化打击咱们的目的,你都看不出来?"

说起来,肖大教导主任的这个外号"小芳"还是早先程苗苗和李肆给取的,推广开来之后,有调皮学生经常埋伏在他经过的楼道走廊里大唱"村里有个姑娘叫小芳……",这简直是林七二中约定俗成的校园笑话。

台阶递过去了,李肆却没有像从前一样就坡下驴,而是盯着程苗苗犀利地问:"你自己想想这理由牵强不?"

说着他嫌恶地用手去戳程苗苗的脸:"刚才遭到表扬的时候你笑得跟太阳花一样,哪像是被分化打击的样子?当我没看见啊。"

这小子,不好骗了啊。程苗苗思索着放开他,转身拉过来凳子坐下,摆出一副促膝长谈的诚恳模样:"行,不提小芳的打击报复行为了,咱们今儿就把话往开了说,我早就跟你说过多少次,游戏厅那地方不能去,里面有正经人吗?除了逃课的就是些没工作的社会混子,你在那种地方能遇到什么好人,那天我找你的时候就看见张强了。"

李肆敏感地抬起头来:"张强?我怎么没看见?"

油田基地家属区住着的都是一个单位的熟人,子一辈父一辈的交情,孩子们的牵绊比大人还深。李肆自诩林七二中扛把子,一向在外招猫逗狗,张强则是历史老师的儿子,少年们争强好胜,发生冲突是常事,张强曾经掰手腕输给了李肆,一直叫嚣着要报仇,此刻正好被程苗苗拿来当个幌子用。

程苗苗一看有戏,加油添醋地说:"他躲在人堆里看你挨打的笑话啊,你说就这事儿,他能不告诉他爸?他爸能不告诉小芳?"

胡秋敏都听得连连点头,李肆却好像突然开窍一样,斩钉截铁地反驳:"不对,他告诉他爸不等于坦白他自己也去游戏厅了?不可能是他,还得是你!"

李肆继续恶狠狠地盯着程苗苗,程苗苗理直气壮地继续忽悠他:"你到底有没有脑子啊?我是看见他了才决定先发制人的,与其让他举报你,不如我来举报,这样事态还在一个可控的范围内,不至于让他加油添醋地说你坏话。"

胡秋敏听着程苗苗信口开河,低头偷偷地笑了起来,一直以来这两人就是这样,好的时候好得跟一个人似的,互相欺负起来也绝不手软,只是程苗苗总是技高一筹,欺负完了通常还能把李肆忽悠得一愣一愣的。

估摸着警报已经解除,程苗苗主动上前去搂李肆的肩膀:"不用太内疚,知错就改还是好同学嘛。"

被说蒙的李肆突然反应了过来,一甩胳膊推开她:"行了,就是你出卖的我!"

"我那是为了你好。"程苗苗努力做出诚恳的样子,可惜李肆这次不买账了,气呼呼地拎起书包就走:"绝交!"

只剩下胡秋敏和程苗苗面面相觑,胡秋敏一针见血地说:"完了,长脑子了。"

说起程苗苗的彪悍,就不得不提她的母亲贾代玉同志。

贾代玉是林七油田车队的一名后勤保管员,认识她的人都要说一句:"她哪里是娇滴滴的林黛玉,明明是王熙凤!"程苗苗的十七岁不过在林七二中称王称霸,贾代玉十七岁的时候则闯过闻名基地的大祸:和小男朋友大半夜开皮卡车私奔,差点儿一头陷进戈壁滩回不来。

不过要说贾代玉是恋爱至上主义呢，却又不尽然，当小男朋友被母亲所迫，哭哭啼啼来找她断绝关系的时候，她毫不留恋地把定情信物甩到对方脸上，一转头就找了其貌不扬的转业军医程鹏飞，两人热热闹闹地过起了"妇唱夫随"的好日子，让所有想看热闹的人大跌眼镜。

这不，贾代玉同志前几天看电视随口一句话"他们香港人喝的啥手磨咖啡啊？真想尝尝"，程鹏飞立刻想办法托人买了台二手咖啡机在家捣鼓一天，务必要满足妻子的愿望。

程苗苗回家看到这新鲜玩意儿，把刚才和李肆闹的不愉快抛之脑后，立刻端起杯子尝了一口，苦得龇牙咧嘴直抱怨："这比速溶的难喝多了，你就给我妈喝这个啊？"

程鹏飞好脾气了一辈子，对女儿也端不起父亲的严厉架子，只是拉着她得意地显摆："你闻闻，这咖啡豆多香！"

"饿啊！还有没有人管饭了？"程苗苗忍不住催促，"先做饭再折腾呗？"

做饭是不可能做饭的，因为贾代玉下班后又抱回来一个新鲜玩意儿——卡拉OK机，得意扬扬地宣布是从单位借的，要在家多练习，好在文艺会演上露一手。

这下连程苗苗都兴致大发，围着忙前忙后，还拿着话筒模仿明星在舞台上的做派扭来扭去，贾代玉一边夹着头发做造型一边跟女儿抢话筒，程鹏飞丢下咖啡机又忙活卡拉OK机，等到一切都搞定，已经是月上枝头，一家三口累得瘫倒在沙发上。

程苗苗到底年轻，经不住饿，起身自己泡了方便面，嘟嘟囔囔的："辛辛苦苦一天，回家连顿热饭都没有。"

"看你这点儿觉悟！"贾代玉放下歌词纸，暂停跟程鹏飞研究粤语发音的重大任务，转过来批评女儿，"这次文艺会演特别重要，香港能回归几次呀？错过就没了，我得让你爸争取个领唱！"

程苗苗一边吸溜着面条，一边习惯性地跟她斗嘴："儿女就不重要了？身体饿垮了怎么学习，长大怎么建设国家啊？不是我说你们，我和我弟正是在长身体的时候，咦，等等，程芽芽呢？"

说起程芽芽，明明是亲姐弟，却简直是程苗苗的一生之敌。和从小就嚣张跋扈、孩子王的程苗苗不同，程芽芽安静、秀气、斯文、懂事……一切形容美好的词汇都可以用在他身上，成绩更是一路拔尖。基地的大人们每次提起程家姐弟都要带一句："程苗苗和程芽芽，总有一个是抱错了。"

但是，要是谁当程苗苗面夸她弟，一准会得到一个嫌弃的眼神和一句："呸！那小子都是装的！"

此刻，当程苗苗发现弟弟居然不留在家里和自己一起苦哈哈地吃方便面，那股劲儿又上来了："他一定是知道今天没饭吃，自己跑出去吃好吃的了！没良心！不带我。"

说罢还不服气，对着爸妈又来了一句："你们俩也是，偏心眼！"

贾代玉一听不乐意了，她自诩单位上的先进积极分子，男女平等的原则刻入骨髓，儿女一碗水端平，偏偏两姐弟从小就不对付，程苗苗这个惹祸精还没半点儿当姐姐的样儿，一直以大欺小。

"偏心？你拍着胸脯想想，房子你住大的，压岁钱你拿多的，家里零食都是给你买的，一天到晚在外闯祸，说偏心你爸还更偏心你呢！你考成什么熊样儿都有糖吃，你弟年年考第一他从来没夸过。"

程鹏飞眼看战火波及到自己头上，赶紧撇清："没有啊，我一视同仁。"又试图岔开话题："不过这个点儿，确实放学好一会儿了……"

还没等他及时表达一下老父亲的担心，贾代玉一拍桌子："放学了去趟书店不很正常吗？儿子多自觉的人哪，他在外面我就从来不担心，哪像程苗苗，一会儿看不见就要叫家长！"

就在此刻，家里的电话铃适时地响了起来，贾代玉离得近，一手抄起听筒，凶巴巴地问："喂！你谁？"

下一秒，声音就转了个弯："保卫科？"

保卫科来电震惊程家三口：贾代玉眼里品学兼优的程芽芽同学，伙同两个同班同学，去后山盗墓被保卫科抓了个正着。

当然，程芽芽是坚决不肯承认盗墓的，哪怕被当场抓获也不认账，一口咬定就是进山洞玩，贾代玉和程鹏飞给保卫科的同志赔笑道歉，说尽了好话，承诺一定严肃教育，才心力交瘁地把儿子带回了家，饭都不吃就开展家庭内部小型批判教育会。

程苗苗难得见老弟被批，笑得脸都成太阳花了，幸灾乐祸地在一边煽风点火："品学兼优，博学多才，哦？"

贾代玉一声怒吼："你也不是啥好东西！把那个二郎腿放下来！"

程鹏飞心有余悸地数落儿子："大晚上的你去后山干什么？没听保卫科的叔叔说吗，那个洞之前被盗墓贼挖过，乱七八糟的，要是塌了怎么办？多危险哪。"

程芽芽小树一般挺直地站在中间辩解："就是路过，正好看见了。"

"我揭发啊。"程苗苗看爸妈眉眼间有放过的意思，急忙举手打小报告，"才不是路过，上礼拜他说去书店其实就没去，和王甫强、钟瑞涛两个坏小子去后山烤土豆了！一定是那次就起了意，今天将罪行付诸实施。"

她摇头晃脑说得高兴，被程芽芽暴起捏住了脸："闭嘴！"

贾代玉捂住胸口，觉得气都喘不上来了："烤土豆？什么烤土豆？"

程芽芽赶紧狡辩："没有烤土豆！我只是看到墓碑，想去考察研究一下，是哪朝哪代什么人的墓，我看见了上面有'将军'两个字，看风格像是明代的……"

"他撒谎！"程苗苗趁他说话挣脱开来，和程芽芽打成一团，"你考察带着铲子干啥？"

贾代玉怒火高涨，吼得程鹏飞耳朵嗡嗡作响："都闭嘴！亏我还一天到晚在外边吹牛呢，程芽芽你跟你姐一样，越大越没个正行，就油田基地这么巴掌大的地方，不够你俩狼奔的！有本事考到外面去啊，广阔天地，大有所为，好好学习，考个好大学，去大城市，有能耐往外面使啊！"

老妈爆发，后果严重，姐弟俩都被勒令在客厅里面壁罚站。程鹏飞想说情，被贾代玉迁怒骂了一顿，只能丢给他们一个"自求多福"的眼色，灰溜溜地跟着妻子回屋了。

程家一片鸡飞狗跳的时候，李肆正躺在真皮沙发上晃着脚丫子一边看电视一边吃零食，虽然一样是没饭吃，但别提多惬意。

没办法，李肆的父母一个是特车大队的大队长，一个是饭馆的女老板，每天忙得脚打后脑勺，钱是不少挣，家里音响电视沙发都是顶配，但要说到照顾儿子就差了点儿工夫，只能在物质上无条件满足，要啥给啥。

但谁要是跟李肆说一句："你爸对你真好。"他一定像个小炮弹一样蹦起来："那种动不动拿棍子打人的爸，谁爱要谁要去。"

算起来，李肆是油田的第三代，他父亲李大海出身清贫，家里又没关系，虽然子承父业进了油田，却被发配到山上看油井。那时候山上多狼，这可是个顶危险的活儿，压根没人愿意去，李大海坚持了三年，从狼嘴里硬生生抠出来一个先进工作者，光荣回归基地。

再往后，李大海的日子就越过越有滋味。在外人眼里，他放下身段去做领导家的上门女婿，娶了个比自己大的老婆，简直不要脸皮，但在李大海心里，这都是老天爷的馈赠，不然他怎么能从一个穷工人家庭的孩子一步步走到今天，当上小领导呢？

今天，李大海和妻子牛铃铃又请回来一尊披红挂彩的财神爷，兴冲冲地一开门，看到李肆穿着背心短裤躺在沙发上的怠懒模样，脸呱嗒一下掉了下来。

"放学回家不做作业，又偷看电视了吧?！"李大海吹胡子瞪眼地问。

如果说李肆出生的时候李大海是欣喜若狂，感觉祖坟冒了青烟，那在李肆长大后的每一天里，李大海都觉得生下这个混不吝的败家玩意儿是要自己老命的。

李肆跳脚大叫："电视黑着屏呢就冤枉我呀，李主任?"

这点儿小把戏哪能瞒得过和儿子斗智斗勇十七年的李大海，他抱着东西腾不开手，直接上前拿脚踹："我关电视可没用遥控，那灯还亮着呢，跟我来这套?！"

牛铃铃心疼儿子，急忙拉住："稳当些，儿子快过来搭把手，别摔着财神爷。"

安顿好了神像，牛铃铃虔诚地拜了拜，又从兜里掏出一个锦囊："这是给你求的福袋，快系上，保佑你平平安安的。"

李肆伸出手比画着："左手右手都挂了。"又一伸脚，"脚上两条也满了。"

他作势还要扒短裤:"内裤都是红的,我又不是本命年!妈呀,你这是请的什么大师啊,一天到晚尽整这些破烂玩意儿,全是骗钱的!"

"呸呸呸!"牛铃铃赶紧回头对神像拜拜,"童言无忌,有怪莫怪……大小是个心安,我请了两尊呢,一尊放在店里保佑财源广进,一尊放家里保佑你们父子平安。"

李肆极不情愿地被母亲挂上福袋,嘀咕着:"这玩意儿要真灵,我早就全班第一了。"

没想到这句正好提醒了李大海:"你们要期末考了?"

李肆一阵心虚,急忙否认:"爸你记错了,这才几月,要七月初才考呢。"

李大海一想也是,口头威胁了一句:"这次要是考不好,看老子怎么收拾你。"

按理说,李大海这样的职称,李肆将来随便读个技校,进油田工作毫无问题,但李肆从小心大,看不上父辈这种一眼到底的稳妥生活,外面天地那么大,为什么自己不去闯一闯呢?

但是想闯荡世界,那也得先考到外面的大学,李肆苦恼地叹了口气,盯着神像不抱希望地问:"妈,你说财神爷管考试成绩吗?"

自己事儿自己知,以他这一年逃课去游戏厅的次数,这次期末考试说不定比以往任何一次都要惨。

李肆简直不敢想象,自己要是考个倒数第一,李大海会气成什么样子,想必当年打狼的棍子会毫不留情地招呼到自己身上吧?

在李肆焦头烂额之际,从天而降来拯救他的还是程苗苗。

上学路上,程苗苗把李肆堵在家属区外面的凉亭里,拿出笔记本,但李肆还在记恨她举报自己的事儿,撇着头不看。

"给你个机会跟我和好。"程苗苗大慈大悲地说,"这是期末考试的数学押题。"

李肆一喜,数学可是他的弱项,但脸上却没露出来:"哪儿来的?"

"用一罐高乐高从刘俊宝那换来的。刘俊宝他表姐,咱们学校后勤食堂上班那个,跟数学老师他弟谈恋爱,刘俊宝看到卷子了。"

这关系绕来绕去的,李肆听得有些晕。但现在的他已经走投无路,今年为了给香港回归的庆祝活动让路,期末考试提前,就在这几天了,他要是能押题成功……

程苗苗看出他的心动,佯装不耐烦:"要不要?一句话。"

李肆一把夺过笔记本:"信你最后一次。"

两人相视一笑,程苗苗故意问:"那之前的事儿,算扯平了?"

李肆摆出高姿态,挥挥手:"看在你为我铤而走险的分上,原谅你了!下次再不跟我一条心,真跟你绝交。"

"得啦。"程苗苗习惯性地蹦上去攀住他的胳膊,"和我绝交你就没兄弟了,咱俩啥交情,别把绝交挂嘴上,伤感情。"

李肆弯下腰,顺势把她背起来,一边转圈一边问:"那刘俊宝就只看数学啊?语文英语什么的呢?高乐高我家有的是,管够!"

"美得你哟。"程苗苗在他背上笑得开心,"刘俊宝有几个表姐啊,还能都跟老师家属谈恋爱去?走吧,赶紧回学校,团体操排练了。"

"得嘞!"解决了心腹大患,李肆这一声答得干脆响亮,背着程苗苗往林七二中跑去,少女的笑声银铃般洒落了一路。

到了学校才知道,李肆参加文艺会演的机会被取消了。

教室里空荡荡的,眼看着同学们都在操场上转悠呼啦圈,李肆阴着脸,程苗苗急了,逼问班长朱超:"谁不让去啊?"

朱超假装在写作业,支吾着说:"小芳呗。"

胡秋敏也没去排练,着急地问:"你是班长,你也不管管?"

朱超把课本一推:"我怎么管?人家教导主任说了,记大过属于留校察看范畴,不算正式学生,不能参加团体操。"

他警惕地看着三个人逼近的脸庞:"有啥不满你们跟小芳嚷嚷去,我没办法。"

"去就去!"程苗苗没想到一次恶作剧居然有这么严重的后果,自觉责任在肩,转头就要走,"平时说班集体是团体,凭啥团体操不让参加?"

李肆一把拉住她,眉毛都竖起来了:"你傻啊!我爸还不知道我被处分了呢,找了小芳再让叫家长,我还活不活了?"

眼看着程苗苗的小脸黯淡下来,李肆故作轻松地说:"不参加就不参加呗,我还不想去呢。"

胡秋敏下意识地帮腔:"就是,一个破健美操跳来跳去跟傻兔子一样。"

李肆感激地看了她一眼,胡秋敏很少看到他这样,心里一跳,却听李肆惆怅地说:"别安慰我了,你们去吧,不用管我。"

程苗苗就在这一句话里下了决心,昂着头说:"那我也不参加了。"

从小她和李肆打打闹闹,互相捉弄,什么过分的玩笑都开过,但是遇到这种事情,好兄弟自然要同进退,这就是她程苗苗讲义气的地方。

李肆一愣,笑逐颜开:"够意思!"

最终结果,是高一一班的同学们挥汗如雨地在太阳底下笨拙地练习呼啦圈,李肆、程苗苗和胡秋敏三人坐在树荫底下吃雪糕。

是的,胡秋敏也向班长朱超申请退出团体操表演,决定和他们同仇敌忾。

李肆对此大加称赞:"胡子,没看错你,真够哥们儿!"

树荫下很凉快，雪糕很好吃，迎着操场上同学们探询、疑惑的眼光，李肆心里被边缘化的难比此刻都化为挑剔的嘲讽："要我说就是瞎折腾，回归不回归的跟他们有啥关系啊？香港在哪儿都不知道。"

"我知道。"胡秋敏安安静静地坐在旁边，仰起头让风吹着脸，似乎还微笑了起来，"在深圳旁边。"

李肆不服气地问："那深圳在哪儿？"

胡秋敏笑得更愉悦了："我哥大学那儿。"

一时间，李肆不吭声了。油田基地里谁不知道胡秋敏是重组家庭，她妈妈胡悦早年还是个利落的女工，离婚之后变得尖酸刻薄、怨天尤人，弄得朋友都逐渐疏远不再来往。后来胡悦再嫁，改嫁了一个外厂的工人，谈不上有感情，只是勉强凑在一起过日子罢了。

反倒是继父带来的哥哥杨涛放在这边抚养，对胡秋敏非常好。程苗苗还取笑过，小时候的胡秋敏就是杨涛的小尾巴。

现在，杨涛上大学去了，志愿还特地报得那么远……胡秋敏心想，也许他再没有了回这个家的理由。

但是只要提到杨涛，哪怕是从嘴里说出他读大学的这个城市的名字，胡秋敏都觉得能给自己带来一抹温暖。

李肆吭哧了半天，心情没来由地暴躁。这时正好操场上变换位置，刘俊宝的身影露了出来，他想起之前程苗苗的话，噌的一下站了起来："刘俊宝，你别跑！"

他一边满场飞奔着去抓人一边乐观地想：团体操参加不了，记大过的事儿迟早暴露，只要考试多考几分，李大海打自己的时候也会轻一些的。

三罐高乐高换来的是考试结束之后，林七二中又上演了一出"李肆走廊追俊宝"，刘俊宝在前面逃窜，李肆挥舞着扫帚凶神恶煞在后面追赶："站住！别跑！打死你！"

刘俊宝没法不跑，高乐高都下肚子了，现在可吐不出来："我真看到题了啊！我哪知道换卷子了呢。"

"呸！你也就骗骗程苗苗！你看我信你不！"李肆此时分外清醒，期末考试的卷子哪里是曲里拐弯的亲戚都能看见的，一定是这小子骗高乐高喝呢！

程苗苗也考了个不及格，论打刘俊宝的心比李肆还甚，但她知道有些事儿被老师知道罪过更大，追在后面喊："李肆，你给我回来！我数到三！"

李肆怒火攻心，扭头吼道："回个屁！你这个叛徒……哎哟！"

他只顾着回头，没料到前面就是楼梯，整个人乒里乓啷地摔了下去。

李肆在学校摔了个鼻青脸肿，回家也逃不过李大海的一顿教训，留校察看记大过加上成绩全班垫底，打了个二罪归一。

程苗苗抱着程鹏飞心爱的二手咖啡机，又让胡秋敏去租了套录像带，主动上门慰问伤员李肆同学。

李肆脸上青一块紫一块，膝盖也是红肿的，躺在真皮沙发上，板着脸翻来覆去就一句话："绝交吧，是时候了。"

程苗苗咋舌："说好别把绝交挂嘴上的呢？你怎么没完没了？"

"哈！"李肆大声强调，"滚楼梯的事儿我不跟你算了，但你先当叛徒出卖我，害我记大过，又拿假卷子骗我，害我考全班倒数第一，这两件事儿你敢说跟你没关系。"

程苗苗支吾着说："那其实……关系也都不大。"

李肆瞪着她，干脆又倒回沙发上："绝交吧！"

胡秋敏把录像带在机子里放好，按下开关，回头劝说："不至于，你看我们不是来看你了。"

"当然了，我承认我也要负一定责任。"程苗苗心想，这次李肆真是亏大发了，作为兄弟，看在他这一身份的分上哄哄他也是应该的，于是灵活转舵，"这可是我爸刚买的宝贝咖啡机，我都给你偷出来了，你闻闻，这个豆子多香。"

此时录像机已经开始播放《壹号皇庭》的片头，程苗苗诱惑地扇风给李肆闻咖啡的香气，然后豪迈地一挥手："不是喜迎香港回归吗？他们在太阳底下傻转呼啦圈，咱们在家吹着空调，此刻看着TVB，喝着中环的咖啡，东方明珠就在眼前！"

港剧里那些光鲜靓丽的俊男美女，高耸的钢筋水泥森林，繁华的夜景霓虹，十字街头汹涌的车流……的确让从来没出过油田基地的三个孩子连连惊叹羡慕。

但是这个"中环咖啡"却得到了一致的怀疑："他们喝的跟咱们喝的是一个东西吗？"

"这么难喝，为啥他们每个人一进门就说：露西，给我一杯咖啡。"李肆学着港剧里演员的腔调，怪模怪样地说。

胡秋敏心有灵犀地跟上："不要糖，谢谢。"

程苗苗也很纳闷："出门还得端一杯，走哪儿都端着，就是不喝，你说占着一只手多麻烦啊。"

李肆似有所悟："我明白了，他们不为喝，为的是溜达。"

油田基地里有一座大桥，坐落在出入的交通要道上，此刻，三个孩子每人端着一杯咖啡，站在大桥上，面面相觑。

"唉，不好溜达啊。"程苗苗遗憾地说，"咱们这里也没个红绿灯啥的。"

港剧里的男男女女，端着咖啡在马路边上等红绿灯的样子还挺时髦的，为啥他们做起来就满不是那回事儿呢？

胡秋敏猜测："我看西装怪好看的，可能要穿那个才显身材，有气质。"

李肆不信邪地又喝了一口咖啡,苦得龇牙咧嘴,本来就疼的伤处现在更疼了,他火大地挑剔:"要红绿灯干啥?总共巴掌大的地方,年轻人,不要好高骛远,羡慕电视里的资本主义生活,在大桥上溜达溜达得了……这玩意儿真难喝,和高乐高没法比。"

说着他一抬手,把咖啡倒在大桥下面的河里。

胡秋敏有样学样,叨咕着翻转杯子:"苗儿啊,不是我没义气,这我实在坚持不了……"

程苗苗若有所思地看着大桥,上面也挂着喜迎香港回归的条幅,此刻,上面的"香港"两个字和港剧里熙攘繁华的街景重合起来,一动一动的,像是在召唤她。

是啊,想知道梨子的滋味,必须亲口尝一尝,想知道中环咖啡的味道,那就得……

她突然转身,向着已经走开的李肆和胡秋敏兴奋地喊了起来:"我想去香港!"

第二章
我要去香港！

程苗苗对油田基地以外世界的向往，要追溯到她六岁时程鹏飞去西安开会学习，当时她在地上打滚哭着要一起去，还理直气壮自称"家属"都没有如愿。

幼小的程苗苗伤心了很久，还暗自记恨：爸爸一定是去西安逛动物园不带我！

十六岁的时候，程芽芽因为成绩优异，被选拔参加省里的奥数比赛，程苗苗更是没份去，贾代玉还奚落她："你有能耐你也去西安参加比赛啊！数学都考不及格，这时候嚷嚷啥？晚啦！"

程苗苗气得甩手就走，还撂下狠话："都不带我是吧？行，哪天我自己去，西安算什么，我去北京！去上海！"

贾代玉不以为意："去呗！去大西洋也没人管你。"

就冲着这句话，程苗苗觉得自己要去香港这件事儿一定会得到贾代玉同志的支持，没见她对外面的花花世界也向往无比，一会儿穿旗袍跳上海探戈，一会儿又要喝手磨咖啡吗？

万万没想到，她回家一提起这事儿，正和程芽芽练交际舞的贾代玉就直接把手里的道具扇子砸了过来："不准去！"

程苗苗捂着头，简直不敢相信：这还是我那个开放自由的妈妈吗？

时光荏苒，当初开皮卡私奔，勇闯戈壁滩的贾代玉在二十年日复一日的稳定生活中也渐渐变得慵懒起来。

外面的花花世界确实招人爱，孩子们要是有本事考出去她举双手支持，但程苗苗留下来顶班也没有什么不好，每年国家分配来油田的那还是大学生呢，照样要在基地过一辈子。油田多好啊，福利稳定，设施周全，从幼儿园到中学一条龙服务，下班之后还可以约上好朋友一起去工人活动中心跳跳交际舞。

程苗苗不明白母亲为何突然变得保守，更不明白连一向宠爱她的父亲程鹏飞为何也不支持她。

"为什么呀？"她闷坐在楼下，对着程鹏飞抱怨，"我都是大人了，你们还管着我？"

程鹏飞耐心地解释："你暑假在基地里到处瞎玩，我们管过你吗？但这次不一样，你从来没出过油田，更别说去那么远的地方。"

"就因为没出过远门才要去啊，人总有第一次。"程苗苗不理解，更加窝火，瞪着眼睛呛声，"爸，你怎么这样？一点儿冒险精神都没有，特别地……无趣！你们一辈子窝在这个小地方过日子，活着有意义吗？"

对于女儿的无端指责，程鹏飞依然冷静地分析："做父母的，如何把娃娃安全带大才是有意义的，我不能图你夸我一句有冒险精神，就答应你出远门。万一你出了什么事儿，对你妈和我都是一辈子的灾难。"

程苗苗别过头去，气呼呼的，不搭理他，程鹏飞没有退让，拍拍她的肩膀："你才十七岁，成年之前不能冲动行事，这是爸爸对你唯一的要求。"

被溺爱长大的小霸王李肆也在母亲那里碰了钉子，牛铃铃的意见很明确，让他自己去问李大海。李大海同意了太空都能去，不同意哪儿都别去。

末了还加上一句警告："省得挨揍。"

李肆丧气地一屁股坐下，撺掇道："妈，我发现你在家里一点儿地位都没有，多吃亏啊！妇女当家做主的时代，你不能这么温柔，得硬气一点儿，站起来撑起半边天嘛。"

牛铃铃一边盘着小饭馆的账，一边纠正他："挑拨离间没有用，我是和你爸过一辈子又不是跟你，你有本事就先把自己的地位提起来，在这个家里当老大，撑起整片天。"

说着还抬头温温柔柔地一笑："加油，妈妈就指望你啦。"

和两个小伙伴相同的境遇，胡秋敏也遭到了母亲的拒绝，但拒绝的理由却又不同，胡悦一听就炸了，一口咬定胡秋敏是受了杨涛的挑唆。

"别这么说我哥！"胡秋敏看着不修边幅的母亲，只觉得心累。

母亲的不容易她都看在眼里，但大约是因为早年的不幸婚姻留下的创伤，母亲再婚之后和继父的感情也淡薄如水，还变得尖酸刻薄、多疑易怒，和同龄的贾代玉、牛铃铃那叫一个没法比。

胡悦一边烟熏火燎地炒菜一边训斥："你姓胡，杨涛姓杨，叫一声哥还以为真是你哥了？他对你好是想挑拨我们母女关系！你为个外人还傻乎乎地跟我使性子。"

胡秋敏气得转头就走，胡悦更生气了："走！今晚你别吃我做的饭！"

出师不利的三人又聚集在李肆家里,愁眉苦脸,想出来各种骗家长的理由都被一一否决,最后程苗苗不干了,一锤定音:"只剩下一个办法了,不管他们,咱就自己去!"

她转向二人诱惑道:"你们不想去大城市看看？胡子,你只有小时候去过西安吧？李肆,你也就六岁去过北京一趟。"

说起来,一肚子坏主意的程苗苗撺掇李肆在前面顶雷也不是第一次了,李肆并不上当:"那我也去过了呀,是你最想出去玩吧！都不考虑后果？"

程苗苗理直气壮:"这是玩吗？这是实现理想！南方那些大城市咱们只在电视里看过吧？凭啥不能亲眼去看看,难道见世面还不行了？他们还能报警抓我们？"

胡秋敏闷闷地叹口气:"咱们这个油田看起来富裕,可出趟门多难啊,汽车站火车站都没有,大人出个差都得翻山越岭呢,就咱们仨,咋去？"

"找人接应啊！"程苗苗看李肆又有些退缩,赶紧一拍大腿提醒,"你哥不是在深圳？深圳离香港不远,咱们问问他。"

说干就干,李肆立刻拿起电话,胡秋敏心里一动,想和杨涛联系的心思压过了一切,熟练地报出了电话号码。

通话时,大部分时间都是杨涛在说,胡秋敏频频点头,眼睛里闪烁着自己都不知道的兴奋光芒。程苗苗和李肆分别蹲在两边抓耳挠腮,看她放下电话,赶紧问:"咋样？"

胡秋敏笑着说:"我哥说了！来吧！"

在杨涛的描述中,深圳的精彩是他们想都没想过的,有无数跟他们一样大的年轻人背着行李去打工,有人开私家车上下班,坐飞机到全国各地,甚至那里的高中校服都不是肥肥大大的款式,而是修身的小西装小裙子。

别说程苗苗听得心驰神往,连李肆都忘记身上还没好的伤疤,大手一挥:"不管了,挨揍我也认了,先出去再说！"

兵马未动粮草先行,从未出过门的三人组先是去火车站打听了车票怎么买,买到哪儿,怎么坐火车又转大巴再乘轮船……终于规划出一条成熟路线。

万事俱备,只欠资金,车费连带吃喝全部计算下来,一人得花一千块。

哦,粗心的程苗苗第一次还算错了账,一千只是单程,往返需要两千,三人加起来总共六千块。

看着这对于高中生来说不亚于天文数字的费用,李肆不由得惊呼:"离家出走这么贵呢?!"

杨涛住在家里的时候,历年的压岁钱都给了胡秋敏,她舍不得花,存得好好的,攒一攒倒是差不多,李肆家庭条件好,问题也不大,只有程苗苗兜里有点儿钱就花得爪干毛净,此时真是一筹莫展。

心一横,她找上了亲弟弟程芽芽借钱。

程芽芽非常不看好姐姐这个近乎疯狂的计划:"就你们仨？带着钱出门？不等着人贩子来拐吗？"

程苗苗嘀咕着说:"就李肆那饭量,拐走了人家也得退货。"

程芽芽不屑地打量她:"那你这个长相人家也得退货,胡秋敏就不好说了……"

"喂!"程苗苗听得不爽,"我是跟你讨论这个吗?"

程芽芽立刻举手阻止:"那别跟我讨论,我没钱。"

"人多力量大,你要是感兴趣,一起去?"程苗苗企图拖弟弟下水,却被程芽芽无情地戳破:"想连累我？大城市嘛,就那样,我也不是没去过。"

眼看这小子油盐不进,程苗苗使劲儿揉了揉眼睛:"你能考上大学,我还不一定呢,难得的香港回归机会,我从小到大都没出过油田,没看过外面的世界是什么样子……"

她作势欲哭,程芽芽坐不住了:"你别哭啊！不至于的!"

"那你帮不帮我?!"程苗苗开始翻旧账讨人情,"上次你被罚站,不是我偷摸泡了方便面送过来,你就得饿着肚子睡觉了。再说我是借,会还的,大不了以后家里的活、学校的活,全算我的,你让我干啥就干啥还不行吗?"

程芽芽叹口气,站起来走向书柜,一边摸私房钱一边问:"要多少啊?"

"七百。"程苗苗眼睛亮闪闪地看着他,"我自己有两百了。"

程芽芽打开钱包,数出三百递给她:"我也只有四百,给你三百吧,省着点儿够花了。"

程苗苗心里暗骂,死小子还留了一百,面上却委委屈屈地点头:"好的呢,反正来回都是硬座,我不吃饭忍一忍就行了。"

这话让程芽芽的手一顿,再度叹了口气,索性把钱包里剩下的钱都拿出来塞她手里:"都给你吧,出门花钱的地方多着呢!"

程苗苗在心里给自己比了个大拇指,一下抱住了程芽芽欢呼:"感谢贾代玉同志给我生了个好弟弟!"

"得了得了!"程芽芽嫌弃地推开她,"先说好,我不知道这事儿,被抓了不许出卖我!"

以跟程苗苗从小厮打到大的交情,李肆敢拿自己脑袋打赌,就程苗苗那个狗窝里存不住香油的家伙,她兜里能有三百就不错了,这么大的缺口,还不得自己替她想办法?

李肆觉得自己既然叫林七二中扛把子,关键时刻就得站出来扛事儿,别说程苗苗的资金缺口,就是胡秋敏那份,他也想办法出了!

他想得很美,但在家里不管是用老办法在李大海面前装乖,还是在牛铃铃面前甜言蜜语说好话,得到的零花钱也只够他一个人的。

这难不住李肆,一咬牙,他掏空了李大海的酒柜,还顺道扫了几条好烟,甚至多了个心眼,把每瓶酒都倒出来装瓶散卖,空瓶子倒满自来水还放回原处,保证李大海不打开喝绝对发现不了。

东拼西凑,眼面前能卖的都卖了,李肆终于得意扬扬地把一叠票子扔在桌上,振臂高呼:"你俩缺多少,我都给补上!"。

他摆出老大的架势自夸:"哎,我够意思吧?先说好了,火车上你俩得给我泡方便面,全程照顾我,谁叫我出钱最多呢。"

胡秋敏跳起来欢呼:"万事俱备,只欠东风!"

只有程苗苗没跟着跳,一人给了一巴掌:"醒醒!俱备啥啊?刚凑够钱买车票,别的事儿呢?"

胡秋敏愣了:"别的啥事儿啊?"

程苗苗作为油田基地孩子王,此刻展现了非同一般的深谋远虑,语重心长地打着官腔:"这是咱们第一次出远门,必须重视,务必圆满成功。我们可是要去香港的,人家说粤语,我们会说粤语吗?听得懂吗?我们对香港又了解多少呢?同学们哪,此行任重道远,要做好充分准备嘛!"

李肆难得心悦诚服地点头:"有道理!都说到点子上了。"

"那咱们还得学粤语?"胡秋敏有些犯难,"上哪儿学呢?"

"起码学点儿基本的日常用语,能跟人交流,不然问路都张不开嘴,人家叽哩呱啦说一顿,就把咱们骗了。"程苗苗胸有成竹,"我爸最近正学唱粤语歌呢,回头我把磁带偷出来。"

这可说到了李肆擅长的地方,他摆摆手:"唱歌学粤语,亏你想得出来,到时候唱着跟人打招呼啊?我跟你们说,学语言就要有语境,游戏厅旁边有个录像厅,我看他们一天到晚放香港电影,看几部就什么都会了。"

程苗苗这几天再没提起去香港的事儿,每天还是不着家地疯跑,贾代玉还以为是程鹏飞把女儿劝住了,也不在意,下了班照例去活动中心的舞厅练交际舞,准备在文艺会演上一鸣惊人。

牛铃铃是每场必到的,和舞伴翩翩起舞,看着贾代玉进来,莞尔一笑,亲热中又透着几分别苗头的得意。

贾代玉哪里会示弱,小包一扔就下了场,大波浪和裙摆一起飞舞,动作优美,引来了其他人的羡慕欢呼。

周围那些还在学习的人颇有些自惭形秽,默默地让开了,两人春风得意地一舞既罢,顾盼之间发现人群后面胡悦在角落里笨拙地学习着动作。

"哎，你可来了。"贾代玉一拍巴掌，过去不由分说把胡悦拉到中间，"头几天还看到你，后面怎么不来了？"

胡悦有些尴尬地理理头发，依她的本心，是不想掺和什么文艺会演的破事儿的，但女儿胡秋敏前几天突发奇想要去找杨涛被自己骂了一顿，这几天乖得让人心疼，昨天还夸自己"哪哪儿都漂亮"，就应该和别人的妈妈一起，下班了就去学跳舞，活出个自己的样儿来。

说起来，胡悦当年也是油田数得着的漂亮姑娘，如今看到贾代玉和牛铃铃这鲜亮滋润的样子多少有些不甘心，就像女儿说的，她比这两人差哪儿了？

于是，她今儿下班后没有赶回家做家务，而是来到了活动中心。

此时被两人这么一问，她又打起了退堂鼓，含糊地说："我跳不好。"

牛铃铃看她有些不自在，急忙岔开话题："谁说的，你动作都对！来，我当你舞伴，带带你，一学就会。"

贾代玉也帮着劝说："就是头发太长了，挡眼睛，哪天我教你烫头，咱也做个大波浪。"

说着她拿下自己的发箍，不由分说地给胡悦套上。胡悦躲闪着："我戴不了，太花哨了。"

"这多好看啊！我是没带着口红，不然再给你抹一个。"贾代玉热心地劝，看胡悦一个劲儿地摇头，半真半假地沉下脸，"试试咋了，又毒不死你，老杨又不在，谁还说你嘛！"

牛铃铃从包里掏出口红，掰着胡悦的脸要给她抹上，嘴里数落着："你捯饬得漂亮点儿，老杨走出去也有面子，省得嫌弃你这个那个的。"

胡悦挣扎不过，对着小镜子照照，被不一样的自己吓了一跳："这颜色也太红了……行了行了，我自己来。"

很快，胡悦就被贾代玉带着，在舞池中间娴熟地转起圈圈来。

旋转的人影摇动，胡悦在优美的音乐中全身放松下来，模模糊糊地想着：这样的日子是比在家里做家务强些。

胡秋敏是真心为母亲好才劝她去活动中心学跳舞，但当然也有自己的小算盘。

要离家出走，就必须选一个恰当的时机，不然还没出基地大门就被家长发现，通知保卫科出动逮回来，西安都到不了，更别说香港。

于是程苗苗一举敲定，文艺会演彩排当天是最好的行动时间，彩排流程跟正式演出一样，所有人都会集中在大礼堂，前前后后没有六个小时下不来，中饭都得在食堂解决，家长们一直到晚上回家才会发现他们都不在了。

但问题又来了，哪一天彩排呢？

胡秋敏首先拒绝："我劝我妈跟着苗儿她妈去学跳舞已经不容易了，再瞎打听彩排的事儿，引起她怀疑怎么办？"

李肆也犯怵："我妈不是职工，工会通知不到她，还得问我爸。"说着不由自主地摸了摸自己的屁股，"等他回过味儿来又得加一顿。"

"看看你们俩这尿劲儿。"程苗苗一拍胸脯，"包在我身上。"

程苗苗鬼鬼祟祟地回家，偷摸着打开大门探头张望，程芽芽吃着西瓜从卧室出来，瞥了她一眼："成天不回家，在录像厅扎根了？"

"我那是学习。"程苗苗心里还惦记着怎么从贾代玉嘴里套话，心不在焉地挥挥手，"你不懂。"

程芽芽盯着她突然幽幽地说了一句："礼拜五彩排。"

"什么?!"程苗苗兴奋得差点儿叫出声来，赶紧压低声音，"你咋知道的？"

程芽芽哼了一声，把西瓜皮扔到垃圾桶里，若无其事地往自己卧室里走："妈打电话的时候听到的，你们每天早出晚归不就为了这个？"

他想把房门关上，却被程苗苗硬挤了进去，讨好地说："既然知道了时间，我们礼拜五一大早就走了，到时候我写张纸条留在卧室里，爸妈要是找不到的话，你就引导一下，可千万不能让他们报警啊。"

程芽芽并不理会，头都不抬地继续做自己的手工模型："我能管得了他们？"

"把你留下就是要你做好后勤思想工作，及时宽慰爸妈，强调我不是离家出走，是去旅游。"程苗苗振振有词。

程芽芽嗤之以鼻："什么旅游？你们就是离家出走！还是团伙作案！你瞅瞅你找的这些人，胡秋敏就够不聪明的了，李肆那脑子有跟没有一样，你们仨没一个出过远门，突然要去香港，谁听了心里能踏实，万一出点儿问题怎么办？"

程苗苗还真怕他去跟父母告状，继续赔着笑脸："箭在弦上不得不发，都这时候了，别说丧气话嘛，我们几天就回来了。"

"几天?"程芽芽嗤笑，"你们去几天，回来就得挨几天的打！"

这个程苗苗倒不在乎，大大咧咧地说："打就打呗，反正我们去过香港了。"

程芽芽放下手里的工具，转头瞪着她，半晌才无奈地殷殷叮嘱："你们到了西安就打电话回家……不，晚上不管到哪儿，都一定要打电话回来，万一遇到危险就去派出所。"

"放心吧，我又不是小孩。"程苗苗看到弟弟这么关心自己，又抖擞起来，拍了拍他的肩膀，"稳定大后方的重任就交给你啦，小同志！"

程芽芽看着她兴奋的笑脸，叹了口气："你自己小心吧。"

礼拜五一大早，各家各户要参加文艺会演彩排的职工都穿上了平时压箱底的好衣服，男同志们西装革履，女同志们妆容齐备踩着高跟鞋，都光鲜靓丽地从家属区出来，说说笑笑地汇聚成一股涌向活动中心大会堂的洪流。

而程苗苗、李肆和胡秋敏也都拎着塞得满满的书包从家里偷跑出来，一口气冲到了集合点：基地大桥。

他们彼此看着大家都换上了衣服，那焕然一新差点儿都认不出来的模样，相互指着哈哈大笑起来，笑完了，兴高采烈地拐着胳膊肩并肩地唱着歌往前齐步走。

多年以后，程苗苗已经去过许多地方，不乏她青春时期念念不忘的繁华大城市，但再没有像这次一样，仅靠一腔热血就背起书包无畏地奔向未知的远方。

也再没有人像李肆和胡秋敏一样，毫无保留地陪她一起这么疯狂。

第一次出远门，哪怕是县城的汽车站在三人看来都是新鲜的，破旧的中巴车歪歪扭扭地停在马路边，来往人群大包小裹，吵吵嚷嚷，连个站牌都没有，去哪儿全靠售票员站在车门口吆喝。

程苗苗一马当先，目光扫视着走了几个来回，终于看见某辆中巴车驾驶室窗口上贴着"火车站"三个大字，她兴奋地指着大叫："上这辆！"

胡秋敏跟着挤了过去，售票员一边往里让一边大声喊："马上就走了啊！人齐了就开车！"

程苗苗回头看见李肆犹犹豫豫地落在后面，急得催他："李肆！你磨蹭什么？"

李肆有些不好意思，硬着头皮说："我想上厕所。"

早上吃饭的时候，牛铃铃觉得中午不回家做饭，宝贝儿子缺一顿嘴，硬是关爱地灌了他一大杯牛奶，跑出基地的时候太过激动他没注意，现在下腹胀胀的，急需解决。

偏偏这时候，司机发动了汽车，售票员不耐烦地问站在车门口的程苗苗："走不走啊？我们发车了！"

胡秋敏从中巴车窗口探出头来招手："嗨呀，你先上来，到火车站再说。"

程苗苗也伸手拉他："憋着！刚才让你去你不去。"

李肆看着程苗苗伸出的手，赶紧拉住，一个箭步蹿上了车。

李肆还是想得简单了，以为这就跟上课憋尿似的，不算难事儿，但他忽略了中巴车是摇摇晃晃前进的，肚子里的液体随之咣当，一次比一次更猛烈地冲击着他脆弱的堤坝。

胡秋敏和程苗苗倒是很惬意，听着司机放的流行歌曲晃动着身体，还跟着打拍子，要是忽略旁边大妈带着的小孩子撕心裂肺的哭声，简直跟出来春游一样快活。

李肆把双腿夹了又夹，终于忍不住了，再也顾不得脸面，站起来一脸痛苦地大喊：

"师傅,停车!我要上厕所!"

司机师傅稳稳地开着车:"这也没厕所啊,忍忍吧。"

李肆弯着腰夹着腿,脸上五官都扭曲起来:"停一下就行,我在路边解决,不然我就要尿车上了,叔叔我求求你了。"

胡秋敏和程苗苗起初想笑话他,但看他脸都憋红了,不由得担心起来,也跟着喊:"师傅,停一下吧!"

司机没办法,把车靠边停下,李肆捂着肚子连滚带爬地下了车,他刚要解决,一回头,看见包括胡秋敏和程苗苗在内的乘客都透过车窗好奇地注视着他。

妈呀,可不能在这!这么多双眼睛盯着,太丢脸了!

他用最后的自制力又往马路下走了一段,实在憋不住了,手忙脚乱地开始放水,这里是一个斜坡,他太过急切,都没注意到脚下不够扎实。

淅沥沥……

在中巴车上等着的程苗苗突然听到一声惨叫,她噌地就站了起来,紧张地问:"胡子,你听见没?"

"是李肆喊的吗?"胡秋敏也紧张起来,两人啥也不顾了,直接就往车下冲,司机急了,大喊:"不等人啊!"

此时谁还顾得上,程苗苗和胡秋敏在马路边上没看见李肆,心一下就沉了,一边沿着斜坡往下出溜一边喊:"李肆!人呢?"

低处低矮的小树摇动,传来李肆变了调的喊叫:"别过来!光着屁股呢!"

第三章
盛夏七月

一片鸡飞狗跳的混乱之中,中巴车来了个雪上加霜,售票员探出身子,把他们的书包行李一股脑扔在路边,司机踩了一脚油门,喷着尾气扬长而去。

生在油田,长在基地,这么多年的封闭环境,三人习惯了被大人们照顾,路上看到司机开车经过,叫一声就能随便搭车,父母出差无人照顾,在澡堂子门口蹲守就能被熟悉的叔叔阿姨当自家孩子一样带进去,洗得干干净净,别提多尽心尽力了,哪曾想社会上还有这样落井下石的险恶!

程苗苗就是再坚强,终究也只是个十七岁的小丫头,她顶着烈日在路边对着空旷的马路哇哇大哭。

要放在往日,李肆一定要笑话几句,可惜他现在自身难保,哆哆嗦嗦地捂着裆部在书包堆上坐着,还不时咝咝倒吸气,显得那么的痛苦。

只有胡秋敏还能保持镇静,叉着腰站在一边劝:"别哭了!哭也没用。"

"我出门一趟容易吗?!费劲巴拉的还得瞒着大人,钱也凑齐了,粤语也练好了,咖啡也喝得惯了,我裙子都带好了要在中环十字路口过红绿灯呢,现在全完啦!"

程苗苗愤怒地擦了一把眼泪,咆哮道:"我还不能哭了?"

胡秋敏后退一步,举手示意自己投降,而旁边的李肆扭曲着一张脸说:"你们能不能先管一下我啊?我咋觉得我在流血啊?我不会要死了吧?"

他正好撞在程苗苗的火药桶上,程苗苗怒吼:"咋没摔死你呢!没你现在我俩就在火车上了!都是你,非要尿尿!"

李肆也急眼了:"尿尿是人之常情,谁想到尿尿能摔跤,我又不是故意的,现在我是伤员……哎呀跟你俩没法说，我得去医院啊！"

他捂住下面想站起来，试了两下又虚弱地坐回书包上，胡秋敏恼火地看着他："不就破了皮流点儿血吗？你闹得跟生命垂危一样。"

程苗苗也哭着埋怨："还去个屁的医院啊，你睁眼看看这是哪儿，你认识路吗？一个人一辆车都没有，想回家都不知道往哪儿走。"

胡秋敏被她哭得烦心，没好气地指责："现在知道哭了？当初你非要去香港那劲儿呢？"

程苗苗跳起来："就我一个人想去啊？你不是还要去找你哥？！"

接下来的时间，三人闹起了激烈的内讧，吵也吵了，骂也骂了，最终还是没办法，程苗苗和胡秋敏一边一个架起伤员李肆，艰难地向着来路走去。

在三个孩子处于水深火热之中的同时，他们的母亲正专心致志地在活动中心大礼堂后台做上台的准备工作，对他们的离家出走一无所知。

此时后台也是兵荒马乱，平时采油工作上的精兵强将此刻突然要化身文艺工作者，多少有些不习惯，有临时抱佛脚背歌词的，有拉着同伴练习舞蹈动作的，有抱着演出服急匆匆到处找人的，更有人跳着脚地大喊："看见我们车间小合唱的人了吗？"

贾代玉拼命深吸着气，胡悦在她背后帮她拉演出服的拉链，贾代玉回头抱怨："都怪程鹏飞，说什么不吃早饭不好，我要是早上不喝那碗粥，现在保准能拉上。"

胡悦头都不抬地用力："这得论个巧劲，实在不行我去找点儿肥皂给你擦擦，别再扯坏了。"

整个上半身像是被铁箍套着，气都喘不过来，贾代玉难免暴躁："牛铃铃呢？要上台了不见人？"

远处牛铃铃裹着条毛巾被，遮遮掩掩地从人群里挤过来，粗糙的毛巾被和脸上精致的舞台妆形成鲜明对比，贾代玉奇怪地瞪着她："这啥西洋景啊？"

牛铃铃不好意思地拉开毛巾被展示，用手往下扯着裙摆："这也太短了，我换衣服的时候好几个人过来看我，怪不好意思的。"

贾代玉正一肚子火，特地提高嗓门指桑骂槐："看呗！人家跳探戈就得穿这样的，个别膀大腰圆的老娘们有本事自己也穿也跳啊，犯不着跟人背后嫉妒！"

她突然感到身上一松，原来是刚才声音太大，胡悦一使劲儿把拉链拉开了。

与此同时，沿着县道步行回家的三人组遇到了第一个难题，他们站在三岔路口，努力回忆着他们来时的方向。

可是别说东南西北，他们甚至连油田的方向都不知道，毕竟从出生开始，在他们的心里，油田就在那里，不用出基地就能生活，哪曾想出来之后，还要辨别方向呢？

就在一筹莫展之际,从某条岔路上慢吞吞地骑过来一辆三轮车,那人大约是从县城卖农产品回来的,车上还有些没卖出去的红薯。

走了这么半天才看见一个人,唯恐这根救命稻草跑了,程苗苗和胡秋敏一下松开手,完全不顾李肆一屁股坐在地上痛苦地哎哟出声,两人飞一般地奔了过去,挥着手高喊:"救命啊!救命!"

骑三轮车的是个跟他们一样年纪的半大小子,黑瘦干巴,戴着草帽,脸上没什么表情,也不说话,就这么看着两个女孩窜到车前挡道,不管不顾地拉着车把手急切地说:"同学你好!你知道林七油田怎么走吗?我们迷路了,就是附近的一个基地,在河坪镇上……"

黑瘦小子抬起手,指了指右边的路口。

"那边是吧,谢谢!谢谢!"程苗苗激动得都要给他鞠躬了,还没转身,又听到后面李肆叫苦连天的声音,再次拉住了车把手:"我同学受伤了,走不动道,你能不能送我们一下啊?"

胡秋敏也在旁边跟着恳求:"我们给钱,行吗?河坪镇有个大桥,就到那儿,帮帮忙,求你了同学。"

黑瘦小子依旧沉默着,看了一眼坐在地上一脸痛苦的李肆,点了点头,指了指身后的三轮车斗。

程苗苗大喜过望,赶紧招呼:"谢谢你啊同学,来,胡子,快快快,我们先扶李肆!"

三人好不容易连滚带爬地上了车,李肆刚才猝不及防坐了一屁股,脸色更差了,哼哼着连话都说不出来,程苗苗担心地让他枕着自己的腿半躺着,胡秋敏帮忙扶着旁边,三人挤在窄小的车斗里,屁股底下就是红薯。

黑瘦小子再往前骑的时候,明显负重增加,背都弯了下去,身体紧绷成一张弓,他闷不吭声,一股劲儿地往前骑,汗水浸湿了背心,程苗苗过意不去,没话找话地搭讪:"同学,你哪儿的啊?有空我得给你们学校写封表扬信!今天你可帮了大忙了,这得算见义勇为吧?"

她说得热闹,结果人家跟没听见一样,一声不吭,只顾骑车。

胡秋敏压低声音猜测:"聋哑人?"

程苗苗摇头,也用小小声说:"不能!还知道指路呢,等会儿看他到不到大桥。"

西北六月份的大太阳之下,黑瘦小子使出浑身力气蹬车,汗水淋漓地拉着这一行三人和半车红薯,摇摇晃晃地在马路上前进着。

此时萍水相逢的四人谁也没想到,不久之后他们还会见面,并且一起度过人生中最难忘的青春时光。

这一头的三个孩子终于看到光明的同时,那一头的文艺会演彩排却进行得不大

顺利。

本来说得好好的,上午油田领导亲临二厂观看彩排,下午再去四厂,特车大队的李大海因此还专门从西安提回来一辆崭新的桑塔纳,要跟其他兄弟单位别苗头,在领导面前留个好印象。

"这也是为咱林七油田二厂集体增光嘛。"他打着如意算盘。

结果领导到达大会堂的时候,不仅没有坐新车的喜悦,反而一脸的官司,还迟到了。头一个节目的集体舞演员们等了半天,脸上的粉都浮了,搞得黑一块白一块,属实不像样,也难怪坐第一排的领导看完了连个笑容都没给。

没上台的演员们在后台窃窃私语,牛铃铃担心地问:"我怎么听说是新车出岔子了,差点儿把领导摔着?"

胡悦正拿针线给贾代玉缝拉链,贾代玉一挥手:"不能够,你家老李头几天刚提的新车,这就出岔子了?"

"唉。"牛铃铃更担心了,左顾右盼,"我听了一耳朵,说四个轮胎没了三个。"

这下连专心缝纫的胡悦都笑了,打趣道:"一听就是胡扯,仓库的钥匙不还在贾大管理员手里握着呢?哪有小偷专门偷轮胎,不偷车的?"

贾代玉一边努力吸气一边大包大揽:"可不是!那钥匙就没离开过我的手,小偷还能有这本事?别扯闲篇了,赶紧的吧,快到我们了。"

远远看见大桥的时候,程苗苗激动得都喊破音了:"大桥!就是这儿!"手舞足蹈得差点儿把李肆给颠下去。

说来奇怪,之前一天到晚在基地里疯跑的时候,大桥就在那里,天天见也没什么稀奇,今天只不过出去了半天,看到大桥就好像看到了久别的亲人,甭提多高兴了。

黑瘦小子一丝不苟地按说好的骑到了大桥顶头,程苗苗和胡秋敏手忙脚乱地把李肆扶下来站好,又慌张地拿下行李书包挎在身上。

"谢谢你啊同学,你看给你多少钱合适?"程苗苗一边搀着李肆,一边艰难地掏出钱包,想着按中巴车费给钱,可看着人家满头满脸的汗,背心都湿透了,又觉得过意不去。

还没等她想好,黑瘦小子已经沉默地骑着三轮车掉头离开了。

"哎!没给钱呢!"程苗苗踮脚大喊,对方却毫无反应,头都没回。

她迷茫地看向胡秋敏:"啥情况啊?真是聋哑人?"

"我就说嘛,有种聋哑人是能听不能说,心里明白着呢。"胡秋敏很确定地说。

李肆已经忍不住了,拖着沉重的身体往地面倒去,哀号着:"大姐们啊,求求你们别聊了,再不抢救我人就没了啊!"

本来一左一右搀扶着他的两人差点儿被他带倒在地上,李肆这时候再也坚持不住了,身子蜷成虾米的模样,连站都站不起来。

程苗苗一咬牙，看着大桥彼端熟悉的基地发狠："万里长征最后一步了，胡子，咱俩抬着他！好赖给抬到医院去。"

一人抬头，一人抬脚，好容易抬起来走了两步，胡秋敏吃不住劲儿，让李肆的屁股落了地，像麻袋一样拖了两步，他发出杀猪一样的惨叫："救命啊！杀人啦！"

正在这时候，只听见背后传来自行车铃声，程苗苗大喜过望，嘴上安慰："好了好了，有自行车了！"

回到了基地这个熟悉的环境，她又恢复了天不怕地不怕的孩子头脾气，心想今天来的不管是谁，这个自行车都借定了，反正基地里的人哪个不认识她程苗苗。

回头一看，程苗苗傻眼了，二中教导主任肖方骑着自行车正往这边赶来，她脱口而出："小芳？！"

肖方也看见了她们两个，还有地上脸色煞白、裤子上还往外淌血的李肆，他大惊失色："李肆？这是咋啦？让车撞了？"

这时候要跑已经来不及了，何况李肆现在这情况……程苗苗抱着头蹲了下去，胡秋敏悲叹一声："这下才是全完了。"

胡秋敏一语成谶，肖方在林七二中当了这么久的教导主任，学生的小伎俩在他的如炬慧眼下无所遁形，一眼就看出这大包小包的样子绝非是程苗苗狡辩的"出来玩玩"。

他一边用自行车驮着李肆去基地医院，一边托遇到的某位职工去给这三人的家长报信，油田里大家都是熟人，遇到这种关于孩子的事儿更是热心肠，连话都只听了半截就跑了，一头冲进大礼堂大喊："铃姐！你儿子出事儿了！"

牛铃铃和贾代玉正在台上翩翩起舞，一个明艳照人，一个柔情似水，台下巴掌跟不要钱似的拍，连领导脸上都有了笑模样。气氛正是热烈的时候却被这一嗓子喊破，牛铃铃嗷的一声就从台上蹦了下来，着急地问："李肆？出什么事儿了！"

"好像……是被车撞了！正送医院呢！"

宝贝儿子出了事儿，这下别说演出，牛铃铃啥都不顾了，双眼发直，跟跟跄跄地就沿着过道往外飞奔，报信人喘过一口气来，又说："还有苗苗和胡秋敏，都一起的！"

贾代玉一着急，也跟着从台上跳了下来，背后刚缝好的拉链哧啦一声崩开了，胡悦从后台飞奔而出，拿着衣服往她身上堆，两人手拉着手，仓皇无措地跟在牛铃铃后面。

场面冷了下来，只有音乐还在放着，主持人挤着僵硬的笑脸挽场："意外情况……我们进行下一个节目。"

看着领导又严肃起来的脸色，他暗暗叫苦，知道这次彩排是砸了。

三个妈妈在外科诊室会合，知道李肆没大事儿，牛铃铃雪白的脸才恢复了一点儿

血色,肖方甩着稀疏的头发,习惯性地挥着手臂教育:"还想骗我呢!我一看那大包小包的就有问题,火车票都买好了,差点儿就上车走了,吓人不吓人?要不要吸取教训?!"

在老师面前,家长总是要矮一头的,三个妈妈连连点头,低声下气地承认错误:"都怪我们,最近忙着会演,缺少了对他们的关心,让他们钻了空子。"

说好了严加管教,程苗苗回家就挨了一顿,她留在房间里的纸条成了白纸黑字的罪证,贾代玉同志把纸条抖得哗啦响:"之前你一声不吭的,我以为你长大了变懂事儿了!你爸还说过阵子带你去普安玩,好嘛,长本事了,去香港?你是不是疯了!那么远多危险哪!要是出了事儿怎么办?我今天非得让你好好记住这个教训,不然以后你还敢闯祸!"

说罢,她挥动鸡毛掸子,把程苗苗抽得满屋子乱窜。程苗苗满口承认错误:"我一时糊涂!我错了,妈,妈!"

程芽芽实在看不下去,挡在了姐姐面前:"妈!"

贾代玉怒从心上起,干脆连他一起抽:"妈什么妈!你知道她要离家出走还不告诉我,跟她合起伙来骗我啊!我到底养了俩啥玩意儿!"

程家鸡飞狗跳,胡家也未能例外,胡秋敏的继父杨松柏特地从三厂赶回来,他大男子主义惯了,倒是做不出打女儿这种事儿,只是拿起电话把远在深圳的杨涛骂了个狗血淋头,一口咬定是杨涛在背后教唆这几个孩子去香港的。

这比直接打胡秋敏还让她难受,咬着嘴唇在旁边默默地听着。

最倒霉的是李肆,在医院的时候他装可怜,借着伤势博取了牛铃铃的母爱,以为能逃过一劫,结果睡到半夜,被修车归来的李大海掀开被窝那叫一顿拳打脚踢,末了还动了棍子。

牛铃铃上来拦着的时候才知道,李肆之前为了筹措香港之行的资金,实在卖无可卖,便把李大海新车的轮胎给卖了,让李大海今天在领导面前出了大洋相,事后想趁领导在食堂就餐的机会拎两瓶酒过去,一打开酒柜……

"差不多得了。"牛铃铃起初也恨,看着儿子被揍的惨样子又不忍心起来,"几个破轮胎值几个钱啊,还能要了儿子的命?"

"破轮胎?!"李大海瞪着牛眼呼呼喘气,"那也是公家的!我李家两代油田工人,现在养出油耗子来了!"

牛铃铃哭哭啼啼拦住他:"咱赔还不行吗?你别把儿子打坏了。"

李大海看李肆躲躲闪闪还一脸不服气的样子,怒火中烧,扔下手里的棍子威胁:"行,不打,直接送派出所吧!坐牢去!"

牛铃铃吓愣了,李肆也大吃一惊,他脑子一热,从李大海胳膊底下嗖的一下窜了出去,打开大门转眼溜得不见踪影。

"儿子！"牛铃铃撕心裂肺地叫了起来。

李肆的第二次离家出走导致另外两家人也暂停了对子女的教育，紧急出门，深一脚浅一脚地在基地周围喊魂一样地找人。

牛铃铃又惊又怕，一路数落李大海："你也太狠心了，儿子还受着伤呢！好容易才回家又被你打跑了，李肆要是有个三长两短我也不活了，你跟你的车过去！"

李大海扶着她，粗声粗气地反驳："受伤？那也是他活该，一天到晚除了打架就是偷钱，我再不管还不都翻天了？"

牛铃铃恨得推开他，站在路边咆哮："你管啥了？从小到大你就只会打，你爸打你那些招你都用在我儿子身上了，自己小时候过得不好，现在就要从他身上讨债，你跟儿子是仇人啊？"

贾代玉赶上来劝架："现在找孩子要紧，你俩吵啥啊！"

程鹏飞举着手电筒来回照："别急，苗苗和芽芽都去找了，他们才知道李肆躲什么地方。"

事实上，程苗苗和胡秋敏还真知道李肆去了哪里，他从家里逃出来，再没有别的地方，只会直奔后山，以他的个性，肯定要让父母好好着急一下。

"其实就是躲这顿揍呢。"程苗苗摸着自己的屁股感慨，她被抽得一瘸一拐的，不愿意忍着痛爬山去劝李肆，宁肯在山下等。

她知道李肆的脾气，越扶越醉，干脆让程芽芽这个高智商尖子生去对付他。

程苗苗看胡秋敏没事人一样坐在石头上，羡慕地问："没挨揍啊？要不说得等出了事儿才能知道谁过得好呢，你家对你真不错！"

胡秋敏叹了口气："还不如揍我一顿呢，老杨把我妈和我哥都骂成臭狗屎了……我当初就说嘛，行动太仓促，难怪会失败。"

"是，准备不足。"程苗苗承认，然后两人又异口同声地说，"还是李肆太蠢！就他拖后腿，要不然咱们怎么也能坐上火车。"

她们嘴里"太蠢的李肆"正在山洞里，大吃大嚼着程芽芽带来的零食，使劲儿咽下一口才腾出嘴来："这么多年哥没白疼你，关键时候还得靠你！"

按照常理来说，程芽芽这种好学生和李肆这种小霸王刺儿头压根不是一路人，但谁叫他们中间有个纽带程苗苗呢。

"吃完就回家吧，差不多得了。"程芽芽嫌弃地说。

李肆怪叫起来："我现在回去不是送死吗？我爸真拿大棍子抽啊，还说要送我去派出所！"

他果断地抱起地上两袋吃的,往山洞里又猫了猫:"这次我绝不原谅他,说不出去就不出去,让他急死!"

说着他认真打量了一下山洞:"别说,你们这个秘密基地还挺好的,风吹不着雨打不着,等下你再给我抱床被子来,我就搁这儿睡了!这次我必须死扛到底,给老李一个教训!"

看着他豪气干云的样子,程芽芽叹了口气,轻声细气地问:"你知道我是怎么发现这个山洞的吗?"

"啊?"李肆好奇地凑过来,"不就是盗墓?我听你姐提过一嘴,跟哥说说,你们挖到啥宝贝了?"

程芽芽的半边脸映着外面的月光,半边脸浸在黑暗里,眼睛冷冷地泛着光,声音毫无起伏地说:"你听说过唐朝时候李隆基政变的故事吗?说起来……"

程苗苗和胡秋敏在山下拍了好一阵子蚊子,突然看见黑暗中一个人影无声无息地走出来,两人惊叫一声,差点儿抱在一起。等来人走到有光线的地方,才发现是程芽芽。

"你怎么一个人回来了,李肆呢?"程苗苗向他身后张望。

程芽芽平静地说:"等会儿就来。"

黑暗中,后山像个蹲踞着的巨型野兽,夜风阵阵,带来丝丝草木阴气,胡秋敏打了个哆嗦,疑惑地问:"你们听到啥没有?"

程苗苗脸色也变了,猜测:"有鬼?"

声音逐渐变大,是李肆气喘吁吁跑出来的声音,他一边摸索着一边喊:"芽芽!跑这么快呢,等等哥啊。"

程芽芽扭头故意提醒:"不是说睡山洞里?我得替你拿被子去。"

"哎呀,这个事儿吧,主要是……"李肆身上带着伤,一边歪歪扭扭跑下山,一边龇牙咧嘴还要给自己找补,"我刚仔细想了想,不考虑我爸,我妈可没啥错,我不能吓着她,明天再传到老家,我奶奶高血压不是开玩笑的,最主要的吧,我这个伤,明天得换药啊。"

他心虚地唠叨了一堆,看到程苗苗站在树下,顿时忘记了一切,扑上去抱着她:"我就知道你得担心我!怪不得芽芽来找我呢,放心吧,我好好的,什么事儿都没有!"

程苗苗一边庆幸他没事儿,一边又嫌弃他果然被程芽芽给轻易忽悠了,故意一把推开他:"咋出来了呢,我还以为你真得躲一夜。"

李肆这时候又回过劲儿来了,嬉皮笑脸地凑过去:"怕你着急嘛。"

胡秋敏没好气地说:"我们不着急,刚好出来找你不用在家挨打,不然你回去再躲着吧,我们还能安生一夜。"

李肆一听就急了:"说啥呢,你知道这山里多危险吗?有狼人!快走快走。"

胡秋敏大惊:"真的假的?"

"当然是真的!"李肆都不敢往后看,一手拖一个,拽着两个女孩往前跑,嘴里念叨着,"话说这个唐朝啊……"

程苗苗忍不住回头看了一眼落在后面的程芽芽,用目光询问,却看见程芽芽露出惯常的嫌弃表情,似乎是在说:你们几个,都不是我的一招之敌。

且不说李肆回家又是一番热闹,孩子们以为自己离家出走带来的轰动会久久不平息,但风头很快就被基地里一桩抓奸引起的斗殴事件给盖过去了,他们的生活又恢复了平静。

对于程苗苗来说,这个暑假过得实在惨淡,连之前看不起的呼啦圈团体操都成了她羡慕的对象。

当然,他们最后还是如愿参加了庆祝香港回归的文艺会演,并且在大型歌舞节目《我就是下一个光荣采油工》里担任不可或缺的角色——三个磕头机。

就这,还是李肆用一顿大餐利诱隔壁二班的同学临时把背景道具给改成了活人。

集体照里前面扮演石油工人的同学们红光满面,他们三个顶着纸壳在后面角落默默无闻。

正式演出那天,二厂终于在领导面前争回了一口气,圆满热烈地结束。基地电视台记者前来采访,光彩照人的贾代玉被选中发言,她对着镜头神采飞扬地说:"在这个举国同庆的好日子里,我坚定了我的下一代也一定要成为采油工的信念,为祖国的石油事业贡献自己的力量!"

拉倒吧,程苗苗顶着纸壳道具默默地走过,在心里嘀咕:我将来一定要离开油田,去大城市。

程鹏飞早就看出了女儿最近情绪低落,但他没有像往常一样去主动安慰,而是等着程苗苗自己开口。

果然,程苗苗在他洗碗的时候不声不响地溜进来,也不说话,就靠在他身上,像一只不愉快的小动物。

"啥事儿啊,说吧。"程鹏飞自顾自地收拾厨房,也不看她。

程苗苗犹豫了一下:"这最近吧,每件事儿都让我觉得太失败了,从小到大,我想干什么就去干了,我觉得自己挺厉害的,现在咋就突然不行了呢?"

程鹏飞心想:那当然是因为你之前小打小闹都在基地里,基地像个宽厚的母亲一样包容着在这里生活工作的所有人,但这一次,是碰到了外面的世界。

他放下碗,郑重其事地说:"失败的原因大多是没准备好,你想去香港,你以为看了

几部电视剧,照着地图规划了一下路线,凑钱买了火车票,顺利地瞒着家长出了门,这就万事大吉了?路上的状况都想到了吗?转乘的时候赶不上火车怎么办?去了香港住哪儿?李肆出门就受伤还能往回赶,要是你和小敏在半路上受伤怎么办?这种意外你们能解决吗?"

程苗苗无话可说,低着头半天才问:"爸,你是不是很生气?"

"是。"程鹏飞很坦率地说,"你到现在还没意识到问题所在,还在为自己去不成香港而懊恼,在我看来,这就是愚蠢。"

程苗苗不服气地反驳:"我就是想去大城市看看,那里和油田基地完全不一样!我想知道生活在别的地方是什么感受,你能理解我吗?"

"你啊。"程鹏飞摇了摇头,上前搂住女儿的肩膀,"你还是没明白自己要什么,你想走出油田,去大城市,那你要怎么去达成这个目标,付出怎样的努力呢?哎!我可不是说离家出走。"

他推着程苗苗走出厨房:"你好好想想吧,这个问题爸爸不引导你。"

程苗苗懵懂地回到了自己卧室里,盯着墙上新添的照片。照片里只有三台磕头机,上面用彩笔写着:1997年庆香港回归。

第四章
败家子

　　这个七月和程苗苗之前度过的任何一个七月没有什么不同,离家出走的大行动惨遭失败,她和李肆、胡秋敏连基地都没走出去。生活平淡如水地继续着,她照样呼朋唤友拿着家属票在规定时间内去澡堂,出来的时候再吃上一根基地自供的冰棍,打闹着说些是非。

　　很久之后,程苗苗才模模糊糊地想起来,自己的改变就是在这个七月发生的。

　　因为从这个暑假起,她开始有了烦恼。

　　暑假刚刚过去一半,风靡大江南北的成功学之风就吹到了西北油田。据牛铃铃说,这次来的教育学专家非同小可,有出国留学经验,常居北京,担任各大高校的升学指导,这次是被西安教育界盛情邀请趁暑假来大西北巡回演讲的,油田领导托了好大的人情才将人半路截胡到基地。

　　"可不是谁都能去听的呢!"她把票给贾代玉的时候特地强调,"王厂长给的内部票,只有三张,还有胡悦的,我够意思不?"

　　贾代玉满心欢喜地谢过了牛铃铃,赶回家囫囵吞枣地吃着午饭,程鹏飞忍不住问:"又有检查啊?领导不是走了吗?"

　　"比检查可重要多了。"贾代玉转述了牛铃铃的话,灵机一动,"你跟我一起去呗?试试能不能混进去。"

　　程鹏飞心里已经明白了几分,微笑着问:"你想过没有,既然是教育孩子的专家,为啥不把孩子叫去听讲,反而要家长去?"

"这不废话吗？娃娃的教育当然要大人抓，指望娃娃自己抓自己？"一说这个，贾代玉就来气，恨不得拍桌子，"你看看这俩玩意儿，最近变成啥样了，偷坟掘墓，进保卫科，离家出走，成绩倒数，这干的都是人事儿吗？再不引起重视就晚了！"

说起来，程苗苗小的时候，贾代玉对她是有一个文艺梦的，什么舞蹈声乐小提琴的课程也没少给报过，无奈程苗苗除了到处玩一门灵，跳舞跟不上拍，唱歌走调，小提琴被她拿着当武器抢……总之后来是彻底死了这条心。

现在她才明白，这就是没找专家指点迷津啊，光自己瞎折腾当然不行，听听讲座的名字，成功学！只有找对了方向，再努力，才能达到成功的彼岸不是？

程鹏飞有点儿不高兴："什么叫这俩玩意儿，这是你一个当母亲的人该说的话吗？"

"你可别拿我话把儿啊。"贾代玉把最后一口饭扒进嘴里，含糊不清地数落，"要我说你们这些知识分子就是不虚心，平时人五人六，今天来了个比你学历高的本事大的就看不惯，人家是牺牲了自己的宝贵时间来油田基地帮助我们的，哪像你，成天读那些英文书，有啥用？能涨工资吗？读再多日子也过不到人前去。"

说着她翻了个白眼扬长而去，丢下一句："洗完碗把排骨拿出来化着啊，晚上那俩回来要吃的。"

家里只剩下程鹏飞，他慢慢起身收拾碗筷，看着旁边茶几上放着的英文原版书，无奈地苦笑一声："读书就是为了涨工资啊？"

教育专家名叫江达骋，西装革履还梳着小马尾，兼具文艺气质和专家范儿，他不慌不忙地坐在高高的台子上侃侃而谈，不时夹杂一两个英文词语。

台下挤满了家长，除了跟牛铃铃一样通过关系拿到内部票的，还有众多闻风而来的家长，坐是没得坐，站在过道上的，蹲在讲台前的，一个个仰着脸，神情专注，态度虔诚。每人手里都拿着笔和本子，还有人抱着扛着录音机，力图把专家的每一句话都铭刻下来。

江博士说了半天，主要有三。第一，孩子的每个阶段都很重要，千万不能输在起跑线上。第二，作为家长，既然把子女生出来，就要负责，要首先考虑子女，不惜一切代价成就子女。第三，也是最重要的一点，不会教育孩子怎么办？这是有捷径的，可以购买专业团队推出的辅助教材，有书，有录音带，有录像带，多管齐下，一定能给孩子一个看得见的成功未来！

他慷慨激昂地挥手致意，听得入迷的家长纷纷鼓掌，爆发出雷鸣般的掌声。

因为家长的反应太过热烈，当江博士的助理前来请他离开的时候，他又一挥手，不顾助理指着行程表诉说"时间来不及了"，执意要留下来给家长们做一对一咨询。

这样的好人好专家哪里去找啊！在座家长纷纷觉得自己今天真是捡到宝了，于是乖乖排队，满眼期冀地等待针对性的辅导意见。

果然，在诉说了各自孩子的情况之后，江博士除了辅助教材，还亲切地介绍了自己团队的另外一个拳头产品：口服液。

有补脑的，有增强注意力的，有治疗多动症的，配合教材使用，效果尤佳。

贾代玉兴冲冲地抱着抢购来的战利品回家，不出所料，遭到了程鹏飞的强烈抵制。

"先不说所谓教材就是他一个人录的，就说这口服液，"程鹏飞翻来覆去地检查着外包装，"就是个三无产品嘛！生产厂家也没有，批号也没有，你平时买袋盐还要看看保质期呢，买这种倒看都不看。"

贾代玉聚精会神地看着录像里的江博士，不耐烦地说："人家说了，这是内部产品，自家团队研发生产，只在演讲现场销售，配合教材购买，外面根本买不到，你还以为人家骗钱呢？狭隘！"

程鹏飞冷笑："要我说，他不是骗钱，是缺德！你们这群信他的人也不是狭隘，是无知！"

"你说谁无知？！"贾代玉愤怒扭头，"今天在场一两百家长都买了，就你聪明是吧？"

程鹏飞摆摆手："我不跟你争论，钱花就花了，录像带你愿意研究就研究，但这个口服液绝对不能喝，我是医生，不要挑战我的专业。"

"你有啥专业啊？"贾代玉更生气了，"你再专业也没把娃娃培养好！程鹏飞，你闺女开学就高二了，就她那个倒数的破成绩，能上啥像样的大学？还不赶紧趁着这个暑假把文化课补起来？从小到大，我在前头立规矩，你在后面带着他们玩，到头来你是好人，我是大坏蛋，你这是啥行为？虚伪！"

贾代玉越说越冒火："这次他们离家出走就是因为你太宽松！没个家长的样儿。"

"那要这么说，也是你成天说大城市好，这才让娃娃有了去香港的念头，你别逃避自己的问题！"程鹏飞针锋相对地说。

说到这里，两人情绪都上来了，贾代玉开始翻旧账："想去大城市怎么啦？苗要是考上大学堂堂正正地去，我绝不拦着，当初要不是我爹妈拖后腿，我早冲出去了！还指望嫁给你你能给我撑腰呢，结果你倒留下来了，在这个破地方一待就是十几年！你还觉得自己是个大夫，喝喝咖啡，读读英文书，了不起呢，其实你每天干那点儿活，是个人都能干！充什么知识分子大头蒜？！"

程鹏飞紧咬牙关，从牙缝里挤出一句："今天说的是孩子的事儿，打击面别这么广，我当时要不是和你结婚，也用不着留下来。"

"漂亮！"贾代玉一拍巴掌，"心里话终于说出来了！是我连累了你程大军医，我对不起你！"

程鹏飞只觉得贾代玉不可理喻，他忍着气说："我没说这话，我只想说，咱俩就不是有大出息的人，别逼娃娃有出息。"

"现在是娃娃的事儿吗?"贾代玉被激怒了,口不择言,"现在是你憋不住了,看我不顺眼,我给娃娃买点儿教材和口服液都是错的,这想法不是三五天吧? 不要紧,程大知识分子,你要是不甘心,咱俩随时离!"

贾代玉拉开门,程芽芽站在门口,面无表情,不知道听到了多少,贾代玉看见儿子怔了一下,气头上顾不得许多,直接走了。

程鹏飞颓然坐下,叹了口气。

父母吵架的余威波及到了程苗苗姐弟俩,天黑下来的时候两人还坐在农贸市场旁边的小摊上吃凉皮。

"挺吓人的。"程芽芽向姐姐描述,"爸没做饭,也不开灯,一个人坐在阳台上发呆。"

程苗苗有些不敢相信:"吵架了啊? 爸还有这脾气?"

"都说要离婚了,能不是吵架吗?"程芽芽淡定地找调料放辣子,"你还真当爸老好人没脾气?"

程苗苗一下站起来了:"那还吃啥凉皮啊! 得去劝劝,你去找妈,我回家劝爸,他俩离婚了咱俩可咋办,没见胡秋敏过的什么日子。"

她说着就要走,被程芽芽一把拉住:"不用劝,正在气头上,听不进去的。"

程芽芽看程苗苗坐立不安的样子,就给她一颗定心丸:"放心吧,离不了,咱爸那智慧,能解决。"

贾代玉这次是真伤了心,一个人跑到牛铃铃的小餐馆借酒消愁,旁边晃着牛铃铃和胡悦的两张脸,耳边是她们絮絮叨叨的劝说声。

她都知道,但不想听。

当年跟程鹏飞相亲的时候,多少有点儿病急乱投医。私奔明明是两个人的事儿,老四却果断地把黑锅甩给了她,这事儿在油田闹得沸沸扬扬,多少人等着看她的笑话,母亲刘英娣咽不下这口气,逼着她立刻出去相亲。

见的第一面,也没觉得这个人有多好,她当时觉得自己很凄惨,不由自主地哭了,连程鹏飞长什么样儿都没看清,只记得个子挺高的,还给她递了卫生纸。

不用牛铃铃和胡悦替程鹏飞说好话,她知道程鹏飞确实是个好丈夫,老实和善,对谁都有耐心,但他真的觉得是自己连累他留在油田吗?

贾代玉越想越难受,伸手去抓酒瓶,却被另一只手拿走了,她醉眼蒙眬地抬头看去,牛铃铃和胡悦不知道什么时候走了,换了程鹏飞坐在桌子边。

程鹏飞倒了一杯酒:"来,咱俩喝一杯。"

"哼。"贾代玉不轻不重地哼了一声,"还喝上了? 上次咱俩一起喝酒还是结婚,咋的,现在喝是要离啊?"

程鹏飞没有理会她的埋怨，认真地举起杯子跟她碰了一下："今天我说话也是急了，我先赔个礼，这些年尽顾着娃娃的事儿，咱俩很久没这么坐在一起说话了。"

说完，他举杯一饮而尽，贾代玉白了他一眼，也仰头喝干，杯子重重地蹾在桌子上："说话可以，别讲你那些大道理，过日子没用！"

程鹏飞很有耐心："那今天我听听你的道理。"

"行！"贾代玉转过来，认真地看着他，"你是为了我留在油田的，这个情我认，你说的那些我也都懂，是我太心急了，但都是为了娃娃，你说对不对？"

程鹏飞又给她倒了一杯："对，你说。"

"我想让娃娃从油田走出去，不是因为油田不好，其实油田特别好，稳定，福利高，吃饱喝足，但人活一辈子不能只顾着吃饭吧？总得有点儿别的追求吧？"贾代玉唏嘘道，"当初我为了出去，戈壁滩都敢闯，只是没冲出去，你就更不用提了，我不信你没点儿遗憾，每天你抱着英文书看，喝咖啡，哪一点跟基地里的别人一样了？我就是喜欢你骨子里这股不一样的地方，当初才愿意嫁给你，我们没得选，时代不一样了，娃娃是有得选的。"

这时候酒劲儿上来了，贾代玉脸颊绯红，眼睛发亮，神往地说："芽芽成绩好，我不担心，苗是个老大难，只要把苗给送出去，哪怕上个大专呢，芽芽就考苗那个城市最好的大学，咱俩退休了跟着他们一起生活！"

程鹏飞忍不住笑了笑："那不成了孩子的负担了吗？"

"怎么是负担呢？！"贾代玉一挥手，豪气冲天地说，"把房子卖了，去大城市开个诊所，我给你打下手，那不就扎下根了？再也不用过这种油井挖到哪儿咱跟到哪儿的日子了。"

她畅想起来："跟电视剧里演的一样，我也要住带电梯的楼，房子里有带浴缸的大卫生间，周末也得去吃牛排看电影，逢年过节出去旅游拍照……程鹏飞，我没嫌弃过你，我不图你别的，图你人好，有文化有见识，咱俩过日子没毛病，但为油田贡献大半辈子了，老了还不能有点儿自己的追求吗？我的人生目标就是全家人一起走出去！"

她端起杯子，期盼地看着程鹏飞："行不行？"

程鹏飞温柔地看着因为说出了心里话而分外敞亮直率的妻子，跟她碰杯，做出许诺："行！"

程苗苗忧心忡忡，想拉着弟弟回家一起劝说父母别离婚，但程芽芽只说了句还有重要的事儿，吃完凉皮就走了。

气得程苗苗直骂，他能有啥重要的事儿！一定又是跑到后山那个山洞去"考古"去了，一个都被盗过的破墓，值得他这么着迷吗？

程苗苗回到家，一开门就看见父母并肩坐在沙发上，一人端一杯咖啡，惬意地品尝

着,咖啡的香气在室内飘荡,气氛正好。

"你俩?不吵架了?不离婚?"程苗苗目瞪口呆,几乎以为程芽芽撒谎了。

贾代玉脸色酡红,笑嘻嘻地说:"我俩啥时候吵架了?我俩吵过架?"

说罢她把头靠在程鹏飞肩头,程鹏飞也满脸红扑扑的:"哪来的离婚?不可能离婚啊,我和你妈这个感情还用说吗?"

程苗苗了然地"哦"了一声:"喝酒了?"

"对,在你铃铃阿姨那喝了几杯。"程鹏飞举起咖啡杯示意,"高兴!"

程苗苗不明所以,但看父母快活的样子更不想多事儿,点着头慢慢往自己房间走去:"好,很好,继续保持!"

她想溜,贾代玉却突然想起了什么,招手让她坐下:"来,我们今天趁热开个组会,讨论一下你未来的发展,暑假剩下的日子不能再到处瞎玩,像今天一样,九点才到家。"

程苗苗磨蹭着坐下:"那程芽芽还没回来呢。"

贾代玉板起脸:"芽芽用我操心吗?他平时成绩就好,还趁着这个暑假跟厂办小刘学计算机呢,每一分钟人家都利用起来了。你就不一样,非得大人催着你学,不过没关系,妈妈已经给你安排好了!"

贾代玉豪气冲天地从旁边拿出一摞录像带和教材,拍着炫耀:"这都是今天抢回来的战利品,妈妈不能让你输在起跑线上!咱们就按专家说的来,每天上午看讲座,下午做习题,开学前集中火力冲刺一波!对了,还有口服液,一天一支别落下。"

她醉醺醺地站起来在柜子里翻找:"咦,我口服液呢?记得是放这里的啊。"

趁她转身的工夫,程鹏飞迅速贴近女儿耳边低语了一句:"别喝!"

然后站起来,扶着贾代玉往卧室走:"不着急,明天再找,成功也不是一晚上的事儿嘛。"

同样的事儿在李肆和胡秋敏家都发生着,只不过李大海看妻子说得天花乱坠,忍不住要尝一尝口服液:"补脑的,还高蛋白?啥味道啊?我尝尝?"

牛铃铃推开他凑过来的大头:"这稀罕东西,你喝啥啊,你那脑子还用开发?这是给儿子买的,人家专家说了,咱儿子这个情况,得下猛药,别人一天一支,咱们两支,妈买了双份呢,管够!"

李肆在母亲热切的目光下喝光了口服液,半信半疑地问:"酸酸的?不会变质了吧?"

"酸就对了!"牛铃铃一拍巴掌,"专家说了,这里面含有那个——氨基酸!"

而胡秋敏只拿到了教材和录像带,胡悦支吾着说:"口服液怪贵的,我想着还是回来跟你叔叔商量一下。"

胡秋敏正在洗头,把短发一甩,生气地问:"花钱还要跟他商量,你没工作啊?你没拿工资啊？又没靠他养着。"

"到底是家里的钱，花的时候也要说一声的。"胡悦有些觉得对不起女儿，但又觉得女儿不能体谅她的处境。

胡秋敏可不吃这套，气呼呼地说："那他在三厂每天花多少钱跟你说吗？喝酒抽烟的时候跟你汇报过吗？他一个月拿多少工资奖金你怎么不问问？"

胡悦不高兴了："问什么？搞得好像我要管他的钱一样，我自己有工资，犯不着。"

"我就瞧不起你这唯唯诺诺的样子。"胡秋敏果断地拒绝，"口服液既然没买就别买了，买回来我也不喝！"

半路夫妻，重组家庭，有些磕绊摩擦是在所难免的，胡秋敏也不是没有看过别的类似家庭凑合过日子的模式，但是对母亲胡悦的矛盾行为，她至今无法理解。

胡悦一边彻底拉开两家人的距离，天天强调"你姓胡，你哥姓杨，你们就不是一家人！"，一边又为了杨松柏不带她回老家吃亲戚的结婚酒席而又哭又闹"都是一家人，凭啥我不能去"。杨松柏忍无可忍动了手，两人把家都给砸了。

杨松柏气得要走，被胡悦扑上来死死拉住："话不说清楚别想走！你妈到底啥意思？我还是不是你们老杨家儿媳妇？咱俩结婚的时候没人来，过年也不许我回去，杨松柏！你是真当没有我这个老婆吧?！"

"泼妇！你现在就是个泼妇！"杨松柏挣脱了她的手，铁青着脸转身离开，"我一个月才回来一次，一回来你就跟我吵架！"

胡悦被他推开，绝望地坐在沙发上号啕大哭："没良心的东西！别以为我不知道你老家人怎么在背后说我坏话的，我是带个闺女，你杨松柏不也带着个儿子吗，谁高攀谁了?！"

胡秋敏听到继父走了，才从卧室出来，看见一地狼藉，知道今天又没饭吃了，镇定地去洗了根黄瓜。

她并没有安慰胡悦，胡秋敏觉得自己说的话，胡悦不一定爱听。

胡悦还沉浸在自己的情绪里，愤怒地咆哮："杨家人当我俩不存在，他亲哥的儿子结婚都不叫咱俩回去！凭啥?！"

"叫了我也不回去。"胡秋敏"咔嚓"咬下一口黄瓜，"你是跟杨松柏过日子，又不是跟他家里人过。"

这句话更激怒了胡悦："这些年我伺候他们爷俩，没有功劳也有苦劳，现在儿子上大学了，用不着我了，姓杨的一群白眼狼！"

一提到杨涛，胡秋敏霍然起身，拉开门走了出去，再也不想和胡搅蛮缠的母亲待在同一间屋子里。

再等等吧，再忍一忍。她心里想：反正自己早晚都得去找杨涛，那样就可以永远摆

脱这令人窒息的家庭环境了。

本来还觉得自己离家出走的事儿让继父临时回来处理，有点儿怪对不起他的，但是这次吵架更坚定了她的想法：杨涛和她是一家人，但杨松柏不是。

自从家长们接受了成功学的教育，这群孩子就遭了殃，李肆连个懒觉都睡不成，迷迷糊糊地被牛铃铃从床上挖起来，眼都没睁开一支口服液就插到了嘴里。

"专家说了，要早睡早起，养成健康的作息，对学习有帮助。"牛铃铃耐心地哄着儿子，"可不能睡到中午了，高压锅里有炖好的排骨，你记得吃。"

李肆没睡醒，只知道点头，牛铃铃笑逐颜开："哎呀，你看喝了这个口服液，咱儿子是比从前乖了，这几天都没往外面跑。"

李肆艰难地把酸酸的液体咽下去，抱怨道："零花钱都被爸扣去抵债了，我跑出去干啥啊。"

李大海今天有饭局，穿着西装，头梳得光亮，威严地哼了一声："这证明经济封锁很有效！在家好好学习，再不听话回来我还揍你！"

牛铃铃急忙推他："专家说了，要鼓励教育，别动不动就揍。"

"你看他那个熊样子，哪一点儿值得我鼓励，专家的话也不是都对。"李大海抱怨着，被牛铃铃半推半拉地弄出了门。

家长走了，耳朵好容易清净下来，李肆睁开眼，没精打采地走到厨房。李大海说到做到，要他赔偿轮胎和酒钱，零花钱都扣到2000年了，这几天他的兜真是比脸都干净，昨天吃根雪糕还是程苗苗掏的钱。

他和程苗苗认识十几年了，向来都是他财大气粗请客，什么时候还吃别人的了！多没面子啊，还怎么做林七二中扛把子？

李肆眼睛里突然闪过一丝精光，他神态庄严地捧起了装着炖排骨的高压锅："就是你了！"

一个二手高压锅换来了一个小霸王学习机，李肆撒着欢儿跑去程家跟小伙伴玩了一个下午。

这自然瞒不过家长，晚上回家，刚开门，他就被一声断喝："跪下！"

李肆麻利地往客厅中间一跪，娴熟地抱住了脑袋，预备迎接马上到来的一阵棍棒教育。

没想到李大海直接把一张纸甩到他面前："断绝父子关系协议书，签了吧！"

李肆愣了，抬头看着父亲，牛铃铃在旁边劝说："就这一个儿子，跟他断绝关系你要孤独终老啊？"

李大海痛心疾首，捂着心口说："有这样的儿子，我活不到老了！家门不幸！我在前头挣,他在后面败,家里啥东西都敢偷出去换钱,造孽啊!"

说着说着,李大海竟然哭了起来,李肆傻了,牛铃铃也傻了,回过神来一脚踹到李肆身上:"你看把你爸气成啥样了!他当年在外面采油,被狼追,遇泥石流,命差点儿没了都没哭啊!在外面铁骨铮铮一条汉子,今天被你气得在家哇哇哭!你真是一点儿心都没有哇!"

李肆蒙了:"我真不知道我爸对个高压锅有这么深厚的感情啊!"

"这是高压锅的事儿吗?!"牛铃铃怒吼,"要是能选,我和你爸情愿要高压锅当儿子!"

李大海伤心欲绝地捶打着胸口:"轮胎刚上好,高压锅又没了,赚多少钱是个头啊,等我老了你不得把我轮椅都给卖了?"

他哆嗦着指着依旧一脸茫然的李肆:"我对不起老李家列祖列宗,怎么生了这么个败家子啊!"

李肆心虚地低下头,平生第一次真切地觉得:好像,这次是自己过分了。

因为这次的风波,牛铃铃下定决心要把儿子扭过来,既然他和胡秋敏、程苗苗玩得来,那么就一起叫到家里看录像,一起做作业。

为了防止他们磨洋工,牛铃铃特地把小餐馆的员工小王调过来坐镇,任务就是监督他们学习。

牛铃铃摸着李肆的头,殷切嘱托:"儿子,不要再让你爸找到机会收拾你了,你争口气给他看,好不好?先学习,学完了随便你们怎么玩。"

李肆点点头:"行,妈你走吧,别耽误我们学习。"

牛铃铃放心地走了,胡秋敏和程苗苗吃惊地看着李肆,小霸王以前不是这个态度啊!

注意到了她们惊讶的目光,李肆平静地解释:"我爸一把年纪也不容易,我原谅他了,我们也要给家长一定的空间,你们别看我,我没事儿,我很好。"

他看了一眼在旁边正襟危坐的小王,又小声问程苗苗:"问问芽芽,写暑假作业什么价钱啊?二十块够不够?"

程苗苗扑哧一笑:这才是她熟悉的李肆。

一直到很久之后,程苗苗才明白,他们能过着无忧无虑当败家子坏孩子的日子,放肆地为所欲为,纯粹是因为有爸妈在为他们遮风挡雨收拾烂摊子,哪怕一路跑一路被父母的巴掌追赶的时候,流出的眼泪都是装腔作势。

而长大是一个痛苦的过程,等到他们逐渐担负起自己的责任的时候,甚至连任性哭出来都是一种奢望。

第五章
新来的孩子

九月,大西北的阳光依旧灿烂刺眼,而风吹过校园的时候,白杨树的树叶已经哗啦啦地翻起了一丝属于早秋的凉气。

林七二中,开学了。

经过一个暑假尽情玩耍的学生们赶在最后几天点灯熬油地补上了作业,穿上新衣服,背着书包,兴奋地扑向学校。

虽然平时在基地里也能见到面,但上学还是不一样的,新学期,新气象嘛。

肖方穿过热闹的校园,喝止了好几个兴奋疯跑打闹的学生,阴着脸走进了校长办公室,劈头就问:"卢校长,今年高中部多了两个学生,这事儿你知道吗?"

话说出口,他才看见一男一女两个年轻人也在,看样子是新分来的老师,他正在气头上,只是简单地点了一下头算打招呼,转头又气呼呼地说:"咱们林七二中是子弟学校,按规定不收外面的学生,尤其是……"

"尤其是老镇上的,对吧?"卢校长不慌不忙地替他说完。

一道大桥,将基地和老镇分为两半,泾渭分明,大桥的这边是整齐的水泥楼房建筑,诸般设施齐全,车水马龙人声鼎沸,一到晚上路灯闪亮如天上银河,完全的城市生活。

而老镇则早已衰落,从头到尾只有一条水泥路,周围零散的村子里年轻人纷纷出门打工,只有老人和儿童还留在村里,日复一日过着面朝黄土背朝天的生活。

明明一桥之隔,看上去却完全是两个世界。

但今天,有个孩子跨过了那道桥,一步一步坚定地走到林七二中的校园里来。

卢校长表情未变，和气地说："你知道，六乡今年开春遭了洪灾，中学被冲垮了，也没钱再盖，好多学生娃娃都出门打工了，只剩下这么一根独苗苗。"

"那可以让地方上想办法嘛。"肖方脸色很不好看，"生源问题是原则问题，绝不能放松，不然在教学上会给老师带来不必要的麻烦，对学生们也有坏影响。"

言下之意，二中已经有一批问题学生了，再把外面的歪风邪气吹进校园，还怎么管理？

旁边的两位年轻老师都露出不赞同的表情，只是没开口，卢校长笑呵呵地说："我知道你的顾虑，但这个学生不一样，六乡的老校长跟我说，整个老镇，只要还有一个学生有希望，那就是强小娃，他有学上，这个镇子就还有希望。"

肖方紧绷的神色有些动容，却还是坚持："但我得为我们二中的学生负责，高二了，马上要考大学了！"

"强小娃的入学试卷在这里。"卢校长拉开抽屉，递给他一叠试卷，"高一期末试卷，他考了近满分，根据学校研究决定，不但允许入学，还给他减免了所有费用。"

肖方陡然眼睛发亮，接过卷子翻了翻，有些不甘心地说："他可以破例……但另一个。"

提到另一个学生，连肖方的心情都沉重起来："她怎么还能来上学呢？"

从高一一班升到高二一班，熟悉的教室里，男同学大呼小叫追逐打闹，女同学们聚拢在一起谈论着基地电视台每天放的港剧，互相交换小零食，翻阅杂志，气氛热烈。

李肆突然大呼小叫地跑进来："哎哎！你们听我说！我刚才路过办公室，看见了我们班新来的班主任，绝了！活脱脱一个周慧敏。"

众人回头看他，下一秒不约而同地大笑起来，程苗苗尤其笑得厉害："你那个眼，跟瞎了也差不多，你看到的能是周慧敏啊？别是小芳他二姨吧？"

李肆压根没被她激怒，得意扬扬地往桌子上一坐，随手拿了一颗糖丢进嘴里，美滋滋地说："爱信不信，反正我这个学习热情啊，突然噌噌往上涨！感谢老张！他不调走哪有周慧敏来我们班啊。"

魏雪和胡秋敏同时尖叫起来，一个喊"你咋吃我糖？"，一个喊"我桌子刚擦干净的，你咋坐上啦！"。

李肆做了个鬼脸，突然想起了什么，看着自己的位置摇头叹息："这不行，太靠后了啊，影响我学习！"

而在高一一班的教室里，刚刚从初中部升上来的学生们对着座次表寻找自己的位置，笑闹得更加厉害，子弟学校不比外面，再分班也是老熟人，不用互相介绍也打得火热。

突然，门口的同学静默下来，一个推一个地示意大家看过去。

袁山青穿着一件明显不合她年纪的半旧衣服，低着头背着书包走进来，她个子很高，习惯性地低头驼背，瘦得脸上都凹了下去。轻飘飘地走过一列列课桌，直到教室最后一排，她才找到自己位置坐了下来。

同学们从最开始不知所措的沉默，到窃窃私语的议论，最后终于有一个男生忍不住问了出来："她咋在咱们班啊？"

这句话打破了空气中难堪的寂静，所有人仿佛刚明白过来，对着袁山青指指点点："她咋还有脸来上学？！"

也有的女生哀叹："倒霉死了！早知道分班的时候去二班了！"

袁山青对这一切都置若罔闻，掏出抹布默默地擦着桌子。

一个男生皱着眉，再度去看了一眼座次表，怪叫起来："那是我的座位！她坐了我咋办啊？我可不跟袁勇的娃当同桌！"

"袁勇的娃"，这就是袁山青在油田基地里的代称，似乎所有人都忘记了，在没出事儿以前，她也是油田子弟中的一员，又乖巧又好看，叔叔阿姨遇到总要抱起来逗一逗夸一夸。

后来，袁山青的母亲去世了，袁勇办了停薪留职出门闯荡，再回到油田的时候，带着新老婆，神采飞扬，西装革履，自称有一个高回报的大项目来介绍给大家。

这样的骗局在二十世纪九十年代到处都是，只是袁勇油田老职工的身份让大家放松了警惕，袁山青更是被他当成了挡箭牌，满嘴都是："我女儿还在油田住着呢，我能骗你们吗？"

毫无意外，骗了就是骗了，袁勇把大家的血汗钱挥霍一空，双手一摊跑路了，新老婆跑得比他只慢了一步，只留下袁山青承受大家的怒火，再没有人记得她过去也是受大家喜爱的小妹妹，而是简单粗暴地称之为"袁勇的娃"，让人一提她就想到，她是那个诈骗犯的家属。

李肆在教室里，死皮赖脸地非要跟坐第二排的同学换位置，扬言要好好学习。

同学并不上当："你不就是想看周慧敏？干吗跟我换啊，有本事坐讲台边上去？"

李肆故意做出羞答答的样子："那也太生硬了。"

肖方正在这时候走进来，一看到他就头疼，大喝一声："李肆！都打铃了不坐好，你又要离家出走啊？！"

"不是，我打算从这学期开始好好学习！"李肆狡辩着，却被肖方身后的年轻男人晃了一下眼。

高个子，留着精神的发型，白衬衫牛仔裤，清新俊朗得跟电视剧里的明星一样，夹克挂在手臂上,插着兜,眼神扫过来的时候每个人都觉得:老师看见我了。

"你还好好学习?你有这心思就不会交白卷了,滚后面坐着去!"肖方呵斥完,换了比较缓和的语气:"同学们,你们的班主任张老师调去了林七四中,从这学期开始,将有一位新老师来接替他,成为你们的班主任,高老师来自上海,是师范大学的高才生!啊……高老师,你来做个自我介绍吧?"

高飞扬大步走到讲台前,对肖方略一点头,然后抄起粉笔在黑板上龙飞凤舞地写了三个大字:高飞扬。

"自我介绍一下,高飞扬,教语文的,名字不重要,我保证你们会记住我的。"

同学们都有些蒙,他们还没见过这么直接的介绍方式,连肖方都愣了,高飞扬的眼神扫过来的时候他才醒过来,再度呵斥李肆:"还站着干什么?坐回去!"

李肆灰溜溜地往回走,路过程苗苗的时候,看见她在跟胡秋敏咬耳朵,嘻嘻地笑:"我就说李肆眼神差吧?男女都分不清了。"

"不对啊!"李肆坐到位置上还有些没反应过来,"咋连性别都变了呢?我那么大的一个周慧敏呢?不教我们班啊?"

高飞扬又看看肖方,肖方恍然大悟,说了一句:"进来吧。"

高二一班的转学生,来自老镇的农村孩子,强小娃,提着一个装化肥的口袋出现在班级门口。

"这是新来的同学,强小娃,做个自我介绍?"高飞扬提醒他。

强小娃站到了讲台边,面对大家,并不吭声。

他为了开学,特地洗了头,换了白衬衫,不再是那天背心短裤汗流浃背的乡土模样,但黧黑的皮肤,过长而杂乱的头发,还有一直抿着嘴的紧绷,处处都在表示他和这间窗明几净教室里的孩子不是一路人。

程苗苗猛地张大了嘴巴,看着他的脸,怎么看都有些熟悉。胡秋敏用胳膊肘碰了碰她,小声说:"新来的两个都不是善茬啊,你觉得呢?"

"我觉得他有点儿眼熟。"程苗苗紧盯着被高飞扬示意坐到最后一排的强小娃,纳闷地说,"好像在哪里见过。"

李肆还沉浸在周慧敏大变身的震惊里,等强小娃坐在他身边才明白过来:"你跟我同桌啊?"

强小娃看了他一眼,还是没吭声,面无表情的样子很不友好,李肆嫌弃地往边上坐了坐,嘀咕道:"不说话拉倒。"

在高飞扬飞快地进入了班主任的角色,给班干部布置工作的时候,同样是新来的班主任,高一一班的韩淑老师却遇到了难题。

她是第一次做班主任,经验难免欠缺,力持镇定地做完了自我介绍,目光环视了教

室一圈,才察觉到学生中的暗流汹涌。

"你们两个,怎么挤一张桌子了?"她敲敲讲台,"回自己位置上去。"

两个男生都没动,韩淑板起脸走过去:"这是谁的位置?"

其中一个男生支支吾吾地说:"是我的。"

"那你的位置呢?"韩淑的目光扫向教室里的三个空座位,最后一排有个女生低着头坐着。

三个空座位,那还有两个学生缺席?

她看见袁山青的时候,挤在别人座位上的男生急了,嚷了起来:"老师,我不回去坐!"

韩淑皱起眉头,一时搞不清状况,只能问:"为什么?"

轰的一声,教室里顿时就炸开了锅,所有学生群情激愤,七嘴八舌地抗议:"老师!我们不要跟她在一个班!"

"她爸是通缉犯!"有人大声说。

"谁让她来学校上学的?!谁同意她来我们班的!"

"让她去别的班!"

"她要跟袁勇一样骗我们钱怎么办啊,有人管吗?"

更有人站起来义愤填膺地说:"老师,你问问,整个高一有人愿意跟她坐同桌吗?!"

韩淑被这突如其来的风波搞得有些慌乱。袁山青起初低着头一言不发,直到大家口无遮拦地指责,她才咬着嘴唇抬起眼,映入眼帘的是一张张愤怒的面孔,所有人都口沫横飞地讨伐着她。

她站起身搬起自己的桌子,又往后退了一步,孤零零地安置在教室的角落里。

韩淑惊讶地看着她,袁山青直直地看着韩淑,低声说:"老师,我坐这里,我不需要同桌。"

一直闷头研究自己的"考古"笔记,压根没被班上同学的吵闹影响的程芽芽听到了这句话,回头看了一眼,正好看入袁山青明亮倔强的眼睛里。

高一一班的事儿闹得沸沸扬扬,李肆一听说他心目中的"周慧敏"哭着出了教室,嗖的一声飞奔而去看热闹,程苗苗叹息地说:"他不会是要留级去读高一吧?"

偏偏李肆这时候回来了,照着她后脑勺就是一面包:"我有病啊,好不容易熬到高二了要留级?打听过了,周慧敏教数学,哎呀,我这数学成绩有指望了!"

程苗苗十分鄙视:"暑假作业抄好了吗?这一上午为了周慧敏上蹿下跳的,等会高老师收作业看你怎么挨批。"

李肆把从小卖部买来的面包分给她和胡秋敏,得意地拿出借来的作业:"马上就抄完,还是新来的好哇,都不用交作业。"

胡秋敏斜着往后偷偷看了一眼，强小娃无所事事，趴在课桌上睡觉，脚下放着那个化肥袋子："你说他从哪儿转来的，怎么还拎着化肥袋子呢？"

程苗苗也闻声转过去："我总觉得他有点儿眼熟，你们认识不？"

"别管转学的了！"李肆不满两人的注意力分散，敲着桌子，神神秘秘地说，"你知道周慧敏班上出啥事儿了吗？袁勇的娃去一班了。"

程苗苗猛地抬起头来："跟芽芽一个班？"

"啊？"胡秋敏差点儿叫出声来，"这叫啥事儿！怎么她还能来上学？！"

袁勇骗钱的时候，胡悦因为穷，倒是没有上当，但受害者之多，胡秋敏随便一耳朵都能听到谁谁谁受骗了，袁勇可以说是油田基地的千古罪人，袁山青居然没事人一样来上学了？

程苗苗看着他俩，嗤了一声："大惊小怪，又不是袁勇来上学了。"

"他也得来啊，不是早跑了吗？"

李肆的这句话提醒了程苗苗，她猛然起身，跑到最后一排，摇动着装睡的强小娃："就是你！"

强小娃从胳膊里抬起头来，第一眼就看到程苗苗灿烂的笑脸。

"你还记得我们吗？"程苗苗主动抓住强小娃的手腕，比着后面两人示意，"暑假时候我们三个在路上拦过你的三轮车，你送我们到大桥的啊。"

强小娃没说话，低下头，程苗苗一脸失落，不放弃地追问："你不记得了？"

"嗯。"强小娃简单地吐出一个音节。

李肆好奇地凑了过来猜测地问："聋哑人？"

胡秋敏也问："听得见，但不会说是吧？"

强小娃再度埋头趴在课桌上，一点儿也不想理会三人。

开学第一天，谁都坐不稳屁股，放学铃声一响，哗的一声，大家归心似箭地收拾书包拔腿就跑。

程芽芽特地回头看了一眼，袁山青背着书包从后门离开，身影孤零零的，遇见的人都远远地避开，还用怪异的目光看着她。

他正在出神，常跟他一起上后山"考古"的钟瑞涛凑过来议论："她爸骗了咱们基地多少人的钱啊，她要是跟着跑了大家也没办法，偏偏还来上学，要是我真没脸见人。"

程芽芽冷淡地瞥了他一眼："又不是她骗的，还不让人上学了？你们这群人有病吧？"

钟瑞涛吓得看了周围一眼，幸亏这时候教室里已经空了，没别人听见。

"你咋还帮她说话呢？对受害者有没有同情心了？"

程芽芽冷着脸站起来："我没帮她，只是看不惯你们，有劲儿对她爸使去，对着一个女娃娃耀武扬威,无聊。"

"你可别再说了!大家都在气头上,再针对你怎么办?咱们可是要一起过三年的。"

程芽芽不屑地看了一眼空荡荡的教室:"考大学看的是同学关系?"

钟瑞涛又是拍大腿又是咬牙,最后还是一狠心拉住了他,低声说:"你知道王甫强和罗政为啥开学没来?"

提到另一个跟着他"考古"的同伙,程芽芽的注意力才被吸引过来,皱着眉问:"为啥?"

"罗政他奶奶昨天夜里跳河死了。"钟瑞涛贴着他耳朵低声说,"王甫强是表亲还好,罗政可是他奶奶一手带大的,哭了一夜,哭得气儿都喘不上来了。"

程芽芽脸色变了好几次,沉吟不语,钟瑞涛惋惜地说:"老太太自从知道袁勇跑了,钱拿不回来了,在家难受得跟什么似的,昨夜一眼没看住就跳了河,一分钟人就没了,本来今年八十大寿,罗家还要办酒席呢,唉,真惨。"

他叹息两声,又劝程芽芽:"袁勇的娃那边,你就别帮着说话了,罗政回来看见她,还不知道要怎么闹呢。"

程芽芽回过神来,仍然坚持:"再大的事儿也跟人家女娃没关系,你们有没有点儿是非观?"

袁山青上学的事儿飞快地传开来,程芽芽一回家,贾代玉连头发上的卷发夹都来不及摘,顶着五颜六色的脑袋就冲了出来:"我听苗儿说,袁勇的娃在你们班上啊?"

程芽芽看了一眼在旁边竖着耳朵的姐姐,厌烦地说:"你咋啥都打听呢?"

"用我打听?那周慧敏……不是,那新老师都被你们气哭了,李肆去打听的。"程苗苗狡辩。

贾代玉不管,只顾抓着程芽芽问:"她爸抓到没有啊!不是通缉犯吗?咋还跟没事人一样上学呢?"

程芽芽少见地没了平静的态度,声音都高了八度:"她爸是罪犯,她不是!你们能不能搞清楚情况?!"

他这个态度更让贾代玉不放心了,顶着卷发夹就要出门:"不行,我得找老师去,袁勇的娃是啥学生,咋能跟我家娃娃一个班?!"

程芽芽大吼一声:"妈!"

正好程鹏飞推门进来,听到了一耳朵:"人家娃娃没名字吗?一口一个袁勇的娃的,袁勇犯错了和她有什么关系?贾代玉同志你也是受过教育的人,咋跟那些嚼舌根的老娘们儿一样,啥年代了,还搞唯家庭出身论呢?学校自然有学校的安排,我们做家长的不要轻易干涉。"

贾代玉跳起脚来:"这事儿和他娃能没关系?她不是花着袁勇的钱长到这么大的?那都是咱们同事的血汗钱哪!"

知道妻子的个性,程鹏飞用眼神安抚了程芽芽,拽着贾代玉往屋里走:"那都跟咱没关系,我说个跟你有关系的,那什么补脑口服液,我托西安的同事给检验了一下,就是葡萄糖水!"

贾代玉惊愕地张大嘴巴:"糖水?"

"嗯,还加了点儿别的乱七八糟的东西,安定什么的,长期喝能把娃娃喝坏了,都是三无产品。"

程苗苗也跳了起来,后怕地说:"怪不得李肆一喝就想睡觉呢,幸亏我爸没让我喝!妈,你看你呀!"

程鹏飞也跟着说她:"还一天到晚操别人的心,想想自己的问题吧。"

贾代玉捂着胸口往卧室跑去:"我的天哪,赶紧扔了去,你说这一天到晚的,骗子咋这么多呢!我们老百姓容易吗?!"

因为程鹏飞的打岔,这件事儿暂时揭过去了,但是程芽芽心里就像是憋了一团火。

他也不知道自己为什么不高兴,仿佛全世界都在耳边说:袁山青不好,袁山青是袁勇的娃,你就该站在我们这边,义正词严地指责她,孤立她,欺负她,让她在林七二中待不下去,灰溜溜地滚蛋。

可是凭什么呢?袁山青的眼睛在他脑海里晃来晃去,始终那么明亮倔强地看着他。

程苗苗又是好奇,又有些不放心,溜进卧室来,才问了两句,程芽芽毫无预兆地发了脾气:"都怪你多嘴,成天就你事儿多!袁勇真站面前,你们敢放一个屁吗?乌合之众!落井下石!"

程苗苗被他这突然而来的脾气弄蒙了,被推出门才反应过来:"程芽芽你有病吧!我不是关心你吗?!"

袁山青引起的风波只是个开始,远未结束。第二天一大早,程芽芽背着书包往林七二中的方向走,基地建设得方方正正,通向学校的路只有这么一条,他走到一半,就看见了袁山青的背影。她低着头,但腰背挺得很直,正往前面走。这时,他的两个死党钟瑞涛和王甫强突然岔了出来,王甫强一把抓住了袁山青的胳膊。

程芽芽都没反应过来的时候,已经冲了上去,抓着王甫强的胳膊:"你干吗?!"

三个人都吓了一跳。王甫强犹豫一下说:"我哥……就是罗政明天要来上学了,他奶奶因为你爸的事儿跳河没了,他脾气本来就不好,反正你……要不然你明天别来学校了。"

程芽芽听王甫强不是要为难袁山青，这才松开他的胳膊，王甫强也赶紧松开袁山青的胳膊，后退了一步，看着袁山青。

袁山青的脸上没什么表情："我爸的事儿跟我没关系，我要不来上课就是旷课，旷课是违反纪律。"

王甫强急了："违反纪律也比挨打强，你傻啊？"

程芽芽想起自己姐姐的招数，也跟着建议："你就说头疼，去医院开个单子，请假。"

袁山青抬起眼睛看着他们，眼睛明亮："请假不能解决问题，但还是谢谢你们了。"

说完，她转身就走，王甫强唉声叹气："咋还不听劝呢？"

钟瑞涛稀奇地看着他："没看出来，你心眼儿还挺好。"

王甫强兜头拍了他一巴掌："我也是为我哥！他那暴脾气，明天上学把那女娃打个好歹的，再让学校开除了，我大姑不得疯了啊？"

他突然把目光转向默然不语的程芽芽："要不，你去劝劝？"

程芽芽摇摇头："我和罗政又不熟，你都劝不住。"

"不是，我让你去劝劝袁勇的娃。"王甫强鬼头鬼脑地说，"你脑子好，说话管用的。"

程芽芽本来习惯性地想嗤笑说一句"关我屁事儿"，但是看着远处袁山青孤零零的背影，鬼使神差地嗯了一声。

今天是上课的日子，正式来说这才是开学的第一天，学生们也不复昨天野马出笼的欢喜，规规矩矩地穿起校服背着书包进校门。

肖方严格履行教导主任的职责，站在校门口，目光如炬地看着学生们。

突然，他在人群中发现一个不和谐的身影，仔细端详了一下，招手叫停："站住，你，就是你，新来的转学生。"

强小娃依旧穿着白衬衫粗布裤子，拎着装书的化肥袋，在一群穿着校服的学生里十分显眼，他沉默地停了下来。

"你咋不穿校服啊？"肖方吹胡子瞪眼，"还有你这个头发，这么长能行吗？跟街上那群二流子一样，你既然来了子弟学校就要遵守这里的校规。"

无论他如何说，强小娃都保持沉默，眼睛盯着地面，肖方气得稀疏的头发都要竖起来了，咆哮道："好啊！老师跟你说话，你都不回答的吗？！"

不管他成绩多好，这种貌视校规的行为绝对不能容忍！

李肆夹在人群中正要往校门里跑，看见强小娃，想起当初他用三轮车载过自己的"恩情"。他小霸王是个知恩图报的人哪，于是大声替强小娃辩解："主任！他是聋哑人！"

"啊？！"肖方大吃一惊。

强小娃猛地抬起头来，他不想说话，但更不想被别人误认为是聋哑人，于是憋红了脸说道："没校服！"

短短三个字，却是满满的西北方言腔调，油田基地的职工来自五湖四海，从小生活在普通话环境里的学生们哪里听过这一口，顿时哄笑了起来。

"笑啥！都闭嘴！"肖方威严地扫视了一圈，"还不快回教室去！"

学生们憋着笑，一溜烟跑了，肖方看着强小娃，把声音放缓和了："没校服可不行，要统一着装才有精神面貌嘛，下课之后去后勤科买，还有你这个头发啊，男同学留这么长，成何体统，回家得剪，知道吗？"

强小娃又不说话了，低着头。

高飞扬这时候走过来替他解围："肖主任，他刚转过来，我还没来得及安排。"

肖方点点头："你也是刚来的，难免想不周到，我就说嘛，抓紧时间啊。"

"知道。"高飞扬轻推了一下强小娃的背，"去教室吧，快早读了。"

强小娃走了，肖方低声对高飞扬说："这个口音还真是个问题，你要上点心。"

高飞扬点点头："我会安排同学带一带他的。"

强小娃的事情好解决，高飞扬刚组织班干部开了个小会，程苗苗就一马当先地举手："你就把他交给我，不出一礼拜，保证让他融入一班集体。"

大家都知道程苗苗孩子王的气质，也不跟她抢，只有高飞扬还有点儿不放心："你了解他吗？"

程苗苗昂头挺胸地说："我们以前认识，暑假的时候离……反正我和李肆、胡秋敏出去玩迷路了，还是他送我们回来的，他人可好了，我愿意帮助他！"

有了程苗苗的大包大揽，强小娃的事儿暂时解决了，但袁山青却成了韩淑的一大难题。

她坐在办公室跟高飞扬商量："班里同学对她意见很大，这样下去袁山青肯定撑不住的，她一个十六岁的小姑娘，正处在敏感脆弱的青春期。我以前也遇到过被校园霸凌的女同学，做了很多工作，最后还是退学了。"

问题是这不是单纯的校园霸凌，还掺杂着校外的经济案件，光凭老师很难扭转。

"她妈妈呢？"高飞扬注意听着。

韩淑叹气："学籍表上父母那一栏都空着，我问了一下本地的老师，说她妈妈早就去世了，后妈也跑了，不确定啊，还有学生跟我反映，说袁勇家四口人，除了那个小的不懂事儿，剩下的都是犯罪同伙，袁勇还把一笔钱留给袁山青了。"

高飞扬摇摇头："这种话不能轻信，我给你出个主意，家访，去看看袁家到底什么情况。"

要是被程苗苗知道弟弟真的去劝袁山青了，一定会大吃一惊，程芽芽从小就是尖

子生,板着脸对啥都不关心,和她不怕麻烦的热心肠完全不同。

但这次,他真的在放学路上拦住了袁山青,竭力劝她:"罗政奶奶确实去世了,他现在处在极端情绪里,万一冲动,对你对他都不是好事儿。"

袁山青平静地看着他:"我明天不来学校,后天呢?大后天呢?除非我永远不来学校,不然罗政见了面还是会揍我。"

"我们也会劝他的,你现在先避开一下,等他慢慢冷静下来再说。"

"他奶奶是我害死的吗?警察说过我有罪吗?我已经躲了那么长时间了,为什么连学都不让我上了?"

程芽芽一肚子道理,面对袁山青突然说不出来了,她是"袁勇的娃",眼睛为什么能这么好看这么澄澈呢?

袁山青看他不说话了,少有地露出一丝微笑:"谢谢你。"

她走了,只剩下程芽芽困惑地站在原地:啥意思啊?她听进去没有啊?

很显然,袁山青有自己的主意,第二天还是照常背着书包走进了高一一班的教室,把书本拿出来认真地复习着。

班上所有同学哪还有心思早读,全都惊疑不定地看着她。

就在这种气氛里,罗政苍白着脸,校服衣袖上戴着显眼的黑箍走了进来。

同学们一片哗然,突然就没了看热闹的心态,开始担心他接下来会不会干什么大事儿。

罗政一眼就看见了坐在教室最后面的袁山青,他双眼充血,不知道是哭的还是气的,像头蛮牛一样就冲了过去。

王甫强冲上去从后面抱住他:"哥!咱别冲动行吗?!"

程芽芽也站起来提醒:"罗政,上课了,老师要来了。"

此刻说什么都拦不住罗政,他挣开王甫强,发疯似的一脚踹飞了袁山青的课桌,课桌上的书本稀里哗啦掉了一地。袁山青猝不及防,吓得脊背紧紧地贴在后墙上。

她无路可退。

"你有啥资格来这里上学?!"罗政怒骂,"你和你爸都应该被抓起来!"

一片寂静中,程芽芽走上前去,把袁山青的桌子扶起来搬回原地,又蹲下来一本本捡着课本。

袁山青满眼是泪地看着他。罗政却更加暴怒了,对着程芽芽怒吼:"啥意思啊?程芽芽,你帮袁勇的娃是吧?"

"你想打她是吧?打啊。"程芽芽面无表情地站了起来,和暴怒的罗政对视,"打人是要被开除的,挨打的那个可不用,你打了她,她继续在学校里读书,你呢?你就在学校外面等着,再打她,一直打到警察把你抓进去,你就在里面等着,等袁勇也被抓住了,你就可以和他在牢里算账了。"

王甫强颤抖着声音说："哥，学校里不能动手啊，真开除了大姑还活不活了。"

其他同学刚才被吓坏了，此时反而转过来埋怨罗政："咋也是个女娃，不能动手吧？"

"打人就过分了啊，老罗。"

"我们不想跟她一个班，也没说要打她啊。"

罗政气急了，转身对着全班咆哮："现在装好人了？合着你们家没死人是吧？！"

他环视了一圈，冷笑着说："行，你们跟通缉犯穿一条裤子，你们真行！"

说完他拔腿就走，王甫强死死拉住他，好说歹说将他摁回座位上："先上课吧，我求你了，还嫌家里不够乱？"

这时上课铃响起，韩淑走了进来，才结束了这一场闹剧。

而程苗苗这边，事情也不像她想的那么顺利。

李肆是不放心她去跟强小娃交朋友的，内心里总有一个无法说出口的羞耻理由：那天自己跟条死狗一样被三轮车拖回来，裤子上还有血，这个农村小子会不会把自己受伤的事儿到处宣传啊？！

怀着这样隐秘的心思，放学后他跟着程苗苗去找了强小娃，抢先说："咱俩也算认识了，现在坐同桌也挺有缘，以后我罩着你！"

他想得很好，把强小娃变成自己的小跟班，再给点儿好处，强小娃就不会把他出丑的事儿说出去了吧？

强小娃瞪着拦着他不让他走的俩人，他还要赶着回家呢，家里就剩下爷爷一个人，多少农活还没做。

程苗苗看见李肆吃瘪，得意地笑了一声，走上前挤开李肆，字正腔圆跟他打招呼："你是不是没习惯说普通话？没关系，我包教包会，初中时候我就是广播站的播音员了。"

说着她拿出磁带递给强小娃："我先教你，回去之后跟磁带读，一个月就能练好。"

强小娃瞪着她塞过来的东西："磁带"？什么东西？怎么用？

这里的一切他都不熟悉，他感觉烦躁，他急着回家呢！

强小娃粗鲁地一手推开程苗苗，他干惯了农活，力气大，程苗苗差点儿被推倒，李肆急忙上前扶住她，瞪着眼睛吼："你干啥推她？！"

"没事儿没事儿，我没站稳。"程苗苗赶紧说，生怕李肆又犯浑。

强小娃停顿了一下，似乎想要道歉，但还是头也不回地走了。

李肆看程苗苗居然对强小娃这么和蔼，想起她对自己那挑剔的态度，气不打一处来，冷笑一声："地方上来的野孩子，果然没素质没家教。"

他刚说完，强小娃猛地回头，瞪圆眼睛，扑上来一脚就踹翻了李肆。

第六章
骗局

　　李肆向来自诩林七二中扛把子,油田基地小霸王,岂是肯吃亏的主儿,冷不防被踹得跪倒之后立刻跳起来,嗷嗷叫着扑向强小娃,程苗苗刚想拦,班长朱超和路过的同学们"见义勇为",制止了这场斗殴。

　　于是两人一起被拎到老师办公室。

　　高飞扬刚从食堂打了包子回来,还没吃就被迫加班。他看了看低头的两个学生,漫不经心地把包子塞嘴里:"回去叫家长吧,初来乍到的,正好我也认识认识人。"

　　李肆一听就急了,心想开学才几天就叫家长,李大海还不拿棍子狠狠招呼自己?

　　他立刻又是辩解又是卖惨,坚持说是强小娃打了他。

　　高飞扬也没理他,问一直不吭声的强小娃:"这事儿跟你是没关系吗?你一句话不说,没事人一样。"

　　强小娃操着浓重的方言说:"我没家长。"

　　高飞扬皱了皱眉头:"我记得学籍档案上……"

　　他还没提到强爷爷,强小娃突然开口:"我是不小心撞了他一下,可没打他。"

　　说完他还向李肆鞠了个躬:"对不起,我不是故意的。"

　　这神来之笔把李肆彻底惊呆了,瞪着眼睛咋呼起来:"你……你你你,强小娃你个两面派!老师面前睁着眼睛说瞎话啊,你当旁边的同学都死了吗?高老师!我强烈要求传唤证人!"

　　高飞扬笑了,对外面叫了一声:"进来吧,别在外面偷听了。"

　　窗户下面露出程苗苗不好意思的笑脸,她麻溜进来,脆生生地叫:"高老师!"

"你全看见了吧？说说具体经过。"其实高飞扬此刻已经看出了这几个孩子的心思，不觉好笑起来。

李肆用希冀的目光看着程苗苗，结果他心目中的大救星把头一昂，露出活泼爽朗的笑容："没打架！谁打架了啊，我们闹着玩呢，当时李肆说会少林拳，我们比画的时候，强小娃不小心撞到了李肆，李肆这人心眼小，乱说话，高老师你别当真啊！"

这一瞬间，李肆想起了他人生中无数次被程苗苗坑过的惨痛记忆，新仇旧恨涌上心头，他怪叫一声："程苗苗！你这个叛徒！"

程苗苗眨着天真的大眼睛，语带威胁："那行，叫家长吧，让你爸来断断。"

"别！"李肆立刻腿软了，李大海最近早出晚归，好像在忙什么工作上的事儿，这时候叫家长和送死有什么区别？

他态度一下转变了，赔笑说："误会，都是误会！是我不小心撞到的，也是我自己跪地上的。"

高飞扬也不说话，自顾自吃包子，就这么晾着他们，等到李肆头上冒汗了，才扯过卷纸擦了擦嘴，语重心长地说："成绩不好，提高的办法有的是，但做人品性不好，在我这里就过不去。"

他眼睛直视着强小娃："你转过来不容易，自己心里也清楚吧？那些村子里的坏毛病趁早都改了，这是学校，容不得你放肆。"

又转向李肆："你什么情况我早有耳闻，小霸王，扛把子，是吧？不想挨你爸的揍就在学校安分点儿，你们俩也不小了，大老爷们儿靠打架解决问题那是野蛮人的做法，这次我可以不追究，再有下次，你们俩就一起从学校滚蛋，听明白了吗？"

高飞扬一席话说得三个人都蔫头耷脑，一直到出了学校的门才缓过来，李肆首先逮着程苗苗大骂："你行啊，咱俩认识这么多年，今天你和野孩子站一边去了！没良心！要不是他推你，我能让他踹一脚吗？你看我膝盖，都青了。"

说着他要挽裤脚，程苗苗哪能给他这个机会，用比他还凶的态度吼回去："要不是我，你现在被你爸追着抽呢，到底谁没良心？"

李肆语塞，他心里隐隐觉得不对。程苗苗一向歪理十八条，这时候把他堵得更是没话说，但他心里这口气憋得实在太难受了，看到强小娃若无其事拖着化肥袋往外走，李肆怒冲冲地说："这事儿没完！野孩子你给我站住！说你呢！"

强小娃装没听见，直接跑了起来。他以为李肆追一阵子就会放弃，但李肆什么时候吃过这样的亏，不罢休地一直追到了大桥上，喘着气要求："约架！"

他凶巴巴地指着强小娃："你是帮过我，可是我们也谢过你了，还打算给你钱，是你自己不要！今天你先动手打人，还不承认？你别觉得帮我一次就能骑我头上，我给你两个选择：第一，向我道歉；第二，咱俩单挑。"

说完李肆往地上吐了口唾沫:"你选!"

强小娃心里的怒火也燃了起来,他惦记着家里老弱的爷爷,辍学出门打工的大哥,不是六乡的老校长苦苦挽留,他才不想来子弟学校读高中!

他很小就知道,大桥这边是另外的世界,如今他亲自踏进来了,才更加感觉到不一样。这里的同龄人穿着统一校服,脸色红润手脚干净,说一口电影里才说的普通话,别说镇子,县城的人都赶不上他们过得快活。

这不是他的世界,他并不想来,强小娃必须承认,当他站在林七二中的校园里的那一刻,从前因为成绩拔尖带来的骄傲变得荡然无存,取而代之的是格格不入的焦躁。

都烦成这样了,李肆还要跟他单挑!

强小娃到底还是顾忌高飞扬刚才说的退学,也不纠缠,吹了声口哨,家养的大黄狗欢快地摇着尾巴从远处飞奔而来,龇出一口雪白的大牙,汪汪地叫着。

李肆从来没见过这么大的狗,吓得往后退了一步:"怎么还找帮手呢? 咱俩的事儿和别人无关,别狗也不行……你,你先叫它撤退。"

强小娃懒得理他,转头就走,李肆在后面叫唤:"尿了吧?! 有本事别走啊!"

他嘴上厉害,看到大狗回了一下头,吓得又往后退了一步,这一幕被追上来的程苗苗看到了。

他以为程苗苗是来劝架的,对着远处的强小娃挥着拳头:"行! 既然女生给你求情,今天我就放过你,下次你没这么好的运气!"

没想到程苗苗一反常态,提高嗓音激他:"上啊! 揍他! 受伤我送你去医院,开除我陪着你,我倒要看你能打过人还是能咬得过狗!"

李肆彻底傻眼了,看看强小娃又看看程苗苗。程苗苗被他那蠢样给激怒了,跳起来踹了他一脚:"去啊! 刚才不是追得特起劲儿吗? 继续追他啊,不然以后在二中咋混?"

李肆这才想起来刚才自己一阵乱跑,把程苗苗丢在脑后了,他自知理亏,嬉皮笑脸地上去揽住程苗苗肩膀:"高老师刚说了,打架解决不了问题,是野蛮的行为,你当我爱打架? 还不是因为他当我面欺负你吗? 咱俩从小拉过钩的,有人欺负你,那就是不行!"

"滚滚滚。"程苗苗被他气笑了,"没出息的样儿。"

李肆满不在乎地说:"啥叫没出息啊,等他下次不带狗的时候再说,晚上去我家不? 我爸妈请客不在家,咱们看录像带。"

程苗苗拒绝了:"不行,我有事儿。"

吃完晚饭,贾代玉看着程苗苗又往程芽芽房间里钻,大喝一声:"不好好做作业,干什么! 又去打扰芽芽学习。"

程苗苗手里拿着课本装样子:"我找他辅导古文呢。"

贾代玉感叹:"姐姐还要弟弟辅导功课,你们俩也是颠倒错乱了。"

其实程苗苗哪里是问功课,她溜进房间,看到程芽芽面前摊着课本走神,走过去咳嗽了一声,义正词严地说:"你上次跟我大声喊那事儿,道个歉,我就原谅你。"

程芽芽头都没回地递过去一根冰棍,程苗苗美滋滋地剥开包装纸,一边吸溜一边问:"袁勇的娃在你们班,现在咋样了啊?"

"一天到晚的,你就没点儿别的事儿吗?尽操这闲心。"程芽芽并不想提袁山青。

程苗苗摇头晃脑地得意起来:"我这叫关心同学,你不知道吧?我们班新来了一个地方上的转学生,新来的高班头谁也不指,就安排我去带他融入集体!这说明什么?说明我乐于助人的形象是深入人心的!"

她凑近,推推弟弟怂恿道:"说说嘛。"

程芽芽叹口气:"还能怎么样,罗政跟疯狗一样,一到课间就在教室里喊,骂她爸是个杀人犯,说她是杀人犯的女儿,不会放过她。"

说来也奇怪,罗政越闹,同学们越不那么向着他了,有的人开始同情袁山青,有的人则觉得他太吵,只是碍于罗政奶奶刚去世不好意思说。

罗政误判了形势,现在连他表弟王甫强和死党钟瑞涛都不帮着他了,放学后,罗政想在校园外对袁山青动手还是他俩拼命给拦住的。

程芽芽不由得想起袁山青对他说的话:"他奶奶是我害死的吗?警察说过我有罪吗?我已经躲了那么长时间了,为什么连学都不让我上了?"

她一向倔强,说话的时候眼睛却红了,让程芽芽都觉得自己的所谓"好心"有点儿过分。

程苗苗没得到自己想要的情报,转身想溜,却被程芽芽拦住:"来都来了,把课文背一遍再出去,不然妈该知道你找借口了。"

程苗苗看着弟弟突然神似老师的态度,咽了口唾沫,连刚吃的冰棍都不甜了,结结巴巴地开口:"嗟,嗟乎?"

五分钟之后,贾代玉听见了程芽芽的怒吼:"程苗苗你是个猪吗?!就会一句嗟乎啊?!还不知道什么意思!背!背后面的!"

贾代玉倒是很欣慰,对程鹏飞说:"俩孩子就是好啊,生了个傻的架不住还有个聪明的,提携姐姐,共同进步……哎,贾宝山明天就该到了,我们开大会,你去门口接一下啊。"

程鹏飞故作吃惊:"小舅子要来?终于被开除啦?"

贾代玉娇嗔地拐了他一下:"啥玩意儿就开除啊,单位有个顺风车,我爸妈让他顺道送东西过来。"

程鹏飞听着程芽芽声嘶力竭的咆哮声,感慨地说:"真好,两个孩子又要得意了。"

要说起贾代玉的弟弟贾宝山,那可是个大活宝!父母老来得子,宠爱得不得了,小时候怎么胡闹也不管他,长大了更是没干过一件靠谱的事儿,老贾家五个孩子,四个都子承父业在油田挥洒青春,唯独贾宝山把青春挥洒在路上,二十九岁了,没有一年是稳定踏实的,名义上挂靠在油田,其实在外面工作干过无数,每次见面贾代玉都要问:"这次又干的是啥啊?"

总之,除了成功,贾宝山什么都沾点儿边。

不过再被父母骂偷奸耍滑二混子,贾宝山对程苗苗姐弟却没话说,不光是小舅,还是开心果和大朋友,两个孩子最亲近他,每次来了都追着他听外面世界那些精彩趣闻。

其实贾宝山这次来,也是有原因的,袁勇骗了太多人,连来基地探亲的贾宝山也没放过,跟他天花乱坠地吹了一通。贾宝山一直以来都觉得自己能一夜暴富,以为这次天上的馅饼终于掉他嘴里了,稀里糊涂就把积蓄全部押了上去,里面甚至还有贾家父母给他攒好的媳妇本。

袁勇的案子一发,钱没了,媳妇更是成了泡影,贾宝山不敢在家面对父母,生怕露馅,只能到姐姐姐夫这里来暂避一时,顺便也打听袁勇的案子有没有下文。

人还没进门,就在基地门口跟小车司机发生了冲突,一次小小的追尾事件,两人互不相让,扭打着躺在地上,引起了交通阻塞。

贾宝山在外闯荡多年,碰瓷这手玩得炉火纯青,一边叫唤自己好好地在车里坐着结果被撞得头晕眼花,必须去医院,一边又拉大旗作虎皮:"我姐夫!职工医院院长知道不?你今天撞的是领导家属,你摊上事儿了!"

火急火燎赶来的程鹏飞听到这话,啼笑皆非:"我不是院长!"

被揭穿了的贾宝山丝毫不觉得丢脸,大大咧咧地说:"候补的!储备干部,一样的。"

据程鹏飞的意思,出了车祸,能协商的协商,不能就报警,两个大男人躺在地上互相别大腿、扯头发,成何体统。

小车司机认识他,倒也愿意和解,无奈贾宝山不干哪,直着脖子非要说自己撞到头了,要去医院住下来进行全面检查。

无奈,程鹏飞只能把他带回了职工医院,安排了床位,贾宝山跟护士小姐多聊了几句,还拐了一卷绷带把自己的头像模像样地包了起来。

程鹏飞拿自己的饭盒去食堂给他打了饭,他一边吸溜着面条一边点评:"这肉有点儿少啊,汤也咸了点儿,比我去年来吃的可差远了,嗯,再给我拨点儿。"

贾代玉开着会就听说自己弟弟出车祸了,吓得脸都白了,冲到医院来,隔着窗看见贾宝山头上裹着雪白的绷带,脚一软差点儿没站住。

等看到他有滋有味地吃着面条,程鹏飞也站在一边,脸色不像是有事儿的样子,贾代玉这口气才转过来，骂道："从小到大就不省心！你看吓得我，手心里都是冷汗，以后你少来，省得我操心。"

贾宝山笑嘻嘻地说："姐，不是为了给你送东西我还不能来呢，咱妈也是，有好东西都藏起来，就等着给你送呢，好几大包！"

贾代玉恨铁不成钢地戳了他脑门一下，把绷带给带了下来："说这话有良心吗？你都快三十了，也不结婚，赖在家里吃爹妈的，爸妈那点儿退休金还不够你祸祸的呢。"

她看清楚贾宝山脑袋完好无损，连皮都没破才放下心来："行了，吃完了换衣服回家，在医院住着干啥啊。"

贾宝山满足地一抹嘴，又躺回了病床上："主要为了严惩肇事司机，我住院的钱都让他出啊！让他长长记性，还有体检，最近这个心脏，怦怦乱跳，姐夫你可得给我多开几张检查单，从头到尾好好检查检查，别跟咱爸似的，落下个心脏病。"

贾代玉照着他屁股就是一巴掌："胡说八道！"

贾宝山为了躲避回家，能拖几天就几天，在医院里胡搅蛮缠，导致程鹏飞和贾代玉都没能按时下班。

这可害苦了程苗苗和李肆，因为昨天发生的事儿，今天程苗苗一直密切观察李肆，生怕他打击报复强小娃，但李肆真是个心大的，好像把那一脚全忘了，反而兴致勃勃拉着同学显摆自己刚学的空中抓牌。

他学又学不会，把扑克牌散得满教室都是，程苗苗受不了，拉着他回了家。

李肆还喋喋不休地跟她念叨："你是没看人家赌王多帅啊，穿风衣、戴墨镜，一张牌定乾坤。"

程苗苗不屑："就你那智商还学赌王呢，数学才考八分。成天喊着周慧敏，人家韩老师来教数学了，也没见你多考两分。"

李肆说不过她，摸着肚皮喊饿："不是说小舅来了吗？咋连你爸妈都不在家呢？哦，芽芽也没回来，是不是你家搬家了没通知你啊？"

他是真喜欢贾宝山，跟李大海那种粗暴打人的爸爸不一样，跟程鹏飞那文质彬彬的爸爸也不一样，贾宝山完全不像个大人，反而能跟他们玩在一处，打打闹闹的，还懂很多外面的新鲜玩意儿。

正说着，程鹏飞和贾代玉终于把贾宝山给劝回来了，一进门程苗苗就欢呼了起来："小舅！"

她飞奔过去，贾宝山把她架起来兜了一圈，又笑着招呼："哎呀，肆哥也来了。"

李肆笑着摆手："别啊小舅，你咋叫我肆哥，我咋接啊。"

"嗨，叫的不是个辈分，是个身份。"贾宝山看着两人问："还没吃饭呢？"

程苗苗气鼓鼓地埋怨："问我爸妈呀，他们俩下班谁都不回家，我吃什么啊？"

贾宝山一看表，装模作样地说："都这个点儿了，出去吃吧，你们基地那小餐馆味道还行。"

贾代玉已经捋着袖子进厨房了，又探头点他："你出钱啊？那敢情好。"

贾宝山一听钱就发怵，别人不知道，他自己清楚，钱全被袁勇骗走了，他现在正拉着饥荒，于是赶紧岔开话题："那你们先做着，肆哥，跟我走，车里还有给家里带的东西呢。"

贾家父母给女儿带的东西之多，李肆和贾宝山两个人都拿不了，借了个三轮车往回拖，李肆一边骑一边问："小舅，这次你待几天啊？"

贾宝山推车只是装个样子，其实没出力，装模作样地说："本来明天就回的，这不出车祸了吗，车得修好了再回去，不能给集体造成损失嘛。"

"那正好！我们周末去农贸市场玩游戏，吃烧烤，一条龙！"李肆突然兴奋起来，扭头说，"还有个好玩的地方，只让大人进，我带你去，你可别跟人说。"

贾宝山摸了一把下巴："只让大人进？什么好地方啊？"

结果李肆扭头发现了他磨洋工，大声指责起来："你咋不推，就甩手走啊？"

贾宝山赶紧把手搭上去："推着呢推着呢！"

要说镇子上的农贸市场，那可是个神奇的地方，本来不过是附近几个村子的农产品集散地，但自从有了油田基地，职工们福利高工资高，手里很有些闲钱，总要出来花的。他们促进了当地的经济繁荣，一个小小的镇农贸市场，竟然有了县城商业区的气派，游戏厅、KTV、录像厅比比皆是，甚至还起了一个二层楼的大商场，里面的自动扶梯连县城都没有呢，开业的时候程苗苗和李肆还挤进去坐过新鲜。

当然，这种特殊繁荣也造成了一些外来人口慕名而来捞偏门，程苗苗记得自己七岁的时候，就有江湖骗子借着特异功能的噱头来行骗。

当时程芽芽才六岁，板着一张胖嘟嘟的小脸严肃地戳穿："假的。"

后来证实了他的说法，这世界上根本就没有什么特异功能，所谓隔空取物不过是魔术。

而魔术，不管演得多么有声有色，众所周知是假的，跟袁勇嘴里"发财的捷径"一样。

开学第一个周末，孩子们都跟放风一样往外跑，程芽芽一早就不见了，程苗苗还跟贾宝山告小状："看出谁更爱你了吧，小舅？"

贾宝山心里惦记着李肆说的地方，哼哼哈哈地敷衍了过去，出门就直奔农贸市场，在游戏厅门口会合的时候，李肆穿着件风衣，梳着大背头，戴着墨镜，很有几分自得：

"我看录像里都这么穿的,有气势。"

贾宝山瞅了瞅游戏厅:"就是这儿?"

李肆点点头:"上次我遇到我爸一同事,跟我借钱,我看着他进去的。"

贾宝山都为他的心大而头疼:"开口就借啊?你不是被欺负了吧?收保护费什么的。"

"那不能!"李肆觉得自己是小霸王谁敢骗自己,言辞激烈地说,"半小时他就出来了,借八十还一百呢,够意思吧?是他告诉我里面来钱的。"

贾宝山饶有兴趣地看了半天,伸手:"有钱吗,借我点儿,输赢咱俩都一半。"

"你不带我进去啊?"李肆一惊,他之所以告诉贾宝山,就因为想一起进去见见世面。

虽然是油田小霸王,但李肆到底还是个未成年的孩子,对这种地方天生胆怯,一个人不敢进去。

"你个小孩子,怎么能去这种地方!"贾宝山义正词严地说,把他手里的一百块夺过来收好,"里面的水很深哪!不是你看两部赌片就能掌握的,小舅我见多识广,什么澳门,拉斯维加斯……"

说着,他从李肆脸上摘下墨镜,自己戴上,自信地昂首阔步往游戏厅里面的小房间走去:"等我好消息,晚上烧烤!"

程苗苗知道李肆和小舅出去玩了,自己就去了胡秋敏家。杨涛找了个实习工作,有工资,还不低,前几天刚从深圳寄了一大包东西回来,里面有时髦的牛仔裤,还有各种磁带、海报,一大堆好玩的东西。

比小舅带来的,姥姥特地给她做的大花棉袄和老棉裤可得劲儿多了。

胡悦不在,两个女孩子玩疯了,不但把衣服拖出来一件一件地试,胡秋敏还从里面翻出一套化妆品,神神秘秘地给程苗苗上妆:"睫毛膏知道吧?涂上又黑又密,跟电影里一样!还有这个口红,是最流行的色号。"

程苗苗看着一大堆好东西,羡慕不已:"有个在大城市的哥就是好啊!这些磁带我在镇上都没见过。"

胡秋敏大方地一挥手:"喜欢哪盘就拿去听!咱俩谁跟谁。"

"要我说,你哥对你是真不错!"程苗苗拿着磁带爱不释手,"这么多东西,得好多钱呢。"

胡秋敏神气地一挺胸:"我哥有本事,马上还要出国留学呢。"

"留学?!"程苗苗尖叫起来,对于油田子弟来说,能考出去读大学已经是人中龙凤了,出国留学那简直是另一个世界的事儿,"真的啊?"

胡秋敏高兴之中又带着一丝沮丧:"去新加坡,打电话回来的时候,我妈说什么也

不同意,说别是遇上了骗子吧?"

"嗨。"程苗苗安慰她,"这叫一朝被蛇咬十年怕井绳,都是袁勇把大家坑惨了。"

两个小姑娘在胡家浓妆艳抹大闹天宫的时候,三个家长也在镇上的发廊做头发。

牛铃铃昨天喝酒喝到半夜四点,本来是不想来的,贾代玉习惯在家自己卷,也不爱来,但今天非同小可,一向朴素的胡悦居然找到她们俩,吞吞吐吐地问烫发的事儿。

这还得了,简直千年铁树要开花,两人当仁不让,立刻出门陪她来。

等到了发廊,被理发室巧舌如簧一通劝说,又看了新的发型照片,这俩拍板决定:来都来了,干脆一起烫。

烫发的时间很长,三人坐着说起闲话,牛铃铃现在眼睛都跟没睁开似的,疲惫至极,但还是开心的:"还不是为了大海想去石油桥进修的事儿,昨晚上请人家负责人吃的饭,他那个酒量不顶用,还得我上。"

胡悦吃了一惊:"去石油桥进修那就是要晋升啊!不少人抢吧?"

"可不是!我说给我爸打个电话,大海非不让,说怕被人戳脊梁骨。"说起这事儿牛铃铃就恨得慌,"老丈人帮女婿说句话,犯天条啊?再说了,大海那工作态度人人都看得见,啥时候在家过过周末啊?一天到晚都在一线,他不升还有谁?要我说那就是嫉妒!"

但是李大海死活拦着,说老爷子眼看要退休的人了,稳稳当当保持晚节比什么都重要,他既然是女婿,就该自己扛,别给老爷子添麻烦。

"大海娶了你那是烧高香了。"胡悦看着牛铃铃宿醉憔悴的样子,不由得说了一句。

"你也是。"贾代玉取笑她,"一大早说来烫头,之前我们那个劝你啊,屁股都不带动一下的。"

胡悦有些不好意思:"上次老杨回来……不是吵架了吗?这次他让我把西服给他送过去,正好有顺路车,我想着见人呢,还是该收拾一下,精神一点儿。"

贾代玉一拍大腿:"我还以为你想开了呢!合着还是为了老杨啊?你怕老杨同事见到你不精神呗?就他那个头,都快成地中海了,你还怕自己配不上他?"

胡悦叹了口气:"他就是个秃子,老杨家也觉得我高攀了他。"

"他有啥啊你就高攀了?"贾代玉真是恨她不争气,抢白道,"老杨跟你结婚,父子俩住的是你的房子,他姐孩子都俩了,还跟娘家挤呢,嫁了个老公连房子都没分上,到底谁高攀谁?杨家人怎么分不清个五六呢?"

她正在义愤填膺,三人后面的座位来了个男人,短头发,穿着普通,坐下的时候随口对理发室说了一句:"先给我干洗一下啦。"

这个熟悉的腔调,让三个人齐齐住了声,竭力在脑海里搜寻着,看着镜子里的男人,面孔逐渐清晰,突然一个名字涌上心头。

"江达骋!"贾代玉一马当先抓住了他的胳膊,"你还敢来啊!"

男人惊慌失措:"你们干什么啦?你们认错人了啦!我不姓江。"

"我管你姓什么!"牛铃铃这下精神都来了,恨不得上手厮打,"卖假药!我儿子喝了多少那个口服液啊,都喝成傻子了!"

胡悦也跟上来扭住,怒喝:"去派出所!"

骗子一看大事不妙,奋力挣开三人,向门外疯狂逃窜。

三人啥也不顾,顶着烫发帽就追了出去。

李肆无聊地在游戏厅里打游戏,一直用眼睛瞄着那个神秘的小门,他心不在焉,把把都是输,一咬牙,干脆走了过去。

他要推门的时候,被人从背后一把拉住,强小娃操着方言简短地问:"干啥?"

李肆先是惊讶,而后就是恼怒,一把甩开他:"你管我?"

"你知道这里面是啥吗?"强小娃看他还要往里进,上手拽住他胳膊往外拉,李肆不肯让,脚下跟钉钉子一样站在原地,斜睨着他:"我知道才进去啊,和你有啥关系?!"

强小娃是真急眼了,少有地说出了一大段话:"那里面都是社会上的混子,就是骗钱的,赌博!我们村好多人都在里面玩得倾家荡产,你进去就出不来了!"

其实他是好心,李肆明白,但少年意气这时候热血上头,就算强小娃是对的,他又怎么可能听?两人之前结下的梁子还没算清楚呢。

"哟哟,"李肆不屑地说,"说得好像你见过很大世面一样,我咋进去就出不来了?我今天就偏要进一个给你瞧瞧!"

两人就在门口扭打起来,一不小心扑在门上,双双倒了进去。

不像是电影里赌场的灯光明亮,金碧辉煌,人人谈笑风生的富贵体面场景,不大的屋子里烟雾弥漫,昏黄的灯光照着每一张疯狂而油腻的脸,烟雾呛人,中间一张大桌上堆满了现金,一群人围着,声嘶力竭地喊着什么"大""小"之类的。

有人跟烂泥一样瘫在角落里放声大哭,绝望得好像世界都毁了。

李肆明显害怕了,愣在原地,强小娃爬起来就要拉他出去:"走,快走!"

正在这时,门口一阵混乱,几个便衣冲进来,一把按亮了灯,堵在门口威严地喝道:"警察!"

第七章
铁三角

河坪镇派出所今晚热闹非凡,先是热心群众扭送了一个卖假药的骗子,吵吵嚷嚷间接警的同志好容易才听明白原来还是个流窜犯,刚走完流程,紧接着盯了几天几夜的地下聚赌窝点被一锅端,从庄家到赌徒都被抓了回来。

平时派出所地方也够大,现在一看简直挤不下。

程鹏飞带着一双儿女冲了进来,一眼就看到了坐在等候区的贾代玉,她头上还套着烫发帽,正怒气冲冲地看着角落里抱头蹲着的一群人。

"啥情况啊?"程鹏飞担心地跑过去,"人没事儿吧?"

贾代玉的眼睛依旧狠狠地瞪着:"没事儿,我们遇到那个骗子了,话都问完了。"

程鹏飞心想那还不走,跟这儿苦大仇深地干啥呢?没等他问,程苗苗失声喊了出来:"李肆?!强小娃?"

她再一看,更加惊讶了:"小舅?!"

程鹏飞也愣了:"宝山咋在这儿呢?"

一番兵荒马乱之后,他们终于弄明白了情况,牛铃铃忍不住哭了起来:"造孽啊,我还在街上抓坏人呢,儿子变成赌徒被抓了。"

李肆抬着头辩解:"我是被冤枉的,我就在门口站站,啥也没干,是他把我扯进去的。"

强小娃言简意赅地说:"他要进,我不让。"

旁边负责的警察同志喝止他们:"正办案呢!有关人员不许乱说乱动啊。"

牛铃铃眼看自己从见义勇为好群众一转眼就变成犯罪"有关人员",悲从中来,哭得更大声了,程芽芽掏出纸巾递过去:"阿姨,你别急,现在情况还没弄清楚。"

"你看看人家儿子,又聪明又懂事,跟个小大人似的,再看看我生的,这是个啥啊!"

牛铃铃捶胸顿足,索性站起来冲到警察面前:"把我儿子抓起来!关进去!我们是教育不了了,交给政府一次性解决!"

李肆大惊:"妈!你真是我亲妈?弟弟,你拉着我妈点儿啊!"

这边贾代玉也忍不住了,跳起来指着耷拉着脑袋往人群里躲藏的贾宝山怒斥:"你明天就给我滚回去!自己不学好还带着李肆,甭问,一定是你带着他去赌的,他还是个小娃娃呢!王八蛋啊!"

回去的一路上,贾代玉都恨得牙痒痒,贾宝山起初还申辩两句:"我没带他啊,是他带我去的,再说我也没赌啊,钱还在这儿呢不是?"

贾代玉怒视他:"丧良心的!现在还敢赖到个娃娃头上!警察同志冤枉你了吗?那五百块罚款可是我给交的!"

程鹏飞搂住妻子安慰:"消消气,人没事儿就好。"

"消个屁!"贾代玉越想越恨,"这钱你啥时候还?说个日子!"

贾宝山身上哪有钱,这一年寅吃卯粮,要不也不至于铤而走险去赌博,他愁眉苦脸地说:"再宽限几个月……下个月还行了吧?"

他看到贾代玉的巴掌已经扬起来了,急忙承诺,贾代玉却不放过他,到底还是挨了一巴掌:"滚回去!下次再来就打断你的腿!"

程鹏飞不得不出来打圆场,好好教育了一顿小舅子,贾宝山低着头,也不知道听进去多少。

程苗苗从派出所出来就板着脸,也不理李肆,任凭他在后面鸣冤叫屈,反而是默默跟着强小娃,一路走到大桥这里。

李肆不甘心地跟在后面,对程芽芽诉苦:"你姐现在胳膊肘向外拐,一门心思操心那个野孩子,都快不认识我了,明明我和她才是一头的啊!"

"你消停点儿吧,人家暑假刚救你一次,今天是第二次,要不然你且出不来呢。"程芽芽看着冥顽不灵的李肆,加重语气说,"你就知道电影里耍帅了,怎么没看见还有被枪顶着头的呢?赢一块钱都搞不好要丢命,赌博就是赌博,捷径就是陷阱,都是假的,骗人的。"

李肆不甘心地嘟囔着:"你现在跟我爸越来越像了,大道理一套一套的。"

走在前面默不作声的强小娃突然转身,向李肆走来,两人面对面地站着,李肆陡然一阵心虚,讷讷地问:"你没事儿吧?"

他得承认,今天强小娃是被他连累了,想他小霸王一向快意恩仇,只有别人欠自己

的,哪有自己欠别人的道理?"

强小娃注视着他,依旧是一口方言,却让李肆再也生不起嘲笑的心思:"我们村好几个人都在里面输得精光,老婆也跑了,房子都让人扒了,那就是流氓赌棍开的骗钱的,你们油田的娃娃每天不愁吃不愁穿,还以为外面多干净呢。就这个大桥,你们那边铺着柏油马路,过了大桥就全是稀泥,你那鞋子踩过泥吗?"

说完,他头也不回地走了,李肆看着他的背影,还没从这一段话里回过神来,程苗苗陡然爆发了,冲上去对他拳打脚踢:"让你不长脑子!不让你去农贸市场的游戏厅!非要去!你翅膀长硬了,还敢进去赌博了!要不是强小娃,你这次就完蛋了!你个没脑子的货!"

李肆被打得哇哇叫,向程芽芽求助:"弟弟!你管管你姐啊,弟弟!"

程芽芽袖手旁观,淡淡地说:"该打。"

贾宝山第二天就灰溜溜地走了,但经此一事,李肆在强小娃面前再也耍不起横,程苗苗拎着他耳朵对他反复叮嘱:"人家救了你两次!你要知恩图报,不许再找碴。"

李肆就是不明白,强小娃到底在想什么,他道歉也道了,道谢也道了,喝健力宝都不忘记塞给他一罐,强小娃却当眼前没他这个人,又恢复了那死倔的脾气,上学独来独往,拎着那个化肥袋子谁也不理睬。

一向在孩子里所向无敌,跟谁都能打成一片的程苗苗也抓了瞎,用程芽芽的话说,就是"遇上了自己的滑铁卢"。

滑不滑的她不知道,但是不管她怎么接近,怎么试图示好,连带着其他同学一起散发善意,拉着他参加集体活动……强小娃就跟个石头人一样,丝毫不为所动。

胡秋敏说她:"要不就算了吧,跟高老师说你没这金刚钻,那男娃来多少天了,跟谁软和过啊?一句话不说,脸上还有杀气。"

程苗苗不客气地从她兜里掏巧克力吃:"别胡说!人家就是不会说普通话有点儿自卑,哪来的杀气,这事儿我必须办漂亮了,不然以后在高班头面前咋混啊?"

"拉倒吧,高老师一看就比从前的张老师难对付,他就是利用你,连那个周慧敏也不是个省油的灯,自从她来了,咱们高二的体育课就直奔着数学课去了,大城市来的人,心眼都可多呢。"胡秋敏鄙薄地说。

程苗苗眼珠一转,凑到胡秋敏耳朵边说:"我上次不是把写的武侠小说当成暑假作文交上去了,高班头叫我去谈话,说他的电脑能上网,特地给我找了些现在网上流行的小说,那意思一定是鼓励我坚持写作啊!"

她多少有些得意:"我爸妈还说我写的不是东西呢,看,有识货的吧?他这么看得起我,我当然也不能认怂。"

正说着,她看到强小娃从窗边走过,掏了胡秋敏的巧克力就追了出去:"强小娃!

吃巧克力吗？不吃？那一起踢球去呀？"

胡秋敏看着她欢蹦乱跳的背影，学着牛铃铃叹息一声："造孽啊！"

程苗苗对强小娃的分外关注，让李肆有了危机感。体育课上，强小娃脚下生风，跑在最前面，男同学们在后面落了一大截。李肆经过女生的时候，耍帅地向着程苗苗一笑。没想到程苗苗看了他一眼，反而振臂高呼："强小娃！加油！"

这下可把李肆的虚荣心给激了起来，他一咬牙，不管不顾地从中间梯队向前冲，好几个男生被他撞开了，议论纷纷："李肆疯了吧？！"

终于，李肆拼了这条命，在最后关头赶上了强小娃，感觉这辈子从来没这么累过，但也从来没这么荣耀过，他得意扬扬地向大家挥手："把崇拜的眼神都收一收，不过是个普通发挥。"

强小娃手撑着膝盖喘气，压根没理他。

李肆觉得有些挫败，向程苗苗表功："看到没有？关键时刻还得靠我！"

程苗苗觉得李肆仿佛一夜之间变成了幼儿园的娃娃，幼稚得可笑，翻了个白眼走了："啥关键时刻啊？奥运会啊？"

肖方对强小娃始终有点儿看不顺眼，他成绩好是没错，但也太桀骜不驯了，比最让他头疼的小霸王李肆还油盐不进，成天也不穿校服，顶着一头杂乱的长毛在学生堆里显眼，让他这个教导主任一看就想批评。

他给了高飞扬一周时间，也没见改变，这天终于忍不住开口："高老师啊，强小娃的事儿，你得让我看见成效啊，这到最后都是我这个教导主任的责任。"

高飞扬解释："强小娃的情况有一些特殊，他毕竟不是咱们基地的子弟，看那个样子之前也没被什么规章制度约束过，一下子到了陌生环境，有个循序渐进的过程也是应该的。"

这话让肖方不大爱听，他放下水杯，加重语气说："不管他之前是什么样，既然来了林七二中读书，就要和其他学生一样，不能搞特殊化嘛，哦，他一个插班生，还比其他学生高贵了？说不得训不得？我看他要还这么不配合，也没必要继续留在这里上学。"

程苗苗正好和胡秋敏从窗口经过，闻言站住了脚，胡秋敏小声问："小芳这是要把强小娃退回去？"

强小娃的存在，就像是投入平静水潭的一颗石子，涟漪久久不息，李肆自从认定强小娃是夺走了程苗苗注意力的罪魁祸首，突然就知道上进，礼拜六连懒觉都不睡了，兴冲冲地跑来叫程苗苗出门。

程苗苗还以为他又发现了什么好玩的东西，没想到是去新华书店。李肆得意扬扬

地说:"我想过了,为了全面压制强小娃,我从今天起要爱学习了！我长得比他好,发型比他那个杂毛头帅,跑步比他快,学习上稍微一努力,超过他不成问题,到时候我看他还拿什么跟我拽?!"

程苗苗简直搞不明白:"你一天到晚跟强小娃比啥?!"

李肆也不服气了:"那得问你！你现在都不跟我好了,成天围着个野孩子干啥？他是救过我们,但我们也谢了,是他不要钱！成天说拉他融入集体,班上就你一个班干部啊？老朱还是班长呢,让他伺候去！"

看着他气得脸红脖子粗的样子,程苗苗反而冷静地开始解释:"我有责任帮他,你也有责任。他现在是咱们班的一员,那就是自己人了,你一向都仗义啊,是不是你以前说的,一班抱团,扬帆行船,多好的口号啊,不仅鼓舞士气,还押韵。"

李肆有些不好意思起来,犟着脖子争辩:"那,他还踹我了呢。"

"那一脚你要记一辈子啊？人家还拦着你不让你去赌博呢,就冲这一件事儿,咱也要对得起人家,这个人情必须还,你要是不愿意帮他,我不强求,我自己帮,我可不是那没良心的人。"程苗苗说完,又加重语气补了一句,"我和胡子可听小芳亲口说的,强小娃再不改就不让他上学了。"

李肆一听见教导主任的大名,顿时站在了学生的立场同仇敌忾:"他用改啥？不就是不穿校服,没剪头发？多大事儿啊,小芳就是看他是乡下孩子,拿起劲儿了,你看他每次对领导的娃啥样,亲切得不行。"

程苗苗看他转过弯来了,又给他顺顺毛:"当然,如果强小娃真欺负你,我也不能答应,肯定是站你这边的。"

李肆松了口气,拿胳膊搭住她的肩:"早说啊,有你这句话我就踏实了。"

话说开了,两人高高兴兴地在书架间巡视起来,程苗苗拿着一本《笑傲江湖》一边翻一边问李肆:"你说令狐冲喜不喜欢任盈盈？"

李肆探头看了眼:"那不一定,我觉得他心里还是装着小师妹。"

"怎么不一定了,最后不是跟任盈盈在一起了吗？"

李肆挥挥手:"男人的事儿你不懂,男人心里都忘不了初恋,得记一辈子呢。"

程苗苗不高兴了,板着脸把书塞回去:"那男人真不负责,都有初恋了,还跟别人结婚,你不会也是这种人吧？"

"哪能呢！"李肆一听就急眼了,"我必娶初恋啊。"

程苗苗停了一下,半开玩笑半认真地回头问:"你都有初恋了？娶她呀？好啊李肆,你变心了,三岁的时候你不是说要娶我的吗？你个陈世美！"

"不是不是！"李肆最隐秘最朦胧的心思陡然被揭穿,急得面红耳赤,连连挥手,"我是好男人,我跟我爸不一样！"

程苗苗眼睛一亮,暂时放下了初恋的事儿,好奇地凑过来:"你爸什么事儿？"

于是李肆绘声绘色地给程苗苗讲了李大海喝醉了,半夜在楼梯间拿着一张旧照片哭泣的事儿,还肯定地表示:"那女的叫白霜,两人一起打排球呢,他哭得跟牛一样,还说让白霜别怪他。"

程苗苗惊叹:"那一定是你爸做了对不起白霜的事儿啊!"

李肆装深沉地叹了口气:"我都能猜出来,当年我爸和白霜是一对,后来看我姥爷家里有钱,就抛弃初恋和我妈结婚了,我估计他不咋爱我妈,唉,造化弄人啊!"

程苗苗兜头给了他一巴掌:"你别瞎猜啊,更不能告诉你妈!"

这个年纪的少年少女,压根不明白什么叫爱情,更不懂铭心刻骨的伤痛滋味,只是当成谈资而觉津津有味,等到他们长大,彻底尝到了爱情的求而不得之后,再回首看青春期的自己,又不知道是什么滋味了。

程芽芽向着袁山青说话的事儿终于传到了程苗苗耳朵里,只不过是以一种特别的方式。程苗苗这天回家突然问:"你在班上是不是挨欺负了?"

"你听谁胡说的?"程芽芽小时候文静秀气,像个小姑娘,倒是被坏小子欺负过,逼着他上女厕所,程苗苗挥着扫帚将人给打跑了。那之后,程芽芽一路成绩拔尖,自带一股好学生的清高气质,倒是没人再敢找他麻烦了。

程苗苗虽然和弟弟鸡吵鹅斗,但谁要欺负程芽芽她可不答应,竖着眉毛说:"你别管谁说的,是不是罗政踹你桌子了?我明天找他去!"

程芽芽哭笑不得:"是踹袁山青的桌子,罗政打球输给我了,现在叫我大哥呢,估计这事儿他心里挺气的。"

"他还没完了?"程苗苗挺矛盾的,一方面觉得罗政欺负女生那就是不行,另一方面觉得罗政和奶奶感情好这么做也情有可原。

世间事并非黑白分明,程苗苗此刻是真的感受到了,半天才叮嘱:"你要帮袁山青也行,悄悄儿的,人言可畏啊。"

"我没帮她。"程芽芽不是谦虚,确实觉得自己不算帮人,顶多就是站出来说了两句话,袁山青的处境没有任何改变。

罗政还是天天一有空就叫骂,抽空冲过去踹袁山青桌子。袁山青每天都是掐点到校,一放学就走,低着头一言不发,据王甫强说,还看到她手臂和脖子上有瘀伤。

在学校,罗政要动手,至少还有王甫强受了家里嘱托拦着。在校外,袁山青过的是什么日子,那就只有天知道了。

开学不久,高一就开始选班干部,其实大家都是从同一个初中升上来的,大致的位置还是那几个人,照理说不会有什么改变。

但这次,程芽芽率先举手发言:"我提名罗政当体育委员。"

不但罗政大吃一惊,连袁山青都抬起了头,同学们窃窃私语:"咋回事儿啊?"

罗政在学校里也是李肆那一类的,成绩差,爱玩爱闹,刺儿头,万万没想到有一天班干部这个词儿能跟自己扯上关系。

程芽芽站起来有理有据地说:"罗政同学体育成绩一直很好,基本的体育项目都很拿手,为人善恶分明,我们班干部的选举不一定完全拿学习成绩来衡量,不同的班干部应该起到不同的作用,大家各尽其职,如果罗政做体育委员的话,一定能带领我们班同学提高体育成绩,在运动会上拿到好名次。"

在接下来的表决中,罗政全票通过,连袁山青都在程芽芽的示意下举了手。

罗政瞪着程芽芽,程芽芽向他露出一个和善的笑容。

等班级会议结束,王甫强和钟瑞涛一左一右夹着程芽芽:"大气啊!老程!"

"收买人心,化敌为友。"

程芽芽板着脸推开他俩:"我和罗政压根没仇,也没必要成什么友。"

钟瑞涛鬼鬼祟祟地一笑:"知道,你是为了帮袁山青嘛,你是不是觉得她长得还行?要是长得歪瓜裂枣,你能帮她吗?"

程芽芽不慌不忙地说:"那王甫强为了袁山青还挨打了呢。"

王甫强慌了:"别瞎说啊!我是为了我大姑的嘱托,怕我哥动手出事儿,结果我哥一拳打我眼睛上了,那是为了袁山青吗?你俩还跟着我一起帮她呢,我看你俩才是别有用心!"

他们打打闹闹,那边新官上任的罗政已经精神抖擞地吹着哨子喊集合:"大家动作都快点儿!跑步了!"

钟瑞涛感叹:"不得了,当了班干部这精神面貌是不一样了啊。"

光一个剪头发,强小娃这关就过不去,不光程苗苗碰了壁,高飞扬主动找他,说自己也要去镇上理发,带他一起去,强小娃完全像没听见,掉头就走,招呼都不打一声。

李肆不信邪,周五放学前拦住强小娃,诚恳地说:"你有啥困难跟我说啊?"

强小娃不耐烦地看着他,不吭声。

李肆觉得自己放下身段了,强小娃总该有点儿回应,越说越没谱:"程苗苗把你当朋友,那你也就是我的朋友了,你跨桥而来,怎么都算个客人,有啥困难我都能替你解决,你不是也说了,你们桥那边地方上的家里都不行,我认识个剪头发特别厉害的伯伯,不要你钱。"

这番话被胡秋敏评论为:"怎么让这个大傻子去啊!哪有开口说人家穷的,又得罪人了。"

程苗苗平生第一次丧气了:"这强小娃!我算是栽了,本来我想也就是还他个人情,还能在新来的高班头面前刷点儿好印象,没想到他真是块臭石头!我每天低三下四地讨好,他连个机会都不给我啊!至于吗!"

她痛下决心:"不管了!小芳爱退他就退吧。我得承认,有些事儿是努力也做不到的。"

这个决心一下,她豁然开朗,感觉天一下子都亮了,站起来拉着两人:"我爸今天组织单位打排球,一起去看啊?"

胡秋敏摆摆手:"我不去了,老杨今天回来,我妈叫我早点儿回家。"

程苗苗有点儿诧异:"老杨回家每次都要吵架,你还不躲着点儿吗?"

胡秋敏摇摇头,脸色也不好看:"我有啥办法。"

于是,程苗苗姐弟和李肆兴高采烈地去看排球赛的时候,胡秋敏只能一脸不高兴地坐在家里。

她也想和小伙伴一起去,但继父今天要回来,妈妈就跟失了魂一样,遇到继父的事儿就变了个人,胡秋敏不明白,到底她家是哪里高攀了,让胡悦在杨松柏面前总是一副低声下气的模样。

桌上的镜子里映出她的脸庞,黑溜溜的大眼睛,瓜子脸小嘴,秀气的一张脸配上男孩式的短发显得有些不协调,但胡秋敏掏出剪子,还要试着把头发剪得更短一些。

胡悦就在这时候推门而入,喜滋滋地抖开一条碎花连衣裙要她换上:"好看吧?特地给你买的,现在小姑娘都爱穿这个款。"

胡秋敏不耐烦地拒绝:"我就爱穿牛仔裤,不爱穿裙子。"

"你这孩子,咋回事儿啊!"胡悦上手拍了她一下,"小时候漂漂亮亮的,穿个小裙子走在油田里人人夸好看,咋长着长着还岔劈了呢?瞅你现在成天穿个裤子留个小子头到处疯,哪有一点儿小姑娘的样子?"

胡秋敏还小,并不明白自己行为的突变是家庭创伤带来的自我保护,对母亲的絮叨只当没听见。

但是胡悦的下一句话成功地激怒了她:"你杨叔叔都说了,要我好好管管你,女娃娃就该有个女娃娃的样子,你能不能给我争点儿气,别让他家人看低了?"

胡秋敏转头看着烫了头,穿得焕然一新的胡秋敏冷笑:"他家人看不起咱俩是因为我头发短吗?你头发那么长他看得起你了吗?"

这时候传来开门的声音,胡悦顾不得教训女儿,威胁地指了指她就赶紧奔出去迎接。

杨松柏一身酒气,晃晃悠悠地走进门来,胡悦一看他这样,脸就拉下来了:"昨晚上你上哪儿去了?打传呼机也不回。"

"打牌呢。"杨松柏自顾自地找水喝。

胡悦一下就火了，尖声叫了起来："打牌？跟谁打牌！跟谁喝酒？杨松柏，你别以为隔远了我就不知道你在单位里的那点儿破事儿，你敢说你跟葛娟没关系？"

　　"这咋又扯上人家葛娟了？你天天就是捕风捉影啊！"杨松柏也直着脖子喊了起来，"你别去找葛娟的麻烦，丢人不丢人！"

　　油田基地一向封闭，有点儿桃色新闻并不稀奇，捉奸的事儿哪年都要闹上三五起，回家了关起门来大吵大闹更是平常。

　　杨松柏和胡悦对着骂了一阵，开始砸东西，一地狼藉的时候，杨松柏终于忍不住了，指着胡悦骂："泼妇！不可理喻！"

　　他摔门而出，胡悦流着泪还在家里发狠地砸，直到胡秋敏走出卧室，瞪着她，一字一句地说："别闹了。"

　　胡悦披头散发，跟个疯子一样号啕大哭："他怎么对我的，他怎么敢！"

　　胡秋敏咬着牙，没有跟平时一样过去劝她，反而向门外走去，胡悦傻眼了，跟在后面哭骂："你也嫌弃我啊？"

　　出了门，胡秋敏紧绷着一张脸，遇到人也不打招呼，最后干脆跑了起来，向大桥奔去。

第八章

啥家庭啊！

"不好了！胡秋敏要跳河！"魏雪一路气喘吁吁地跑来排球场报信，程苗苗大惊失色，和李肆第一时间赶了过去，看到胡秋敏失魂落魄地坐在桥栏杆上，吓得脸都白了。

李肆还在旁边说："大意了，以后结拜就不能找这种寻死觅活的，以后人生路咋走啊。"

程苗苗狠狠踹了他一脚："啥时候了还人生路呢，这跳下去还能活吗？"

她对着胡秋敏高喊："胡子！你有啥委屈你倒是说啊！"

胡秋敏泪流满面，眼睛肿得都看不清了，循声望去，朝着程苗苗喊着："从小我爸妈就打架，好容易离了，我以为这日子总算结束了吧，我妈又嫁人了，又是天天吵架摔盆砸碗，我烦死了！杨松柏一个月回一次家，一回家就跟领导一样训人，我妈还叫我要听话，要尊敬他，凭啥啊！我是他下属啊？我妈还天天说要不是为了我她就不受这个气了，骗鬼呢！真要为了我就离啊！你们有爸有妈感情还好，你们知道我过的啥日子吗？老杨不回来，我妈就打电话到处找，老杨一回来，两人就打架，发疯砸家，我当个孤儿也比这强啊！实在不行我就跳河算了，下辈子投胎个好人家。"

程苗苗听着她字字凄厉，眼泪也流了下来，对着喊："胡子，你听话，现在下来，我和李肆陪你回家，我帮你骂他俩！实在不听咱就揍他俩！"

李肆也跟着喊："对！你下来，咱们这就去，我给你出头！"

正说着，胡悦跌跌撞撞地跑来："小敏，你发啥疯啊，我那又不是冲你！"

胡秋敏转过脸，冲着她惨淡地笑了："不冲我？我就在那个家里，你那么闹我能不受影响吗？"

胡悦不知道说什么，一边流着眼泪一边浑身发抖，杨松柏也闻讯赶到，习惯性地开口指责："大庭广众的在这闹啥？不嫌丢人啊？！"

这句话激起了胡悦的怒火，她直勾勾地瞪着杨松柏，一字一句地说："丢人？你就是嫌弃我们娘儿俩给你丢人？杨松柏，我看透你了！"

说完，她径直走向胡秋敏，也不哭了，眼睛里燃烧着怒火："跳河是吧？一起跳！你烦透了？我还告诉你，这日子我也过够了！"

这下把胡秋敏吓住了："妈，你干啥呢？"

胡悦不理她，直接往另一侧桥边走，胡秋敏吓得急忙从栏杆上往回翻，程苗苗尖叫："阿姨！别冲动啊！胡子，劝劝你妈！"

李肆机灵，借着人群的遮掩往胡悦的方向走，胡悦就像中了邪一样，对所有的呼唤充耳不闻，走向桥边的栏杆，翻了过去，回头看着一脸焦急跑过来的胡秋敏，大喊一声："妈对不起你！"

胡悦打算直直地对着湍急的河水跳下去！

李肆及时赶到，抓住了胡悦的衣服，但被巨大的惯性带着一起掉了下去。

在众人的尖叫声中，又一道身影从人群中冲出，追着两人跳下了河。

见义勇为的是李肆，真正救了两人的却是高飞扬，牛铃铃都不知道怎么感谢他才好，一定要他在职工医院住院，好好检查身体："万一有个后遗症啥的呢？你踏实住院，费用全算我的。"

高飞扬挣扎着想从病床上起来："真没事儿，我大学是游泳队的，要不是当了老师这会子已经是运动员了，这点水性还是有的。"

牛铃铃强按着不许他起身："这水性和勇敢是两回事儿，你这是见义勇为啊！我得给学校送锦旗，要不是你，我儿子和老姐妹就都没了。"

正说着，李肆转着轮椅，夸张地一路高喊进来了："都别拦我！我今天就是爬，也要爬去感谢高老师的救命之恩。"

他进门一看到牛铃铃也在，赶紧站起来，恭恭敬敬地问："高老师，没事儿吧？"

高飞扬看着他忍俊不禁："我没事儿，只是你这个游泳啊，也就扑腾两下，抽时间跟我一起练练，你呢？有哪里不舒服？要不要休息两天？我给你批假。"

牛铃铃正瞪着显眼包儿子，闻言立刻拍板："休息啥？呛两口水的事儿，我问过大夫了，啥事儿都没有，明天就能去上学。"

李肆抗议地叫了一声，牛铃铃压根不理他，满面笑容地说："把孩子交到高老师手上，我们再放心不过了。"

胡悦呛水比李肆要厉害，现在还躺在床上起不来，贾代玉陪着她，此时她早没了刚才寻死的孤勇,又恢复了那唯唯诺诺的样子。

牛铃铃进来拉着她的手数落:"吓死人了,你说这要出个好歹可咋整。"

胡悦一脸虚弱地问:"李肆没事儿吧?连累孩子我真过意不去。"

"没事儿,他会游泳,皮实着呢。"

贾代玉见牛铃铃来了,呼的一下站起来:"你俩在这,我去找杨松柏要个说法!"

胡悦赶紧拉住她:"跟人家杨松柏也没啥关系,老杨对小敏其实不错,是我俩话赶话吵起来了,小敏一下不高兴了。"

贾代玉恨铁不成钢地看着她:"那你呢?你为啥跳河啊?我不信你心里没委屈。"

见胡悦支吾的样子,牛铃铃也追问:"对啊,你可别说你是为了吓唬小敏,不小心掉下去的,大家都看见了,你是真跳啊。"

胡悦勉强地笑了起来:"我是一时冲动,也是被他俩气着了,现在不是好好的吗?你们千万别去找杨松柏啊,他正在家给我做饭呢,一会儿就送来,小敏现在情绪也稳定了,都没事儿。"

杨松柏送饭来的时候,胡秋敏也在,乖乖地在病床前给胡悦擦眼泪,杨松柏把饭盒放在床头上,尽量温和地说:"吃点儿东西。"

胡悦不说话,眼泪流得更凶了。

这让杨松柏很焦躁,习惯性地开口批评:"又是跳河,又是流泪,这都做给谁看的啊?平白让人笑话,你这么大人了,一点儿都不冷静理智。"

胡秋敏霍然起身瞪着他:"到现在了你还在说风凉话?你就知道怕别人看笑话,你咋不想想我妈跳下去的时候都不带犹豫的,她差点儿死了,你关心过她吗?杨松柏,你还是不是个老爷们儿了?"

看到杨松柏一脸不高兴,胡悦虚弱地去拉女儿的手,胡秋敏一把甩开她的手,言辞激烈地说:"我早就受够你在家耍威风了!我妈伺候你跟伺候大爷一样,你呢?本事没多少,回来就吆五喝六地训人,你这么能耐咋不当厂长呢?在家里耍横算个屁啊!"

杨松柏憋了半天的气,才说:"小敏,我把你养这么大,也算是你长辈,大人的事儿还轮不到你一个小娃娃在这里指点江山。"

"这是我妈!"胡秋敏瞪着他,"养也是我妈养的我,我妈受委屈了,别管是谁,我都不客气!"

说完她反手把杨松柏的饭盒扔到地上,昂着头毫不示弱地看着杨松柏,饭菜撒了一地。

杨松柏气得浑身发抖,也不好跟她计较,转身走出了病房,胡悦又开始失声痛哭。

胡秋敏坐了下来,无声地流着眼泪。

要说以往基地里也有不少小伙伴闹过家务,远的不说,班长朱超家、前桌魏雪家都打过,但是像胡秋敏这样亲近的,又闹到要跳河的可是头一次,这让程苗苗大吃一惊。

回家之后她问贾代玉:"妈,离婚是好事儿还是坏事儿啊?"

贾代玉把拖把一墩:"这是你该琢磨的事儿吗?"

"好奇嘛。"

程鹏飞从厨房探出头来:"这离婚啊,既不是好事儿也不是坏事儿,就是个人生选择。"

程苗苗似懂非懂,又问:"那你俩会离婚吗?"

要说基地里的完美家庭,非程家莫属,夫妻恩爱,一儿一女,双职工,都是坐办公室的美差,不用出外勤下一线,重点是二十年了从来没任何绯闻。

所以程苗苗这话不出意外地得了贾代玉一个白眼:"咋的,你盼着我俩离婚啊?"

程鹏飞却不以为忤,笑着问:"那我俩要是离婚了,你接受吗?"

贾代玉说:"怎么还讨论起这个来了!小娃娃不学习,操心这些事儿!"

程鹏飞却摇头:"离婚是个家庭问题,小娃娃也是家庭一员嘛,都有发言权啊。"

程苗苗也反应了过来:"对啊,难道离婚只是大人的事儿吗?那今天胡子就不会跳河了。"

"那能一样吗?她家是重组家庭,亲生的一碗水还端不平呢,更何况是别人家的孩子。"贾代玉理直气壮地说。

程鹏飞系着围裙,拿着锅铲,明明是个家庭煮夫的样子,却摆出一副大哲学家的态度,侃侃而谈道:"就是因为你这么想,才会出问题,夫妻也不是亲生的,按说是两个陌生人熟悉之后结合嘛,那是不是亲人?是不是一家人?怎么相处就是看你怎么对待这个人。"

程芽芽拿着书从房间里探出头来:"你俩要是离婚的话,我就一个要求。"

贾代玉嘀咕:"还真演上了。"又提高声音问:"啥要求?"

"我和我姐别分开。"

程苗苗得意得哈哈大笑:"妈说得对,这亲生的就是不一样啊。"

贾代玉也笑了,挥动拖把驱赶姐弟俩:"赶紧洗脸睡觉,别瞎琢摸了,我和你爸啊,这辈子都不可能离,你们俩也别想分开,咱们这个家庭结构就跟后山一样,一百年不变!"

多年之后,贾代玉再想起这一天说过的话,也许会恍然觉得,人生到底还是漫长了些,自己也到底太自信了些,各种变故都会在意想不到的地方悄然发生。

林七二中有两个迟到大户,第一是强小娃,他住在基地外,赶过来要点时间,老师们都能理解;第二是袁山青,她情况特殊,罗政天天跟要吃人似的虎视眈眈,老师们以

第八章 /077

为她怕挨打,也总是睁一眼闭一眼。

而这天一大早,两个迟到大户在河坪镇的农贸市场不期而遇了。

强小娃其实起得很早,天蒙蒙亮的时候就在田里刨红薯,挑个大的装袋往三轮车上放,他爷爷强丰收咳嗽着,拎着饭菜沿着田埂颤巍巍地走来,才刚刚九月份的天气,肺部已经像拉了风箱一样呼哧呼哧地喘,到了冬天更是难熬。

"娃,吃口东西。"强丰收递给他用旧屉布包着的饼,另一只手手心里藏了个煮鸡蛋,强小娃接过饼狼吞虎咽,对鸡蛋却看都不看一眼。

西北清晨的空气已经变得寒凉了,刚劳作过的强小娃却满头大汗,强丰收看着他身上的背心短裤,不放心地叮嘱:"这次卖的钱给你买校服吧,啊?我看人家娃娃都穿校服。"

强小娃直摇头:"穿校服干啥?也没说不穿校服不让上学啊,我又不是光腚去的,这钱留着给你抓药。"

强丰收看他倔强的样子,虽然不是亲生的,这倔劲儿倒是跟自己一模一样,想起出门打工的强大娃,他心里颇不好受,两个孩子都那么好,但都活得太不易。

强小娃吃完一抹嘴,骑着三轮车就出了门,他弯着腰闷着头,骑得飞快,很快到了镇上,熟门熟路地找个地方铺开摊子,一边卖红薯,一边支起个炉子卖烤红薯,喷香的味道弥散开来,引得不少人过来光顾,他忙得不可开交。

他找钱的时候无意中抬头看了一眼,看到袁山青躲躲闪闪地背着一个旧书包在人群里穿行,那身二中校服虽然洗得都发白了,但强小娃看惯了,还是一眼就认了出来。

奇怪,一大早,林七二中的学生娃咋到镇子上来了?

袁山青埋着头,走进一家私人小卖部,弯腰看了很久柜台上的标签,才指着一款奶粉说:"要一袋。"

其实基地里有自己的供销部门,东西还要比外面便宜一些,但是袁山青怎么也忘不了自己每次去买奶粉,营业员阴阳怪气的讽刺:"你爸骗了那么多钱跑了,你还好意思喝奶粉啊?你这不是喝大家的血吗?"有时候还会放着奶粉非说没货了,不卖给她,没办法,她只能过桥到镇子这边来买。

袁山青捏着钱付账,看着单独摆在精美玻璃柜里的奶油蛋糕,不自觉地咽了口唾沫。

很快,强小娃和袁山青又碰面了,这次两人遇到个正着。强小娃是把三轮车寄存在熟人摊位后面,袁山青则背着书包从一排平房里出来。

两人都看见了对方,愣了愣。

然后不约而同地沿着小道向林七二中的方向飞奔,一前一后,踩在校门关闭的前一秒冲进了林七二中,守在门口的教导主任肖方对着二人直瞪眼。

程苗苗、李肆和胡秋敏的三人组趁着早读之前的空隙到校小卖部挑零食留着课间

吃,正好跟他们撞了个正着,袁山青埋着头往高一一班冲,不小心撞到了李肆,说了声"对不起"就跑掉了。

李肆瞧着她的背影:"她就是袁山青啊,长得挺好看的。"

正说着,强小娃也从后面跑了过来,同样一下撞上了李肆,他停下来看了一眼,什么都没说就继续跑走了。

李肆不服气地站原地嚷嚷起来:"咋的,逮着我一个人撞啊?!"

程苗苗看着两人,若有所思地说:"他俩好像是一起进校门的呢!"

胡秋敏肯定了她的猜疑:"是从同一个方向跑来的。"

这就有点儿奇怪了。

袁山青赶到教室,从后门溜进去,气还没喘匀,就看见程芽芽揪着一个男同学站在自己课桌前,而课桌上全是脚印,还有不知道是什么的脏水。

程芽芽看都没看进来的袁山青,加重语气命令:"擦掉!"

同学们窃窃私语,罗政抱着膀子看热闹,阴阳怪气地说:"人家两人是一伙的,小心给你送派出所去。"

程芽芽不怒反笑:"课桌是学校公共财物不是? 损坏公共财物是要赔偿的,体育委员,你是班干部,你说呢?"

罗政眼睛望天,漫不经心地说:"你说的都对,擦了呗,惹不起啊。"

王甫强眼看事态严重,赔笑起身:"我擦我擦。"

他掏出抹布走过去,袁山青接过,匆匆忙忙地擦干净桌子,这时候韩淑已经走进教室前门,看到这一切,微微皱起了眉头。

一节课上完,韩淑整理教案,顺口说:"袁山青,跟我来一下。"

袁山青愣了愣,匆忙站起来的时候动作过大,一下带歪了课桌,书包被扯到了,一个奶瓶咕噜噜地滚到了地上。

她心神不安地跟着韩淑走了,程芽芽回头看到了奶瓶,愣了一下,赶紧捡起来塞回了袁山青的书包里。

韩淑把袁山青叫到了办公室,和颜悦色地问:"开学以来,你已经连续迟到好几次了,肖主任说,再迟到就罚你在校门口站着,让老师去接。"

袁山青低着头不说话,韩淑笑了笑,关心地问:"是家里有什么事情吗? 还是身体不舒服?"

过了一会儿,袁山青才低声说:"都没有。"

说话的时候,她暗暗地扯了下袖子,遮住了胳膊上的伤痕。

韩淑斟酌着字句慢慢地说:"希望你有什么事情可以对老师说,这样我才能帮你,你学籍卡上父母那栏都空着,一直说去家访你也不同意,老师呢,知道你家里是有点儿特殊的,你是我的学生,我也确实想帮你,你能把家里的情况跟老师说说吗?"

袁山青沉默着,半晌才说:"老师,我家里情况都正常,我保证以后不迟到了。"

韩淑叹了口气,又问:"班上有没有同学欺负你?"

袁山青这次回答得很快:"没有!"

李肆万万没想到,袁山青被千夫所指的困境,竟然有一天会发生在他这个二中小霸王头上。

起因是李大海前几天没在家,上山设套抓油耗子去了,人证物证俱在,是一个叫刘刚的一线工人伙同当地老乡私开管道偷油,还把路过巡查的工人给打伤了,证据确凿,性质恶劣,油田领导做出了开除的决定。

刘刚的儿子刘俊宝是一班的同学,一上学就趴在桌子上哭,有人在劝,玩得好的几个伙伴纷纷指责李肆。

李肆一下就火了:"啥意思啊!搞得好像我家欺负他一样。"

刘俊宝哭着控诉:"就是你家欺负人!你爸当领导了不起啊,随便开除工人啊?"

程苗苗一把拉住了要冲上去动手的李肆:"他够可怜了,你还要干啥啊?"

李肆瞪着眼极不服气:"说那话就气人了,我爸欺负谁了?他爸好好的能被开除吗?干了啥自己心里没数?非要我说出来?"

当油耗子,搞破坏,薅油田的羊毛,是被人鄙视的最底层,刘俊宝无言以对,哭得更厉害了。

班长朱超也白了李肆一眼:"别说了,都这情况了还说啥啊。"

女同学们心软,更是七嘴八舌地出主意:"他家就他爸一个人上班,被开除了咋办?谁养活一家子啊?"

"李肆你回家跟你爸说说情呗,真挺可怜的,他妈就一家庭妇女。"

"他爸要是不在油田了,这学还能上吗?"

伴随着刘俊宝上气不接下气的哭声,李肆一屁股坐下,心里不是滋味。

刘刚被开除的事儿,在基地里传得沸沸扬扬,程家吃饭的时候贾代玉还说了一嘴:"咱单位可从来没开除过人啊。"

程鹏飞摇头:"总要按规章制度办事儿的,大海能有啥办法,现在都指着大海骂,可不公平。"

程苗苗吃着饭插嘴:"今天我们班刘俊宝哭了一天,李肆都被大家说急了,这事儿跟他有啥关系?现在成地主家的坏儿子了,快跟袁山青一个待遇了。"

程芽芽冷哼了一声:"这群人就喜欢瞎起哄,大人干的事儿跟孩子有啥关系?好像自己突然就有资格站在道德制高点上骂一句了。"

贾代玉叹气:"都是效益不好闹的,都在想今天刘刚被开除,下一个保不准就是自己了。"

程鹏飞用筷子敲了敲碗边:"这话说得,效益不好就能去偷油了?现在各个厂效益都差,不能因为这个就为非作歹啊。"

这话倒提醒贾代玉了,她悚然一惊,追问:"你听到啥风声了?我可听说好几个兄弟单位把退休年龄提前了呢,这是啥信号?就是让大家早点儿退休,少拿钱?"

程鹏飞不满地指指姐弟俩:"当着孩子呢,传什么闲话,一天到晚听风就是雨。"

说着他端起碗进了厨房,贾代玉不满地说:"我就是要说给他们听听呢!别以为好日子长久不变,马上饭都吃不上了,你们哪,可长点儿心,争气点儿吧!"

眼看父母都走了,程苗苗小声问:"你刚才是替李肆说话,还是替袁山青啊?你又在学校给袁山青出头了?"

程芽芽板着小脸,严肃地说:"我没替任何人出头,我就是看不惯他们欺负人。"

"那是!"一向正义的程苗苗表示同意,"欺负谁都不行!"

程芽芽看看厨房,确定父母听不见,小声对程苗苗说:"今天袁山青的书包里掉出一个奶瓶,里面还有奶粉呢。"

"啊?!"程苗苗吃惊非小,"妈呀,她不会有小孩了吧?!"

程芽芽赶紧去捂嘴:"别乱说啊!"

谁也没想到,当天晚上,程芽芽就遇到了袁山青。

说起来也巧,今天是程鹏飞值夜班,晚饭几乎可以说是吃得不欢而散,贾代玉担心他没吃饱,派了程芽芽去医院给他送夜宵。

程芽芽到医院,程鹏飞正在看书,看到父亲和平时一样,他也放了心,聊了几句,随手拿了程鹏飞书架上的一本书,边看边往外面走。

经过走廊的时候,身后传来一阵匆忙的脚步声,程芽芽下意识地往旁边让了让,目光还停留在书上没移开。

突然,一只手紧紧地抓住了他的胳膊。程芽芽诧异地抬头一看,袁山青披头散发,衣衫凌乱,身上脸上都带着血,慌乱又绝望地问他:"你能借我三十块钱吗?"

医院走廊漆黑一片,她抓着程芽芽的样子,像是抓住了黑暗中唯一的阳光。

第九章
馒头人生

袁山青今年才十六岁,就经历过无数漆黑孤独令人恐惧的夜晚:有小时候父母吵架把她一个人关在家里的夜晚,有母亲去世父亲带她上夜班把她丢在施工现场的夜晚,也有父亲骗钱跑路之后,无数债主上门叫骂,她只能躲在房里无助地抱紧自己的夜晚。

但没有一个夜晚像今天一样可怕,可怕到几乎要了她的命。

她已经在尽力生活了,每天回家看到门上用红油漆刷的污言秽语也能目不斜视地走过,妹妹小紫三岁了,一个人在家里难免会弄得一团糟,甚至坐在屎尿里号啕大哭,她也能平心静气地把妹妹抱起来洗干净,换上新衣服,再温柔地贴一贴妹妹的小脸蛋。

但是今天,有债主冒充公安局敲开了她家的门,一身酒气,带着一条大狼狗,冲进来大肆破坏,把仅有的家具都砸了个稀烂,衣服丢在地上用脚踩,还不解恨,看着抱在一起瑟瑟发抖的姐妹俩,狞笑着说:"给我搜!袁勇不可能不给他女儿留钱,存折现金都拿走!"

同伴有点儿犹豫,被他狠狠瞪了一眼,咆哮道:"那本来就是咱们的钱!"

他上来直接搜袁山青的身,袁山青拼命挣扎,小紫吓坏了,拼命大哭,一片混乱之中,大狼狗冲了上来。

接下来的事儿袁山青记不太清楚了,等她明白过来的时候自己正举着菜刀在走廊里疯狂地追砍那两人,邻居们通过门缝看着她,目光嫌弃而惊讶。

但此时她顾不得许多,回屋抱起被狗咬伤的小紫就往医院跑,颤抖着把身上所有的钱掏出来,连分币都算上了,还是得了一句话:"不够,还差三十。"

"我,我真的没钱了。"袁山青眼前一黑。

收费员看了她一眼,加重语气:"是野狗咬的还是家养的?狂犬病可是绝症,不打疫苗会死人的,你家长呢?叫你家长来。"

袁山青卑微地恳求:"姐姐,能不能让我妹妹先打上针,求求你了,我明天一定把钱补上。"

收费员看着她狼狈的样子,叹了口气,还是把收费章盖上了,摇头说:"明天可不行,我下班之前你必须把钱补上。"

"谢谢!"袁山青慌乱地鞠了个躬,拿着单子就跑。

她哄着小紫打了针,护士看着她突然问:"你是不是也挨咬了?你也得打针啊,还有你这伤,得处理一下。"

护士一提醒,袁山青才感觉到自己胳膊上撕裂般的痛,但是小紫这三十块还没地方去淘换,又哪里顾得上自己?

她失魂落魄地往外跑,想了一圈天亮之前能到哪里去找这三十块,总不能让好心的收费员吃亏。

突然就在一片灰暗当中,一个高高瘦瘦的少年背影出现,他低着头专注地看着书,面颊的侧影清秀而美好,和狼狈的她完全不是一个世界的人。

但她没有办法了……袁山青绝望地想着,终于还是伸手抓住了程芽芽的胳膊。

程芽芽跟着袁山青到了收费窗口,补交了三十块,袁山青沉默着,突然向他鞠了个躬。

"你别……"程芽芽慌了,尴尬地避开。

袁山青像是对他保证,更像是对自己说:"谢谢你,我一定还你钱,我一定还。"

还有一句话她没有说出来:我不是我爸。

我会还钱的。

袁山青忍着伤痛,抱着小紫从治疗室出来,小紫瘪着嘴,还在偷偷呜咽,似乎被今天发生的一连串事儿吓坏了。

"不怕,不怕啊小紫。"袁山青胳膊带伤,浑身酸痛,不得不把小紫暂时放在椅子上,挤出笑脸哄她,"打完针啦,一会儿就不疼了。"

小紫仰头看着她,幼儿纯洁的黑眸里满是对姐姐的依赖,突然,她笑了,柔软的小手笨拙地摸上了袁山青的脸:"啊啊。"

"嗯!"袁山青也笑了,眼睛里却盈满了泪水,她抓住妹妹的小手在自己脸上贴紧,"是姐姐,姐姐在这里呀。"

突然这时候有人叫她名字:"袁山青!"

袁山青下意识地哆嗦了一下,惊慌回头,却看见程芽芽从楼梯上飞奔下来,不由分说地抓住她的胳膊:"跟我去做检查。"

他抓的恰好是被狗咬的伤口,袁山青情不自禁地叫出了声,程芽芽赶紧松手,却看到掌心满是血迹,他惊愕地看向袁山青:"你也被咬了,你怎么不打疫苗?!"

"没有。"袁山青疼得浑身直抖,咬着牙抬起头分辩,"我摔的。"

程芽芽急眼了,把手上的血伸到她面前示意:"你都流血了,不处理不行的。"

袁山青低下头,抱起小紫就往外走,程芽芽不放弃地追着她:"我爸是医生……钱我出了行不行?"

袁山青低着头,匆忙地躲避着他的关心:"我不欠别人钱的。"

情急之下,程芽芽脱口而出:"可是你已经欠了啊。"

这句话让袁山青停下了脚步,抬头看着程芽芽,她说不清自己是什么感受,也知道程芽芽不是那个意思,但泪水再度盈满了眼眶。程芽芽手足无措地说:"对不起,我说错话了……我意思是反正你已经借了,再多借点儿也没关系的。"

袁山青咬着牙,身体摇摇欲坠,她头一次感觉自己快撑不下去了,小紫懵然无知地看着程芽芽,小身子向袁山青怀里钻去,咯咯笑着抱住了姐姐的脖子:"啊啊,啊?"

哇的一声,袁山青抱住妹妹幼小温暖的身躯,埋着头蹲在地上,任凭泪水奔涌而出。

到最后,还是程鹏飞出来把袁山青领回了自己的诊室,免费给她处理了伤口,看到这孩子胳膊上血肉模糊的创口,和露出来的大大小小的新伤旧疤,他深深叹气。

程芽芽则担负起照看小紫的责任,小女娃很乖,不吵不闹,眼睛亮闪闪的,没多久就熟悉了程芽芽的气息,依偎在他怀里,小手好奇地指来指去。

等他和小紫玩得熟悉起来,程鹏飞也处理完了,开玩笑说:"给人送回家去啊,还打算抱回咱家去?"

袁山青慌忙站起来向程鹏飞鞠躬:"谢谢程医生,真的谢谢,今天太麻烦你们了,不用送,我自己可以的。"

程鹏飞摆摆手:"叫叔叔就行了,别放在心上,你伤口要注意啊,这几天不能剧烈活动,更别说现在抱孩子了,你跟芽芽是同学,帮个忙应该的。"

没等袁山青拒绝,程芽芽已经逗着小紫出门了:"家在哪里呀?指给我看看呢?这边,还是那边?"

袁山青慌忙追了上去,她心里很乱,既不好意思让程芽芽抱着小紫回家,又担心万一被别人看到自己和程芽芽走在一起,对程芽芽会有影响,只能默默地跟在后面。

此时夜色已深,基地里没有什么人走动,宽阔的马路上就只有他们两人一前一后走着,路灯的光把两人的影子拉得很长,袁山青盯着地面上程芽芽的影子,不由自主地一步步踩在他的阴影里。

程芽芽突然回头问："她叫啥啊？"

"小紫，"袁山青回过神来赶紧说，"袁山紫。"

山青，山紫，一听就知道是姐妹俩。

"真好听。"程芽芽逗着小紫。袁山青借着这句话的工夫，快步走上前伸手："就到了，我来抱吧。"

程芽芽毫不在意："没两步，我抱着吧。"

袁山青其实并不想让程芽芽看到自己家里一片狼藉，但见他如此坚持，不知怎么的，心里又油然升起一种自暴自弃的赌气任性：你要看那就看吧，看看我是怎样一个不堪的人，是诈骗犯的女儿，是可以随时被人破门而入打砸而所有人都说"活该"的人。

这样的我，你还会同情我、帮助我吗？

程芽芽在看到门上的红油漆，室内抢劫的惨状之后，也沉默了下来，袁山青趁机从他怀里接过小紫，勉强地笑着说："就不请你进来坐了，改天吧。"

"你家这是……遭贼了？"程芽芽环顾四周，这本来就是基地最早期开荒的时候建的筒子楼，处在边缘地点，住着一些困难户和临时工，算过渡房，和他家正规整齐的宿舍楼没法比。

但就算这样，也是妇联和工会特地给袁山青姐妹俩的照顾，免得她们真无家可归。

袁山青此时又后悔起来，不想让程芽芽知道自己的窘迫，像是要维护自己最后一点儿可怜的自尊心，掩饰道："没有，走的时候太忙了，没来得及收拾屋子，再见啊。"

她关上了房门，也关上了自己的心门。

同一个夜晚，也是李肆的倒霉日。

他白天在学校被人说急了眼，晚上一定要找李大海问个清楚，程苗苗劝了半天："你爸压力够大了，你还问个啥？"

李肆却觉得自己理直气壮："我都被他连累惨了，怎么也得问清楚吧？"

于是，他自觉是个行侠仗义的正派人士，质问李大海："你们为啥开除刘俊宝他爸啊？说人家偷油，得有证据！"

李大海一脑门子官司，哪有时间跟他解释，像赶苍蝇一样挥手："这是厂里的决定，我只是个执行者，再说了关你屁事儿！你有这工夫把心思放在学习上！"

李肆怒吼："怎么不关我事儿？现在学校人人都骂我，说你公报私仇，你积点儿德吧，没事儿别拖我后腿！"

他都这么说了，李大海能给他好果子吃？拿起球拍就揍，追得李肆跑掉了一只鞋。

说起来李肆这顿打挨得真不冤，胡秋敏都感慨："你这张嘴啊，真欠，我这辈子都不敢跟我爸这么说话。"

李肆现在就像个刺猬，气鼓鼓的，谁来了都要扎一下："你爸在哪儿你都不知道呢！我是嘴欠吗？我是仗义执言！"

程苗苗把书卷起来打他的头："能不能做做题！马上考试了，你还拿倒数第一啊？我都替你愁得慌。"

三人组正说着，刘俊宝在一群同学的簇拥下走了过来，李肆一看就警觉起来："干啥？别找我麻烦啊，今天心情不好。"

没等他说完，刘俊宝扑通一声跪了下来，把所有人都吓了一跳。

刘俊宝可怜巴巴地说："李肆，求求你了，我爸得罪了你爸，我替他道歉，你能不能回去说说，别让他开除我爸，开除了我家全都得搬走，我也不能在这里上学了。"

一片寂静，连最后一排的强小娃都抬起头看着这边。

"不是！"李肆急了，"什么得罪？你也信我爸公报私仇那一套啊！"

有同学在后面窃窃私语："刘俊宝他爸不就是说了两句你爸是靠你妈的娘家上位的，这不是事实吗？当了领导就打击报复啊？"

程苗苗眼看事态越来越不对，赶紧去扶刘俊宝："你先起来，大家都是同学，别这样！"

刘俊宝得了势，更加赖着不动："谁也别扶我，除非李肆答应我！"

李肆突然扑通一声也跪下了，和刘俊宝跪了个面对面："你说的这些我没法答应，我帮不了你，那我也给你跪一个吧，咱俩这就拉平了。"

这突如其来的变故让在场所有人都蒙了，刘俊宝发狠地一咬牙："那我给你磕头行不？！"

李肆毫不相让："行！那我也磕，一起！"

两人像两个油田的磕头机一样对着，此起彼伏地把头磕得砰砰响，众人惊呆了，程苗苗也傻眼了，跺着脚喊："都起来！丢不丢人啊！一起商量个办法不行吗？朱超！班长呢？！你还等着高班头来教室看他们拜天地啊！"

本来想置身事外躲清净的朱超没办法，装作刚发现一样跑进来："来了来了，都搭把手，拉他们起来！不然我告老师去了。"

有男生阴阳怪气地去拉刘俊宝："算了，起来吧，指望不上他，上梁不正下梁歪，李肆除了欺负同学还能干啥，他就不是有同情心的人。"

李肆也被程苗苗拉起来，一脸阴沉地坐回凳子上。

接下来的整整两节课，李肆一句话都没说，程苗苗回头好几次，担心地看着他。

到了放学，李肆更是谁也没等，卷起书包就走了。程苗苗不放心地追在后面，发现他既没去基地供销社买零食，也不是往回家的方向，反而像是漫无目地地瞎逛。

程苗苗追上去问："你咋啦？"

李肆踢着地上的石子，闷闷地说："我不服气，大人单位的事儿，凭啥到我这里就成

上梁不正下梁歪了？我平时对大家还不大方吗？谁没吃过我请的零食？而且我爸怎么就成公报私仇了？我不相信我爸能是这种人。"

"那你知道袁山青吧？"程苗苗想了想，干脆岔开了话题。

李肆一拍脑袋："袁勇的娃？哎哟你说袁勇我想起来了，我妈也差点儿上当，幸亏我爸摁住了，要不然我家也得损失几万块。"

程苗苗点点头："她在班上也是全民公敌，家里被骗钱的欺负她、骂她，没被骗钱的也在一边架秧子起哄看热闹，可你说这事儿跟她有啥关系？"

"你咋知道没关系？"李肆小声说，"我可听说了，她帮着她爸藏钱呢。"

程苗苗煞有介事地点头："对啊，我也听说刘俊宝他爸得罪了李肆他爸，李肆他爸就公报私仇，冤枉他偷油，给人开除了。"

"你怎么……"李肆刚要发火，转头看到程苗苗似笑非笑的脸，陡然明白过来，丧气地垂下肩膀。

程苗苗看他明白过来了，过去搂着他劝慰："所以嘛，大家都是听说，真相是什么并不重要，本质就是一向规规矩矩的人能有机会站在道德高地踩别人两脚可太爽了，诈骗犯的女儿来了，跟大家一起骂她两句，领导的儿子来了，跟别人一起给他两巴掌，至于他们是不是坏人，不知道，不在乎，先爽了再说。"

李肆低着头，无奈地问："那我咋办？就由着他们骂？"

"不然呢？你为了这事儿再去烦你爸，保证又挨一顿打，这本来就不是我们能管的事儿，除了让你爸生气，你也更生气之外，没有任何结果，我知道你想帮刘俊宝，我也想帮他，大家是同学嘛，我也不想他离开二中，但真帮不了有啥办法？他们爱说就说去，能拿你怎么样？"

程苗苗潇洒地拍拍他肩膀："武侠小说里，江湖恩怨纷纷扰扰，留到最后的能有几人？你有爸妈，还有我们这些好兄弟，你在意我们的感受就够了，其他的人，过客罢了！"

李肆心里一阵温暖，笑了起来，揉揉程苗苗的头发："你年纪大了，长脑子了，劝人一套一套的。"

"呸！"程苗苗歪头躲开他的手，"我从小脑子就好！不然能成铁三角的头呢？你们一个个的，打架的打架，跳河的跳河，我都操碎了心，以后你可听我的吧！"

李肆笑着上前揽住她："行！都听你的！"

两人勾肩搭背，快活地转身踏着一地金黄的夕阳往家走。

刘俊宝到底还是离开了二中，程苗苗还特地去找了高飞扬询问有什么办法可以帮他，高飞扬无奈地说："学校不会因为刘俊宝的家长没工作就不让他上学，但如果他家要搬走，那他势必要转学，这就没办法了。"

正如高飞扬所说,刘家搬走的这天,几个要好的同学到校门口送别刘俊宝,程苗苗拿着一个新书包:"这是李肆给你的。"

刘俊宝没接,程苗苗硬塞给他:"他不好意思来,让我转交,你也别怪他,他和他爸都是很好的人,肯定没什么公报私仇的事儿,这我敢保证的。"

刘俊宝叹息一声:"反正我要回老家种地了,说这些也没用了。"

程苗苗看到他垂头丧气的样子,心里也不好过,油田的工作稳定,圈子闭塞,基本扎下来就是一辈子,连调动都很少,孩子们不怎么能体会到大城市那种动不动就转学搬家的分离滋味,如今看到从小一起长大的小伙伴马上就要天各一方,也许这辈子都难见面,她的鼻子也酸了,殷殷叮嘱:"一到那边,就写信回来啊。"

刘俊宝收下了书包,抬起眼睛认真端详着每一个来送他的同学的脸,仿佛要刻在心里一样。

他最终还是一挥手:"都回吧!再见啦!"

李肆没有去送,趴在大桥上茫然地看着流水,他不知道,此刻他心目中暴躁刻板、不近人情的爸爸李大海自掏腰包,给了刘俊宝他爸三个月工资的补偿,还要编造借口说是钻井队的补贴。

程苗苗找到李肆,和他一起趴在桥头,闷闷地说:"你说要是有一天油田不行了,咱们爸妈也干不下去了,咱们是不是也得这样走啊?"

李肆被她逗笑了:"咋可能!国家还能不用石油了?我爸说了,生是油田人,死是油田鬼,他肯定是要守着石油事业一百年不动摇的,再说,走了正好啊,你不一直想去大城市?我都行,到时候看你去哪儿呗。"

程苗苗故意上下打量着他:"就你这吃不了苦的样子,还是乖乖留在油田吧,没了你妈的小饭馆,出去了你连饭都吃不上可咋办,就该让你去河西村子里体验体验生活。"

"谁去那破村子里啊!连个楼都没有。"李肆突然想起来,"哎,这几天怎么没见你扶贫强小娃了?"

程苗苗捶他一下:"啥扶贫啊,我们那是一帮一对对红!"

"哦对对,怎么现在不红了?人家不爱搭理你吧?"李肆嬉皮笑脸地凑过来故意笑话她,"高班头交代的任务呢,不完成啦?"

程苗苗捡起一颗石子丢进水里,发狠地说:"我才不一直热脸贴冷屁股呢!他不搭理我正好!就没见过这么又臭又硬还不肯开口的石头!"

不知道为什么,李肆听到程苗苗决定放弃强小娃不再帮扶他,心情一下就好了起来!他搭住程苗苗的肩膀:"还是咱俩热脸贴热脸好了,我妈请了新厨子,正经川菜,走,我请客!"

刘俊宝走后，高二一班一直弥漫着沉闷而尴尬的气氛，高飞扬注意到了，这天特地在下课后留了堂，他从讲台往下看着一张张年轻稚嫩的脸，语重心长地说："我常常在想，作为老师，我能教你们什么呢？今天我能教你们的第一件事儿，那就是——"

他转身，用粉笔在黑板上写下两个铁画银钩的大字：自己。

高飞扬微笑着看向迷茫的学生："你们肯定觉得，自己就是自己，还用教吗？但我觉得，大多数人这一生都做不好自己，人云亦云，随波逐流，总是把自己的人生嫁接到别的东西上。

"班上开学以来发生的事儿，大家都知道，我当然可以要求你们把嘴闭上，不要传闲话，但是你们会听吗？所以我对你们的要求是，请你们坚定地成为自己，不要变成别人。"

学生们鸦雀无声，连李肆这样的刺儿头都集中了精神，专注地在听。

高飞扬敲了敲黑板："我们都是独立自主的人，有自己的思想，有热爱和不热爱的东西，你的样貌，你的出身，你的父母，这些更是与生俱来的，不能改变，要伴随你一辈子的。"

他再度环顾教室，诚恳地说："但我们能够做到的是，让我们的人生按自己的方式往下走，而不是一定要成为某个队伍里的一员，这个世界允许我们不和大多数人为伍，允许我们不活在某些阴影之下，你们不是毫无见解与独立思想的看热闹的工具，你们有自己的生活，那件事儿比什么都重要……"

高飞扬拍拍手上的粉笔灰，做出了总结："所以，如果你一定要成为某个样子，一定要发出某种声音，我希望那是你自己内心做出的选择，并且能够为此负责，为此赌上你的认知和尊严，而不仅仅只是因为他说了，他说了，他也说了。"

他把粉笔头精准地丢进盒子："今天的课就上到这里，下课。"

程苗苗一直思索着高飞扬的话，就算去农贸市场逛街都提不起精神来，她无精打采地掏钱买了个棉花糖，突然听到热闹的叫卖声中传来一个熟悉的，带着浓浓方言的腔调："卖红薯！烤红薯！又甜又面的本地红薯！"

她举着棉花糖回头，强小娃穿着背心短裤，黝黑的皮肤在夕阳下泛着汗水的光芒，几乎刺到了程苗苗的眼睛。他不像在学校里那么沉默寡言，拒人千里之外，笑容灿烂得像是刚开的太阳花儿。

程苗苗站在原地，呆呆地看着他忙碌，一会儿称红薯，一会儿收钱找钱，动作麻利，一看就是做了无数次才能有的娴熟，旁边的三轮车上还摆着翻开的课本和写了一半的作业。

这里是自发组成的地摊区域，小贩们挤挤挨挨。强小娃还抽空帮着大爷大娘搬东西,整理货物,一个光屁股的小娃娃咬着手指头摇摇晃晃地走到狭窄的小路中间,眼看就要撞上三轮车——

强小娃冲过来一把举起小娃娃,亲热地哄着:"恁咋在这咧?!"

说完把孩子放在脖子上骑着,牵着娃娃的两只手晃悠,过了一会儿,有个卖菜的妇女找过来,一眼看到高高在上的孩子,笑得咧开了嘴,过来接走孩子,亲热地跟强小娃说笑着。

程苗苗一直看他看到棉花糖在阳光下彻底溶化,流到了手上黏答答的,才醒过来。

原来,学校之外的强小娃,是这个样子吗?

十七岁的程苗苗第一次深切地感受到世界的参差:有人吃着馒头,有人吃着红薯,有人吃着辣子鸡,有人饿着。

有人背负着骂名,有人背负着罪名,有人落井下石,有人行侠仗义,怎样都是人的一生。

她又无比深切地理解了高飞扬的话,如何成为自己,如何坚定内心正确的选择,每个人的答案都不一样。

但程苗苗此刻找到了她的答案:她要再帮一次强小娃,她要做坚定伸向强小娃的那只手。

无论这个世界多么不公平,都不能灭了心里的光。

第十章 好人

　　金色的太阳缓缓沉入西北广袤的地平线,农村各家的炊烟袅袅升起,在田间劳作的人,三五成群走在回家的路上,而一条人影却在此刻鬼鬼祟祟地出现在河西老镇的农家院外。

　　这是一个在二十世纪九十年代西北农村都略显穷困凋敝的院子,压根没有院墙,靠篱笆和栅栏在两间红砖房周围圈了一块地,房檐下挂着辣椒苞谷,地上种了些菜苗,木架子上晒着被单衣服,虽然打着补丁,却洗得干干净净。

　　听见大黄狗凶悍地叫了起来,强小娃闻声出门一看,程苗苗攀着木栅栏尴尬地挂在上面,手里还挥舞着一根苞谷驱赶。

　　"强小娃!"她像见到救星一样叫了起来,"快把狗弄走啊,我腿都麻了。"

　　强小娃一声呼哨,大黄狗飞奔回院子,乖乖地趴在用化肥袋和砖头搭好的简易棚子下面休息,还吧嗒着嘴巴。

　　强小娃头发遮住脸,看不出是什么表情:"你来干啥?"

　　"找你有事儿!"

　　程苗苗麻利地从栅栏上蹦下来,自来熟地就要往院子里走,却被强小娃拦住:"有事儿说事儿。"

　　"你这人怎么这样啊,我来了,连口水都不给喝?"程苗苗还想往屋子里冲,被强小娃拎住了衣领,暴躁地拒绝:"回你家喝去!"

　　正在这时候,远处传来一阵咳嗽声,强丰收扛着锄头从地里回来,看到自己的孙子和一个女娃在门口拉拉扯扯,一声断喝:"小娃! 你干啥呢?"

强小娃下意识地松手:"爷。"

程苗苗眼珠一转,满面笑容地过去打招呼:"是爷爷啊？爷爷好！我叫程苗苗,是小娃的同班同学,我来家里做客了。"

不等强小娃赶上来否认,强丰收已经高兴地邀请:"是同学来家玩啊？好好好,快进屋！"

程苗苗神气活现地推开强小娃:"让开！爷爷请我进屋的。"

站在红砖房里,程苗苗十分震惊,从外面看还算是正常的房子,内里却破败不堪,连最基础的刷大白都没做,墙上的砖头就这么露在外面,有些只剩下半截,整面墙上到处是黑洞,真怕随时会倒塌。

一块布高高挂在中间,隔出了爷孙俩睡觉的地方,没有卫生间,更没有厨房,连上下水都没有。沿着墙壁砌了一个大灶台,上面放了一个大铁锅,灶台上堆着几个铝制碗盆。程苗苗还记得自己很小的时候,贾代玉就把家里的铝锅铝盆都淘汰了,说是怕金属中毒。

没想到,今天在强小娃的家里重新见到了。

房子里一件像样的家具都没有,没有冰箱、电视、电话,只有一台破旧的收音机。

程苗苗一下傻了,她从来没见过这么贫穷的家,一贫如洗,家徒四壁。

强小娃明显觉得特别丢人,一下冲到炉子前把大裤衩收了攥到手里,又赶紧把帘子放下来。

"这……这是风箱吧?"程苗苗一下冲到灶台,两眼放光,兴奋地喊,"我在电视上看到过,拉着生火的,早想试试了。"

强小娃拦住她:"试啥啊！不准动！"

强丰收把锄头放好,回屋就听见程苗苗的话,哈哈大笑说:"人家女娃想试就让她弄嘛,又弄不坏。"

程苗苗也不客气,卷起袖子立刻上手,强小娃实在看不过去,在旁边指点她:"慢点儿！你别那么大劲儿！"

火苗呼的一声席卷出来,差点儿舔上程苗苗的脸,她吓得往后倒,强小娃冲上去挡在她面前护住,没好气地说:"行了,玩够了吧！"

"我现在会了！"程苗苗不服气地说,上前再度握住拉杆,一下一下。强丰收在旁边笑着表扬:"匀乎点儿,你看这不就好了吗？"

程苗苗看到火焰慢慢地舔上了锅底,稳定地燃烧着,兴奋地问:"爷爷,这太酷了！是不是这样就能烧水了？"

"对。"强丰收难得看见这么活泼懂事嘴还甜的女娃,加上又是强小娃的同学,心里稀罕得要命,笑呵呵地问,"想喝水啊,爷爷给你烧？"

程苗苗看着强小娃满脸不高兴的样子,头一歪,故意说:"不用烧,我就想喝井里现打上来的水,行不?"

强丰收大手一拍:"有啥不行的! 院子里那口井还是我亲自挖的,水甜得很,小娃,快去给同学打瓢水。"

强小娃一脸阴郁地走出去,很快拿着个瓢回来,却不递给程苗苗,冷淡地说:"你喝不惯,喝了小心拉肚子。"

程苗苗白了他一眼,夺过瓢来双手捧着咕噜噜一口气喝了个干干净净,抹着嘴,眼里发出惊喜的光:"真甜! 比饮料还好喝!"

强小娃看着她欢快明朗的笑容,自从去了二中,一直困扰着他的尴尬和自卑,在此刻犹如冰雪遇到了暖阳,在悄悄地融化。

虽然依旧是冰封大地,某些地方却露出了土壤的本色,好像,有什么地方跟从前不一样了。

程苗苗在强小娃家里玩得不亦乐乎的时候,程芽芽也背着书包敲开了袁山青家的门。

他不是第一次来,起初袁山青死活不接受他的好意,哪怕是一个包子也坚决拒绝。

知道袁山青是不想连累他,程芽芽平和地对她解释:"小时候我们见过面的,记得吗? 你还分给我一个馒头。"

袁山青愣住了,她想不起来,但程芽芽是出了名的好学生,记忆力超群,他说有,那就是有吧。

"我知道你不想欠别人的,但你总得给我一个还人情的机会。"

程芽芽打着这个旗号,硬是塞给了袁山青一袋包子。

今天袁山青看到他,还没开口,程芽芽就把一个毛绒玩具举到面前,捏了捏,发出唧唧的叫声:"我来看小紫。"

小紫在后面,听到了程芽芽的声音,开心地咧着小嘴笑了起来:"啊! 啊啊!"

看到她摇摇晃晃地走过来,程芽芽趁势从袁山青身边挤进了房门,举着玩具蹲下身张开手臂:"小紫,来哥哥这里。"

背后,在他看不见的地方,袁山青飞快地扯下发绳,让头发披散下来,遮住了脖子上的伤疤,又不放心地把衣袖往下扯了扯,确保手臂上的伤口程芽芽看不到。

程芽芽抱起小紫坐在床边,耐心地陪她玩,小紫开心得手舞足蹈,袁山青习惯性地问:"我烧点儿水,给你泡杯茶?"

她突然想起来,家里早被债主搜刮得一干二净,哪里还有什么待客用的茶叶。

"别麻烦了。"程芽芽笑起来,"我又不是来家访的。"

"热水总要喝一口的。"袁山青转身去厨房忙碌,程芽芽看着小紫咿咿呀呀了一阵子,扭头问:"小紫是不是还不会说话呢?"

说到这个，袁山青脸色一黯："是啊，一直都不会说，只会哭，平时高兴了也就啊啊地叫，我一直挺担心的。"

左右邻居说难听话的多了去了，说袁勇作孽报应在女儿身上，小紫是个弱智什么的，要是别的话，袁山青并不会放在心上，但这关系到小紫的健康，她心里总是沉甸甸的。

程芽芽一下笑起来："你担心啥啊？担心她脑子？你看她多机灵，多可爱，怎么可能是傻子嘛，我跟你说，我姐和我说话走路都不一样……"

两个十六岁的少男少女，一本正经地探讨了一阵子三岁以下婴幼儿的发育情况，小紫瞪着乌溜溜的大眼睛来回看着他们。

听不懂，她开始嘬手指头。

程芽芽有个当医生的爸爸，自然特别注意卫生，赶紧矫正她："别吃手，不卫生，你俩吃饭了吗？"

袁山青尴尬地摇摇头，家里只有馒头榨菜，但这显然不能拿出来招待客人，她站起来往外走："我给你弄点儿吃的吧？出去买点儿？"

程芽芽对她神秘地眨眨眼，变魔术一般从书包里掏出几包方便面："咱们吃泡面吧！我就觉得方便面特好吃，但我妈不让我在家吃！"

袁山青看着他的脸，也笑了，兴奋地一点头："我去拿榨菜！"

与此同时，程苗苗也在强小娃家里说贾代玉的坏话，她大口大口吃着饭菜，香甜的样子像是在吃什么珍馐美味，还一个劲儿地夸奖："这也太好吃了！这是啥菜啊？我从来没吃过。"

强丰收看着她，老脸慈祥地笑成了一朵菊花："红薯叶，不值钱，你们油田孩子不吃的吧？"

程苗苗嘴边还挂着饭粒，腮帮子一鼓一鼓地抱怨："上哪儿吃去啊，我妈做饭特别不行，做出来总是老三样，我都不爱吃，我爸比她强点儿但有限。"

这话听到强丰收耳朵里，只觉得各家有各家的难处，没想到光鲜体面的基地家孩子也有吃饭的苦恼，赶紧又给她夹了一筷子："你要是爱吃，以后常来，这菜没别的，就是个新鲜，刚从地里摘的。"

一直闷头扒饭的强小娃突然抬起头，露出一个奸诈的笑容："刚浇过大粪的。"

程苗苗差点儿呛住，强丰收拿起筷子照孙子头上敲了一记："你这个嘴啊！别听他瞎说，对了，小娃在学校表现得咋样？合格不？"

刚得意没一分钟的强小娃顿时僵住了，低下头，借着长发的遮掩不安地看着程苗苗，生怕她说出什么不该说的话来。

"合格啊！"程苗苗的表情特别真诚，"老师同学都可喜欢他了。"

强丰收本来还有些担心的,这一刻终于松了口气,欣慰地说:"那就好。"

"但是,爷爷啊。"程苗苗眨着大眼睛,认真地说,"我们学校有规定的,大家都要穿校服,还有男娃的头发不能太长。"

强丰收拍起了大腿:"看看!我说啥!这上学就得齐齐整整的吧?校服在哪儿买啊?"

程苗苗一看有戏,急忙大包大揽:"就在小卖部,特别容易,我带他去。"

强小娃急了,抬头呛声:"我不买!不用你管!"

于是他又挨了强丰收一筷子,老人横眉立目地看着这个倔强的孙子:"学校啥要求咱配合就完了!一屋子学生就显着你一个特殊了?别让人家老师为难!"

强丰收又转向程苗苗解释:"他这个头发,从前都是他大哥给他剃,这不,大娃出门打工没回来,他就不肯剃,说不让别人动他的头,你说这娃倔不倔?多气人!"

程苗苗好奇地问:"爷爷,大娃出门了,家里就你和小娃啊?他们父母呢?"

气氛一下僵了,强丰收犹豫了,程苗苗意识到自己可能戳到了别人的痛处,刚要岔开,强小娃一下抬起头,直截了当地说:"我没爸妈,我是爷爷捡的,大哥也是。"

程苗苗吃惊地看着强丰收,再看看这简陋的红砖房,这个看着并不起眼、不时咳嗽的质朴老人,生活是这样的贫困,还能捡回来两个孤儿养大,供他们读书上学……

强丰收看出她的心思,摇摇头,叹口气:"娃娃,我没文化,字都不识几个,只知道养活孩子,也不懂得怎么教,小娃这个性子从小就倔,我不怕别的,就怕他去了你们那里不合群,有人欺负他。"

程苗苗胸中那股行侠仗义的火焰熊熊燃烧,她握住了强丰收粗糙但温暖的大手,大声说:"爷爷你放心!有我在呢,没人敢欺负他!"

程苗苗走的时候,强丰收给她装了一麻袋的红薯苞谷花生,强小娃试图阻拦:"爷爷,别装了,她不爱吃。"

"胡说!我特别爱吃!"程苗苗费力地把麻袋背上,还能腾出一只手来豪爽地拍强小娃的肩膀,"以后咱俩就是兄弟了!我不白吃你的,这一麻袋算学费,从明天起我教你普通话,包教包会。"

她自觉今天这个破冰开局特别好,挥挥手告别:"爷爷,我走了啊!你别出来,我认识路。"

强小娃站在屋门口,看着程苗苗大摇大摆背着麻袋出了门,大黄狗不知从什么地方窜了出来,凶狠地咆哮着追了上去。

黑暗中传来程苗苗惊慌失措的叫声:"爷爷给我的,不是我偷的啊!强小娃!你管不管你的狗啊!救命啊!"

没等强小娃赶到救场,程苗苗就慌不择路一脚踩空,连着麻袋一起狼狈地滚到了灌溉渠里。

强小娃第一次在程苗苗面前哈哈哈地放声大笑起来。

漆黑的夜里,油田家属宿舍楼又传来贾代玉的怒骂声:"程苗苗!你出息了?还敢去老乡地里偷红薯了?!"

程苗苗一身脏污,连泥带水滚得跟个活猴一样,一边站在卫生间里费力地脱衣服一边解释:"咋可能!我谁啊,我是行侠仗义的侠女!这是人家老乡爷爷送给我的,你可别扔啊,都是好东西!"

贾代玉捏着鼻子打开同样沾满了淤泥的麻袋:"人家老乡凭啥送你东西,还送一口袋,你五好村民啊?"

正说着,程芽芽开门进来,贾代玉一看是他,立马忘记了程苗苗的事儿,兴师问罪:"你又干啥去了啊?九点半才回家!人家油田工人八点也下班了,你可别跟我说又去盗墓了。"

程芽芽脸上还挂着一丝若有若无的微笑,漫不经心地说:"我去同学家了。"

"啥同学?"贾代玉追着他问。程芽芽往程鹏飞的房间里走,随口敷衍:"王甫强,玩得晚了就在他家吃了饭。"

贾代玉回头一看饭桌上自己特地用纱罩子罩着给姐弟俩留好的饭菜,气得一拍桌子:"家里没有饭给你俩吃了?一个两个都跑到别人家里吃,你俩有能耐以后都别在家吃,我还省饭钱呢!"

说归说,强丰收装的一袋子农产品还是被程鹏飞和贾代玉连夜收拾了出来,红薯蒸好,花生煮熟,苞谷串好了挂在厨房里,程鹏飞叉着腰,欣赏自己的劳动成果,感慨道:"也有几分田园气息了。"

而姐弟俩并不消停,程芽芽捧着一大堆书往自己房间里走,被贾代玉拦住:"这都是你爸的医学书,你看啥?考试又不考。"

程芽芽看看她,贾代玉从儿子的眼睛里竟然看到了一丝瞧不起:"不考就不能自学了?我有个朋友的妹妹发育不太健全,我查查问题在哪儿。"

贾代玉惊呆了,而程苗苗刚洗了头,湿漉漉的,在房间里翻箱倒柜:"妈!我弟的旧校服你给放哪儿了?还有他那个书包,黑色的。"

贾代玉一口气还没缓过来,虎吼:"三更半夜的,找这干啥?!"

"送给我们班强小娃啊!我今天去了他家,可真是大吃一惊!"程苗苗感慨,"他家太穷了,简直跟活在二十年前一样,现在做饭还用风箱烧火呢!啥家具都没有,他每天趴在炕上做作业,还有那个墙,缺砖少瓦的,我都怕下一场雨就塌了。"

程鹏飞赶紧转过身来问:"你没在人家家里大惊小怪吧?"

"我傻啊?"程苗苗得意扬扬地摇头晃脑,"那人家该多不好意思,我就表现出特别

没见过世面的样子,看他家什么东西都很好奇。"

程鹏飞一下笑了,对贾代玉说:"看到没,这小脑袋瓜多灵。"

贾代玉沉着脸把程苗苗翻乱的东西归位,数落道:"就是不往正事上用!有时间帮助别人,能先好好学习吗?"

程苗苗终于翻到了自己想要的,欢呼一声就要装包,被程鹏飞拦住,语重心长地说:"你看他没有校服,就想把你弟弟的校服书包文具都给他,但他拒绝剪发拒绝穿校服就是因为他没有钱做这些,他和油田的孩子们相差太远了,他心里有强烈的自卑感,这让他不得不建造一个小堡垒,把自己封存起来,你现在能想到的就是把你的东西送给他,但我觉得如何打破这个堡垒,如何缓和他的自卑心,这才是最关键的。"

程苗苗重重点头:"我明白!治病得先治根儿。"

看到父女俩相视一笑,心有灵犀的样子,贾代玉再也坐不住了,站在客厅中间怒吼:"一个要帮地方上的野娃娃,一个要帮通缉犯的娃娃,咱家是开庙普度众生了吗?你还鼓励她,行,你们仨都是好人,这屋子里就我一个坏蛋!"

程鹏飞笑眯眯地去拉她的手:"咱俩去散个步呗?"

贾代玉甩开他的手,气得直喘气:"又要跟我讲大道理?"

"哪能呢,是我要向贾代玉同志汇报一下最近的思想动态。"

程鹏飞连扶带拉地把贾代玉带出了门,程苗苗和程芽芽相视一笑,程苗苗高兴地说:"就知道咱爸对付咱妈有一手。"

李肆觉得奇怪,他只是睡了一觉,怎么感觉整个世界都变了?

到学校的时候,程苗苗竟然坐在强小娃旁边,笑得前仰后合,而强小娃也不再是一脸阴云密布的样子,唇角微翘,表情柔和。

他竟然在认真地听程苗苗说话!

李肆不敢相信地问胡秋敏:"胡子,这咋回事儿?一晚上风水就歪了?"

胡秋敏吃着包子说:"我哪知道啊,今天一早两人来了还打招呼呢,关系突飞猛进。"

"咱铁三角的交情变天了?!"李肆一脸震惊。

李肆好容易等到程苗苗出了教室,气急败坏地回到自己座位上,把带来的早餐用力往课桌上一蹾。

强小娃看了一眼:"我不吃。"

"谁让你吃了!"李肆凶神恶煞地说,"强小娃,我想我有必要跟你全面介绍一下我和程苗苗的关系。"

不知为何,以前觉得李肆跋扈嚣张是小霸王,现在看着他装凶,强小娃竟然从心底里想笑,他尽量维持平静地点点头:"你说。"

李肆拍着胸脯说:"我跟程苗苗在职工医院前后脚出生,住一个病房,我俩从小光屁股长大的,住的前后楼,上的同一个幼儿园同一个小学同一个中学,人生所有重大节日都是一起度过的。"

他说得口沫横飞,没注意到强小娃的眼神越过他肩膀微微向上。

程苗苗悄无声息地站在李肆背后,把手指竖在嘴唇上做了个嘘声的动作。

李肆浑然不觉,依然说得起劲儿:"十七年了我俩就没分开过,我对程苗苗的重要性,就跟她爸是一样一样的。"

程苗苗一把揪住他的头发往后扯:"你想当谁爸啊?!"

"哎!松手!打个比方!我就这点儿头发被你薅光了。"李肆哎哎地叫着,他趁程苗苗松手,跳起来躲得远远的,又神气起来,"我们男人说话,女人别插嘴。"

他飞快地凑到强小娃耳朵边,语带威胁地说:"这个丫头长大是要嫁给我的,这事儿从三岁就定死了,咱们修复关系可以,我劝你不要制造矛盾,免得我动手。"

强小娃推开李肆,对方说话的气息弄得他耳朵很不舒服,当然,说的话更让他心里不舒服。

上下打量着李肆,强小娃笃定地说:"你打不过我。"

李肆急眼了:"嘿!是不是我做人太善良,让你有了这种错觉?"

强小娃摇摇头,转身走出了教室,李肆追在后面喊了两声,见他不回答,转身对程苗苗夸张地耸肩:"很明显,他尿了。"

程苗苗不客气地打开他的早餐咬了一口包子,昂着头回自己位置上了,只剩下李肆在原地跳脚:"坐我的座位,吃我的包子,有事儿还瞒着我啊!"

事实证明,程苗苗瞒着他的事儿还有很多,放学时分,三人组还是照常并肩出了校门,李肆刚问了一句:"是去吃饭还是去我家看录像?"

程苗苗就火急火燎地往前冲:"我有事儿先走,你俩玩啊。"

她的事儿当然是去给强小娃送东西。她站在农家院门口,特地喊了两声:"八宝!八宝在不在啊?"

没有听到大黄狗的叫声,她才放下心来。强小娃无语地推开屋门:"你来找它啊?"

他一下就愣住了,程苗苗大包小包地背着东西,还拖着一张茶几,正站在门口,龇着雪白的糯米牙冲他乐:"不找它,找你!"

不等强小娃说话,她就磕磕绊绊地把东西都拖进了院子里,连珠炮似的跟他交代:"你连个书桌都没有,多影响学习啊!我家有个旧茶几我给你拖来了,你凑合着先用。"

下面的话更是一连串,连带着从袋子里源源不断地给他往外掏东西:"这都是我弟的,我妈都洗得干干净净的,你别嫌弃啊,这还有好多我做过的习题卷子啥的,都是我爸托人从武汉那边买的,黄冈试题你知道吧,贼厉害,你拿这些复习复习,马上就月考了,不是吓唬你啊,咱们学校的卷子是很难的,你必须得重视,考完贴大红榜的。"

一口气说完,程苗苗自来熟地跑到水缸边舀了一瓢水,咕嘟嘟地喝完,一抹嘴:"今天不能留下吃饭啦,你跟爷爷说一声,过两天我再来看他,走了啊。"

一直到程苗苗跑出院子,跑得连人影都不见,强小娃才低下头,默默地看着面前的这一堆东西,衣服文具书包,像程苗苗说的一样,看着是旧,但很干净,试卷整齐叠好,还有那张茶几……

他又抬眼看着河西老镇通往基地的道路,这么长,这么坑坑洼洼的泥巴路,程苗苗是怎么拖着这张茶几一路走过来的?她不累吗?

沉默了半晌,强小娃把东西一样样地收回屋子里,他坐在炕上发了半天愣,终于下定了决心,从陈旧的木箱子里翻出了一把剪刀,认真地在头发上比画着。

第二天一大早,胡秋敏在跟李肆和程苗苗聊昨天发生的事儿:"我觉得,老杨和我妈好像又干架了。"

李肆大吃一惊:"还干架?这是一点儿经验教训都没吸取啊?"

程苗苗上下看着她,关心地问:"动手没?"

"我说是好像,但我没看见,我进门之前听到他俩在吵钱不钱的事儿,等我进门看两人都站着,奇奇怪怪的,还说是为了迎接我。"胡秋敏一脸的不可思议,"晚上睡觉的时候我又听到动静,感觉像打翻什么了,我以为动手了,就冲过去——"

胡秋敏两手一摊:"开门一看两人正洗脚呢,老杨说给我妈念报纸……看着挺和谐的。"

李肆不以为然地说:"那不就是没事儿呗!"

程苗苗神秘地竖起一根手指:"还有一种可能,就是你上次把他们骂怕了,他们现在不敢当你面干架,还得瞒着你。"

"那我上次不是急眼了,骂杨松柏了吗,我还以为我俩这关系算是完蛋了,没想到这次回来他跟没事人一样,对我还客气了呢。"胡秋敏有点儿想不明白,"这是好事儿还是坏事儿啊?"

"好事儿!当然是好事儿!"程苗苗立刻化身人生导师,对她循循善诱,"说明他们至少开始考虑你的感受了,他们不当你的面吵架,你就装没发生,还要表现出因为他们不吵架而高兴的样子,这种事儿就是个鼓励教育,我爸说了,大人也需要孩子的鼓励。"

他们说得热闹,教室外面突然一阵惊呼,面对着前面的胡秋敏眼睛也一下直了。

李肆和程苗苗莫名其妙地回头,只见强小娃剪了个精精神神的短寸,穿着校服,背着书包,整个人清清爽爽,帅气逼人,走进教室的时候引得左右隔壁一群女生眼睛都不转地盯着看。

和昨天那个背心短裤拖着化肥袋,长发盖脸一脸阴郁的强小娃完全判若两人,他经过的时候,还轻松地伸手拍了拍程苗苗,给了她一个微笑。

李肆的嘴巴张得能塞下两个包子。

如果说强小娃的改变在高二年级引起了轰动,那么袁山青引发的波澜就是波及了整个学校。

正上着课,坐在窗边的钟瑞涛突然侧过头来,小声说:"我看见俩派出所的到学校来了。"

王甫强也伸着脖子看:"警察?警察来咱们学校干啥?"

罗政闻声回头,阴阳怪气地说:"学校里有坏人啊,警察早该来了,哎,涛儿,警察上咱们楼了吗?"

他们动静太大,讲台上的老师正在板书,闻言回头怒视着他们三个:"不想学可以出去!到外面站着看个够!说个够!"

教室里暂时没人说话了,但几乎所有人的目光都或明或暗地看向坐在最后的袁山青。

袁山青低着头,手指攥着钢笔,用力到指关节都发白,浑身哆嗦起来,程芽芽担心地看着她。

课上到一半,班主任韩淑走了进来,敲敲门歉意地说:"老师,我找袁山青有点儿事儿,袁山青,你来一下办公室。"

老师还没说话,班上同学已经哗然起来,罗政兴奋地高喊:"韩老师,是不是警察来抓人啊?"

韩淑一下板起脸,严肃地说:"谁说的这些事儿?哪来的警察抓人?你们好好上课,老师找袁山青有别的事情。"

袁山青低着头站起身来,快步走到她身边,韩淑拉起她的手,两人一起走出教室。

在走出教室的一瞬间,袁山青飞快地回头看了一眼程芽芽。

同学们议论纷纷,还有的站起来往外看,程芽芽也站了起来,冲动地挤开钟瑞涛,硬凑到窗口看。

老师又是敲黑板又是拍讲台,好容易把课堂秩序维持好,但接下来的半堂课他讲了什么,全班同学,包括尖子生程芽芽,都没有一个人听得进去。

所有人关心的只有一件事儿:袁山青出什么事儿了?真的被抓起来了吗?

下课铃响了,不管哪个年级的学生都撒欢儿地奔出教室,一路嗷嗷叫着,突然,他们的脚步停住了,目瞪口呆地看着面前的情景:

两个警察带着袁山青正往校门外面走。

第十一章
蛋黄味的月饼

  派出所带走袁山青的原因很简单:袁勇又出现了。
  这次不是经济案,而是性质恶劣的伤人抢劫案,袁勇大概是身上的钱花完了,开始丧心病狂地抢钱,一次用的是砖头,另一次干脆用的是匕首。
  从群众反馈的线索来看,袁勇一直没有离开油田附近,这就很耐人寻味了,他为什么不远走高飞呢?是不是他仓皇逃走的时候没有带走全部赃款所以要回来拿钱?那么在基地里唯一和他有联系的人似乎就毫无疑问了:袁山青。
  可袁山青坚决不承认自己见过袁勇,韩淑作为班主任也被询问了,证明袁山青在校期间没有和可疑的人接触过。
  但是在袁山青的口述中,有一点引起了警察同志的怀疑,她坚称自己受伤了是一个人去的医院,但目击者却说是有人陪着她。
  袁山青死不开口说出那个人是谁,时间就这么拖延了下来。
  而在高一一班里,这事儿已经闹得沸沸扬扬,罗政扬眉吐气地走到程芽芽面前:"你现在还敢说袁山青没事儿?"
  程芽芽抬起头,平静地看着他:"她有没有事儿,我说了不算,你说了也不算,得警察说了才算。"
  罗政敲着课桌,轻蔑地说:"警察已经把她抓走了!这还不能说明问题?别装了,就你俩这关系……"
  程芽芽打断他的话:"我俩什么关系?"
  "你俩一起去医院!还有个娃!"罗政长久以来被压抑的怒火终于找到了出口,称心快意地揭穿真相,"有人看见了!"

全班同学齐齐发出"啊"的声音,还有人唯恐天下不乱地问:"娃?谁的?"

程芽芽依旧很平静:"这跟你有关系吗?"

他的态度彻底激怒了罗政,罗政猛拍桌子吼道:"当然有关系!袁勇的娃一天不走,就跟我们整个班都有关系!别以为我不收拾她是把这事儿忘了,忘不了!我奶的死在我这里就过不去!坏人总归有报应的,像你这种是非不分帮着坏人的人也没有好下场!"

他狠狠往地上吐口唾沫:"警察都来抓人了,你还嘴硬?!"

程芽芽心里窝火,却不像他那么激动,淡淡地说:"她爸是通缉犯,警察来找她了解情况很正常。"

罗政眼看说不过他,索性站起来大喊:"我想问大家一句,袁勇的娃被警察带走了,谁还想跟她继续一个班?愿意的举手!"

程芽芽看着王甫强和钟瑞涛,这两个死党在此刻也犹豫起来,低下头不吭声。

更别说其他的同学,一个举手的都没有。

这下罗政又得意起来,俯视着程芽芽:"老程,承认自己错了不丢脸,你非要跟全班同学作对也要帮着袁山青?图啥?图她长得好看?"

程芽芽认真地说:"我没有和全班同学作对,也没有图谁什么,我只是不想做落井下石的小人。"

他这句话指代性太大,没等罗政发飙,同学们先不干了,一个个站起来指责他:"你啥意思?说谁小人呢?我不想跟通缉犯的女儿一个班我就成小人了?"

"以前我们班多好啊,就是她来了才搞得乌烟瘴气的,这警察以后三天两头来,谁受得了。"

"抓起来就完了,省得祸害别人。"

程芽芽首次动了怒,白净的小脸涨得通红,站起来大声说:"你们哪个人确定袁山青是被警察抓走的?看见她戴手铐了吗?听见警察说她有罪了吗?学校说要开除她了吗?学校、警察都没确定的事情,你们凭什么在这给袁山青定罪,你们难听话张嘴就来,有证据吗?没证据就是冤枉人!"

罗政反而笑起来:"铁证如山,你现在说这些有啥用啊?只能证明你的全面失败。"

大家也都笑起来,程芽芽气得浑身发抖,还要说话,上课铃响了,罗政大获全胜地回到自己座位,特地高声感慨:"法网恢恢,疏而不漏。"

时间到了晚上七点,袁山青还羁留在派出所,她焦急地看着时钟,旁边的韩淑还在耐心地询问:"你不想连累程芽芽,我理解,但也不能撒谎啊,现在警察同志都开始怀疑你了。"

袁山青激动地说:"韩老师,我就只瞒了这一件事儿,别的话都是真的,我真没有见过我爸,为啥大家都不相信我呢?"

韩淑安抚她:"但你爸出现在附近,肯定是要跟什么人联系的,现在明面上有关系的人只有你,警察同志肯定要从你这里了解情况的,对不对?"

袁山青死死咬住牙关,突然伸手卷起了袖子,露出伤痕累累的胳膊,韩淑吓了一跳:"这是谁打的?"

"我爸!"袁山青哽咽着说,"我爸是个混蛋,没出事儿的时候就成天打我,出事儿之后撇下我,一个人跑了,我不可能包庇他的!我比谁都希望警察能快点儿抓住他,他在外面一天,我和妹妹就没有好日子过!"

派出所里,蒋峰警官对代表学校而来的高飞扬不放心地叮嘱:"袁勇现在已经走投无路了,我们担心他会有什么极端反应,也希望你们学校配合我们,有任何可疑情况随时向我们通报,不能给袁勇可乘之机。"

高飞扬点头承诺:"这是一定的,我们肯定全力配合,当务之急是一定要保护袁山青的安全。"

韩淑伴着袁山青从旁边的谈话室里出来,袁山青怯怯地问:"警官,老师,我现在能走了吗?"

蒋峰点点头,高飞扬也拍了拍她的肩:"能啊,我送你回家。"

他话音未落,袁山青就像只惊慌的兔子一样,朝着门外飞奔而去:"谢谢老师,不用送,我先走了。"

韩淑还没反应过来,高飞扬拉了她一把:"跟上啊!"

袁山青一路狂奔,心里的焦躁越来越大,她知道家属区每个人都不待见她们,只有邻居陈奶奶出于善良,勉强答应在她上课的时候偶尔照管一下小紫,还得藏着掖着,不敢让邻居知道,更不敢让陈奶奶的儿子知道。

以前她放学先跑回家,尽量抢在陈奶奶儿子下班之前把小紫接走,但今天耽误了这么长时间……

何况,蒋警官也明确地告诉她,袁勇已经回到了油田附近,说不定此刻就潜伏在基地的什么地方呢。

她跑得飞快,高飞扬仗着人高腿长还勉强跟得上,韩淑已经跑得连气都喘不上来了:"你们等等我啊!"

等是不可能等的,袁山青心急如焚,扑在陈家房门上敲了两下,看见打开门的是陈奶奶的儿子时,她硬挤出笑容打招呼:"叔叔好,我来接我妹妹。"

"不是早就接走了吗?"中年男人没好气地说。

犹如一声闷雷,把袁山青劈愣了,中年男人嫌弃地看着她,刚要关门,袁山青猛地扑上去挡住门,焦急地问:"接走了?谁接走的啊?"

"我哪知道,我回家的时候家里没人。"

"那陈奶奶呢?"不祥的预感在袁山青心里迅速放大,她眼睛都瞪圆了。

中年男人暴躁起来:"我妈去医院取药了!我就说不该管闲事儿吧,老太太自己一身病,还管出事儿来了。"

他骂骂咧咧地把大门甩上,袁山青失魂落魄地看着紧锁的门,心里狂喊着:不会吧!小紫不会被……

她猛然转身,又向楼下冲去,韩淑在高飞扬的帮助下好不容易爬上了楼,还没等站稳就看见袁山青小旋风一般地卷了下去。

韩淑发出不可置信的叫声:"哎!咋又下楼了?"

没有,医院没有,别说小紫,说好来取药的陈奶奶也不见踪影。袁山青跌跌撞撞地在医院各个科室里穿行,每扇门都要敲一下打开看看,无数次的鞠躬道歉,无数次的无功而返。她一天没吃东西,此刻饥饿感已经被身体忽略,但低血糖带来的眩晕和虚弱却是实打实地消耗着她的身体。

袁山青冷汗涔涔,不知道是饿的还是吓的,她机械地在人群里搜寻,有人拽住了她的胳膊,她迷茫地看着来人,直到听到声音才醒过来:"高老师?"

高飞扬摇摇她:"袁山青,你没事儿吧?你找什么呢?"

袁山青一开口,泪水就滚滚而下:"我妹妹……我妹妹被人接走了,我找不到。"

高飞扬慌了,手忙脚乱地安慰她:"啊!被谁接走了?不会是……你别急,先报警吧!我去借电话,你待着哪儿也别去!"

袁山青越想越害怕,身体再也支撑不住,沿着墙壁绝望地滑坐在地上,把头埋在膝盖里呜呜大哭。

远处程鹏飞看到了,皱着眉快步走了过来:"袁山青,这是怎么了?"

程苗苗今天难得没有三人一起活动,而是放学就回了家。

她想起来就忍不住笑,没活动的原因是李肆生气了,李肆之所以生气,是魏雪跑来跟他们八卦,说她妹班上的女生都觉得高二一班有个男生长得特别帅,托她来打听。

李肆花孔雀一般自傲地觉得那肯定是打听自己啊。

结果人家说的是强小娃。

就算被李肆当面抓包,魏雪也嘴硬地表示:"还是强小娃更帅一些。"

这让李肆勃然大怒,放学就跑去镇子上找外面的师傅烫他那头小卷毛去了,程苗苗觉得他简直幼稚得可爱,摇摇头自己回了家。

结果一到家,就被程芽芽给拖进了自己的卧室。

程芽芽作为一个尖子生,有诸多被父母额外宽容允许的兴趣爱好,说实在的,就算他把后山洞里的墓碑挖了来放在卧室里,程苗苗都不会觉得惊讶。

但此刻她看到程芽芽床上坐着一个软乎乎的小娃娃,大眼睛也正瞅着她,还是忍不住尖叫了起来:"这谁啊?!"

家里怎么变出一个大活人来了?!

程芽芽赶紧去捂她的嘴:"是袁山青的妹妹,叫小紫,袁山紫。"

程苗苗拼命打着他捂嘴的手,松开之后大喘了一口气:"你把人家妹妹抱家里来干啥啊!不怕人找?袁山青呢?"

"被警察带走了。"程芽芽闷闷地说。

程苗苗瞪大眼睛,消息太多,轰得她一时半会反应不过来,张口结舌地来回指着,偏偏这时候,贾代玉推门而入:"你俩,晚上想吃点儿啥?"

贾代玉看着床上的小孩儿,发出和刚才程苗苗一样的尖叫:"这谁啊?!"

最初的震惊过后,程苗苗喜欢上了这个安静的小妹妹,抱着她在客厅里转悠,还拿自己的毛绒玩具逗得她咯咯笑:"叫姐姐,姐——姐姐,这小娃咋不会说话呢?"

没人搭理她,贾代玉板着脸正兴师问罪:"哦,她爸是通缉犯,她也被警察抓走了,你就把人家妹妹带回来了?你要干啥?自己养着啊?"

程芽芽分辩:"不是,袁山青不是被抓了,就是带走嘛,警察也没说她犯法啊,再说了,就算她犯法,跟她妹也没关系啊,这么小个娃娃,总不能饿死在家吧,你看这也没吃的,刚才一直哭呢……"

他生平第一次觉得自己的无力,小紫才三岁,他不可能把她一个人留在那个随时会有债主闯入的家里,但抱回来之后呢?怎么办?如果妈妈非要把小紫丢出去,怎么办?

贾代玉长出一口气,站起来愤愤地往厨房里走,程芽芽担心地伸长脖子看着:"妈?妈妈……"

"妈妈什么妈妈!"贾代玉火大地嚷嚷,"我先给她冲点儿奶粉!一问三不知就抱回来了,饿死在咱家说得清啊?"

程芽芽心里一松,今天第一次笑了起来。

贾代玉嘴上凶,手上却不含糊,还从程苗苗的份额里挖了一大勺高乐高加在奶粉里,冲成一碗喷香浓郁的巧克力奶,一勺勺地喂给小紫喝。

小紫认真地吧嗒着小嘴,品味这从没尝过的美味,不时向贾代玉扬起笑脸,露出傻乎乎的笑容。

程苗苗托着腮在旁边看着:"差距啊,这就是差距,高乐高加奶粉,我现在这么喝都得看我妈的脸色。"

贾代玉瞪她一眼:"咋还学会争宠了呢!你多大,她多大?你看她瘦得,身上一摸都没肉,不补点儿营养哪行?"

程芽芽从后面搂住她的脖子,讨好地说:"妈妈就是刀子嘴豆腐心,心眼儿比谁都好。"

"呸!"贾代玉板起脸甩开他,指着墙角,"你少给我戴高帽子,站那儿去!你没头没脑就把她抱回来,咱们也成袁勇同伙了,这一天天的还帮诈骗犯养女儿呢?!"

小紫被吓到了,瞪大眼睛看着大家,贾代玉一秒变脸,又舀起一勺奶喂过去:"没说你,你继续喝……程芽芽,还不交代问题?!"

程芽芽垂头丧气地说:"我知道袁山青被警察带走没回来,害怕小紫没人管,就跑到她家,正好帮她看孩子的奶奶要去医院取药,急得不得了,我只能把小紫带回来,她才三岁,多危险啊,这种情况谁都会帮忙的。"

贾代玉拍了一下桌子:"帮忙,帮忙也要看具体情况吧?你们也理解理解我们做大人的,这都一个单位的同事,袁勇是什么好东西?跟他沾边,别人该怎么看咱家?能有好下场?"

门外传来脚步声,贾代玉的脸色终于放松下来:"我刚打了电话给你爸,让他等会儿把娃娃送回去,我告诉你俩啊,这事儿跟谁都不能说,听见没有!尤其是你!程苗苗!"

程苗苗一听马上要把小紫送走,情绪不高地嘟囔着:"听见了,我跟谁说去啊。"

贾代玉哼了一声,去开门,惊讶地发现门外不但站着程鹏飞,还站着高飞扬和袁山青。

"这位是?"

程鹏飞介绍:"这是苗苗的班主任高老师。"

贾代玉立刻换了一副笑脸,双手上去握住:"高老师啊,之前就听说来了新班主任,这还想着专门去拜访呢,还让你专程来家里了,是不是程苗苗犯啥错误了?"

高飞扬到底年轻,还没习惯应付热情的家长,红着脸说:"没有,我送学生过来……"

贾代玉这才注意到站在两人身后的袁山青,小姑娘又瘦又小,穿着旧校服,眼巴巴地看着她,小声嗫嚅:"阿姨好。我,我叫袁山青。"

贾代玉脸上的笑容未减,依旧热情地说:"你就是袁山青呀?进来吧,高老师,你也请进。"

袁山青忐忑不安地进门,看见被程苗苗抱在怀里的小紫,安然无恙,小嘴吃得红彤彤的,一看到她就露出大大的笑脸,向她伸出双手:"啊啊!"

106/ 迎风的青春

她疾步上前,一把抱过小紫,把脸贴在妹妹柔软的小脸蛋上。发现妹妹安然无恙,所有害怕的事儿都不曾发生,一直压在心头的重担突然消失的时候,她反而说不出话来了。

程芽芽觑着她的脸色轻声问:"我怕你赶不回来,就先接她来了,你没事儿吧?"

袁山青忍住泪水,使劲儿摇摇头。

程苗苗在旁边也说:"我妈给她冲了奶粉,吃饱了,刚才一直乐呢。"

袁山青抱着小紫转向程鹏飞、贾代玉深深鞠躬:"谢谢叔叔阿姨,给你们添麻烦了。"

程鹏飞拍拍她的肩膀:"没事儿,赶紧回家歇着吧。"

程芽芽情不自禁地上前一步,被贾代玉一眼瞪回去了,高飞扬赶紧摆手:"我送她俩回家,你们就别出来了。"

一番谦让之后,贾代玉关上门,感慨地说:"这娃娃看着挺文气的,也懂礼貌,是袁勇亲生的吗?"

"娃娃怎么能选生在哪儿啊。"

"不对!"贾代玉柳眉倒竖,指了指程鹏飞,"听这意思你们都认识她?就我一个人不知道?啥意思啊?"

程苗苗姐弟俩火速撤离客厅,只留下程鹏飞站在原地,尴尬地笑了笑:"领导,我向你全面汇报一下这个事情呗?"

第二天,程芽芽来到教室的时候,发现气氛有些古怪,他从书包里拿出一个月饼,要放到袁山青的课桌里,突然看见课桌上写着三个红色的大字:诈骗犯。

程芽芽火了,掏出抹布狠狠地擦着桌子,这三个字不知道用啥东西写的,硬是擦不掉,他一把扔了抹布,对全班大吼:"你们这些人没完了是不是?!"

同学们窃窃私语,罗政噌的一下站起来:"你不是说你跟袁勇的娃没关系吗?你就安心学你的不行吗?!"

"不行!"程芽芽被激怒了,厉声说。

这时候,袁山青走进了教室,同学们惊讶的目光一瞬间全都集中在了她身上,让她顿感无措。

程芽芽冲上前,一把拉过袁山青,大声说:"昨天说袁山青被警察抓走了,现在呢?她要是真犯法了,警察会让她出来吗?你们一个个的比警察还厉害吗?不用证据就给人定罪吗?活生生的人站在这你们都看不见吗?非要这么欺负一个女孩,你们不觉得丢人吗?!"

他用坚定的目光看着袁山青,鼓励地说:"他们这么欺负你,你就一句话都不说,他们只会觉得你就是错的,你有啥不敢说的,你跟他们说警察带你去干啥了?告诉他们!"

一直低着头,甚至有意驼背,不敢直视别人的袁山青,在他的话语下,慢慢直起了腰,小声而清晰地说:"我没有犯法,我爸的事儿和我没关系,我就是去汇报情况。"

"你们都听到了吗?!"程芽芽环视全场,"以后谁再欺负你,别忍着,不让你上学,就先过我这关,大不了大家都别上了!看看到底谁是坏人!"

他言辞铿锵有力,却不是所有人都买账的,罗政首先跳起来:"程芽芽,你别以为你护着她,她就清白了,她就是犯人的女儿,她爸啥坏事儿都干了,你为这种人和全班作对?还说我们是小人,你自己是啥?"

同学们帮腔:"就是,她爸多会骗人啊,半个基地都被骗了,她肯定也是骗子,你别上当呀。"

袁山青感觉到程芽芽握着自己胳膊的手微微发抖,知道他已经很生气了,她知道自己不能再怯懦,不能再退缩。

整间教室里全是恶意,唯有身边的少年站在自己这边,如果这时候自己反而向他们低头了,就等于狠狠背刺了程芽芽。

于是,袁山青鼓起了全部的勇气,用一种前所未有的坚定态度大声宣布:"我爸是诈骗犯,不代表我就是,我没有害过你们,没有骗过你们,你们没权力开除我,只要学校还让我上学,我就不会离开!"

就在全班都被她的发言震得一片寂静,甚至开始重新思考的时候,教导主任肖方出现在门口,神情严肃地宣布:"袁山青,背上书包,出来一下。"

哗的一声,整个教室炸锅了。

其实肖方是跟学校开过会后,认定袁山青姐妹单独住在偏僻老旧的宿舍楼里不够安全,特地把她们安排到教职工宿舍躲避一下。

"你爸这个情况,就是回来了他也不敢多待,这几天你先别上课,等事情过去再说。"

袁山青低着头:"谢谢主任。"

程芽芽突然冲进教导主任办公室,情绪激动,大吼大叫起来:"凭啥不让袁山青上学?你们是不是要开除她?!"

肖方火了:"你不上课瞎跑个啥?!谁跟你说的啊,尽瞎胡闹,韩老师!带他回去上课去!"

韩淑气喘吁吁赶来,但她一个人根本制不住,程芽芽前十六年乖巧懂事的好学生形象彻底破裂,抓着肖方的衣服质问:"为什么不让她上课?"

袁山青拼命向程芽芽摇手示意,热血上头的程芽芽压根没注意到,他又伤心又失望,不是因为罗政对他的大肆嘲笑,而是他恐惧地感受到,尽管他做出了很多努力,尽管袁山青清白无辜,但事情还是向着他不愿意希望的方向无可挽回地发展下去了。

高飞扬赶来,终于仗着身体优势把程芽芽拖了出去,弄到自己的教师办公室,让他贴墙站好:"想造反?瞎闹个啥?!"

程芽芽梗着脖子不服气地问:"学校有什么资格开除袁山青?她犯法了吗?"

"谁跟你说的要开除袁山青?"高飞扬好整以暇地问。

程芽芽怒视着他:"那凭啥不让她上课?"

"什么不让上课了,是请假!暂时请假明不明白?"高飞扬语重心长地说,"至于原因,不适合和你们讲太多,我们不想引起无谓的传言和恐慌。我只能告诉你,学校是为了袁山青好,等到一些事情过去,自然会让她回来上学的,这个我可以向你保证。"

程芽芽半信半疑地看着他,高飞扬加重了语气:"程芽芽,你是学生,未成年,不是每件事儿你都能处理好的,也不是所有的事儿都可以靠横冲直撞就能解决的,意气用事很愚蠢,下次再有这样的事儿,我希望你能冷静地先了解详情,而不是旷课来跟老师们大吼大叫,明白吗?"

程芽芽语塞了,尴尬地站在原地一动不动,高飞扬咳了一声:"咋的,要我背你回教室上课吗?"

"不用。"程芽芽不情愿地说。

程芽芽回到教室的时候,罗政已经在门口等候多时,看着他倒霉的样子哈哈大笑:"打脸不?还在那主持正义呢?刚才怎么说的,谁不让袁山青上学就先过我这关,我看你现在这个样子是关没过去啊,一个人回来了?"

王甫强和钟瑞涛一左一右护住程芽芽,不满地说:"老罗,够了啊!"

"够啥,不够!"罗政还要开口,一道人影风一般地卷进来。

程苗苗怒目而视,一把揪住了他的领子:"说谁呢?这么大个子欺负女同学还有理了?自己不想当好人还在这攻击别人了!"

这一瞬间,程苗苗在程芽芽眼里的形象陡然高大起来,像是又回到了小时候班上同学欺负他,不许他上男厕所,程苗苗挥舞着扫帚狂揍那帮坏孩子的过去。

"姐……"他张了张嘴,心底涌过一阵暖流,被保护的滋味,真好。

罗政不耐烦地推开程苗苗,刚要放狠话,李肆高大的身形犹如神兵天降般在程苗苗背后出现,他单手抓住罗政的手腕威胁:"你敢动她一下试试?"

胡秋敏抱着膀子跟在后面也不甘示弱:"小小年纪在哪学的这些啊?你爸妈怎么教你的?欺负人有瘾啊?!"

高年级学生的威压在此刻释放到极致,全班愣是没有一个人敢吭声,王甫强不得不上前对程苗苗赔笑:"姐,误会误会!"

李肆冷哼一声,甩开罗政的手,对高一一班全体同学威严扫视一圈,严肃地说:"你们这帮小屁孩，把心思都放在学习上，欺负人是可耻的，以后要是再敢欺负程芽芽和袁山青，我就让你们知道啥叫坏人！"

这一刻李肆觉得自己帅极了，酷毙了！心里得意扬扬地想：哼，我二中小霸王就是最帅的！程苗苗这下总该知道了，什么强小娃，哪能跟我比！

行侠仗义三人组趾高气扬地走后，高一一班的气氛变得有些古怪，固然没有人敢再说什么，却也没有人再理会程芽芽。

程芽芽一个人坐在位置上发呆，放学后只有两个死党过来安慰，钟瑞涛劝他："何必呢，帮了袁山青半天，没一件事儿帮到点子上的，大吼大叫了半天，反而让大家更讨厌袁山青了。"

王甫强也说："可能就是有些你不知道的事儿呢？老程，犯不上啊。"

钟瑞涛瞅着他的脸，猜测："总不会是英雄难过美人关？"

程芽芽推开他俩，拎着书包出了门。

他恍惚地在基地里溜达，看到行道树上挂着的横幅上写着大大的"中秋快乐"，才模模糊糊地想起，啊，要过中秋节了。

说起中秋节，他和姐姐程苗苗小时候经常为蛋黄月饼打架，程苗苗明明不爱吃，却也见不得他多吃，总是过来争抢，气得贾代玉大骂。

长大之后，他和姐姐照样鸡吵鹅斗，互相掐架，但像今天当他受到不公平对待的时候，程苗苗一定会赶到，挡在他面前，保护他。

如果人的一生里，有这么一个人，不管发生什么事儿，总会无条件地相信你，保护你，把好的东西一股脑儿都给你，任何事情都站在你边，该有多幸福，多美好啊。

程苗苗对他是这样，李肆对程苗苗是这样，那么自己为什么不能对袁山青这样呢？

程芽芽果断回到家里，把自己能搜罗到的零食一股脑儿全部塞进了口袋里，拎着就出了门。

他越走越快，最后干脆跑了起来，脸上不由自主地扬起了期待的笑容，一直向袁山青家里跑去。

程芽芽不知道，就在他到达袁家门口的同时，袁山青也出现在他家门口，拘谨地给贾代玉送上了一盒月饼，鞠躬感谢："阿姨，谢谢你们一家对我的照顾，这盒月饼是我的心意，祝你们中秋节快乐。"

贾代玉看着她，抑制住伸手去抚摸她头发的冲动，只在心里叹息：多好的娃娃。

等袁山青走后，贾代玉回家拆开月饼，一下怔住了，盒子里塞着一卷整齐叠好卷好的钞票，她抓起来就往门外冲："这孩子！都说了不用你还钱，咋还偷着塞呢！"

袁山青在楼梯上听到了贾代玉的喊叫，抿着嘴，跑得更快了。

回到家，她意外地在门口发现了一个鼓鼓囊囊的袋子，打开一看，里面除了月饼还

有零食。

不用问,全基地能给她这个诈骗犯女儿送东西的,只有程芽芽。

袁山青抱着小紫,坐在窗户前面,看着皎洁浑圆的月亮在深蓝色夜空中慢慢升起,月色温柔,洒向大地,给整个油田基地蒙上了温情脉脉的一层薄纱。

她剥开包装纸,掰了一块月饼递给小紫,自己也小心地凑上去咬了一口,是蛋黄馅的。

小紫吃得很香,摸摸她的脸,袁山青本来想笑,眼泪却再度从面颊滚落,她用力地又咬了一大口,鼓起腮帮子狠狠地咀嚼着:"真甜啊。"

第十二章
成绩不排名的班主任

中秋节温馨的合家欢气氛还没散去,袁勇在油田基地附近出现的小道消息就暗暗流传开来,以罗政妈妈王小丽为首的一群受害者再也坐不住,气势汹汹地冲进学校,要讨个说法。

肖方对着学生威风八面,家长见到老师也本是天然矮一头,从来没有经过这样的讨伐场面,一大群家长义愤填膺地堵住了教导主任办公室,把他围在当中,唾沫星子乱飞,简直要给他洗个脸。

"家长同志们!"他竭力提高声音,"不要听信谣言,事情没有那么严重。"

"这么大个犯罪分子的事儿还不严重哪?!我们这么多人的钱就不管了吗?"王小丽大声嚷嚷着,"我们都知道了,袁勇跑回来了!他闺女在你们学校,他能不来找?"

其他家长也在嚷嚷:"对啊!就该先把袁勇他闺女控制起来,让她交代问题,人呢?钱呢?没事人一样还天天上学,你们学校就没有责任吗?"

肖方忍无可忍,重重地拍着桌子:"这是该学校处理的事儿吗?你们已经严重影响了教学秩序!"

被愤怒冲昏了头脑的家长可不理会,甚至开始卷起袖子喊口号:"把人交出来!不许包庇罪犯!"

罗政听到消息赶过来,一路上遭到了同学们不少的异样眼光,还有人小声说:"是罗政他妈带头闹的。"

"啧啧,学校的事儿他咋还回去告诉家长啊?以为自己是小学生呢?"

罗政涨红了脸,来到办公室门口,一眼看见最里面的王小丽,他想挤进去,人太多,只能隔着人群喊:"妈!你干啥呢!丢人不!这在学校呢!"

肖方趁机说:"你看,孩子都明白不能在学校闹事儿。"

王小丽更愤怒了,一骨碌爬上办公桌,盘腿拍巴掌哭喊:"袁勇干的缺德事儿还怕说啊!你奶奶咋死的你忘记了?"

青春期的男孩自尊心异乎寻常地强,罗政这下整个脸红脖子粗,不顾一切地冲进去想把王小丽从办公桌上拉下来:"回家!"

就在办公室里闹得不可开交的时候,在外围伸着脖子看热闹的人群最后面,袁山青一个人孤零零地站着,她脸色发白,不停给自己打气,终于一咬牙,就要走过去。

突然背后伸出一只手,拽起袁山青就跑,袁山青来不及反应,刚要拒绝,一抬头,看见了程芽芽的脸。

她不知怎么就放弃了抵抗,被程芽芽拉着手,飞快地沿着楼梯跑下了楼,把那些喧闹叫骂彻底丢在了后面。

程芽芽一直拉着她跑到了学校的仓库里,一开门,程苗苗神情紧张地赶紧拉过袁山青,低声说:"快进来!"

李肆趴在窗户上观察敌情:"报告,没有发现尾巴。"

程苗苗用自己的身体堵住门,松了一口气:"没人看见你们过来吧?这个地方平时没人来,他们肯定想不到。"

袁山青不知所措,抬起眼睛看着他们:"谢谢……"

"没事儿,你先在这里躲着,等他们走了再出去。要是他们敢冲进来拽你,李肆,你上!"

李肆吃惊地回头:"上?让我打家长啊?"

看着他憨蠢的样子,程苗苗啼笑皆非,这时候胡秋敏也钻了进来,汇报:"他们围攻了韩老师,我把高老师喊过去帮忙了。"

李肆跳了起来:"围攻我的周慧敏干啥!他们还敢打老师了?!"

"我好像是听见韩老师说,绝不会让袁山青退学。"

李肆咂巴了一下嘴:"不愧是我喜欢的周慧敏,韩老师真够意思!但小芳就不一定靠得住了,他多老奸巨猾啊,他要是答应家长,那韩老师也没办法。"

袁山青勇敢地抬起头:"我不会连累学校的,更不会连累你们。"

没等程芽芽说话,程苗苗先摆手:"别傻了,你以为跟着他们走就能解决问题?你出去干啥?去抓你爸啊?那警察同志干什么?你就老实待在这里,我们就不把你交出去,光天化日他们还敢抢人啊?"

程芽芽还没放开袁山青的手,他认真地说:"如果他们真不让你上学,我们就去找校长,找厂长。"

李肆一拍胸脯，充分彰显自己二中扛把子的英雄本色："对！我爸是领导，真认识厂长，让他带我们去！"

仓库里只有一扇污秽的小窗户采光，昏暗的光线下，袁山青看着这些甚至不怎么熟悉却全心全意帮助自己的同学，眼里含着泪，用力地点点头："谢谢你们！"

他们在仓库里躲了半个多小时，还是高飞扬过来把他们拎回去的，告诉他们："问题解决，家长已经走了，你们都给我回去上课。"

李肆担心地问："那现在啥情况啊？要开除吗？"

高飞扬看着他们："有我在呢，开除谁？哎？我都忘了问了，这事儿跟你们仨有啥关系？"

程苗苗一挺胸，大包大揽地说："欺负我弟就是不行！"

高飞扬更奇怪了："有谁欺负程芽芽吗？"

众人的目光落在程芽芽和袁山青还紧握的手上，程芽芽赶紧松开，支吾着说："欺负袁山青就是欺负我。"

李肆和胡秋敏互相对了个眼色，一唱一和地说："高老师，袁山青也不是咱班上的啊，你咋也操心她的事儿呢？"

胡秋敏捏着嗓子说："这不是韩老师班上的事儿吗？"

众人都笑了起来，高飞扬也忍俊不禁，一人拍了一巴掌："都回去上课！瞎胡闹。"

袁山青和程芽芽回教室的时候，全班同学都沉默地注视着他俩，目光中有太多情绪，怀疑，讥笑，看热闹。

自从开学之后，袁山青这还是第一次没有低头，她目光平视，面无表情地回到了自己座位上，心无旁骛地打开了课本。

程芽芽注视了她一会儿，确定她不受影响，才放下心来。

这节课，罗政一直显得很焦躁，不时回头看袁山青，被老师警告了两次才罢休，等到下课铃一响，他迫不及待站起来，走到袁山青课桌边，伸出手在桌板上敲了敲。

袁山青镇定地抬头，刚才那么多人都在帮她，老师也护着她，这让她心里暖乎乎的，让她有勇气昂起头，不惧任何人的恶意责难。

程芽芽敏捷地从座位上赶来，准备挡在袁山青面前，没想到罗政瓮声瓮气地说："不是我叫我妈来的，我也不知道我妈要来学校闹事儿。"

跟着程芽芽冲过来，已经做好准备拼着挨罗政的拳头也要拉住他的王甫强惊呆了，回过神来赶紧作证："对！我哥刚才第一个冲进去拉住我大姑的，大家都看见了。"

袁山青定定地看着罗政，少有地露出了一个温柔的笑容："谢谢你。"

罗政愣了一下，想好的一肚子话说不下去了，他转头看见程芽芽如临大敌地站在

身后,更觉得没意思,越过程芽芽直接出了教室。

王甫强感慨:"唉,我哥今天回家肯定得挨揍。"

程芽芽认真地说:"那替我谢谢你哥。"

他说完走了,只留下王甫强摸着脑袋纳闷:"说谢谢没问题,但凭啥是替你啊?"

中秋节之后不久就是月考,成绩下来的这天,班上一片哀号,听说明天要开家长会,哀号简直声震云霄。

李肆是最害怕的一个,上蹿下跳:"完了完了,这次我爸非打死我不可啊!"

要说最后一名的位置,李肆是常年稳坐,但这次不一样,他的成绩居然是:零。

按照李肆的本事,按理说怎么也不该是零蛋的,无奈他看着卷子上的题目很多不会,陡然起了邪心,觑着眼开始抄前桌的卷子。

抄就抄吧,他一时大意,连人家的名字都抄了上去。

这作弊铁证如山,落到老师手里,还不妥妥是个零蛋?

"怎么办?要不你俩给我凑点儿钱,我离家出走吧?我上我奶奶家躲两天。"

程苗苗气笑了:"去你奶奶家叫离家出走吗?你爸是不知道你奶奶住哪儿吗?"

"那怎么办?干脆,我学胡子跳河吧?"李肆病急乱投医。

胡秋敏对他翻了个白眼:"我没跳河,是我妈跳的,而且跳完之后该干架还干架,没有解决任何问题!"

程苗苗跟着奚落:"你真去跳河,你爸只会送你一脚。"

条条大路都被堵死,李肆倒在座位上悲叹:"难道我要英年早逝吗?我要是死了你可咋办啊?胡子可咋办?"

程苗苗和胡秋敏齐声说:"我会坚强地活下去的!"

李肆不服气地从座位上翻身起来:"苗儿你别说我,我就不信你能好到哪里去。"

一说到这个,胡秋敏捧腹大笑:"她呀,用笔把58改成88,结果颜色不一样,到家长会就要露馅了!"

程苗苗扑上去掐她:"叫你笑话我俩!你考那么高,当然不担心了。"

没想到胡秋敏不笑了,把脸一沉:"高有什么用!万年第一变成第二了。"

李肆百思不得其解:"第一名怎么会是强小娃呢?他农村中学来的,应该就比文盲强点儿啊,咋比你高了二十分?!"

胡秋敏指着程苗苗数落:"丢死人了!一天到晚还一对一扶贫呢,还辅导人家功课呢,还同情人家呢!结果没想到吧,人家是深藏不露!地方上来的,就是有心机啊!"

教师办公室里,韩淑看着成绩表上袁山青的名字,叹了口气:"事情越闹越大,肖主任倒是采取措施不许家长进学校,但影响是避免不了的,袁山青这次考试好几门都不及格,比起从前简直是一落千丈,再不解决,这孩子以后可怎么安心学习啊。"

高飞扬顺手给她端了杯水:"有点儿事儿你先别慌,你这个班主任都稳不住,学生该咋办?"

韩淑接过杯子,看着他,两人是一起来到油田基地的,又一起面对过袁山青的事儿,一起深夜家访那次,跟着袁山青把基地跑了个遍,革命友谊牢不可破,此刻虚心请教:"那我该做啥?"

高飞扬胸有成竹地一笑:"想办法解决呗。"

铁三角面对家长会,在家的境遇几乎是一样的,李肆放学后,少有地没有到处逛游,拿起拖把大搞卫生,把家里打扫得干干净净。

结果李大海牛铃铃回家看到他这么勤快,第一反应就是:"你又把家里啥给卖了啊?"

李肆花言巧语了半天,被李大海一声喝断,只能低着头说:"明天开家长会。"

几乎是立刻,李大海就明白了儿子的言下之意,颤抖着问:"又是倒数第一?"

他捂着胸,感觉自己的心脏要不好了。

牛铃铃也忍不住埋怨:"儿子,年年倒数第一,你自己就不着急吗?"

李肆心说,倒数第一算什么,你们去了家长会就知道更厉害的了。

他低着头,习惯性地回嘴:"我?还行吧,这事儿着急也没用啊。"

李大海终于缓过劲儿来了,指着他痛骂:"你咋一点儿脸都不要啊?一米八几的大个了,从里到外都像个智障,那眼睛里都冒着傻气啊!哎呀,我多看你一眼我都怕被传染了!"

李肆认真地说:"从生物学的角度来讲,孩子的智商主要取决于父母的基因,是先天因素造成的,我要是个智障,那首要条件就得是我爸妈先是智障。"

此言一出,毫无疑问,李肆挨了李大海一顿好打。

而在程家,情况也算不上多好,贾代玉一听说程苗苗两门不及格,同样捂住了胸口:"我不去丢这个人啊,让你爸去,我也到这个年纪了,马上就更年期了,你让我多活几年吧。"

程苗苗辩驳:"啥更年期啊,人家到五十多才更年期呢,你才四十,正当年呢。"

贾代玉痛心疾首地大喊:"我是被你气得更年期提前了!我去给你弟开家长会,你的谁愿意去谁去!还不够被老师指着鼻子数落的。"

别看胡秋敏考得好,胡悦听说胡秋敏丢了全班第一,还落后强小娃二十分,简直不敢相信,等确定之后急眼了:"那你得自己找找原因啊!他们村子上有啥像样的学校,

不是说普通话都不会说吗？咋还能考你前头去了？差距啊！"

胡秋敏自顾自地吃着饭："我找什么原因？我正常发挥。"

胡悦饭都吃不下了，把碗一放就开始数落："以前你正常发挥能考第一，这次没考到，下次就要更努力夺回来啊！你要是光盯着油田这一亩三分地就满足了能行吗？将来还咋考重点大学啊！"

"我们学校就是这个教学水平嘛。"胡秋敏辩驳。

"那人家杨涛也上的二中，人家咋就能考到深圳去？你要是以后考不过杨涛，我在杨松柏面前还咋抬头做人？"

胡秋敏一听到这话就不高兴了："一家人比什么比？你在杨松柏面前抬不起头来怪我咯？"

于是母女俩开始翻陈谷子烂芝麻的旧账，毫无意外的，最后以胡秋敏摔了筷子回卧室结尾。

胡悦看到女儿这样，伤心地坐在原地垂泪："没良心！要不是为了你我能受这么大委屈吗？！有能耐你去找你爸啊！看他能不能把你饿死在大街上！"

鉴于大家在家长那里都没讨到什么好处，在开家长会的这天下午，三人组表情沉重地开始商量对策。

李肆很紧张："我先撤了，别等他们来……你们记得晚上去山洞里给我送被子啊，还有吃的。"

程苗苗也赶忙收拾书包，怕等会儿迎面跟贾代玉碰上："我爸今晚值班来不了，还是我妈来，就她那个脾气……实在不行我也跟你一起去山洞吧，胡子，你多买点儿吃的送过来啊。"

胡秋敏哭笑不得地拦住两人："也不能现在就跑吧？那山洞里是啥好地方，不得先留下来观察一下敌情？"

程苗苗跺脚："观察啥啊！除非高班头今天不给我妈看试卷，可能吗？！"

事实上，还真的可能。

高二一班的家长会上，门口没有贴着大红榜，课桌上也没有放着任何一张卷子。

高飞扬站在讲台上，微笑注视着台下的家长，侃侃而谈："我大学毕业只有三年，我知道很多家长担心这个问题，怕我没经验，带不好学生，我不敢打包票能让这些孩子都考上大学，我也不认为一个老师一定要靠多年经验才能取得成就，我认为这取决于有效的教学方法。"

家长们大多将信将疑，有一个家长问："老师啊，咱油田教学水平有限，到底啥教学方法有效呢？"

高飞扬认真地说:"让孩子们明白学习的意义,学习是一件特别枯燥无趣的事情,很辛苦,但这件事儿是这个世上为数不多只要付出努力就会看到回报的事儿,它是公平的,是珍贵的。学习的意义不是在于孩子要考第一名,要考满分,而是在于读书会让孩子明事理,让孩子摒弃愚蠢和偏执,让孩子知道这个世界存在多样性。作为老师和家长,我们不是一味地去要求孩子学习,而是把陪伴他们学习作为他们成长的一部分,明确他们的梦想,知道他们对未来的期许,和他们一起找到方向,引导他们朝着自己想去的地方一步步挺进。我们都做过孩子,可也都忘了一个孩子原本的模样,孩子的成长中不应该只有写作业和考试,也不应该只有吃喝玩乐受尽优待,思考自己想要成为什么样的人也是孩子们成长的课题。"

他环视了教室一圈,加重语气:"我知道你们今天都是来看自己孩子的考试成绩的,但我并不打算公布。"

哄的一声,家长们炸了锅,有人大声说:"可是成绩就是检验学生的标准啊!"

高飞扬看过去,点头承认:"是标准,但不是唯一标准,一次考试什么问题都说明不了,排名也没有意义,有人第一名,就有人最后一名,最后一名的孩子依然有自己的人生。成长就是成长,不是成功,这是两个词语,可我们总以为是一个。学习成绩不好的同学,我会想办法抓住他们不放,我不会手软,这是我的工作也是我的职责。我希望孩子们回到家里是轻松的快乐的,总要有一个地方让他们觉得可以卸下这个世界所有的重担,在学校他们是学生,不能迟到早退,要全力以赴上课学习,回到家他们就是你们的孩子,孩子要有孩子的天性和权利。不是所有老师都合格,也不是所有父母都合格,我们一起努力做合格的老师和父母,我们彼此信任,请你们相信我会做一个好老师,会对你们的孩子负责,我也相信你们会做好父母,善待我的学生。谢谢各位家长来参加高二一班的家长会,今天的家长会到此为止。"

他微微点头,示意自己的话讲完了。

这真的是林七二中有史以来最轻松的一次家长会,也是最短的一次,家长们一反常态,没有要立刻冲回家打死小兔崽子的怒气,反而是谈笑风生地从教室里走出来。

程苗苗要到很久之后,才偶然得知这一次的家长会原来是这样的。世界上大多数的孩子恐惧开家长会,是因为不知道老师会对家长说什么,谁都不敢保证自己在学校一点儿错误都不犯。

而高飞扬的到来,给了高二一班全新的体验,他总是能让人发现事情的另一个角度,更能把大道理说得浅显易懂,温暖动人。

程苗苗和同学们会在以后的日子里,逐渐把高飞扬当成最大的靠山,无比信任他,依赖他,同时,高飞扬也会是他们最怕的人,他们怕自己没有成为更好的人,让这个世界上最好的老师失望。

第十三章
早恋是洪水猛兽啊

　　作为强小娃的家长,强丰收也来参加家长会了,他特地穿了最好的衣服,但坐在一群整洁体面的油田工作者里,他还是感到局促不安,手脚都没地方放。

　　瞅着大家都散会了,他拎着个篮子特地找到了高飞扬,小心翼翼地问:"我不识字,教室里贴的那些啊也看不懂,就想问问,小娃考了第几啊?"

　　高飞扬温和地回答:"他这次是全班第一。"

　　强丰收一下高兴起来,黝黑的老脸笑成了一朵菊花,又赶紧问:"强小娃在学校里纪律好不好啊?没给学校添什么麻烦吧?"

　　高飞扬笑起来,耐心地表扬:"您放心,强小娃很懂事,在学校里表现得很好。"

　　"那就好那就好!"强丰收高兴得不得了,"我这心里一直七上八下的,生怕他在学校不合群,我们乡下人到底不懂规矩。"

　　高飞扬扶着老人的手臂,引导着他往校门口走:"啥乡下,咱不都是河坪镇的人啊。您要是不放心,就经常来学校看看,我请您在食堂吃饭。"

　　强丰收连连摆手:"哪能吃老师的饭!倒是我有点儿东西带给老师。"

　　说着他把篮子硬塞给高飞扬:"这是我们家养的土鸡蛋,不是啥值钱的东西,但真是吃粮食长大的,一点儿胡乱的饲料都没有,老师别嫌弃,你们能收下小娃还对他这么好,这是我的一点儿心意。"

　　高飞扬刚想拒绝,看到老人满是期待又害怕被拒绝的眼神,话到嘴边又咽回去了,笑着说:"哎呀,这么好的东西,求之不得啊,那我就不客气了。"

　　送走了强丰收,他转身回到教室,看到强小娃正在打扫卫生,从兜里掏出三十块钱递过去:"我找你爷爷买了点儿土鸡蛋,刚才跟家长说话一分神就忘记给钱了。"

强小娃看着他,眼神清澈,已经看穿了高飞扬的小花招。

高飞扬笑了,也知道骗不过他,直接把钱塞到了校服口袋里:"帮我带给你爷爷啊。"

家长会风平浪静地结束了,铁三角早上上学的时候又凑到一起,彼此交换情报,确定拿了零蛋的李肆和两门不及格的程苗苗回家都没挨打,有些不敢相信,又有些欣喜若狂。

"高班头,有点儿东西啊!"李肆得意扬扬地连蹦带跳,"居然能把大人们都按住没生气!我的人生又迎来了春风啊!"

但很快,李肆的春风就消失在西北大地上了。

高飞扬在上课之前宣布:"这次考试的成绩大家自己心里都有数,排名不重要,但没考好就是没考好,不及格是要付出代价的,你们哪门不及格我这都有统计,哪门不及格就抄哪门试卷,十遍,课本抄一遍,长长记性,抄完送到朱超那,统一交给我,我亲自检查。"

他眼神锐利地看向最后一排拿了零蛋的李肆:"李肆,你的考卷全部抄十遍,所有课本全都抄一遍,放学我在教室陪着你,管你饭。"

同学们发出哀叹,李肆叫得尤其大声:"啊,为啥啊?!"

高飞扬微笑着说:"你不是喜欢抄别人的吗,这次就抄个够,以后咱们班考试谁作弊就是这个处罚办法。"

李肆嘟囔着说:"还以为你不跟我爸告状,是个好人呢。"

他声音很小,但高飞扬仿佛听到了他在说什么,冷冷一笑,威胁力十足:"我这么大个人还要靠家长来解决问题,那我这个老师当得还有面子吗?告诉你们家长你们顶多就是回家挨顿揍,便宜你们了,我有自己的办法收拾你们,保证你们不好好学习比挨揍惨得多。"

李肆翻了一下课本,夸张地向后倒在墙上,捶胸顿足:"抄这么多?!还不如挨揍呢!"

同学们哄笑起来,纷纷计算着自己要抄哪几门,嘴上哀叫埋怨,心里却是前所未有的放松。

程芽芽从小就是个安静乖巧的孩子,但他之所以安静,也通常是因为在专注地思考一些超乎年龄的话题,比如他会很投入地玩玩具,一玩就是一天,和到处疯玩的程苗苗不同,他的理由是:"小孩子才有玩玩具的资格,是天性使然,长大了就不能玩了。"

贾代玉很高兴儿子不像程苗苗一样是个混世魔王,程鹏飞却觉得不对头,很耐心

地教导他："爱好就是个分外之事，也不分啥年纪该爱好啥，小时候玩这些是喜欢，长大了继续玩还是因为喜欢，学习好不是为了考第一，玩游戏不是为了当赢家。我希望你一辈子都有很喜欢的东西，抬头就能看到，保持自己的欢喜心，那就是对你人生的嘉奖。"

而现在，程芽芽喜欢什么呢？他不清楚，只是模模糊糊地感觉到，他对袁山青的感觉是不一样的。

在开家长会这天，整个林七二中遍布愁云惨雾，程芽芽却突发奇想，拉着袁山青去向袁勇诈骗过的人道歉。

袁山青有些退缩："我也想过去向大家道歉的，可我不敢。"

程芽芽这时候还充满着对世界的天真憧憬，大包大揽地说："我陪你一起去，我就不信咱俩态度真诚，他们还能把咱们赶出去啊？"

事实证明，不但赶出去了，还动了手，程芽芽雪白的球鞋被踩得一片漆黑，狼狈不堪地从家属楼里逃出来，背后骂声不绝，被诈骗了真金白银的受害者家属哪里吃道歉这一套，没有追着打已经是看在程鹏飞的面子上。

袁山青看着程芽芽身上被扯破的衣服，急得直掉眼泪："都怪我，又连累你了，他们非把你也当成袁勇的同伙不可。"

程芽芽摆摆手："这事儿赖我，没有做好充分的准备。"

袁山青为难地劝："算了吧，我习惯了，反正大家一直这么着，不要再做无用功了。"

但程芽芽是个不肯轻易放弃的脾气，他在家里翻来覆去想了半天，终于想通了一件事儿，那就是，要解决问题，必须从源头上找人。

于是，他连夜跑到派出所，找到了蒋峰，小心翼翼地问："叔叔，袁山青到底和他爸犯罪的事儿有没有关系？"

蒋峰听说有个中学生找他，还有点儿奇怪，瞅了他一眼，认出是程芽芽，更加奇怪了："目前我们没有得到有关系的证据。"

程芽芽一下高兴起来："那你们能帮袁山青去学校说明一下吗？现在同学们都不相信她，都排挤她，家长们也来学校说要开除她。"

"你是想帮她？"

"之前我帮她说过话，可是效果不大，本来大家也不说这事儿了，可是你们上次来把她带走，一下风言风语又起来了，都说袁山青被警察抓了。"程芽芽低下头，一脸为难，"我也是实在没办法才来找你们的。"

蒋峰并没为他话里隐含的指责而生气，反而点了点头："这是我们疏忽了，确实是时间紧迫，我们希望能第一时间掌握一些袁勇的情况，给同学们造成了不必要的困扰，是我们的问题，这样，明天一早我就去学校跟学生们解释一下，还袁山青同学一个公道。"

他看着程芽芽陡然亮起来的双眼，笑了："你能为自己的同学争取公道，很棒啊。"

程芽芽发自内心地站起来鞠了一躬："谢谢警察叔叔。"

袁山青不知道程芽芽晚上还去找了蒋峰，想起他陪自己去道歉引来的一身狼狈，满心都是愧疚，一大早就起来，特地去买了肉饼和鸡蛋，等在程家楼下。程芽芽如常出现，少年身躯犹如青竹挺拔，初升的太阳照在他脸上，那么地美好干净。

她情不自禁地微笑了起来，递过手里的塑料袋，程芽芽看着她也笑了，接过来打开，狠狠地咬了一大口："好吃啊！你的呢？"

"我……我就买了一份。"袁山青忽然想起什么，赶紧找补，"不知道好不好吃，没敢多买。"

程芽芽知道她说的是假话，袁山青一个月只有油田看她可怜发的一百块补助，还要养活小紫，这份肉饼早餐怕是抵得上她三天的饭钱。

他掰开肉饼，递给袁山青一半："呐，咱俩一人一半。"

袁山青迟疑地接过来，看到程芽芽阳光灿烂的笑脸，一时竟生不起拒绝的念头，满心都想着：一人一半，真好。

程芽芽咬着肉饼，少有地雀跃起来，向前跑了两步，回头笑着喊："明早我去给咱俩买，你等着吃啊。"

袁山青点点头，珍惜地捧着肉饼，两人一前一后一起往学校的方向走。

背后单元门里，贾代玉两眼冒火，就要跳出来，被程鹏飞好说歹说给拦住："你干啥，孩子上学呢！"

直到两个孩子走远了，程鹏飞才松开，贾代玉回头戳着他的肩膀："程鹏飞！你眼睛有问题吗？看不出来啊？这是什么？这是早恋！你儿子十六岁，青春期的孩子就容易出这事儿啊！"

程鹏飞摇头否认："哪儿就早恋了，俩孩子一起上学，多正常啊。"

"正常？"贾代玉气势汹汹地叉着腰，"袁山青家住在筒楼，她去学校为啥要到咱家楼下？她就是故意来等程芽芽的啊！这不是早恋是什么？"

程鹏飞扑哧一声笑了："早恋就早恋，也比你儿子成天操心人家小姑娘，人家不领情，热脸贴冷屁股的强，程芽芽一片善良真心得到了回报，多好的事儿啊。"

"好个屁！"贾代玉急了眼，脱口而出，"就由得娃娃胡闹啊？青春期的孩子正在半懂不懂的时候，万一真好上了怎么办？你这个当爹的不阻止吗？！"

"啊，对，我刚才就该跳出去把他俩分开，命令他们不许来往，他能听我的啊？"程鹏飞打趣她，"都是过来人了，谁还不知道，本来就是个懵懂的好感，你一拦，成爱情了，倒严重了！"

贾代玉怒目圆睁，警惕地问："你说谁过来人？"

程鹏飞举起手："你想想你十七岁干啥了？私奔！搞得轰轰烈烈又怎么样？难道你真爱那小子啊？最后还不是嫁给我了。"

贾代玉捶胸顿足："年少无知啊！我这不就是不能早恋的血泪教训吗？哎呀，我可算知道我妈当年是什么感受了！"

"不好了！警察又来了！"高一一班早读上到一半，王甫强气喘吁吁跑进教室，嚷了这么一句。

几乎是立刻，所有人都转头看向袁山青，唯独程芽芽端坐不动，迎着两个死党焦急的目光，还高深莫测地微笑了起来。

韩淑带着蒋峰走进教室，敲了敲讲台："同学们，我们今天临时召开一个会，这是我们派出所的蒋队长，会由蒋队长来和我们说明一下袁山青的情况。"

蒋峰站上讲台，看着下面一张张稚嫩的面孔，又看向最后一排角落里埋着头的袁山青："同学们好，我是河坪派出所民警蒋峰，占用大家一点儿时间来做一个情况说明。高一一班袁山青同学的父亲袁勇因涉案在逃，现在是我们重点追击的通缉犯，前几天我们接到群众报案，得到了一些线索，所以从袁山青同学这里了解了一下情况，她也积极地配合了我们警方的询问。这就是一次协助警方做配合调查的工作，可能造成了一些误会，甚至是带来了一些不好的影响，这里我也向大家道个歉，影响到同学们正常的学习了，袁山青同学目前与本案并无直接关联，以上是我要做出的说明。"

他点头，示意大家可以自由发言，罗政第一个举手："警察叔叔，袁勇啥时候能抓到？"

蒋峰诚挚地说："我们正在抓捕，会想尽一切办法务必抓获。"

同学们议论纷纷，交头接耳，袁山青埋着头，百感交集，轻轻地吁出了一口气。

她悄悄地侧头看向程芽芽，程芽芽端坐着，腰杆笔直，目不斜视地看向前方，和平时一有风吹草动就担心地回头看她的样子截然不同。

这更让袁山青肯定，一定是他去找的警察叔叔，除了他，再没有人这么关心自己了。

与此同时，在高二一班的教室里，胡秋敏正把从家里拿来的膏药分别递给抄了一天卷子，抄得龇牙咧嘴的程苗苗和李肆："可管用了！贼贵，我妈腰肌劳损，我哥特地从深圳寄来的。"

程苗苗一听，立刻拿过来，那爱惜的样子让李肆心里不是滋味，撇着嘴说："胡子，别逮着机会就吹大城市，搞得好像你去过一样。"

胡秋敏粲然一笑："放心，我考上大学就去，以后就在大城市过一辈子了，你好好待在山上采你的油吧。"

李肆做痛心疾首状:"山上的油把你养这么大,你还嫌弃上了,忘本啊!苗儿,你考不上大学也不要紧,踏实跟我留油田,我让我爸给你安排个宣传科的工作。"

程苗苗恨不得跳起来抽他:"闭嘴吧你!你别咒我啊!"

李肆一边躲闪着她的攻击一边分辩:"就咱俩这个情况,我早规划好了,你先别急,听我说完!咱俩毕业一起进厂办公室,我当主任你搞宣传,到年纪就结婚,抓紧时间生娃,趁我爸还没退休,咱没准儿还能分个大房子,比去深圳睡马路强啊!"

程苗苗高喊:"睡马路我愿意!我就跟着胡子一起去深圳了,你爱去不去。"

李肆一下来了精神:"去啊,怎么不去,只要跟你在一起,去哪儿都行。"

胡秋敏憋着笑,把课本连带试卷都推到他面前:"那就赶紧抄吧,马上高二下学期了。"

一提起抄卷子,两人又唉声叹气,伸出手来争着让胡秋敏帮忙:"胡子,我的手指头都抽筋了,多贴两张。"

胡秋敏看着面前胡乱挥舞的四只手正头大,突然,第五只手从她脸颊旁边伸过来,拿起了膏药,熟练地撕开。抬头一看,竟然是强小娃,他虽然形象气质有了显著改变,但还是像从前一样沉默寡言。

正纳闷他要干什么,就看见强小娃看着程苗苗,平静地吐出了一个字:"手。"

程苗苗高兴了,乐呵呵地伸出手,强小娃刚抓住程苗苗的手腕,就被李肆一把打开,李肆反抓住程苗苗的手,瞪着牛眼质问:"男女有别,光天化日之下抓什么手!像话吗?!"

强小娃脸上可疑地泛起了一丝红晕,他像被烫了一下,赶紧扔下膏药,头也不回地离开了。

程苗苗气得握住李肆的手一顿乱捏乱掰:"像话吗?像话吗?!"

李肆被她捏得哇哇乱叫也舍不得松开:"别!稳重点儿行吗?!我这手一会儿还要抄书呢!"

高飞扬说到做到,下课后拿了本书到教室里监督李肆抄书,其他同学,包括程苗苗都抄完了自己那份,欢天喜地地放学了,程苗苗只当没看见李肆哀怨的目光,开心地回家了。

她一回到家就遇到了贾代玉召开家庭会议,程苗苗做贼心虚,踮着脚尖刚想偷偷溜走,却听见贾代玉说:"今天主要抓一下程芽芽的思想动态。"

程苗苗噢的一声就坐回客厅,满脸写着感兴趣。

贾代玉兴师问罪:"你和袁山青,到底啥关系?"

她见程芽芽面露疑惑,更加确定问题很大,敲着桌子说:"我都看见了,你现在就剩下一个好态度,明白吗?"

程芽芽更疑惑了："你都看见啥了？"

贾代玉苦口婆心地说："我不是那种老古董啊，咱家也没有不让娃娃跟异性来往的规矩，你姐和李肆光屁股长大的，李肆从小到大嚷嚷着要和你姐结婚，我没管过吧？谁还没个青梅竹马的人了。"

程苗苗嚯地站起来："不是！怎么又扯到我了？！我和李肆是兄弟啊！亲的！"

"去去去！今天没你事儿。"贾代玉挥手赶她，紧盯着程芽芽，"你和袁山青，到底有事儿没事儿？"

平心而论，贾代玉也没有歧视袁山青，全家齐上阵帮助人，她也是出了力的，只是现在这个情况，两人是不是走得太近了？

"没有。"程芽芽斩钉截铁地说。

程苗苗欢呼一声："好了，没事儿了，吃饭吃饭！"

贾代玉却火气更大了："你在这糊弄谁呢！一句没有就想盖过去？我当妈的不能问你了是吧？"

程芽芽抬起脸，平静地说："那，有？"

这下反而把贾代玉给问蒙了，程苗苗不顾形象地哈哈大笑起来。

考试之后，为了让学生们放松一下，体现张弛有度，林七二中特地举办了歌咏比赛。

消息一出，高二一班班长朱超就遭到了程苗苗的狂喷："为什么不让强小娃上台？"

朱超是负责拟定名单的人，不慌不忙地行使着自己的小权力："他的口音咋上台啊？不会说普通话不被人笑话？"

程苗苗不服气地一拍桌子："我已经在教他了，他正练着呢！"

"等他练那得啥时候啊，这不是会说就行的，还要说得好，我也不是难为他，你想，他在台上一张嘴，台下哄堂大笑，他自己脸上也挂不住不是？"

朱超的狡辩让程苗苗无话可说，同学们担心影响班级成绩，也纷纷出言劝阻，甚至有平时就看不惯程苗苗的故意问："苗儿，你老围着强小娃转，是不是喜欢他啊？"

程苗苗没来由地一阵紧张，只能虚张声势瞪眼反驳："胡说啥呢？大家都是一个班的，我帮着说话怎么了？"

"你还帮着人家进步呢，从强小娃一来，你看你着急的劲儿，生怕人家在学校里留不下，你有问题！"

面对一群不怀好意的人，程苗苗气得刚要说话，李肆突然跳出来，面沉似水地说："老朱你说话注意点儿啊，大家都是一个班的，我和胡子都帮了，一个破歌咏比赛还弄得跟真事儿一样，班头都说了就是让大家放松的，你们在这给自己脸上贴金呢，不让人家参加你们就能拿冠军了？拿了冠军又能咋啊？一人发一百块钱啊？"

其实李肆也不想帮着强小娃争取什么歌咏比赛的机会,但程苗苗站在哪里他就站在哪里,这一条是他的人生原则,不会改变的。

有男生反驳:"集体活动,没有钱也是给班级争荣誉的,大家为班级考虑咋了?"

李肆盯着他的嘴唇动作,突然戏谑一笑:"你自己听听你的普通话标准不?哎呀还带着口音呢!"

他们争吵得太过投入,没有发现强小娃站在教室后门,静静地听了一阵子,然后转身走了。

和强小娃的情况不同,袁山青是自己不愿意参加的,程芽芽要把她的名字加上,她摇摇头:"我不想参加。"

程芽芽看了一眼坐在前排的罗政,用目光示意:因为他?

不应该啊,自从上次蒋峰到班里公开说明情况之后,罗政变得沉默了许多,也不怎么公开针对袁山青了。

袁山青悄声说:"我放学还要回去接小紫,没办法跟大家一起练习。"

程芽芽盯着她的眼睛,似乎在判断她说的是不是真心话,半晌还是重重地落笔,把袁山青的名字写在了名单上:"你别管了,我来想办法。"

程苗苗很喜欢小紫,上次被袁山青带走之后还不死心地问贾代玉:"那小娃娃多好玩啊,咱能接过来养几天吗?"

当然,最终以被贾代玉同志武力镇压而告终。

今天程苗苗抱着小紫,看见她乖乖地坐在怀里,大眼睛四处看,不哭不闹的样子,爱得不得了,特地抱着她走到学校篮球场旁边坐下。

李肆好容易把该抄的都抄完了,此刻在场上犹如出笼野马,欢脱得不得了,满场飞,对方两个球员都防不住,干看着他一个人辗转腾挪,大显身手。

程苗苗正看得起劲儿,强小娃过来坐到她身边:"这谁的娃?"

他坐下的地方不知道是不是巧合,离程苗苗很近,近得程苗苗甚至能闻到他身上清新的大运河肥皂味。

程苗苗有些不适应,挪了一下,离远了点儿:"我弟同桌的妹妹,托我看一下,你咋不回家?"

强小娃不回答,反而问:"你期末考试能及格吗?"

程苗苗诧异,又有些恼火:"你咋问这个?不是刚考完月考吗?"

强小娃显然是早就想好了的,直截了当地说:"再不及格还得抄卷子,我给你补课,你教我普通话。"

程苗苗一下转过头来看着他:"哟!你这是受了谁的点化,还知道要主动学习普通

话了?"

这么近距离一看,强小娃比她印象中还要帅,尤其是长睫毛遮蔽着乌黑的瞳孔,程苗苗仔细看还能从瞳孔里看到自己的倒影。

没来由的,她脸上一热,有点儿害羞地把头转过去了,举着小紫逗弄,没话找话:"你每天放学都急着回家干啥,跟同学们一起打打篮球多好啊。"

强小娃言简意赅:"不打。"

看着他惜字如金的样子,程苗苗玩心大起,突然想逗逗他,直接把小紫往他膝盖上一放。

强小娃下意识地接住了小紫,怀里突然多了这么一个软绵绵的小东西,他浑身僵硬,动都不敢动:"抱走!"

"急啥啊!"程苗苗笑嘻嘻地说,"小紫,这是小娃哥哥,让小娃哥哥带你飞高高,好不好呀?"

李肆刚投入一个球,志得意满地回头摆手:"不要崇拜!"

结果看见程苗苗和强小娃两人并肩坐在场边,程苗苗满面春风,引导着强小娃一次次把小紫高高举起来。

小紫乐得手舞足蹈,咯咯地笑,程苗苗脸上也带着开心的笑容。

尤其是,强小娃!他怎么也在笑!

李肆正在愣神,同伴一声吆喝,篮球飞到面前,他下意识地接住,对方高大前卫冲上来抢球,两人来回虚晃了几招,李肆被撞了一下,他眼珠一转,借势倒在地上,痛苦地翻滚起来:"哎呀!"

程苗苗一听,立刻飞奔过来,挤开人群,看到李肆躺在地上,带着刚运动之后的满身大汗,五官都扭曲起来,一副疼得很厉害的样子。

她扑到前面,着急地问:"你哪儿疼啊?是脚还是腿?"

李肆气若游丝地从牙缝里挤出一句话:"不知道啊,全身都疼。"

一起打球的同学慌了:"叫老师吧?!"

强小娃把手里的小紫递给程苗苗,俯身蹲在李肆面前,简单地说:"去医院,我背你。"

"你,你背得动吗?"李肆心虚了,他只是想把程苗苗的注意力吸引到自己身上,没真想恶作剧折腾一下强小娃啊。

强小娃直接抓起他的胳膊往身上背:"少废话,快点儿。"

从学校到职工医院并不算近,李肆人高马大,强小娃咬着牙,一口气把他背到了医院,瘦削的身体弓弦一样绷得紧紧的,浑身衣服都湿透了,程鹏飞一看到,赶紧先去拿自己的毛巾给他擦汗。

诊疗室里,李肆叫得夸张,却突然竖起耳朵听着外面的动静,其实他心里早就后悔了,不该为了骗程苗苗的同情装脚伤严重,他也没想到强小娃能这么仗义,用那副小身板硬生生把自己背到基地医院啊!

李肆忽然又猛醒:糟糕!这下程苗苗的同情分岂不是要从自己身上转到强小娃身上?他们在外面说什么呢?这么一想,李肆如百爪挠心,叫得更加惨,希望程苗苗还能想起里面受苦受难的自己。

诊疗室外,程鹏飞看着强小娃身上熟悉的校服,心下了然:"苗在家翻箱倒柜就是把东西给你啊,还没谢谢你爷爷给的红薯苞谷,还有花生,都是好东西。"

强小娃拘谨地拿过毛巾草草擦了几下:"没事儿。"

李肆不忿了,直着脖子在屋里高喊:"给他啥东西了?为啥给他啊?我咋不知道?"

程苗苗看他受伤了还不消停,气急败坏地隔着门喊:"啥好东西啊,我就是把程芽芽的校服书包给他了,他啥情况你不知道?哎,你脚不疼了?"

李肆一听说是程芽芽的东西,立马转了态度:"嗨,早说啊,我那一堆呢,都打包给他拿回去呗,我那还是大城市买的,贵!"

强小娃不想理他,李肆却上赶着给,还指着自己的脚说:"不白给,你家里那啥农产品,也给我点儿呗,我补补脚脖子!"

吵吵闹闹的,一切似乎都在向更好的方向发展,强小娃在铁三角的帮助下,每天放学后留在教室大声朗读,练习普通话,袁山青不但报名参加了歌咏比赛,还特地写了一首诗申报上去,如果被选中,就要在全校师生面前朗诵了。

程芽芽把小紫疑似发育迟缓的事儿很是放在心上,查阅了无数资料,最后程鹏飞接手了这件事儿,利用电脑网络和从前的老同事取得了联系,讨教了无数经验。

这天,最后的检查尘埃落定,程鹏飞拿着结果,犹豫着不知道该怎么跟孩子们说。

小紫的智力没有问题,但她的耳朵听不见。

也就是说,小紫三岁了还没学会开口说话,不是因为她傻,而是因为她是聋哑人。

第十四章
海鸟

小紫的出生,是个意外。

袁山青记得在自己十来岁的时候,袁勇突然从外面找了个女人回来,女人叫林秀,浓妆艳抹小皮裙,眼影涂得跟抹了酱豆腐似的,连本来长啥样都看不清楚,两人就这么没羞没臊地过起了日子。

起初,袁山青暗地里是有些感激林秀的,袁勇从前打她妈,她妈死了之后就打她。世界形成一个小小的怪圈:袁勇不回家,袁山青就要饿肚子,但袁勇回了家,袁山青就得挨打。

这种矛盾的生活一直持续到林秀的到来,林秀纵然有一些不好的地方,但至少会在袁勇动手的时候拦着:"你打孩子干啥啊!"

袁山青想,自己的亲爹还不如林秀这个外人呢。

但好景不长,林秀很快就怀了孕,她是个打小混社会的彪悍姑娘,可不像袁勇的亡妻那么忍气吞声,袁勇嫌多个孩子累赘,要她堕胎,她披头散发挺着并未凸起的肚子嚷嚷着要去找领导找妇联,大不了吊死在门口一尸两命,让袁勇以后没法做人。

最后,婚结没结不一定,孩子还是生了下来,林秀坐月子第三天,袁勇就卷了家里的钱逃跑了。林秀骂骂咧咧,连孩子都不肯喂了,成天借酒消愁,小紫是袁山青用奶粉一口口喂大的。

这对贼公贼婆一会儿干架,一会儿和好,两个人打起来的时候那叫一个不管不顾,家里一片狼藉,能砸的都砸碎了,能撕的都撕烂了。

终于有一天,袁山青背着书包跑回家,狂风暴雨中,家里窗户上的玻璃都被砸得粉碎，雨水毫无阻拦地泼洒进来，浇在靠着窗户的小床上，床上的小紫闭着眼睛，已经连哭的力气都没有了。

"小紫高烧了整整三天，差点儿连命都没了。"袁山青坐在程家的客厅里，轻轻地摇晃着怀里的小紫，向程鹏飞陈述着发病的原因。

小紫完全不知道姐姐在说什么，大眼睛好奇地看着她，又看看四周，小手放在姐姐脸上贴贴。

她可爱的样子要是在平时，一定会引得大家争相逗弄，但此刻，在场每个人的心里都是沉甸甸的。

"林秀跑出去找我爸，两个人半个月后才回来，我爸不知道从哪儿弄了辆车，两个人就开始到处骗人给他们投钱。他俩都没怎么管过小紫，还因为小紫是女娃一直想把小紫卖了，我那时候就不敢去上学，每天抱着小紫躲起来，直到我爸出事儿了，家里房子也没收了，我抱着小紫在厂办公楼门口坐了三天，有个领导出来给我们分了现在这个筒子楼的房子，我俩才有地方住。有时候我就想，幸亏我爸和林秀犯了事儿，跑了，要不我和小紫就都活不下去了。"

贾代玉想起了基地的传说，禁不住问："那你爸那些钱你知道在哪儿不？"

没等袁山青回答，程鹏飞就拐了她一下："问这干啥？"

贾代玉有些不服气："问问嘛，有啥也好跟警察说啊。"

袁山青垂着头说："我爸在家放了个铁盒子，里面有一千多块钱，我都跟警察说了，钱也都交给警察了。"

贾代玉惊叹："他可骗了几万块呢！哎呀，一点儿都没给你们留啊？真是王八蛋！这种人就该枪毙！"

程鹏飞又拐了她一下，那意思当着孩子说人家亲爹该枪毙，这不好吧。

没想到袁山青低着头，咬牙切齿地赞同："我恨他俩！要不是他们，小紫就不会变成现在这样子。"

程芽芽站在她旁边，犹豫地想拍一拍她的肩膀，给她一些安慰，被贾代玉一眼瞪回去了。

袁山青突然抬起头对程鹏飞恳求道："叔叔，肯定就是那次，之前我叫她她都有反应的，就是那次发烧后，小紫就好像听不见了，就是那次，我要是早回来就好了，我都不知道小紫淋了多久的雨啊，她才八个月大啊！"

"山青，这事儿跟你没关系，不是你的错。"程鹏飞一边安慰，一边又认真地想了想，"治疗是一个漫长的过程，不能一蹴而就，我现在也不能对你保证什么，但你放心，我一定会尽力的。"

程苗苗过去搂住了袁山青的肩膀，鼓励她："我爸可是咱们这最好的耳鼻喉科大夫，厂长那耳朵都是我爸治好的，小紫肯定能治，你放心吧。"

她抓起袁山青的手,用自己的体温温暖着这个命运多舛的同龄人:"还有,警察肯定能抓到他俩,小紫会好的,你俩也都会好的!"

程鹏飞也说:"这个世界上总有不幸,但我们不能因为不幸就放弃人生,山青,这路啊,还长呢。"

程芽芽鼓起勇气,也把自己的手盖在了姐姐和袁山青的手上:"肯定会好起来的!"

第二天,程芽芽到了班上,发现袁山青双眼红肿,一眼就看出昨天没睡好,他拿着个面包走过去:"你没事儿吧?"

"没事儿。"袁山青没精打采地回答,她昨天回到家,把小紫放在床上,看到她无忧无虑玩耍的样子,特地绕到背后,拿起一个碗摔在地上。

寂静的夜里碗的破碎声清晰可闻,甚至惊动了邻居发牢骚,但小紫背对着她,丝毫没受影响地继续玩。

到这个时候,袁山青终于不得不相信了程鹏飞的诊断,小紫确实听不见。

她抱着懵然无知的小紫,狠狠地哭了一夜,直到天亮才睡了一会儿。

程芽芽把面包硬塞给袁山青:"我爸说还要带小紫做进一步检查,让你别担心,既然来了学校,就好好上课,别想其他的事儿。"

袁山青点点头:"我知道。"

程苗苗今天照例来李肆楼下等他一起上学,发现他挂着双拐,一跳一跳地出来,程苗苗大惊:"至于吗?不就崴了脚?这么一看还以为骨折了呢。"

李肆煞有介事地说:"对,我也觉得该坐轮椅,被我妈否决了。"

程苗苗看他那样子有点儿紧张:"不会落下啥残疾吧?"

"哪能呢!我是要表现一下事态的严重性,让大家看到我身残志坚的求学诚意。"李肆上下打量了一下程苗苗,装模作样地夸奖,"摊上事儿了才能看出一个人的本质啊,胡子就不见人,还是你对我好,情深义重,来,书包帮我背一下。"

说着李肆把书包递过去,程苗苗压根不接,知道他是故意装病,哈哈大笑着一路跑开:"又没伤到胳膊,自己背啊!时间来不及了我可先跑了,没人等你,步子迈大点儿啊,肆哥!"

她快活地在前面迎着朝阳飞奔,李肆在后面挂着双拐艰难追赶,样子虽然狼狈,但脸上情不自禁露出的笑容却是畅快无比。

程苗苗在班长朱超面前立下了军令状,强小娃能不能参加歌咏比赛就看彩排效果,于是,放学以后,铁三角全部出动,过了大桥,来到河西老镇。

本来按程苗苗的意思,李肆带伤就不必参加了,李肆哪里肯,程苗苗要去强小娃家里,还没有自己盯着,这哪行!

胡秋敏也一起去?她可靠不住。

于是他假惺惺地说:"我这几天上厕所都是强小娃帮忙,我们现在是兄弟了,要帮他练习普通话咋不带我呢?你们又想把我甩了自己搞小团体!"

在基地里,走在平整的水泥地上,李肆连蹦带跳的还不觉得如何,一过大桥,踩着坑坑洼洼的土路,李肆就抱怨开了:"这是啥路啊,你们走慢点儿,等等我。"

程苗苗回头奚落他:"不让你来还非要来,这沟沟壑壑的一会儿再把那条腿伤了。"

正说着,前面出现一个小水沟,大家都静默下来等着看李肆好戏,李肆一咬牙,表情悲壮:"你们扶着我点儿,我跳过去!"

最后还是强小娃把他背过去的,李肆趴在强小娃瘦削的背上,多少有点儿不好意思:"够义气啊,以后在二中,不是,在油田,我都罩着你,谁敢欺负你,你就报我名字。"

换到以前,他这么狂妄嚣张的发言,强小娃非把他扔下去不可,但相处得久了,强小娃知道李肆就这个爱说大话的脾气,不但没生气,还笑了笑:"行。"

站到强家的农家院里,第一次来的胡秋敏和李肆震惊得脱口而出:"妈呀,这也太穷了吧!"

"瞅着比电视上演的穷困农村还穷呢?!"

程苗苗正掏出火腿肠放在大黄狗的饭盆里,闻言跳起来一人打了一下:"不会说话就闭嘴!"

胡秋敏躲闪着,冒出一句:"我还是第一次到大桥这边来,真的跟我们的房子不一样。"

程苗苗生怕伤了强小娃的自尊心,偷眼看他,强小娃神态自然:"不只是房子,我们的日子也完全不一样,我们就是穷人家……"

"都是一样的人,有啥区别了。"程苗苗赶紧摆手,胡秋敏也从书包里往外掏东西:"我带剪头发的剪刀来了,让苗儿给你修剪一下,你放心,她弟的头发都是她给剪的。"

李肆傻眼了,他本能地上前阻止:"不是说好来练普通话的吗?咋还上手艺了?"

"不止!"胡秋敏兴高采烈地从书包里又掏出一个照相机,"锵锵!还有我哥的照相机,我特地带来拍照的,做个纪念嘛。"

李肆看她们俩一个忙着搬凳子扯强小娃坐下剪头,一个爬高蹲矮地给照片取景,仰天长叹:"照顾一下残疾人行不行啊,给我找个地儿坐!"

他一蹦一跳地找了个地方,离程苗苗给强小娃剪头发的地方不远,拿着本书装模作样地看,眼睛却一直盯着程苗苗。

胡秋敏对着这农家小院起了兴致,拍了几张之后,特地转回来拍程苗苗给强小娃剪头发的照片,从镜头里一看,笑了起来:"强小娃,你脸咋这么红?你是不是害羞呀?"

强小娃低着头,能清晰地感受到身后少女轻柔的气息喷在自己脖颈上,本来就不好意思,被胡秋敏一嗓子挑明了,连耳朵都红了个彻底。

程苗苗专心修剪碎发,一抬眼看到强小娃红了耳朵,不知怎么的,自己也不好意思起来,胡秋敏大嗓门又叫了起来:"苗,你咋也脸红了?"

程苗苗掩饰地扇风:"哪儿红了呀,我这是累的。"

胡秋敏促狭地笑了起来,李肆心里很不高兴,嚷嚷了起来:"剪儿下得了,干正事儿呢!还练不练普通话啊!"

他挥着书本跟强小娃显摆:"要学普通话,就得练绕口令,别听她们的,我教你!"

李肆说了一句,强小娃带着浓重的方言跟着重复,程苗苗和胡秋敏笑得前仰后合,争着上前当老师:"李肆就算了,跟我学!"

少男少女清脆的笑声回荡在农家小院的上空,此时懵懂青涩的他们还不懂爱情到底是什么,更不知道日后缠绵悱恻的情丝早在这一刻就暗中牵定。

程芽芽放学之后,也没回家,去袁山青的邻居陈奶奶家接了小紫,约她一起到职工医院程鹏飞的办公室写作业。

袁山青很不安,她的确不好意思麻烦陈奶奶,但是更不好意思麻烦程家,程家给她的帮助已经太多了,超乎意想。

"怕啥啊。"程芽芽抱着小紫一马当先进了办公室,"我小时候一直在我爸的办公室写作业。"

正好,袁山青也顺便可以向程鹏飞请教一下小紫病情的进展。

程鹏飞让袁山青坐下,认真地说:"我们常说的聋哑病因一般分为先天性和后天性,先天性主要是由于遗传性因素引起的,出生就是这个情况,这种很难医治,但是小紫的情况我觉得是可以排除先天性因素的,后天性的成因就分很多种了,以小紫现在这个检查结果来看,她应该是传导性耳聋,主要因外耳、中耳病变引起的,现在看来最大的可能性就是中耳炎,导致声音传导进入耳内的过程受阻,进而引发的耳聋。"

袁山青的心揪了起来,忐忑不安地问:"那现在的情况严重吗?她嗓子没问题,为啥不会说话啊?"

"因为聋哑往往是并发的,她听不见声音,就学不会发音,只能发出一些咿咿呀呀的基础音节,长此以往自然无法正常开口说话了。"

程鹏飞斟酌了一下:"目前的治疗方案当然是越早干预越好,先通过治疗缓解小紫的耳聋症状,然后做人工耳蜗,这个技术可以让小紫回到有声世界,学习语言,像正常人一样开口说话。"

袁山青的心沉了下去,嗫嚅着问:"人工耳蜗,贵吗?得去大城市的医院才能做吧?"

不光是医疗费,还有路费住宿费,袁山青一想到就觉得天旋地转。

程鹏飞避而不谈,只是说:"你不要有太大压力,小紫的先期治疗你就放心地交给我,我再去给你申请一下职工的医疗补助。"

袁山青感激地点头:"谢谢叔叔,一直给你们添麻烦,我都不知道该怎么感谢你们一家人,我从来没想到过还有人相信我,肯帮助我……"

她说不下去了,眼泪再度盈满了眼眶,程鹏飞笑着鼓励她:"哪儿有人的人生是风平浪静的啊,即便那些现在看起来光鲜的人,你又怎么知道他曾经经历了些什么呢?现实如此,你就更要勇敢一点儿,乐观一点儿,从自己的小世界里走出来,只有你强大了,小紫才能好好地长大,你不是一个人啊,你还有朋友,芽芽苗苗都是你的朋友,我和阿姨也是你的朋友,咱们积极治疗,好好生活,一起往前走,人生嘛,总得翻山越岭!"

袁山青看着程鹏飞慈祥的笑脸,重重地点了点头。

这天晚上,袁山青又睡不着了,但这次不是因为悲伤忧虑,程鹏飞的话给了她一股勇气,让她被生活折磨得近乎枯竭的心灵之湖,重新涌出了小小的水花。

是啊,她不是一个人了,有那么多朋友伸着手帮她,她要还是躲在自己的蛋壳里不肯出来面对,只知道浑浑噩噩地过日子,那不是辜负了朋友们的心意吗?

人,必须先要自救,才有资格开口求助。

袁山青搂着身边小紫软和温暖的小身躯,静静地睁着眼睛想了半夜,天一亮她就翻身起来,少有地把头发梳成了一个高马尾,露出少女光洁的额头。

不再让长刘海遮蔽别人的视线,如果有人要看,就大大方方地让他看过来好了!她又没做亏心事儿。

袁山青真的变了,不仅仅是程芽芽这么认为,高一一班全体同学都觉察到了她的变化。

她不再是每天躲躲闪闪从后门溜进教室,而是坦坦荡荡地从前门进来,如果有人看着她,不管目光是惊讶是疑惑还是其他情绪,她都能自然地回以一个友善的笑容。

就算是罗政,放学时候迎面遇见了,袁山青也不像从前那样耗子见猫似的低头躲避,而是目光清澈,不闪不避,还要对他点头,说一声:"拜拜"。

罗政木着一张脸不吭声,王甫强和钟瑞涛围过来:"啥情况啊?化敌为友了?"

罗政硬邦邦地说:"她跟我说话的,我又没跟她搭话。"

王甫强拉着他劝说:"哥,我的亲哥,大家一个班的嘛,本来就都是朋友。"

钟瑞涛则干脆扬声喊:"老程!等等我们,一起走啊!"

对于袁山青的变化和班上同学态度的缓和,班主任韩淑是乐见其成的,她眼睛亮

闪闪地把袁山青送来参赛的诗歌拿给高飞扬看。

高飞扬有点儿惊讶："这个才华可以啊！"

"对！"韩淑兴奋地说，"没想到她文采真不错，我老担心这孩子心理上受影响，这几天看她变化挺大，主动参与了这次诗歌评选，最近同学们也不太针对她了，我的班上迎来了太平，我觉得这次我还行啊，帮到了袁山青。"

高飞扬看她如此兴奋的样子，故意给她泼凉水："我们那点儿帮助不值一提，袁山青现在可是有好几个朋友站在她身边，师妹，朋友才是真正的力量，帮到她的不是我们。"

韩淑正在兴头上，压根不理他，高兴地把作业本一收："我决定了，这次高一一班的参赛节目就选袁山青的诗歌朗诵！"

高二一班这边，彩排的日子也要到了。

这几天，铁三角就扎根在了河西老镇的强小娃家，三人轮流陪着强小娃练习普通话，然后强小娃还要给他们三个补习功课。

当然，补习功课改错题主要是针对李肆和程苗苗，胡秋敏这个第二名和强小娃这个第一名往往因为争论一道题，不知不觉就把他俩甩开，头靠着头激烈争论，完全沉浸在优等生的世界里。

程苗苗和李肆乐得轻松，自告奋勇地帮着强丰收生火烧饭，各种新鲜的苞谷红薯吃了不少，还要问："爷爷，我们不会把你家粮食都吃完吧？"

强丰收看着孩子们如此和睦，笑得嘴都合不拢，大方地一挥手："吃！随便吃！都是自家地里种的，也没有什么好东西招待，你们放开肚皮吃能吃多少！"

看着强小娃居然在林七二中交到了好朋友，老人的心里比什么都欣慰。

就连大黄狗也跟他们混熟了，远远的，只要见到四人在桥头出现，就摇着尾巴箭一般地飞奔过来迎接。

对于程苗苗他们连吃带拿的行为，程鹏飞和贾代玉一边吃红薯干，一边批评："人家家里也不富裕，你们几个倒是真不客气。"

"说了不要啊，爷爷硬给，不拿都不好意思，好像我们嫌弃人家什么似的。"程苗苗辩解，"再说你们不都挺爱吃的吗？"

贾代玉吃完一根红薯干，擦擦手指头："咱也不能老白要，你给人家同学拿点儿啥。"

"那家里的膏药能拿上点儿不？强爷爷干农活，腰腿都不好。"

程鹏飞也擦擦手，站起来去找："除了膏药，我再给拿点儿常备药，他们村子里看病买药不大容易。"

正翻着，程芽芽推门回来，看见桌上的红薯干，直接过去拿了一根，程苗苗笑眯眯地凑过去："这是红薯干，我拿回来的，没吃过吧？甜不甜？"

程芽芽瞥了姐姐一眼，看她得意得摇头摆尾的样子，又拿了一根塞进嘴里，淡淡地说："就得吃点儿甜的，高兴。"

彩排的时候，高飞扬都来了，全班同学都盯着强小娃。

这导致强小娃很紧张，不停在裤子上抹着手心的汗水，程苗苗隔了几个人凑过来低声说："就按咱平时练的那样，正常来就行。"

强小娃深吸一口气，点点头，程苗苗缩回身去，拿着稿子，字正腔圆地开始领读："你曾是一颗种子，埋在土壤里，静静等待发芽。春天的第一场雨，带给你生命的第一次希望。"

胡秋敏适时跟上："梦想在我们心中激荡。"

李肆随后出声："勇气是可贵的财富。"

轮到强小娃了，他勇敢地抬头挺胸，一口气读了出来："让我们乘风破浪前行！"

大家异口同声："不辜负理想，才是青春最好的模样。"

教室窗外传来了掌声，众人探头一看，是高飞扬站在窗外，微笑着鼓掌："很好，强小娃不错啊。"

说完他走了，大家又一起看向朱超，程苗苗得意扬扬地问："没问题了吧？"

朱超悻悻然地说："班头都说很好了，还有啥问题啊？"

李肆兴奋起来，一把揽住强小娃的肩膀摇晃着："还得是我啊！我就说练绕口令没错吧！"

胡秋敏推了他一把："事儿是大家干的，功劳又成你一个人的了？"

程苗苗欢呼着跑回来，飞快地拥抱了强小娃一下："成功啦！我们班要全员参加歌咏比赛啦！"

强小娃被李肆揽着肩膀，又被程苗苗抱了一下，黝黑的脸红透了，抿着嘴笑了起来。

谢谢你，谢谢你们，我的……朋友。

林七二中举办过很多次歌咏比赛，程苗苗记忆最深刻的就是1997年这一次。

首先，当然是他们高二一班全员顺利圆满地完成了比赛节目，虽然过时的大红脸蛋看着十分可笑。

其次，就是他们坐在台下观看了高一一班的诗歌朗诵，由袁山青执笔，袁山青领诵。

穿着白衬衫，梳着高马尾的袁山青出现在幕布拉开之后，她举着话筒的手微微颤抖,张开口,清脆的声音犹如泉水叮咚流淌在大礼堂中,一字一句,送入了在场每个人的耳朵里,直达内心。

"海鸟。

迁徙,是北极燕鸥的宿命。

冬季来临,它们开始长途飞行。

掠过海浪,越过赤道,一路向南,从北半球抵达温暖的南半球。

每一次迁徙,是1.8万公里的飞行,

每一次飞行,是从冬至夏的热烈,

每一次热烈,是渺小生命不息的伟大。"

悠扬的背景音乐响起,站在袁山青身后的高一一班同学们带着一股认真,甚至是虔诚的神情齐声朗读:

"我们的人生从来都未曾风平浪静,

少年们跨过山海,路过荆棘,

他们在沿途栽满鲜花,

他们在半山清开碎石,

他们在川流中扬起风帆,

他们在泥泞中不再回望。

你还记得小小少年握紧拳头说长大后我要披荆斩棘,

像第一只海鸟张开微颤的翅膀,

海鸟在南方相聚,

我们终将在高山的花海中团圆。

春风不解风情,

吹动少年的心,

夏日慷慨白昼,

温暖海鸟的爱,

海鸟就是海鸟,

不惧雷雨,不怕遥远。

少年就是少年,

荒原野草,斩不断心动仲夏。

风雨啊,

请你善待每一只飞翔的海鸟,

青春啊,

请你善待彼时的年少。"

袁山青的黑眸中闪着星星点点的光芒,是泪光,也是感激之光、希望之光,她高高

地举起一只手向着天空张开,高声朗读出了最后一句点睛之笔:

"愿你肆意飞扬,如海鸟般勇敢自由!"

少女昂着头,挺拔的身姿沐浴在舞台顶端强烈的聚光灯之下,真的像是一只迎着狂风暴雨展翅翱翔的飞鸟。

台下静默了一秒,随后掌声雷动,欢呼声震耳,程苗苗跳起来激动地挨个拥抱胡秋敏、李肆、强小娃,语无伦次地说着:"太棒了!太棒了!我们都要自由翱翔啊!"

在场不知道多少人像程芽芽一样,在这一刻红了眼眶。

第十五章
美酒加咖啡，爱情的滋味

如果说李肆是林七二中的小霸王，那么贾宝山就是油田基地的混世魔王。

上次他仅仅来了几天，就惹出一连串的事儿，贾代玉连踢带推把他打发回承峰油田去，没想到消停没多久，他又回来了。

这次回来，贾宝山非同凡响，骑着一辆带挎斗的摩托车，穿着黑色皮衣，小头梳得油光锃亮，还戴着港星同款大蛤蟆镜，威风凛凛地来到特车大队门口找他姐，那叫一个鸟枪换炮。

摩托车挎斗里满满承载的都是娘家人对贾代玉一家的爱，水果蔬菜还有一只老母鸡，贾宝山耀武扬威按喇叭的声音把老母鸡给惊着了，挣脱了脚上的束缚，扑扇着翅膀嘎嘎乱飞。

于是，贾代玉得到消息奔出单位门口的第一件事儿，就是跟着贾宝山抓鸡，她气急败坏地高喊："贾宝山，你到底要干啥！"

贾宝山在贾代玉的帮助下终于把那只疯狂逃窜的老母鸡捉拿归案，装模作样地一抹油头："想你了，顺路来看看你。"

这小伎俩可瞒不过贾代玉，她嗤之以鼻："张嘴就是瞎话啊，你是不是跟人家那个王婵婵黄了，还跑到人家单位去闹，被处分了吧，又被妈赶出来了吧，跑我这避难了。"

贾宝山不服气地申辩："你别听她瞎传话，我和王婵婵就是和平分手，大家都是受过教育的文明青年，我去她单位就是想要正式告个别。哎！那个门卫拦着不让我进，我说我找我对象，又不找你，在这给我耀武扬威的，拿着鸡毛当令箭啊，还说不能让我进去骚扰他们单位员工，大家都是油田子弟，一锅里的馒头嘛，不能带着那些划分界限搞小团队的坏思想啊。我话还没说完,人家就拎上拖把了,我能惯着他那毛病,当场就和他理论起来。他先动的手,拿拖把扫我腿,我顺势就躺在地上了,我看谁吃亏。"

由此可见,贾宝山上次来基地在门口碰瓷的事儿绝非偶然,而是习以为常了。

贾代玉痛心疾首,作为姐姐,之前从来没像今天这样觉得贾宝山流里流气的样子可恶:"贾宝山啊,你也快三十岁的人了,你看你一天到晚干的都是啥事儿啊?对象对象找一个黄一个,工作工作换一个背一个处分,要家庭没家庭,要事业没事业,顶着个街溜子的脸就是混,你丢人不?"

贾宝山心想我这大好青年,遵纪守法,乐观仗义,孝顺父母,友爱亲朋,不结婚有啥丢人的?

他避而不答,神气地一拍摩托车:"姐,上车!我带你遛个弯,再回家!"

贾代玉一边抱着母鸡坐进挎斗,一边数落他:"我告诉你啊,你赶紧待两天就给我滚回去!"

程苗苗最近难得学习勤快了一些,再被这小子一带,心思又不在学习上了可咋整。

林七二中又来新老师了!

这个爆炸消息是班长朱超带来的,他去办公室交作业,看到了人,据他说,长得特别好看,又温柔又有气质。

其实,韩淑也是很好看的,要不然李肆咋赶着她叫"我的周慧敏"呢,但韩淑是数学老师,主课老师先天就带有威慑性,而且韩淑经常占用副课讲卷子,学生们怨声载道。

高飞扬也在跟韩淑提这个问题:"以后这个体育课、音乐课你能不能少占用一点儿啊?给孩子们点儿文娱空间,不能老盯着做卷子这一件事儿啊。"

韩淑意味深长地一笑,调侃地问:"是少占用体育课啊,还是少占用音乐课啊?"

"有什么区别吗?"高飞扬有点儿奇怪,"当然都不能占了。"

韩淑点着头:"我看主要是音乐课以后不好占了,毕竟楚老师刚来,你得多照顾啊。"

高飞扬纳闷地看着她:"这话说得,我为什么照顾?"

韩淑笑着说:"因为楚老师长得好看啊!"

高飞扬随手在桌上捏了个纸团向着韩淑丢过去,韩淑躲开了,得意地说:"恼羞成怒了吧,师兄。"

刚才高飞扬的确是从音乐教室那边走过来的,新来的音乐老师楚梅花正在里面弹钢琴,她穿着碎花长裙,乌黑的长发随便用一条手绢拢在洁白的颈后,流畅的音乐从她纤细的十指下流淌出来,整个人映着窗外的阳光,显得温柔又充满文艺气息,让站在窗外的高飞扬久久失神。

不得不说,那一刻,高飞扬的心弦被狠狠地拨动了一下。

李肆对此则有不同看法:"这个高飞扬,怎么一来女老师他就移情别恋,把我们周慧敏放在哪儿了?他对得起周慧敏吗?"

魏雪感兴趣地回头:"啊?高老师和韩老师谈恋爱了?"

李肆端起架子打官腔:"魏雪啊,不要一说到处对象你就激动,你一个高中生,沉迷于这些小情小爱,没出息。"

朱超不服气,看魏雪害羞跑了,在旁边帮腔:"那你的大出息是啥啊?"

李肆深沉地摸了摸下巴:"说出来吓死你们,我要当厂长!"

听到他豪言壮语的几个同学都笑了,连正走过来的强小娃也微微一笑,这让李肆不乐意了,揪住强小娃:"哎?你刚才那个笑里带着些许不相信的意思,你是不是有所怀疑?"

强小娃否认:"我没笑。"

"笑得特别明显,别不承认,你是不是觉得我当厂长这事儿特别滑稽?"

强小娃认真地想了想:"你的理想不是和程苗苗结婚吗?你自己说的。"

还是在程苗苗主动来帮助他的时候,李肆抽风一样跟他单独说的。

"那不是理想,那是事实,那是父母之命媒妁之言,两家人都过了明路的,只等我们长大就结婚,明白了吗?"

强小娃心里说不出是什么奇怪的情绪,他强行按捺下去,平静地说:"又不是和我结婚,我明白啥?"

李肆一巴掌拍在他肩膀上:"你们都得参与啊,别说我不拿你当兄弟,我和苗结婚,你就是伴郎,老朱,你得减肥啊,不然伴郎的衣服你都穿不上,没多长时间了,毕业就是眼前的事儿。"

强小娃把他课桌上的卷子翻过来,指着上面个位数的分数说:"你还是先考虑能不能毕业吧。"

朱超听到李肆拿他的体重说事儿,也不高兴了,冷言冷语:"我看你毕业比当厂长可难多了。"

正说着,程苗苗冲进教室,兴冲冲地对强小娃说:"小娃,今天放学我们就先不去你家啦!我家里有点儿事儿。"

她一想到舅舅贾宝山来了,又不知道要带她见识什么好玩新鲜的东西,浑身都激动起来,浑然没注意到强小娃听到这句话时,眼里一闪而过的黯然。

但是强小娃并没表现出来,低头收拾课本,淡淡地"哦"了一声,好像完全不在意的样子。

李肆心想,程苗苗最近是奇怪,明明两个人都在她面前站着,她为啥只对强小娃一个人说话呢。

于是他不甘寂寞地拉了拉程苗苗："苗,我今天要换绷带,你陪我去呗?"

程苗苗连看都没看他一眼："自己去。"

李肆又把目光看向胡秋敏,胡秋敏语重心长地说："该学着长大了,肆哥。"

贾宝山在贾代玉这里是个让她失望的弟弟,在程苗苗面前就是永远不会让她失望的舅舅,程苗苗一回家,就发现贾宝山居然有个大哥大。

这可是只有在香港电影里才能看到的稀罕物,程苗苗拿着爱不释手,贾宝山大度地一挥手："可以借你五分钟。"

"这也太酷了!是拨号就能直接打吗?"程苗苗说着就要按上面的按钮,却被贾宝山一把拦住："看看就行了,可不兴打电话啊。"

贾代玉对自己弟弟是什么货色门儿清,一针见血地戳穿："赶紧给人还回去,弄坏了你赔得起吗?"

程苗苗大失所望："你这是借来充门面的啊?"

贾宝山一本正经地辩白："我就是先试着用用,看好不好用,好用了我再买嘛。"

贾代玉都要气得跳起来了："少跟这吹牛了,给娃娃们做点儿好榜样吧!"

贾宝山装没听见,一把搂住刚开门进来的程鹏飞："姐夫回来了,咱们今天家宴!下馆子!"

基地里只有一家馆子,就是牛铃铃开的小蜀都,牛铃铃做人敞亮,知道他们在包间吃饭,不但亲自来打招呼,还特地送了一份水煮鱼。

贾代玉笑骂了一句："跟谁吃不起水煮鱼似的。"

牛铃铃虚空打了她一下："这不宝山来了吗,我表示一下,又没说全算我的,吃好喝好啊。"

贾宝山乐得眉飞色舞,大手一挥,豪气干云地说："苗苗、芽芽,想吃什么尽管点啊!上几个硬菜,姐夫,咱也喝一杯。"

吃了一个红光满面,到结账的时候,贾宝山又闹幺蛾子了,先是磨着服务员要求给免单,把人家小姑娘吓得脸都白了,又是自说自话地退一步,要求打折,扯着牛铃铃的大旗说事儿："你们老板,是我铃姐啊,我们是儿女亲家。"

最后借酒装疯,指着程鹏飞说："一家之主在这儿啊!找他,这是我姐夫,林七油田远近闻名的妙手回春程大夫。"

贾代玉看不下去了,怒吼："你少来这套,你不掏钱你张罗下啥馆子啊?"

当然,到最后,贾宝山也没掏出钱来,还是程鹏飞结的账。

吃饱喝足,贾宝山左右搂着姐弟俩高高兴兴地走在前面,一路走一路荒腔走板地唱着歌,贾代玉和程鹏飞走在后面。

程鹏飞看贾代玉一脸不忿,安慰她:"自家人吃顿饭,谁出钱不一样,你还生气上了。"

贾代玉火冒三丈:"不是花钱的事儿,你说这个贾宝山,一天天气死我了,上辈子造孽了,摊上这么个冤家。"

"小时候宝山替你打架的事儿都忘了?把好吃的塞到衣服里,跑了二十多里地拿回来给你吃的事儿也忘了?这不都是你和我说的吗,还说你小时候只要有事儿,宝山肯定是挡在你前面啊,他就是散漫点儿,你不能老嫌弃他啊。"

程鹏飞轻声细语地说着,拉起贾代玉的手,和贾代玉看着前面连蹦带跳的三个人,贾宝山在姐弟俩中间像个大孩子一样,开心得手舞足蹈。

贾代玉忧心忡忡地说:"你说这苗苗为啥越长大越随了贾宝山呢?"

她也不是真的嫌弃贾宝山,但一想到程苗苗万一长成贾宝山这种四六不靠、吊儿郎当的样子,贾代玉就觉得眼前一黑。

"外甥像舅,老话儿都这么说嘛。"程鹏飞笑了起来,搂紧了妻子的肩膀。

贾代玉把头靠着程鹏飞的肩膀,叹了口气:"哎,幸亏还有一个不像的。"

贾宝山的到来,李肆也是举双手欢迎的,还说:"小舅你可来了,上次我跟你说的,农贸市场的烧烤还没吃上呢。"

"放学就去吃!小舅请客!"贾宝山大方地一挥手,李肆欢呼起来。

于是放学之后,三人组赶紧收拾书包,生怕耽误时间。

强小娃看着他们,犹豫了一下,走过去问:"那个,你们去我家玩不?有新鲜的苞谷。"

前几次,强丰收用地里新掰的苞谷蒸给他们吃,程苗苗非常爱吃,昨天三人组没去,强小娃心里总有些怅然若失。

他想着,做朋友就该一视同仁,不能老让人家主动,所以今天才难得开口邀请。

没想到程苗苗兴奋地说:"我小舅来了,我们要去吃烧烤!"

烧烤?强小娃是知道的,他每次去农贸市场摆摊都看到远处的摊位烟熏火燎,一大帮人坐在小桌子边,吃着签签上串着的食物,就那么一点点,还特别贵。

他闷闷地"哦"了一声,转身收拾书包,却被程苗苗叫住:"正好,一起去吧?"

强小娃摇摇头:"我就不去了。"

性急的李肆过来催人,一看就明白了,心里知道程苗苗横竖是要带着强小娃的,他要是拦着,程苗苗一定会生气,于是心不甘情不愿地开口邀请:"去呗,就当是集体活动了。"

胡秋敏也背着书包过来帮腔:"小娃,一起去啊,小舅不是那种像家长的大人,能和咱们玩到一起。"

她不由分说上手拽强小娃，用力把他拉出座位："走吧！闲着也是闲着。"

强小娃很想说自己不闲，还要回家干农活，但看到三人都高兴的样子，嘴唇动了动，还是决定不做让大家扫兴的事儿。

果然如胡秋敏所说，贾宝山是个不一样的大人，完全不把他们当孩子看，而是平等地对待每一个人，很快就把强小娃也笼络了过去。

贾宝山手舞足蹈地要给大家亲自烤："别拘束啊，想吃啥和小舅说，味道不对小舅亲自去给你烤，我当年在我们夜市里那是出了名的烧烤小王子，人称'鬼手孜然'，这个烧烤啊，就是一把作料的事儿，它还得有手法。"

他又像发现了新大陆一般，叫了起来："这吃烧烤怎么能没冰啤酒呢？老板，上一扎！"

李肆按捺不住，跃跃欲试地说："小舅，咱俩喝一杯呗。"

贾宝山这点儿倒拎得清，不同意："你个小娃娃哪能喝酒啊，等你长大了，小舅陪着你们好好喝一顿。"

扎啤端上来了，贾宝山端起沁出冰凉水珠的啤酒杯一饮而尽，然后往脸上抹了一把，长长地叹息一声："一个人喝酒，孤独啊！"

程苗苗见惯不怪，拿着烤肉筋一边吃一边对强小娃说："等会你别吓着，他这点儿酒量，一喝就醉，一醉就开始伤感，马上就开始感慨人生了。"

果然，两杯下肚，贾宝山就站了起来，豪气干云地纠正她："错！人生有啥好感慨的，命运啊，就是板上钉钉的事儿，咱们一百年的路都是规划好的……"

李肆仰着脸问："小舅，咱也活不到一百年吧？"

"现在科技多发达，将来说不定就活到了呢？但这人生啊，太苦了，活一百岁就得受一百年的苦啊！"

胡秋敏冷静地拿起一串羊肉："开始了。"

接下来，贾宝山又哭又笑，拉着强小娃和李肆滔滔不绝，从幼儿园开始，数落着自己所受的来自家长和社会的桎梏。他痛心疾首道："数理化那玩意儿多难啊，天天都得动脑子啊，还考试，还给你弄个排名，生怕别人不知道你是个废物，老师家长还得给你比较呢，你看人家谁谁谁多有出息，你看看你，啥也不是。"

这番话可算说到李肆的心里了，他连连点头，引以为知己："我就是在这些话里长大的，我爸眼里我就是全世界最大的蠢货，路边一条狗都比我有出息，我爸原话。"

程苗苗和胡秋敏看着他，胡秋敏尖刻地评论："你爸说这个话也不是全无道理。"

贾宝山慷慨激昂地一挥手："你们说咱们学物理学化学，还有那个奥数，生物啥的，那玩意儿到底都有啥用？长大能换钱吗？你们思考过这个问题吗？"

他突然蹲下来，痛哭流涕地说："想当年我也是能解方程式，能画电路图，能背元素

周期表的聪明人啊,谁承想,长大后会被爱情绊住了腿脚啊!"

程苗苗直到这时候才明白过来,见惯不怪地问:"小舅,你又失恋了?"

"错!"贾宝山抬起一张涕泪横流的脸,"单方面甩了的还叫爱情?我和王婵婵那就是棒打鸳鸯啊!我俩是真心相爱啊!"

三人组发出长长的"哦"声,拉着强小娃凑到一边窃窃私语:"还是被甩了啊。"

"一定是他女朋友不要他了。"

"说不定是人家父母没看上他呢?"

他们还没说完,一抬头就发现贾宝山不见了,慌得程苗苗站起来一看,贾宝山已经窜到隔壁桌一对情侣前,气势汹汹地质问:"你说你们能知道对方在背后都干啥吗?和单位里的异性眉来眼去你能知道?家里父母看不上你对象一句好听话没有你能知道?领导有个妹妹想介绍给他他动心了你能知道?在背后跟哥们儿喝酒说自己对象人很一般你能知道?不敢窥探啊!全是秘密啊!爱情没有真相啊!"

李肆蹦跳着过去拉人,程苗苗和胡秋敏也上去帮着扯大放厥词的贾宝山离开,很尴尬地对小情侣道歉:"对不起,我舅舅喝多了,不是故意的啊。"

贾宝山这会子好像又突然清醒过来,挣开三人,举着杯子跟小情侣分别碰了一下:"你俩,必须白头偕老,太有夫妻相了,能活一百岁,我祝你俩永远不离婚!"

死劝活拉,累出了一身汗,强小娃也上来帮忙,好歹把贾宝山拉回了自己的座位。

这场晚饭的最后,就是李肆和强小娃左右架着醉醺醺的贾宝山走在基地的大马路上,程苗苗和胡秋敏两个小姑娘喝着汽水优哉游哉地跟在后面。

看着贾宝山被架着还不安分,继续手舞足蹈,荒腔走板地唱着歌的醉态,程苗苗感慨:"爱情这东西,伤人啊,你看小舅这调都跑哪儿去了。"

胡秋敏想起昨天晚上,杨松柏又对胡悦鼻子不是鼻子眼睛不是眼睛的样子,也感慨道:"你爸妈感情还行,我家……反正我妈和老杨是一地鸡毛,婚姻如同鸡肋啊。"

程苗苗突然凑过来,一脸神秘地问:"你说,咱们将来是不是也得经历这个啊?"

青春期的少女,总是懵懂地对爱情有着甜蜜又不切实际的幻想,那是现实中的婚姻生活带给不了她们的憧憬。

胡秋敏瞅她一眼:"躲不掉啊,要不你就嫁给李肆吧?换别人真没有他对你那么好。"

程苗苗大大咧咧地一挥手:"都是兄弟,谈婚论嫁关系就远了。"

胡秋敏嗤之以鼻:"要不然你嫁给强小娃?我觉得你俩挺合适。"

也说不清是什么情绪,是羞恼还是生气,程苗苗一下子提高了声音嚷嚷:"咋这么说啊!啥意思啊!"

胡秋敏被她吓了一跳:"你喊什么?你不是说他挺帅的,还一天天操心他,这不就苗头挺好的吗?"

程苗苗小脸通红,猛喝一口汽水把心底里涌上来的莫名情绪给压下去:"别瞎说啊,就是好朋友!"

前面李肆单手挂拐,支撑自己身体的同时还得架着踉跄的贾宝山,抱怨道:"小舅,咱好好走,别唱了行不?"

贾宝山醉意蒙眬地抬头,看着路灯惨淡的白光,畅快地笑了起来,更加高声地歌唱:"如果你也是心儿碎,陪你喝一杯,我要美酒加咖啡,一杯再一杯!"

十七岁的孩子们还不能体会一个成年人失恋之后,隐藏在疯癫醉意下的悲伤脆弱,他们只觉得可笑滑稽。

在贾宝山喝醉的时候,基地里另有一组人也喝得醉醺醺,举着啤酒高唱:"美酒加咖啡,我只要喝一杯……"

正是铁三角的母亲们。

起因是胡悦又一把鼻涕一把泪向牛铃铃和贾代玉哭诉,两人干脆把她拉到了基地的舞厅,灯红酒绿的气氛让胡悦有些退缩,贾代玉却一把摁住她:"你今天就在这里待着,别回家再给老杨做饭!我看天能不能塌下来,你给我把丧气样子收一收!"

牛铃铃也说:"怎么又吵架了啊,上次你跳河那事儿还没把他拿住啊?"

"还不是小敏。"胡悦含糊地说。

其实她心里也挺不得劲儿的,真的只是一件小事儿,女儿胡秋敏在饭桌上提了一嘴,说随身听坏了,需要买个新的。

胡悦第一反应是心疼钱,第二反应是好好的随身听没两年怎么就坏了?马上反应过来胡秋敏不单拿随身听学英语,更多时候是抱着杨涛寄来的流行音乐磁带听个没完,听到磁带都要烂了。

说起来她是很反对杨涛老给胡秋敏寄东西的,更不愿意看到女儿成天听那些情情爱爱的靡靡之音,十七岁的小姑娘,马上高考了,心思万一拐了弯,那可就是后悔一辈子的事儿。

母女俩话赶话吵了起来,本来不过是小争执,杨松柏好好的突然发了怒,把筷子拍在桌子上呵斥:"吃饭!"

那不客气的语调让胡悦差点儿当场骂起来,更让胡秋敏伤心的是,女儿居然不向着她,好像还有点儿幸灾乐祸的样子直接回了屋。

她对着两个闺蜜吐苦水,话里话外都是胡秋敏不能体谅她,自己养了个白眼狼。

牛铃铃却不同意:"你这个人啊,就是老觉得别人好,你跳完河小敏骂老杨的事儿忘了?不是给你出头啊?"

贾代玉也数落她:"别老嫌弃娃娃,你就是对老杨心思太重,男人嘛,你越把他当回事儿他就越敢在家里跟你称王称帝你信不信?你平时就是太受气,把自己看得太低,

都啥年代了,还在这当受气媳妇儿呢,指望人家给你立牌坊啊?"

胡悦失落地低着头,看见自己半旧且过时的衣服,别说和两个闺蜜没法比,被舞厅里翩翩起舞的那些油田职工一衬,更显得自己落魄寒酸,简直像生活在二十年之前。

"我命不好呗。"半晌她挤出一句。

贾代玉认真地把她的肩膀扳直:"胡悦,你技校毕业,是油田子弟,有工作有工资有奖金,在外能赚钱,在家里洗衣服做饭收拾房子,长得也好看,你哪点儿不如他杨松柏了,为啥非要瞅着他眼色过日子。我不是说两口子非要争个谁高谁低,但过日子这种事儿就不能说只按着一个人的想法来,杨松柏再了不起,他在家里就是你丈夫,吃着你做的饭,穿着你洗干净的衣服,他有啥资格挑你毛病?"

牛铃铃跟着帮腔:"关键是没啥了不起啊,不就是个小站长,还是副的,要我说啊,这男人在外面越没本事,在家里脾气就越大。"

"他不高兴,你比他还不高兴,你就别搭理他,吵架了就别做饭,他有能耐自己弄吃的,自己洗衣服,觉得家里不好就在山里别回来,和磕头机过!"

胡悦嗫嚅着说:"你俩站着说话不腰疼,我这都离了一次了,总不能再离吧?"

一句话让两人更加激动起来,牛铃铃拍板:"离就离,明天离了,后天我就给你介绍对象!"

贾代玉干脆拿起冒着泡沫的啤酒瓶硬塞到胡悦手里:"让人不痛快的婚姻就不是好婚姻!今儿就在这歌舞升平了,场子不散咱都不回家!"

毫无意外的,贾宝山抱着马桶哇哇吐的时候,贾代玉也躺在沙发上胡言乱语,程鹏飞端着蜂蜜水过来给她解酒,被她一把揪住瞪着迷离的双眼逼问:"程鹏飞,咱俩结婚这么多年了,谁地位高,你怕不怕我?"

程鹏飞心平气和地哄她:"你地位高,我可太怕你了。"

那边贾宝山吐完了,筋疲力尽地蹲在地上,拍着马桶高喊:"爱情啊!你就是个魔鬼!"

胡家更是热闹非凡。胡悦推开大门,哼着歌儿,趔趔趄趄往里走,客厅里的杨松柏一下愣住了:"你咋回事儿?"

胡悦醉醺醺地一招手:"我回我自己家,怎么了?"

最初的震惊之后,杨松柏怒不可遏地叫了起来:"胡悦,你一个妇道人家大晚上喝成这样,成何体统啊!"

换在平时,胡悦很吃他这一套规训,但她刚才才被贾代玉牛铃铃灌输了一堆道理,而且此刻胃里的酒精深入血液,熊熊燃烧着,把大脑的理智烧了个干净。

胡悦拍着胸脯说:"啥妇道人家?我们女人也是中流砥柱!大晚上喝酒也是天经

地义,白天要上班,喝不了。"

她走路歪歪扭扭,一屁股坐在了客厅中央,杨松柏又气又急,走过来伸手扶她,却被胡悦用力打开:"走开!"

"你这是要干什么?要躺地上耍酒疯吗?"杨松柏简直不能相信胡悦的做派,就跟变了个人似的。

"对!"胡悦睁着被酒意熏红的双眼高喊,"地是我拖的,我愿意躺就躺,这个家都是我操持的,我想干啥就干啥,你要是不乐意,你就走!我今天就躺在地上耍酒疯了,谁敢管我!"

说完,她真的就在地上打起滚儿来,杨松柏气急败坏地想去制止她:"差不多行了啊,让邻居听见像什么话啊。"

胡悦压根不管杨松柏在说什么,她躺在地上,翻滚着,感觉到结婚以来最放松的时刻就在今天,就在这里了。

痛快!畅爽!那叫一个舒服!

她一边滚,一边看着杨松柏无奈的脸,越看越高兴,大声嚷嚷道:"听呗!有啥闲话就说呗!我都离一次婚了,他们背后没少说我的是非,我无所谓!大不了就再离一次,我又不犯法!我胡悦今天和你离了,明天我就搞对象!"

胡秋敏躲在自己卧室里,透过门缝看着母亲放肆的举动,非但不觉得丢脸,反而捂着嘴偷偷地笑了起来。

她拉开抽屉,掏出一支全新的口红,那是杨涛寄来的,她还没用过。

明天就把这支口红送给妈妈吧,胡秋敏暗暗想着,她涂上一定很好看。

贾宝山带着孩子们去吃烧烤,还醉成一摊泥被架回来,贾代玉第二天酒醒之后,勃然大怒,立时三刻就要把贾宝山赶回去。

面对姐姐和母亲两座大山的威压,贾宝山被迫同意了,只能挥泪告别林七油田。

不过在离开之前,他还有一个秘密任务,那就是充当程苗苗的家长去学校谈话。

说起来韩淑真的是个很负责任的数学老师,她检查了程苗苗的作业和卷子,发现有不少是抄的,没抄的又经常没做完。

这是学习态度的问题,屡教不改,当然就要家校结合,共同督促。

简称"叫家长"。

程苗苗求了贾宝山好久,贾宝山才答应,还口出狂言:"我最烦这种考不好叫家长的老师,娃娃们身心多脆弱啊,这老叫家长谁幼小的心灵受得了啊,我小时候就是这样被摧残的,你姥爷那擀面杖折多少根儿了啊,你不管了,明天我去找你们数学老师,好好给上一课!"

程苗苗跟在后面紧张地叮嘱:"可不敢给我妈知道啊!"

贾宝山一拍胸脯:"放心！让我姐知道,我能有好果子吃吗？必不可能出卖你！"

次日,贾宝山特地起早打扮了一番,穿着西装,夹着公文包,头发梳得溜光水滑,跟个电影里的特工一样,神气活现地走进了林七二中。

但所有的准备,在见到韩淑的那一瞬,就烟消云散,化为乌有了。

贾宝山突然觉得,爱情又不是魔鬼了。

一支名为爱情的利箭在韩淑抬眼看向他的时候,狠狠地击中了贾宝山的心。

第十六章

谢谢你

贾宝山在教师办公室跟个开屏花孔雀一样对着韩淑散发魅力的时候,程苗苗还以为大局已定,悠悠闲闲地在教室里吃着李肆给她带的肉饼。

李肆在旁边倒是一脸忧心忡忡:"你说你是不是心大,这叫家长的事儿咋一点儿都不担心呢?"

程苗苗脖子一伸,咽下最后一口肉饼,还意犹未尽舔舔手指头:"我要担心也是为韩老师担心啊,我小舅那个嘴,还说要给韩老师上一课呢,我真怕你的周慧敏招架不住。"

强小娃对这个只见过一面的"小舅"颇有好感,觉得他大方豪爽,对自己一视同仁,确实是个好人,也在旁边插嘴:"小舅不会惹出啥事儿吧?"

程苗苗忙说:"不能!最多就是被赶出去。"

她正在吹嘘,胡秋敏匆匆赶来,趴在窗口叫她:"苗儿,老师让你去趟办公室。"

程苗苗得意地一翘鼻子:"我说什么来着?搞定!"

等到程苗苗赶到办公室,不等韩淑开口,贾宝山横眉立目,首先拍了桌子:"太不应该了!"

这一下把程苗苗给弄愣了,一脸不解地看着贾宝山。贾宝山直视着她,毫不心虚地开始教训:"大人辛辛苦苦把你送到学校,面对着这么好看,不是,这么好的老师,你就考三十几分回报吗?这是一个高中生该有的数学成绩吗?你这么差的成绩能毕业吗?能考上大学吗?能在油田发光发热吗?能为祖国做建设吗?"

"我……"程苗苗彻底蒙了,还没等她往下说,贾宝山劈头盖脸又是一顿:"我什么我!我平日里是怎么教育你的,苦口婆心跟你说一定要好好学习,尤其是数学!咱家一向是数学教育为主,其他科目为辅。"

韩淑在旁边好奇地问:"您家里也是搞数学教育的吗?"

贾宝山立刻换上了一副笑脸:"主要是我自己搞,我从小就对数学感兴趣啊,一年级开始数学就考一百分啊,说出来不怕你笑话,我这个人一见数字就敏感,天生就对数学有天赋,你说这个东西是得讲天赋啊,程苗苗这点儿就是没随我,随我姐了,不过韩老师你放心,我在这跟你表态,我一定会督促程苗苗,必须把她的数学成绩搞上去,我亲自监督!"

他那慷慨激昂的样子把程苗苗都看傻了:"你,你是我小舅吗?"

刚才进校门之前不是这么说的啊!

程芽芽正在操场上打球,看着程苗苗去了教师办公室,想起他姐信誓旦旦说自己能搞定,也就没放在心上。

正好王甫强截了他传的球,一边左右运步躲避一边问:"你马上过生日了,请我们去滑个旱冰啊?"

这是基地孩子的常例,程芽芽也不为难,正要一口答应,忽然看着坐在场边看他们打球的袁山青,停下来问:"你会滑旱冰吗?"

被这么猝不及防地一问,袁山青来不及思索,下意识地说:"不会。"

程芽芽笑了:"没事儿,我教你。"

王甫强趁他走神的时候,绕过程芽芽来了个漂亮的投篮,嬉皮笑脸地对程芽芽提了一句:"我哥滑旱冰滑得可好了。"

程芽芽转头看向场边正默默玩着双杠的罗政,明白王甫强是给自己一个台阶,想了想,走了过去开口邀请:"周末我生日,一起去滑旱冰吧?"

罗政看了一眼程芽芽,又看了一眼场边的袁山青,冷冰冰地说:"不去。"

程芽芽故意大声说:"啊?你不会滑啊?"

这下罗政急眼了,不服气地高声说:"谁不会啊,破旱冰有啥不会滑的,你们几个加起来也滑不过我。"

他从双杠上跳下来,转头就走,走了两步又回过头来,恶狠狠地指着程芽芽:"周末是吧?你们给我等着!"

程芽芽看着他的背影会心一笑:罗政这个别扭鬼,他这就是同意了。

林七二中的校园里一片冬天的凄清景象,寒风萧瑟,办公楼下的树上最后一片枯叶被吹得摇摇欲坠,天气拔凉。

程苗苗的心也拔凉，她无语地看着贾宝山，贾宝山搓着手，尴尬地赔笑："你听我解释。"

"不必解释！"程苗苗断然拒绝。

"我这也是为了你的学业好嘛，你说你考三十几分，是不是过分了？"

程苗苗指着贾宝山的鼻子数落："被美色所迷！临阵倒戈！你当叛徒不过分吗？！我今天就给姥姥打电话说你抽烟！"

此言一出，贾宝山大惊："咱俩的内部矛盾咋还上升到差着辈告状了呢？"

程苗苗狠狠地白了贾宝山一眼："我还掌握你好多事儿呢，你等着！"

说完她一昂头就走了，贾宝山追在后面求饶："都是一条船上的同志，晚上我请你出去吃还不行吗？给你买个蛋糕啊！"

贾宝山说到做到，不但买了小蛋糕，还买了一大袋零食，晚上偷偷摸摸溜到程苗苗卧室里贿赂她。

程苗苗正在气头上，非常有原则地撇头："不吃！别想用这点儿小恩小惠洗脱你叛徒的罪名。"

"今天在学校没来得及给你解释太多，我这么做都是有目的的。"贾宝山殷勤地打开包装盒，给程苗苗展示蛋糕精美的外形，"咱得给老师留个好印象啊，别让老师真的放弃你……这可是你最喜欢的口味，不来一块？"

程苗苗把头撇向另一边，气呼呼地说："拉倒吧，你就是为了给自己留个好印象，就是看韩老师好看，被俘虏了。"

贾宝山看她真气着了，不慌不忙地解释："哎呀呀，你看你，我这是一盘大棋，你想想，万一韩老师成了你小舅妈呢？咱这数学成绩还怕上不去，小舅这么做都是为了你好啊，要做长远打算。"

程苗苗简直不敢相信地看着他，贾宝山却被自己描绘的幸福前景给美到了，张着嘴嘿嘿地傻乐。

正好贾代玉推门进来催问："宝山，你事儿办完没？哪天走啊？"

贾宝山猛地站起来，豪迈地一拍胸脯："正式通知一下啊，我，一时半会儿是不走了！"

贾代玉竖起眉毛，恶狠狠地骂："一天天的又想要什么花招！上次来进了派出所还没给你长记性哪？！"

她以为贾宝山偷懒磨滑惯了，在这里天高皇帝远有吃有玩不想回去，没想到程苗苗一回头，石破天惊地揭穿真相："妈！小舅要追程芽芽的班主任！"

贾代玉吃惊极了："啥情况？！"

贾宝山难得地做出忸怩之态："别胡说，就是认识了一下，感觉很投缘，我认为很有

必要继续接触下去。"

他是因为跟女朋友分手,受了情伤才跑出来散心的,这点贾代玉从母亲的电话里已经知道了,此时被贾宝山的神来一笔给震惊了,瞪着眼睛一时说不出话来。

倒是程鹏飞,感兴趣地从厨房里跑出来,身上的围裙来不及解就帮着分析:"光你认为有啥用啊,人家班主任咋认为的呢?"

贾宝山自信地一挺胸:"那应该和我认为的差不多,我从她看我的眼神里就感受到了。"

程鹏飞在椅子上坐下,摆开长谈的架势:"首先,人家老师是单身吗?"

没等贾宝山回答,程苗苗就受不了地大喊起来:"反正我们都觉得韩老师应该和我们班主任在一起,他俩是师哥师妹,关系特别好,站在一起就很般配。"

贾宝山不服气了:"师哥师妹站一起就般配了?我觉得我俩还是郎才女貌呢。"

事已至此,贾代玉缓过气来,全明白了,这又是贾宝山的一厢情愿,她不由分说地一挥手:"贾宝山,我警告你啊,你少给我去祸祸人家老师!"

贾宝山叫起来:"咋能叫祸祸呢?你看我也一表人才的,对了,芽不是明天过生日吗?咱们全家出去吃顿饭,也顺便邀请一下老师,这也是为了和老师拉近关系嘛……"

程苗苗受不了地尖叫起来:"谁家过生日请吃饭带上班主任啊?!"

贾宝山满脸堆笑:"芽和你又不一样,他好学生,又不怕老师。"

正乱着,隔壁的卧室门打开了,程芽芽一脸平静地探出头来,冷淡地说:"别带我啊,我要和同学们去滑旱冰。"

贾宝山眼看计划落空,急得差点儿跳起来:"别呀!过生日就该吃饭,滑啥冰啊!"

程芽芽一针见血地说:"我们都约好了,肯定要去的,你要追韩老师就自己去约呗,别打我的旗号。"

说完他缩回头去了,贾宝山求助地看向贾代玉,贾代玉却一拍巴掌,幸灾乐祸地说:"啊,我明白了,说是不想走了,原因在这吧,看上人家老师了,贾宝山啊贾宝山,你是真能整事儿啊,你要是能追上这个韩老师,我输你一千块钱。"

程苗苗直笑,唯恐天下不乱地说:"我加三十。"

程鹏飞掏掏兜:"我加二百。"

程芽芽的声音隔着门传出来:"我加五十。"

贾宝山怪模怪样地对着周围一抱拳:"得嘞,准备掏钱吧各位!"

周末一大早,程芽芽就起床了,蹲在卫生间里洗头。

打着哈欠出来洗脸刷牙的程苗苗差点儿被他绊倒,睁大眼睛才看清是个人:"去滑个旱冰咋还收拾上了?这么臭美吗?"

程芽芽低着头,认认真真地抓洗着:"咋不能收拾了?"

"这就很可疑啊。"程苗苗围着他转了三圈，摸着下巴嘀咕，"这么冷戴个帽子不就得了？"

程芽芽不理她，程苗苗眼珠一转，笑嘻嘻地蹲下来："我也想去。"

"你又不会滑。"程芽芽闭着眼继续搓头发，"谁教你啊？"

程苗苗一拍胸脯："我自己学！"

程芽芽端着盆去冲洗："那你快点儿，我可不等你。"

程苗苗答应了一声，兴冲冲地挤在水龙头下面跟弟弟抢水洗脸。

正闹着，大门一开，贾宝山带着一身寒气扛着条羊腿走进来，程芽芽一边擦头发，一边惊奇地问："小舅，你这是要干啥啊？"

"晚上给你庆祝生日啊，你去滑你的旱冰，完事了把你的小同学们都叫来，我亲自给你们弄个羊腿吃。"贾宝山摆了个豪迈的姿势，"你俩去玩吧，玩完回来咱们直接开席！"

贾代玉穿着睡衣也睡眼蒙眬地走出卧室，看到他这架势，受不了地一拍巴掌："到底谁过生日啊，你还安排上了！"

这时候有人敲门，贾宝山离得最近，扛着羊腿就打开了门。门口抱着小紫的袁山青被他这架势吓了一跳，迟疑地越过他往里面看去。

程芽芽一眼看见她，从心底里泛起笑容，把毛巾一扔，胡乱捋了几下头发就赶了过来，乐呵呵地说："这是我同学袁山青，这是我小舅。"

贾宝山不明所以，嘴上礼貌地招呼着，却不料程芽芽把小紫抱过来直接往他怀里一塞，拉着袁山青就往门外跑，嘴里还催："程苗苗！好了没，不带你了啊！"

"来了来了！"程苗苗一阵风地从贾宝山身边卷过，"小舅你帮忙带一下小紫啊，我们走了。"

顷刻之间，三个人跑得干干净净，门口只剩下贾宝山目瞪口呆地抱着小紫。

小紫陡然落到一个陌生男人怀里，眨巴着眼睛要哭，贾宝山不知所措，直着嗓子喊了起来："姐！这啥情况啊！咱家咋还承接带小孩的业务哪？"

难得的周末，旱冰场里人着实不少，袁山青从来没来过，拘谨地坐在场边，对来邀请她下场的程芽芽摆着手："我还是别玩了吧，我一点儿也不会，你们滑吧，我在旁边等你。"

程芽芽一下笑了起来："不会才要学呢，这有啥啊。"

袁山青看向他拎在手里的旱冰鞋，不好意思承认自己连怎么穿旱冰鞋都不会，只能羞窘地低下头，小声说："我从来没玩过。"

程芽芽二话不说，蹲下身握住袁山青的脚踝就给她系旱冰鞋的带子，袁山青惊吓得想缩回脚去，却被程芽芽牢牢按住。程芽芽抬头诚恳地说："小紫在我家你放心吧，今天我生日,你就好好玩一天。"

李肆拎着两瓶饮料走过来,调侃他:"哎呀呀,这个服务很到位啊,弟弟,我这个鞋子是不是也麻烦你帮忙穿一下啊。"

程芽芽瞪他一眼:"没手啊?"

"袁山青没手啊?"李肆用下巴指指,"小没良心的,你姐还让我给你们买饮料呢。"

袁山青羞得满面通红,幸亏这时候程苗苗和胡秋敏抱着大包小包零食走过来,直接拿一包薯片扔李肆头上打断了他的话。程苗苗安慰袁山青:"你先吃点儿东西,有力气才能滑呢,不难,别怕摔就行。"

李肆嚷嚷:"你是不怕啊,每次都摔我身上!"

程苗苗一昂头,自信地说:"放心,今天我绝不拉着你。"

胡秋敏也立刻表态:"那你也别拽我,你俩都离我远点儿。"

他们吵吵闹闹,那边袁山青已经被程芽芽拉着,胆战心惊地站了起来,慢慢滑入了旱冰场。

她太害怕了,手指死死抓住程芽芽的胳膊,程芽芽好笑道:"你别抓那么紧啊,我扶着你呢。"

袁山青的声音都带上了哭腔:"我不敢啊,这怎么老想往后倒啊?"

钟瑞涛从旁边滑过来,一把托住袁山青的后背:"别担心,我在后面挡着你,摔不着。"

两个人一前一后,拉扯着袁山青,可是袁山青还是胆小得连腿都不敢迈开,在原地一寸一寸往前磨蹭。

罗政以帅气的姿势从旁边飞燕一般掠过,扫了他们这组奇怪的动作一眼,冷哼一声,很看不起的样子。

王甫强也歪歪扭扭地滑过来,嚷着:"哥!你滑得真好,我们都等着你教呢。"

本来已经滑走的罗政一转身,滑了个半圆回来,冷笑着说:"谁教你们啊,想得美!"

他昂着头滑走了,王甫强感慨:"今儿能来,这就是转机啊,袁山青,别害怕啊,我们这么多人呢,都能护着你。"

袁山青深吸一口气,毅然决然地说:"我不害怕,来吧!"

基地孩子之间出来玩,本来就是一个叫一个的,程芽芽生日滑旱冰的队伍日益扩大,最后一个出现在门口的竟然是强小娃。

他和袁山青一样,对于旱冰鞋上面的带子一时也理不清,穿鞋就花了好几分钟,程苗苗在一边指导,就差跟程芽芽一样上手亲自帮着穿了。

李肆在旁边看着,只觉得心里怪怪的,不是滋味。他把这股莫名的不悦情绪理解为自己要拖着几个带不动的累赘,于是大模大样地坐在场边盼咐:"我伤了一条腿,确实不太方便带你们三个啊,一会儿这样,你们就顺着边儿滑,扶着旁边的扶手,我来做指导。"

没等他说完,强小娃终于穿好鞋,站起来,娴熟地一个滑步就冲入了冰场,然后做了一个原地旋转,两只脚稳稳地定在冰面上,回头催:"走啊?"

李肆目瞪口呆:"这个人有问题吧,咋啥都会呢?这不是扮猪吃老虎吗!"

袁山青始终不敢放开了滑,程芽芽握住她的手,感觉到掌心全是冷汗,微笑着鼓励她:"身体放松啊,你太紧张了,手心都是汗。"

"行行行,我不紧张。"袁山青哪能不紧张,顾手顾不得脚,嘴上答应着,身体还是绷得紧紧的。

"别怕摔,摔两次就好了。"

"我不怕摔,我多皮实啊。"袁山青正说着,突然一个踉跄,直直地冲着冰面倒下去,程芽芽一看急眼了,顾不得许多,上去直接抱住她。

两个人就这么一个叠一个地倒在了冰面上,脸对脸,鼻子对鼻子,彼此的眼睛里都看见了对方的面孔。

没来由的,袁山青一下子笑了起来,程芽芽看着她黑眸里自己紧张的脸,也笑了起来:"咋样?"

"嗯,已经摔了两跤了,现在站起来是不是就会了啊?"袁山青皱了一下鼻子,难得地开了个玩笑。

程芽芽笑着把她拉起来:"你试一下啊,没准就直接滑走了。"

不远处的王甫强和钟瑞涛看着两人,不知道是谁嘀咕了一句:"以前没发现啊,袁山青其实长得挺好看的。"

作为瘸了一条腿的伤员李肆,轻伤不下火线,坚持要求胡秋敏扶着他在场内慢悠悠地滑行,胡秋敏看着比她高大很多的李肆半个身子都靠着她支撑,不免暴躁起来:"要不你旁边歇着吧,在这连累我干啥啊?"

李肆眼睛直勾勾地盯着前面滑得十分轻捷灵动的强小娃,嘴上还在犟:"我这不是先热个身吗,一会儿就灵活了……苗!小娃!你俩能管管我吗?"

他又紧着催胡秋敏:"胡子,快推我到前面去,赶紧的,别落下了。"

胡秋敏叹口气,认命地加快步伐:"你再摔一下,这腿脚就彻底残疾了啊。"

李肆之所以如此着急是有原因的,程苗苗没了他的带领,只敢贴在场边用手拉着栏杆谨慎地滑行,磕磕绊绊的样子十分滑稽。

强小娃一个漂亮的旋身停在她旁边,伸出手:"我扶着你。"

程苗苗眼睛弯弯,崇拜地看着他:"你怎么滑得这么好啊?!"

"我们小时候夏天在河里游泳冬天在河里滑冰,旱冰鞋都是自己做的,我们村小娃都会滑冰,我只是没来过这种地方,太贵了,滑个冰还花钱。"

强小娃嘴上说着话,还固执地伸着手,程苗苗有点儿犹豫,其实基地里孩子滑旱冰拉着手教是常事,但不知怎的,今天强小娃站在她面前,她突然就有些羞怯,不好意思把手放在他手上。

"不用,我自己慢慢……"

程苗苗话还没说完,强小娃已经一把拉起她的手,拽着她就进了冰场的中心位置。

被强小娃带动高速前进,感觉自己一下子飞起来的程苗苗脸红扑扑的,低下头,竟然有些不敢直视强小娃的脸。

李肆气坏了,他被胡秋敏在后面推着,千辛万苦才赶上来,一上来就看到这一幕!

这俩人怎么还拉上手了?!

"能管一下我吗?! 我还受着伤呢!"李肆语气很不好地说,就差把腿举起来给程苗苗看。

程苗苗一下松开了强小娃的手,笨拙地滑到了李肆身边:"小娃,胡子,你俩先滑着,我陪李肆慢慢来。"

强小娃的手心倏然一空,程苗苗的体温消失了,他抿着嘴不说话,李肆却看了他一眼,得意地笑了,帅气地一甩头发:"我又不是不会,慢慢来多没意思,走啊! 接长龙去啊!"

滑冰场里响起了欢快的音乐,大家都是好热闹的,一看有人带头,一个接一个地抓着衣服搭着肩开始接龙。袁山青被程芽芽搭着肩膀,她小心翼翼又新奇地感受着自己被保护在队伍中间的感觉,笑得特别开心。

罗政闷不吭声地滑过来,王甫强眼睛一转,迅速松开,罗政上前取代了他的位置,把双手搭上了程芽芽的肩膀。

程芽芽感觉到身后换了人,回头一看是罗政,平素冷淡的脸上露出了一抹笑容,罗政也牵动嘴角,回以微笑。

音乐节奏加快,队伍越来越长,旋转得也越来越快,突然队伍前面引发一阵骚动,停了下来。

李肆一脸崩溃,他上半身衣服完好,下半身却光溜溜地露着两条大腿。他弯腰憋肚,试图用双手挡住光鲜明艳的红短裤,对着趴在冰面上,手里还紧拽着他裤子的程苗苗气急败坏地喊:"程苗苗你有病吧!"

众人静默三秒钟,然后哄的一声,大笑起来。

虽然有这个小插曲,程芽芽还是觉得,这是他十六年以来过得最好的一个生日了。带着同学们组成的大部队回到家里,贾宝山神气活现地站在桌前,不知道从哪里弄了身厨师的衣服穿上,戴着高高的厨师帽,扬言要让大家尝一尝啥是城里大饭店风味的烤羊腿。

分了最大一块肉给程芽芽这个寿星之后,贾宝山就露出了真实意图,一边给同学们分羊腿一边问:"你们韩老师平时咋样啊?谁跟她关系好啊?"

李肆傻乎乎地直接说:"那当然是我们高班头和韩老师关系好了,早晚的事儿。"

王甫强和钟瑞涛不同意,一个说化学老师骑车带韩老师了,另一个说体育老师对韩老师可关心了,听得贾宝山头都大了:"情况很复杂嘛!这样,你们谁能给我提供韩老师的其他情报,像这样的烤羊腿,咱们再来一顿!"

在同学们的七嘴八舌当中,程芽芽趁人不注意,把自己碗里最大的那块羊肉夹给了袁山青。

袁山青侧着头,向他笑了一下。

作为寿星,程芽芽今天收了一大堆礼物,甚至连仓促而来的强小娃都拿出了一个自己雕刻的笔筒,程芽芽没有丝毫嫌弃,开心地接了过来,认真地说了句:"谢谢哥哥。"

程鹏飞和贾代玉更是给他买了一台程芽芽梦寐以求的电脑,这样他以后在家就可以上网,不用去镇上找网吧了。程芽芽看着一脸慈爱的父母和旁边故意做鬼脸的姐姐,心里充满了幸福,幸福慢慢地蔓延全身,让他感到暖洋洋的。

但最幸福的时候还是半夜,他独自坐在卧室里,打开袁山青送他的星星罐。

一共三百六十五颗幸运星,是袁山青亲手折出来的,一颗一颗,满满承载着衷心的祝愿,程芽芽好奇地打开一颗,里面写着"保持热爱"。

又打开一颗,写着"你与光同在"。

每一颗幸运星都写着祝福的话语,程芽芽都可以想象,在那个狭窄简陋的筒子楼里,袁山青是如何在哄睡小紫之后,认真地伏在桌前,一笔一画,工整地写下这些话语,又细心地将其折叠成幸运星的。

他打开最后一颗幸运星,仿佛看到了袁山青就站在面前,微笑着向他捧出这一颗幸运星,嘴唇微动,对他轻声说:"谢谢你。"

程芽芽把写着"谢谢你"的纸条轻轻地贴在嘴唇上,遮住了弯起的嘴角。

他低声对着虚空中的袁山青回答:"不客气。"

周一开学的时候,李肆身边的座位是空的,他本来也有些在意,想着这农村小子遇到啥事儿了?

但等到程苗苗一过来就问"强小娃咋没来上学?"的时候,不知为何,李肆心里突然升起一股莫名火气,没好气地说:"我咋知道啊,他又不住我家!"

程苗苗被他怼得一愣,质问:"你这啥态度啊?冲我还是冲小娃呢?"

李肆火更大了，书包一甩就兴师问罪："我发现你最近和强小娃怪怪的！你是不是太关心他了？"

程苗苗一怔，气呼呼地说："我从前也很关心！你第一天见我问他啊？"

说完，程苗苗转身走了，胡秋敏在旁边煽风点火："我倒觉得不是，苗最近对强小娃没那么关心了。"

李肆一喜，还以为是自己多心："是吗？"

但胡秋敏下一句话又让他摸不着头脑了，胡秋敏看着他的样子很像看无可救药的人："不是啥好事儿啊，肆哥，自己琢磨去吧。"

胡秋敏也跟着程苗苗走了，只剩下李肆一个人坐在座位上，发出无助的叫声："啥意思啊？！"

韩淑在教师办公室批改作业，突然门卫说有人找她，韩淑不明所以，心想在本地也没有什么熟人啊？

等到了校门口一看，竟然是贾宝山。

他抱着个保温瓶，笑嘻嘻地说："韩老师，这大冷的天，你看我来都来了。"

韩淑也没多想："哦，你是来了解程苗苗的学习情况的吧？"

贾宝山胡乱地点着头，从门卫大爷身边一溜烟地跑进来，还指着自己鼻子说："大爷你记着我的脸啊，下次可不能拦我了。"

等到了办公室，韩淑才知道，贾宝山哪里是来了解程苗苗的学习情况的，他居然是给自己送鸡汤来的！

看着贾宝山献宝似的在桌子上一溜摆开小碗勺子，半袋食盐，把保温瓶里的鸡汤倒在碗里，细心地撒上盐，韩淑一直在试图阻止："我一会儿还要上课，你这样让别的老师看到了不好，肖主任再过来……"

贾宝山充耳不闻，殷切地把冒着热气的鸡汤捧到韩淑面前："好了，韩老师尝尝，老母鸡汤啊，大补！"

韩淑端正了一下脸色，认真地拒绝："真不用这样，对学生我们一定会尽职尽责的，你不用送这些。"

"你看看，是不是把我想得格局小了，以为我是为了家里娃娃来贿赂你了，绝不是啊，我就是单纯对教师这个职业无比崇拜，人民教师，祖国园丁，少年强则国强，少年靠啥强，就得靠咱们的人民教师啊，我做的这点儿事儿不值一提，韩老师，请趁热喝下这碗带着爱的鸡汤吧！"

贾宝山唱念做打地说完，又把鸡汤端到了韩淑面前。

韩淑尴尬无比，身子向后倾斜，还是躲不开贾宝山的这一碗鸡汤。

忽然，斜刺里伸过来一只手，轻松地夺走了小碗。在贾宝山惊讶的目光中，高飞扬

第十六章 /159

把鸡汤一饮而尽："还行啊，有点儿咸。"

贾宝山猝不及防被截了胡，瞪大眼睛："哎？这位是？"

高飞扬彬彬有礼地重复着他的话："祖国园丁，人民教师，特地前来接纳你的爱。"

韩淑看着贾宝山瞪圆眼睛的样子，噗地笑了，又赶紧努力做出正常的模样介绍："这是高老师，程苗苗的班主任，你下次有什么想了解的，可以直接找他。"

贾宝山可是贾代玉嘴里的滚刀肉，哪里会被这点儿挫折打倒，他立刻热情地握住高飞扬的手，还摇晃了几下："久闻大名啊！老听苗苗说起你，我就喜欢和你们这样的文化人多聊，高老师单身吗？有对象吗？要不要我给你介绍介绍？"

一边说，他还一边去看韩淑的脸色，试图窥探出韩淑和高飞扬的关系。

高飞扬摆摆手："不麻烦了。韩老师，开会时间快到了。"

韩淑赶紧拿起东西从贾宝山面前溜走："对对，我得走了，开会迟到不好。"

贾宝山毫不气馁地跟在后面喊："二位慢走，这里我收拾，韩老师一会儿回来还是得抓紧把鸡汤喝了啊。"

韩淑头都不回，如遇大赦地奔出门去，高飞扬落后一步，正好遇到几个老师，伸手拦住："哎，刚好，这位是热心的学生家长，专门给咱们送鸡汤来了，你们捧个场，多喝几碗。"

他靠着门框，回头用戏谑的目光看过来。贾宝山肉疼无比，还是咬牙欢迎："对对对，来来来，别客气啊。"

这边几位老师得了热鸡汤喝，那边韩淑心有余悸地对高飞扬说："幸亏你给我解围，要不然我都不知道该怎么办，这程苗苗的小舅是有什么毛病吗？大冷天的突然就来了，进门我才知道是给我送鸡汤的。"

高飞扬手插在裤兜里，懒洋洋地笑了笑："这还不明显？看上你了。"

韩淑大惊："不能吧！我可没想着在油田待下去，我还要回上海呢。"

高飞扬耸耸肩："为了你那个前男友？"

"什么前男友，我们说好了分开冷静一下。"韩淑争辩，"就不为谁，我也不能留下啊，你打算就在这里了？"

高飞扬不说话，点了点头，韩淑难以置信地看着他："刚来的时候你不是这么说的啊？"

她眼珠一转，突然明白了什么，笑了起来："哦，有情况……楚老师单身哦。"

高飞扬难得有些尴尬，挥手否认："有什么情况？我就是油田子弟，在油田任教没问题啊，你来增长工作经验，我可是报效故乡。"

韩淑只是看着他笑，一脸"你就是嘴硬"的调侃。

高飞扬轻咳了一声，虚心地请教："楚老师，真是单身？"

韩淑忍不住大笑起来，看着高飞扬恼羞成怒地甩手往前走，快步追了上去："我还打听出来好多事儿呢，你听不听啊？"

一天的课上下来，强小娃的影子都不见，放学的铃声一响，程苗苗收拾书包就往外冲，李肆从后面一把拽住她的衣领子："去哪儿？"

程苗苗奋力从他手里挣脱出来，横眉立目："我去哪儿还要跟你汇报啊？"

李肆理直气壮地说："废话啊，你不跟我汇报跟谁汇报，咱俩都得实时报备。"

程苗苗知道他又要提什么"三岁就答应结婚"的旧事，顿感头大，气呼呼地说："拉倒啊，一点儿必要都没有，咱俩还是赶紧尽情自由吧！"

说完，她灵活地再次躲避开李肆伸出的魔爪，飞也似的跑远了，李肆看着她的背影大喊："自由的前提是自律！"

旁边的胡秋敏扑哧一声笑了："最近看哲学书了？词儿挺多啊。"

李肆憋着一肚子火，觉得最近不但程苗苗怪怪的，自己也怪怪的，从前三人组铁一般的友情怎么就变味了呢？

究其所以，还是多了一个强小娃！

程苗苗一路跑到强小娃的农家院，大门锁着，只有大黄狗在周围巡逻，她抱着大黄狗等了一会儿，冻得缩成了一团。

大黄狗呜呜叫，程苗苗摸了摸它，松开让它从篱笆的洞里钻进去，纳闷地问："小娃和爷爷都不在？那我再等一会儿吧。"

这一等，就等到了天黑，程苗苗起初还抬眼四下张望，后来被寒冬的冷风刮得连脸都冻红了，只能把头埋在衣领里哈着气取暖。

她看着天一点点黑下来，心里反复问着自己：要不然先回去吧，明天再说？

可是另一个声音又说：坚持一下，万一马上强小娃就回来了呢？他家要是出了事儿，那应该第一时间帮忙啊。

就这么反反复复，程苗苗冻到全身麻木。强小娃一回来，看见她瑟缩地坐在门口发抖，二话不说就把棉衣脱下来裹住了程苗苗："你咋在这儿呢？"

程苗苗哆嗦着回答："我看你没来上学啊，怕你有啥事儿了，想着过来看看你啊。"

强小娃拖起程苗苗就往屋里走，恼火地说："你傻不傻！"

进了屋子，强小娃直接把炉门打开，火势加到最大，程苗苗冲到炉子前面，颤巍巍地伸出手取暖。

烧煤的炉子一时热不起来，强小娃也顾不上其他，抬手握住程苗苗的手使劲搓了起来。

他温暖干燥的手掌略带粗糙，一开始，程苗苗冻麻木的手被搓着的滋味并不好受，刺痛过后才慢慢地暖和起来。

程苗苗看着面前强小娃低垂着睫毛，认真地给自己搓手取暖的样子，不知不觉地笑了起来。

强小娃奇怪地看着她："笑啥？"

"没事儿啊！暖和了高兴！"程苗苗朗声说。

程苗苗和强小娃在农家院烤火取暖的时候，李肆和贾宝山在暖气充足的游戏厅里，一人一瓶正在借酒浇愁。

当然，李肆喝的不是啤酒，是饮料。

但这不耽误他做出"酒入愁肠"的样子，耷拉着脸请教贾宝山："小舅，你说女生啥样就是喜欢一个男生啊？"

贾宝山毫不吝啬地教导他："你就看这个女生对男生是啥态度，勾肩搭背没啥界限的，一般就是不喜欢，这要是刻意保持点儿距离，不好意思接触，又暗戳戳老关心着的，别人一提他俩就容易急眼的，那就是喜欢了。"

此话一出，李肆的脸更耷拉了："真，真的吗？"

思来想去，他觉得自己的情况很不乐观啊！程苗苗对他不就是勾肩搭背？对强小娃……

李肆突然明白下午胡秋敏那句话是什么意思了，从前程苗苗对强小娃是明着关心，他还吃醋来着，现在可好，怎么有点儿那个不好意思接触的苗头了呢？

他越想越愁，殊不知贾宝山也有心事要问他："韩老师和高老师……真不是对象？"

李肆回答得很干脆："不是啊，师哥师妹来着。"

贾宝山在心里嘀咕着：瞅他今天给韩淑解围的样子，实打实英雄救美啊！怎么可能没关系？

"高老师那么帅她都看不上，眼光是不是很高？"贾宝山又问。

李肆摆摆手："人家可是从上海来的，不是咱们这的人。"

贾宝山叹了口气："看来我要调整策略了，得往上海那边靠一靠了，不好弄啊。"

两人对视了一眼，不约而同地举起玻璃瓶对碰了一下，同时叹了口气，看着面前正欢声笑语打游戏的人。

真好，对于这群人来说，只要有游戏打就满足了，完全不必像他们一样，还要承受爱情的折磨。

第十七章
上学路

　　在李肆伤心失意地跟贾宝山喝着饮料的时候，强小娃正从灶坑里拨出一个烤红薯，他双手来回颠了几下，等不那么烫手了才递给程苗苗："我们村的老校长病了，我今天是送他去县里的医院了，我爷在那看着呢。"

　　程苗苗接过烤红薯，在手里焐着取暖，惊讶地问："你们村子里不是没有学校吗？"

　　要不然强小娃怎么会跨越大桥跑到油田基地的林七二中来读书。

　　强小娃低着头，灶台里熊熊燃烧的火焰在他的侧脸上映出飞舞的阴影，遮住了他的表情。他声音平平的，听不出任何情绪："原来有的，现在没了。"

　　说起来，强小娃是村子里唯一还在上高中的孩子。

　　河坪镇中学早就名存实亡，农村种地的收入太微薄，十四五岁的孩子已经不再被当作孩子看待，于是纷纷扛着行李出门打工，好挣钱贴补家里，强小娃也是被老校长再三劝阻才留下来读完初三的。

　　强丰收是想两个孙子都能读书的，但强大娃一看弟弟成绩这么好，说啥也不读下去，背着行李就南下打工去了。

　　强小娃也争气，中考考了个全校第一，被县里的高中录取了。

　　强丰收当时还在地里干活，接到这个好消息，喜得连地也不种了，拿着奖状满村报喜："这是有大出息啦，我孙真是了不起啊。争气啊！我们这祖上烧了高香啦！"

　　开学那天，强小娃特地把唯一的一双球鞋洗刷得干干净净，用搪瓷缸盛了开水把白衬衫熨得平平整整，信心满满地走向了县中学，从此开启了崭新的高中校园生活。

当时的喜悦如此真实，似乎连老天爷都在眷顾这好心的老人和他捡来的一对孙子，眼看就有好日子过了。

起初，强小娃的高中生涯是相当美好的，学校管吃管住，大家都是农村来的穷孩子，个个都知道家里的难处和送自己上学的不易，都咬着牙憋着一股劲儿，把精力全花在学习上，没有那些乱七八糟的事儿，更没有互相攀比歧视。

毕竟谁不是家里用一把一把的红薯苞谷才供出来的高中生呢？

天有不测风云，强小娃刚刚在高中读了半学期，一场大雨引发的洪水就把县中学年久失修的校舍冲垮了，事发在半夜，学生老师们到处奔走呼号寻求救援也没来得及，等到天亮的时候，县中学已经变成了一片被碎石淤泥掩盖的废墟，连一间站着的房子都没剩下。

县一中，没了。

强小娃的高中生涯，也没了。

十六岁的他承受不了这个打击，看着同学们彻底息了读书的心思，沉默地收拾行李去打工，他回到家愤怒地撕毁了课本，撕毁了一向引以为傲的奖状。心里那股憋闷化作火焰，灼烧着他的灵魂，痛得他几乎疯狂，只有把学习的一切痕迹都毁干净，才能得到片刻喘息。

直到强丰收一巴掌打在他脸上，惊醒了他："你要干啥！"

强小娃捂着脸，浑身哆嗦，看着痛心疾首的强丰收，终于哇的一声哭了出来："你跟我说好好上学就有出息，我好好上了啊，努力了啊，可一场暴雨学校就没了，我能咋办啊！没用的！没有学校了！爷！我学校没了！"

那些痛苦到深入骨髓的往事，那些在田边呆呆地坐着，不知道自己未来何在的惶恐与麻木，此时强小娃说出来，却意外地平静。

也许是林七二中的这群同学，终究是在不经意间悄然温暖了他。

程苗苗终于暖和过来了，揣着烤红薯站起来去仔细端详墙上的"初三年级第一名"的奖状，终于发现原来是被撕成两半又重新贴起来的，她好奇地问："那老校长给你找了能来我们二中上学的机会，你为啥不开心呢？"

强小娃回想起自己进县一中时意气风发的样子，落寞地说："不知道，我就觉得和去县一中上学那次不一样了，那时候是真高兴啊，连着几晚上都睡不着觉，可去林七二中，我觉得自己像个要饭的，每天得去讨饭吃，不是自己考上的，是求来的学，心里不痛快。"

程苗苗惊奇地回头瞅着他："你进我们学校没考试吗？你成绩这么好，拿了第一名，把胡子都比下去了。这也是正正当当考上的啊，你要是成绩不行，学校也不能要你，对不对？"

对于程苗苗来说，从小在基地里长大，父母是双职工，一切福利都是国家给的，她除了成绩差别无忧虑，实在无法想象有人成绩这么好还要纠结上学的事儿。

强小娃苦笑了一声："要了我也不是冲我，是冲着老校长的，我知道他去求了好多次，还自己掏钱给我买书和卷子。"

他抬起头，看着程苗苗，即使在灰暗简陋的农村红砖房里，程苗苗朝气蓬勃的模样还是在闪闪发光。

那是他生活中从来没出现过的，洋溢着青春和骄傲的一类人，强小娃从来没有像这一刻有如此清晰的认知：程苗苗和他不是一个世界的人。

"我爷把家里那头牛都卖了，我大哥也攒钱往家里寄，两年过年都没回来，为了我上这个学，我们全家都尽力了，对你们来说，上学就是个到年龄去做的事儿，对我来说，上学是要拼了命的。"

程苗苗听着这句话，心情很复杂，看着强小娃，一时不知道该说什么来安慰他。

或许，在这样的痛苦面前，任何安慰的话语都是苍白无力的吧。

强小娃看着程苗苗的小脸明显地黯淡下去，故作轻松地开着玩笑："你们就算上学容易你也得好好学啊，你看你那个成绩，我都发愁，你能考上大学吗？"

程苗苗一愣，不明白怎么就拐到自己身上了，下意识地狡辩起来："学习这个事儿吧，得有天赋，我正在开发呢，不能着急！"

强小娃笑了笑："你还是着点儿急，到时候咱们一起去上大学，也有个伴儿……"

一起上大学，程苗苗听到这句话，不知道是哪个字对了她的心思，说不出的开心，脸蛋红扑扑地点头："好啊。"

她还没高兴完，房子的大门突然被人推开，一个十五六岁的小姑娘惊慌失措地跑进屋，抖着嗓子叫了一声："小娃哥！"

声音凄惨仓皇，强小娃一下就站起身迎了过去："花儿？！"

这不速之客让程苗苗一下愣住了。

与此同时，因为铁三角的两角都自由活动去了，胡秋敏这一角也只能回家，她一打开房门，就注意到杨松柏的皮鞋不见了，应该是回二厂了。

胡秋敏也没多想，只觉得杨松柏不在家正好，省得妈妈跟他动不动又干起架来。

回到卧室，胡秋敏惊奇地发现桌上放着一个盒子，上面清晰地印着：华信便携式随身听。

她激动地一把拿起来打开，里面果真是一个崭新的随身听。

胡秋敏并不知道，这是杨松柏临走前特地给她买了放在桌上的，她只以为是上次因为随身听的事儿吵架之后，母亲终于对她低头服软了，她开心地拿起来在嘴上响亮地亲了一下，又扬声喊："妈妈！"

胡悦正好从卫生间理着头发走出来,絮叨着:"饭在锅里呢,凉了就自己热一下,我出去一趟……"

胡秋敏冲出卧室门,本来是想好好感谢一下母亲的,突然被胡悦的脸吸引住了,她凑过去,抓着胡悦的胳膊认真打量:"啧啧,这口红挺好看啊?"

胡悦不好意思起来,紧张地问:"是不是太红了?我擦一擦……"

平时胡秋敏都竭力撺掇母亲打扮,此时她心情大好,感觉整个世界都明亮了起来,更是不吝赞美:"擦啥,多好看啊!跳舞去?"

胡悦略显为难之色,扭捏着说:"她们非让我去,再说老杨也走了。"

"他不走你也该去!"胡秋敏一口打断她,恨铁不成钢地说,"你为啥还要看他脸色啊?"

她看着母亲打扮一新的样子,从心底里笑出来,豪爽地一摆手:"我看咱家这个形势可以变一变了,老杨要是不乐意,他别回来啊,走啊,这个家离了他照样转,你前几天那个厉害劲儿呢,酒醒了又尿了?"

胡悦瞪她一眼,自己也忍不住笑了:"你这个娃娃,一天天的,嘴咋那么厉害呢?!"

"我哪方面都很厉害!"胡秋敏自得地说,一把拉开房门,挥手告别,"有我给你撑腰,跳舞去吧!"

胡悦笑着抬起手捶了女儿肩膀一下,亲昵地骂:"看把你能得,小娃娃家老想管着大人了。"

说着,她也学着贾代玉和牛铃铃的样子,微微昂起头,踩着高跟鞋,用比平常慢的步伐矜持地出了门。

胡秋敏笑着回到卧室,重新拿起新随身听打量,喜滋滋地说:"不是我哥给买的,就是我妈给买的,总之,是好东西!"

既然是好东西,就要跟人显摆,胡秋敏兜里揣着新随身听,放着杨涛给她寄来的流行歌曲磁带,乐颠颠地在农贸市场的夜市上穿行,一眼就看见了坐在烧烤摊边上,愁眉苦脸的李肆。

她走过去,一屁股坐下,拿起烤串就往嘴里塞,嫌弃地说:"这都凉了,咋不吃啊?"

李肆满脸不高兴,答非所问地说:"苗呢?怎么就你一个人啊?人都找不到,也不在家里,我都找了一大圈,哎,你说不会出啥事儿了吧?被人贩子拐跑啥的?"

胡秋敏差点儿把嘴里的肉喷出来,断然摇头:"多大的人了,她不拐跑人贩子就不错了,肯定是去强小娃家了呗……"

她本是随口一说,没想到李肆就跟被踩了尾巴一样,一下就跳了起来:"啥?你咋知道的?她和你说的?"

看着李肆情绪激动的样子,胡秋敏愣住了,赶紧找补:"没啊,我又没见她,她不在

家,也没和咱俩在一起,那不就剩强小娃了,强小娃今天也没来学校,她不得去看看啊。"

没想到李肆更生气了,又着腰大喊:"她为啥去看啊?她又不是班主任,她管得着人家强小娃嘛!"

胡秋敏只觉得他莫名其妙:"都是好朋友,人没来咋还不能看一下啊,你要是没来上学,我俩放学也得去你家啊……"

"那能一样吗?!我和强小娃能一样吗?!"李肆脸红脖子粗地怒吼了起来。

这下胡秋敏也不高兴了,把烤串一摔:"你喊啥啊?!我就这么一说,你跟我吼啥?!"

李肆情绪低落下来,重新坐回凳子上,垂头丧气的样子看着竟有点儿可怜:"我不是吼你,我就是觉得……哎呀,不想说了,随便吧。"

胡秋敏觉得他这一惊一乍的样子特别奇怪,为了逗他开心,把自己的随身听掏了出来:"给你看个好东西,最新款的。"

李肆勉强抬起眼皮扫了一眼:"大哥寄给你的啊?"

胡秋敏美滋滋地说:"我妈给我买的,我跟你说啊,我妈突然开窍了,这几天跟变了个人一样,又喝酒又跳舞,还化上妆了呢,我背后说老杨她也不和我急眼了,那天她还和老杨叫板了,给我看得那叫一个爽,我看以后老杨咋在家里耀武扬威的。"

说着,她还摘下一个耳机硬塞到李肆手里:"你听听,这个音质特别好。"

李肆缩着手拒绝:"我不听。"

他现在哪有心情听歌,满脑子是程苗苗去哪里了,真找强小娃去了?这么晚怎么还不回来?

胡秋敏见他躲闪,索性上手把耳机直接往李肆耳朵里塞,李肆闪躲得麻烦,干脆站了起来:"我头疼,这些都给你吃好了,我回去了。"

李肆走出两步,脚下不由自主地拐了弯,等他明白过来的时候,已经站在了大桥的一端。

大桥对面广袤的西北平原,一片漆黑,偶见昏黄灯光的农村,那是和他身后整洁的路灯大道截然不同的世界,李肆犹豫着停下了脚步。

此时,在强小娃家里,那个叫李花儿的小姑娘坐在凳子上,哭得满脸泪痕,抽抽噎噎的,强小娃皱着眉,一脸关心地看着她。

李花儿几次想说话,又停住了。

程苗苗只觉得浑身刺痒,刚才还温暖的灶火此刻竟有些燥热,她明白李花儿一定有事儿和强小娃说,她只能站起来,干巴巴地说:"那我走了。"

强小娃把眼神从李花儿身上收回来,轻声说:"花儿,我先送我同学回去,你在家等

第十七章 /167

着我。"

李花儿抬起头,看着强小娃,满眼满心都是依赖,乖乖地点头。

"啊,不用,我自己能回去。"程苗苗小声说,"人家找你有事儿呢。"

强小娃还是坚持:"太晚了,土路不好走,我送你,花儿在我家待着就行。"

程苗苗也不再坚持,跟李花儿挥挥手:"那我先走了啊,小花儿拜拜。"

两人出门,今天没有月亮,星星也被乌云遮蔽了大半,寒风挟裹着乌云笼罩大地,眼看要下雪的样子,强小娃打着手电筒给程苗苗照路,把李花儿的情况简单介绍了一下:"她也难,家里穷,还不到十六岁,去了几个工厂,都被赶回来了,说雇佣童工违法。"

程苗苗听着也很无奈:"这就没办法了,她这个岁数应该上学啊。"

"上啥学啊?我们村早就没学校了。"强小娃闷闷地说。

程苗苗想了想,又问:"那不管咋说也不赖她啊,为啥不敢回家呢?"

提到回家,强小娃咬着牙,绷紧了脸,半晌才说:"这一两句话也说不清楚,她家里人……先不能回去,今晚就先在我家。"

程苗苗都没明白自己是咋想的,一听到这句话,啊的一声就叫了起来:"在你家?"

强爷爷今天在医院陪护,家里只有强小娃,但李花儿确实无处可去,很可怜,再说,这事儿也轮不到她反对吧?

这么想着,程苗苗赶紧给自己找补:"万一人家里找来了,咋办啊?"

强小娃没有多想,咬紧牙关,脸上少有地露出了凶相:"她家里人要是敢动手,那我也饶不了他,我不可能把花儿交出去的!"

看到强小娃的样子,程苗苗惊讶极了,压低声音问:"为啥还要动手啊?她是不是有啥事儿啊?"

强小娃看起来没打算跟她多说,只是摇摇头:"没事儿,你别操心了。"

他眼尖,突然看到大桥这边有个鬼鬼祟祟的人影,急忙竖起手指示意程苗苗别说话,自己放低身体,慢慢地摸了过去。

他用手电筒一扫,那个人影嗖的一下就不见了!

强小娃和程苗苗都吓着了,程苗苗站在原地,捂着嘴,一声都不敢吭,强小娃低声问:"有人吗?"

只有寒风吹过大地的尖锐声音。

强小娃警惕地拿起块石头,往远处一抛,眼看着石头掉到地上,滚了两下,不见了!

正在此时,石头消失的地方发出一声明显是人发出的闷哼:"哎呀!"

强小娃直起腰来,刚想走过去查看,程苗苗耳朵一竖,从这一声里已经听出了熟悉的腔调,拔腿就跑了过来:"李肆?!"

强小娃一把把她拦在身后,自己走在前面,拿手电筒一照,面前一个大坑,李肆头下脚上地倒在坑里,一头一脸的土。

程苗苗趴在坑边上着急地喊："李肆，怎么是你啊？"

强小娃把手电筒交给程苗苗，自己敏捷地下去把李肆半拖半架地给弄了出来，李肆龇牙咧嘴地一屁股坐在路边，咝咝倒吸凉气。

程苗苗急得不得了，伸手去摸他的伤腿："是不是又扭到旧伤了？我看看！"

李肆虽然狼狈，胆气却雄壮，打开程苗苗的手，若无其事地说："哎呀没事儿，就是又崴了一下。"

程苗苗急得团团转："咋没事儿啊？你这脚还没好利索呢，又崴一下能行吗？"

李肆哪可能丢面子，瞥了一眼强小娃，梗着脖子大喊："我行我行我行！"

强小娃忍不住问他："你咋在这呢？偷偷摸摸干啥呢？"

本来李肆看他和程苗苗在一起心里就很不舒服，此时更是大怒："谁偷偷摸摸了？这地儿写你名字了，我凭啥不能来啊？"

程苗苗拍了他一下："什么态度啊，要不是小娃来救你，你现在还撅在坑里呢。"

李肆急了，口不择言地说："要不是他我能大半夜在这吗？！"

强小娃一听就知道他又在犯浑，冷静地问："你啥意思？"

李肆哼了一声，强撑着身体站起来，一瘸一拐地往回走："没啥意思，用不着你在这装好心，我死不了！"

看着他逞强的样子，走得那么艰难，程苗苗急得直跺脚，强小娃却明白了大半，直接把手电筒给了程苗苗："那我回了。"

说完，他转头向来路走去。

程苗苗站在原地，左右看着，一个是李肆，一个是强小娃，都背对着自己离开，来不及多想，她拿着手电筒就跟上了李肆："你这又是犯啥病啊？谁又惹你了啊！"

看着程苗苗跟了上来，李肆心里稍微高兴了一点儿，但她一张嘴说话就向着强小娃，指责自己无理取闹，李肆心里的无名火又冒了上来，他呼呼地喘着粗气，大声说："神经病！我就是自己有神经病！"

程苗苗被吓了一跳，也不客气了："有病就去医院，你大晚上的跟我在这喊啥啊！"

李肆猛地转身，唾沫星子差点儿喷到程苗苗脸上："你也知道大晚上的啊，你大晚上不回家要干啥？我看你是不想回油田了，你干脆搬到他们村去呗，住人家院子去，天天吃大红薯大苞谷，别上学了，种地去吧，勤劳致富！"

程苗苗心想李肆这病还挺重，靠嘴是不好使了，她索性上前直接拿脚踹："你这嘴咋不摔一下呢？！"

说罢，也不再等李肆，拿着手电筒气呼呼地快步向前走，明亮的灯柱乱晃着，很快就走到了李肆的前面。

李肆孤零零地站在大桥中央，看着程苗苗弃他不顾，毫不留恋远去的背影，心里又生气又难受，咆哮了起来："我摔死立个坟头你别来哭啊！"

第二天一大早，胡秋敏是最先觉察到不对的，首先程苗苗和李肆居然不是一起到校的，其次，两人到了教室之后互相不理睬，一句话都没说。

她偷偷地问程苗苗："你俩咋了？"

说起这个，程苗苗就一肚子怒火："我咋知道，今天来了就不理我，我又没惹他，犯啥病啊？"

胡秋敏表示同意："昨天晚上他就莫名其妙的，叫了一堆烧烤自己又不吃，撂下我就走了。"

程苗苗冷哼了一声："莫名其妙的事儿多着呢，昨晚强小娃送我回来的时候，他鬼鬼祟祟在大桥那边，还掉坑里了，把他捞上来之后就开始发脾气，他自己掉下去的赖谁啊。"

胡秋敏长长地"哦"了一声，意味深长地看着程苗苗："他昨晚去找你了啊，那我知道他为啥犯病了。"

她凑到程苗苗耳朵边，眼睛觑着最后一排趴在课桌上蒙头大睡的李肆，小声说："吃醋啦。"

程苗苗耳朵被她弄得痒痒的，不耐烦地推开胡秋敏："他吃啥醋啊？我去找强小娃还用他批准啊？"

"不然！"胡秋敏摆出老夫子的架势，循循善诱，"就这么说吧，你现在要是突然和魏雪比跟我还好的话，我也得生气啊，但你们三个现在这个情况，肯定比我这个严重嘛，李肆你还不了解啊，你但凡跟哪个男娃关系好点儿，他都得崩溃。"

程苗苗不相信地回头看李肆，趴在课桌上的李肆似乎有心灵感应，也抬起头来望向她，两人只对视了一眼，李肆就别过头不再看她了。

程苗苗气愤了，硬邦邦地指责："没出息！"

她向来是个恩仇不过夜的人，此时遇到李肆发昏胡闹，理他反而是把他架起来了，于是索性就当李肆不存在，走过去往前面一坐，对强小娃直接开口："花儿咋样了？"

李肆正端着架子等程苗苗开口，没想到程苗苗开口倒是开口了，却是对着强小娃，禁不住在旁边问："花儿是谁？"

程苗苗压根不理他，强小娃也没看他，对程苗苗说："我还想着和你说这事儿呢，要找你帮个忙，你说咱们学校有没有可能让花儿也来上学啊？"

李肆在旁边听得抓耳挠腮，又抢着插嘴："花儿到底是谁啊，为啥要来咱学校上学啊？"

程苗苗只当没听见，沉吟了一会儿："咱们去问问高老师，找他帮忙。"

强小娃点头同意，两人站起来往教室外面走，李肆急了："你们在说啥！花儿到底是谁啊？！"

他有点儿后悔,这种被程苗苗和强小娃摒弃在外的感觉真是太糟糕了!

他们什么时候有了自己这个青梅竹马都不知道的秘密了?

高飞扬还真去找了肖方,肖方一听他说明来意,就觉得自己的血压又往上升了升,眼看就要突破高压一百四大关。

"我这个血压啊,不光是被这群混小子气的呀,还有你啊!"肖方激动地指责,"就你们班最不省心,三天两头给我整幺蛾子,高老师,我们高薪聘请你是为了提高班级学习成绩啊,你倒好,一来就给取消成绩排名了,还老是灌输那些考试成绩不重要的歪门邪道。"

高飞扬耐心地纠正他:"您说之前考试那事儿?我没说成绩不重要啊,我就是觉得排名没必要。"

肖方就差拍桌子了:"排名自古以来就有,可见是被验证过的有效方式,你不让他们看到那些赤裸的分数和排名,他们能上进吗?一个个觉得自己还怪不错的呢,考倒数第一都没压力了啊!咱们当老师的,就是要拿着小鞭子在他们身后抽着赶着,放羊你知道不?那些羊知道啥啊,你不赶它们,那天黑了它们能进羊圈吗?都得被狼叼走了!"

高飞扬眼睛闪亮地看着他:"主任,所以说你要是不给我这个转学名额啊,那可能真就有个孩子要被狼叼走了。"

一说起这个,肖方觉得自己的血压又高了,没好气地说:"还转学名额,那玩意是你要就给你的啊,今天你要一个,明天他要一个,学校是啥地方啊?开食堂领饭票呢,就你们班上的强小娃,那都是校长亲自破例才让进来的,咱们是石油子弟学校,是个内部环境,还没有到全面开放的时候嘛。"

"那既然强小娃都来了,咱们多招一个,也不影响学校嘛,强小娃的成绩有目共睹的啊,到时候考上好大学也是咱们二中的成果啊,不吃亏。"

高飞扬说着,还明目张胆地拍起了肖方的马屁:"主任,我也知道这个事儿不是常规情况,一般人肯定是办不下来的,所以我才来找你的,咱们二中有决策权的还得是你。"

这一下搔到痒处,肖方再难板着脸打官腔,掩饰不住地笑了起来:"这话说得,让校长听见以为我有了二心呢,也不能啥事儿都是我一个人说了算的啊。"

高飞扬心领神会地说:"明白!你看这样行不行,咱们可以像强小娃那样先考试嘛,成绩要是不行咱们也不收,我先去考察考察,再回来向你汇报。"

不等肖方说话,高飞扬站起来,一言敲定:"那这事儿我就汇报完了啊,肖主任你等我消息!"

他脚步轻快地走了,肖方伸着手喊:"等一下,我还没说完呢!"

高飞扬早就溜得不见踪影，压根不给他说话的机会，肖方摸着稀疏的头顶又焦虑起来，唉声叹气地从办公桌抽屉里拿出水银血压计给自己量血压："看看，又高了！这能力大血压就得高啊。"

如今还是冬天，太冷了，大家都不愿意出门，高二一班的同学们课间在教室里轻松地嬉戏打闹，程苗苗却心事重重地一直盯着外面。

突然她看到高飞扬站在拐角处冲她招手，程苗苗霍然起身，直奔强小娃的座位招呼他："小娃，走！"

坐在强小娃旁边的李肆眼睁睁地看着程苗苗呼啸而来，卷着强小娃又呼啸而去，两人不但有默契，还有共同的小秘密，从头到尾都没看他一眼，他气得火冒三丈，捂住胸口说："我这个心啊！拔凉拔凉的！"

胡秋敏走过来看着他表演，却被李肆一把拉住询问："胡子，花儿是谁？"

"不认识。"

连胡秋敏都不知道的秘密啊！难道只存在于程苗苗和强小娃之间？李肆更憋屈了，咬牙切齿地捶着胸："有人是被活活气死的吗？"

胡秋敏不明所以，还是照实回答："周瑜啊，不是说被诸葛亮气死的吗，既生瑜何生亮嘛。"

李肆不甘心地又捶了自己一下："那也该我是诸葛亮，强小娃是周瑜啊！"

操场上，高一一班的同学正在上体育课，分成两组打排球，程芽芽抱着排球递给袁山青，关心地问："你行吗？"

袁山青深吸一口气，点点头。其实她心里一点儿数都没有，排球这东西总共也没摸过几回，更别说发球了，全场的人眼睛都盯着自己呢。

她回忆着老师教的动作，略带笨拙地把球给发了出去。

排球在空中画了一个抛物线，准准地砸在了网前罗政的头上，发出嘭的一声，声音不大，但吓得袁山青直接捂住了嘴巴，惶恐地看着罗政。

场上所有同学都紧张起来，程芽芽更是冲了上来。

罗政猝不及防挨了一下，皱着眉头，回身一看，袁山青煞白的脸色足以证明这一球是她发的。

程芽芽挡在他和袁山青中间，关心地问："没事儿吧？"

罗政怪他多事儿，瞪了程芽芽一眼，镇定地一挥手："没事儿！再来！"

程芽芽接过场外同学抛来的球，再度递给袁山青，袁山青这下更紧张了，在校服裤子上擦了擦掌心的汗，再度发出一个球。

她动作很稳，球高高击起，大家眼睁睁地看着这个球再度稳而准地落在了罗政头

上，又是嘭的一声。

罗政木着一张脸看向大家。

不知为何，全场一下哄笑了起来，洋溢着快活的气氛，只有袁山青尴尬地捂住了脸。

罗政昂起头，一步一步走向袁山青，大家顿时都不笑了，紧张地看着他，生怕出点儿什么事儿。

场外的王甫强急得要往里面冲，被钟瑞涛拉住了："你看，程芽芽都没动。"

果然，程芽芽镇定地站在原地，就这么看着罗政走过来，仿佛早已笃定罗政不会突然犯浑，对袁山青动手。

袁山青放下手，满脸通红，看着罗政走过来，语无伦次地道歉："对不起对不起，真不是故意的……"

罗政举起手，在所有人的屏息以待中，隔空指了她一下："你倒是挺准啊！来来来，我发球，程芽芽，你拦网。"

在场所有人不约而同松了一口气，袁山青整张脸都焕发出光彩来，笑着跑上前替补了罗政的位置，程芽芽看着这一切，也笑着爽快答应："行啊！"

体育课结束，程芽芽、王甫强和钟瑞涛趴在走廊栏杆上，看着袁山青和几个女同学从卫生间出来，一路说说笑笑的，袁山青在她们中间谈笑自如，毫不违和。

"袁山青现在可以啊，变化也太大了，现在都和大家有说有笑了。"钟瑞涛惊叹地说，"跟以前比起来，哎呀不能想。"

王甫强深表赞同："球都砸我哥头上了，哎，我哥愣是没脾气，这事儿放之前，你敢想？"

钟瑞涛突然偏头看他，神神秘秘地问："你哥不会是看上袁山青了吧？"

还没等王甫强出声反对，程芽芽已经一口否认："怎么可能！"

钟瑞涛斜睨着他："怎么不可能？你想想罗政之前是啥态度啊，多少次都要揪着袁山青动手啊，现在呢？"

"瞎说啥呢。"王甫强捣他一胳膊肘，"这是矛盾化解了呗，要说还得是程芽芽厉害，凭一己之力硬是让两个仇家握手言和了。"

钟瑞涛揽住了程芽芽的肩膀，语重心长地说："老程，你别好心化解了矛盾，到头来促成了人家两个的好事儿啊。"

程芽芽面无表情地把他的手给拉下去："同学本来就应该关系好，你有啥意见？无聊！"

话虽这么说，回家的路上，袁山青少有地兴奋，像个小鸟一样叽叽喳喳，脸孔泛着运动后健康的红晕："罗政说明天一起打排球，我还得再练练。你说我是不是先从发球练起来啊?"

罗政的排球很厉害吗?程芽芽腹诽,慢吞吞地说:"我又不喜欢打排球,我不知道。"

袁山青是个极其敏感的姑娘,一下子就察觉到程芽芽不高兴了,侧头看着他:"不是你叫我一起打排球的吗?"

程芽芽目视前方,不紧不慢地走着:"是,锻炼身体呗。"

他的视野里突然出现了袁山青的脸,清水芙蓉一样地好看,黑眸认真地看着他:"你怎么了?不高兴?"

其实,程芽芽心里明白他发脾气是站不住脚的,袁山青跟同学一起打排球多好啊,还能融入集体,他不应该拦着,不但不能拦,这时候还要违心说没事儿,你就跟罗政一起练吧,这样才是对大家都好。

但他不愿意。

"嗯。"程芽芽站住了,看着前方,淡淡地应了一声。

袁山青却一下子笑开了:"我也觉得打排球没什么意思,咱俩去打乒乓球吧。"

心里痒酥酥的,虽然是冬天,却像春天的柳絮飘了过来,和风拂面,周身暖洋洋,程芽芽情不自禁地笑了:"我没说不打排球啊。"

袁山青围着他转,笑嘻嘻地重复:"打乒乓球打乒乓球……"

程芽芽都笑出声了,只能加快脚步低着头,一路还要纠正她:"打排球打排球。"

少男少女清脆的笑声,和青春的欢愉一起,像雪花一样纷纷扬扬地洒在油田基地的马路上。

胡秋敏天天挂着新随身听出入,胡悦终于发现了,然后两人对不上账,胡秋敏发呆:"真不是你给我买的?"

胡悦拍了她一下:"我钱多啊,给你买这个?"

胡秋敏更奇怪了:"我哥给买的?你啥时候收到的包裹啊?反正我一回家就看见桌子上有个盒子。"

胡悦站在女儿卧室外,突然想起了什么,转身去打了个电话,不一会儿重新回来,脸色变了几变,组织了一下语言才轻描淡写地说:"啊,是他买的,他说刚好有人出差,他就让人带了一个,他也不懂,就说买个新的。"

这下轮到胡秋敏发呆了,她怎么也没想到,这个自己爱不释手的新随身听竟然是继父杨松柏给买的,怎么可能呢?

从小她就知道两家组一家,她不是杨松柏的亲女儿,杨松柏也没花钱养她,铁三角闯了祸,那俩都被父母打得皮开肉绽,杨松柏一根指头都没碰过她。

杨松柏每次和胡悦从争执发展到干架的时候,胡秋敏不是不讨厌他的。

但,他怎么会给自己买随身听呢?

胡悦看她发呆,猜测地问:"怎么?不好用啊?我就知道这家伙!给他妈他姐买的都是好东西,往家拿的都是便宜货。"

"还行吧。"胡秋敏心乱如麻,又问了一句,"他啥时候回来?"

胡悦不假思索:"月底啊,咋了?"

"我就问问……妈,你今天咋不跳舞去了?"

胡悦脸一红,想起自己坐在舞厅里老有人过来邀请跳舞,牛铃铃和贾代玉说自己长得好看,不觉竟有些心虚,摇头说:"哪还能天天去啊!"

胡秋敏深吸一口气,拉住胡悦的胳膊,郑重其事地说:"这东西,不便宜的!"

杨松柏,不管因为什么吧,总算是做了一件好事儿。

平时放学之后,韩淑都是跟高飞扬搭伴回教师宿舍的,今天高飞扬跟两个学生走了,说是去家访,韩淑自己背着包走出学校大门的时候,贾宝山已经威风凛凛地开着挎斗摩托等很久了。

"韩老师!"他摘下墨镜,一个劲儿地挥手,热情洋溢地打招呼。

本来想装没看见偷溜过去的韩淑站住了,礼貌地点头:"你好,这么巧啊。"

"我专门在这里等你的!"贾宝山迎上来,一本正经地说,"关于程苗苗的数学成绩问题,我和她严肃地聊过了,但是这个娃娃啊,随她妈,不听人劝,我特地跑来想向你请教一下,你看咱们有没有什么科学有效的办法能提高她的数学成绩呢?"

韩淑心想这是该寒冬腊月站校门口谈的事儿吗?

她也只能含糊其词:"其实只要先保证在课堂上认真听讲,课后习题都认真完成,成绩肯定会有所提高的,不用太着急……"

贾宝山做痛心疾首状:"不急不行啊,这都高二了,眼瞅着就要高考了,那都是娃娃人生里的大事儿,咱们做家长当老师的不能不重视啊!"

说着他手一伸,示意韩淑上车:"那就劳烦韩老师百忙之中抽空和我这个家长指教一下方式方法,还望理解家长的急切啊。"

韩淑犹在做最后的挣扎:"不用不用,我们约个地方直接见面吧。"

贾宝山摩拳擦掌地显摆:"那就小蜀都!老板跟我就是亲姐弟一样的,腾个包间给我们详谈。"

等到了小蜀都,贾宝山又端起架子颐指气使:"那个,服务员!叫你们老板过来。"

服务员转身出去了,韩淑一脸惊讶:"叫老板做什么?"

"嗨呀,你不用担心,都说了老板跟我就是亲姐弟,我让他们专门给你准备几道本帮菜,自从来了这边是不是再没吃过上海菜,惦记着呢吧?我也爱吃,这大北方的吃饭一向不讲究,我都吃不惯……"

韩淑大惊,急忙起身:"苗苗舅舅,真不用客气,咱们有事儿就说事儿,不用破费吃饭的。"

"见外了是不是?还苗苗舅舅,你就叫我宝山,多顺口。"贾宝山嬉皮笑脸地说。

韩淑正在尴尬,包厢的门一开,牛铃铃扭着腰肢走了进来,指着贾宝山不客气地骂:"我一个川菜馆子你让我做上海菜?你不吃就回家去!"

说完,飞快地换了一张脸,满面春风地对韩淑说:"哎呀,韩老师难得来,我给你上几个我们的招牌菜啊。"

这一招把贾宝山给噎住了,韩淑连拒绝的话都没说出口,牛铃铃就踩着高跟鞋一阵风地卷出去了,还顺手把包厢门给带上了。

韩淑在小蜀都陷入尴尬局面的时候,高飞扬带着程苗苗来到了强小娃的家里,李花儿坐在凳子上,低着头,一副局促不安的胆小模样。

程苗苗主动上去拉她的手:"高老师人特别好,能帮你上学。"

李花儿胆怯地抬头,眼睛里闪过一丝希冀的光芒,小声问:"真的吗?"

高飞扬沉稳地点头:"但我现在不能保证这件事儿,要先来问问你的情况,你上初中了吗?"

"没。"李花儿又低下了头,声音更小了。

强小娃在旁边解释:"她之前在村里的小学上过。"

高飞扬皱起了眉头:"她十五岁了,这样的话,得从初一开始上啊,你愿意吗?"

李花儿使劲点点头,但又露出了为难的脸色,支支吾吾地说不出话来,高飞扬耐心地问:"是家里有困难吗?"

李花儿低着头,一直捏自己的手,慢慢的,大滴大滴的眼泪从她垂着的头发里掉下来,落在了还带着冻疮的手上。

强小娃知道这个从小一起长大的小伙伴心里的苦,情不自禁上去搂住了她的肩膀:"花儿,不哭,你有啥就和高老师说,他能帮你。"

程苗苗看了强小娃一眼,强小娃满心满眼都是怀中哭泣的李花儿,没有注意到她。于是程苗苗心里酸溜溜的不大好受,她有些怅惘地想着,这是不是就是胡秋敏说的,吃醋?

真是的,自己来是为了帮助李花儿上学的啊,吃哪门子醋呢!

程苗苗摇摇头,晃走脑子里莫名出现的情绪,也凑过去握住她的手安慰。

李花儿终于哭着说了实话:"我……没钱。"

一提到钱,大家都沉默了,强小娃实话实说:"之前为了我能去二中上学,我爷卖了牛,我大哥寄回来了钱,村里好几家人都借了钱给我,我才交得起去二中的建校费。花

儿家……比我家还穷呢,我家还有大哥在外地打工,我和我爷都还能种地卖红薯苞谷,多少也能赚一些,她家没男娃,两个姐姐都嫁到外地了,她爸腿脚不行,家里的地也种不了,要拿出这笔钱,卖了房子都不够。"

这下连高飞扬都犯愁了,转学确实是需要这笔费用的,二中在强小娃之前又没有招收外面学生的先例,李花儿这事儿很麻烦。

他想了想,终于拍板决定:"这样,先不管钱的事儿,咱们先促成她上学的事,学校现在并没有松口,我还要再去争取一下,就算主任那边和校长谈好了,那也得先考试,现在已经快学期末了,我们得抽出点儿时间让她复习,好参加期末的考试。先拿成绩说话,钱的事儿我们一起再想办法。"

程苗苗一边握着李花儿的手一边安慰:"我有压岁钱,可以拿出来给花儿。"

强小娃也说:"我大哥给我的钱我也有攒着没花的。"

高飞扬摆摆手:"你俩那点儿钱也没什么用,真要是能上的话,我来想办法。"

三个孩子同时看向高飞扬,李花儿的眼睛里全是泪,哽咽着,充满感激地看着这个生命里突然出现的救星。

程苗苗欢呼起来:"高老师,你真好!"

高飞扬故意哼了一声:"这不是摊上你们几个了吗,我好歹是你们班头,解决不了事情当啥老大啊,不管能行吗?"

程苗苗和强小娃一下都笑了起来,高飞扬起身叮嘱李花儿:"小花儿啊,明天让他们从学校给你拿一些复习资料来,我争取让你参加六年级的期末考试,咱们要拿成绩说话,才能有底气,是不是?"

李花儿匆忙抹掉眼泪,握紧了拳头:"高老师,我一定努力考,我能考过!"

程苗苗兴奋地说:"我帮你复习啊?"

高飞扬和强小娃都用不可置信的目光看着程苗苗,那意思明晃晃的:"就你?"

程苗苗缩了缩脖子,又坚定地点头保证:"六年级的,我行!"

回去的时候,强小娃和高飞扬、程苗苗坐在桥头,看着桥下白晃晃的冰冻河面。素常湍急的流水此时正在冰下无声地涌动,就像他们此刻难宁的心绪。

程苗苗呼吸着夜间清冷的空气,终于吐出了胸中的一口郁气:"都啥年代了啊,咋上个学还这么难啊?"

强小娃揶揄地看着她:"你以为都跟你们一样生活在蜜罐里啊?"

程苗苗很不服气:"我也没觉得自己生活在蜜罐里啊,我之前觉得我这日子也过得挺委屈的。"

程苗苗没事儿就挨骂,闯祸了还得挨打,就像今天,在外面拖到这么晚才回家,一进门肯定就会迎来贾代玉同志的一顿招呼。

高飞扬微笑了起来："只有人真的处在水深火热中，但没有人真的活在蜜罐里，谁都有委屈。"

程苗苗和强小娃都不相信地看着他："高老师，你也有委屈啊？"

在程苗苗想来，高飞扬年轻有为，还去过大上海，有学历有工作，有钱，要是长大她能像高飞扬这样，不乐死才怪。

高飞扬一眼看穿两人想什么，抬手指指自己："我这还不是大冷天的跟着你俩扶贫济困呢，还不一定出结果，到现在饭也没吃上一口，一会儿回宿舍还要改作业、备课，明天还得去主任求情挨训，还得招呼你们，每周给我妈打电话听到的都是唠叨，还没升职啊？还没搞对象啊？哪件事儿不烦啊，连个球赛也看不了。"

程苗苗心里一下子松快多了，典型的看到别人也受苦就平衡，她嘻嘻地笑了起来，坐在桥边快活地摇晃着小腿，高飞扬瞪她一眼，没说话。

而强小娃则看向大桥这边的西北农田，漆黑的夜幕笼罩下是无数个和他、和李花儿一样贫穷困苦的农村家庭，这里面又有多少同龄人不得不辍学去打工呢？

"高老师，到底要怎么做才能改变现在这个样子？村里人都说有啥办法呢，就生在这地方了，我不想就这样穷一辈子苦一辈子。"他声音沙哑地说，目光定定地看着这块从小养育他的黄土地。

高飞扬把手搭上他的肩膀，用力捏了捏："读书，只有读书才能改变命运，这是句老话，但到什么时候都有用。"

强小娃转头看他，目光中透着迷茫："读书真能改变命运吗？"

高飞扬点了点头："读书不是唯一改变命运的手段，但它是最有效的手段，当我们什么都没有的时候，读书，就是武器。"

他的话并没有鼓舞到强小娃，强小娃的情绪依然低落："我是我们村唯一还在上学的人。"

程苗苗用胳膊捅捅他，满是乐观地说："可能花儿就是第二个呢！一个一个来嘛。"

高飞扬也被她的乐观所感染，霍然起身，咬着牙承诺："我明天继续去找肖主任，我还就不信了！"

第十八章 要做人生的向阳花

程苗苗向来说到做到,雷厉风行,大晚上的一回家,顶着贾代玉同志的怒骂就开始翻箱倒柜。

贾代玉不罢休地跟在后面唠叨:"成天不着家,也不知道忙活什么,是一点儿正事儿没有啊!今天山青送包子来了,是她一个人包的,都是一样大的娃娃,你看看人家,包子都能上桌了,你和你弟两个废物就知道吃,我看咱们家就是条件太好了,你俩这四肢都退化了。"

程苗苗心无旁骛,走了这屋窜那屋,一头灰地出来问:"妈,我六年级的复习题,还有课本啥的,都在不在?"

贾代玉大惊失色:"六年级?你干啥啊?留级留到这个地步了吗?"

程苗苗叉着腰,特别得意地说:"我留什么级啊,小娃他们村有个女娃要上学,我帮她找点儿资料。"

在程苗苗看来,她这是行侠仗义做好事儿,在贾代玉看来,这就是成天不务正业,于是忍无可忍地开骂:"你能不能操心操心自己啊,程苗苗!你高二了,这又要期末考试了,自己屁股都擦不干净啊,每天忙着东家长西家短的,人家强小娃一个村的事儿都让你惦记上了,你是要去竞选村主任啊?"

程苗苗不满地指责:"你咋这么冷漠呢,我这是助人为乐,你就说有没有吧?"

"没有!"贾代玉不高兴地说,"你和你弟一个高一一个高二,现在让我去哪儿给你找六年级的书,脑子是抽了吧?!"

程苗苗嘀咕了一句:"没有就没有吧,话真多。"

看见贾代玉的眉毛又立起来了,眼瞧着一场狂风暴雨要来临,她赶紧笑嘻嘻地攀住母亲的胳膊:"那你们单位有没有娃娃上六年级的,你明天去问问啊,帮我要点儿卷子啥的。"

说完,不等贾代玉爆发,又风风火火地卷进厨房,对正在给她热包子的程鹏飞要求:"爸!你也是,你们医院有没有谁家娃娃上六年级啊?"

为李花儿的事儿忙活了一晚上,第二天上学的时候,程苗苗照例在宿舍楼下等到了胡秋敏,两人肩并肩地往学校走的时候,程苗苗才恍然反应过来。

李肆不在。

她有些不习惯,偏头看了一眼左边李肆常在的位置,看到那里空荡荡的没有人,感觉有些不大对。

"我觉得这次很严重。"她一脸严肃地对胡秋敏说,"这么多年了,你见过李肆连续几天不搭理咱俩吗?上学都没和咱俩一起走。"

胡秋敏举起手纠正她:"不是不搭理咱俩啊,是不搭理你一个人,我和肆哥感情没问题。"

程苗苗跳出一步,重新打量胡秋敏:"你倒是两边讨好啊,谁也不得罪。"

胡秋敏不以为然,依旧晃晃荡荡地走着:"我本来就没得罪谁,我从小到大都只和你俩好,是你自己当叛徒,一会儿告人家状,一会儿连累人家的,现在倒好,直接叛变了。"

这话程苗苗决不能承认,立刻跳脚辩解:"我叛变啥了?我也是一直就和你俩好啊,我对你俩啥样你心里没数啊?"

胡秋敏站住了,看着她,一字一句地说:"我看你现在对强小娃比对我俩好。"

"你咋也这样啊!"程苗苗都快抱头崩溃了,"强小娃到底咋了嘛,你俩都不容他。"

胡秋敏再度举手纠正:"我没有啊,我觉得强小娃挺好的,现在是李肆不乐意,当然了,我肯定是站李肆的。"

她想了想,又强调了一下:"第一个站你,第二个站李肆,但不管怎么样,强小娃都是第四个人。"

接下来,程苗苗给胡秋敏活灵活现地表演了一下什么叫变脸。

她先是在路中间跳脚喊:"狭隘!难道我们还不能交新朋友了?我这辈子就只能和他李肆关系好了,凭啥啊?"

后脚看到李肆目不斜视跨着大步从她们身边经过,头都不偏一下,她又立刻满脸堆笑地追了上去,讨好地喊:"就凭我和肆哥十四年的感情,情比金坚!肆哥,上学啊,一起走啊!肆哥!李肆!李肆我跟你说啊,你别来劲儿啊!我数三下……李肆!"

胡秋敏看着大步流星的李肆，和跟在后面小跑着追赶的程苗苗，慢条斯理地从兜里掏出耳机塞到耳朵里，听着歌，迈着平常的步伐往前走去。

嗯，这新随身听音质就是好，得谢谢老杨了，下次他回来，对他好一点儿吧。

程苗苗追了李肆一路，耍尽百宝，李肆就跟吃了秤砣一样，铁板一块，油盐不进。一直追到教室里，程苗苗也放弃了，火冒三丈地回到自己座位上，把书包一扔："有啥了不起，还不搭理我，你看我以后能理他一下不！"

胡秋敏看看她，又看看教室后面的李肆，李肆头歪向一边，根本不看这边，她无奈地劝说："要不换个策略吧？"

程苗苗越发来劲儿，赌咒发誓地说："换啥策略！我做错什么了？来劲儿是不是？行，胡子，你做证啊，我要是以后再搭理他，我就一个月不吃肉。"

胡秋敏叹了口气："行，我就看你啥时候当尼姑。"

强小娃坐在李肆旁边，把一切尽收眼底，碰了一下李肆："你跟谁生气呢？"

李肆转过头来，脸上挂着夸张的笑容："你看见我生气了？我生啥气？我高兴得很，我现在心情太好了，马上要期末考试了，考完试就放假了，放假就过年了，新年新气象，我要迎接全新的一年。"

他眉飞色舞地说了一大段话，强小娃只是看着他撂下一句："你高兴就好。"

强小娃不多话，李肆可憋不住了，直接问他："花儿是谁？"

"你咋知道花儿？"强小娃惊奇地问，突然想起自己昨天和程苗苗去找高飞扬的时候，李肆鬼鬼祟祟在教师办公室门口晃悠来着，难道那时候偷听到了？

看强小娃不回答，李肆认为他在装傻，火大地指责："别以为你和程苗苗偷鸡摸狗的我啥都不知道，你俩干啥坏事儿呢？还不快快坦白！"

强小娃摇着头，只觉得李肆幼稚得有些滑稽，转头翻开课本预习。李肆却急了，一把按在他书上："让你坦白呢！你看啥书啊？"

"我又没干啥，跟你有啥坦白的，你这么想知道自己去问程苗苗啊。"强小娃不慌不忙地把他的手挪开。

李肆眼睛都快翻上天了，嘴硬地说："绝交了，我俩以后一人走独木桥一人走阳关道，互不往来。"

"绝交？"强小娃故意问，"那你俩那娃娃亲不作数了？"

提到娃娃亲，李肆顿时紧张起来，紧盯着强小娃，生怕他来挖自己墙脚："我告诉你啊，这玩意儿就和承诺书是一样的，说好的事儿能随便不作数吗？你别有啥歪心眼啊，别想横插一刀啊！"

"歪心眼？"强小娃反问，"我有啥歪心眼？"

李肆噎住了，左右看看，上前搂住了强小娃的肩膀，做哥俩好的亲热状低声在强小娃耳边劝说："小娃，咱们是兄弟，虽然你对我时常有些冒犯，但我这个人气度大，也没和你计较过，老话说得好啊，兄弟妻不可欺啊。"

强小娃侧头看了他一眼，幽幽地说："兄弟，娶妻生子和你一点儿关系都没有，我劝你心思放到学习上，先把期末考试应付了，干点儿正经事儿。"

一提近在眼前的期末考试，这可是戳到了李肆的脉门，他泄气一样浑身软下来，愤愤地记在心里。

年头年尾，领导们都是最忙的时候，李大海赶场子赶了几天没回家，这天胃疼得实在受不了，就去职工医院开点儿药，检查完拿着取药单，走到程鹏飞的办公室门口就撑不住了，推门进来："老程，有没有热水？给我倒一杯。"

程鹏飞看他疼得捂着肚子，五官都扭曲了，赶紧扶着他坐下，又给他倒水："胃疼？检查了没有？"

"检查了，开了点儿药。"李大海坐下才感觉好了一点儿，接过杯子忧心忡忡地说，"说是慢性胃炎啥的？"

程鹏飞和他也算是老熟人，闻言不禁责怪："跟你说多少年了，让你注意点儿，你这胃是当年在山上看油井喝凉风吃冷饭落下的毛病，本来就该好好养着，还经得起再折腾啊？"

"我养着呢！铃铃一直给我熬粥煲汤的。"李大海辩解着，又猜疑地问，"你说是不是喝酒喝的啊？"

程鹏飞没好气地说："哦，你也知道啊？别说你那胃有毛病，就你每天喝大酒的程度，没病也得喝出病来。"

李大海喝了两口热水，胃稍微缓和过来一点儿，感慨道："都是没办法的事儿啊，你说每天这些内部的领导，外面来的各种人，你不应付咋办？招不招待？你招待得不周到都是话柄啊，少喝一杯都是事儿。"

程鹏飞的书生意气又犯了，指责他："我看这就是你们自己的道理，谁说谈点事儿就非得要喝大酒了，谈事儿不在办公室里谈，老在那酒桌上聊，那是正经事儿吗？"

李大海好笑地看着他，也知道他这种知识分子脾气的人就是如此天真，调侃道："要不说你脑子不开窍呢，也只能当个大夫，在外面早被人挤去站墙角了，唉，有时候我还真羡慕你们这些当大夫的，有文化有技术啊，就坐在房子里救死扶伤，淋不着雨晒不到太阳，地位还高，谁见了都得叫一声大夫好啊，厂长耳朵出毛病了来找你也得说一句麻烦程大夫了。"

程鹏飞冷笑一声："都疼成这样了，嘴还不闲着呢，你用不着羡慕谁，不管干啥喝酒都不是必要条件，你把工作干好，就算不喝酒谁能挑出你的不是？就成天给自己找理由，你去陪着跟这个喝跟那个喝，不就是想和领导们亲近一点儿吗，说白了就是为自己，想走点儿捷径，不可取。"

他看着李大海手里的取药单，一把抢了过来："你在这歇着，我去给你拿药，顺便问问你这病情。"

李大海挨了他劈头盖脸一顿说，也不生气，笑嘻嘻地在后面追着说："谢谢程大夫，麻烦程大夫了。"

那样子和平时李肆在程苗苗面前伏低做小的样子简直如出一辙。

高飞扬惦记着李花儿入学的事儿，一下课就往主任办公室跑，没想到新来的音乐老师楚梅花也在。

油田基地福利好，学校办公室的暖气烧得热乎乎的，楚梅花穿着贴身的羊绒衫和薄呢子裙，乌黑长发用手绢随性地挽在脑后，亭亭玉立地站在办公室里，简直犹如一朵山谷幽兰，在高飞扬心头猝不及防地猛撞了好几下。

肖方顺口给二人介绍，楚梅花落落大方地伸出手："高老师好。"

高飞扬突然之间有些不好意思了，赶紧握了握："楚老师好。"

他还没把手收回来，就听到肖方说："油田上面要办个新年音乐会，这是个挺洋气的事儿啊，几个厂都要出节目，咱们这边任务就落到二中了，楚老师专业钢琴家，代表咱们去参加音乐会，多合适的事儿，你也配合一下。"

高飞扬正做出捧场的样子听着，没想到话头落自己身上了，他傻眼了："我也不会弹钢琴啊？"

肖方一摆手："也不能光弹钢琴嘛，楚老师弹钢琴，旁边总要有个展现歌喉的啊，校领导研究了，准备把这个光荣的担子交到你身上，你行不行？"

高飞扬不觉有些退缩："我唱歌……其实一般，别影响了楚老师。"

一直没开口的楚梅花伸手掠了一下头发，笑吟吟地说："不会的，韩老师都说了，你们大学的时候你还代表学校参加过歌唱比赛呢，肯定差不了。"

肖方也在一边鼓励："楚老师是专业的啊，你多向楚老师请教，抽出点儿时间让楚老师好好教教你。"

话说到这份上了，高飞扬看了楚梅花一眼，发现她微笑着看向自己，不知怎的心里一热，下意识地挺直了胸膛："那既然领导这么信任我，又有专业的楚老师，我就勉为其难吧。"

肖方这才有了个笑模样："你们二位无论是外形条件，还是专业条件，那站在一起就是个节目啊，郎才女貌嘛，好好排练，争取大放异彩。"

高飞扬听到"郎才女貌"四个字，看了一眼楚梅花，楚梅花倒没有异样，还笑着对肖方保证："我们一定尽力。"

肖方满意地挥手让他们出去，高飞扬趁机插了一嘴："节目我参加，我也积极努力，那你看我昨天和你说的事儿能不能再争取一下？"

此言一出，肖方的脸一下就耷拉下来："跟我提条件啊？成天给我找事儿！我不是说了要向校长汇报一下吗？"

高飞扬赶紧辩解："没有没有，我今天来找你就是为了问问结果啊，你答应考虑的。"

说着他又看向楚梅花，诚恳地说："楚老师，肖主任最是热心肠，我们能遇见像主任这样的好领导，有福气。"

楚梅花心领神会，也跟着帮腔："主任一看就是那种善良、有责任心的人，那我们先走了，回去一定好好准备，主任您放心。"

他们这一唱一和的样子让肖方都摇头笑了起来："还是年轻好啊，一见面就这么默契。"

被肖方称之为"默契"的两人到了走廊上，高飞扬一边谢过楚梅花，一边把李花儿的事儿三言两语说了一遍："今天谢谢你帮我，我也知道学校不招收地方生，但孩子读书是个大事儿，我还是想争取一下。"

楚梅花微笑着看了他一眼："我刚才就知道你做的应该是好事儿，所以才帮你说了两句，这么看起来，主任那里有希望吗？"

高飞扬叹息着摇摇头："不好说，主任看起来不太靠谱，其实人真不错，愿意帮忙，反正这事儿我得一直争取，主任要是不行的话，我就去找校长。"

看着他一脸执着的样子，楚梅花心里微微一动，主动开口："我可以帮你。"

高飞扬也没放在心上，笑着说："有你这句话就够了。"

楚梅花左右看看，凑过来低声说："我说真的。"

停了一下，她把声音压得更低，近乎耳语："校长是我姑父。"

高飞扬瞪大了眼睛："失敬！"

楚梅花忍不住笑了起来，高飞扬也笑了，觉得李花儿进二中上学这件事儿的希望又增加了几分。

楚梅花上的第一堂课，就是在高二一班。一向被韩淑抢惯了课的同学们简直乐疯了，坐在音乐教室里还在叽叽喳喳地讨论着："怪不得高老师肯为民出头呢，原来楚老师这么好看！"

"光听说来了个好看的老师，我觉得还能比韩老师更好看啊？果然话不能说太早。"

"那我还是觉得韩老师好看，短头发，多利落。"

程苗苗看着在钢琴前优雅就座,伸出白皙纤细的手指调音的楚梅花,也感慨:"我看艺术的事儿还是得长得好看的人来干,楚老师这个长相一点儿不输女明星啊。"

胡秋敏一边听着随身听一边心不在焉地点头:"还以为我们告别音乐课了呢,我这个艺术细胞都快被扼杀了。"

程苗苗扯过一只耳机塞在耳朵里,奚落她:"你有啥艺术细胞啊?天天听那么多歌,没一首唱得好听的。"

"你懂啥。"胡秋敏不屑地反驳,"那不光是旋律的事儿,歌词也很重要好吗?都是情感。"

在她们后面三排,李肆百无聊赖地问强小娃:"你会唱歌啊?"

强小娃摇摇头,他从小到大读的学校,主课老师都青黄不接,更别说这些副课,能不上就不上,根本没有林七二中这边齐备的教学条件和花样百出的各种文艺体育活动。

"我唱得可好了。"李肆一听,优越感顿时升起,夸耀地说,"我小学的时候是合唱团领唱好不好,程苗苗过生日的生日歌每年都是我唱的!"

他注意到强小娃笑了一下,这才想起自己和程苗苗已经绝交了,立刻恨恨地说:"以后她别想听我唱了,蛋糕也别吃了,我看谁给她过生日!"

其实程苗苗听见了李肆咬牙切齿的声音,她对李肆的话不以为意,想着找个机会逗逗他,等他来找自己算账,那目前冷战的局面不就自动破冰了吗?

机会很快就来了,楚梅花一边弹琴,一边在女生柔和的齐唱中指示:"男声,预备进……"

"嗷!"一个男声抢拍了,全场都被这粗豪的声音震了一下,随即哄堂大笑。

楚梅花停下弹奏,侧头看着同学们:"哪位大嗓门的男同学进早了啊?"

她笑得温温柔柔,也不是责怪的语气,但就是没人敢回答,男生们你看我,我看你,互相推搡着,谁也不承认。

程苗苗举起手大声说:"是李肆!"

所有同学齐齐转头看着最后一排的李肆,李肆急了:"哎,你咋知道是我啊?"

程苗苗也回头看着他,微微昂着头,小辫子也骄傲地翘着:"我还能听不出来你的声音了?"

李肆看着她得意的笑脸,亲热的态度,恍惚间几乎觉得他们之间并没绝交,还是从前那样互相坑骗的好损友。

但是程苗苗下一句话就打破了他的美梦:"楚老师,就是李肆,他嗓门大,而且唱歌跑调,就是他!"

好你个程苗苗!都到这时候了,你还抓住机会在新老师面前贬低我!李肆心头火起,不理会大家的讥笑,愤怒地把头扭向一边。

其实,程苗苗是有意撩拨李肆的,她等着下课之后李肆冲过来找自己算账,但是没想到下课铃一响,李肆头都不回地第一个出了教室。

胡秋敏回头看了一眼,长叹一声:"肆哥长大了,不好糊弄了。"

她看程苗苗一脸愁容,提醒:"要不你和强小娃绝交吧?不然李肆这气顺不过去。"

程苗苗正一肚子气,闻言差点儿跳起来:"他都没和强小娃绝交,俩人还有说有笑呢,为啥我要绝交啊?再说了,这事儿和人家强小娃有啥关系啊?"

"我也知道不合适,但现在明显李肆就是看不惯你和强小娃嘛。"胡秋敏想了想,又建议,"要不你道个歉?"

程苗苗和李肆自打三岁认识以来,吵也吵过,打也打过,还从来没落过下风,更别说她觉得这事儿本来就是李肆胡闹,怎么可能去道歉?

于是她跳脚跳得更厉害了,嘴硬地强调:"我做错什么了?我为啥道歉啊?你还真以为我多在乎他啊,我就是想着咱仨这么多年不容易,我主要是为你考虑,怕你夹在中间为难,真要是就他一个人,我才不在乎呢,爱生气不生气,绝交就绝交,没他我还不活了啊?!笑死了!"

胡秋敏一脸莫名其妙:"你不在乎你生这么大气干啥!吼我干啥!我才不为难呢!"

程苗苗无言以对,干脆气呼呼地走了。

此时,操场上,高一一班的同学正在热火朝天地玩跑圈砸沙包,罗政带着几个人在外圈,手里拿着沙包吆喝:"认真丢了啊,不放水的啊!袁山青,你行不行?"

瘦瘦弱弱,校服穿在身上都显得比别人大一圈的袁山青一抿嘴,用力点点头:"我行!"

程芽芽和她一组,在旁边信心十足地应答:"来吧!别手软啊!跑!"

他看着前方少女清秀的侧脸,在心里补了一句:放心,我会保护你。

砸沙包的规则十分简单,只要在躲避沙包的同时跑出圈就赢了,但罗政带着同学们砸的角度刁钻,一上来就声东击西干掉了钟瑞涛,紧接着王甫强也被砸下场。

场中人少了,罗政砸起来更是得心应手,很快,场中就剩下了程芽芽和袁山青两人。

罗政拿着沙包,看了一眼袁山青,得意地一笑,挥动手臂丢了过去,最早下场的钟瑞涛在旁边大叫起来:"靠你俩啦!"

眼看沙包呼啸着飞来,袁山青已经到了接近出口的位置,眼看避无可避,程芽芽突然从侧面冲来,一下挡在了她前面,袁山青一慌,脚下拌蒜,扑通一声跪了下来。

罗政指着场中得意地大叫:"程芽芽!下场!"

眼看攻方的胜利近在眼前，程芽芽回头把袁山青一把拉起来，用力往出口推去："跑！别管我！"

袁山青深深地看了他一眼，拔腿向出口飞奔，她在这一刻发挥出平生前所未有的速度，罗政下一个沙包几乎是贴着她的后背飞了过去。

眼看袁山青一口气冲出了大圈，高高地举起手臂表示胜利，喘着气回头看着大家，程芽芽开心坏了，跳起来大喊："袁山青！"

袁山青看向他，程芽芽对她比了个大拇指。

罗政叉着腰，看着两人从圈子里出来，对袁山青说了一句："你俩跑挺快啊？"

他态度说不上友善，但也绝不是恶劣，程芽芽接收了他递出的信号，也回了个笑脸："你砸得也很准。"

罗政两眼望天，漫不经心地说："那下节课，咱继续啊？"

程芽芽笑了笑："那你还得输。"

"咱仨一队呗，他们谁来谁输。"罗政大方地提议。

程芽芽没有立刻回答，而是看着袁山青，袁山青眼睛里闪着惊喜的光芒，一口答应下来："好啊。"

"那什么……"罗政挥挥手，没话找话说，"我也能保护你。"

程芽芽憋不住差点儿笑出声来："哎，不用啊，我一个人保护就行，你负责快跑。"

罗政出其不意地拍了他一巴掌："那么小心眼儿呢？"

他打完就跑，程芽芽反应很快地追了上去，势必要找回一局："就是小心眼儿！"

两人追逐打闹，袁山青看着，禁不住笑弯了腰。

对于青春期的少男少女来说，爱恨都来得猝不及防，往往在自己没发觉的时候，彼此的情谊就悄然改变。

李肆很窝火，更感到憋屈。

不仅仅是程苗苗在音乐课上公然奚落他，而且回到教室之后，高飞扬拿了一叠卷子来给强小娃，并且叮嘱："你给花儿带过去，先准备着。"

强小娃看着卷子，忐忑地问："谢谢高老师……高老师，学校能同意吗？"

这一点，高飞扬也难以回答，只能说："总得去争取，先不要管结果，做好准备。"

高飞扬走了，在旁边装睡的李肆一下夺过卷子，翻了翻："这是小学六年级的卷子啊，你们到底要干啥？花儿是谁啊？"

强小娃不客气地一把又夺回来："你快回家复习吧，要期末考试了。"

看着他背着书包走出教室，李肆觉得自己被所有人抛弃了，程苗苗和强小娃不但有了共同的秘密，连高飞扬都加入了进来。

可是她瞒着自己，为什么？

自己不再是她最好的朋友了吗?

带着这样的郁闷,李肆放学后第一次哪里都没去,拖着脚步回了家,看到牛铃铃摆在茶几上的零食,他下意识地拿了几袋就往书包里塞。

这个下意识的动作是他十几年来养成的,有啥好东西都不忘给程苗苗一份。

牛铃铃也知道他的习惯,笑着打趣:"又给苗苗留着啊,你啊,真是从小到大吃点儿好吃的就先给苗苗留着,也没见你对我和你爸这么好过。"

一言惊醒梦中人,李肆咬着牙把已经放进书包里的零食又给扔回了茶几上,瞪着牛眼嚷嚷:"我才不给她呢,我凭啥吃好吃的要给她啊?"

牛铃铃见怪不怪地问:"和苗儿吵架了?"

李肆梗着脖子不服气地划清界限:"我一个男娃娃能和她吵架吗?我现在才懒得理她呢!"

牛铃铃一脸好奇地赶过来在他身边坐下:"真吵架啦?难得啊,你俩从小到大闹别扭就没超过半天的,咋了?为啥事儿啊?你和妈说说?"

看着她一脸看好戏的表情,李肆撇过头哼了一声:"瞎打听啥呢,和你有啥关系啊,你多关心关心我爸吧,他都胃病去医院开药了。"

牛铃铃顿时紧张起来:"去年他说胃不舒服,后来吃了药再没提,这又是啥时候的事儿啊?哎呀我得赶紧问问他。"

她站起来,着急忙慌地去给李大海打电话。

眼看牛铃铃再也没心思管自己,李肆撕开零食包装,泄愤地一把抓起零食塞到嘴里,狠狠地嚼着。

哼!全都吃掉,一点儿也不给程苗苗那个没良心的留。

李肆在家吃零食的时候,程苗苗在家吃大餐。

大餐是贾宝山照着菜谱学的,用贾代玉的话说:"妈呀,这个八宝鸭这么多材料,这菜太硬了,这得卖多少钱才能回本啊。"

贾宝山捧着菜谱很神气地说:"姐,你不懂,上海那边本帮菜就是这样费钱……下本钱的。"

大功告成,他把盘子从厨房往外端的时候,还夸张地行了个屈膝礼:"请大家品鉴,多提宝贵意见。"

程苗苗和程芽芽盯着盘子里饱满而泛着油光的肥鸭子,馋得直流口水,筷子迫不及待地就插了下去。

事实证明,再多再贵的材料,大厨手艺不行,这道菜还是没法吃的。

程苗苗才吃了一口,嘴里还咀嚼着就慢慢放下了筷子,程芽芽看着姐姐的反应,提着筷子要求:"小舅,要不,你给我煮碗方便面吧?"

程苗苗立刻跟上:"我也要!我还要加午餐肉。"

看着不识货的姐弟俩,贾宝山怒吼一声:"不可能再给你俩做饭吃了!一点儿世面都没见过!"

正闹着,有人敲门,为了逃避这顿八宝鸭,程苗苗机灵地从椅子上蹦下来,主动地跑去开门。

袁山青抱着小紫,一脸焦急地站在门外,看到门里的人犹如抓住了救命稻草:"小紫发烧了!"

程芽芽飞快地跑到她身边,看了一眼袁山青怀里小紫烧得通红的小脸,当机立断:"走,去医院!"

强小娃把卷子带回家,李花儿惊喜地接过来,翻看着,强小娃鼓励她:"不会的就跟我说。"

李花儿认真地点点头,突然又面露为难之色。

门外寒风呼啸,强丰收咳嗽着抱了一大捆柴进来,乐呵呵地说:"烧得热乎点儿,花儿,你就踏实在我家住着,咱好好准备,到时候和你哥一起去上学。"

老人经得多,一眼就看出李花儿的担心,宽慰她:"你家人不会知道的,到时候咱考上了再回去说,他们能拿你有啥办法?"

强小娃也说:"就是,躲在这里没人知道。"

李花儿摸着试卷,这是打印出来的,墨迹清楚,纸张雪白挺括,和她小学时候的油印试卷截然不同,她目露神往地问:"小娃哥,那学校是不是特别好啊?"

强小娃给她烤了个红薯,抬手翻面:"一开始不太好。"

"咋不好啊?"李花儿好奇地问,"是不是看不起你?"

"他们和咱们不一样。"强小娃简单地说。

李花儿也是这么想的,那天她惊慌失措地跑过来求救,只看了程苗苗一眼,就知道她和自己不是一个世界的人,那干净的校服,那雪白的球鞋,和在城里打工时看到的城里学生一样,看着就那么耀眼。

最主要的是她身上那股朝气蓬勃无忧无虑的劲儿,那是一种被爱着长大的人才会有的。

"你和他们现在……是朋友了?"李花儿小心翼翼地问。

强小娃点点头:"算吧,她人可好了,以后你来一起上学就知道了。"

"我都不敢跟人说话,怕她看不起我。"李花儿小声说。

强小娃盯着灶台里燃烧着的柴火,想起程苗苗说过,她家里是用煤气的,所以觉得用农村土灶烤的红薯特别好吃,笑了笑:"她弟前段时间过生日,我没啥送的,就把自己刻的笔筒送了,当时也没多想,后来一琢磨,觉得拿不出手啊,人家肯定也不用,他们去外面下馆子叫我,我都不去,咱也请不起人家吃,去吃人家的干啥啊,寒酸得很。"

李花儿埋头做了半张卷子,又抬头不安地问:"哥,咱上这学有用吗?上了学就能和他们一样了吗?"

"不知道。"强小娃的眼中有淡淡的迷茫,但很快就被执着和坚定所代替,他看着李花儿,认真地说,"但不上学咱一辈子就只能这样了,高老师说了,啥都没有的时候,读书就能当武器使,花儿,不管人家看不看得起咱,咱都要好好把这书读下去,想办法出人头地,穿啥吃啥都不重要,有没有球鞋也不重要,这课本考卷都是一样的,他们行,咱也行!"

小紫这场烧算得上凶险,到了医院打了针还不退,经诊断是感冒引起的肺部感染,不但得输液,还要住院观察,医生生怕发展成心衰危及生命。

袁山青一听说要住院,脸色煞白,扶着墙才没有跌倒,她盯着程鹏飞问:"很严重吗?"

程鹏飞安慰她:"别紧张,住院主要是为了观察病情,也怕回家高热惊厥你应付不了。"

贾代玉闻讯赶来,干脆利落地接过了指挥权,她让程苗苗回家拿住院用的脸盆饭盒,再让袁山青回家拿小紫的奶瓶换洗衣服,自己坐镇病房,贾宝山负责灵活补位。

袁山青还想留下照顾小紫,被贾代玉不由分说地打发了:"我请假就行,你们快要考试了,别耽误,你们小娃娃也不懂,在这守着没用,医院我多熟啊,大夫护士都认识,有啥事儿我都能处理,还有叔叔呢,你俩快回去睡觉,放学再来。"

根本容不得袁山青再说,贾代玉一挥手,暴躁地下了决定:"回家回家,这都多晚了?快一点,不上学了啊!"

袁山青感激地看着贾代玉,知道她暴躁脾气之下是一颗充满母爱的心:"阿姨,成天给你们添麻烦……我……"

对着她,贾代玉表情也柔和下来:"好啦,咱不说这些,快回家,啥事儿都有我们大人呢,不用你们操心。"

袁山青最后摸了摸小紫的手,小紫烧得手心滚烫,脸颊通红,嘴唇都干得起了皮,困难地呼着热气。

旁边的输液架上,药水一滴滴地落着。

回家的路上,袁山青沉默不语,跟在后面的程芽芽有心想安慰她,可如今的情况说什么话都苍白无力。

半夜的基地马路上,寂静无人,只有西北风呼啸而过,吹得树枝乱晃,吹得人心里透凉。

袁山青走得很快,一不小心脚底打滑,身子趔趄了一下,程芽芽愣了一下才反应过

来,上前搀扶已经晚了,袁山青一屁股坐在马路上。

他忙蹲下去要扶她起来,袁山青却把头埋在膝盖里,什么都不顾地哭了起来。

断断续续的哭声被西北风卷着,很快消散在空中,但袁山青心里那股悲戚不甘却不会随着风消散,她痛痛快快地哭着,像是终于得了一个可以肆意悲伤的机会。

程芽芽默默地伸手搂住了她的肩膀。

此时若他抬头看向天空,就能看见细雪纷纷扬扬地从天空洒落,像是要盖住这世间所有污秽不平之处。

就让袁山青哭一哭吧,这个姑娘太难了,面对糟糕的人生,面对一身病的小紫,她很少能有机会哭出来。

就让自己静静地陪她一会儿吧。

经过一夜的治疗观察,小紫的烧天亮的时候终于退了,程鹏飞拿着她的病例和儿科医生低声探讨:"哎呀,之前耳朵治得已经开始有点儿效果了,真就怕发烧,这一感染,全都受影响。"

儿科医生一贯接触的都是基地的孩子,还第一次遇到小紫这样营养不良的患者,同情地说:"这小娃娃贫血也严重啊,可遭罪了。"

程鹏飞叹气:"家里那个情况,娃娃真是补不上啥营养。"

等袁山青赶在上学前来医院探视的时候,程鹏飞都没敢说实话,只是宽她的心:"没事儿啊,不严重,我这正和王叔叔说呢,还是有点儿烧,别太担心。"

袁山青信以为真,带着这个好消息去上学了,路上还转告给程苗苗和程芽芽。姐弟俩这才把心放下。

程苗苗一到学校,看见强小娃,又开始惦记李花儿,走过去掏出一块巧克力递过去:"给小花儿吃啊,说我送给她吃的哈,这上面有一棵向阳花,我姥说了,人啊,就得当向阳花,永远朝着太阳所在的地方,就有希望。"

强小娃抬头看着她红彤彤的脸蛋,神采飞扬的样子,心想,如果世间有向阳花,那一定是程苗苗这样的。

"行。"他笑了起来,"向阳花儿。"

两人相视而笑,这一幕恰好被背着书包进教室的李肆看到,他站住了,胸口一股郁气像是被点燃了,左冲右突,四下找不到发泄的地方,于是愤怒地转身又冲出了教室。

李肆的这口气一直憋到放学,胡秋敏和程苗苗结伴回家,正议论着小紫的病情,胡秋敏感慨:"这事儿啊,一对比下来,我觉得我这命还行啊。"

正说着,李肆从她们身边经过,本来以为是照样目不斜视地走过去,没想到李肆一伸手就捞住了程苗苗的胳膊,硬邦邦地说:"谈话,胡子,你先回家。"

程苗苗早就想跟他说清楚,也不挣扎,胡秋敏站在原地,看两人的脸色,倒是担心起来,高喊:"你俩好好说啊,别吵架啊!"

李肆把程苗苗拉到基地的凉亭,兴师问罪:"六年级的书是咋回事儿?花儿是谁?你和强小娃到底瞒了我多少?"

程苗苗不高兴地把事情都交代了,还特地强调:"高老师也一起帮忙呢!"

她斜睨着李肆,小辫子也神气地翘着,自觉问心无愧,现在都说清楚了,李肆该向她道歉才对。

没想到李肆更生气了:"你们都知道是吧?就瞒着我一个人是吧?"

这下程苗苗不愿意了:"谁瞒着你了?你也没问啊!"

李肆怒吼了起来:"我为啥要问啊!以前你的事儿我需要问吗?你啥事儿不和我说啊!我知道你每件事儿!"

程苗苗奇怪地看着他,试图解释:"这也不是我的事儿啊!我就帮个忙,你至于吗?"

"至于!从你啥事儿都帮强小娃开始,就至于!凭啥他一来就比我重要啊!凭啥他的所有事儿你都得帮啊!一学期了,我都忍够了!他才来几个月,我和你从三岁就一起了,程苗苗,咱俩十四年了,他算啥啊,就是个转校生,为啥能和我比!你还送他巧克力,你别以为我没看见!"

看着李肆脸红脖子粗的样子,程苗苗也失去了耐心,不甘示弱地和他对着吼:"你讲不讲理啊!咱们十四年你就觉得我不能和别人交朋友了?我新交了朋友就伤害你了?!你咋这么娇气呢!你一个大老爷们儿,天天为了这种事儿和我置气,你丢不丢人啊?!"

李肆向前一步,又是伤心又是生气地指责:"不丢人!你是叛徒,你背叛了咱们的友谊!"

再次听到李肆说自己是叛徒,程苗苗也忍不了了,口不择言地说:"要是这样也算背叛,那咱们就是个破友谊!"

李肆一下愣住了,仿佛一盆凉水从头浇到脚,他退后一步,不敢置信地问:"你说咱俩是破友谊?"

程苗苗彻底豁出去了:"这种经不起考验的不是破友谊是啥?你这种小心眼儿处处斤斤计较不是不讲理是啥?我都跟你解释了,你也不听,就一心觉得我不对,这些年就你对我好吗?我对你不好吗?你啥事儿我没管过?你就只记着自己干的事儿,这是自私,是霸道,你容不得新朋友,李肆我告诉你,别说十四年了,就算四十年的友谊也不是霸占来的!"

有那么一瞬间,李肆心灰意冷,觉得什么都不重要了。

他看着程苗苗涨红的脸，重重地点着头："行，我霸道，我自私，我从小护着你，啥好东西都给你，你对我再好也不及我对你的百分之一，今天在你这儿换来一句我小心眼，我这些好都喂狗了！"

说完，他转身就走，程苗苗在他背后怒骂："你才是狗呢！你就是霸道！你不讲理！小心眼儿！没出息！我才是喂狗了呢！有本事你别尿，别来找我！"

李肆没有回头。

所以他也没看见，程苗苗脸上夺眶而出的泪水。

程苗苗死死地咬着嘴唇，并不理解为什么李肆突然就跟自己翻了脸，她只是隐隐有一种感觉，失去李肆之后，再也不可能有人对她这么好。

即使这份感情霸道又不讲理，却无比真诚。

接下来的日子，好像又步上了正轨，一切都顺利得很，小紫的肺炎得到了控制，对耳朵影响不大，很快就出了院。

李花儿每天认真地做卷子，经强小娃这个尖子生判定，通过转学考试没问题。

肖方也松了口答应破例，不知道是不是楚梅花在后面出了力，高飞扬在和楚梅花一起练习音乐会曲目的时候，诚恳地道了谢，他看着楚梅花弹钢琴的侧影渐渐入了迷，竟然连歌词都忘记了。

甚至贾宝山的春天都有到来的趋势，他虽然厨艺毫无寸进，但送给韩淑的花，韩淑收下了。

一切都稳中向好，直到期末考试这天。

李花儿没有来。

高飞扬一直在校门口等着，脸都吹红了，等强小娃考完第一门，就叫他来问："怎么回事儿啊？好不容易争取到的机会啊！"

强小娃也很惊讶："我今天从家里走的时候，她都收拾好了，不可能没来啊。"

高飞扬顿感不妙："别是出啥事儿了吧！走，去你家看看。"

听到这个噩耗，程苗苗也追了上去，他们之前帮了李花儿那么多忙，怎么能眼睁睁看着快要成功的时候功亏一篑。

他们在大桥西边遇见了急得团团转的强丰收。强丰收一把拉住强小娃："花儿背着书包正准备出门，就让她爸堵了个正着儿，不知道是谁看见了，家里就来抓人了，你们考试呢，我也不敢去学校啊！"

强小娃狠狠地咬着牙，腮帮子绷出一条肌肉线，目光阴沉，程苗苗不明就里，还跟强丰收说："咋这样啊？是不是觉得读书要花钱？咱们学校可以减免学杂费的。"

强丰收说不出话来，懊恼地一跺脚，强小娃转身就走，高飞扬大喊："你去哪儿？"

"到李家，去救花儿！"强小娃气势汹汹地说。

在程苗苗单纯的世界里,家长不让孩子上学,无非是因为怕花钱,但她到了李家,才发现事态远比她想象的更复杂。

一听说高飞扬就是帮李花儿上学的人,李花儿的爹上前就揪着他怒骂:"女娃娃上啥学?识字就够在外面打工了!"

李花儿被她妈死死地摁在屋子里,透着窗户能看到她满脸泪痕地挣扎着。高飞扬试图解释:"她才十五岁,还应该接受教育。"

李父根本不听,一口咬定:"啊,就是你们把我家娃娃戳祸得不去打工了吧,我说咋好好的还回来了呢,还藏起来,还要上学了呢,你们安的啥心啊?要干啥啊?这不是拐骗吗?"

屋子里也传来李花儿的妈尖利的骂声:"你都在哪儿认识的人,把你往沟里带!"

强小娃忍不住了,大声说:"婶子,这是我们学校的班主任,来帮花儿上学的,花儿可以去河东那边上油田的好学校!"

屋子里的人阴阳怪气地讽刺他:"我们啥时候说要去上学了,还去河东,那地方是我们能去的吗?小娃,你别怪婶子说你,你个男娃娃去就去了,你可不能把花儿也往那边带啊,她跟着你去上学,像啥话?"

程苗苗一听,从后面冲上来辩解:"怎么不像话了?我们是正经学校,是油田基地的学校好吗!"

她一身和李花儿截然不同的装扮,洋气又时髦,一看就是基地的孩子,站在比强丰收的农家院更破败穷困的院子里,格格不入,更加惹得李家人嫉妒眼红,李父首先跳脚骂街:"你们油田了不起啊,有几个臭钱,眼睛都长在脑顶上看人,是啥好东西一样,呸。"

李花儿的妈也从窗户探出头来粗俗地骂:"花儿在外面打工赚钱,这本来就是个本分事儿,现在不打工了,那就嫁人!女娃还不就这样过一辈子了,说破天也没有去读书的道理!"

伴随着骂声,李花儿的爷爷颤颤巍巍地从院子角落里挥着大扫帚冲了过来,对着高飞扬迎头就拍,强小娃眼疾手快,拉了高飞扬一把,又赶紧把程苗苗挡在身后。

李花儿拼死挣扎着,终于挤开她妈,从窗户里探出半个身子,凄厉地高喊:"哥,你们走吧!赶紧走!"

她尖细而绝望的声音久久地铭刻在程苗苗心里。

对于程苗苗而言,一直以为只要努力就会有好的结果,就像只要向着太阳就能成长为一株向阳花,可现实的世界中太阳永远在,但不是每一朵花都有机会面朝太阳。

第十九章

年前的不速之客

姥姥来了。

程苗苗和程芽芽的姥姥,贾代玉和贾宝山的母亲,第一代油田职工刘英娣同志,精明强干的主儿,老贾家当家理事的人,这大过年的居然撇下了她退休办的一群老姐妹和自己每年都要在新年团拜会上台表演的节目河北梆子,莅临林七油田二厂基地。

这一出立刻闹了个兵荒马乱,程鹏飞气喘吁吁地从医院赶回家收拾,贾代玉张罗着朝特车大队借了车,然后两人火急火燎地去县城火车站接人,同时还不忘打发程芽芽去找不着家的程苗苗和贾宝山。

程苗苗和高飞扬、强小娃一起,被李家的大扫帚给轰了出来,正一脸沮丧地站在大桥上发呆。

高飞扬心里沮丧,还要鼓励两个学生:"我们明天再去,给他们做思想工作,要智取,我就不信了!"

他费那么大力气攻克了肖方,总不能反而是被学生的家长扯了后腿!

强小娃心里没底,但还是点了头:"行!"

这时候程芽芽气喘吁吁地跑来,对程苗苗高喊:"姐,姥姥来了。"

"姥姥!"程苗苗一下跳了起来,惊喜地问,"到家了没?"

程芽芽站在桥头喘气:"妈说让你去找小舅,让我去农贸市场买烧鸡。"

贾宝山去了哪里,程苗苗不问可知,一定又是向韩淑献殷勤了。

果不其然,教职工宿舍离老远就听见了贾宝山的声音:"你看这颜色,这质感,是不是正宗的上海本帮菜八宝鸭?韩老师啊,你就放心吃,吃完了我把碗筷带回家洗,你就吃现成的,啥活都不用干。"

韩淑委婉拒绝着:"你也太客气了,我怎么过意得去。"

无奈贾宝山就跟没听见一样,正从包里往外掏蜡烛:"我看电视上吃西餐都点着蜡烛,显得高级,咱们这中餐可比西餐讲究,蜡烛谁没有啊,点上。"

程苗苗隔着门大喊一声:"小舅!"

贾宝山装没听见,韩淑立刻跑过去拉开门,如释重负地招呼:"在这儿呢!"

程苗苗一头冲进门来,贾宝山这下不能装了,遗憾地直起腰:"啥事儿啊,还找这来了,没看到我给韩老师弄饭呢?"

"姥姥来了。"

一句话把贾宝山吓够呛,声音都颤抖起来:"来了吗?不能吧?啥时候的事儿啊?"

"我爸妈去车站接了,马上就到家。"程苗苗喘着气强调。

贾宝山顿时六神无主,在原地仓皇地转了一圈才回过神来:"韩老师对不住了啊,家母到访,今天就不能陪你一起吃了,你把这蜡烛点上,趁热吃,吃完就放这,我晚一点儿来收,你那手可不是干活的……唉,家母那个脾气,急慢不得,走了啊,下次再约。"

他唠叨了一堆,依依不舍却又不敢磨蹭地拉着程苗苗出门,浑然不知程苗苗在他背后对着韩淑做鬼脸,指着桌上的菜,杀鸡抹脖子一样使眼色,用口型说:"不好吃。"

韩淑忍不住笑了。

程芽芽在农贸市场买烧鸡,挑了一只最大最肥的让老板给包起来,一回头,却看见袁山青目光发直地从路那头走来,身上还穿着校服,她似乎有什么心事,一直走到程芽芽面前也没注意他站在这里。

"袁山青?"程芽芽疑惑地伸出手在她面前晃了晃。

袁山青目光聚焦,认出了他,飞快地挤出一个笑容:"是你呀。"

"明天罗政约打球,去不去?"程芽芽心里是很高兴的,小紫的肺炎好了,罗政对袁山青的态度也日见友善,这个寒假他们再趁热打铁巩固一下,过年好好热闹一番,到新学期开学,一切应该就都会变好了吧?

他只顾着高兴,没注意到袁山青笑容下的紧张和局促,袁山青摇着头说:"不去了,我还有卷子没做完,小紫总想吃糖葫芦,我才出来给她买的。"

程芽芽立刻把手里的烧鸡塞给她:"小紫病刚好,需要营养,拿着。"

他看着袁山青瘦削的脸庞,裹在宽大校服里伶仃的身体,心里暗暗想着:一只烧鸡也可以给袁山青补补身体。

袁山青轻颤了一下,推了回来:"不用,我买点儿方便面就行。"

程芽芽强行把烧鸡塞到她手里:"老吃方便面咋行,拿着!"

不知怎么的,他总觉得今天的袁山青很奇怪,最近袁山青渐渐走出来了,就算不笑的时候,也没有最开始绷着的浑身是刺的警惕态度,可今天的她虽然脸上笑着,程芽芽却总觉得她的精神正绷成了一张弓,紧张到极致。

"是小紫不舒服吗?"程芽芽只能想到这个原因。

袁山青垂着头,接过了烧鸡,小声说:"是有点儿拉肚子,不过不要紧的。"

"我姥姥来了,我爸一定又做好吃的,要不你带着小紫到我家吃饭吧?"程芽芽热情地邀请,"人多热闹些。"

袁山青受惊地摇摇头,飞快拒绝:"拉肚子我熬点儿粥给她喝就行,我先走了啊,拜拜。"

她逆着人流离开了农贸市场,程芽芽纳闷地看着袁山青匆忙的背影,自言自语地说:"不是买糖葫芦吗?"

转身刚开口对老板说"再挑一只……",程芽芽就突然一拍脑袋:"小紫是怎么说要吃糖葫芦的?"

小紫不是根本不会说话吗?

一念及此,程芽芽拔腿就跑,想要追上袁山青问个究竟,无奈农贸市场人多,他追到市场门口也没发现袁山青的踪迹。

袁山青怀里揣着烧鸡,脚下匆匆,像逃命一样往家赶,眼里没有泪水,只有熊熊燃烧的火焰,把她本来该有的悲愤的泪水烧干了。

不是小紫想吃,而是袁勇。

是的,袁勇回来了。

那个对她非打即骂,搜刮家里钱财,丝毫不管不顾两个女儿死活,骗了基地上下几万块,得罪了无数人,畏罪潜逃的袁勇,回来了。

他一副落魄的样子,不知道在山里哪个旮旯藏了多久,头发长长的,身上一股恶臭味。

其实袁山青带着小紫一回家,开门看到地上的泥脚印,她就知道不好,转身要跑,袁勇却从门后闪出来一把抢走了小紫,用脚粗鲁地隔在一边,威胁她:"你敢跑,她就死。"

袁山青气得浑身发抖,却也真不敢嚷嚷,生怕邻居听到赶来,袁勇狗急跳墙伤害小紫,只能压着嗓子:"她是你女儿啊!"

袁勇不屑地朝干净的地面吐了口浓痰:"都这个境地了,还他妈女儿不女儿的,老子自在活着最重要!"

小紫被袁勇困在身边,她睁大眼睛,懵然不知地看着姐姐,袁山青心如刀绞,却只能柔和地安慰她:"小紫不要怕啊,不哭啊。"

小紫眨着大眼睛,乖巧地没有闹。

袁勇斜了姐妹俩一眼,粗声粗气地问:"钱呢?"

袁山青不由得冷笑,钱?记忆里这个是她生理上父亲的男人对她说得最多的一句话就是"钱呢?"。

好像她一个学生就该从哪里变出一笔巨款来给这个成年男人好吃好喝尽情享受一样。

见她不说话,袁勇二话不说操起自己刚才吃泡面的碗朝袁山青砸过去,袁山青一躲,泡面汤洒了出来,弄脏了她每日打扫得干干净净的地面。

"说话!"

袁山青低声说:"警察来家里搜走了。"

袁勇脸色阴沉地吼了一声:"废物!我就知道你靠不住,你还跟警察说啥了?"

袁山青摇摇头:"没有。"

袁勇看着她,似乎在分辨她有没有撒谎,半晌把身子往椅子上一靠,指使她:"谅你也不敢乱说话,出去再给我买点儿吃的。"

他注意到袁山青一直看着小紫,嘿嘿冷笑着,乱发覆盖下的浑浊眼睛射出凶光,一只手放在小紫的脖子上威胁:"我警告你啊,别他妈出去乱说话,这丫头在我手上呢,警察要是抓了我,我就先掐死她!"

袁山青咬着牙抬起头来,一口答应:"行!但你要是敢对小紫怎么样,咱们谁都别活!"

袁勇不以为忤,反而龇着一口许久没刷的黄牙嘿嘿地乐了起来:"买好的,我要吃肉!"

想着袁勇那副可恶的面孔,袁山青脚下一闪,走去了派出所。

她记得好心的蒋警官,不但替她在全班同学面前澄清,而且反复地叮嘱她,只要有袁勇的消息就去报警。

如果……能把袁勇抓起来,那么自己和小紫就会过上安宁的日子了吧?

派出所的大门近在眼前,袁山青又退缩了,她想起临走时袁勇恶狠狠的威胁,还有小紫……小紫什么都不知道,被袁勇抓在手里,瞪着大眼睛看着她,还乖乖地跟她挥手告别。

袁山青迟疑了,她不能冒险,袁勇是个狼心狗肺的东西,如果一着不慎,那小紫……

程鹏飞和贾代玉把老太太和大包小包一起迎回了家,刘英娣满头白发,精神矍铄,站在门口用马尾鬃掸子慢条斯理地扫着身上的灰,一看就是个利落齐整人儿。

贾代玉一边倒水一边抱怨："妈,先喝口水,叫你把宝山叫回去,你咋还亲自来了呢？"

刘英娣打小就爱唱戏,这岁数一张口也是中气十足声震屋宇："咋,我还不能到你家过个年了？白眼狼！"

程鹏飞笑呵呵地打圆场："就盼着您来过年呢,去年打了多少个电话请啊,您自己不愿意来。"

刘英娣长叹一声："忙啊,每年退休办都有节目,哪里走得开哟。"

贾代玉见老太太掸完灰了,上去挽着老太太进门,揶揄道："今年没有了？"

老太太白了一眼,冷哼道："那是我不乐意演了,有王秀珍就没我！"

还没等贾代玉问王秀珍是谁,刘英娣就打开话匣子滔滔不绝地开始数落,总之就是一起退休的那些老姐妹,有两个不行：这个不行,那个也不行。

听得贾代玉直乐："我发现您现在随着岁数渐长,真是遍地树敌啊。"

程鹏飞面对丈母娘也没了平时的文人风骨,赔着笑一个劲儿地奉承："每年就想着和您一起过年呢,您还老把热情奉献给舞台,今年刚好,奉献给家里,给我们演！"

正说着,程苗苗火箭一样冲进门来,抱着刘英娣就狠狠亲了一口："姥,我可想死你了！"

刘英娣笑得合不拢嘴,一边摩挲她一边说："哟哟哟,想我了也没见你天天给我打电话啊！"

贾宝山躲躲闪闪地跟着程苗苗进门,尴尬地笑着叫："妈。"

对着程苗苗笑成一朵花的刘英娣瞬间变脸："滚,没你这种儿子！"

贾宝山是属滚刀肉的,丝毫不介意,还一个劲儿往老太太身边凑："别呀,我前几天还跟我姐说想去接你来过年呢,没你我这年咋过啊？"

刘英娣丝毫不为所动,皱着眉嫌弃："看到你我这年都过不下去！说,在你姐这又干啥事儿了不敢回家？是又被骗钱了,还是又看上哪个姑娘了？"

贾宝山狡辩："我就欠了一次钱,让你说个没完了。"

偎依在刘英娣身边的程苗苗嘴快地插了一句："他看上我们数学老师了！"

刘英娣一拍大腿,斩钉截铁地说："苗儿,直接给你们老师说,离这个混小子远一点儿,别吃了亏！"

全家人哄堂大笑,这时候程芽芽也买完烧鸡回来了,程鹏飞亲自下厨,做了一大桌子菜。

大家落座,喜气洋洋地开始吃饭。刘英娣动手撕了两个鸡腿递给姐弟俩："来,大的给苗儿,小的给芽芽,记得姥咋和你说的不？"

程芽芽干脆地说："记得,好东西要先给姐姐,要爱姐姐,姥,我可爱她了！"

程苗苗笑起来,对他挤眉弄眼,又抱着刘英娣的胳膊直点头："对。"

刘英娣看到姐弟俩这和睦样子，笑意从心底里直漫上来："家里这些娃娃们啊，我就喜欢他俩，从小就招人疼。苗苗这个小嘴儿甜得，啥时候你见到她，都能让你乐起来，小脑瓜子多好使啊；芽芽，一表人才，文能提笔武能平事儿，就没有拿不出手的。有了他俩，我在厂里都横着走，谁敢跟我比，比别人家的孙子不强多了？"

贾代玉笑嘻嘻地帮腔："你每天不是跟这个比就是跟那个比，你这个人生最高成就就是打倒王秀珍，弄翻张大娟，哦，还有李秀秀。"

这可又提醒了刘英娣，她再度翻拣着把单位里自己的老对头新冤家数落了一遍，末了得意地说："我人缘在厂里最好了，我才不像那些家属一样，到处东家长西家短的，鹏飞，这个大鸡翅膀给你，这个家里里外外你都费心了。"

作为要强了一辈子的油田女工，刘英娣这辈子除了贾宝山之外，还真没什么矮人一头的地方，程鹏飞这个女婿更是称心如意，不但对贾代玉没的说，大小还是个知识分子呢，端碗吃技术饭，犯不着求谁。

程鹏飞受宠若惊地半起身接过鸡翅膀，嘴里还要谦虚："谢谢妈，不费心不费心，还是代玉更费心。"

刘英娣一挥手："我自己的闺女我了解，不是啥贤妻良母。"

贾代玉上手把最后一只鸡翅膀抢到自己碗里，故意做出生气的样子："就没见过你这么偏心的！"

对于程鹏飞，刘英娣是满意得不得了，再度开口给女婿撑腰："姑爷好那是有口皆碑，你贾代玉这辈子嫁给程鹏飞，是你的福气。"

程芽芽机灵地接了一句："姥，我觉得咱家有你，才是福气。"

刘英娣得意地一昂头："好孩子，这话啊，等你姥爷来了你再说一遍啊。"

就在程家举杯庆祝全家团聚的时候，袁山青也回了家，袁勇抢过她手里的烧鸡，毫无形象地撕着大口大口往嘴里塞，油顺着嘴角流下来，他随手一擦，又抹在陈旧但洗得干净的沙发巾上。

小紫乖乖地坐在沙发上，和袁山青之间隔着一个袁勇，大眼睛略带疑惑地看着姐姐。

袁山青忍下心中的厌恶，出言提醒："小紫还没吃饭呢。"

袁勇剔着被肉筋塞住的牙，头都不抬地说："那你做去啊，在这和我说啥啊，指望我做啊？"

"你先把她给我，我……"

还没说完，袁勇就警觉地看向袁山青，眯着眼睛，露出阴森的光芒："少在那打如意算盘，你愿意做就去做，不做拉倒！饿死活该！"

袁山青的指甲狠狠地掐入了掌心，但为了小紫，她只能无奈地低下头。

同一个夜晚，李肆家里也起了风波，李大海接到妻子的电话，从山上一线下来，紧赶慢赶回家，连鞋子上的泥都顾不得蹭一下，就一头钻屋子里，却看到牛铃铃背对着他坐着，那气势一看就不打算饶人。

李大海急忙凑过来，轻声问："这是有情况啊？谁惹你了？"

牛铃铃一看他这风尘仆仆的样子，就知道他是刚从山上下来，心里的火气更大了，她殚精竭虑地筹谋，就是想让李大海在领导岗位上更进一步，不用再那么辛苦，这可好，不管李大海在仕途上怎么攀爬，骨子里还是惦记着一线那点事儿，动不动就往油田跑！

早知道如此，她何苦在后面跟着使劲儿？他李大海做一辈子基层工人好了！

牛铃铃一念及此，就冷笑了起来："你是不是跟你爸说咱们今年过年回老家？"

这下，李大海可支吾起来，按他老李家的礼数，嫁鸡随鸡嫁狗随狗，过年带着媳妇儿子回李家过是天经地义的事儿，但这桩婚姻带给他的好处太多，他对牛铃铃又始终怀揣着隐秘的歉疚感，所以日常这些事儿，睁一眼闭一眼就过了，没想到今年看样子是过不去。

年关年关，这词还真没说错，过年就跟过关一样。

看李大海还想蒙混过去，牛铃铃气不打一处来："别演了啊，你爸给我打电话了，说你亲口说的，今年过年咱们全家都回去，说没说？"

李大海还想狡辩："这要看放假值班的情况，我也跟爸说了，我们领导干部要带头假期值班，起到个表率作用嘛。"

牛铃铃气过头，反而不上火了，慢悠悠地说："那我妈之前就说了过年全家去西安，你是忘了吗？"

老丈人去年刚退休，这是人一走茶就凉，还是从自己女婿身上体现出来了？

李大海考虑了一下，嬉皮笑脸地说："老婆，咱俩结婚小二十年了，你就刚结婚那年和我回去过一次，自从儿子生下来后，咱就没过过我家过年，李肆这么大了，都没回过老家啊，我爸妈年纪也大了，想让孙子回老家过个年，这个要求也不过分。"

牛铃铃还没说话，李肆旋风一样从卧室里冲出来，瞪着眼大喊："咋不过分啊？我不回去啊，我也不去西安过年，我就要待在油田！"

李大海不耐烦地伸手驱赶："有你啥事儿啊？和你商量了啊？"

"我反正要在这过年！"李肆坚定地表示，"我现在需要在这待着，稳固我的地位，尤其是重要时刻，我要是走了，情况就更被动了！"

两口子听得稀里糊涂，牛铃铃隔空打了儿子一下："说啥呢？没头没脑的。"

李肆反正豁出去了，干脆一针见血地挑破："要我说啊，咱仨就各人在各家过年，爸你回老家，妈你去西安，我就留在家里守家，大家都有要一起过年的人嘛，非绑在一起谁都不高兴,何必呢!"

说完他走回卧室,重重把门一关,还真让李大海沉思起来,琢磨着提议:"其实,李肆说得对啊。"

牛铃铃白了他一眼,气呼呼地也起身回了卧室,把李大海一个人丢在客厅里。

过年,在胡秋敏家也是一桩大事儿,不过和李肆家相反,是胡悦非闹着要带胡秋敏回杨松柏老家过年,而杨松柏不愿意。

胡秋敏当然也不愿意,老杨家的人对她而言就是一群不友善的陌生人,她可不像胡悦一样闹着要什么名分大义。

所以她瞅着机会就给远在深圳的哥哥杨涛打电话:"哥,我跟你说啊,你过年一定要回来……回来维稳啊……我妈非要过年的时候去你爷爷家,你爸又不愿意,你也知道我妈和你奶的关系……对吧,去了这年还咋过啊……对啊,你要是回来的话,咱就踏踏实实在这过年了,哪儿都不用去……反正你要是不回来的话,我就找你过年去,我不想大过年的在家里听他俩吵架,你就当是为了我,一定要回来啊,哥!"

听到开门声,她一转头看到杨松柏进门,赶紧先斩后奏:"叔叔,我哥说他过年回来。"

杨松柏一怔,脸上是难以掩饰的喜悦:"真的吗?我问问!"

他快步走上来,接过话筒,声音都明显温和了许多:"杨涛,哪天回来啊?学校那边没安排吗……"

胡秋敏功成身退,乐滋滋地走到一边,胡悦从厨房出来,竖着耳朵听了听,又小声问她:"不是说有啥活动?"

胡秋敏难掩喜悦,脆生生地回答:"不去了!过年不回家干啥啊!"

胡悦心里不大舒服,她正想办法逼着杨松柏点头带她回老家过年,现在来了这一出。但杨涛要回家,她横竖不能拦着,到底名义上大家还是一家人呢。

胡秋敏想得太单纯,老杨家是什么德性没有人比胡悦更清楚,等杨涛回来了,也不能让他们一家四口过年,肯定是想着法子把杨家父子哄回老家去,到时候还不是就剩下她们母女在基地冷冷清清?

老杨家没有一个看得起她胡悦的,甚至离婚这么多年了,背地里还勾搭着杨松柏的前妻不放,有些事儿,胡悦知道,只是不想提。

比如杨松柏每个月不往家里拿钱,不但给了他妈和姐姐,还给过他前妻,说是借,也不知道哪一天能还。

看着胡秋敏兴高采烈的样子,胡悦脸上的法令纹又往下撇了撇。

这个年,到底怎么过,还不好说呢。

入了夜,窗外北风呼啸,油田基地偏僻角落的宿舍楼一片寂静,只有路灯散发着昏暗的光芒。

睡在破旧沙发上的袁山青在一片黑暗中睁开了双眼,静静地倾听了一会儿,确定袁勇打着呼噜睡得正香。

她蹑手蹑脚地起身,走到床边,小紫被袁勇放在里侧,他自己四仰八叉地睡在外面,袁山青默默地又等了足足一分钟,确定袁勇没有醒,才谨慎地伸出手,打算抱起小紫。

她的手才伸到一半,袁勇就突然地停止打呼,出了声:"干啥?"

袁山青吓了一跳,袁勇一个翻身坐了起来,眼睛像狼一样在黑暗中发着狠厉警惕的幽光:"想谋害老子?"

袁山青看着小紫什么都不知道的睡脸,勇气陡然而生,坚定地伸手去抱妹妹:"小紫晚上尿床,还是跟我睡吧。"

袁勇直接拍开她的手:"以为老子傻啊,想抱着跑啊,把钱给我我就走!"

袁山青咬牙切齿,却也不敢大声:"我和你说过了,钱已经让警察拿走了,没有钱了!"

袁勇一把抓起小紫,恶狠狠地威胁:"那就把这个丫头片子卖了!要不是她妈骗我,我能到今天这步吗?"

想起那个浓妆艳抹的后妈林秀,袁山青心里并没有多少恶感,跟眼前的袁勇比起来,林秀都算是个好人了。

"那你去找那个女人算账啊!你在这和我俩过不去干啥?你就算把我俩都弄死了,有用吗?"袁山青激动地质问。

她不能让袁勇待在家里,小紫会有危险,而且万一被发现了,基地里那些已经开始接纳她的人会怎么想?会觉得她和袁勇到底是父女连心,还窝藏包庇他,从此再也不相信她和袁勇无关。

"你做了这么多丧尽天良的事儿,一跑了之,我和小紫在这被所有人骂,你回来看见我俩饿死你就高兴了吧?!"

袁勇烦躁至极,他逃亡多日,好容易回到家睡个安稳觉,没想到这个女儿还要半夜闹腾,真想一把掐死她!但是这个地方是他唯一的后路,要是鱼死网破,他逃走之后还能去哪里?

"这都是命!你以为我想过这种日子啊!我在外面睡山洞吃垃圾,谁他妈好过啊?!"他想起自己悲惨的处境,声音都提高了几分。

说来可笑,他这段日子吃过的唯一一顿饱饭还是女儿给的。

袁山青气得浑身发抖:"你要是不做那些事儿,咱们家能是现在这个样子吗?你口口声声说想赚钱,钱呢?你给我俩花过吗?你养过我俩吗?没你,我俩根本不用受这种苦!"

有时候袁山青真的想过,人活着是为了什么呢?投胎的时候她早知道会遇到这样的父亲,她还会愿意被生下来吗?

但是,如果不出生,她就不会遇到程芽芽,还有好心的程叔叔、贾阿姨、苗苗姐姐、班级里的同学们……

袁山青眼眶里泛起了泪花,她像一只凶狠的小兽,龇着牙要用小小的身躯奋力保护自己仅有的地盘:"我可以不报警,也不告诉别人你回来过,但我劝你最好赶紧走,你要是伤害了小紫,我死也不会放过你,咱们同归于尽!"

这样恶狠狠的女儿,是袁勇从来没见过的,他印象中袁山青一直低着头,弯腰驼背,老实乖顺得不像话,挨打挨骂都不敢吭声,更不知道反抗。

但在这个漆黑的夜里,他终于清楚地意识到,袁山青长大了,不是那个随意被自己拿捏的窝囊废,她有了自己的主意,翅膀硬了。

又或者,袁山青一直如此,只是从前把反抗都藏在了心里,这时候才爆发出来。

他色厉内荏地喊了一声:"别他妈烦老子睡觉!滚!"

话这么说,他还是把小紫重新放回床上,依然用一只手牢牢按住。

桥东要过年,桥西也要过年,强小娃买好了水泥和油漆,用三轮车一趟拉回了家,预备把房子翻修一下,让强大娃回家也看看家里的新气象。

强大娃出门打工,为了省钱给他交学费,已经两年没回家了,现在他上学的问题解决了,正好趁这个年团聚一下。

但是一大早他起床正准备干活,就发现昨天自己铺了好几层的保暖毛毡和油布都被掀开了,水泥的包装被划烂,油漆桶的盖子被打开。

过去一看,油漆冻得梆硬,水泥更是沾了水结成了一个大疙瘩,眼见着是不能用了。

谁干的不问可知,强小娃脸色铁青,太阳穴青筋直冒,拿起铁锹就往外走,强丰收一边咳嗽一边出来,看到这景象也知道不好,急忙跟了上去。

强小娃一路走到李家,也不进门,站在门外大喊:"李花儿!花儿!"

李父开门就骂:"干啥!叫我家花儿有啥事儿?"

强小娃劈头就问:"李全富,有啥话当面说,你跑我家院子来祸祸水泥啥意思?"

李父心里得意,面上阴阳怪气:"你个碎娃娃,还敢和大人叫板了,你看见我祸祸你家水泥了?倒是你,大白天的站门口叫我家花儿,想得美!我把花儿送走了!你别惦记着!这是我李家的女娃,跟了谁也不可能跟你家!"

他说了一大堆,强小娃只听见"把花儿送走了"这一句,他不是不谙世事的油田基地子弟,在桥西老村这边,"送走了"只有一个含义,那就是收了彩礼打发出去嫁人了。

李花儿才十五岁,还是上初中的年纪!

此时此刻他也顾不得追究什么水泥油漆,热血上头地举着铁锹就要往李家屋里冲:"送去哪儿了?李花儿,你在家不?"

李全富一边上前拦,一边扯着破锣嗓子喊:"抢我家女娃,现在还要打人,你信不信我告派出所!"

追上来的强丰收一把抓住强小娃举着铁锹的胳膊,喘着气说:"李全富啊,你得做个人啊!你这样会有报应的。"

李全富一脸无赖,反过来指责他:"你家孙子跑我家来拐骗女娃你不管,你这个爷是咋当的!"

在农村里父权大过天,李花儿再可怜,她亲爹发了话,别人哪还有说话的余地,更别说强小娃这样的外人。

强丰收知道自己不占理,夺过强小娃的铁锹,语气沉重地说:"回家。"

强小娃不知所措,还想说什么,被强丰收狠狠一眼瞪过去:"小娃,回家!"

看着爷孙俩的背影,获胜的李全富在后面高声叫唤:"他爷,管好你家男娃,少插手别人家的事儿!"

李肆在家里憋了一夜,还是觉得不得劲儿,于是打电话叫胡秋敏过来。

胡秋敏进门的瞬间,李肆下意识地往她身后看了一眼,然后才意识到,他和程苗苗绝交了。

把他的反应全看在眼里,胡秋敏明知故问:"你不是不让我叫苗吗?要不我现在叫她去?"

李肆垂头丧气,往沙发上一瘫,一副不想动的样子,胡秋敏好笑地说:"你个大老爷们儿,以前也不这样啊,有啥就说,想干啥就干,不高兴了也不憋着,错了就认,现在怎么别别扭扭的?"

李肆依然嘴硬:"谁说的,我现在也这样。"

"扯淡,你俩也不是第一次吵架,以前都对着骂,这次是咋了,话都说不开了?"李肆的症结在哪儿胡秋敏心知肚明,她一针见血地指出,"不就为个强小娃吗,你不就是嫌苗儿和强小娃走得近,咱们多大个人了,装啥小心思呢?"

"不是为了强小娃!"李肆逞强,他心里也知道,自己干涉程苗苗跟谁交朋友完全没道理,还显得自己幼稚,但事到如今只能硬着头皮撑下去,"我这次伤心了,谁劝都没用,我就没出息,我咽不下这口气!"

他也不是非要程苗苗和强小娃绝交,但能不能只做普通朋友,把他放在第一位。

胡秋敏嗤笑一声:"那你就继续置气,干脆就和苗儿绝交,这样等着毕业后人家两个结婚给你发喜帖。"

她直接说到结婚，倒把李肆弄愣了，看着胡秋敏坐都不坐，转身要走，李肆崩溃地大喊："胡子，连你也这样是不?!"

胡秋敏站在门口，回头看他："我去找苗，你去不去？"

李肆痛下决心，还是没扛过，不情不愿地出了门："我也不是跟着你啊，顺路而已。"

家属区就这么大，两人拐了个弯，眼看要到，李肆却突然站住了。

他看到单元门口站着强小娃，程苗苗没穿校服，一脸凝重，小辫子都不像以往那么风风火火地翘着。

两人靠得很近，几乎是头对头，小声地在说着什么，虽然站在室外，那气氛好像隔空画了一个圈子，外人针插不进的程度。

李肆脸色大变，目光发直，咬着牙站了一会儿，头也不回地走了。

胡秋敏站在原地，无奈地两眼望天，叹了口气。

其实强小娃过来，是给程苗苗报个信，程苗苗一听说李花儿被送走了，比他还要震惊："送哪儿去了？能找到吗？"

强小娃低着头，闷闷地说："不知道。"

"那，告诉高老师了吗？"

"说了。"强小娃先找的高飞扬，但遇到这种家长带头阻拦的事儿，高飞扬也没什么经验，"现在也没啥办法，就看花儿啥时候回来找咱们吧。"

程苗苗一想起认真备考，以为能顺利入学的李花儿，心里也不是滋味："我还说找我姥去她家说说呢，我姥可会做思想工作了，这怎么人还送走了呢，啊，真是气人，啥爸妈啊！"

程苗苗气呼呼地回到家，一家人在刘英娣的指挥下，以"过年新气象"为名搞了一上午的家居改头换面，已经累到连起身的力气都没有了，这时一听到她带来的新消息，个个都很吃惊。

"这种情况能报警吗？"程苗苗愤怒地问，"什么年代了，还有拦着女儿不让上学的，有人管吗？"

程鹏飞认真地思考了一下，摇摇头："很难，跟警察说父母拐卖自己的女儿？"

贾代玉也跟着摇头："那除非真是拐卖才行，现在也没证据，万一人家就是过年送回老家了呢，毕竟人家是一家人，不好说啊。"

程鹏飞看到女儿气得小辫子都要飞起来了，出言建议："让小娃随时看着，要是一回来就赶紧说，如果是她爸妈打她，这就能报警，谁打人都不行，父母也不行。"

程苗苗看程芽芽一直没吭声，用胳膊捅咕了他一下："你咋也不高兴啊？有啥心事儿？"

程芽芽没见过李花儿,此刻想的却是另外一件事儿:"袁山青消失好几天了,那天在菜市场见到也觉得怪怪的,说是小紫不舒服。"

程苗苗顿觉命运多舛,不好的事情从四面八方一起涌过来,她关心地问:"小紫又病了啊?不是刚出院吗?"

程芽芽心里不安的疑云越来越大:"我总觉得有事儿。"

可是袁山青会有什么秘密瞒着他,不跟他说呢?他们不已经是好朋友了吗?

程鹏飞也觉得纳闷:"没看见袁山青带着小紫去医院啊?这样,你晚一点儿亲自去一趟她家,她那性格你也知道,怕麻烦人。"

程芽芽瞥了一眼在厨房大烹大割,忙得热火朝天的刘英娣,小声说:"我现在就去。"

"哎!"程苗苗制止他,"吃完饭再去啊,姥今天亲自下厨给咱们弄的西餐,吃牛排,啊不,猪排。"

贾宝山拆自己老妈的台:"拉倒吧,你姥最远就去过山东,她做的是河北那边的西餐吧。"

程芽芽已经起身穿衣服,还找了个大袋子装零食:"我现在就去,她要不在家,我在门口等。"

袁山青正在家做饭,袁勇算是终于吃上了,一天三顿不带含糊的,此刻还在沙发上闭着眼睛打盹,一只手牢牢地按住小紫。

小紫很乖,肚子饿了也不吭声,小小的孩子似乎也能感受到空气中的紧张气息。

门突然被敲响了,传来程芽芽的声音:"袁山青!"

袁山青本能地要走过去开门,刚走了两步就停下,回头警惕地看着袁勇。

袁勇警惕地直起身子,已经把小紫禁锢在怀里,一只手卡上了小紫的脖子,用眼神示意她不要吭声。

袁山青低下头,看着锅里沸腾的汤水,死死咬住嘴唇,垂在身侧的手握成了拳头。

"袁山青,你在家吗?"程芽芽喊了好几声,屋子里毫无动静,反而是同层楼的其他家开了门探出头,不满地看着他。

他想了想,写了张纸条放在塑料袋上,犹豫着离开了。

此时屋子里,袁勇已经摸到了菜刀,对袁山青小声说:"去看看有没有人。"

袁山青掀开窗帘,楼道里空空荡荡:"没人。"

袁勇不放心,提着刀轻手轻脚走过去,没发出一点儿声音,猛的一下拉开门。

果然没有人,地上放着一个大塑料袋和一张纸条。

他拖着袋子进了门,问袁山青:"谁啊?"

袁山青不想多说,袁勇又问了一遍,她只能含糊其词:"同学。"

袁勇拿着纸条,阴阳怪气地念:"我来找了你们好几次,家里都没人,是不是小紫身体又出状况了?你回来看到留言后来我家找我,有什么事儿咱们可以一起解决,芽。"

他伸出手指弹了一下纸条,不怀好意地笑着说:"哟,还有相好的了。"

袁山青愤怒地反驳:"你别胡说!那是我同学!"

"同学给你送这么多吃的啊,还都是好东西?"袁勇冷笑一声,"都是男人,谁不知道谁的心思?我先说好,你找相好的我不管,但你敢让别人知道我在这里,我第一个就弄死这小丫头片子!"

他说着,举起了菜刀,威胁地说:"我搞到钱就走,你给我老实一点儿,大家都没事儿。"

看到菜刀雪亮的刃在空中比画,袁山青心急如焚,现在不仅仅是小紫的生命受到威胁,程芽芽也不安全,他这次来没看到自己,一定会再来,到时候撞上袁勇怎么办?

程芽芽帮了她这么多,她不能让程芽芽处于危险当中。

袁山青下了决心,大步走到床边,在床下摸索了一阵子,摸到了被胶布贴在床底的铁盒子,她一把把铁盒子拽了出来,打开盖子,把里面的钱都倒了出来,一个硬币都没留。

纷纷扬扬的纸币落在地面,面额大小不一,袁山青决然地说:"这是我现在所有的钱,本来是要攒着给小紫看病的,你都拿走!"

袁勇看到钱,两眼放光地扑过去,一把都揽在怀里:"我就知道你藏了钱!"

他数着钱,顺嘴问了一句:"看病?这丫头片子咋了?"

其实袁山青不想说的,生活里的苦她可以一个人咽下,可以对散发善意的人倾诉,袁勇知道了又如何呢?只会让小紫显得更加悲惨。

虽然不情愿,她还是说了出来:"是……聋哑,医院大夫说还能治。"

袁勇第一次知道,诧异地看了一眼坐在沙发上自己玩的小紫,往地上啐了一口:"怨不得不哭不闹的,我还以为是个傻子呢,那个坏娘们儿竟然给老子生了个聋哑人,真他妈是报应啊!"

袁山青看他把所有的钱都贴身收好,再度出声提醒:"你拿了钱就走吧,我不会和任何人说的。"

袁勇冷笑:"你当我傻啊,现在年关,到处都查得严,我出去就是个死路。"

袁山青不挪脚步,执拗地追问:"那你啥时候走?"

袁勇不耐烦地坐回沙发上:"年三十,我得挑个大家都放松的时候,没几天了,你嘴再闭严实点儿,别找麻烦,做饭去!"

他说着,又若有所思地看了一眼身边的小紫。

第二十章
新年好

过年是孩子们最开心的时候,有新衣服穿,有压岁钱拿,还能听到外出归来的人说一些外面世界的新鲜事儿,但对于大人们来说,过年则是最忙的时候,忙着送礼,走人情,有的还要争口一年下来积攒的闲气。

对于油田基地的女职工来说,又要主内,又要主外,更是忙得不可开交,牛铃铃妥帖地准备好一堆给各家的年礼,送回李大海老家给公婆的礼又格外重了三分,打叠起万般柔情,终于哄得李大海答应一家三口不去老家过年,还催促着李大海把给领导的年礼都一一送到才放心。

贾代玉也很想像牛铃铃一样当个贤内助,督促程鹏飞去给领导送礼,无奈程鹏飞油盐不进,只给退休多年的老院长写了一副春联送去,对于贾代玉"你还有没有点儿眼力见"的质问,他认真地纠正:"我一个大夫,眼力见都是用来看病的,不是巴结领导的。"

气得贾代玉抱怨:"死脑筋!这辈子也升不了官发不了财!"

胡悦就更憋屈了,哭哭啼啼地到小蜀都找两个好朋友诉苦,牛铃铃一看不是事儿,和贾代玉一起拉着她去镇上的美发店里盘头,换个形象,也换个心情。

其实当年杨松柏来二厂相亲的时候,她们两家也跟着忙活来着,当年三家人处得跟一家一样,相亲饭都是他们充当娘家人陪着胡悦吃的,贾代玉花了一下午给胡悦卷头发,牛铃铃贡献出自己从西安买的彩妆,把她从头到脚收拾得大方又漂亮,杨松柏看到眼睛都直了。

那时候杨松柏的条件看着确实不错,人挺老实,年后就能升职,唯一担心的就是带了个半大儿子,怕胡悦费了心力还养不熟。

谁能想到磕磕绊绊走到现在,杨涛反而不是问题,对胡秋敏对胡悦都没的说。

"算啦。"贾代玉头上顶着烫发帽,点评了一句,"老杨还知道给小敏买随身听,这表现就不错了。"

牛铃铃也跟着说好话:"老杨也不是啥坏人,就是大男子主义,不会心疼人。男人嘛,都这样,我家大海嘴上会说,有什么用?心里可有主意了,总瞒着我给老家寄钱,还想让我跟他回老家过年,他老家什么样儿你们是不知道,上个厕所还得出门,厕所都没顶,跟在外面拉野屎一样,裤子一脱,那个大北风吹得哟,害我拉了一礼拜肚子。"

贾代玉看她说得粗俗,隔空打了她一下,胡悦勉强地笑了笑:"你这是想让你回去你不乐意,我想回去人家还不乐意呢,他们全家一直都看不起我,这个气我受了多少年了。"

贾代玉宽慰她:"三年都见不了一次面的人,你老在乎他们干啥啊?你过好自己的日子不行啊?"

"过好自己的日子?"胡悦冷笑一声,"他愿意跟我过好日子吗?前妻都离婚多少年了,还走动呢,还借钱呢!别的不说,我自从嫁给杨松柏,就从来没买过首饰,你们知道的啊,咱们油田家里的媳妇儿谁过年不是添个金首饰,我从来没买过,昨晚我说今年高低买个金手镯,老杨说我祸祸钱,我胡悦自己也挣工资,啥时候祸祸过家里的钱!就许他借给前妻的钱不往回要是吧?"

她说得激愤,贾代玉手腕一缩,赶紧在围兜下面悄悄地把腕上的金镯子褪下来揣兜里,隔着胡悦给牛铃铃使眼色,牛铃铃也明白过来,摸索着把自己的金项链给解了下来。

"哎呀!都一样!"贾代玉故意大声说,"程鹏飞连件新衣服都没给我买,今天来烫头还是我自己的钱。"

牛铃铃也跟着附和:"我还以为就我今年艰苦朴素呢,原来大家都没买啊?"

两人唱念做打了一顿,好容易安抚好了胡悦,又说些让她高兴的事儿:"老杨再不咋样,杨涛真是个好娃娃,多懂事儿啊,就冲他对小敏么好,就是亲哥哥也不一定这样的,你就知足吧。"

提到杨涛,胡悦的眉头皱得更紧,有些话,即使是对这两个闺蜜她也不好意思说出来:杨涛要是对胡秋敏不冷不热她肯定不高兴,但现在杨涛对胡秋敏太热乎了,她这个当妈的心里居然就更不得劲儿了,总怕发生些不该发生的事儿。

纠结再三,胡悦叹了口气:"这日子咋知足啊,每年一到过年,我这心里就不痛快。"

"说来也奇怪,你说从前过年多带劲儿啊。"贾代玉想起杨松柏来相亲的那个春节,虽然物资不那么丰富,一桌酒菜还是三家凑起来的席面,但就有一股高兴的劲儿撑着,如今他们各家饭桌上都大鱼大肉的,吃起来怎么就不是那个味儿了呢?

牛铃铃笑着说:"电视上也说呢,说现在过年都没年味了。"

胡悦心里还憋着气,哼了一声:"我看是没啥人味了。"

刘英娣的"河北西餐"没人捧场,程苗苗程芽芽姐弟俩都溜出去了,她只能盯着贾宝山:"吃!浪费粮食那是有罪的。"

贾宝山叫苦不迭:"妈哎!吃坏身体那就值当了吗?"

刘英娣毫不动摇:"你吃,我看着,到底能不能吃坏。"

看到贾宝山磨磨蹭蹭,刘英娣使出杀手锏:"不愿意就别在你姐家待着,回去跟你爸过年去,我看你还咋追那数学老师。"

贾宝山一听,立马伸筷子把猪排夹起来就往嘴里塞,狼吞虎咽还吧唧嘴,刘英娣脸色和缓了下来,小声问:"你跟那老师,有戏没?"

贾宝山连连点头:"有戏!太有戏了!妈,你说过年咱请她到家里吃个饭咋样?"

刘英娣一听,进展这么快,高兴得直点头:"那人家愿意赏光可就太好了啊,我给你帮衬着说点儿好话。"

"说好了啊!到时候可别给我掉链子,多说我的闪光点,小时候那些丢人事儿可不兴提!"

程鹏飞一直在隔壁打电话,不时注意着这边的动静,终于等到对方的确切回答,提高声音说了一句:"妈,我爸和你说话。"

刘英娣没好气地翻了个白眼:"有啥可说的!别是他也要来吧?"

嘴上这么埋怨,她还是站起身往电话那边挪动,程鹏飞起身把座位让给她,小声说:"是我跟爸提的,明天过来一起过年,您可别给堵回去啊。"

看在女婿的面上,刘英娣接过电话的时候口气还算不生硬:"你来干啥啊?我去哪儿你去哪儿,还能不能有点儿个人空间了?"

程鹏飞和贾宝山对了一眼,都笑了,贾宝山钦佩地对程鹏飞竖起大拇指。

程苗苗是躲家里那顿猪排大餐,主动找胡秋敏出来玩的,说去桥头商店买鸡蛋糕吃。

但是等鸡蛋糕拿到手里,胡秋敏吃得津津有味,程苗苗却没胃口了,捏着鸡蛋糕发愣。

"还不高兴呢?"胡秋敏用胳膊捣她一下。

程苗苗郁闷地说:"我姥来了我倒挺高兴,但就是得在家里一直高兴着,出来才能缓缓。"

胡秋敏响亮地嗤笑了一声:"都要到出来缓缓的地步了,我可太了解这个出来缓缓了,我妈和老杨一吵架,我就得出来缓缓。"

两人站在大桥上,看着被冰冻得发白的河面,程苗苗想起胡秋敏坐在大桥栏杆上满面泪痕的样子,心下狠狠一抽,问:"那你出来缓缓能让心里痛快不?"

胡秋敏摇摇头:"解决不了啥实质问题,就是图个清净,自己心里好受点儿呗,习惯了就好了。"

程苗苗一下心疼了,转身抱住胡秋敏,闷闷地说:"马上就长大了,你就自由了,再也不用出来缓缓了。"

胡秋敏平静地任凭她抱着,怅然地说:"我看长大了啊,缓的事儿还多着呢,你要是心里这么不痛快就直接去找李肆说清楚呗。"

这句话又把程苗苗惹毛了,她松开手直跳脚,小辫子一上一下的:"我就是气不过啊!李肆啥时候和我这样过啊!你说他不会真就和我绝交了吧?"

"不能够!"胡秋敏宽她的心,又建议,"他那个没出息的样子你又不是不知道,要不你这次服个软?"

一说这个,程苗苗就烦躁:"这就不是服软的事儿,难道我为了不让他生气就和强小娃绝交啊?强小娃有啥错啊?你说结婚找老公选一个,现在大家都是好朋友,哪有当朋友还要二选一的?这就是歪风邪气,不能纵容。"

其实胡秋敏对强小娃也没意见,但是总不能看着从小玩到大的铁三角分崩离析,她反过来搂着程苗苗劝说:"人和人之间,哪有那么多道理可讲,这些事儿谁不明白啊,但真到自己头上不还是小心眼吗,我妈就小心眼了一辈子,天天钻牛角尖,到头来就自己不高兴,我从我妈身上就看出来了,犯不着非要分对错,你想大家都好,那就要让最不高兴的那个先高兴了,对不?"

程苗苗最终还是听了胡秋敏的话,捏着鸡蛋糕去李家,是牛铃铃给开的门,喜眉笑眼地招呼她:"苗苗来啦?坐吧,我去叫李肆。"

要是以往,程苗苗还没进门,李肆已经蹦跳着出来了,牛铃铃一边纳闷,一边推开了卧室的门。

李肆背对着门,面朝墙,被子裹在身上一动不动,仿佛睡得很熟。

牛铃铃刚想转身出去,一瞥,看到李肆被子下面露出的拖鞋,再看看他盖着被子依然显得僵硬的动作,心知肚明这小子是听到程苗苗进门才跳上床的。

"人家苗来了,你要是没睡就起来!"

牛铃铃压低声音威胁,李肆依旧岿然不动,把牛铃铃差点儿气乐了:"嘿,还装上了?"

她也不再多管,出去掩上卧室门,和气地对程苗苗说:"李肆睡了。"

"哦。"程苗苗捏着鸡蛋糕低下头,心里说不出什么滋味,她来的时候想得好好的,

不管怎样也要和李肆把话说开，不能再这么冷战下去。

但是没想到李肆来了个不见面，彻底挫败她所有的计划。

她不知道，此时被窝里的李肆探出头来，竖着耳朵听外面的动静，听了半天，干脆穿着秋衣秋裤跳下床来，蹑手蹑脚地把卧室门打开一条缝，眼睛贴在上面四下窥探。

从他这个角度看出去，只能看到牛铃铃坐在沙发上。

李肆干脆伸出头去看，牛铃铃看他那贼头贼脑的样子，哼了一声："走了，你又不知道犯啥病呢，人家都到家里来了，这大冷天的……"

她话还没说完，李肆连外衣都来不及穿，只穿着秋衣拖鞋，兔子一样就蹿了出去。

程苗苗心里沮丧，脚下也没了往日的轻捷，一个人走在家属区的大马路上，低着头捏着手里的鸡蛋糕。突然身后传来越来越近的脚步声，李肆喘着粗气蹦到她面前，劈头就问："你啥意思？！你生气的时候我去你家找你，从早上待到晚上，你道歉你待这么一会儿啊？！"

看到他的第一眼，程苗苗是开心的，但一听这话，又不高兴了："我凭啥道歉啊？"

李肆大声质问："那你来我家干啥？！"

这时候程苗苗的小脾气也上来了，吼了回去："你管我啊，我愿意去哪儿就去哪儿！"

过年的北风刺骨，李肆只穿着秋衣，冻得鼻涕都下来了，他擤了一把，恶狠狠地瞪着程苗苗。

程苗苗不忍心了，反过来劝他："你赶紧走吧，这么冷的天你耍什么单？"

"冻病了我乐意！我光膀子雪地撒野你也管不着！"李肆气呼呼地说，干脆一屁股坐在了路边。

程苗苗后退了一步，看着他无赖的样子，忍无可忍地说："你冻死了别讹我就行！"

她拔腿就走，决心再也不给这个混小子一个眼神，但听到背后李肆打喷嚏的声音，又停住了脚步，板着脸回来把棉衣脱下来，扔到了李肆头上。

厚实而柔软的棉衣当头罩下，还带着程苗苗身上清新的香味，李肆一下急了，拿起棉衣就去追程苗苗："你有病啊，大冬天的连棉衣都不要了？"

程苗苗回头瞪着他，比他喊得还大声："你看看咱俩谁有病！你穿个秋衣秋裤在这跟我喊啥！还是卡通的，李肆你马上十八了，还穿卡通秋衣呢？！"

李肆低头看到自己身上的卡通图案，又窘又急，手里抓着棉衣，一时手忙脚乱，不知道该去遮自己的秋衣，还是该给程苗苗披上。

最终，两人回到了楼道里，两边的墙壁散发着暖气的余温，比站在外面吹冷风好过多了。

声控灯灭了，李肆咳嗽一声，楼道又大放光明。

程苗苗板着脸看着对面的墙壁:"尴尬不?"

李肆臊眉耷眼地承认:"有点儿。"

"那就有啥话说开,你不就是嫌我和强小娃关系太好了吗,干啥啊?觉得我俩搞对象啊?"

程苗苗是下定决心今天一定要解决这个问题的,李肆被她的单刀直入给吓住了,讪讪地说:"那我也没说过这话。"

"本来也没有这个事儿,就是好朋友,退一万步说,就咱们现在高二,谁敢搞对象啊?有这心也没这胆啊!"

李肆琢磨着程苗苗这话,越琢磨越不对:"就是说你有这个心呗,只是不敢?"

程苗苗简直要被李肆的思路气死了,拉着脸教训他:"有没有心有没有胆,这事儿现在做都不合适!你从三岁就嚷嚷要和我结婚,那这么多年了,咱俩算搞对象吗?"

李肆立刻否认:"那不能!搞对象是长大之后要干的事儿,咱俩现在算好朋友。"

"对啊,这个道理你不是也很清楚吗?那为啥动不动就为这个事儿和我生气啊?肆哥,脑子呢?你现在不理我,啥意思啊?是让我和强小娃培养感情,然后毕业后在一起呗,你这是舍你成全了我们,是吧?"

李肆一听这个话,一下急眼了:"我有病啊!我还成全你俩,我是月老啊还是观音菩萨啊,你俩要是敢搞对象,我第一个告发给小芳……不对,我打断他强小娃的腿。"

程苗苗抱着膀子看着他:"你打得过吗?"

这可关系到男子汉的尊严,李肆梗着脖子强调:"打不过也打,大老爷们儿就不能怂!有本事咱们就公平竞争,我李肆也不是那种怕事儿的人,毕业后谁强谁弱,咱们到时候看谁在山头为王!"

程苗苗缓缓地点了点头:"这还有点儿爷们儿样,你把那学习搞上去,做人靠点儿谱,踏踏实实的,别一天天儿女情长的,幼稚。"

一说到学习,李肆就犯怵,他嘴硬地说:"这咋又和学习扯上关系了?谁学习好和谁搞对象啊?"

程苗苗耐心地解释:"学习好的人长大步入社会是不是更有优势?那真要嫁人,是不是要找个优秀的?我爸就是品学兼优的人,你看多靠谱,对我妈多好。"

一说到程鹏飞,李肆就服气了,的确,程鹏飞可以算是油田基地数得着的好男人了,脾气好,讲道理,还是知识分子,靠技术吃饭的。

"那……你早说,我早好好学习了!要这玩意儿是个标准的话,我必将奋发图强!"

李肆正在慷慨激昂地表决心,程苗苗扑哧一声,把手上已经被捏得变形的鸡蛋糕递给他:"专门给你买的,吃了就不准再生气了啊。"

"拿块破蛋糕就想收买我啊?"李肆赶紧接过来,还要表示看不上。

程苗苗知道现在形势大好,李肆的毛得顺着捋,笑了笑,小声说:"不是收买,是不想失去你。"

李肆傻乎乎地笑了起来，唯恐谁要来抢一样，把鸡蛋糕塞到嘴里咬了一大口，腮帮子鼓鼓囊囊，艰难地咀嚼着。

感觉这块又凉又硬的鸡蛋糕比他这辈子吃过的所有好东西都甜、都香。

偏偏这时候，楼道的感应灯灭了，程苗苗跺了两脚，也不见重新亮起，她嘀咕一句，伸手过去拉住了李肆的手："赶紧回家，上下楼梯小心点儿。"

李肆含糊不清地嗯了一声，紧紧地回握住了程苗苗的手。

人逢喜事精神爽，大年三十这天一大早，李肆就起了床，哼着歌拖地。

牛铃铃一开门都吓着了："这是咋了？主动干活啊？"

李肆摇头晃脑地拄着拖把："咱天生就是个勤快人儿，妈，今年咱就在基地过年吧？"

牛铃铃一下笑起来："我都不去你奶家了，你姥那边也不好去啊，要不你爸咋交代？当然是在基地过。"

"还是你识大体，我早说了，去谁家都不合适，得罪人。"李肆老气横秋地点评。

牛铃铃惊奇地看着他："你倒是挺懂形势，那以后你遇到这种难题怎么办？"

她存心想逗逗李肆，没想到李肆理直气壮地说："我不难，我肯定得和我媳妇儿过，这结了婚啊，就得和媳妇儿一条心，谁能陪你过一辈子？那必定是媳妇儿。"

说完，他朝牛铃铃眨眨眼，小声说："这是我爸说的。"

牛铃铃一下笑开了，从钱包里拿出五十块慷慨地递过去，喜滋滋地说："你爸这话倒是说得对……不对，他跟你说这话干啥啊！你一个小娃娃，这是你该操心的事儿吗？"

李肆一手拿了钱，扔下拖把，早窜得没影子了。

杨涛昨天也从深圳回来了，所以今天胡秋敏跟他们去镇子上逛街的时候，天气虽然寒冷，也把袖子捋得高高的，露出手腕上的新型电子表炫耀。

程苗苗毫不掩饰自己的羡慕："天啊，这也太好看了，这多少钱啊？"

胡秋敏得意扬扬地显摆着："不知道，反正不便宜。"

李肆也凑过来看了看："还是有哥好，我家里就我一个，也没人送我个啥。"

程苗苗叹口气："我家倒是两个，但是个弟弟，我送他还差不多。"

此时空气中传来刚出炉的烤红薯味道，香甜得霸道，胡秋敏抬起鼻子闻了闻，开玩笑地说："送他个烤红薯。"

程苗苗眼睛一亮，兴冲冲地顺着香气的来源走去："可以！"

没走两步，她的动作就慢了下来，李肆顺着她的目光看去，穿着黑布棉袄的强小娃守着炉子，正在叫卖："烤红薯！又大又甜的烤红薯！"

程苗苗犹豫着是不是转身就走,胡秋敏也紧张地看了一眼李肆。

他们这铁三角自复合之后第一次上街,可不能因为强小娃让大家又都不高兴。

没想到李肆毫不在乎,主动大步走过去喊:"小娃!"

强小娃一看到他们三人就笑了:"你们来逛街啊?"

李肆直接上手搂着他的肩膀:"都年三十了,咋还摆摊呢?"

强小娃指着集市上熙熙攘攘的人群:"年三十也不耽误赚钱啊,卖完这些我就回了,给你们装点儿,刚烤好的。"

李肆一拍胸脯:"那还费啥劲儿啊,都给我装上,我包圆了!"

强小娃拿起个最大的烤红薯塞给他,摇头说:"不用你花钱,我送你。"

李肆鄙视地翻了个白眼:"你摆摊儿不赚钱啊,你是不是傻?看不起谁呢?包圆!"

他从兜里掏出五十块硬要塞给强小娃,强小娃推辞不要,两人扭打起来。

这边程苗苗和胡秋敏已经一人挑了个烤红薯开始剥皮,一边还冷嘲热讽:"你就让他包圆吧,不然一会儿他拿钱都得抽奖抽没了。"

"也不能全没,好歹还能抽几袋洗衣粉呢。"

正在说着,远处传来一声惊喜的呼唤:"小娃?!"

强小娃停下了动作,李肆趁机把五十块硬塞进他兜里。

强小娃根本顾不得了,眼睛直勾勾地看着人群中正向他走来的人,熟悉的面孔,比离家时候多了几分成熟,穿着磨到发白的迷彩棉衣,背着蛇皮袋,风尘仆仆的样子一看就是刚下火车。

好容易抢到了一张站票,挤在浩浩荡荡的春节返乡大军里,离家两年的强大妞终于在大年三十下午,再次踏上了西北平原河坪镇的土地。

"哥!"强小娃高叫一声就扑了上去,紧紧抱在了强大妞的身上。

夕阳西下,暮色渐浓,大桥东西两边都沉浸在一片过年的气氛当中。

强大妞从蛇皮袋里掏出给强丰收带的护膝,亲自给爷爷绑上,强丰收一边高兴,一边情不自禁地流下了泪水:"好好,真暖和啊。"

强大妞给他擦眼泪:"爷,大过年的咋还掉眼泪呢?咱可不兴哭鼻子啊。"

强丰收哽咽着抓住他的手,目光落在他脸上,怎么也看不够:"我就是太高兴了,大妞,你受苦了。"

在外打工,背井离乡,谁没有一肚子委屈,但此时强大妞全部咽下,反而兴高采烈地哄爷爷开心:"受啥苦啊,我那边条件可好了,我们盖的楼有十层那么高呢,还装电梯,按一下小按钮,嗖一下就到十楼了,等小娃考大学,就考我那边去,我俩把你接过去,咱一起过好日子。"

强丰收满足地听着,连连点头:"好好好,你俩都有出息,我这辈子没白活。"

兄弟俩对视了一眼，双双跪倒，郑重其事地给强丰收磕头："爷，没你就没我俩，祝您老人家长命百岁。"

他们两个是被扔在河边的弃婴，要不是强丰收捡到他们，一口米汤一口饭地喂养长大，早就死在寒风中了，哪里还有今天的日子。

强丰收热泪盈眶，一手一个搀起两个孙子，颤巍巍地走出屋门，扑通跪倒，对着上空拱手拜了又拜："我得感谢老天爷啊，给我送了两个这么好的孙子。"

强小娃背过身去，悄悄抹去了脸上的泪水，强大娃眼里闪动着泪花，故意大声欢快地说："爷！咱做年夜饭了。"

"好，好！"强丰收赶紧从地上爬起来，也许是护膝真的有奇效，此刻他腿上心里都暖洋洋热乎乎的，好像年轻时候的干劲儿又回来了，大声同意，"给我娃蒸花馍馍！包饺子！"

胡秋敏此刻也坐在年夜饭的饭桌上，一家四口起初的气氛竟然有些尴尬，杨松柏是一向不爱吭声，胡悦也有点儿收敛。

杨涛开了一瓶酒，倒满四杯，第一杯就端给了胡悦，诚恳地说："悦姨，这一年你又辛苦了。"

这下把胡悦闹得不好意思了，她这半辈子所苦无非是觉得所有人都不理解自己，无视自己对这个家的付出，没想到听到的第一句肯定，还是来自这个继子。

杨涛端着酒杯，一脸认真："我爸性子倔，脾气也不好，你肯定没少受委屈，为了这个家，你付出太多了。"

说完，他主动去碰了一下胡悦的酒杯，仰头一饮而尽："我这第一杯酒敬你，谢谢悦姨。"

胡悦端起酒杯，眼睛里闪烁着细碎的泪花，她咬咬牙，举起杯子，也仰头干了。

从这杯起，饭桌上的气氛活跃了起来，胡秋敏也趁机显摆了一下："哥，你看这随身听，洋气不？叔叔给我买的，专门买的呢，比我妈对我好。"

她说得很随意，并没有看杨松柏，杨松柏低着头喝酒，心里却暖和了起来，谦虚地举杯："也不懂，瞎买的。"

胡悦佯装生气："这娃娃就是没良心，我这天天伺候你吃伺候你穿，到头来还不值一个随身听了。"

不像从前的尖酸刻薄，她嘴上这么说，脸上却笑着，胡秋敏挽着母亲的胳膊，扬扬得意地说："物质文明和精神文明不一样，得两手抓，对吧，叔叔？"

杨松柏脸上露出难得的笑容，不说话，只是点点头。

"小妹家庭地位见长啊？"杨涛也笑了，破天荒地举起酒杯和胡秋敏干杯，"既然长大了，以后更要对爸妈好，知道不？"

胡秋敏的脸红扑扑的,她爽快地举起酒杯,学着杨涛的语气回了一句:"大哥也长大了,以后要多回家,知道不?"

杨松柏和胡悦都笑了,饭桌上的气氛终于有点儿像一家人了。

程家因为老丈人贾喜奎的到来,也是热闹非凡,刘英娣嘴上说不稀罕,自从知道消息,就忙着下厨房,七个盘子八个碗,炸货论盆装,饭桌上满满的,简直放不下,还催问贾宝山:"不是说去请数学老师吗?人呢?"

贾宝山摆摆手:"去了,人家说要跟楚老师一起在宿舍过节。"

"怎么又出来个楚老师?"刘英娣怀疑地问。

"新来的音乐老师,长得可漂亮了,听说放假不回家,跟苗他们班主任一起谈工作呢,语文配音乐,都是文艺工作者啊。"

贾宝山自己都没意识到话里有些酸溜溜的,刘英娣一巴掌扇在他后脑勺上:"人家不来,你就不能送去啊?快把好菜都拣上点儿,再带上点儿饺子,大过年的,两个小姑娘在宿舍还能吃顿好的。"

对啊!贾宝山猛醒,手忙脚乱地拿出保温桶,就开始搜罗。

程芽芽心神不宁,一直惦记着上次去袁山青家没见到人,留下的零食也不知道小紫吃上没,被贾宝山的动作提醒,他小声征询刘英娣的意见:"姥,我有个同学,她家没大人,咱能叫她们过来一起吃年夜饭不?"

刘英娣一拍大腿:"那有啥不能的啊,你咋才说呢,快叫人过来,这饭菜都摆上了。"

程芽芽顿时高兴起来,扯下外套就往外跑,大门都忘了关。

在客厅里被程苗苗哄着下象棋的贾喜奎迷茫地抬起眼:"芽芽这是干啥去啊?"

程苗苗挤眉弄眼地说:"接你未来的外孙媳妇去了。"

程芽芽向袁家奔跑的时候,袁家正剑拔弩张,袁勇把钱全装进贴身的口袋,一分也没留,而且翻找出一个大口袋,把家里所有吃的喝的都往里塞。

袁山青站在角落里,紧紧地盯着,小紫被袁勇放在床上,中间隔着一个他。

袁勇抬起眼,看到袁山青的眼神,冷笑着说:"你最好盼着我别出事儿,不然咱仨都别想活。"

袁山青针锋相对:"那你就别回来,早晚被人看见。"

"吓唬谁呢?我不回来你和这丫头片子装好人过安生日子对吧?"袁勇一眼看穿她的心思,"你巴不得我死在外面,我告诉你,老子命大,死不了,我这些事儿,抓住我了也枪毙不了我,等我出来了,你俩不管在哪儿,都别想着有安生日子过!"

他恶狠狠地说完,穿上军大衣,把袋子拎在手里,刚要开门,就听到门外传来脚步声,两人同时噤声,竖起耳朵听着外面的动静。

下一秒,程芽芽的声音隔着门传来:"袁山青?"

袁勇唰的一下掏出弹簧刀,雪亮的刀刃闪着不祥的凶光,袁山青什么也不顾地冲过去拽住他的胳膊,拼命摇着头。

两人都不敢发出声音,僵直地站在原地,整个世界就只剩下程芽芽敲门的声音:"袁山青,你在不在?"

他看到门口空空,自己放下的大袋零食不见了,应该是袁山青拿走了,但她人呢?大年三十,家家团聚,袁山青和小紫无亲无故的,能去哪里?

程芽芽敲了半天门,还是没动静,他拖着脚步离开,思索着要不要敲门问问邻居陈奶奶,但是转念一想还是算了,悄悄地停在了楼梯拐角,露出一个头看向袁家的大门。

果然,一分钟之后,大门开了,一个穿着军大衣的成年男人出现在门口。

怎么会有男人从袁家出来? 袁山青呢? 小紫呢!

还没思索清楚,程芽芽的身体已经炮弹一样射了出去,一把抓住了男人的胳膊,袁勇吓了一跳,转过头来,彼此都看清了脸。

"袁勇?!"程芽芽反应过来了,手上使了把劲儿,抓住袁勇胳膊不放。

袁勇刚要有所动作,袁山青从门里扑了出来,出乎意料地抱住了程芽芽,把他从袁勇身边扯开,对着袁勇压低声喊:"走啊!"

不用说第二句,袁勇"哧溜"顺着楼梯就跑了,程芽芽刚要张嘴喊人,袁山青一把捂住了他的嘴,把他往家里拖去。

程芽芽好容易挣开,还要往门外冲,袁山青关上房门,用脊背死死挡着,噙满泪水的眼睛哀求地看着程芽芽。

"你在干啥?!"程芽芽怒不可遏,"你这是包庇罪犯! 他是通缉犯啊! 你为啥要拦住我?"

袁山青颤抖起来,破碎的声音从牙齿间溢出,程芽芽费了半天劲儿才听清楚,她说的是:"他有刀。"

袁勇是个亡命徒,逃亡的时候已经犯下三次抢劫伤人案了,蒋警官上次跟她说得明明白白。

程芽芽那么优秀,那么美好,袁山青不敢想象他受伤倒在血泊里的样子。

"你让开。"程芽芽伸手扒拉她,"我去报警。"

"不能去,不能……"袁山青抖得更厉害了。

程芽芽用力抓住她瘦弱的身躯,把她往旁边推:"让开!"

袁山青这几天没吃没喝,担心小紫被袁勇带走,晚上睡觉都不敢合眼,心力交瘁,已经到了最紧绷的时候,被程芽芽一推,头晕目眩,踉跄着倒地。

程芽芽的动作停顿了一下,却还是伸手抓住了门把手,硬邦邦地安慰:"你别担心,警察会抓住他的。"

袁山青不顾一切地抱住了他的腿，哭着恳求："要是抓不住呢？他一定知道是我报的警，我和小紫会死在他手里的，就算抓住了，他坐几年牢就出来了，你觉得他能放过我和小紫吗？"

程芽芽犹豫了，蹲下身想扶起袁山青："那就这么放他走？"

袁山青抓着程芽芽的衣服，眼泪像断线珍珠一样滚滚而落，哭着说："他在外面逃着，至少不敢轻易回来啊，我和小紫还能活，你就当我是自私行不行？他真的会要了我和小紫的命啊，我能跑，小紫呢？"

她直接跪下了："芽芽，我求你了，谁都别说行吗？就当你今天没看见，啥都没看见，放我和小紫一条活路吧！我求你了。"

袁山青绝望地哭着，泪水模糊了她的视线，让她看不清程芽芽脸上的神情，巨大的恐慌笼罩着她:程芽芽会不会去报警？他会不会唾弃自己这种懦弱自保的行为？从此之后，自己在他心里还是从前那个无辜的袁山青吗？

袁山青无助地悲泣着，程芽芽用温暖的手掌替她擦去了泪水，声音还是一如既往的温和："走吧，带上小紫，去我家吃年夜饭。"

油田基地里，处处张灯结彩，喜气洋洋，横幅、灯笼上写着"春节快乐"，家属区楼栋里每一扇窗户后面都是欢声笑语的团圆年夜饭。

程芽芽抱着小紫，袁山青跟在后面，两人沉默地向着程家走去。

袁山青努力平复着自己的情绪，想让自己显得跟平常一样，可是无论如何，眼泪好像都憋不住。

突然，程芽芽看向她，腾出一只手，捏着袁山青的嘴角向上提了提，做了个高兴的表情，同时自己也笑了起来。

夜色下袁山青终于露出了见面之后的第一个笑容，虽然是挂着眼泪笑的。

程芽芽一手抱着小紫，一手握住了袁山青的手，握得紧紧的，坚定地朝前走去，直到推开了程家的大门。

一瞬间，温暖的灯光，丰盛饭菜的香气，属于家庭的热闹扑面而来，彻底笼罩了袁山青。

"哎哟，你看这个小娃娃，长得可太好啦。"

"应该下午就过来的啊。"

"快进来，这个年啊你姐妹俩就在我家过，人多了热闹。"

泪眼蒙眬中，袁山青真心地笑了起来。

新年来了，无论如何，这一年再不好，它都是过去的了，人们总要相信，来年，就是希望。新年好，年年好。

第二十一章
家

小紫在程家得到了最高待遇的宠爱,刘英娣抱着她简直不舍得撒手,贾喜奎眼热:"你也放下来让娃娃休息休息,这让你在手上揉得啊,娃娃受得了吗?"

刘英娣根本不睬他:"别以为让你一起过年了,咱俩的账就销了,要说小娃娃就是灵,一下就知道谁是好人,为啥不让你抱呢,看透你了。"

老两口又要拌嘴,幸亏袁山青端着碗来给小紫喂鸡蛋羹这才消停,刘英娣看着小紫乖乖地吃饭,念叨着:"小紫这个病不打紧,我认识个老中医,咱可以用中医法子治,实在不行,我还认识个半仙儿,有偏方……"

吓得程鹏飞赶紧劝阻:"妈,小紫这边已经在治疗了,效果不错,咱不能对冲了,要是我这个治疗效果不好呢,咱再考虑你那边的方案。"

刘英娣倒是听劝,自告奋勇地说:"那也行,我就不走了!你们都忙自己的,小紫我来带,我带娃娃那是出了名的,苗苗芽芽还有西凤家的豆豆,不都是我一手带大的吗?"

贾喜奎一听这话,这不走了还得了?急忙对贾代玉使眼色,贾代玉哪里对付得了老太太,犹豫之际正好有人敲门,她赶紧过去开。

强小娃背着大麻袋站在门口,扬起一张笑脸:"阿姨过年好。"

"过年好,快进来,哎呀这背的啥啊?"贾代玉热情地招呼,强小娃看到自己布鞋上沾的泥,又不好意思起来,站在门外说:"都是我家自己种的,我爷让我来拜个年,我就不进去了。"

程苗苗听到他的声音,从屋里像小鸟一样扑出来:"咋不进来?"

强小娃推辞:"我还得给老校长拜年呢。"

他放下东西，怀里的饭盒硬邦邦地戳着他的胸，余温熨帖，这本来是他兴冲冲精心挑拣过的饺子，在家里没想那么多，此时被屋内各种食物的香气一冲，不知怎么的，强小娃竟有些退缩。

程苗苗却一眼盯上了："这啥啊？"

强小娃不好意思地挠挠头："野菜饺子，我给你包的，也不知道你能吃得惯不？你拿着吧。"

他把饭盒递给程苗苗，心里的高兴又翻涌起来，笑眯眯地对她说："我大哥回来了！"

此时的强小娃是真的开心，反复和所有人分享这个好消息。

程苗苗也很高兴："胡子的大哥也回来啦，叫你大哥来我家玩啊？"

强小娃点点头，满面春风地背着袋子走了，程苗苗目送他下楼，回屋打开饭盒，捏了一个饺子就往嘴里塞："野菜饺子，我第一次吃啊，好吃哎，姥姥，你尝一个？"

刘英娣眯起眼睛看了看，一拍大腿："送饺子好啊，这都是实在亲戚过年才送饺子呢。咋还让娃娃空手走，苗苗，你把家里年货也给人家拿过去点儿。"

老太太说这话是有原因的，昨天年夜饭邀请韩淑未果，大年初一一大早，贾宝山就乐颠颠地给韩淑送饺子去了，诚心诚意到一百分。

他看到宿舍门口光秃秃的，自告奋勇要给她们贴春联，踩着凳子把胸脯拍得山响："不用扶！这点儿小高度对我来说蹦着就够着了，你俩快进屋，多冷啊，你们也是，大过年的这门上连个对联都不贴，多没氛围，幸亏我今天来了吧？"

韩淑哭笑不得，又担心地看着他："宿舍嘛，没想搞那么隆重，你自己行啊？"

"嗨，宿舍也是家嘛，日子可是自己过的。"贾宝山再度催促，"你俩快进去，别冻坏了。"

楚梅花拉着韩淑进了门，小声偷笑："小舅这个热心肠是真挺热的，我看咱宿舍以后有啥事儿都能找他来了。"

韩淑推了她一把："你别给我找事儿了，你怎么不找师哥来呢……"

这下轮到楚梅花不自然了："我和高老师那是合作节目的关系。"

两人正说着，外面哐啷一声，传来凳子翻倒的声音。

且不说学校这边鸡飞狗跳，强小娃走后，李肆又带着大包小包上了程家的门，数量之多还要程芽芽出来帮忙："肆哥，你是把你妈的饭馆都偷空了吗？"

这么冷的天，李肆搬得满头大汗："这不是姥姥姥爷来了吗，我不得表现表现？强小娃刚才拿啥过来了？我猜就是些红薯土豆啥的，不值钱。"

看到他连这个都要攀比，程苗苗撇着嘴说："人家强小娃还送了野菜饺子呢。"

"听听,野菜饺子,那都是忆苦思甜的东西,一点儿必要都没有。"李肆说着,朝门里大喊,"姥姥,姥爷,我这给你俩带了一罐子参片,长白山那边野生的,我妈都没舍得给我奶,让我给顺来了。"

刘英娣坐屋里,笑得眼睛都眯成一条缝了,打趣说:"我这个孙姑爷可真是个大方人啊。"

李肆一听这话,高兴得不知道怎么才好,斜睨了程苗苗一眼,挺胸说:"姥姥已经把事情定下来了,我们做晚辈的就不要和老人对着干了,姥姥,以后我都孝顺你,你想吃啥就跟我说!"

说着他从程苗苗身边挤进家门,看到袁山青和小紫也在,转身从包里抽出个洋娃娃:"我就知道你俩在这过年呢,我给小紫买的洋娃娃!"

递过去的同时还要再看一眼程苗苗,那意思是我连你弟弟的同学都想着呢:"就说我做人周到不周到?"

袁山青也笑了,拉着小紫的手去接过洋娃娃,替她说:"谢谢肆哥。"

李肆大手一挥,慷慨地说:"谢啥,小紫高兴就行。"

他眼睛又瞄上了客厅里的贾喜奎,挂着笑奔过去大声说:"姥爷,您身体硬朗啊?"

看着他在家里左右逢源八面玲珑的样子,程苗苗深感遗憾:"这以后不去油田当个领导都可惜了。"

程芽芽也表示赞同:"最次是个李科长。"

大年初一,胡秋敏迫不及待挽着杨涛出门了,两人都穿着新大衣,烫得挺括,得意扬扬的,像两只开屏小孔雀在基地里来回逛游,逢人就主动打招呼:"阿姨过年好,我哥回来了。"透着一股显摆的骄傲。

而胡悦在家里也拆开了杨涛给她的礼物:一件羊毛衫,穿着在镜子前左右端详。

偏偏这时候杨松柏掏钥匙开门,胡悦手忙脚乱地往下脱,却卡在了一半,困在羊毛衫里有点儿滑稽。

杨松柏看她的狼狈样子,直通通地问:"穿着呗,脱了干啥?"

胡悦费了老大劲儿才从羊毛衫里挣脱出来,含糊地说:"有点儿扎。"

其实杨涛回来还记得给她带礼物,尤其是羊毛衫这么贵重的东西,胡悦心里不是不感激的,但长期的习惯使然,她还是挑剔了一句,为自己的行为解释。

杨松柏也没在意,随口说:"那纯羊毛的不都扎吗?"

胡悦一听纯羊毛,心疼地抚摸着刚才被自己拉扯得有点儿变形的羊毛衫:"这是羊毛的吗?混纺的吧,他一个小娃娃家哪来的钱买羊毛的啊?"

她本意是替杨涛肉疼,想到他一个人在外读书,也不知道是从哪里省出来这钱大包小包往家里买礼物的,没想到这话说出来,听到杨松柏耳朵里就变了味:"人家打工呢,还在学校有兼职,每个月收入都快赶上你了。"

这话胡悦也不爱听,耷拉着脸把羊毛衫往床上一扔:"你啥意思啊?你儿子有本事呗,比我强呗。"

杨松柏本来也不想在大年初一吵架,但胡悦阴阳怪气的样子,又是牵扯到自己儿子,哪里还能忍得住?于是他不客气地一针见血:"你看你这个人说话真是一句好听的都没有,娃娃大老远给你买件羊毛衫,你还怀疑上是不是羊毛了,你不就觉得他没钱,买不起羊毛衫,我这是给你解释一下娃娃有钱,买的不是混纺,你别冤枉人。"

胡悦瞥了一眼杨松柏,火气噌噌地涨,平时遇到事情就她一个在那里跳脚,在那里骂,情绪激动得跟个疯子一样,杨松柏却毫无反应,一棍子打不出一个屁,现在牵扯到杨涛了,马上变得伶牙俐齿起来。

这种"内亲外疏"的待遇刺激到了她一直以来的心病,追着杨松柏不放:"我也是心疼娃娃花钱!咋到你这就成我冤枉他了,我在家里累死累活,到头来成了我没杨涛赚得多了,我这洗衣服做饭要是折成保姆钱,我一个月能多赚多少啊!"

在杨家人心里,她不如杨松柏,她女儿不如杨涛,这都忍了,原来在杨松柏心里,她在这个家都比不上杨涛了?!

"在这家里我还不如个保姆呢!我就活该伺候你呗,你儿子买件假羊毛衫就想打发我再伺候你一年啊,这算盘珠子打得也太精了。"

杨松柏本来往卧室里走想避开胡悦,听到她越说越不像话,转身大声驳斥:"这是一个当妈的说的话吗?难不难听啊胡悦!儿子给你买件羊毛衫,在你这成了算计你了,都是一家人,你咋能说出来这种话呢?"

"一家人?!"胡悦声嘶力竭地喊了起来,"这些年你把我们当过一家人吗?杨涛一回来你看你高兴得,平日里对着我们娘俩,脸能拉二尺长,别一口一个儿子,那不是我儿子!"

她的喊声盖过了钥匙开门的声音,等胡悦反应过来的时候,大门敞开,杨涛和胡秋敏并肩站在门口。

胡悦一下心虚了起来,看向杨涛,想解释什么,又张不开嘴。

杨涛表情平静,反而是胡秋敏愤怒地夺门而出,她几步冲出单元门,大步流星在马路上走着,恨不得远远离开这个家,这个让她过年都得不到安宁的家。

身后杨涛追了上来,一把拉住她:"小妹,有事儿回家说。"

"回家看他们吵架吗?听那些难听话吗?!"胡秋敏嘴唇哆嗦着,不顾一切地咆哮,"你别替她解释,她就是那个意思!这么多年她什么心思我不知道吗?!"

今天是初一,基地里各家拜年串门的人很多,杨涛尴尬地看着经过的路人,又去拉她:"那也别在大马路上喊啊。"

"我无所谓,我现在还害怕在路上喊让人看见笑话我吗?我跳河的时候所有人把笑话都看够了！全油田谁不知道咱家再婚,咱家大人天天干架啊,我早丢够人了……"

杨涛紧张地一把拽住她:"你跳河?"

胡秋敏这才意识到自己说漏嘴了,杨涛紧盯着她:"什么时候的事儿? 怎么不告诉我?"

"和你说有什么用? 你能带我走吗?"胡秋敏怒气消散,只剩下满腔的憋屈,"这个家我真是一天都不想回,你说我妈也不是个坏人,可我就是不知道她为啥天天都不高兴,动不动就觉得委屈,你爸也不是个坏人,可他就是一点儿温度都没有,从来也不会对我们说句好听的话,其实他俩都对我挺好的,我心里都知道,可他俩不是在家里不说话,就是吵架,我都烦死了! 我为啥从小到大都要活在这种家庭里啊,为啥我爸妈就不能像苗苗的爸妈那样啊? 她家每天都欢声笑语的,苗苗数学考不及格她爸妈都不会说她,我努力学习,我考第一名,回家没有人夸我,全是冷冰冰的,他们就是自私的大人!"

胡秋敏说到最后,声音颤抖,双眼渐渐蒙上了泪水。

杨涛看着她,心里也不好受,叹息着挽住她的胳膊:"不想回家咱就不回。你想去哪儿? 哥带你去玩。"

胡秋敏低下头强忍住眼泪,再抬起来的时候已经是一脸开心:"有哥真好,走,我们去农贸市场打电动!"

杨涛配合着点头,哄她开心:"好! 把李肆和苗都叫上,你们铁三角嘛!"

贾代玉从阳台远远看到贾宝山一瘸一拐地出现在家属区门口,身边韩淑还搀扶着他,一下精神头就来了,急忙叫程鹏飞来看:"是宝山和韩老师不?"

程鹏飞仔细看了看:"是,咋的了还搀上了? 伤得多严重啊?"

"哎呀,真严重就去医院了,一定是他的小把戏。"贾代玉一阵风地卷入客厅,指点江山地分派着:"爸、妈,你们去农贸市场逛逛,苗,你跟李肆出去玩,芽,带山青和小紫出门,总之等宝山和韩老师进门的时候,家里不能留人! 都吃了晚饭再回来啊!"

大家瞬间领会了她的意思,乱哄哄地穿衣服出门,程鹏飞眼睁睁地看着妻子顷刻之间让一屋子的人作鸟兽散,不禁问:"那我呢?"

贾代玉斜睨了他一眼,笑骂道:"没点儿眼力见的,等宝山一进门,咱们就出去拜年! 你呀,也该去领导家走动走动。"

程鹏飞认真地分辩:"你知道的,我一向不爱去领导家说好话。"

"为了宝山,你就破个例吧。"贾代玉听到楼梯上脚步声响,赶紧用力压下笑弯的嘴角,装作什么都不知道的样子去开门:"哟! 这是怎么啦? 韩老师,快坐,怎么还麻烦你送回来……"

抱着小紫离开了程家,袁山青的心情就逐渐沉重起来,程芽芽和她到凉亭和王甫强钟瑞涛会合,小紫被两个大哥哥逗得笑个不停,她一个人落寞地坐在旁边。

程家太温暖太热闹,让她几乎忘记了昨天傍晚发生的事儿,但已经发生了就不可能改变,更不会因为她刻意回避就装不存在。

程芽芽看出她情绪低落,坐在她旁边,袁山青忍不住问:"你是不是怪我啊?"

"我怪你啥?"

袁山青低着头,小声说:"昨晚,我是不是做错了?"

她越想越觉得无地自容,袁勇是诈骗犯,骗了基地里那么多人的钱,罗政的奶奶都为之丢了命,自己昨天居然还拦着程芽芽让袁勇逃了。

程芽芽斟酌了一下,同样小声说:"我能理解你。"

"不。"这句话不但没有安慰到袁山青,反而让她更羞愧起来,"你怎么能理解我呢,我自己都不能理解我自己……我应该去报警的,对,我现在就去派出所!"

程芽芽一把拉住她:"你现在去有啥意义?跟警察说袁勇回来过,又跑了,他去了哪儿你不知道,这也帮不上忙啊。"

袁山青不知所措地看着他,哑着嗓子把手放在心口:"我想起这个事儿就不好受,都睡不着觉,我憋得很,心口发疼,我就觉得我做错事儿了,我是不是犯法了啊?"

"你是受害者,你没办法选择的。"程芽芽耐心地开导她,"你报警了,袁勇一定会报复你的,你还能跑,那小紫呢?你抓不住袁勇的,你对抗不了他。"

这一夜,程芽芽也想了很多,一腔孤勇慢慢平息下来之后,不得不承认袁山青的担心是有必要的,他们是两个手无寸铁的未成年人,怎么对付穷凶极恶的罪犯?

"那我……现在能干什么?"袁山青纷乱的心思被程芽芽慢慢地梳理平静,犹豫着问。

"你回忆一下,他有没有透露出什么有用的信息,比如他之前在哪儿待过?身上有没有传呼机,联系方式啥的?"

袁山青努力回想了半天,颓然摇头:"都没有,他就只是在家里待了几天,出过一次门,我也不知道去哪儿了,他特别小心,从来不会和我说什么,他不相信我,但他身上肯定没啥钱,走的时候他把我的钱都拿走了,也没有多少,花不了多久的。"

"那他一定还会回来。"程芽芽斩钉截铁地说,"山青,下次他如果回来,你一定要第一时间告诉我,这样咱们就有两个人对付他,咱们可以先把小紫藏起来,再报警。"

袁山青信赖地看着他,重重地点了点头:"好!"

程芽芽笑了笑,安慰她:"下次咱们一定能抓住他,你放心吧,他跑不了多久了,这件事儿你就别再想了,和谁都别说,已经过去了,行吗?"

凉亭外,小紫清脆欢快的笑声响起,袁山青不自觉地又想流泪。

是的,小紫还好好的,她应该高兴,为了小紫,自己这个当姐姐的也要振作起来,保护小紫。

她循声望去，罗政晃着肩膀从远处走来，王甫强向他招呼："哥！溜冰去啊？"

罗政走近，小紫出人意料地从王甫强怀里探出小小的身躯，对着罗政张开了手臂，一副要抱的样子。

"啧。"罗政嫌弃地哼了一声，却二话不说把小紫接过来，直接放在了自己脖子上跨着坐，"走呗。"

看着小紫一下占据高地，大眼睛瞪得圆溜溜，四下张望的新奇样子，袁山青纵然满腹心事也笑了起来："好啊。"

他们闹哄哄地带着小紫去溜冰，到了晚上也没回家，在镇上逛街，虽然是个小镇子，但因为邻近基地的缘故，比县城还要热闹几分，满街的花灯映照出红红火火的景象，大人们逛街购物，小孩子们举着灯笼尖叫着在腿间飞奔，一派欢乐祥和。

王甫强不知道从哪里弄来个傻瓜相机，举着到处拍照，袁山青犹豫了一下，喊住了他："王甫强，你能给我拍张照吗？"

她从六岁起，除了学校的证件照就没拍过一张照片，小紫更可怜了，出生到现在也没有闲钱去拍照。

过了年，小紫就四岁了，袁山青想着，该给小紫留一张照片做人生纪念。

"好啊！"王甫强指挥着，"你抱着小紫，站那个灯笼前面，景好。"

袁山青抱过小紫，很自然地拉住了程芽芽："你也来，咱们仨拍一张。"

程芽芽"啊"了一声，却也没反对，乖乖地跟过去，站在灯笼前摆着姿势。

袁山青没想别的，只想着等以后小紫大了，要指着这张照片告诉她，有个叫程芽芽的好心大哥哥，帮了姐姐很多，要感谢他。

"三！二！一！"

三人对着镜头，都笑得一脸灿烂，王甫强拿着相机，倒数到一的时候，程芽芽轻轻地伸出手，把袁山青的肩膀搂了过来，和自己亲密地头靠着头。

咔嚓一声，这张照片把时间永远定格在1998年的大年初一。

在场的所有人都不知道，他们此时一时兴起拍的这一张，将是青春岁月里唯一的一张合照。

韩淑在程家坐立不安，本来是想人送到就回去的，结果贾宝山越扶越醉，浑身上下哪儿都疼，开始还能坐着，后来干脆趴沙发上不动了。

身体不能动，嘴可不闲着，眉飞色舞地给韩淑说家里的好话："得看一个家里的家庭氛围，父母感情好，这个家就和谐，对子女的婚姻观啊，就是正面影响，嫁人就得嫁那种家庭和睦的，我不是吹牛啊，我爸妈那个感情，老两口在一起几十年了，那和年轻人搞对象一个样，谁也离不开谁……"

正说着，刘英娣就骂着进门了，身后贾喜奎大包小包拎着一大堆她在农贸市场上买的东西:"我这不是给你零花钱多了,就是给你脸了,贾喜奎我告诉你,咱俩这日子能过就过,不能过就离……"

老两口出门本来相安无事,无奈贾喜奎烟瘾发作,偷着跟一群老头子躲在僻静地方抽烟,被刘英娣逮了个正着。

要说年轻时候工作忙,任务重,不得已拿烟顶着还能理解,贾喜奎一大把年纪了,身体也不比年轻那时候,叫他戒烟还不肯,偷摸藏着抽,怎不叫刘英娣怒火万丈!

韩淑尴尬地站起来,刘英娣一看家里有客人,联想起出门前贾代玉的叮咛,都不用贾宝山提醒,瞬间就变得和颜悦色:"哎呀老伴啊,快把手上东西放下来,多累啊,他爸这个人啊,就是又勤快又老实,一点儿活不让我干啊,这出去买点儿东西,还非要给我买个糖葫芦,哎?我糖葫芦呢?妈呀,掉哪儿了……老伴,快放下东西,歇一歇,太辛苦了。"

贾喜奎陡然得到这待遇,受宠若惊,站着都不会说话了,贾宝山趴在沙发上,昂着脖子看亲妈表演,忍不住开口:"爸,妈,这是韩老师。"

刘英娣迅速握住韩淑的手,笑容满面:"韩老师啊,久闻大名,这真是比传闻中还好看啊。"

"叔叔阿姨过年好,宝山受伤了,我送他回来,实在是不好意思,没来得及准备东西,空着手就来了。"韩淑笑着解释,想把手抽回来,刘英娣却拉着不放,直接拉着她一起在椅子上坐下:"准备啥啊,都是自己人,你能来我们求之不得,今晚可不许走了,就在这吃饭,我亲手给你包饺子!"

韩淑赶紧婉拒,却怎么也抵不过刘英娣的热情,一时间两人聊得火热,连贾宝山这个大活人都忘记了。

贾宝山无奈,只能从沙发上爬起来,跟着贾喜奎进了阳台,看贾喜奎从贴身衣服里掏出烟盒和火柴,美美地吸了一口,赶紧拿过扇子给他扇风:"爸,过过瘾得了啊,还真抽上了。"

屋里刘英娣已经打听完了韩淑的家庭情况,得知她嫂子刚生了小孩,父母都去哥哥那边过年了,感慨了一句:"有哥好,家里娃娃多,互相能有个照应,其实这个兄弟姐妹之间感情好不好,都得看家庭教育,我家宝山别看吊儿郎当的,其实心好,脑子也灵活,就是没赶上好时候。"

韩淑忍不住笑了:"我知道,他也常说自己虎落平阳。"

刘英娣拍着大腿说:"那是吹牛呢,他这个情况顶多就是条黑背,比村子里野狗强一点儿吧,我可不能因为他是我儿子就编瞎话夸,那成啥了。不过话说回来,结个婚就得看人,你们年轻人搞对象讲究爱情,你说爱情这东西那不就是个一时兴起吗,过了劲儿,就全是磨牙放屁打呼噜了,可是一个有责任心的人,他就有担当,就能担起这些没了爱情的日子,你看苗苗她爸,你说娃娃都这么大了,两口子哪儿还有爱不爱的,就是

一家人了,这个责任心就让他家里家外都能顾上,这一辈子就过得踏实。"

韩淑笑着点头:"是,阿姨说得对,我看叔叔也很好呢,都听你的。"

刘英娣得意地说:"要不为啥嫁他呢?我当年条件多好,最次也得嫁个副厂长!"

此时,阳台上,贾喜奎做贼一样狠嘬着香烟,还要腾出嘴来嘀咕:"又吹!还嫁副厂长,人家副厂长疯了能看上她?当年就是她骗我说自己旺夫,旺啥啊,我这都马上退休了连个组长都没当上,就被她耽误的。"

为了散烟味,阳台的窗户是打开的,贾宝山冻得浑身哆嗦,还要奋力挥舞扇子扇风:"您老可快点儿抽吧,一会儿再被发现了我就被你耽误了!"

终于韩淑还是勇敢地抵住了刘英娣的热情攻势,带着一大饭盒饺子回宿舍去了,刘英娣遗憾地盘腿坐在床上,打开自己今天在农贸市场买的布头针线开始缝活儿。

今天杨涛请客,程苗苗在小蜀都吃得油嘴光滑地回来,一进屋就钻到床上,搂着刘英娣直晃悠:"姥,我给你打下手啊。"

刘英娣笑着摩挲她的背:"好,这不给你们做小马甲呢,娃娃们一人一件,暖暖活活。"

程苗苗翻了一下:"我和芽芽也穿不了这么多啊。"

"你这话说得。"刘英娣故作嗔怪,"你爸你妈你舅不是娃娃啊?我闺女你虽然叫她一声妈,那在我这儿,她还是个娃,你小舅没啥出息,可不能因为娃娃没出息就嫌弃他,哪来那么多有出息的人,能平平安安长大,健健康康当个好人,就是爹妈的福。再说姑爷进门了,叫我一声妈,那就是我儿子,这一碗水就得端平,多大的缘分才能当一家人啊,这辈子能有几个人喊我一声妈喊我一声姥啊,你们在我这儿,长到八十岁也全都是娃娃。"

刘英娣眯着眼睛举起手里正在缝的一件超级小的棉马甲:"这件是给小紫缝的,芽,你咋就把小紫送回去了呢,说了在咱家住几天。"

程芽芽也凑过来,看着那件小小的精致棉马甲:"人家还能天天住咱家啊,山青怕麻烦咱们,等明天我送吃的给她带过去。"

说起小紫,刘英娣叹息:"这娃娃没妈没姥姥,不知道要受多少苦才能长大呢,做件小棉衣,护住的可不是那点儿身子骨,得让娃娃知道,这世上有人疼她。"

她神神秘秘地从身下掏出小布头展示:"我这里面可都写了福气缝进去了,不是一般的东西。"

程苗苗凑到她怀里看,零碎的边角料上歪歪扭扭地画着金元宝、大米饭,还有正方形注明"一百块",忍不住哈哈大笑起来。

孩子们响亮的笑声传到卧室外,贾代玉早就得了老太太的爱心棉马甲,在镜子前左右端详:"我妈多少年了,做的这马甲就没变过,以前多土现在还多土。"

程鹏飞也穿上了马甲，走到镜子前和她一起照着："多暖和啊，我的不土，就这棉花给用得，我和你结婚时咱妈做的那件到现在一点儿没掉棉，质量是真好啊，这件我看还能穿十年。"

贾代玉奚落他："你这个马屁也当面拍啊。"

"我这可不是马屁。"程鹏飞搂住妻子的肩膀，认真地说，"是真心话，我这岁数还能穿上妈给做的小马甲，多幸福，人这一辈子，只要还有妈，那就不苦。"

贾代玉白了他一眼，把头靠在他肩膀上，看着镜子里夫妻俩穿着一模一样的棉马甲，心里溢满了幸福。

欢乐的时光总是过得很快，一转眼，就到了初五，假期面临结束，归乡的游子也即将告别亲人再度出发。

强大娃在家里不惜力气地干活，一大早就起来劈柴，连喝水的工夫都没有，强小娃端着茶缸子出来递给他："哥，你要劈多少柴啊。"

"趁我在家给你们多劈一些，我再把房子给修整修整，能干的活儿我抓紧时间都干了，你啊，专心学习就行了。"

看他端过缸子大口大口喝着水，强小娃沉默了，半天才憋出一句："哥，其实……你当年的成绩不差。"

"提这干啥，咋活不是活啊，我现在好着呢，看到你和爷爷都好，我就踏实得很，你好好学，考个好大学，咱得把爷爷接出去，没有爷爷就没有咱俩，人得知道感恩。"

强大娃喝完了，一抹嘴，突然想起了什么，钻回屋子里，不一时拿着个精美的日记本走出来，对强小娃招手："差点儿忘了，给你买的，我看城里的学生娃都用这个，带锁的日记本，别人看不了。"

强小娃接过来，放在鼻子下面一闻，高兴地说："还香呢！一个本子咋还能有香味啊？"

他突然打定了主意，要把这个稀罕的日记本送给程苗苗，这总算得上一个拿得出手的礼物了，程苗苗会喜欢的吧？

然后他还可以在笔记本的扉页写上一句话：祝程苗苗，新年快乐，考上大学。

下面写上自己的名字：强小娃，1998年大年初一。

强小娃内心怀着隐秘的快乐，他偷偷地畅想：这样一来，自己的名字和程苗苗的字迹会出现在同一个日记本上，就好像这日记本是独属于他们两人的秘密一样。

真好，强小娃想着，笑了起来。

这几天，胡家的气氛僵着，杨松柏早就不知道跑到什么地方去了，胡秋敏和杨涛天天在外面，只剩下胡悦一个人在家里，早先备好的年货吃了又热，热了又吃，到了初五

这天,总算吃完剩菜剩饭。

嘴上不说,她也知道这个年马上要过去了,于是这天拎着菜篮子去镇上转了一圈,结结实实地买了不少菜,费劲儿地提着。

才走出市场大门,一只手就接过了沉重的菜篮子:"我来吧。"

胡悦抬头一看,是杨涛。

这个当年相亲时还是个瘦弱小学生的继子现在高高大大,已经是个大人了,穿着呢子大衣站在农贸市场里,齐整得分外与众不同。

胡悦看他接过菜篮子往前就走,自己跟在后面走了两步,嗫嚅着说:"杨涛……我那天,就是跟你爸话赶话,我,真不是那个意思。"

杨涛没回头,低沉地说了一句:"小敏和我说她因为你俩吵架的事儿,差点儿跳河了。"

没想到他一开口不是为自己委屈,而是提起了女儿,胡悦愣住了。

"你和我爸这些年日子过得磕磕绊绊,其实我都知道,我上学离开家也快四年了,寒暑假没怎么回过家,我都说我假期要打工要补课,其实都是骗你们的。"

说完,杨涛站住了,回身看着胡悦,声音轻柔但冷酷地剖开自己的内心:"这件事儿上我对不起小敏,我逃避了,让她一个人面对这些事儿,以前我也是孩子,我也恨你们,我也没办法面对,上学去了另外的城市,真的一下就自由了。"

胡悦被噎住,一时不知道说什么。

"我在外面上学,打工,遇到过不少人不少事儿,有时候我真的想号啕大哭,都是父母和孩子,他们的家庭关系怎么就那么松弛呢?孩子犯了错不是天塌下来了,有些事儿能不能解决都没必要吵架,原来父母之间的融洽能让一个孩子在困难面前一点儿都不害怕。从那一刻开始,我就跟自己说,我不想再被家里这种紧张冷漠争执的氛围影响了,我想变成一个轻松愉悦的人,我不想再活得像以前一样小心翼翼敏感多疑。家是一扇门,父母的态度决定了孩子长大后是否会愿意回来打开这扇门。"

杨涛低下头:"但我走出去,把小敏一个人扔下了,我知道这样不对,这个家是我们四个人的,我不应该逃避,见过了外面的风景,才更应该回来改变。"

他走上前,看着胡悦比以前显得刻薄衰老的面孔,轻轻地搂住了她:"悦姨,我们是一家人,在我心里,是你把我养大的,你就是我妈。"

胡悦的眼泪一下就落了下来,她哽咽着,摇着头。

杨涛耐心地说:"谁家里都避免不了吵吵闹闹,但过日子不是为了争出高低,有没有血缘不重要,别人怎么看我们也不重要,我们只能对自己和家人负责,我们也就活几十年,也就这一家子人了。"

"是阿姨不对,不该说那种话,是我不好。"

胡悦不想在继子面前落泪,她在杨松柏面前都竖着全身的刺,不肯露出丝毫软弱。

但是此刻,她真的忍不住,杨涛的话平平淡淡,却每一句都打在她的心上。

是啊,孩子们有什么错呢?就像胡秋敏说的,她不愿意生活在这个家里,难道不是大人的责任吗?

初六这天一大早,县城的车站熙熙攘攘,人头攒动,比平时还要拥挤几分,所有人都在依依惜别。

贾喜奎和刘英娣站在车门口,对来送行的人挥手:"都回吧,好好儿的。"

贾宝山殷勤地挤在最前面,为了不被带回去他可是使出了浑身解数:"您放心,我和韩老师这个事儿基本已经确定了,我争取暑假就带回去喊您一声妈。"

刘英娣叹息一声:"你在这别给你姐家里惹事儿我就烧高香了,搞对象的事儿咱不能太死皮赖脸的,这就得是个两情相悦。"

她向人群后面招手:"小紫呢?小紫过来送姥姥。"

袁山青抱着小紫过来,小紫圆溜溜的大眼睛盯着刘英娣,突然咧嘴笑了,小手扯起身上穿着的小棉马甲,拍了拍。

袁山青在旁边代为说话:"小紫说,咱们也有姥姥给做的小棉袄啦,有人疼咱们了,以后啊,咱们再也不冷啦。"

刘英娣眉开眼笑,拉着小紫的手亲了亲,又示意贾喜奎拿过一个包袱:"紧赶慢赶,总算赶上了,我悄悄给小紫求了福,都缝在这小被子里了,这病啊,绝对能好,姥姥不是一般人,这娃娃啊,有福气呢!"

袁山青响亮地答应了一声:"哎!谢谢姥姥。"

程苗苗和程芽芽不甘示弱地挤了过来,一边一个簇拥着刘英娣:"就小紫有啊?"

刘英娣一手一个拍开姐弟俩,回身利落地登上了车厢阶梯,挥手告别:"你们几个啊,好好吃饭,好好长大,小车不倒只管推,春暖花开鸟自飞,行了,散了,都回吧,别搞得伤春悲秋的,没必要,走了啊!"

车子发动,摇摇晃晃地开出了车站大门,大家笑着在路边挥手告别。

这个春节,就算正式结束了。

程家刚送走了老两口,胡家就传来了消息。

胡悦,离家出走了。

贾代玉赶过去的时候,牛铃铃已经到了,皱眉看着茶几上胡悦留下的纸条,写得很简单:我出去几天,别找我。

程苗苗拉着胡秋敏的手,着急地问:"到底咋回事儿啊?吵架不是前几天的事儿吗?"

胡秋敏也弄不明白,着急地说:"不知道啊,也没见他们又吵架啊,我哥昨天走的,我妈还给做了菜,穿着我哥送的羊毛衫去送的,临走也跟我哥说了话,看着好好的啊,没想到今天一大早我醒了就看见这张纸条在茶几上。"

正乱着,杨松柏开门进来,一看家里这么多人,微微一愣。

贾代玉一看就来气了:"杨松柏,你咋回事儿啊?胡悦都离家出走了,你还在这跟没事人一样啊!"

"离家出走?去哪儿了?"

牛铃铃不客气地把纸条摔他脸上:"就是不知道去哪儿了啊?你说你俩也是,大过年的,娃娃都回来了,咋还吵架呢?"

贾代玉也跟着数落他:"现在好了吧,儿子也气走了,老婆也气走了,你在家可舒坦了。"

杨松柏不在意地看了一眼纸条:"她能去哪儿,还不就是去她哥家了。"

谁家都有一笔烂账,胡悦看不惯他往老家贴钱,杨松柏也一样看不惯胡悦贴补那个没用的大舅哥,哪一次吵架提到钱两人不是两败俱伤,各有各的把柄?

看他这么轻描淡写的样子,牛铃铃直催:"那你赶紧打个电话问问啊。"

"问什么?不用问,"杨松柏直接转身往门外走,"出去几天冷静冷静吧,这日子,谁过都烦。"

贾代玉气不过,跟在后面喊:"你还烦,烦了别过啊!"

她看杨松柏油盐不进,只能转身和颜悦色地哄胡秋敏:"小敏,没事儿啊,你妈就是气不过找你大舅了,几天就回来了,你就在我家吃,别理杨松柏。"

胡秋敏往沙发上一倒:"挺好的,他俩都不回来才好呢。"

说着,她还朝程苗苗笑了一下:"我都习惯了。"

第二十二章
人生路漫漫

要说夫妻有矛盾乃至闹离婚，在油田基地并不少见。

毕竟过日子磕磕绊绊，一过就是几十年，谁肚子里能没点儿委屈不悦？哪怕是在外面大城市子女都要给庆祝金婚的贾喜奎刘英娣老两口，子孙满堂了，这辈子也不是没产生过离婚的念头，还不止一次。

贾喜奎并不避讳，到处抱怨刘英娣管头管脚不给他自由，但也曾经亲口对贾宝山和程鹏飞解释过为什么不离："到这个岁数了，我还记着你们几个第一声开口叫我爸，记着你妈因为我被冤枉去厂里和人干架，记着你妈做手术我在医院里哭成狗了，记着俩女儿嫁人时我和你妈拉着手追着车跑了二里地，记着我和你妈结婚时我说我得走在你妈后面，不能让你妈一个人受罪。"

说着，他还美滋滋地抽起了烟，感慨："人生路漫漫，幸福比自由更可贵。"

那时候的贾宝山还没遇到韩淑，以及前面几个能让他刻骨铭心的女朋友，不以为然地说："这年头结婚的谁有自由啊？抽根烟得躲外面来，不结婚还潇洒些。"

当然，现在的他全然不这么想，每天就跟有根绳子拴着似的，有事儿没事儿都得往教师宿舍跑。

今天他一推门，赫然发现高飞扬在里面。高飞扬正给楚梅花收拾架子床，看到他微微一惊。

贾宝山自来熟地招呼："高老师，回来啦？哟，修床呢？我来搭把手，她俩人呢？"

高飞扬手里还拿着锤子和螺丝，有些不习惯贾宝山的热情，一时都不知道回答哪一句好："她们去食堂打饭了，楚老师说这个床晃悠，我来给看一眼，你坐……你受伤了是吧？我给你倒杯水。"

贾宝山早已经熟门熟路地打开柜子，张罗起来像在自己家一样："好多了，我烧水泡茶，这儿我熟，高老师喝红茶还是绿茶，这茶叶都是我从家里带过来的，好茶。"

高飞扬看他一副主人做派，东西都拿得趁手，也不好插手，只能继续敲着螺丝，两人同在一室，竟然意外地和谐。

贾宝山忙着泡茶，嘴里也不闲着，继续忽悠："高老师，你和楚老师进展到啥程度了？"

"朋友。"高飞扬含糊地说。

贾宝山恨铁不成钢地说："朋友不行啊，这一天天的献殷勤忙了一场忙成朋友了，你这效率得抓紧啊，你看我和韩老师，进展非常快，已经见家长了。"

高飞扬有点儿蒙，觉得自己确实只是放了七天春节假吧？怎么感觉恍如隔世呢？

"你们的事儿定下来了？"老实说高飞扬心里是不相信的，韩淑是来西北疗情伤的，迟早要回上海，这并不是秘密，大家心照不宣。

"基本定下来了。"贾宝山不假思索地说，"韩老师已经去我家和我爸妈吃饭了，相处非常融洽，当然啊，我也理解韩老师还是有点儿害羞，那没关系啊，我脸皮厚啊，我主动确定嘛。"

高飞扬有点儿羡慕了："那还是你厉害。"

贾宝山一脸得意，凑够去低声说："二月十四情人节，知道吧？多好的机会啊，形式主义还是要搞一搞的嘛，送礼，看电影，花钱不能心疼。"

高飞扬下意识地回了一句："我不心疼。"

就凭他这句话，贾宝山立刻把高飞扬引为知己，在他看来，追女孩哪有不花钱不出力的呢？

他凑近，正要再说什么，大门砰的一声被撞开了，一个黑乎乎的人突然冲了进来，吓得贾宝山嗷的一声。

浑身都是黑灰的人，只有眼白还是白的，一张嘴露出一口白牙，带着哭腔喊："高老师！"

贾宝山正想指着高飞扬示意这人"冤有头债有主"，听声音熟，下死劲儿看了几眼才认出来："李肆啊?！"

要说李肆也是冤枉，他本来和程苗苗去胡家陪胡秋敏的，没想到胡秋敏根本不用人陪，还把他俩赶出来了，说自己一个人在家更松快。

两人商量着去农贸市场吃个烧烤，回来的时候还能打包带给胡秋敏一点儿，走到半路却又遇到了强小娃。

李花儿回来了。

她是从家里偷跑出来的,在栅栏外面呆呆地看着窗户,也不说话,强小娃被八宝的叫声惊醒,跑出来一看才知道是她。

不管强小娃怎么问,李花儿都只是哭着翻来覆去地说:"我来就是向你、向高老师,还有那些好心人道个歉,对不起,小娃哥,我不考了,不上学了。"

逼急了,她才冒出一句:"我要嫁人了,我爹连彩礼都收了。"

李花儿哭着跑了,强小娃六神无主,只能来大桥东边找老师想办法,没想到遇上了程苗苗和李肆。

李肆还没明白怎么回事儿的时候,已经和程苗苗一起趴在了李花儿家后面的土坡上,北风飕飕地吹过,冻得他直缩脖子。

"咱们干啥啊?大冷天的躲人家房子后面?"

程苗苗白了他一眼:"你不是说啥事儿都要把你叫上吗,省得又小心眼,你要嫌冷就先走。"

李肆一听,趴得更贴地了:"我不走,你俩以后别想背着我偷摸干啥,我冷死也不走!"

前去侦察的强小娃摸过来,小声说:"花儿在屋子里呢,我看见她了。"

李肆一听就要起身:"那还等啥,直接进去要人啊,咱俩还打不过他们吗?"

强小娃一把拉下他,压低声音说:"这是进去打架的事儿吗?人家报警咱们都得被抓起来!"

程苗苗做出深思熟虑的狗头军师模样,眯着眼说:"我有个办法,咱们把花儿偷出来,藏起来,以前咱们不也藏过袁山青吗?一样的!只要她家里找不到人,就不用嫁了。"

"藏哪儿啊?"强小娃有些为难,李全富要是发现女儿不见了,第一个肯定跑到他家大闹,他家就两间屋,一览无余。

程苗苗想了想,眼睛一亮:"咱们先把她带到教师宿舍,让高老师给她找个地方,他家人肯定没办法搜女老师宿舍。"

三人对视一眼,都下了决心:"说干就干!"

其实单是偷李花儿,也许没有那么大罪过,但是程苗苗为了降低难度,调虎离山引开李家人,出了个馊主意。

她拿火柴把人家柴火垛给点了。

黑夜里火光熊熊,他们的身影无从隐匿,被出来救火的李家人逮了个正着,只跑了个李肆,火急火燎地回来搬救兵。

等贾宝山和高飞扬赶到村主任家的时候,李全富已经怒不可遏:"报警!必须报警!啥都别说了。"

贾宝山赶紧上前拦着说好话："大哥大哥，不至于啊，咱都能谈嘛。"

高飞扬则冷静地跟村主任确定损失，村主任秉持公正没夸大："倒是没人受伤，火势也不大，就烧了一些苞谷，也算是及时发现及时制止了。"

说起来还是程苗苗、李肆和强小娃三个人更狼狈些，被李全富追出来的时候他们慌不择路，跑得跌跌撞撞，滚在余烬里滚了一身灰，此刻三人都站在墙角低头认错。

贾宝山和高飞扬轮番说好话，又赶紧表明态度："我们先道歉，实在对不起，该赔多少钱我们赔，娃娃们都还小，你看能不能从轻发落一下？"

没想到李全富压根不买账，瞪着牛眼，喷着一口酒气嚷嚷："这就是谋财害命！就他们几个，年前就想拐卖我丫头，现在又来放火烧我家，这还不抓起来啊?！"

高飞扬耐心地解释："没有人拐卖李花儿，上次的事儿是我们帮助她上学，我也去你家里说得很清楚了，你们不理解，还拿扫帚要打人。"

一听这话，贾宝山可抓住了，急忙说："拿扫帚打人也犯法啊，报警了谁也落不下好。"

李全富借着酒意大喊大叫，唾沫星子乱飞："是他们先惹我们的！编着瞎话想骗我丫头，安的啥心啊！半大小子就不是啥好东西，把我丫头藏到他家，这不是玷污名节的事儿吗?！"

强小娃默默地低着头站在旁边，被高飞扬示意好几次不要开口，此时被人直接污蔑到脸上来，再也忍不住了："你胡说！"

程苗苗也跟着喊了起来："高老师，他们要把花儿卖了，让她嫁人！"

所有人都看向李全富，李全富急眼了："村主任，这都是我们自己家的家务事，男大当婚女大当嫁，这犯法吗？我们给花儿说了好人家，结婚还犯法了？"

程苗苗揭穿他："花儿还不到十六岁，嫁啥好人家啊?！你骗谁呢！"

说着，她一扬小辫子，冲到村主任面前说了实话："我们知道花儿要被他家人卖了嫁人，我们想救她，就想着烧点草垛，等他们家人都跑出来，我们好把花儿带走，我们绝对没有想着害谁。"

村主任还没开口，李全富疯狗一样跳了起来："你们少在这合起伙来欺负我，你们都是串通好的，油田里没有好东西，我现在就去派出所告你们！我就不信警察还做不了主，我让你们三个小东西都没好下场！"

他一边放着狠话一边就往外跑，贾宝山和高飞扬急忙拦住，却再也没说道歉的事儿。

程苗苗红着眼睛，倔强地站在原地绝不认错，虽然蓬头垢面却挺拔得像一棵小树，李肆也跟着咆哮："让他去报警！警察来了正好举报他卖女儿！"

一片混乱之中，突然有一阵冷风吹了进来，房门大敞，头脑发热的几个人都清醒了下来，诧异地看着门口站着的少女。

李花儿一步一步走进来，先走到李全富面前，平静地说："爸，放了他们吧，他们都是好娃娃，也就是点儿苞谷烧坏了，又不值钱，不打紧的，咱们回家吧，东西还没收拾呢，明天一早不是还坐车吗？"

和最后一次见面不一样，此时的李花儿好像失去了所有情绪，平静得不像是那个哭着求着，坚持一定要去上学的十五岁少女。

她的心，已经跟外面被烧毁的柴火堆一样，变成了一地的灰烬。

强小娃担心地跑过来问："你明天去哪儿？"

"哥，之前我跟你说的，是弄错了。"李花儿脸上笑着，眼睛里却毫无笑意，"不是嫁人，是我爸给我找了个学裁缝的地方，我去学手艺，我家这个情况，我也上不了学了，早点儿学本事赚点儿钱也不差。"

程苗苗也跟着冲到面前，伸手去拉李花儿："花儿，是不是他们逼你这么说的？你别害怕，你说实话。"

李花儿任凭程苗苗沾满黑灰的手握住自己的手，她定定地看着程苗苗，然后又慢慢把目光移向注视她关心她的所有人，仿佛要把这一张张面孔都深深地记下来，记在心里。

"我没怕，每个人都有自己的活法，你们别管我的事儿了，管不了的，再这么闹下去，连累了你们，我更没法活了。"

她最终看向李全富，轻声劝说："爸，咱自己家的事儿咱自己办吧，都听你的，行不？"

这句话里面很明显有什么打动了李全富，他没好气地推开贾宝山和高飞扬走了出来："看在我丫头的分上，这次就饶了你们，还敢有下次，我让你们都坐牢！"

他走过来，嫌恶地拍开程苗苗的手，拉着李花儿走了出去。

强小娃还要追，被半天没说话的村主任拉住了，村主任瞪了他一眼："你们先带娃娃们回家，这大晚上的还非得闹到派出所去啊？"

不管程苗苗、李肆和强小娃相不相信，第二天一大早，李花儿是真的到了县城车站，要坐车出门了。

他们三人起了个大早，偷偷躲在拐角处，李花儿借着上厕所的机会过来，跟他们见了最后一面。

强小娃看着李花儿的脸，不放心地问："真的是去学手艺吗？"

李花儿没有再哭，她的泪早已经流干了，此时只是微笑着点点头："嗯。"

程苗苗拉着她的手叮嘱："不管你去哪儿了，到地方给我们来个电话，写信也行，电话号码都给你了，你一定要和我们联系啊。"

李肆从兜里掏出两百块钱递过去："花儿，你是他俩的妹妹，也就是我的妹妹，哥这次没帮到你,这钱你拿着,是我的一点儿心意。"

看李花儿要推拒,他不由分说地给直接塞进了包袱里:"你拿着吧,穷家富路,到哪儿去身上多点儿钱都有用,我家有钱,你别跟我计较这些,拿上!"

李花儿看着他们,已经干涸的眼睛又悄悄浮起了泪花:"谢谢你们,你们这么帮我,我也没啥回报的……"

"你好好的,就是回报我们了。"程苗苗看到远处东张西望的李全富要过来,急忙推了一下强小娃。

强小娃只觉得心里很疼,很难受,和强大娃出门打工那时候的疼还不一样,他总有一种隐约的不安,觉得李花儿这一去,也许就再也见不到面了。

他瘦削挺直的脊背微弯,低着头哽咽着说:"花儿,是哥对不起你。"

"哥……"李花儿声音颤抖地叮嘱,"你一定要考上大学啊,一定啊!"

她伸出手,轻轻擦去了强小娃滚落面颊的泪水,然后转身,头也不回地奔向车站,奔向她未知而漫长的人生之路。

从那天之后,程苗苗他们就再也没见过李花儿,她没有来过电话,也从未写过信,直到后来程苗苗依然不知道,那天离开的小花儿到底是去学了裁缝,还是早早嫁了人。

有些人,一旦离开就在生命中消失了,彼时的程苗苗还不知道,人生路漫漫,何止是一步一个坎,还是一次次走散,未能再重逢。

事实证明,胡悦的离家出走不是一时冲动,而是深思熟虑,等过完年,眼看孩子们要开学了,她还没回来。

不见人不说,她还给牛铃铃和贾代玉打了个电话,情绪稳定地说自己想离婚,让杨松柏考虑一下。

贾代玉心疼胡秋敏一个人在家,又恼恨杨松柏不知道好好过日子,赌气说:"我看让她冷静一下,先不回来也行,让老杨也感受一下没媳妇伺候的日子,没准就后悔了呢!"

胡秋敏在家却过得如鱼得水,李肆和程苗苗上门去看她的时候,她卷着袖子正在拖地,把家里打扫得一尘不染,干干净净的。

李肆忍不住劝说:"胡子,家里也没人,别勤快了。"

"谁说没人?我不是在吗?"胡秋敏神采飞扬,压根看不出一点儿家庭即将分崩离析的阴影,"我现在一个人在家里可清净了,太舒服了,想吃啥吃啥,想啥时候睡觉就啥时候睡觉,想看啥电视剧就看啥,你们能闻到不,我家现在都是香的,我刚把衣服都洗完,洗衣粉都是香的。"

说着,她旋转着,舞动拖把去了卫生间。

李肆小声对程苗苗说:"完了,这是不是疯了啊?哪有香味啊?"

程苗苗打了他一下,站起来大声怂恿:"胡子,咱出去玩呗,快开学了,咱抓紧时间玩会儿呗?"

胡秋敏满面春风地走出来,张开双臂在客厅里旋转着:"以前我是不想在家里待,所以老出门,现在我家多好啊,我就喜欢在家里待着,你俩要是有啥事儿就去忙吧,不用管我!"

李肆羡慕地看着她:"我看一个人生活确实不错啊!我爸妈咋不离家出走呢?"

刚说完就挨了一脚,程苗苗瞪着他:"不会说话就别说!"

时光流逝,很快就到了三月一号,林七二中开学的日子。

虽然北风依旧呼啸,但校园花坛里淡黄色的迎春花已经吐露芬芳,带来一丝春天的气息,学生们背着书包从基地各处汇聚而来,一路欢声笑语进了校门。

肖方的头发好像又稀疏了几分,穿着大衣在校门口站着,端着保温杯,不时打开喝一口养生茶,难得笑眯眯地看着学生们像活泼的小羊羔,一群群蹦跶着乖乖走入羊圈。

过年在家吃多了大鱼大肉,一开学难免要去食堂换个花样,只是等铁三角说说笑笑走进食堂的时候,一下愣住了,眼睛瞪得溜圆。

贾宝山赫然站在打饭的窗口里面,还像模像样地穿着一身白色工作服。

胡秋敏猜测:"小舅来学校帮厨了?"

李肆也惊讶:"为了追韩老师,可真下本儿啊。"

程苗苗大步走过去,还没开口,贾宝山就咳嗽一声,义正词严地指责她:"同学,不要插队啊,后面排队!"

在所有人的注视中,程苗苗憋屈地倒退回队尾,看着贾宝山就跟换了一个人似的,热情礼貌地给同学们服务,程苗苗都觉得这个世界不真实起来。

好容易排到她了,程苗苗压低声音问:"你啥意思?来上班啊?怎么也不跟家里说一声,偷偷摸摸的?"

"同学,你要几个包子?"贾宝山一边往袋子里装,一边也小声解释,"我可是光明正大来的,我早说了啊。"

程苗苗又惊又怒:"你啥时候说了啊!我妈批准了吗?"

一看塑料袋已经快装满了,她赶紧叫停:"别装了,我要那么多包子干啥?"

贾宝山顿时又摆出公事公办的态度:"买完了就赶紧走,别影响后面的同学,来,同学们,猪肉大葱的包子啊,热乎的啊!"

在他热情的叫卖声中,程苗苗黑着脸拎着一大袋包子走出了食堂门。

李肆和胡秋敏跟在后面,看着她的脸色插科打诨:"还是小舅有本事啊,一转身就到咱学校就职了。"

胡秋敏叹息:"可惜是进了食堂,要是当校长就太好了。"

"那我希望小舅有一天能当校长,我就可以在学校横着走了。"

"你得留多少级才能等到小舅当校长啊?"

程苗苗不理会他俩的调侃,拎着包子到了高二一班教室,给要好的同学挨个发包子,看到强小娃进来,也给他拿了一个。

强小娃接在手里,吃惊地看了她一眼:"你买这么多包子干啥?"

程苗苗叹息一声,苦中作乐地说:"我现在在食堂里有关系,以后咱们吃包子不愁了。"

既是开学了,就要有个新气象,高飞扬站在讲台上提醒大家:"别老惦记着玩,这学期咱们还有会考,都重视起来。还有一个事儿,新创杯征文大赛开始了,咱们鼓励全员参与,多练练手,征选上的就可以参加最后的大赛,好事情,具体要求和时间一会儿朱超到我办公室来拿一下,朱超统计一下参赛名单。"

这可不是林七二中内部小打小闹的作文大赛,都是杯赛了,一听就很正式,同学们彼此传递着兴奋的眼神,等高飞扬走出教室,哄的一下就炸了锅,七嘴八舌地讨论着。

李肆摩拳擦掌地喊:"老朱,快把我名字先写上,作文题目我都想好了,《我和我爸》。"

他转头对强小娃说:"就算获不了奖,我猛夸一顿我爸,也能从他那要点儿奖励,不亏!"

程苗苗也两眼放光:"这是我的强项啊! 我听高老师的,上学期看了不少小说呢,受益匪浅,你们就等着我光荣领奖归来吧!"

开学这天,也是小紫去医院复查的日子,袁山青趁着课间去接送了一下。小紫在程鹏飞的诊室里乖乖地坐着,配合着检查。

程鹏飞很耐心,张大嘴巴示意小紫模仿:"啊,啊啊。"

小紫懂了,学着他的样子张开嘴巴,竟然发出了一点点含糊的声音。

程鹏飞竖起大拇指,一直在旁边屏息观察的袁山青兴奋得脸都红了:"有声音! 小紫能发音了!"

小紫看着姐姐开心的样子,也手舞足蹈地笑了起来。

袁山青怀着喜悦,一路奔回了学校,看到程芽芽站在班级门口,赶紧冲过去报喜:"小紫发音了! 她会说'啊'了! 她不是哑巴!"

天这么冷,她跑得一头都是汗,脸颊红彤彤的。程芽芽赶紧掏出手绢递给她:"复查是在今天? 你怎么不叫上我啊?"

袁山青人逢喜事精神爽,笑着说:"我自己行,不能啥事儿都靠你啊,我掐着时间呢。"

她笑容明亮,眼神清澈,程芽芽能感受到袁山青心灵里长期笼罩的阴霾正在悄然散开,于是他也笑了起来:"是! 你真厉害。"

中午,贾宝山又转岗到了教师窗口这边,韩淑一看到他就愣了。

贾宝山煞有介事地说:"我这个人穿啥衣服就是啥气质,很多变,你也看出来我多才多艺了,他们让我去教课我拒绝了,我认为,保障全体教职工的饭菜就是给油田教育事业做贡献,韩老师,今天小炒肉确实不错,给你多打点。"

说完,他盛了一勺冒尖的肉,实打实地扣在了韩淑的餐盘里。

韩淑起初被他的自吹自擂给震惊了,这下才反应过来,急忙推拒:"别别别,这不合适……"

贾宝山小声说:"多出来的我补钱不就完了,你放心。"

"不是,你怎么来我们食堂了?"韩淑一脸恍惚地问。

贾宝山大手一挥:"为人民服务嘛,在哪儿都是服务,我不仅要做好食堂后勤工作,回家后还一定督促程苗苗提高数学成绩,你就看我的表现吧。"

他的投其所好并没用,韩淑委婉地提醒了他一句:"要不,你还是先提高提高自己吧。"

贾宝山眼睛一亮,立刻打蛇随棍上:"韩老师,你说得太对了! 我正想提高一下自己,你那里有没有数学卷子给我加强一下?"

于是,下班之后,贾宝山就捧着一大堆卷子兴冲冲地回了程家。

被程苗苗告了黑状,得知他先斩后奏去学校食堂工作的贾代玉在客厅里等候多时,看他进门就一拍桌子:"贾宝山! 等等,你这拿的啥?"

"卷子,都是好东西啊,韩老师特地给我找出来的。"贾宝山感慨。

一边的程鹏飞有些搞不清情况了:"你不是去食堂干活吗? 怎么又拿上卷子了?"

"我去食堂干活,那是曲线救国,是为了更好地给韩老师补充营养。"贾宝山煞有介事地说,"拿卷子是为了提高自己,今天韩老师已经给我下达了目标,我一琢磨,她对我真是太好了,不愧是当老师的啊,一眼看出我当年是被耽误了,没好好成就学业,现在去了学校,在文化知识和韩老师的熏陶下,我决定自我提高,苗苗,从今天晚上开始,咱俩一起做数学卷子,期末考试咱们一起考,谁分低谁干一个月家务。"

在旁边幸灾乐祸等着看笑话的程苗苗笑容凝固了:"啥啊? 说啥呢? 跟我有什么关系啊!"

她惊慌四顾,指望父母出头痛斥贾宝山胡闹,没想到贾代玉来了个大变脸,拍巴掌大笑:"哎呀,这个提议太好了,贾宝山啊,你这辈子终于干了件正经事儿啊!"

程鹏飞也真诚地握住了贾宝山的手:"宝山,你要是这个态度,我认为追求韩老师是很有意义的,苗苗数学要是能上去,考大学没问题!"

程芽芽淡定地补了一句:"那我愿意出一百块压岁钱,奖励给赢家。"

程苗苗跳起来怒吼:"我反对!这都是啥啊!"

自然,反对是无效的,从这一天起,程苗苗就过上了水深火热的生活,她在家里被迫和贾宝山一起做卷子,到了学校,她去上课,贾宝山去找韩淑开小灶,好容易到了课间自由活动,她刚想跑出去疯玩,贾宝山神出鬼没地堵在教室后门,把她拖进教室摁坐在课桌上,两人一起让强小娃讲题。

程苗苗觉得,这日子没法过了。

哪里有压迫,哪里就有反抗,在一次随堂小考之后,韩淑大力表扬她数学有进步的时候,程苗苗煞有介事地说:"我小舅现在可认真了,每天都和我一起做卷子,他说了,要重新参加高考。"

韩淑震惊了,当老师以来还没遇到过这么有上进心的大龄学生。于是中午打饭的时候,她对贾宝山不吝夸奖:"听程苗苗说,你要考大学?这个志向很远大嘛!"

贾宝山脸颊一阵抽搐,勺子差点儿掉了,他吞吞吐吐地说:"啊?考大学?啊,对,准备考……"

"那可太好了!"韩淑热心肠地建议,"那你就不能只补数学啊,要全面把课程补起来,上次的卷子不够用,我帮你准备复习资料。"

看到她灿烂的笑容,贾宝山顿时就顺着说了下去:"韩老师说得对,我是打算全面补的,行,全面补,都听你的。"

为了爱情,全面补习算啥,豁出去了!

新创杯征文大赛的初选很快就下来了,不合格的有三人,分别是程苗苗、李肆和食堂员工贾宝山。

高飞扬不禁感叹:"真的是一门忠烈啊。"

袁山青的作品拿了名次,奖品是一个笔记本,她在里面写上了自己这次参赛的作品,郑重地送给了程芽芽。

而在林七二中赛区拿了第一名、即将代表学校去西安参加决赛的,是高二一班的强小娃,他写的一篇名为《理想之国》的作文,得到了包括肖方在内的一众评委的交口称赞。

强小娃从肖方办公室出来,程苗苗、李肆和胡秋敏就赶紧围了上去,七嘴八舌地问:"定下来了吗?"

"嗯,五一去西安。"强小娃有点儿不习惯这么多人围着他以他为中心,微微皱了皱眉头。

"西安啊!"程苗苗惊叹起来,掰着手指头算,"五一节有假,我能一起去不?"

李肆一听,立刻附和:"那我也去,胡子,你也一起?咱铁三角不分开。"

胡秋敏叹了口气:"我得去找我妈,她在大舅家待到现在还不回来,是好是歹总得有个说法。"

强小娃想了一下,对程苗苗说:"那就咱仨一起去。"

程苗苗欢呼起来:"太好啦!去西安了!"

这一次可不像上次,是他们私自离家出走去香港,这次是有正当理由的!

毫不意外的,当程苗苗回家对贾代玉提起这事儿的时候,惹得贾代玉又是一阵数落:"都什么时候了,还玩!会考你是一点儿不惦记,心里是一点儿数都没啊!数学成绩刚升上去,不赶紧趁着假期巩固巩固?"

"不是玩。"程苗苗在母亲背后像个小尾巴一样跟着,"这不是为了参赛吗?"

"你获奖了啊还参赛,和你有啥关系?"

程苗苗不服气:"那是我们小团体的奖,为啥不能去?三天就回来了。"

正好这时候程鹏飞下班进门,贾代玉一挥手:"问你爸,看他让去不?"

程苗苗冲过去,先是主动地给程鹏飞拿拖鞋,然后一股脑地倾诉:"我五一想和李肆、强小娃去西安,强小娃作文获奖了,要去参加决赛,我和李肆想陪他一起去,这个事情多重要啊,我们也是想着一起去见见世面,看看人家城里的大赛都是怎么办的,还能交到一些有才华的朋友。"

她一口气说完一长串,眨巴着眼睛期待地看着程鹏飞。

贾代玉瞅着她,一针见血地揭穿:"主要是能去西安玩。"

程鹏飞笑了笑,边换鞋边说:"去呗,挺好的。"

程苗苗没想到这么容易,简直乐疯了,抱着程鹏飞吧唧亲了一口,高喊一声:"谢谢爸爸!"

她手舞足蹈地跑出门去和小伙伴分享这份快乐,贾代玉不乐意了,瞪着程鹏飞:"你咋就同意了?!"

程鹏飞无辜地看着她:"这也不是啥大事儿,五一放假,娃娃们一起出去玩玩,挺好的。都这么大了,出去历练历练吧,要是这点儿路都走不明白,那以后人生这条路还咋走?"

贾代玉没好气地说:"你真是不讲点儿大道理就说不了话,这点事儿又扯上人生路了,香港那事儿忘了啊?"

"哎。"程鹏飞纠正她,"就是因为有香港那个事儿,我觉得我们这次才更应该同意,拦是拦不住的,正确引导,别再弄出离家出走的事儿了。"

第二十三章
城里的太阳

胡秋敏虽然不能去西安,但是她也分外关心三个小伙伴第一次走出林七油田迈向大城市的跨时代行动,为此还特地召开了一个动员会。

地点在胡家,她翻出自己珍藏多年的《当代歌坛》杂志,综合了明星的时髦装扮,要为他们量身定制造型,以保证他们一下火车就能顺利融入省会城市的街道。

程苗苗表示不理解:"为啥要改造啊,我们本来就是土包子嘛。"

强小娃不说话,那态度也是承认。

胡秋敏恨铁不成钢地挥舞杂志:"防止被骗啊!你们三个出远门,最大隐患就是被坏人骗走,你看看你们三个,苗就一点儿小聪明,也没见过大世面,强小娃脑子倒还可以,但也就是学习上还行,人情世故一点儿也不开窍,李肆还用说吗?哪个方面都傻啊……"

李肆不服气:"可我有钱啊!"

胡秋敏的杂志带着风声已经抽到了他头上:"那就更危险!所以我的策略是,尽量别让人看出来你们三个是外地人,摸不清情况,骗子就不敢对你们下手了。"

于是乎,四月的最后一个下午,三人组按照胡秋敏改造的穿搭,背着大包,激动地站在了县城火车站候车大厅门口。

程苗苗尤为振奋,比起上次连县城都没摸到的香港之行,这可是迈出了关键性的一大步。

作为此次行动的带头人,她开始做上车前最后的确认:"包都在吧?东西没落在中巴车上吧？"

确定没有之后，她再问一遍："钱包、学生证都在的吧？车票也都在吧？"

强小娃摸了摸兜，点点头，李肆摸来摸去却脸色大变："哎，我票呢？"

下一秒，李肆的包被打开，强小娃在里面翻找，李肆差点儿把身上的衣服都脱下来，到处乱摸，却怎么也找不到那张小小的车票。

程苗苗气得脸都红了："就知道不能带你！但凡有你在就没有不出岔子的！你就是天生克我啊李肆！我这点儿走出人生的路就是被你堵死的啊！绊脚石！"

强小娃把行李全翻了一遍，也没收获，替李肆辩解："他也不是故意的。"

"他就是故意的！说了八百遍了车票要放好！他听进去了吗？"程苗苗听到喇叭里已经开始催乘客上车，看了一眼时间，果断地说，"别找了，肯定是丢了，李肆你回家去吧，小娃，咱俩上车走。"

李肆急眼了："别啊，我来都来了，这会儿咋回去啊！我为了出这趟门和我爸差点儿打起来，我不能白挨揍啊！"

他看向强小娃，希望强小娃能说句话，可是强小娃更为难："我今天得走啊，明天必须到。"

程苗苗已经背起了自己的包，招呼强小娃："走了，要误点了。"

李肆看着他俩决绝而去的背影，傻眼了，在后面喊："都还是不是兄弟了啊！你俩又这样，又甩下我一个人！"

办法总比困难多，当火车缓缓开动，程苗苗惆怅地看着窗外景色开始倒退，叹息李肆没跟来的时候，强小娃突然站了起来："你咋上车了？"

李肆满头大汗地背着包，龇着大牙朝两人乐："嘿嘿，没想到吧，我买了张站台票，就让上了。"

程苗苗又惊又喜，连忙上前替李肆卸行李让他坐下，强小娃到底是有个出门打工的哥哥，没吃过猪肉也见过猪跑，闻言一惊："那一会儿查票的来了你还得下去？"

李肆吃惊："还有查票的？"

正说着，车厢另一头穿制服的列车员就出现了，嘴里嚷嚷着："查票了，各位旅客同志，车票出示一下。"

李肆掉头就往另一头撤，程苗苗和强小娃同时站起来挡住了通道，很紧张地盯着列车员的一举一动，生怕李肆被当场逮住。

这一路，李肆可遭老罪了，东躲西藏，要么捏着鼻子在厕所里蹲着，要么缩在车厢连接处的抽烟区，继续捏着鼻子忍受来来去去的老烟枪在这里吞云吐雾。

最终他实在呛得受不了，和抽烟的大哥发生了争执，被乘警拎到了列车长跟前。程苗苗和强小娃非常讲义气，一看李肆被"抓获"，也跟着过来道歉。

车长第一句话就是:"学生?离家出走的吧?"

程苗苗慌忙让强小娃掏出参赛通知书证明身份,又摁着李肆乖乖认错:"早知道能补票,我就真不躲了,我真没出过门,就是不知道啊。"

车长检查完证件,掏出补票本进行登记:"行了,我也相信你是不知道这些情况的,又是学生,这次可以原谅你,但绝不能有下次了,逃票这种做法万万不可取,听到没?"

三人松了一口气,拿着票回到座位上,李肆的胸脯都挺高了几分,骄傲地说:"嗨呀,要不怎么说出门长知识呢。"

程苗苗打了个哈欠:"睡吧,这一夜折腾得。"

突然她眼睛瞪大了,窗外夜色已褪,晨星疏落,广袤的西北平原上,地平线边缘一抹亮色升起,已经快到日出时分。

列车像一条长龙,喷着热气继续往前奔驰,他们很快就遥遥看见了人烟村落,继而是高楼大厦。

西安,到了!

一出西安站大门,还没来得及高兴,瓢泼大雨就给了三人当头一棒。

眼看身边旅客,包括路上匆匆而行的路人,都穿着长袖长裤,他们三人被胡秋敏"改造",特地穿着小裙子小短裤,时髦不时髦另说,露在外面的皮肤冻出了鸡皮疙瘩。

三人瑟瑟发抖,李肆狠狠打了个喷嚏:"这啥天气啊,五一咋能这么冷,又过冬了吗?"

强小娃也说:"我说带把伞,你们非说用不上,就不听我的。"

于是他们不得不在火车站门口流动小摊贩手里高价买了把伞,质量还差,三人挤在伞下还没走出多远,伞面和伞架就分了家,大风卷着伞面扑啦啦地飞舞,暴雨淋了一头一脸,再回头找那个小摊贩,早已经不见踪影了。

程苗苗也恨恨地数落:"就不该听胡子的,纸上谈兵啊,咋能信了她的话呢?你看大街上人家都穿着外套呢,她非让咱们穿成这个样子,还非让我画个眉毛擦个粉,这都是啥啊?"

她脸上被雨水一淋,精心描绘的眉毛变了形,黑水顺着眼角流下来,很滑稽的样子。

李肆腾出一只手,费力地给她擦着:"饥寒交迫,咱先吃口饭吧,光天化日下青少年饿死街头,影响也不好啊。吃饱了再去少年宫报名。"

三人随便找了家面馆,一进去,扑面而来的油辣子香气就勾得肚子咕咕乱叫,交了钱,三人找张桌子坐下,眼巴巴地看着大师傅在热气腾腾的锅边熟练地扯面。

旁边的师傅把一口大锅里的面捞出来盛在摆好的碗里,又给每碗面都放上了调料和辣椒面,一口油锅里的油烧得正好,师傅用长长的铁勺子舀起热油,"呲啦"一声浇到辣椒面和蒜末上,香气立时飘满了整间面馆。

小小的面馆里坐得满满当当,小桌上放着醋和油泼辣子,还有一小筐子大蒜,有人吃着面,有人扒着蒜,面馆里热火朝天。

周围人说的都是西安话,和基地里说的普通话不同,和河坪村说的方言也不一样,李肆很快就忘记了淋雨的狼狈,回过头来挤眉弄眼地学着,"夹生"西安话让程苗苗和强小娃笑得前仰后合。

三人美美地吃了一碗油泼面,到底是年轻,精力很快就恢复了,继续撑着破伞出门去找少年宫。

他们来之前信心满满地说:"不是有地图吗?照着走还能找不到。"

真站在街头,对着地图,三个人连东南西北都搞不清了,连着走错了好几次,程苗苗不禁感慨:"幸亏没去成香港啊,不然也是迷路的下场。"

最终,等他们气喘吁吁顶着书包赶到莲湖区少年文化宫的时候,征文大赛的报名处已经收了摊,报上名的学生并没离开,三五成群热烈地讨论着,老师已经拿着报名的牌子准备走人了。

程苗苗兔子一样冲了过去,一把扯住了老师的袖子:"老师,别走!"

这一路走来又是汗又是雨水,她一伸手,报名处老师干净的衬衫上立刻显出了几道油泥印子,程苗苗尴尬了,赶紧松开:"对不起,老师,我不是故意的,我给你擦擦啊。"

老师倒是很和气:"没事儿。"

说着又要走,程苗苗蹿上去挡在他面前,紧张地说:"老师,我们要报名!我们没找到路,找错方向才来晚了,不是故意的!"

这时候李肆和强小娃也气喘吁吁赶到了,一身狼狈,周围的同学们都停止了聊天,转而向他们三人注目。

少年宫窗明几净,地砖擦得雪亮,灯光柔和,这三个人浑身湿淋淋,背着大包,狼狈不堪地出现在此地实在有些格格不入。

老师很奇怪地反问:"火车站就有接待处啊,你们直接坐着小巴车就能到少年宫,怎么还能找错方向呢?"

李肆冲口而出:"啊?没看见有接待处啊,你们也不做个大牌子……"

话没说完,就被强小娃给阻止了,强小娃回忆了一下,出火车站的时候,是看见站外广场上有大大小小的牌子,但是三人光顾着躲雨,谁也没仔细看。

"对不起,下着雨,我们没看见……"他低头认错。

老师也显得有些意外:"可报名时间已经截止了,表格都交上去了,现在也没办法给你们报名了啊。"

程苗苗恳切地挡在面前不让他走:"老师,能不能通融一下啊,我们从很远的地方来的,来一趟真挺不容易的。"

老师看了一下三个人，都淋得像落汤鸡一样，穿得也奇奇怪怪。三个人脏兮兮还滴着雨水的样子引来身边很多人的注视，他们一看就是从山沟里来的人，尤其是强小娃，穿着迷彩外套，书包也很旧了，球鞋更是磨破了。

有同学小声议论着，偷偷指着强小娃的鞋，强小娃意识到了，把破的那只球鞋往后缩，整个人也低下头想站在李肆身后，不想再上前和老师说话了。

"那你们是从哪儿来的啊？"

程苗苗和李肆抢着回答："林七油田。"

"河坪镇！"

周围的同学们都议论起来，声音渐渐变大："这是从山沟里来的吧……"

"他们怎么还能来参加大赛？"

"都穿得好奇怪哦，背心配短裤就出来了？村里都这么穿吗？"

"看，那个人鞋都烂了，露脚指头呢。"

"不会是走路来的吧？"

"妈呀，这么可怜！我爸说乡下没汽车，赶路都坐牛车，我还不信呢。"

每句话都让三个人觉得难堪，尤其是强小娃，更是觉得无地自容，李肆瞪着牛眼，怒视说闲话的同学，他身材高大，眼神凶恶，有一部分同学被他一看不吭声了，心里却存下了一丝反感。

只有程苗苗，依旧昂着头，面对所有人，声音响亮地说："没什么可怜的，我们家在河坪镇林七油田，在北边的山区里，我们要先坐小巴车翻山去火车站，然后坐一晚上火车到西安，我们只是路程比较远，我们那边没有牛车，我们不知道西安下雨，作文大赛谁都能参加，你们还有什么问题吗？"

她的头发因为淋雨变得乱糟糟的，小辫子也没精打采地垂在肩膀上，脸上黑一道白一道，不知道是什么搞的，裙子湿答答地裹在身上，小腿上布满雨水飞溅带起的泥巴痕迹。

狼狈的，但又是骄傲的、耀眼的，程苗苗站在厅中，昂首挺胸的样子使得她完全不逊色于周围任何一位衣着整齐干净的同学。

终于有一位老师站了出来："同学，你们跟我来吧，去跟大赛组委会说明一下情况。"

程苗苗充满感激地笑了："谢谢老师！"

也许是程苗苗的一番话打动了老师，老师破例给强小娃报上了名，还关心地问他们今晚住在哪里。

这一点，他们出门的时候家长已经叮嘱过了，油田虽然都在偏僻山区，但在西安设有办事处，专门接待出门出差的职工。

等三人筋疲力尽地到了招待所，经理确认了一下是职工子弟，再看看这狼狈样，赶紧开了房间，还招呼人给帮着提行李。

程苗苗第一次住宾馆，自己站在房间里到处看，兴奋得不行，脱了鞋一下蹦到床上使劲儿跳了几下，看到床头柜上的座机，拿起电话筒开始假装打电话："喂？帮我找一下四大天王，周慧敏在不在啊？周润发在吗？"

她此时放松下来才察觉到头发湿漉漉的很难受，跑进卫生间一看，惊奇地瞪大眼睛，洁白的瓷砖刷得雪亮，空气中弥漫着一股清香，各种洗浴用品都齐备，连吹风机都有。

一墙之隔，李肆四仰八叉地躺在床上，强小娃把自己的背包放在地上，一看上面的雨水沾湿了地板，四下找了一圈，纳闷地问："这房间咋没拖把呢？"

李肆憋不住，翻个身哧哧地笑了起来："大哥，你要拖把干啥，拖地啊？这是招待所，都有服务员打扫卫生，你忙活啥？"

强小娃不安地摸了摸口袋："她们打扫卫生，要给钱吗？"

李肆重新翻身躺下："咱花钱了，都包里面了。"

强小娃这才小心翼翼地在床尾坐下，试了试带弹簧的床垫，感慨着："这么好啊？"

"好吧？花钱住的啊！给过钱了。"李肆这下精神了，爬起来口沫横飞地跟他吹嘘，"我以前跟我爸妈出来，住得比这高级多了，我都是自己住一大间房子的好吗？这一下两个人睡一起，太不习惯了。"

强小娃看了一眼卫生间："那你睡厕所那屋也行，一个人住。"

他脱下被雨水打湿的背心，光着脊梁在洗手池里放水洗，拆开一小块香皂搓了两下，又小心翼翼地放回纸里去包上。

李肆看着他这抠样儿，笑了起来："你还打算带回去啊？"

"又没用完，回去能接着用。"

李肆还想嘲笑他，程苗苗一头撞进门来，看见强小娃在洗衣服，飞快地退了出去："小娃，你等等，我过来和你一起洗，这样用一块香皂就够了！"

于是李肆眼睁睁看着两人挤在狭小的卫生间里，围着洗手池，一块小香皂在两人之间传递，细密的白色泡沫遮盖着池子里的衣服，也挡住了两人的手部动作。

莫名的，李肆就不高兴了："就那么小一块够俩人用吗？就不能一人用一块吗？"

程苗苗回头鄙视他："多浪费啊，我还想留一块整的带回去做纪念呢。"

"真是小家子气，没住过宾馆吧？明天人家还给呢。"李肆心里不得劲儿，口气很冲。

程苗苗看他堵在门口，本就不大的卫生间这下塞得满满的，转身都困难，对李肆翻了个白眼："是，你住过你了不起，出去出去，堵门口干啥啊？"

李肆回身一把抓起自己换下的湿衣服，强行挤在了两人之间："让让！我也要洗！"

一大早,程苗苗和李肆把强小娃送到了莲湖区少年宫,两人一对眼神,默契地掉头就走。

强小娃嘴唇翕动了一下,没有说话,他知道程苗苗和李肆来西安就是为了玩的,人家把自己送到地方才出去,已经很够义气了。

但是他一个人坐在二楼,真是哪哪儿都不得劲儿,身边的位置空着,参赛的同学都在远一点儿的地方谈笑风生,等到人陆陆续续地来,没有空位置了,才有几个同学过来坐在他身边。

这些人,一看就光鲜靓丽,纤尘不染,他们坐下的时候,互相交换了一下眼色。

虽然什么都没说,但一切尽在不言中。

强小娃脸发烫,很不自在,屁股下的椅子好像长了牙一样,咬得他坐不住,最终还是起身离开了。

他想在一楼站一会儿,刚走到楼梯一半的位置,程苗苗和李肆气喘吁吁地从大门口窜了进来。

看到两人的一瞬间,强小娃就放松了下来:"你俩咋回来了?"

李肆上来不由分说拽着强小娃就跑,到了拐角看看没人才停下,从包里掏出一双崭新雪白的球鞋,不由分说塞到他手里:"换上!"

强小娃愣住了:"干啥啊?"

"让你换你就换!哪来这么多废话!"李肆手快地把他推得坐倒在地,二话不说直接上手扒了鞋,把新鞋套上去,欣赏了一下,"就说咱俩脚一样大吧,我试着合适你穿肯定行。"

强小娃怔住了,心里不知是什么滋味:"你们……刚才是买鞋去了?"

原来他们刚才走得那么干脆,不是为了急着出去游玩,而是为了给自己买新鞋?

"那还能是门口捡的啊?"李肆看他穿上了鞋,又把外套脱下来盖在他身上,"衣服换一下,我这个可贵啊,我刚才看了,他们那些人穿的还没我的好呢,你穿上。"

程苗苗早在旁边把他书包里的东西都掏出来,往李肆的书包里塞,强小娃木呆呆的,直到程苗苗把装好的书包给他背上,满意地点头:"整装待发!"

"不,不用啊!"强小娃心里暖洋洋的,"整这一出干啥,我凭成绩参赛,不怕他们说闲话。"

李肆大手一挥:"昨天是特殊情况,让那些人看了笑话,今天咱必须要齐齐整整的,我就看谁还瞧不起咱。"

穿了新衣新鞋,背着运动品牌双肩包的强小娃,跟昨天相比就像换了一个人一样,李肆和程苗苗都满意地点头。

李肆说:"问题不大,有我三分神韵。"

程苗苗往手心里砸了一拳："冠军稳了！"

她志得意满地左右挽起两个人的胳膊，三人一列，踩着楼梯往二楼昂然而去："咱们走！"

把强小娃送进了赛场，两人无所事事地在少年宫里闲逛，看到什么都觉得稀罕。

两边的教室里，学生们分门别类地上着各种书画艺术兴趣班，程苗苗每看到一个都满脸羡慕："他们少年宫里可真好啊，想学啥都有，咱们就一个活动中心，只能打打乒乓球羽毛球啥的。"

李肆不以为然："幸亏没有，这要是咱们那也这样，我爸妈不得全给我报名让我全面发展，我不得累死啊。"

玻璃窗里，几个穿着蓝色纱裙的女孩在做芭蕾舞的基本动作，阳光洒下来，雅致而美好，就像一幅油画一样，程苗苗看得都走不动道了，李肆在旁边还要做出若无其事的样子："也没有多好看，你想学这个？"

程苗苗连连点头："这些我都想学，我要是能在这种文化宫里学东西就好了，我还想学演小品呢，哎，你说有没有专门学演小品的地方啊？"

"学那玩意儿有啥用？"李肆想起牛铃铃常数落他的话，"高考有考小品的吗？"

旁边一位路过的老师大约是听到了他们的对话，停下来慢条斯理地说："有啊，电影学院、广播传媒大学，这些学校的艺术考就有表演专业啊，考试的时候是要考表演的，小品就是表演啊，还有很多专业的，导演、摄影、戏文，很多的。"

程苗苗喜出望外，眼睛亮亮地问："真有这些啊？那在哪报名啊？"

老师托了一下眼镜，耐心地给她解释："艺术院校是文科，需要提前参加艺术类的专业考试，每个学校的考试时间不一样，看你想报考哪个学校，你就去查阅一下学校的专业课考试时间，专业考完后才是文化课的高考，艺术院校需要专业和文化课都过线才有录取的机会。"

程苗苗还想继续追问，却听见作文大赛那边传来一阵喧哗，比赛结束了。她匆匆鞠了个躬："谢谢老师。"

她拉着李肆往作文大赛那边飞奔而去，隔着老远，就听到强小娃的声音："你不许走！"

还有一个男生的声音："你给我松手！还想打人啊！"

程苗苗奋力挤开人群，看到强小娃揪着一个学生的衣领，两人都脸色涨红，谁也不让谁，程苗苗急了，上去攀着强小娃的胳膊嚷嚷："小娃，你先松开手，有话好好说。"

强小娃脖子上的青筋都暴了出来："他故意踩我的鞋！"

李肆低头一看，果然看到雪白的新鞋上一个大大的黑色脚印，他的火气也上来了："你啥意思啊！看别人穿新鞋故意破坏？"

被揪住的男生毫不示弱:"我又不是故意的!不小心踩了一下,还想讹人啊!"

强小娃愤怒地嚷:"你就是故意的!别想走!"

男生看李肆也围上来,口不择言地说:"你个乡巴佬在这凶谁呢!以为叫人来我就怕你们啊,三个乡巴佬!"

这李肆可忍不了,拽住了他的衣服:"你说谁乡巴佬呢?"

三个男生扭打在一处,程苗苗拉都拉不动,情急之下对着旁边看热闹的同学大喊:"你们过来拉一下啊!"

要是在林七二中,她一开口,少不得大家纷纷上前,但这是在西安,周围全都是陌生人,只冷漠地围观着,谁也不愿意帮忙。

程苗苗没办法,苦口婆心地劝说:"都别动手,这是在少年宫,让老师看见了大家都没好处啊,先松手,都松手。"

三个人没一个听她的,都不松手。

那个男生满脸挑衅,明明落在下风,还敢用口型继续说:乡巴佬。

这下强小娃热血上头,这两天憋在心里的火气一下冲上脑门,他不顾一切地挥动拳头就要打过去,却被程苗苗一下踹在腿上。

"强小娃!"程苗苗吼道。

强小娃愣了,李肆愣了,所有人都愣了。

怎么也没想到第一个动手的是程苗苗,还是打的自己人。

程苗苗板着脸,斩钉截铁地说:"咱们走!"

李肆震惊了:"为啥啊!你没听见他骂咱们吗?"

强小娃也难以置信:"他就是故意踩我的球鞋,我都听见他和旁边人说了,你信他不信我啊?!"

程苗苗不再多话,一手拉一个就把两人拽走了,走到门口的时候,她回头看了那个男生一眼。

男生一脸轻蔑,正夸张地拍着自己身上被李肆和强小娃碰过的地方。

一直到了少年宫大门,程苗苗才松开两人的手,强小娃暴躁地还想回身往里冲:"你们要是不想惹事儿就走!省得说我连累你们!"

程苗苗挡在他面前,冷静地注视着他:"强小娃,我们这么远是来干啥的?来打架的吗?就因为他踩了一脚,你就要打回去吗?让所有人都看着你在这打架吗?打赢了又怎么样?他们就不会嘲笑咱们了吗?他们只会说,你们看那三个乡巴佬,果然穷横啊,一身蛮劲儿,出来就打人,这里的老师知道了,会怎么说?会站在咱们这边吗?咱们就算有理,只要动手了,就和他们是一样的人了,你这个比赛还有意义吗?万一取消了你的参赛资格咋办?回去咋交代?这些事儿你都想过了吗?"

李肆觉得有道理:"幸亏刚才没动手啊。"

强小娃满脸倔强,把头扭到一边:"那凭啥他就能欺负我,我却啥话都不能说?"

程苗苗上前用力扳正他的头,让他的脸面对自己:"强小娃,你这个臭毛病啥时候能改?你就是心里自卑,觉得谁都看不起你,觉得有点儿事儿就是别人欺负你,不管今天那个男娃是不是故意踩了你一脚,在你这儿都是被看不起被欺负,你这么大个爷们儿,心眼跟碎玻璃做的一样!"

这话说得,李肆都听不下去了:"说这干啥啊?"

程苗苗一把甩开他的手:"还有你!你也是个没脑子的,这种时候护着有用吗?一起打架犯傻才是好哥们儿吗?他自卑你也自卑吗?"

强小娃憋着气,站在原地一动不动,程苗苗犹嫌不足,又加了一把火:"你当初就是这样对我们的,我们不管对你有多好,在你那儿都是不怀好意,稍有得罪,你就要动手,你是不是觉得只有打架才能证明你厉害啊?!你有本事就别顾及你爷,别顾及林七二中,别顾及高老师,别顾及我们,进去打啊,抬着出来啊,看最后你还觉不觉得自己了不起!"

知道程苗苗说的是对的,但强小娃心里这股火越来越旺,他憋屈地撂下一句:"你这辈子也不会懂被看不起是啥滋味!"

说完,他转身就走,李肆慌忙追了上去:"苗,你放心,我跟着他,不能让他打架。"

程苗苗冷眼看着两人走远,小辫子一甩,又转身重新进了少年宫大门。

那个男生还没走,跟着一群同样衣着光鲜的同学谈笑风生,看到程苗苗去而复返,像没看见一样。

程苗苗堵到了他面前,单刀直入地问:"我叫程苗苗,你叫什么名字?"

男生大咧咧地晃着身子:"秦远,怎么了?打听我名字想去老师那儿告状啊?这不是学校,这是少年宫,你们山里没有少年宫吧,不知道这里的老师是不管人的吧?"

"对,我们那里没有少年宫。"程苗苗承认,"也没有你这样的人,你为什么踩别人的球鞋?"

秦远毫不在乎地耍赖:"我没看见,怎么着吧?"

"眼神不好啊,怪不得戴眼镜呢。"程苗苗一击即中,秦远的脸色不好看起来,她没放过,继续追击,"吵架你吵不过我,你也骂不过我,打架嘛,你打不过他俩,所以你不敢打我,你要谢谢我救了你,不然他俩要是跟你动手,就你这个小身板三分钟就爬不起来了,我们山里人啊,就是身体很好,动手能力很强,和牛打架都不会输,更何况和你呢。"

秦远不自觉地后退了一步,色厉内荏地说:"以为这是你们山里啊,在这里打架是要进派出所的,你们敢吗?"

程苗苗笃定地看着他:"所以你也不敢啊,只敢偷偷地踩他鞋,昨天看见他穿了双磨破的球鞋,你站那里嘲笑,今天看他穿了双新的白球鞋,就想让他出丑,觉得他也不敢反抗，满足一下你欺负别人的快感。你看你，胆量不过如此，你这个样子也成不了什么大事儿，想让自己高高在上就要拿出真本事来，你也是来参加作文大赛的吧，有信心拿冠军吗？有信心赢过一个穿破球鞋的山里人吗？"

秦远愣了一下，恼羞成怒地说："你有病吧，在这儿跟我说什么大道理？！"

程苗苗点点头："好，不说道理，那咱们打个赌，明天结果出来，如果强小娃的名次在你之前，你就和他道歉，不然我们三个不会放过你，跟着你回家跟着你去你们学校，我们要把这件事儿告诉你家长和老师，让他们评评理。"

秦远冷笑一声："那要是名次没我高呢？"

"我们跟你道歉，不该揪着你衣服。你敢吗？"程苗苗咄咄逼人地问。

秦远想都没想就一口答应："就你们还想拿奖，做梦吧，咱们明天等着看！"

强小娃没走远，坐在马路牙子上，用手一下下地擦鞋，希望能把那个乌黑的脚印擦下去。李肆蹲在他旁边，数落他："你这个脾气确实得改一改，我觉得苗说得对，你看现在弄得，你俩吵一架，真行。"

"你不是挺希望我俩吵架的吗？"强小娃闷闷地说。

李肆急忙撇清："这话就小家子气了啊，我不是这种人啊，我就是烦你俩一天到晚背着我偷偷摸摸搞小动作，那为了外人瓦解咱们团队的事儿我不能干啊。"

一抬头，看到程苗苗来了，李肆急忙站起来："你上哪儿去了？他心里够不好受了，你还说他干啥？"

程苗苗没理他，走到强小娃跟前："你要是咽不下这口气，那明天我们就要赢！自己有本事，就是有底气。"

强小娃手上的动作停下了，抬头看着她。

"我们不是来打架的，是来参加作文大赛的，被嘲笑怕啥啊，明天我们漂漂亮亮地拿出好成绩，就那些嘴脸，谁还笑啊？他踩你鞋上，我们就拿名次踩他的脸！"

强小娃微微动容，李肆一看有了转机，立刻插话："说得对！哎，你看这话说开了就好了嘛，不至于生这么大气，那个男娃算个啥东西啊，苗也是为了你好，你别这样啊，要不咱们先吃饭吧，太饿了，有啥事儿吃完说。"

他去拉程苗苗，程苗苗不动，就这么直直地看着强小娃。

半响，强小娃慢吞吞地穿上了鞋，站起来："走。"

他们去了泡馍馆，厨房里的大锅正在咕嘟嘟地煮着牛羊肉汤，旁边的小徒弟熟练地揉面做烙饼，时不时徒手翻着炉子上正在烤着的白饼，也不怕烫。服务员端来一碗碗客人已经掰好的馍，师傅往碗里放上粉丝、两片肉，撒上蒜苗花，再把馍倒进锅里开始一碗一碗煮。

泡馍馆里的人都在自己掰馍,边掰边聊着天,很是惬意。

服务员端着大铁盘,叫着号码牌,一碗碗上泡馍,每碗泡馍还带着一小盘糖蒜和红红的辣椒酱。

程苗苗和李肆坐在桌子旁,学着旁边桌的人掰馍,强小娃抽了桌上的纸巾,低头认真地擦着鞋。

李肆催他:"别擦了小娃,赶紧掰馍吃饭吧,又不值钱,脏了就脏了吧。"

强小娃认真地反驳他:"咋不值钱?我觉得特别值钱!"

这一顿,他们三个人吃了六碗盆一样大的泡馍,起初还有些尴尬,等肚子吃撑了,就放开了,接下来又在西安的街头狂奔,好好地玩了一圈。

要不是程苗苗半道喊肚子疼,他们还能玩下去。

西安之行的第一天,淋了暴雨已经够倒霉的了,第二天居然到诊所输液,李肆陪在旁边一脸沮丧:"让你别吃这么多,非不听,好了吧,上吐下泻,你可真行,哎哟,丢死人了。"

程苗苗披头散发躺在诊所的椅子上,脸色发白眼眶发青,有气无力地说:"我现在没力气骂你啊。"

"你还好意思骂我,要不是你拉肚子,咱们现在就在游乐场呢!都到门口了也没进去,都不知道里面啥样,回去连牛都吹不了了。"

程苗苗虚弱地咳嗽了两声,转移话题:"此时此刻,我很怀念胡子啊。"

李肆也说:"不知道她去她妈那儿啥情况,不会真离婚吧?"

此话一出,程苗苗呼的一下坐了起来:"她妈要离婚吗?你咋知道的?"

李肆赶紧给她看输液的针有没有歪:"我听我妈跟我爸说的。就你这样快别操心她了,安生输液,这要是明天在火车上又吐又拉的咋办啊!"

强小娃坐在旁边,沉默寡言,还在坚持用卫生纸擦他鞋上的脚印,已经消得差不多了,只是还有印子。

李肆左看看又看看,深觉一个都靠不上,长叹一声:"出趟门可愁死我了。"

第二天,程苗苗手上贴着医用胶布就跟李肆一起到少年宫门口看获奖名单。名单前挤挤挨挨人头攒动,不但有参赛同学,还有家长老师在看。

强小娃落在后面,眼睛倒是在看别的地方。

李肆拼命挤进去,瞪着大眼扫了一圈,突然激动地嚷了起来:"强小娃!三等奖!"

程苗苗也挤到前面,高声朗读了起来:"三等奖:林七二中强小娃,奖金三百元。小娃,你得奖啦!"

李肆奋力挤出人群,把强小娃拉进来。看见上面写着自己的名字,强小娃的脸红

了,又骄傲又兴奋地昂着头。

三个人抱在一起,又是跳又是笑。

赌约是必须要履行的,程苗苗在少年宫门口等到了秦远,笑着上前说:"秦远,你是优秀奖吧,也很不错了,如你所愿,我们三等奖。"

秦远冷哼了一声:"一等奖才有奖杯,三等奖不就和我一样有个证书吗?"

李肆乐得手舞足蹈,睥睨着他:"还有三百块钱呢,倒也不是钱的事儿,荣誉啊,多大的荣誉啊。"

程苗苗打断了他语无伦次的发言,清清嗓子,高声说:"下面有请优秀奖获得者秦远同学向三等奖获得者强小娃同学送上致辞。"

秦远其实满心不服气,但话是自己说的,周围来来往往的同学里也不乏熟人,他不能做一个说话不算话的人。

于是他硬邦邦地开口:"昨天踩你鞋,对不起。"

强小娃上前一步,居高临下地说:"没关系。"

他说出口的时候,感觉有什么一直禁锢着他、压着他的沉重东西突然碎裂了,随之而来的是满心满身的轻松畅快。

程苗苗一拍巴掌:"皆大欢喜,秦远,欢迎你有机会来我们油田山区玩,林七油田河坪镇,来了找我,请你吃饭,我们后会有期!"

她一手挽着李肆,一手挽着强小娃,三个人胳膊搭胳膊,迈着节奏相同的步伐,蹦蹦跳跳地走远了。

城市的街道上车水马龙,太阳挂在空中散发着光明和热度,大西北的夏天就要来临了。

李肆站在街头,抬起手挡着眼睛,感慨地说:"都说城里的太阳比较圆,我觉得也就那么回事儿吧。"

程苗苗蹦跳得小辫子都飞了起来,笑着说:"太阳不都那一个太阳吗,哪来的谁圆啊。"

强小娃认真地说:"我还是喜欢咱们那儿的太阳,照在身上暖和。"

三个人心照不宣地一笑,挽着胳膊继续前进:"走!回家喽!"

世事就是这么奇妙,在河坪镇的时候,他们成天向往着外面的世界,可出来才三天,他们已经开始想家了。

第二十四章
河东河西

归乡路漫长,夜晚摇晃的列车上,李肆靠着座椅睡得哈喇子横流,手里还抱着从火车站买的一兜子纪念品,兵马俑将军的头露在外面,跟着列车的摇动一晃一晃。

强小娃挤在狭窄的桌子上,一笔一画认真地默写着自己的参赛作文,程苗苗看着窗外飞驰而过的夜色,开心地说:"真好,回学校高老师不得高兴坏了,小芳都得夸你给学校争光。"

强小娃低头写着,突然说:"我不知道你又回去找那个男娃了。"

程苗苗神气地一昂头,小辫子都翘了起来:"就我这个性格,你觉得我能这么算了吗?"

列车轰隆作响,昏黄的灯光下,强小娃转过头,漆黑的眼睛眨也不眨地看着程苗苗:"我以为……"

程苗苗笑开了:"以为我没站在你这边,外人都欺负你了,我还不帮你说话,对吧?"

她把头靠在座椅上,回忆着:"以前我特别不理解你为啥这么大敌意,浑身上下跟个刺猬一样,就为了那点儿自尊心吗?敌视所有人就能让你的自尊心强大吗?这次被嘲笑,我终于明白了,那天咱们站在那里求这个求那个,还被一群人在旁边指指点点,我也不好受,我也没受过这个气,我以前觉得我过得可好了,没穷过没饿过没受过啥苦,我觉得油田里啥都有,出来才知道我的温暖窝可能在别人眼里就是个臭水沟,咱们这几天在大街上我也羡慕那些穿得时髦的女娃,看着真跟我不一样,我是真土啊,但那又怎样,不过就是一件衣服一双鞋,他们有他们的,我们也有我们的,我们前一天被笑了,后一天你获了奖争了气,我们腰板子一下就硬了,可见还是要有真本事,只要有了真本事,哪儿还来的看不起和嘲笑呢?"

她鼓励地朝着强小娃一笑,伸出手:"你的作文,我拜读一下,看是不是真能赢过我的武侠小说。"

强小娃笑了,把字迹整齐的作文递给她,程苗苗借着车厢昏黄的灯光,轻声地读了起来:"河东……河西。"

程苗苗没说错,肖方对于强小娃居然能拿了个三等奖,高兴得眉飞色舞,他挥舞着手上的作文连声赞叹:"好啊!写得真好!高老师,你看看这段:一个大桥分出了两个命运,我在河西像只野狗,他们在河东如骏马一匹,我经常坐在大桥朝着河东望去,我更努力地读书,想要摆脱河西的不堪,可贫穷还是扼杀了这唯一的机会。我憎恶的这群人给了我重生,我带着所有的叛逆来到他们的世界,原本想狠狠地反抗,却被一波又一波的良善所击溃,我有了读书的机会,有了一群可爱的伙伴,我们共同被这座大山滋养,我们终究是一样的人,如杂草迎风,如野狗荒蛮。"

他抑扬顿挫地读完,简直热泪盈眶:"写得太好了啊!高老师,这可比你们强,你看你和楚老师参加个音乐会,啥名次都没拿到,强小娃去了趟西安,就捧着奖状回来了,我很欣慰。"

高飞扬笑着,顺着他的意思说:"还是学校领导得好,我们当老师的自愧不如。"

肖方挺起胸膛,毫不脸红地说:"强小娃,你能来二中上学,那可是我费了劲儿的,我这双眼睛看人可毒啊,第一面我就知道,这孩子,必成大事,那时候你不穿校服,不剪头发,我还和你们高老师说,特殊学生特殊对待,不能因为这点儿小事儿就觉得孩子有问题,反而,要更加注意照顾,多方面培养嘛。"

强小娃看了高飞扬一眼,高飞扬微笑着没说话,于是他点了点头,默认了肖方往自己身上揽功劳的行为。

一顿手舞足蹈之后,肖方才稍微冷静下来,大手一挥,慷慨地说:"经校领导研究决定,奖励强小娃两百元。强小娃你再接再厉,争取高考拿个好成绩,考上一本,考上重点大学!"

强小娃终于露出了点儿高兴的神情,盘算着这下自己手里有了五百块,终于可以回请程苗苗、李肆和胡秋敏他们一顿了,还要带上程芽芽和袁山青,所有帮助过自己,对自己好的人都请上!

程苗苗说得对,自己有本事,就是有底气。强小娃现在觉得自己走在油田基地的大马路上,腰杆都挺得比平时直了一些。

还没等吃上强小娃请的烧烤,胡秋敏就出事儿了。

起因是胡悦终于回来了,还是被她大哥胡勇护送回来的,胡勇态度很坚决,这个婚,离,必须离!

为了达到这个目的,他眼珠一转,找到胡秋敏谈心,历数杨松柏和杨涛的诸般罪状,胡秋敏不爱听,反过来质问:"我们本来就是一家人,是我妈还有你们从来都不把他们当成一家人,还要天天找事儿说难听话,我妈这样,你也这样,你不说帮着我妈开解开解,和舅妈两个人成天背后说老杨坏话,还问我家借钱,借了也不还,我家现在这样,你和舅妈脱不了关系!"

胡勇这下可被戳了肺管子,他恼羞成怒,差点儿动手打胡秋敏一顿。胡悦过来拦着,胡勇对胡悦发了火:"说我借你家钱不还,说我背后讲老杨坏话,我为你说话啊,她还不乐意了,说是咱们胡家有问题,我大老远把你送回来,成了我是坏人了,胡悦,这就是你教育出的娃!"

胡悦脸上挂不住,推了胡秋敏一把:"咋跟你大舅说话的。"

胡秋敏毫不畏惧,更加大声地说:"我说的都是事实,只是你们不承认不爱听!"

这下胡悦也生气了,压着她道歉,母女俩大吵一架,胡秋敏摔门而去。

起初胡悦以为胡秋敏找小伙伴去了,结果到了半夜都不回来,这才慌了,各家敲门去问,程苗苗和李肆正睡着觉,被挖出被窝迷迷瞪瞪地回答:"胡子?没看见啊?"

三家大人,又是打着手电去后山找人,怕胡秋敏跟李肆一样躲到将军洞里去了,又是在家属区、学校挨个地方问,忙到天亮,还是一无所获。

程苗苗守在家里,逮着刚回家的父母问:"胡子家又咋了?"

筋疲力尽的贾代玉叹口气:"又要离婚了,跟你们没关系,你们别瞎掺和大人的事儿。"

程苗苗一夜没睡,本就担心,此刻变成了愤怒:"现在是胡秋敏不见了,这还光是大人的事儿吗?你们大人不能好好过日子,吵架离婚的天天折腾娃娃,到底是谁的事儿啊?!"

贾代玉也是一肚子火:"你在这喊啥啊?大人的事儿本来就跟你们没关系!"

程苗苗怒吼了起来:"就因为你们老这样想,根本就没想过我们的感受,所以胡子才会离家出走的!你们大人自私自利!"

贾代玉气得恨不能起来拍她:"现在是我和你爸闹离婚吗?你冲着我喊啥自私自利?"

程鹏飞越听越不像话,赶紧出面调停:"娃娃说得没有错,这难道真的只是大人的事儿吗?受害方没有娃娃吗?真要是没有,那现在小敏找不到该怪谁呢?这件事儿胡悦、老杨、胡勇都有责任!苗苗,你洗脸刷牙,准备上学,小敏这边我们会想办法的。"

胡秋敏去了一个谁都没想到的地方:三厂井区。

杨松柏拿着设备箱正要去巡回检查的时候,有工人跑来跟他说:"杨工,你女儿来

了。"

他愣了,赶紧放下设备箱:"哪儿呢?!"

胡秋敏站在厂区门口,一夜没睡,神情疲惫,看见杨松柏朝她疾步走来,表情木木地喊了一声:"杨叔。"

杨松柏一时手足无措,不知道怎么办,想问"你咋来了?",又觉得太生分。

他犹豫的时候,胡秋敏已经直截了当地开口:"我饿了。"

"啊,好好。"杨松柏总算有点儿事儿可以为她做了,急忙引着她往自己办公室走,"你先歇会儿,我去食堂给你打早饭。"

他们俩一路走过去,突然到来的胡秋敏引得路人频频回头,有个相熟的工友端详了一下胡秋敏,虽然剪着男孩头,穿着肥大校服,但眉清目秀的模样一看就是个姑娘,打趣地问:"杨工,这是女儿来看你了?不用上课?"

杨松柏心情复杂,嘴上也得承认:"是,请假过来的。"

"娃娃真孝顺啊。前段时间还问我在哪儿买随身听呢,是打算买给她的吧?"

杨松柏笑着点头,胡秋敏抬头回答:"已经给我买了。"

工友赶紧夸奖:"这一儿一女凑个好,多让人羡慕啊。"

听到工友们的羡慕之语,杨松柏心里都不知道说什么好,等从食堂打来小米粥和包子,放在胡秋敏面前,看她开始吃了,才斟酌着开口:"吃完了,还是要给你妈妈打个电话。"

不用问,胡秋敏肯定是自己偷跑出来的,胡悦那个脾气能主动让她过来找自己?

这时候二厂那边还不知道乱成什么样子。

胡秋敏咬了一口包子,咀嚼着说:"不想和她说话。"

杨松柏无奈:"那也得报个平安啊,大人着急成啥样了。"

"那你跟她说一声,她知道我没事儿就行了。"胡秋敏稀里呼噜地喝着粥,那样子一看就饿得厉害。

杨松柏看着都有点儿心疼:"你咋来的啊?"

"坐夜班车,我说去三厂找我爸,他们就让我上车了。"

杨松柏心想还不算糊涂,至少知道免费坐班车,一路上还安全些。

他忍不住又问:"和你妈吵架了?"

"和我大舅。"

这个答案,杨松柏倒不意外,胡勇作为大舅子是什么货色,他心里门儿清,他惦记胡悦的工资也不是一天两天了,可想而知他来了能说什么好话?

胡秋敏的眼睛从碗边上看着他:"他说要找我谈心,然后跟我说了一大段狗屁不通的话,让我骂了一顿。"

这可是杨松柏没想到的:"你骂你大舅?"

"嗯!"胡秋敏理所当然地点头,"他说我妈和你要离婚。"

杨松柏不说话,气氛一下沉闷起来,胡秋敏了然地点点头:"那就是真的了?"

杨松柏坐立不安,艰难地说:"小敏,这是大人的事儿,和你没关系。"

胡秋敏放下碗,清亮的眼睛直直地盯着他,像是要看到他心里去:"这个家就只有你和我妈是吗?我和我哥都不是人,你们是完全不用考虑是吗?"

杨松柏叹了口气:"这是我和你妈之间的事儿,不牵扯你和你哥。"

"咋不牵扯?"胡秋敏情绪激动地问,"你和我妈结婚了,我和我哥成了一家人,现在你们又要离婚,那我和我哥咋办?以后就没关系了吗?"

杨松柏无言以对,垂头想了想,站起来,讷讷地说:"吃完了你先睡一觉,这后面有床,我把门锁上。"

他起身去拎设备箱,胡秋敏在后面扬声问了一句:"叔叔,真要离吗?你也想离,是吗?"

杨松柏没回答,说了句"等我忙完送你回去"就离开了。

离开之后,杨松柏去给胡悦打了个电话,胡悦心急如焚,听了个大概就开始骂他:"你啥意思啊!到现在才说!我们在这边找了一晚上,我都急死了,你倒好啊,真不是你亲生的闺女啊,你一点儿心都不操啊!"

杨松柏被喷了一耳朵,生气地说:"我也是刚见到人,我不知道她来找我了啊,你这个人怎么一点儿理都不讲呢!"

胡悦又气又急,也知道是自己迁怒,却不肯承认,尖着嗓子喊:"我懒得和你说这些废话,你让小敏接电话!"

"孩子熬了一夜,现在吃过东西睡了,等她醒了我送她回去。"杨松柏也懒得多说,直接挂断了电话。

胡悦放下电话就往外冲,被贾代玉拦住:"老杨说了送孩子回来,你这会儿过去就走岔劈了。"

胡悦抹了一把泪:"她是真心狠啊,就这么一声不吭去找老杨了,到底谁才是她亲人她是一点儿不知道啊。"

贾代玉搂住她劝慰:"娃娃单独去找老杨,那就有娃娃的目的,你跟着过去除了吵架还能干啥?那都是上班的单位,被人看笑话啊!知道小敏没事儿就行啊,一会儿老杨就送回来了。"

胡悦不说话,捂着脸,泪水从指间泉涌而出,她这一辈子就剩下一个胡秋敏,可是胡秋敏竟然也不向着她,这日子真是没劲儿透了。

杨松柏说到做到,真的亲自把胡秋敏给送回了林七油田基地。一路上两人相对无

言,气氛沉寂,到车子经过大桥的时候,杨松柏才说了一句:"小敏,不管我和你妈这次是不是要离婚,你和杨涛都不会变,你有任何事情都可以相信他,你对他来说,是很重要的。"

胡秋敏看着湍流不息的洛河,和大地尽头缓缓落山的太阳,夕阳的金色余晖把基地染得一片温暖,只有她的心是凉的。

等到了基地,胡秋敏被送到了李肆家,程苗苗也在,两人在沙发上一左一右伴着她。牛铃铃和贾代玉将胡秋敏安顿好了,叮嘱道:"小敏,你就先在我家待着啊,让李肆给你拿好吃的。"

程苗苗开口问:"妈,你们是上她家去吗?"

贾代玉瞥了她一眼,自顾自地穿鞋:"你少打听点儿事吧,在这儿陪好小敏,我们走了。"

胡秋敏抬起头,平静地说:"阿姨,你们和我妈说,我同意他们离婚,我只有一个要求,我和我哥还是一家人。"

大人走了,铁三角排排坐在沙发上,李肆想动,看了一眼发呆的胡秋敏,又停了下来。

胡秋敏终于再次开口:"你们知道我妈这次为啥离婚吗?"

程苗苗猜测:"又吵架了呗?"

胡秋敏冷笑了一声,尖刻道:"吵架就能离他们早离八百回了,因为我哥回来了,我妈觉得她对不起我哥,她第一次觉得对不起我哥,她觉得自己不配做这个妈。"

李肆和程苗苗都不敢说话,胡秋敏仰起脸,看着头顶的吊灯,出神地说:"我以前不想他们离婚,就是舍不得我哥,这次我去找了老杨,我俩聊了很多,老杨和我保证了,我和我哥还是一家人,这么多年了,这个家只有我哥爱我,把我当一家人,那天我哥走的时候哭了,他以为我没看到,他和我妈说,咱们谁都别让小敏受委屈了。"

李肆小声说:"我觉得你妈也是爱你的。"

胡秋敏摇摇头:"她爱我,但她没为我想过,她就活在她自己的怨恨中,她的世界里只有她的是非和脸面,老杨也挺爱我的,我知道,但他大男子主义,根本不会爱一个人,我这个家就是个破烂,没啥好留恋的。"

她看向两个小伙伴,嘴唇弯弯,意外地挂着微笑:"你们别这么同情地看着我,我觉得现在挺好的,离了后就不用再面对每个月的吵架了,我现在就是好好学习,去深圳上大学找我哥,我要自己活出个样子,你们千万别同情我,我没啥可怜的。李肆?"

突然被点名,李肆胆战心惊地看向她:"哎?"

胡秋敏一拍茶几,豪气干云地指挥:"拿吃的啊,你家那么多好吃的呢,全拿出来,我尝尝!"

李肆立刻翻身跳起来："行，我全给你摆上，不够了咱马上出去买。"

婚，终究还是离了，杨松柏在一个清晨，天蒙蒙亮的时候就拎着大包离开了这个生活了几年的家，没让任何人看见，也没跟任何人告别。

胡悦大早上跟往常一样准备了两人份的早饭，胡秋敏从房间出来，也跟平时一样，坐下就吃。

胡悦没有动筷子，怔怔地看着大快朵颐的女儿，突然说了一句："小敏，妈对不起你。"

胡秋敏平静地咬了一口油条，态度像什么事儿都没发生一样："没有，我能接受，我觉得挺好的，真的，我也不怕别人怎么说，我无所谓的，妈，吃饭吧。"

胡悦点点头，略带仓皇地端起了碗。

不管发生什么样的事儿，洛河还是继续流淌，一往无前，林七基地附近山上的磕头机还是日常劳作，昼夜不息，时间慢慢来到了夏天。

1998年的夏天，中国大地遭受了一场全流域型的特大洪涝灾害。

起初，是从一场暴雨开始的。

狂风暴雨倾泻而下，袁山青在家写着作业，突然哐当一声，一扇早就摇摇欲坠的窗户挣脱了挂钩，被狂风抽打着在墙壁上拍了个正着，清脆的玻璃碎裂声和头顶轰隆作响的雷声交织，一下把睡梦中的小紫给惊醒了，她睁开眼睛，小声地呜咽了起来。

袁山青熟练地从柜子里翻出塑料布和钉子，正要往窗户前面走，小紫的哭声大了起来，她诧异地扭头一看，小紫翻身坐起，大眼睛惊慌地看着窗外。

"小紫，你醒了？你是不是听到打雷声了？"袁山青突然想到一个可能，不顾泼水一样向屋内侵袭的暴雨，冲到床边抱起小紫，欣喜若狂地问，"小紫，能听见吗？打雷呢？轰隆隆的！"

此时又一个大雷在家属区顶部炸响，小紫被吓得一激灵，哇的一声哭了起来。

"太好了！"袁山青不顾自己被雨水淋得湿漉漉的，抱着小紫在屋子里转了起来，"太好了！你能听见了！"

暴雨带来了泥石流，附近山上的油田作业队遇到了险情，整个林七基地半夜被叫醒，灯火通明。

首先就是职工医院要派人上山支援，程鹏飞当仁不让，贾代玉纵然是担心也不能说什么，张罗着给他穿雨衣，又叮嘱两个孩子："这么大的雨，明天一定停工停课，你俩哪儿都不许去，待在家里别动。"

说着，她穿上雨衣也要出门，程苗苗赶紧问："妈，你去哪儿啊？"

贾代玉一甩额头上烫得卷卷的刘海:"我们车队也要紧急待命啊,现在车辆调动上都很紧张,我得赶紧走了。"

程芽芽吃惊了:"这么严重吗?"

"都塌方了,你以为呢,这场雨还得下。"

"那我得去把袁山青和小紫接到家里来。"

程芽芽一提醒,程苗苗也跟着穿雨衣:"咱俩一块儿去。"

"都说了别出门……"贾代玉看着两个孩子,知道阻拦不住,叹口气说,"那接了她们来,你们四个就不许出门了,自己做饭吃,听到没有?"

基地的情况不妙,老村的灾情更严重,强小娃家本来就不怎么结实的砖瓦房因为暴雨倾淋,房顶开始到处漏雨。

强丰收在房子里拿着水桶脸盆接水,又赶紧把墙上强小娃的那些奖状都摘下来,用塑料布把强小娃的书桌盖上。

强小娃穿着雨衣,浑身被淋透了,走进来拿盖大棚的塑料布:"爷,屋顶漏了,我爬上去遮了两次了,遮不住,我得用盖大棚的塑料布盖一下,不然这下一晚上,房顶就保不住了。"

他嘴里咬着手电筒,拿着盖大棚的塑料布爬上房顶,把四个角都用铁钉固定,雨势太大,强小娃好几次差点儿从房顶上滑下去。

正在忙活,黑夜中响起了敲脸盆的声音,村主任的吆喝声断断续续地穿破雨幕,传了过来:"村里淹水了!全村的青壮年都赶紧集中挖排水渠!"

强小娃趴在屋顶,眼睛被雨水打得睁不开,他看着自家的屋顶犹豫了一下,又想起上一次洪水,县一中变成废墟的惨景。

强丰收顶着盆子从屋里咳嗽着走出来,催促他:"小娃,快去!我一个人在家没事儿。"

强小娃不再犹豫,从屋顶上爬下来,朝着村子里的方向深一脚浅一脚地奔去。

本来以为,雨下下就会停,结果到了第二天白天,依然大雨如注,比夜里下得还大,李大海作为领导亲临第一线,滚得跟个泥猴一样,声嘶力竭地指挥着。

李肆和胡秋敏也被集中到了程家,他们挤在一起,看着电视上关于这场特大洪涝灾害的报道。

"我爸从走了还没回来过呢。"程苗苗担心地说,"也不知道他吃上饭了没有。"

李肆也说:"我爸三天都没回来了,他那个胃本来就有病,现在不知道怎样了。"

袁山青出神地盯着窗外的大雨:"家里窗户坏了,大雨这么一浇,回去整个屋子都得湿透吧。"

正在这时候,油田基地分散各处的大喇叭突然发出呜呜滋啦的声音,接着就是焦急的通知:"紧急通知,林七油田采油一厂进入汛情一级警备,所有人撤离生活区,统一向地势最高的一厂大院迁徙。"

一屋子的人都蒙了,程苗苗率先反应过来:"要求全部撤离,发洪水了!"

李肆站起来,急得团团转:"我得去拿我的变形金刚。"

胡秋敏也急了:"我的那些磁带……"

程芽芽站起来,劈头喝止惊慌失措的两个人:"都这个时候了,顾不上拿那些东西了,赶紧走,山青,抱小紫,把奶粉拿上。"

众人分工明确,开始收拾东西,程苗苗背着书包跑出来,突然想起什么,一跺脚:"哎呀,强小娃和他爷咋办啊?他们那边没人通知啊!"

在突然降临的天灾危机面前,稚嫩的少年们猝不及防,面临着友谊和安全的考验,一时都愣住了。

此时,林七二中扛把子李肆觉得自己扛事儿的机会到了,他披上雨衣,斩钉截铁地说:"我去找强小娃,你们先走!"

他打开门,义无反顾地冲进了瓢泼大雨当中。

此时的洛河,上游的洪水如猛兽一般咆哮袭来,水位都要和大桥平齐了。

老村的排水渠其实在这样的暴雨之下根本起不到作用,但青壮年们还是奋力地挖掘着,身上脸上沾满了泥水,孤注一掷地希望自己多挖一铁锨泥,就能减少一分灾情。

强小娃也在其中。

村主任跌跌撞撞地冲来,大喊着:"洪水马上就来了,全村往东山撤退!不要抢险了,来不及了!"

众人一听,赶紧扔下东西跟着村主任跑,唯有强小娃转身带着滚了一身泥水的大黄狗往家跑。

他心里惦记着强丰收,爷爷年纪大了,身体也不好,腿还有老寒病,在这样的关口,一个人根本走不远,他必须回去把爷爷背出来!

强小娃在雨中狼狈地蹚着水往家赶,快要到的时候,他猛然觉得有什么不对,擦去脸上遮蔽视线的雨水,他脑袋嗡的一声。

院子还在,房子塌了。

那两间红砖房终于承受不住这样的大雨,变成断壁残垣倒塌在地。

"爷!爷!"强小娃疯了,边喊边冲到倒塌的房子里扒开砖头找强丰收,手指磨破,鲜血混入雨中,却一直没看到爷爷的身影。

河水已经漫过了桥面,本来横跨河东河西的大桥此刻淹没在水下,浑浊的水面使

得两岸浑然一体,几无分别。

李肆拖着辆破旧板车,使出了浑身力气疯跑,不时昂着头,发出怪叫:"啊!啊啊啊!"

他是跟时间赛跑,跟洪水赛跑,跟生命赛跑。

这辆破板车,强小娃用来运过红薯,装过苞谷,也载过受伤不能动弹的他,今天这辆板车上,强丰收颤颤巍巍地趴着,死死抓住板车边缘,雨水从头浇下,脸上老泪纵横。

受灾的家属全都集中在一厂家属区,大家仿佛又过上了集体生活,每日配给制,住处分配,彼此还能串串门,互通有无。

等强小娃带着大黄狗赶到的时候,强丰收已经换了干衣服,躺在床上盖着被子睡着了,他怔怔地看着爷爷安静的睡颜,大起大落之下,心脏差点儿停跳,只有喘粗气的份。

程苗苗碰碰他:"你没事儿吧?"

强小娃摇摇头,指着强丰收,喘息着话都说不出来。

程苗苗理解了他的意思,小声说:"李肆去把爷爷用板车拉回来的,两只手都磨破了。"

紧急时刻,职工医院的全体职工都已经投入到了抗洪救灾中,李肆这样的小伤,只能自己领了点儿东西回来治疗。

胡秋敏拿着碘酒给他消毒伤口,李肆疼得大叫:"你轻点儿啊!疼啊!"

"没使劲儿啊!咋这么娇气呢?"胡秋敏无奈地停止了动作。

李肆瞪着眼睛反驳:"你说得轻松啊,你去拉一个试试,我再跑慢五分钟,大桥就淹了,我俩谁都过不来了……"

他看到强小娃出现在门口,立刻神气起来,邀功地说:"小娃,我跟你说啊,你家那房子是真悬啊!"

强小娃默默地过来拿走了棉签,挤开胡秋敏,坐下给他涂药。

李肆这下也不喊疼了,精神也来了,喋喋不休地说:"我前脚背着爷爷出来,后面咣当就塌了,给我吓一跳,差点儿给我俩砸进去啊,还是我命好……"

他忍着疼,吹着牛,突然看见强小娃的眼泪掉到了自己手上。

李肆一下愣住了,低头看强小娃,发现强小娃哭了。

"干啥啊?你也受伤了?咋还哭了呢?"李肆不知所措。

胡秋敏也吓了一跳,上来查看:"咋了?"

强小娃眼泪啪嗒啪嗒掉了下来,一下抱住了李肆,把头靠在他肩上,像亲兄弟一样抱得死死的不松手。

李肆起初慌张,继而嘴角一翘,骄傲地说:"哎呀,这是干啥啊,咋还搞这一出呢,没必要了啊……"

他举起被绷带缠着的另一只手,笨拙地拍着强小娃的后背:"我是林七二中扛把子嘛,我不扛事儿谁扛啊。"

暴雨连着几天,一点儿停的意思都没有,贾代玉中间抽空来看了孩子们一次,给他们送了一箱方便面:"现在大人们都顾不上你们了,你们一定自己照顾好自己,我和你爸都要上前线,这几天肯定回不来,本来还想着小舅能照顾你俩吃喝,结果现在食堂也全部顶上去了,所以你们千万不能出去,听到没?"

程芽芽懂事地点点头,还是忍不住:"知道,妈,你们要小心。"

贾代玉一甩头发,露出洒脱的笑:"放心,这场面我和你爸都经历过!"

她说完,背上书包就走了。程苗苗在后面看着英姿飒爽的贾代玉,第一次觉得自己的妈妈像个英雄,不再是家里那个唠唠叨叨爱烫头爱跳舞的妇女了。

孩子们聚在一厂宿舍里,看着外面依旧在下的大雨,不免有些心慌。

现在连退休的老职工都到外面搬沙袋了,只剩下这些孩子们聚集,一个大人都没有。

程芽芽打开箱子,安慰大家:"煮方便面吧,妈给了一箱,够咱们吃几天了。"

胡秋敏起来四下寻找:"还有没有鸡蛋啊,给小紫一个。"

正说着,袁山青着急忙慌地跑来:"胡子,小紫呢?"

胡秋敏蒙了:"啊?小紫?"

她习惯地看看身后,大厅里就几根柱子,一览无余,没有小紫的身影,袁山青愣了:"我刚才不是把小紫交给你了吗?"

胡秋敏嘴唇哆嗦着,心里也开始慌了:"我看她睡了,就放到宿舍床上了啊……我以为你抱走了呢……"

袁山青差点儿尖叫起来:"我没抱走啊,我一直没看到小紫,我以为在宿舍呢!"

所有人都愣住了,赶紧开始大喊小紫的名字,冲到每一层楼的每一间房开始找小紫。

等找遍全楼都没发现小紫,大家再次聚到一楼大厅的时候,才意识到一个可怕的问题:

小紫,丢了。

小紫的丢失是这场暴雨的第一个坏消息,等待程苗苗她们的,还有接踵而至令人崩溃的事情。他们此生都记得那个夏天的暴雨,它改变了很多人的人生。

第二十五章
家园

此刻暴雨如注,下了几天几夜仍未停息,在采油作业区外,一排排穿着雨衣、面容坚毅的工人在雨中听着李大海指挥。

李大海穿着雨衣,高挽裤脚,腿上全是泥,再也没有了平时穿西装夹着公文包在领导面前八面玲珑的样子,他憔悴的面容被雨水泡得发白,拿着喇叭嘶哑着嗓子狂喊着:"全体人员全时间段抗洪救灾,抢救基地,一组二组排水建防,三组技术工抢修电路设备仪器,四组守住磕头机作业!班长!调出一组人和我去山下村子转移老乡!我们排除万难,守住基地作业,确保每个人的安全!大家有没有信心!"

回答他的是工人们铿锵有力的声音:"有!"

李大海大手一挥:"出发!"

一厂地势最高,也是收容全部受灾职工的地方,狂风暴雨中,高高的电线杆上的大喇叭还在如常广播:"洪水无情人有情,此时此刻,前线人员正在奋起抗洪,誓要守住作业基地,后方人员安全撤离,确保基层生活不乱不停,我们林七油田全体人员发扬油田人精神,不怕危险,不怕困难,势必共同战胜洪水猛兽!"

洪水暴雨面前,每一个职工都冲了上去,学校老师们坚守着通往家属区的最后一道防线,日以继夜地扛着沙包垒起保护孩子们的堤坝,浑然不顾自己全身泥水。

而寻找小紫的孩子们,此刻茫然无助,找不到任何一个大人帮忙,他们急得团团转,只能自己想办法。

胡秋敏抹了一把泪水,拉着一个老奶奶冲进宿舍楼,大声喊:"苗!芽芽!这个奶奶说刚才看到个小女孩。"

大家赶紧冲过来，老奶奶眯起眼睛回忆："我刚才去接水，看到有个小女娃娃，这么高，穿个花衣裳，摇摇晃晃地往外走，我看后面跟着人呢，就没太在意。"

袁山青失声叫了起来："花衣裳！那就是小紫啊，是出了宿舍楼吗？"

老奶奶指着大门："往大门那边走了，身后跟着的有男有女，还抱着包袱，我以为是娃娃家长呢。"

强小娃看着外面的暴雨，果断地说："已经找过一遍了，楼里没有，应该就是出去了，咱得出门找。"

程芽芽也说："肆哥，小娃哥，咱们三个去，让她们留下继续在楼里找一遍。"

袁山青心乱如麻，抓住程芽芽的胳膊："我也得去！我去找小紫。"

程芽芽安慰她："外面雨太大了，你出去我们还得顾着你，没事儿的，她能走多远啊，肯定能找到。"

看着三个男孩披上雨衣，消失在白茫茫一片的暴雨里，胡秋敏忍不住哭了起来，抓住袁山青的手内疚地说："对不起啊山青，都怪我，我真是……我王八蛋，全是我的错……我真关上门了，她咋出去的啊……"

袁山青的手冷得发抖，嘴唇发白，听着胡秋敏的哭声，自己摇着头，也落下眼泪来。

程苗苗从外面冲了进来，一脸紧张："有人说看见有个男的，刚才在门口抱走一个娃，他没看清楚娃的样子，但说扎了个鬏鬏，是女娃，我觉得可能就是小紫，门口还有辆面包车。"

胡秋敏一下跳了起来："被抱走的？"

程苗苗焦急地说："我也听说有人趁火打劫，专门在遭灾的时候偷东西呢，小紫不会是……"

正说着，袁山青霍然站起，头也不回地冲出了大门，程苗苗和胡秋敏赶紧跟在后面。

她们在雨地里跌跌撞撞地走着，瓢泼大雨浇透了全身，很快赶上了三个男孩，李肆一看程苗苗连雨衣都没穿，赶紧脱下自己的来给她套上。

程苗苗在李肆怀里一边打哆嗦一边大声喊："有个男的抱走了小紫，上了一辆白色面包车，那边有人看到面包车朝大桥方向走了。"

程芽芽也脱了自己的雨衣给袁山青："现在到处都淹了，他们能往哪儿开？"

强小娃突然想起来："我们村子那边有条马路，可以直接通向国道，都跟我走！"

他看到胡秋敏怔怔地在旁边站着，目光涣散，赶紧把雨衣往她头上一罩："抓紧赶上。"

孩子们互相搀扶着在大雨中找人的时候，大人这边也是忙得焦头烂额，李大海已

经两天没吃饭了,刚开始还能拿点儿饼干顶一顶,后来打开包装饼干直接被雨水泡成了糊糊,他也不嫌弃,用手抓着往嘴里送,到了今天,饼干都没了,胃里开始饥火中烧,此刻那股烧灼的感觉伴随着痉挛的疼痛,一抽一抽的,疼得他浑身冒冷汗,他用胳膊顶着胃部,还在坚持指挥。

屋漏偏逢连夜雨,又一处山体滑坡,埋了职工医院救险援助的两辆车。

程鹏飞也在上面。

李大海额头青筋都暴了起来,吼道:"派车去救了没有?"

来报信的工人浑身泥水,焦灼地喊:"没人,到处都要人啊!"

李大海霍然起身,咬着牙,把胃部越来越剧烈的疼痛扔到一边,暴躁地喊:"铲土机呢,找铲土机!我来开!"

贾代玉在车库里负责调度,一直站在雨中,两条腿都仿佛不是自己的,嗓子也喊哑了。牛铃铃和胡悦搭着仓库的车过来,问:"代玉,哪辆车发啊?我们要送物资。"

"这辆,马上走。"贾代玉声音嘶哑。

此刻三人都站在雨中,狼狈不堪的样子跟过去烫着头在活动中心轻歌曼舞的形象完全不同,但每个人都充满了斗志,身上散发出属于油田女工的坚韧不拔。

牛铃铃拿着账目监督工人搬运救灾物资,不放心地说:"大海电话打不通,我都急死了,你家老程呢?救险回来了吗?"

贾代玉看看表,也疑惑:"说鹏飞他们的车还没到,不应该啊,这个时间应该到了的啊。"

胡悦也点完物资走过来,安慰她:"下雨呢,山路不好开,你别担心啊。"

贾代玉看着她,犹豫了一下还是说了:"刚才三厂的人过来,说那边比咱们这里还严重呢,整个作业区都被洪水淹了。"

胡悦一下紧张起来:"人呢?有伤亡吗?"

她整个脸色都不好看了,杨松柏就在三厂,还是个技术骨干,遇到抢险救灾的事儿,一定是冲在前头的,会不会……

胡悦不敢想下去,她捂着心口,觉得惊惶不安,即使两人已经离婚,在法律上毫无关系了,此刻听到这个消息,还是情不自禁地担心起来。

暴雨中,一辆白色面包车摇摇晃晃地开在狭窄的马路上,两边黄泥浑浊的水流过轮胎,稍不注意就会打滑,所以车开得很小心,也很慢。

这就给了李肆他们机会。李肆和强小娃从侧面的土坡上连滚带爬地下来,一下冲到了面包车前头。

男司机从驾驶室里伸出头来叫嚷:"找死啊!"

强小娃和李肆对望一眼,都确定不是对方认识的人,这人贼眉鼠眼的样子,看着就很可疑。

"下车!"强小娃不废话,一把拽住他的头,"开车门! 下车!"

司机急了,伸手胡乱扒拉着强小娃,李肆冲上去拉车门,车门锁得死死的,打不开,他暴怒地狠狠一脚踹在车门上:"开门! 开门!"

坐在副驾驶座的男人不干不净地骂着,从车窗里伸出一根棍子,狠狠地打在李肆身上。

此时的李肆两眼发红,抬起胳膊一挡,不顾疼痛,反手握住棍子给夺了过来,狠命地朝车门砸去:"我叫你开门!"

程芽芽带着女孩们也从后面赶上来,围住了车子,两个男人明显慌了:"你们他妈的是谁啊! 抢劫啊!"

袁山青扑到车窗户上,往里看,尖声喊着:"小紫! 小紫,是姐姐啊!"

程苗苗转身对落在最后的胡秋敏高喊:"胡子! 去找大人! 报警,快!"

眼看胡秋敏转身就跑,车子里的人彻底慌了,李肆拼命踹着打着的车门一下被拉开了,从里面蹦出来一个男人,不由分说举起棍子没头没脑地往孩子们身上脸上抽去:"是不是想找死?!"

随着车门拉开,袁山青一眼就看到小紫瑟缩地窝在角落里,她拼尽全力喊了起来:"在车里!"

小紫看见了姐姐,惊恐的眼睛立刻盈满了泪水,哇的一声哭了起来,随着她的哭声,车厢里又响起了另外几个孩子的号哭。

李肆冲上去抱住拿棍子的男人,拼着身上挨了几下也不放手,挣扎着喊:"芽芽! 上,上啊!"

像程芽芽这样的好学生,这辈子也没打过架,更别说像李肆一样把打架当饭吃,但此时此刻,容不得他多想,这时副驾驶的男人也开车门下来,抬脚就要踹李肆。

"啊!"程芽芽猛冲过去,抱住男人,巨大的惯性让两人一起滚落马路,程芽芽和男人厮打着不让他起身。

强小娃把司机从座位上拖下来摔到地上,他虽然瘦削,打架自有一股乡野不服输的凶蛮之气,和成年人扭打在一起,竟然也不落下风。

袁山青已经爬上了车,发现包括小紫在内的四个孩子都被绳子捆着,她解开小紫递给程苗苗,然后一一解开剩下三个孩子的绳子,全都抱下车来。

三个男人看到孩子们都被解救,知道这下鸡飞蛋打,什么好都没落着,彻底急了眼,滚落马路的男人凶狠地踹飞程芽芽,喘着气爬上马路,疯癫地追着两个女孩子。

袁山青护着孩子,跑得慢,被他一把抓住了头发,用力地向后扯去。

袁山青疼得脸色煞白,头皮撕裂一样地疼,但她还是挣扎着高喊:"苗! 跑啊! 带

小紫跑啊！"

程苗苗转头看了一眼，李肆、强小娃和程芽芽正和三个男人滚在地上打，她顾不上那么多了，只能抱着小紫拼命跑。

危急时刻，司机一脚踹开了李肆，又一拳打倒了程芽芽，甩开强小娃后就要去追程苗苗，这时胡秋敏带着警察赶到了。

暴雨中，两个警察冲了过来，三个男孩筋疲力尽地躺倒在地，他们打不动了，但他们已经完成了任务。

孩子们这边的危机解除了，山体滑坡那边的救援还在进行，李大海都数不清自己在泥水里摔了多少跤，终于看见了程鹏飞。

程鹏飞在给一个伤员包扎，虽然狼狈，但看起来没有受伤。

李大海松了一口气，胃部的疼痛又翻江倒海地搅起来，他伸手指着程鹏飞，说不出话。

程鹏飞抬头看到他，笑了。

"你呀！"李大海又气又庆幸地说，"吓得我一身冷汗啊，你他妈要是出点儿啥事儿，我咋回去？回去不得让贾代玉剥了我的皮啊！"

"我们那个车刚好躲过了一波，也是把我吓得够呛。"程鹏飞看李大海一屁股坐在地上，诧异地问，"你咋了？受伤了？"

李大海捂着胃，摆着手，竭力想装出没事儿的样子："胃疼，老毛病，没事儿，你去忙你的吧，哎，你回医院先给代玉打个电话，消息早传回去了，她那个脾气还不疯了？"

程鹏飞点点头，越过他往车那边走去，准备运送伤员回基地。

没走两步，就听到有人在背后喊了起来："李主任？！李主任晕倒了！"

程鹏飞猛地回头，看到李大海面色煞白地倒在泥水当中，双眼紧闭，不省人事。

还不知道程鹏飞没事儿的贾代玉，疯了一样要往抢险车上钻，工人和司机拉住她，七嘴八舌地说："这都是要拉抢险设备的，坐不了人啊！"

贾代玉扒着设备不撒手："挤一挤，你们别当我在上面就行。"

她看工人们还在往下拽她，急眼了，大吼大叫："我家程鹏飞都砸半路了，现在是死是活都不知道，我不去能行吗？！"

牛铃铃跑过来拉着她："你别跟着闹了，山区那边随时都有大滑坡，人家是去救援的，你去了不添乱吗？"

向来要强的贾代玉此刻无助地哭了起来，泪水混合着雨水滑过面颊："现在一点儿消息都没有，我咋办啊？"

牛铃铃趁势把她从车上拽下来，苦口婆心地说："没消息就是好消息啊，真出事儿了不早就传回来了吗？"

她好说歹说，终于把贾代玉劝动了。载满抢险设备的车摇摇晃晃地离开大门，冲入大雨当中，贾代玉眼巴巴地看着，多么希望自己立刻就能赶到程鹏飞身边啊。

牛铃铃扶着她进了办公室，正在打电话的胡悦焦急得手指敲打着桌面，看见她俩进来，心虚地一下把电话给挂了。

"我给我哥打电话，问一下他们那儿的情况，没打通。"胡悦笨嘴拙舌地解释着。

牛铃铃安慰她："你哥那儿地势低，肯定早就转移了，有些地方线路受影响，没打通难免的，别着急啊。"

胡悦心神不定地点头，看牛铃铃安慰贾代玉，偷偷地出了门，拉住一个司机问："现在有去三厂的车吗？"

司机摇头："现在只能发抢险的车，人上不了。"

胡悦急得又问："那三厂那边有车过来吗？"

司机还是摇头："公路都被冲垮了，过来不容易啊。"

胡悦咬着嘴唇，焦急地走来走去，看着进出的每一辆车，分辨是不是从三厂过来的。

夜晚降临，贾宝山和高飞扬回到家属区，在走廊上用电炉给孩子们下方便面。

高飞扬笨手笨脚砸锅摔碗的，锅翻了里面的水浇灭了电炉子。

贾宝山看着他长叹一声："就你这个情况楚老师嫁给你能吃上饭吗？"

高飞扬尴尬地回答："咱不是有食堂有你呢？"

贾宝山做出推心置腹的样子："男人啊，得学着做饭，老婆下班回家，你桌上摆着四菜一汤，这日子还有啥挑的？你在家说话都能硬气些，抓住胃就是抓住人！"

他在这里传授经验，屋子里的小伤员们倒是一片欢声笑语。他们受的是皮肉伤，倒是不严重，程苗苗觑着李肆鼻青脸肿的样子调侃："这要是脸上留个疤以后咋办啊，本来就丑，这以后更丑了。"

李肆躺着哼哼："你盼我点儿好吧，我这也是英雄救小紫，你以后对我好点儿就行。"

程苗苗拍胸脯表示："那必须得好啊，你现在在我心里可太高大了，仅次于受伤最严重的小娃。"

她坐在两张床中间，转头看着程芽芽："我们家好学生是第一次打架吧，勇敢得很啊！"

程芽芽白了她一眼，关心地问："警察那边怎样了？"

胡秋敏后怕地说："就是人贩子，看着发洪水跑来偷娃娃的，全抓住了，那三个小娃不是咱这边的，警察抱走了。警察说了，幸亏咱们发现得及时，拦住他们了，不然这

要是真跑了就不好找了。"

正说着，袁山青抱着小紫进来了，小紫一看到大家就笑了，主动伸出手去抱程芽芽，还在他脸上亲了一下。

李肆不平地大喊："哎！咋只亲他呢？"

袁山青微笑着抱着小紫挨个过去，小紫抱着李肆和强小娃都软软地亲了一下，大家瞬间觉得这场仗打得真值，都哈哈笑了起来。

这份愉快在晚餐端上来的时候戛然而止，一桌子乌漆麻黑的东西，也分不出是啥。

程芽芽纳闷地说："小舅这个水平不应该啊？"

李肆拿起筷子扒拉了一下："我们几个伤员，正是要养身体的时候，吃这个会不会中毒直接给我们送走啊？"

贾宝山端着粥走进来："条件艰苦，凑合吃吧。"

李肆拍桌子打碗地抗议："我们几个可是英雄啊，你们不能这么对待英雄啊！"

贾宝山立刻推诿："不尊重英雄的是你们高老师，这东西都是他祸祸的。"

正说着，袁山青端着一盘金黄色的炸馒头片进来，李肆大喜过望："要说还是袁山青靠得住！这就奖励我们来了。"

他伸筷子要夹个大的，袁山青微笑着，却还是坚持把盘子放到了程芽芽面前："这是我单给芽芽做的。"

程芽芽笑眯眯地夹起最大的那块馒头片，特地放慢速度送进了嘴里，李肆眼睁睁地看着，失望之情溢于言表。

程苗苗看不下去他这馋样儿，拍案而起："行了，有啥了不起，我也会炸，咱裹鸡蛋！"

李肆眼睛亮了，龇着牙美滋滋地"嗯"了一声。

贾代玉终于接到了程鹏飞的电话，她捂着嘴，身体都在颤抖，带着哭腔说："你个没良心的，现在才知道给我报平安，你知不知道我刚才心跳都上一百二了……"

她又哭又笑，突然听到了什么，神色凝重起来，下意识地看了一眼身边的牛铃铃，唯恐她听到一样，转身遮住话筒，声音都放低了："严重吗？……要送医院？行，我知道了。"

挂掉电话，贾代玉深吸一口气，转身面对牛铃铃，一时不知道如何开口。

牛铃铃浑然不觉，还打趣她："这下听到老程声音稳了吧？哎哟还心跳一百二，来我摸摸。"

贾代玉按下她伸过来的手，艰难地说："铃铃，你听了别着急，大海……大海在现场晕倒了。"

牛铃铃的脸唰一下白了，不知所措地看着贾代玉，多日积累的疲惫此刻涌上来，她脑子一片糊涂，只看着贾代玉的嘴一张一合："老程初步判断是胃出血，正往医院送呢……"

她看着牛铃铃晃悠着要栽倒的样子，急忙扶住她，大声提醒："铃铃！咱可不能乱！大海去医院还指着你呢！"

正忙乱着，胡悦一头冲进办公室，哭着说："老杨出事儿了，他们三厂作业区井喷了，老杨……"

贾代玉的心沉了下去："咋了？也进医院了？！"

胡悦哭得站都站不住，倚着门往下滑："正在抢救……"

一厂宿舍的夜晚，每个房间里都挤满了受灾的群众，韩淑和楚梅花挤在一张床上，还在悄声议论着白天的事儿："小舅这人不错，兵荒马乱的还知道给咱们送两床被子来，要不现在连盖的都没有。"

韩淑裹在被子里看着用塑料布挡得严严实实的窗户，窗外暴雨肆虐，一丝风雨都没吹进来，也称赞："窗户可是高老师给收拾的啊，我师哥心多细。"

说着，两人都细细地笑了起来："还别说，关键时刻有他俩和没他俩，真是不一样，现在我踏实多了。"

另一间屋子里，李肆、强小娃和程芽芽三个男孩挤在一个地铺上睡着，程苗苗、胡秋敏和袁山青挤在另一边的地铺上，小紫受了一天的惊吓，此刻在姐姐怀里睡得很沉。

李肆动了动身子，看着旁边的程苗苗，感慨地说："这经历也挺奇妙的，哎呀，要是每天都发洪水就好了，咱们就能天天待在一起了。"

话没说完，程苗苗和胡秋敏翻身坐起，抄起枕头就不客气地砸了上去。

李肆一边挣扎一边喊："哎哎！我是英雄！我是伤员呢！"

口无遮拦的李肆不知道，在他们打打闹闹的时候，杨松柏被推进了抢救室，他爸爸李大海也脸色苍白地躺在车上冒着风雨往医院送，程鹏飞奔走在每一个救援区，给伤员检查伤情，贾代玉调度车辆，牛铃铃和胡悦互相握着手，坐在赶往医院的车上。

就连刚才看过他们睡了才走的贾宝山和高飞扬，现在也依然奋战在家属区门口，冒着大雨继续扛沙包加固堤坝。

孩子们睡得香甜，他们不知道，此刻他们能拥有这香甜的梦乡，是因为大人们在外面负重前行。

李大海缓缓睁开眼睛，牛铃铃赶紧凑上去，担心地呼叫："大海？"

"咋回事儿啊？"李大海咽了口唾沫，就要起身，"咋还进医院了呢？"

牛铃铃把他重新按回床上："打着点滴呢，别动，你不吃不睡，能不晕倒吗？医生说你是胃出血，要全面检查一下。"

李大海想了想,思绪逐渐回笼,又问:"前线那边咋样了?你给打个电话问问情况。"

牛铃铃不免埋怨:"这咋一下又前线前线了呢?你顾一下自己身子吧,都成这样了,还操心啥啊!"

两人聊了一阵,她回头叫在椅子上打盹的李肆:"你爸醒了!"

李肆蹦起来,牵动了伤口,一瘸一拐地走到床前,嘟囔着问:"爸?你没事儿了吧?"

李大海看着他,李肆鼻青脸肿的狼狈样子此刻分外顺眼:"好小子,立功了啊!"

李肆一下子笑了起来:"你也听说了?我厉害吧?"

他本来就是顺嘴一吹,没指望能在李大海这里听到什么好话,不挨骂就不错了。

没想到李大海慨然称赞:"有出息,不愧是我李大海的儿子,虎父无犬子啊!"

李肆一下愣住了,不敢相信地看向牛铃铃:"妈,你听到没?我爸夸我了,是夸我吧?"

愁绪满腹的牛铃铃也情不自禁地笑了笑:"是,夸你呢,听到了。"

李肆咧着嘴,笑着,眼眶却渐渐发红,李大海摸索着拉起了他的手,用力握了握,赞许地点了点头。

李肆没忍住,呜呜地哭了起来。

因为事出突然,洪灾让各路交通都中断了,来不及通知家属,所以胡悦就当仁不让地充当了杨松柏的家属,和胡秋敏一起听医生交代病情。

"危险期是度过了,但现在最严重的情况是,他因为从高空坠落,伤到了脊椎神经,可能,以后没办法走路了。"

胡悦的呼吸都急促起来,胡秋敏安抚地握着母亲的手,直截了当地问:"是说残废了吗?"

医生点点头:"你们要做好这个心理准备,他的恢复期不会短。"

在这次洪涝灾害中,杨松柏算得上是个英雄,发生井喷的时候,他义无反顾地带人上去抢修,下决心把洞口堵住,免得引起更大损失。

等到上去了,杨松柏凭自己的经验判断出设备马上要爆炸,面临绝境时,死活把身边的年轻人都推了下去,轮到他自己要下去的时候,设备爆炸了。

要不是下面的泥浆再度涌上来熄灭了一部分火焰,杨松柏可能当场就壮烈牺牲了。

但就算是这样,当胡悦提出要留在医院照顾杨松柏的时候,大家还是被吓了一跳。

贾代玉拉着她劝:"这事儿你可得想清楚啊。"

胡悦脸上露出从来没有的坚定神色:"想清楚了,我肯定是要照顾他的,他现在这样身边没个人能行吗?他一天站不起来,我就照顾他一天,代玉,这事儿我不能往外推！"

贾代玉说不出更多的话，只能叹息，胡秋敏走过来，默默地看着胡悦，觉得她这样子竟很陌生。

胡悦不由分说地指挥："小敏，你跟着代玉阿姨回去，现在汛情稳定了，学校也要开课了，你别耽误了上学。我留下来照顾老杨，这边的事儿你们都不用操心，我自己一个人就行，你跟你哥说让他也别担心，先不用赶着回来，现在情况都还不清楚呢，大夫也没把话说死，要是恢复得好呢，你们都该干啥就干啥去！"

她昂着头回到了杨松柏的病房，尽着家属的责任，无论是治疗缴费还是生活护理，都妥帖无比。

终于，在一个午后，她坐下，单刀直入地说："咱俩复婚吧。"

杨松柏自住院之后就木木呆呆的，领导慰问，工会表扬，医生查房，同事探望，他都一个表情不改，一言不发，此刻迟钝地转头看向她："啊？"

胡悦重复了一遍："老杨，咱俩复婚吧，出院就去办手续。"

杨松柏挣扎着，终于从嗓子里挤出一句话："我不同意！"

"你为啥不同意？"

杨松柏呼哧呼哧喘着气，脸憋得通红："你就是同情我，觉得我以后残废了，我不需要你同情！我自己啥情况自己知道！我就是残废了！两条腿以后不能动了，要坐着轮椅了，不是残废是啥？"

他不想连累胡悦，两人的夫妻关系已经断了，彼此都不来往了，当夫妻的时候他也没对胡悦多好，此刻变成残废了，怎么还有脸拉着前妻一起过苦日子？

胡悦冷笑一声："坐着轮椅咋了？我告诉你，坐轮椅的人多了去了，日子都照样过呢，单位上都说了，你出院就坐办公室搞技术工作了，职位还往上提了呢，工资也涨了，你啥意思啊？以前穷哈哈当小技术员的时候让我跟着你受穷，现在涨工资了不想让我享福？"

她如此胡搅蛮缠，杨松柏目瞪口呆地看着她，感觉像不认识一样。

胡悦一锤定音："我就是图你涨工资了，就这么现实，杨松柏我跟你说，这个婚必须复，以后这个家我说了算！"

看着胡悦这么坚定，还是以前那副一脸不讲理的样子，此刻，杨松柏眼睛红了。

胡悦眼眶也红了，但还是很坚定地看着杨松柏。

两个人相对无言，眼泪默默流下来。

洪水终于退去，受灾群众纷纷返回家园。此刻有件事儿是必须要做，而且是不能延期的。

所以，基地的空地上，临时搭起了一座座塑料布大棚，上面挂着红纸黑字的横幅，

写着"林七二中期末考试临时考点"。

"完了！"看到这一幕的程苗苗哀叹，"怎么受了灾还要参加期末考啊！"

坐在她后面座位的强小娃问了一句："你不是说这学期数学突飞猛进吗？"

程苗苗心虚地低下头："总得慢慢进步嘛。"她又一指旁边的李肆，"比李肆肯定是强的。"

强小娃想了想，鼓励她："你要是这次数学能考及格，我就答应你一个要求，什么都行。"

程苗苗小辫子神气地一翘："你说的啊，成交！"

第二十六章
年轻的你们

期末考试的成绩很快出来了,第一门数学,程芽芽113分,袁山青98分。

程苗苗上高中以来首次拿到66分,她兴奋地蹦跶了起来。

一边的李肆看着自己24分的成绩单撇了撇嘴。

贾宝山也被韩淑塞了一份数学试卷,说要看看他努力之后的成果。

最终成绩出来了:6分。

韩淑从教书以来就没见过这么差的成绩,把卷子还给贾宝山的时候深深叹息:"你这个情况离考大学可差得太远了啊!"

看着卷子上鲜红的数字"6",贾宝山心里不只是委屈,各种情绪一下子全都翻涌上来,他把卷子往桌面上一拍,干脆揭了底牌:"我啥年纪了,考啥大学啊。我这又是进学校食堂,又是复习考试,不都是为了能和你套套近乎吗,天天上赶子的劲儿全油田人谁没看出来,咋就到你这还真成了考大学了啊。"

韩淑意外地看着他,没想到贾宝山直接挑明了。

既然已经说出口,贾宝山索性破罐子破摔:"韩老师,咱们明人不说暗话,咱俩的事儿行不行你给个痛快话!"

他那咄咄逼人的架势让韩淑有些心慌,生气地说了一句:"你凶什么凶啊!"

韩淑转头走了,贾宝山傻眼了,跟在后面辩解:"韩老师,我就是声音大点儿,韩老师!咱们小点儿声再谈谈啊,大学能考,我努力学习还不行吗……"

该来的始终要来,这个暑假因为洪灾的关系,过得尤其仓促,程苗苗只觉得一眨眼的工夫,还没好好玩几次,怎么就开学了?

这次开学,他们班变成了高三一班。和以往不同,开学第一天,教室后面的黑板上就写上了大大的倒计时:离高考还有308天。

程苗苗看到这几个张牙舞爪的大字,小辫子都耷拉了下来:"是不是每届高三都要写这个啊?"

胡秋敏在一边用抹布擦着桌子,顺嘴说:"那肯定要写啊,这就是上高三的仪式感。"

李肆和强小娃拎着水桶扫把进来,李肆看了一眼,也不愿意:"净整些没用的,这玩意看着多吓人啊,一点儿也感受不到鼓舞。"

强小娃平静地说:"这个倒计时是提醒我们还有多久离开这里吧。"

他的话揭开了大家都不愿意去面对的事实,高考之后,大家就要分道扬镳,奔向各自的目的地,林七二中的日子就要一去不返了。

李肆突然发火,用扫帚蘸着水往黑板上一通乱擦:"晦气!"

黑板上的大字被擦得模糊一片,偏偏肖方起意要给高三同学来一场开学动员大会,端着保温杯从前门进来,一看大怒:"干什么?!"

李肆回头,肖方看清楚罪魁祸首,火气更大了:"李肆!我就知道是你,学习不行,歪门邪道第一名!你擦它干什么?"

李肆大声说:"不吉利!我看这倒计时不是计算高考的,是计算着我们啥时候分开的。"

肖方一愣,随即勃然大怒:"那谁和谁能在一起一辈子啊?你爸妈结婚就算能过一辈子,那也不能带着你啊!你不长大啊?长大了就是要各凭本事各飞一方,过了十八岁还想着好吃懒做吃喝玩乐呢,还在林七二中里面被我们护着被爸妈养着呢?出息呢?抱负呢?少年志在四方,我看你们啊,就操心饭在不在碗里,我肖方干了一辈子教书育人的事儿,咋带出了你们这么没出息的一届呢。"

李肆憋不住,说出了从杨涛那里听到的事儿:"主任,你以前不是管体育器材的吗,也没教书育人啊。"

肖方一愣,气得脑门上稀疏的头发都要竖起来了:"谁说的?!谁说的这个话?!"

身为领导,最忌讳的就是被人提起落魄的过去,尤其还是被不服管教的学生提起的,双倍伤面子啊!

李肆瞥了一眼:"程苗苗说的。"

程苗苗愣住了,赶紧推诿:"胡秋敏说的。"

胡秋敏不敢置信地看着两人,又迎上肖方要吃人的目光,心一横,抓了个不在场的人:"我哥杨涛说的。"

肖方没想到这根线还挺长,又尴尬又恼火,端着架子训斥:"我就知道这个班有你们几个就是灾难啊,别人班顶多一颗老鼠屎,你们班厉害啊,老鼠屎好几颗,这多好的汤也得臭了!还敢在背后造谣生事,无法无天!你们几个,都给我去楼道里站着!深刻反思!把这个倒计时给我放大两倍写出来!"

几个人灰溜溜地放下东西,从后面出去罚站了。

下午,高飞扬来主持开学班会,看着教室后面黑板上强小娃重新写的高考倒计时,语重心长地对同学们说:"肖主任来给你们开高三动员会,让你们给气得高血压都犯了,我也没跑掉,挨了一顿骂,你们真是一点儿气都不给我争啊,玩了这么多年了,还没玩腻呢?最后一年还不想使劲儿呢?都不想考大学了?都已经想好自己高中毕业去干啥了?"

他点了几个人让发言,班长朱超不好意思地说:"我妈说了,能上个大学就行。"

魏雪则一脸镇定:"我爸说学会计,考了证就是铁饭碗。"

胡秋敏目标明确:"我哥在深圳,我要去找他,到时候就报考我哥的大学,分数要是不够的话,我就随便报一所深圳的大学,我目标很明确。"

高飞扬伸手指点了点她:"那就再明确一些,别想着退而求其次的事情,就是那所大学,铆着劲儿必须是它!"

胡秋敏用力点点头,高飞扬又看向后面,李肆早就铆足劲儿要发言,谁知高飞扬点了程苗苗的名字:"你这个有一百个梦想的人,现在有什么想法?"

程苗苗站起来,大声说:"我要考电影学院!"

李肆左右看看,不甘示弱地站起来喊:"我也要考电影学院!"

同学们一愣,随即哄堂大笑。

其他升学指导高飞扬可以胜任,但电影学院实在不是他的范畴,放学后程苗苗和李肆来找他咨询,他一脸奇怪:"你从哪儿听说的电影学院?"

"上次陪小娃去参加作文大赛,就顺便问了少年宫的老师,老师说艺术生就能考电影学院,学表演。"

李肆在后面补了一句:"演小品。"

高飞扬感慨:"你这兴趣爱好真是一页纸写不完啊,这下不坚持写武侠小说了?"

程苗苗装大人地叹口气:"这不是写了反响也一般吗,还是没有金庸大师写得好。"

"你比他写得好也不会在这站着了,说吧,找我干吗?"

程苗苗鬼头鬼脑地笑了起来:"楚老师不是学音乐的吗,应该也是艺术系,你能帮我问问她,艺术系都怎么考啊?"

没等高飞扬说话,她眨眨眼:"我这可是为你找话题!要不然我就自己去问了。"

高飞扬卷起课本轻轻敲了她脑袋一下："你这小心思但凡往学习上用一点儿，也不至于是这个分数啊！这是你该操心的事情吗？还指望我感谢你？"

程苗苗夸张地捂着头，这就演上了："互帮互助嘛！谢谢高老师！"

开学第一天，就这么热闹地过去了，程苗苗和李肆从老师办公室出来回教室的时候，强小娃还在，胡秋敏已经走了。

程苗苗一拍脑袋想起来："老杨今天出院啊，胡姨去接人了。"

她小声对两人说："胡姨想复婚，老杨不愿意。"

李肆不敢置信地问："他还不同意？他现在都……都那样了，还横呢？"

强小娃在旁边来了一句："要我我也不同意，以前那日子过得就不行，离了婚，现在残疾了，走不了路了，复婚干啥啊，拖累别人啊，要我就自己找个地儿躲起来了。"

"残疾了就不能过日子了？"李肆表示不同意，"你这个想法就很自私，老是围绕着你那点儿小自尊心，不就是害怕别人看不起吗，要我说啊，咱活着就不能老管别人咋看，爱笑笑去呗，谁搭理谁啊。"

程苗苗也赞同："我姥说了，人就活几十年，活不明白的，给自己活好就行！"

回到家中，程苗苗的高考志愿在程家砸下了一块大石头，程鹏飞沉吟着问："学这个，以后是不是进剧团啊？"

程芽芽表示不屑："啥剧团能要她？你们是忘了上次香港回归文艺会演她在台上演磕头机的事儿了？"

程苗苗急眼了："啥意思？看不起我呗？觉得不靠谱？"

贾代玉指了指电视机："我看没啥，春晚上演小品的长得也一般嘛，又不是选美。"

程芽芽觉得连他妈都不靠谱起来，索性一针见血地说："这和长啥样没关系，你要是去厂里演小品那行，现在不是演小品的事儿，是要去上电影学院，电影学院在哪儿你知道吗？"

"北京啊！"程苗苗站起来，小辫子快乐地飞舞着，脸上笼罩着憧憬的光，"北京电影学院，我就要上那个。"

"啪！"贾代玉一拍桌子，把大家都吓了一跳，她激动地说："有出息！这一杆子支到北京了，你早有这个大抱负我早省心了，年轻人嘛，就得有这个雄心壮志，妈支持你去北京，去电影学院，这学费是不是很贵啊？贵也不怕，我和你爸砸锅卖铁也让你上，你去！"

程苗苗感动坏了："妈，没想到你是家里第一个支持我的人！那这事儿就这么定了？"

贾代玉拍板："就这么定了！"

程家父子俩目瞪口呆地看着情绪激动的母女俩,一时竟不知道说啥好。

李肆在家里却没得到什么好结果。牛铃铃当他又信口胡说,忙着算账也不理他,李肆跟个苍蝇一样在旁边嗡嗡嗡,惹得她心烦。

李大海今天带着新进厂的工人第一次下现场,看着一群奔赴油田第一线的年轻力量,他激动得晚上又去跟领导喝了顿大酒,和领导抱头痛哭回忆他们的青年时光,他们是如何把林七油田从遍地是石头的荒山改造成现在的大油田的。

他醉醺醺地一推门,牛铃铃就单刀直入地说:"正好,你爸来了,跟你爸说。李大海!你儿子要上电影学院!"

李肆想去捂她的嘴,已经来不及了。

一句话,让李大海的酒醒了。李大海瞪着被酒意熏红的眼睛,看着李肆。

李肆见势不妙,就想往卧室里跑,李大海熟练地操起拖鞋,直接堵住了去路,追着他打:"你还上电影学院?你以为你是刘德华啊!你看你那个尿样子,从小到大没干过多少正经事儿,你咋不造火箭飞太空呢,咋不当联合国秘书长呢!"

牛铃铃看儿子被打,又心疼了,拉着李大海劝:"哎呀,有话好好说,儿子这也是和咱俩商量考大学的事儿。"

李大海站住了,手都在颤抖:"他个倒数第一,你信他能考上啥大学啊!李肆,这个话我今天最后和你说一遍,你毕业了老老实实给我上山采油去!就这一条路,谁说也不好使!"

李肆也站住了,梗着脖子问:"凭啥啊!你叫我去采油我就得去?"

李大海吼道:"就凭我是你老子!凭我把你养这么大!"

"你啥时候养我了?你都快住在山上了,我小时候生病你管过吗?我住院你来看过我吗?从小到大你来给我开过一次家长会吗?我喜欢啥你知道吗?你啥都不知道,你就知道揍我,有事儿没事儿你都揍我,干啥啊?锻炼身体啊?你那身体不好也是陪领导喝酒喝的,跟我没关系!"

李大海胃出血的事儿,程鹏飞劝过他好多次了,让他赶紧去西安大医院做全面检查,但先是抗洪救灾,再是接新工人,一直抽不出时间来,心里总有一根弦绷着,不是不紧张,结果今天被李肆这样说,他再也抑制不住暴怒,吼道:"你再说一遍?"

李肆也豁出去了,直着脖子吼:"我今天就把话说开了,你自己觉得采油了不起,你当官了,有权有势了,就逼着我也去,我告诉你李大海,我十八了,我是成年人,我有权选择以后的路,我就不去采油!你有能耐打死我!来呀!"

在李大海的鞋子飞过来之前,李肆机灵地打开大门跑了出去。

身后回荡着李大海的怒吼:"有本事就别回这个家!滚蛋!"

和程家的欢天喜地、李家的鸡飞狗跳不同，胡家弥漫着奇怪的尴尬气氛。

因为杨涛回来了。

他突然出现在楼下，默不作声地把杨松柏从面包车上背下来，一步步地上楼，胡秋敏追在后面问："哥，你回来咋不说一声？"

杨涛侧着头看了她一眼："家里这些事儿，你也没跟我说。"

胡秋敏不敢说话了，四个人进了门，胡悦忙着去洗手做饭，终于，家家户户都亮起灯的时候，他们也再度坐在了一张桌子上。

上一次全家一起吃饭，还是过年，那之后就闹离婚，没想到再次坐下来，居然是这样的情况。

终于，杨松柏打破了沉默："是我不让说的，多大事儿啊，还要你来回跑，我和你悦姨谈好了，我俩离婚不耽误你和小敏是一家人，这事儿我也和小敏保证过了。"

今天的杨涛格外奇怪，胡秋敏都有些怕他了，闻言赶紧点点头。

杨涛看了一圈："你们以为都不告诉我，我就什么都不知道了，我这个年龄你们是把我当小孩子，还是觉得我是外人？"

胡秋敏和杨松柏都不敢说话，胡悦只能开口辩解："说啥呢，咋可能当你是外人呢，这事儿啊，就赖我。"

她眼眶里热热的，下意识地去抹了一把，终于还是勇敢地抬起头："不过，现在我打算和你爸复婚。"

杨松柏不自然地把头偏过去："说这干啥？"

胡悦看着杨涛和胡秋敏："娃娃们都大了，咱们有事儿应该和他们商量的，之前离婚就没征求过娃娃们的意见，这就做得不对，以后咱俩的事儿都得和娃娃们说一下，对不对？"

"没啥商量的！"杨松柏突然发火，把筷子往桌子上一拍，"我不同意，这件事儿我之前就和你说了的，明天我就去三厂宿舍住着，我自己能行！"

胡悦一下子难过起来："你这样子咋行啊？"

杨涛伸手拦住了胡悦，劈头就问："爸，你现在不同意，这俩月悦姨在医院没日没夜照顾你的时候，你怎么就同意了？"

他压根不给杨松柏反驳的机会，咄咄逼人地说："无非那时候你需要人照顾，现在只是腿不能走了，就不需要她了？你俩已经离婚了，你和悦姨已经没关系了，人家还是第一时间就到你身边，伺候你，把你从死亡线上拉回来，给了你一条命，这件事儿你要认！"

杨松柏铁青着脸质问："你回来就是为了指责我自私，利用你悦姨是吗？"

胡悦慌张地摆手制止，可杨涛根本不给她开口的机会，郑重地说："如果自私，那我当然希望以后有个人能照顾你，但悦姨也是我的家人，从儿子的角度来说，我不希望我妈妈过这么苦的日子！"

　　胡秋敏一下捂住嘴，眼泪在眼眶里打转转，胡悦努力平复了一下情绪，轻声细语地解释："小涛啊，你听我说，我不能看着你爸一个人这样，你爸是英雄啊，他救了整个基地的人，他要是出去和人打架斗殴伤了腿，我不会管他的，但现在不一样，我佩服你爸，了不起，我愿意照顾他，我不怕辛苦，你爸以前也和现在差不多，我都照顾这么多年了……"

　　杨松柏不服地顶了一句："我从前腿好着呢。"

　　胡悦习惯性地数落起来："那也是啥活都不干啊，袜子裤衩都没洗过啊，厨房也没进过啊，家里指甲刀你都不知道在哪儿放着呢，和现在有啥区别？"

　　"那你意思是我从前也是个残疾人呗？"

　　面对杨松柏的恼羞成怒，胡悦用力点了点头："对！"

　　不知怎么的，杨涛和胡秋敏一下笑了起来，杨松柏扭着头，终于忍不住也自嘲地笑了。

　　"笑啥啊，真的，你们三个，哪个不让我操心？就杨涛好点儿，家里家外都靠我一双手，这么多年三个都伺候过来了，还怕伺候一个啊？"

　　胡悦嗔怪地说着，端起碗示意："吃饭，菜都凉了。"

　　胡秋敏也端起碗，喟叹了一声："这都多久没一家人坐一起吃饭了。"

　　杨涛拿起筷子，先给胡悦夹了菜："这么多年，悦姨你辛苦了。"

　　"不辛苦！"胡悦笑了起来，"咱们自己日子自己过，医生说了，你爸慢慢复健，总有起色，我有这个信心，你俩该去哪儿上学就去哪儿上学，我和你爸没问题，对吧老杨？"

　　杨松柏低着头没吭声，也飞快地夹了一筷子菜放到胡悦碗里。

　　几家欢喜几家愁，开学这段时间以来，本来总是乐呵呵的贾宝山一直绷着一张脸，每天打饭的时候同学们都不爱往他眼前凑，没办法，只能又调回教职工窗口。

　　韩淑端着餐盘来到窗口，刚要开口说话，贾宝山勺子飞舞，给她扣了两个硕大的狮子头。

　　"吃不了……"韩淑看看人均一个的狮子头，又看看绷着脸的贾宝山。

　　"吃不了就分给楚老师一个。"贾宝山硬邦邦地回答。

　　韩淑没办法，小声说："咱俩聊聊？"

　　贾宝山猛地抬头，马上来了精神："你约我聊聊？"

　　得到肯定答复之后，他立马扔下勺子脱制服，被韩淑阻止："不是现在！晚上，下班以后！"

　　贾宝山满口答应："好！晚上好！我校门口等你……不见不散，韩老师吃好啊！慢走！"

他一瞬间就活泛了起来,重新拿起勺子,高声亮嗓地吆喝:"下一位!前面请!"

食堂下班时间比老师早,贾宝山三点多就离开学校了,一溜烟地跑回家,翻了几件衣服,都不中意,连忙给程鹏飞打电话:"姐夫,你那西装给我来一套,赶紧的,韩老师主动约我!"

程鹏飞也高兴极了:"去柜子里找,那套最贵的!我一直没舍得穿呢,领带在抽屉第一层啊!"

贾宝山挂上电话,喜滋滋地翻出西装,对着镜子收拾自己:"冷宫十载,苦尽甘来啊!"

他喜滋滋地对镜左顾右盼,总觉得手里少了点儿什么,想了半天,一拍大腿:"鲜花!"

由于他又奔去农贸市场买鲜花,等气喘吁吁赶回来的时候,学校的人已经走得差不多了,校门口只有高飞扬和楚梅花肩并肩走出来。

贾宝山眉飞色舞地问:"高老师,楚老师,约会哪?看见韩老师没有?"

高飞扬有些不好意思地解释:"楚老师还没吃过镇上的烧烤呢,我请客……"

楚梅花抿嘴一笑,对着宿舍指了指:"刚才好像有人找,韩老师去宿舍了。"

贾宝山乐得都要飞起来了,转身就跑,一口气跑到韩淑宿舍门口,停下来对着玻璃窗整理头发,捧着鲜花,清了清嗓子,才伸手敲门。

几乎是立刻,韩淑就来开门了,表情很不自然,刚想开口,就被贾宝山制止,他抑扬顿挫地朗诵了起来:

"我如果爱你——

绝不像攀援的凌霄花,

借你的高枝炫耀自己;

我如果爱你——

绝不学痴情的鸟儿,

为绿荫重复单调的歌曲……"

"宝山!"韩淑急忙喝止他,贾宝山一愣,看见门开处,一个高大帅气的青年站在韩淑背后,一脸不知道发生什么事儿的样子。

韩淑有点儿尴尬,但马上介绍说:"宝山,这是我的男朋友肖玮,特意从上海过来的,刚刚才到。"

有那么一瞬间,贾宝山以为自己听错了,他死死地抓住鲜花,不知道该怎么办,此刻的自己活像个小丑。

肖玮已经主动伸出了手:"你好宝山,听韩淑提起过你。"

不是客气,不是礼貌,而是带着一股居高临下的"我什么都知道"的优越感。

贾宝山看着他，又看了一眼韩淑，韩淑脸上表情复杂，他不忍心再给韩淑增添任何麻烦，迅速调整了情绪，若无其事地上前握手，哈哈大笑起来："你好你好，就是听说这个事儿了，知道你今天要来，作为韩老师的同事、好友，我刚才特意去买了花，前来恭喜，刚才那首爱情诗就是专门歌颂你们破镜重圆的，哈哈哈哈，你们两个是复合了吧？"

韩淑没吭声，肖玮热络地说："之前韩淑和我闹了些小别扭，现在话说开了，我这次来就是专门和她谈回上海结婚的事情。"

心里在滴血，脸上还要欢笑，贾宝山觉得哪儿用程苗苗去考什么电影学院，他已经可以直接从电影学院毕业了："哎呀，那就太好了，我们学校都知道韩老师在上海有个一表人才的男朋友，这真是，哎呀，果然名不虚传，是真帅啊。"

肖玮理所当然地做出主人的姿态："过奖，赶紧的，进屋聊吧？"

贾宝山连连摆手，笑容满面地拒绝："不不不，我就不进去了，不耽误你们两个叙旧，不是，谈感情，我在这祝二位抓紧时间结婚，相亲相爱，白头偕老。"

他把手里的花一把塞给了肖玮，转头就走，肖玮拿着花，转向韩淑笑着："你这个朋友还真逗。"

韩淑咬着嘴唇，突然下定了决心，快步下楼追上了贾宝山："宝山！"

贾宝山听到了，步子慢了下来，他调整好自己的情绪，努力让脸上堆满笑容，才回头看着韩淑向他飞奔而来。

以前都是他，拼了命去接近韩淑，这是第一次，韩淑主动跑向他。

韩淑站定，看着贾宝山堆满笑容的脸，期期艾艾地说："宝山，我不知道他今天来，要不然我不会……"

"明白！没事儿啊，我这祝福也送完了，你快回去吧，男朋友人不错。"

"你听我说！"韩淑不想再看到他虚假的笑容，深吸一口气，飞快地说，"我本来约你是想聊一下咱俩的事儿，我知道你的心意，但我有我的考虑，我还是要回上海的，我不可能在这里待一辈子，你明白吗？"

贾宝山脸上的笑渐渐挂不住，但他还是艰难地维持着："明白，上海好啊，上海多好啊，气候也好，本帮菜也好吃。"

"我不是没有动摇过，真的，但我，我没办法留在这里，请你理解我。"韩淑痛苦地说。

贾宝山不笑了，沉默了一会儿才问："那你啥时候走啊？"

"我会把程苗苗这届带完，等他们高考完我才会走，我要对他们负责任。"韩淑抬头看着贾宝山的脸，认真地说，"宝山，我是真心感谢你这么长时间以来对我的照顾，对我的那些好我都记着呢，也很感动……我知道，现在说这些都没用了，宝山，我希望你早日找到一个适合自己的好女孩，我希望你能幸福。"

贾宝山用力点着头："行，反正追我的女娃也多，我找了好的一定跟你说，让你放

心。"

"谢谢你啊,宝山。"都说清楚了,韩淑下定决心向他伸出了手。

贾宝山定定地看着她的手,终于也伸出手,重重地一握。

用力得像是亲手掐死了自己的爱情。

同一个夜晚,袁山青在家里哄睡了小紫,从旁边的大纸箱子里拿出一堆材料,翻出强小娃给她写的步骤认真研习着。

虽然说程鹏飞再三表示不要担心治疗费的问题,但袁山青仍然想尽力先还一部分,还有小紫如果能早点儿装上人工耳蜗进行干预,以后说话、听力都会有很大进展。

所以她特地去找了经常打工的强小娃请教,再三权衡之下,争取到了在家糊纸盒的手工活,轻省不累,还可以守着小紫,时间也灵活。

昏暗的灯光下,袁山青纤细的手指灵巧地翻折着材料,材料变成一个个规整的纸盒被她放回大纸箱里。她面容沉静,唇角含着笑意,在心里计算着今天又能挣多少钱,高兴离治疗小紫的目标又近了一步。

袁山青回头看看小紫熟睡的可爱脸庞,心里溢满了宁静的幸福和对未来的憧憬。

偏偏这时候,门被敲响了,她诧异地起身问:"谁呀?"

门外传来严肃的男人声音:"我们是枫林派出所的民警,找一下袁山青。"

第二十七章
理想国

　　程芽芽背着书包刚到教室门口，袁山青就跑了出来，一把扯着他往外面走，程芽芽的心一沉，赶紧跟上，到了僻静地方才开口："出什么事儿了？"

　　袁山青脸色少有地白，带着一股惊惶不定："昨晚两个警察来我家找我了。"

　　"发现袁勇了？"程芽芽首先想到的就是这个。

　　"不是，是……抓到林秀了。"袁山青难堪地说，毕竟林秀被抓的罪名也不大好听，是在小县城的歌舞厅从事黄色不法交易。

　　程芽芽追问："那袁勇呢？没抓着？"

　　"他俩早不在一起了。"袁山青吸口气，把自己的顾虑说了出来，"她被抓好几个月了，现在正坐牢，报了我们油田的地址，警察找过来说她要见见我和小紫。"

　　程芽芽表情有些严肃，没说话，袁山青紧张地解释："警察给我看了她写给我的信，上面说她知道错了，她很后悔，她特别想念小紫，觉得对不起我，想再看看小紫，毕竟是她的亲生女儿，我看信纸上还有眼泪掉下来的印子，我……"

　　她说不下去了，毕竟只是个十七岁的姑娘，面对这么大的事儿，她一时觉得自己做的决定是对的，但真要带着小紫走那么远，去监狱那种地方看林秀吗？

　　程芽芽沉思了一会儿："在哪儿，远不远啊？"

　　"在枫林镇的监狱，从这里过去要坐两个小时的车。"袁山青小声说。

　　其实她有些后悔了，自己为什么要对程芽芽说呢？还是自私吧，希望他能陪自己过去面对这一切，但人家程芽芽凭什么要牺牲一天的时间？

袁山青都开始打退堂鼓了,程芽芽却直接答应下来:"我陪你去。"

"啊?"袁山青抬头看着程芽芽,眼里满是意外的感激。

程芽芽笑着安抚她:"没事儿的,周末咱俩带着小紫一起去,先回去上课,别想这件事儿了。"

此刻,高三一班的教室里,同学们不像从前那样在上课前嘻嘻哈哈,而是都低头复习着功课。程苗苗和胡秋敏肩并肩坐着,拿出笔记本,哼着歌儿翻阅。

李肆不甘寂寞地从后排探过头来:"你俩干啥呢,这么乐呵?"

程苗苗神气活现地说:"作为一名有清晰目标即将步入电影学院的高三学生,我心情愉悦,这次摸底考,我必须上四百分!"

胡秋敏握紧拳头:"作为一名家庭终于和睦,一家人每天一起吃饭的离异再婚又婚家庭的女儿,我心情很愉悦,多少年了啊,可算是轮到我一回家和万事兴了啊,这次摸底考,我必须上五百六!"

李肆撇了撇嘴:"你考五百六也没人家小娃高啊,得意什么。"

胡秋敏转头白他一眼:"那你呢,你摸底考打算考多少?"

李肆故作深沉地说:"我就考个两百分吧。"

程苗苗奚落他:"还说要跟我一起考电影学院,就这啊?"

"那不是你说,艺术生文化课要求低,就适合我们这种成绩不好的人吗?"

"那人家也不能招两百分的啊,再说,楚老师说了,艺考也是千军万马过独木桥!"

李肆没话说了,索性破罐子破摔:"我现在和我爸水火不容,我妈因为我爸的老胃病,也站到他那边去了,一点儿都不关心我。我哪有心思学习?"

说完,他还装模作样地叹了口气:"鲁迅先生说得好啊,人类的悲欢并不相通。"

说到悲欢并不相通,高飞扬和贾宝山本来是一对难兄难弟,现在境遇截然不同。

为了安慰贾宝山,高飞扬特地到食堂,看着他一下一下用力揉着面团,不禁开口问:"你没事儿吧?"

贾宝山头都不抬地说:"我有啥事儿啊?爱岗敬业,这不是揉面呢,一会儿给教职工包包子啊,今天这个肉馅啊,绝了,我亲自拌的,你多吃两个。"

高飞扬第一次觉得心虚为难,吞吞吐吐地说:"宝山,我真不知道她男朋友来了,不然我肯定通知你。"

这个"她"是谁,两人心知肚明。

贾宝山截断了他的话头:"飞扬,这事儿不赖你,也不能赖人家前男友,这就是韩老师没看上我,人家还是想去上海工作生活,咱也给不了人家那种生活啊,我是干啥的啊,学校食堂揉面的,能有啥发展啊。水往低处流人往高处走,没毛病,我这样拿啥和前男友比啊,咱这个地方拿啥和上海比啊?"

他渐渐说得激动起来,高飞扬心里也难过了:"我也在上海待过,我觉得咱们这儿挺好,没什么哪儿比哪儿更好一说,她前男友我也认识,不是一路人,你不一样,是我想要成为哥们儿的人,在我这儿,上海和肖玮,都比不过林七和你。"

贾宝山揉面的手停了,心里挺有触动的,他抬头敞亮地笑了起来:"大老爷们儿还煽上情了,你不是就怕我心里不好受吗?哎呀,小看我了不是,咱俩还是哥们儿,韩老师还是朋友。"

高飞扬看着他的笑容,叹了口气:"我怕你一时想不开就走了。"

"行!"贾宝山竖着沾满面粉的大拇指冲他比了比,"没白待,还处了个舍不得我的人,就冲你,我也不走啊。"

说着他挤眉弄眼地问:"我都失恋了,你不请我吃顿好的啊?你上次和楚老师吃的那烧烤咋样?可以啊,进展神速!"

高飞扬满口答应:"知道了,时间你挑。"

看着高飞扬的身影消失在操作间门口,贾宝山脸上的笑容一点点儿黯淡了下来,轻声哼着哀怨的调子。

也许,他是时候离开林七二中了。

韩淑的男朋友从上海追到大西北这件事儿,在学校也是引起了一阵风波,有些人觉得是美谈,但是在程苗苗看来,这就是晴天霹雳。

"怪不得我小舅这几天半夜在阳台喝酒呢,我就知道事情有变!"程苗苗埋伏在学校门口,杀气腾腾地说,"我倒要看看长什么样子?"

胡秋敏插嘴:"听魏雪说了,一般。"

他们铁三角在校门口埋伏,一会儿却看见袁山青和强小娃肩并肩走了出来,两人说说笑笑直接走了,后面跟着程芽芽。

程苗苗纳闷:"他俩关系什么时候这么好了?"

一看强小娃又要把程苗苗的注意力吸引开,李肆果断出手,扯住程芽芽:"弟弟,他俩一起干啥去?"

程芽芽背着书包,莫名其妙地看着他:"打工啊,他俩在招待所洗床单被罩。"

一想就明白,强小娃和他们不一样,上大学的钱得自己攒,袁山青就更需要钱了,小紫的病还在治疗中,将来要花的钱没个数。

程芽芽冷哼一声:"高三了不学习,成天打听,现在满足了吗?"

他背着书包昂然而去,李肆追在后面辩解:"是你姐要打听的啊,我不操心这个。"

正说着,胡秋敏突然眼睛一亮,兔子一样窜了出去:"哥!"

穿着新潮的杨涛远远地冲她招手:"小敏,今天咱家出去吃。"

看胡秋敏乐得已经忘记他俩大活人，挽着杨涛手臂就走，程苗苗感慨："不讲义气啊，就剩咱俩了？"

李肆不服气地说："我看就剩咱俩非常好，也叫小舅知道，他没白疼人。"

正说着，韩淑匆匆从校门里走出来，程苗苗精神一振，一拽李肆："跟上！"

走不多远，还没到教职工宿舍门口，就看到一个高大帅气的男青年迎上来，两人有说有笑，并肩往回走。

程苗苗和李肆尾随在后面，李肆小声说："韩老师笑得跟朵花儿一样，这是真开心啊。"

"你站哪边啊？刚才还说小舅没白疼你呢！"程苗苗愤怒地扭头问，小辫子差点儿抽到李肆脸上。

李肆捂着脸辩解："我站小舅啊，但这事儿咱站边儿有用吗？恋爱自由，咱管得了吗？你跟在后面能干啥？要为小舅出气，就直接上去问。"

还没等程苗苗阻止，他已经气沉丹田，大喊了起来："韩老师！"

韩淑和肖玮双双站住，回头。

程苗苗这时候想溜，已经来不及了，李肆大大方方地走了过去："韩老师，咱们这次摸底考的成绩什么时候出来啊？"

韩淑有些惊讶地看着他："这次考试，对自己很有信心？这个觉悟很好嘛，我今晚加个班，明天早上就能出来。"

李肆点点头，像才发现肖玮一样问："这是咱们二中新来的老师吗？"

肖玮没说话，饶有兴趣地看着他，程苗苗在后面躲躲闪闪的，也走上来了，两个人四只眼睛一起看着肖玮，谁都明白他们是什么意思。

韩淑力持镇定地介绍："这位……是我男朋友，肖玮。"

她又跟肖玮介绍："这是我班上的两个同学，他们想考电影学院。"

"那很好啊。"肖玮微笑着说，"我有同学就是学电影的，当年我也去考过的。"

程苗苗一听，来劲儿了："那你能给我讲讲专业课考试的事儿吗？"

李肆惊了，还没等反应过来，肖玮已经一口答应："好啊，我们正要吃饭，一起来吧，边吃边讲。"

程苗苗迫不及待地跟了上去："好啊。李肆，走！"

在程苗苗和李肆兴冲冲跟着老师吃烧烤的时候，强小娃在老镇招待所的洗衣房，正跟袁山青交代怎么洗床单才省劲儿又干净。

"用洗衣粉先泡着，然后重点拿肥皂搓。"强小娃洗得噌噌的，额头上冒着汗，"今天的活儿不多，咱抓紧洗完。"

袁山青认真地搓洗着，但毕竟是第一次干，强小娃晾完回来的时候，她还有两床，强小娃不由分说地拿过盆来,袁山青一惊,想要抢回来。

"你洗完这床就先回去吧,小紫还在家等着你呢,太晚了不好,都是同学,别瞎客气。"

强小娃头都不抬,吭哧吭哧地搓着,袁山青犹豫了一下,小声说:"我不是瞎客气,我是怕给别人添麻烦。"

"明白!"强小娃黑瘦的胳膊有力而均匀地搓着,盆里起了一层雪白的泡沫,"像咱们这种穷人家的娃,总觉得自己就是个麻烦。"

袁山青低声说:"可不只是穷啊,要是光日子穷点儿我真不怕,可谁又能选生在啥家里啊,有时候我就觉得自己命不好,我奶活着的时候就和我说,她上辈子造孽了,生了我爸,我妈活着的时候也和我说,她上辈子不知道是杀人了还是放火了,这辈子嫁给我爸来受罪了,我也在想,那我上辈子到底是干啥了呢?"

强小娃扯开床单,眯着眼打量上面的污渍,认真地说:"那都是封建迷信,哪来的上辈子,咱就这辈子,就这几十年,生哪儿选不了,但路咋走,咱能选啊,我就信读书这事儿有用,这事儿它公平啊,不看你出生,不看你家里有没有钱,只要分数够,就能上好大学,上了学,这辈子的命就能改。"

他放下床单,继续狠命搓着,声音像是从牙缝里挤出来:"必须要这样,只能这样,我们没得选。"

袁山青想了想,小声说:"你肯定能考上好大学,分数高还有奖学金呢,你没问题的。"

"我也是想让我哥和我爷过上好日子。"强小娃转过头来,眼睛亮闪闪地说,"等我上大学就带我爷走了,到时候在学校旁边租个房子,日子总能过好。"

袁山青听得心动,也用力点头:"我上了大学后也打算带着小紫一起走了,我没你学习那么好,不会有奖学金,但我能打工赚钱啊,肯定能养活我俩。"

说着,两人干劲十足地开始进行最后的清洗工作。

程苗苗吃饱喝足地回到家,刚打开门,程芽芽就端着杯水走过来,小声在耳边说:"你完了,你惹到小舅了。"

"啊?"程苗苗不解,却看见这些天老坐在阳台长吁短叹的贾宝山飘了过来,脸色白惨惨的,阴森森地问她:"吃好的去了?"

"啊,李肆嘛。"程苗苗习惯性地推到李肆头上,贾宝山笑了:"是和李肆,还是跟肖玮啊?"

"谁?肖玮谁啊?"程苗苗还要装糊涂。

贾宝山一声长啸,怒发冲冠:"我亲眼看见你们几个坐在烧烤摊啊,吃得那叫一个高兴啊,程苗苗,你从刚出生那天我就捧在手心上疼,快二十年了就疼出你这么个叛

徒！"

面对他的指责，程苗苗缩了缩脖子，多少有些心虚："不是小舅，你听我解释，我就是专门去为你刺探军情的，咱要知己知彼啊，你以为我是去和他们吃饭吗？错！我就是打算找出他俩的破绽，想要再帮你一次，咱们好转败为胜。"

"狗屁！"贾宝山火冒三丈，都开始骂脏话了，"你老实说！你为啥去跟他俩吃饭？不说实话咱俩这亲戚关系就到头了！说！"

程苗苗没想到贾宝山反应这么激烈，一下就说了实话："他考过电影学院，我就是去问问他专业考试的事儿。"

一语既出，贾宝山瞪着她，感觉下一秒就要喷血了。

"不是，小舅……"

没等程苗苗继续狡辩，贾宝山捶胸顿足地咆哮了起来："我就知道，人家见过大世面，样样都好，哪像我一个山沟沟里的，还常年无业，此刻在学校食堂每天包包子啊，理解，都理解，女人啊，现实啊！"

他满心愤懑，感觉胸口都被堵塞了，这一口怨气真是上天下地都出不了，转身走向阳台一把推开窗户，想让冷风吹进来好散散热。

没想到这个行动被姐弟俩误会了，双双飞奔上去，一个抱腰一个搂腿，程苗苗吓得失声大喊："小舅我错了！我再也不理他们了！"

程芽芽也苦口婆心地劝："失恋而已，不至于跳楼，这传出去不像话啊！"

正闹着，楼下传来贾代玉中气十足的喊声："你们干吗呢？"

三人伸头一瞧，贾代玉站在楼下，双眼圆睁，正看着窗口拉拉扯扯的他们。

程芽芽嘴快，一下嚷嚷了起来："妈，小舅失恋要跳楼！"

贾代玉对贾宝山这个弟弟，真是又爱又恨，好起来那是掏心掏肺地对你，但一刻看不住，就不知道他脑子里又冒出了什么鬼点子，一颗红心配着一肚子花花肠子，没个正经。

这不，本来她是想安慰一下失恋的弟弟，但话没说几句，贾宝山就突兀地说："姐，我想做生意。"

贾代玉迷茫了："不是失恋吗？怎么又扯到做生意？"

"都说了我是想开窗透气，不是失恋跳楼！"贾宝山强调，又深沉地说，"我觉得我之所以这么失败，就是一直没有自己的事业。"

"这话对！"贾代玉赞同，"男人就该有自己的事业。"

贾宝山小声说："所以我最近就琢磨啊，想承包一条从咱们这去西安的长途线，我有哥们儿在客运站，他们现在对外承包。包一条线一辆长途客运车，按月交钱，剩下的都是自己的。我都观察好几个月了，现在去西安的客流量贼大，每天车上都是满的，一人六十五,一车能坐三十个人,一趟单程下来就小两千,来回就是四千啊,除去油费、司机的钱、过路费和月租,赚得不少呢。"

贾代玉问得很详细,看贾宝山说得头头是道,心里也默许了几分,但还是不放心地说:"你先带我去客运站看几天,我回头和你姐夫商量着办。"

终于盼到一个星期天,程苗苗在家里准备面试的才艺展示,程芽芽则跟袁山青约好,一大早就带着小紫上了去枫林镇的中巴车。

说来也奇怪,小紫一向乖巧,但一上中巴就开始哭闹,袁山青和程芽芽哄了半天也不管用,小紫哭得小脸都憋红了,小嗓子呛咳着,引得乘客纷纷抱怨:"倒是哄哄啊!娃儿哭得烦死了,本来坐车就难受。"

甚至连售票员都忍不住了:"是不是晕车啊?晕车就先下去吧,你们小夫妻俩也真是的,娃娃都带不好还出门。"

袁山青又急又不好意思,刚要开口解释,程芽芽已经拎起了背包:"对不起,我们先下车。"

中巴车喷着尾气带着一车乘客走远了,只留下两人抱着小紫坐在路边。

袁山青以为小紫是饿了渴了,从包里拿出饼干和水壶喂她,小紫根本不理,小手抓挠着把什么都往外推,哭到嘶哑了都不停。

程芽芽也很无奈,他伸手要抱,小紫连他也不认了,一个劲儿推他。

"发烧了?哪里不舒服?"程芽芽纳闷地问,一低头,发现袁山青也在掉眼泪,"你又咋了?"

袁山青哽咽着说:"以前林秀在家的时候,小紫就是这么哭的。"

程芽芽沉默地坐在她旁边,递给她一叠卫生纸,小紫哭得撕心裂肺,袁山青的泪是默默流淌的,却更加悲伤。

"现在回想,应该是我看不见的时候,林秀打她掐她了。"袁山青鼻头通红,满面泪痕地控诉,"就因为小紫是个女儿,袁勇和林秀就想把小紫卖了,是我死死抱住小紫以死相逼,我说如果他们卖了小紫我就去报警抓他们,以后小紫我来带,绝不麻烦他们,可我也没有带好小紫,让小紫受了这么多苦,还生了病,小紫从小到大都没喝过一口妈妈的母乳,从来没感受到爸妈的爱,我为什么要原谅他们,为什么还要带着小紫去见林秀?"

"那就不原谅!"程芽芽斩钉截铁地说,"就因为他们是爸妈,生了我们,他们再混蛋再丑恶,我们都不能怪罪他们吗?天下没有这样的道理!"

袁山青意外地抬起头,看着站在上午的阳光里,显得格外高大的程芽芽:"真的可以吗?不会觉得我心狠?"

"心狠的是他们,你和小紫的这些苦难全都是因为他们而来的,他们没有尽过当父

母的责任,就不配有被孝顺被原谅的权利,我们不需要逼着自己一定要善良,犯了错误的人就是要受到惩罚,他们不爱你和小紫,你和小紫也不用爱他们！小紫现在有一群哥哥姐姐爱她,不让她受一点儿委屈！"

程芽芽说完背起书包,向着袁山青伸出一只手:"山青,走,我们回家！"

奇怪的是,此时小紫突然不哭了,伸出小手,笨拙地去摸索程芽芽伸出的手,拉住了他的手指。

袁山青透过泪水,感激地看着这个永远会向她伸出援手的程芽芽,她用力地握住这只手,一使劲儿站了起来。

两人就这样手拉手,坚定地转身向着林七基地的方向走去。

同一天下午,胡秋敏一家四口来到了镇上的照相馆,打算拍一张全家福。

这可是胡悦杨松柏结婚时都没有的待遇,今天杨松柏还特地收拾了一下,穿着西装打着领带,精神焕发地坐在椅子上。

胡悦紧张地在后面更衣室里照镜子:"还盘头啊？这个眼睛不对吧,怎么画得跟熊猫一样？"

贾代玉一听竟然有人质疑她的手艺,立刻反驳:"电影电视上女明星都这么画的！"

牛铃铃索性把胡悦硬推了出去:"多合适啊,老杨,你说好不好看？"

杨松柏抬起头,认真地看着胡悦,半响才点了点头:"好看,合适！"

胡悦情不自禁地抿着嘴笑了起来,急忙扯开话题:"小敏和杨涛呢？杨涛！"

"来了！"杨涛也穿着西装,喜气洋洋地和一个穿着白裙子,头发上戴着红发箍的女孩走了进来,女孩文文静静地跟在他后面,有些不适应地扯了扯裙角:"妈,我俩拿东西去了,没耽误吧？"

"哎呀！小敏啊！"贾代玉看了半天才敢认,一把将胡秋敏拉到胡悦跟前,"真不错！比苗苗好看多了,个子高穿裙子就是好看。"

胡悦欣慰地看着女儿,连连点头:"好看,以后多穿。"

牛铃铃也在旁边夸杨涛:"第一次见的时候,杨涛才多大点儿啊,黑瘦黑瘦的,这多亏是胡悦会养,现在这么帅了。"

两个阿姨拉着他们夸了一顿,才推着过去:"赶紧的吧,拍照了。"

杨涛和胡秋敏对视一眼,双双走了过去,一人站到一边,胡悦嗔怪地说:"咋不过来啊？"

胡秋敏突然从身后拿出一个白色的头纱,轻柔地戴在了胡悦的头上,雪白的细纱垂下来,胡悦一下愣住了。

杨涛也把一个盒子交到了杨松柏手上,两人对视一眼,笑嘻嘻地走到了旁边。

杨松柏打开盒子,里面是一枚亮闪闪的纯金戒指:"当年结婚的时候就没送过你戒指,过了这么多年了,也从来没给你买过一个金戒指,这次补上,还有金项链、金耳环,我都让杨涛买了,咱全补上。"

他拉过胡悦的手,给她把戒指戴上,胡悦另一手捂住嘴,眼睛里盈满了泪水。

"小悦,得麻烦你再嫁给我一次了,行吗?"杨松柏诚恳地说。

胡悦哭得压根说不出话来,只能用力点头,贾代玉和牛铃铃被感染了,也在一边跟着抹泪。

摄影师机灵地从后面钻出来:"今天哪,先拍结婚照,再拍全家福,二位新人看镜头,笑一个!"

随着他手里的按钮,杨松柏和胡悦的结婚照定了型,随即,一家四口的全家福也照好了。

时光荏苒,一晃即过,不知不觉高三一班后面黑板上的倒计时变成了:离高考还有180天。

贾宝山的客运生意平稳地运行了俩月,连贾代玉都心动了,办了停薪留职,去给贾宝山帮忙。

她说得义正词严:"自家生意,不上心能行吗?这里面咱家的钱,还有爸妈的养老钱,我不能让他都给祸祸了啊。"

程鹏飞有些憋闷,贾代玉都没跟他商量就决定了,出钱给贾宝山做生意,他不含糊,赚了赔了也没打算往回要,可是怎么一眨眼,连人都贴出去了?

贾代玉细细跟他分析,程苗苗要参加艺考,程芽芽要上大学,两人的生活费学费都是大头,那李大海虽然是领导,穿的戴的还不是牛铃铃开小饭馆挣的?

"所以这一家子里面,就得有个做买卖的,我做调度做了二十年了,不晕车,嗓门大,就适合去帮宝山跑车!"

这条线路开起来,还有个好处,程苗苗和李肆去西安参加艺考,可以坐自家的车了。

临行前的夜晚,一向风风火火的程苗苗意外地安静,半夜睡不着站在阳台上看着星空发呆。

程鹏飞披着衣服出来找她:"紧张啊?"

程苗苗把头靠在父亲坚实的肩头,低声说:"爸,你说我能考上吗?理想会因为努力就实现吗?"

程鹏飞拍拍女儿的手臂:"努力是为了得到更好的结果,人如果能为了自己理想的事业去奋斗,比什么都强,但如果不能,那么奋斗本身,就成了你的理想。"

程苗苗听得似懂非懂,点了点头。

不管如何,这一趟西安之行,也算是她为自己的梦想勇敢迈开的一大步吧!

去西安的还有李大海和牛铃铃两口子,在程鹏飞反复催促,牛铃铃百般焦虑之下,李大海终于放下工作,准备去医院做个全面检查。

他没当回事儿,还笑呵呵地对贾代玉说:"你放心,苗苗和李肆他们考试有啥事儿都有我照顾呢。"

贾代玉也安慰牛铃铃:"估计就是个慢性胃炎,检查了就踏实了,你也别太担心。"

牛铃铃心里总有一股莫名的恐惧,她不敢多想,只是点头,回头看一眼咧嘴跟程苗苗傻笑的李肆,喜忧参半。

一转眼,儿子都这么大了,要考电影学院了。

他们从车站出来打车,李大海坚持要先送孩子们去考场,下车的时候,他咳了一声,终于憋出一句话:"既然来了,就好好考。"

李肆惊喜地回过头来:"啊?"

李大海眼睛看着别处,又挤出一句:"我看刘德华也就是长得帅点儿,个子还没你高呢。"

直到车子开走,李肆还站在原地不敢置信,突然拉住程苗苗:"苗儿!你听见没有!我爸夸我呢!"

初试简单,两人都顺利通过,晚上李肆嚷着要去吃饭庆祝,被程苗苗抽了一下:"吃太饱容易傻,明天还要复试呢!"

李大海带着他们在招待所门口的小店喝粥,也说:"等考完了,我带你们吃好的去。"

"叔,你去医院怎么样啊?"程苗苗关心地问。

李大海满不在乎地一摆手:"过几天才出结果,我都想趁着这时候再回基地一趟,年头年尾最忙的时候,好多事儿呢。"

"不行!"一直在旁边愣神的牛铃铃突然厉声反驳,把三个人都惊呆了,李大海火气上来了,把筷子一摔:"不行什么?那个医生说话也不实诚,谁知道医院搞啥鬼呢!"

牛铃铃不说话了,看着懵然无知的李肆,心里百味杂陈,勉强笑了一下,给他们夹菜:"来都来了,等结果出来再走呗。"

程苗苗本能地觉得有事儿,背后拉着李肆偷偷问,李肆却满不在乎:"跟我爸吵架了吧,我爸这次就不愿意来检查,我妈非带着我爸来,两人之前在家里就吵起来了,总不能因为是我坚持要来考试的事儿。"

程苗苗这才放下心来,叉着腰感慨:"就你这次摸底考了两百零八分啊,叔叔阿姨是得发愁。"

李肆把胸脯拍得啪啪响:"初试我十分钟就过了,明天也是稳当的!出门前我先跟我妈去做个保证,让她等着带我们吃庆功宴吧!"

结果,第二天复试,李肆没有出现。

程苗苗心神不定地结束了自己的复试,还以为李肆半路上出事儿了,跑回招待所,却看到李肆一个人呆呆地站在台阶上。

她火气上来了,冲上去就是一脚:"李肆!你干啥去了,考试都不来?"

李肆木木地站着,就这么挨了她一脚,程苗苗察觉不对,诧异地抬头,看见李肆的眼泪夺眶而出。

"我爸,胃癌,晚期。"

李肆说完这六个字,突然号啕大哭起来。

程苗苗下意识地紧紧抱住了他,让他在自己肩上痛哭,这一刻他们都觉得,电影学院不重要了。

跟生命比起来,理想,微不足道。

第二十八章
迎风

李肆一直在街边,从早晨到夜晚,站不住了,就坐在马路牙子上,他好像一下子丧失了所有反应的能力,也不开口说话,程苗苗买来的肉夹馍从热到冷,他都没有吃一口。

程苗苗握着他的手,也没有说话,两人肩并肩坐着,默默地看着城市的车水马龙,心思却早已经飞回了河坪镇林七基地。

他们欢天喜地从基地坐车出来的时候,没有想到会是现在的情况。

贾代玉来接孩子的时候知道了这事儿,她呆了片刻,听牛铃铃说要把小蜀都关张,自己留在西安照顾李大海,贾代玉立刻制止她:"不行,治病花钱,饭馆开着门还能有个进账,放心吧,我跟胡悦能替你顶一阵,你安心照顾老李。"

看到平时八面玲珑的牛铃铃现在什么话都说不出来,只是拉着她落泪,贾代玉也觉得心酸:"铃,咱不能垮,听到没?现在大海需要你,得撑住啊!你先泄了气可怎么办?"

身后招待所的房间里,李大海还在中气十足地骂李肆:"我还没死呢!要你照顾啊?你给我滚回去上学,不是要考电影学院吗?不是不要采油要出去上大学吗?都不算数啦?"

李肆苦着脸:"都这时候了还这么凶呢?"

李大海吼得更大声:"什么时候了?逮住机会就不想上学,高三了你跟我玩这个啊!滚!滚滚滚!"

程苗苗赶紧进门扯着李肆就往外跑:"叔叔你别生气,我这就批评他,一定让他回去上学。"

贾代玉也往外推李肆:"你妈留下照顾,你跟阿姨回去上学,听话啊。"

回到油田基地,所有人的心情都很沉重,程苗苗半夜还是睡不着,爬起来看着星星。

程鹏飞走过来陪着她,程苗苗轻声说:"大海叔叔是不是没办法了?医生也救不了他吗?"

"不是所有的病,医生都能治。"

程苗苗转过头,含着泪说:"对,就像不是所有的努力都能有回报,为啥啊?"

她情绪激动起来:"大海叔叔这么好的人得癌症,那么多坏人都没死,到底有没有老天爷啊?袁勇那个王八蛋还没抓住呢,这就要收了大海叔叔的命了,凭啥啊?!"

程鹏飞平静而怜惜地看着她,道出残酷的真相:"闺女,这个世界上啊,没有老天爷,也没有神仙,我们都是凡夫俗子。"

程苗苗噎了一下,倒在程鹏飞怀里大哭:"好难啊!我看李肆那么难过我都不知道怎么安慰他,治病难,考学难,我不想长大啊,太难过了!"

程鹏飞抱紧了她,眼睛里也泛起了泪花。

第二天,程苗苗是一个人走进教室的。

同学们惊讶地看着她,又看看教室后面的空位,魏雪跑来问:"你没考上啊?"

胡秋敏啪的一下把课本甩在桌子上,板着脸说:"跟你有啥关系?"

魏雪缩了下脖子,不吭声了,同学们窃窃私语,又打量程苗苗,胡秋敏气得不行,刚要开骂,被程苗苗拉住了。

她笔挺地站着,睫毛低垂,平静地说:"对,技不如人,没考上,你们也不用太关心,操心自己上哪个学校吧。"

说着,她坐下,打开了课本。

高飞扬从前门进来,同学们看到个影子就赶紧坐好。

出乎意料的,跟在高飞扬后面进来的是李肆,他好像一夜之间长大了,背着书包,面容平静,失去了以往的跳脱活跃。

程苗苗抬头看着他,这样的李肆比昨天在大巴车上哭得泪流满面的李肆还要让她担忧,这个混小子好像突然变成了另外一个人。

教室里鸦雀无声,高飞扬没说什么,示意李肆回座位,李肆一路走来,目不斜视,只是经过程苗苗和胡秋敏的时候,对她俩点了点头。

李肆沉默地在座位上坐下,强小娃从书包里掏出一个包子,默默地塞给了他,拍了拍他的胳膊。

这是李肆第一次上课这么认真,没有睡觉,没有开小差,认真地记着笔记,字迹整整齐齐,一丝不苟。

放了学,程苗苗硬拉着李肆去家里,程鹏飞特地炖了一大锅排骨端上来,鼓励地说:"你从小就爱吃排骨,今天这些都是你的。"

李肆怔怔地看着,没有动筷子,程苗苗夹了一块最大的排骨放到他碗里:"吃呀,还想吃啥我给你夹。"

程鹏飞见李肆仍然不动,拿起筷子硬塞到李肆手里,轻声说:"治病是大夫的事儿,旁人帮不上忙,最好的方式就是不添乱。你妈现在在西安照顾你爸,你要是照顾不好自己,让他俩记挂着,你们仨谁也省不了心。这道理说起来都懂,但做起来难,难也要做,你现在为了你爸,更要好好吃饭,好好学习,心里再难受都得先把自己顾好了。"

李肆终于有了动作,他抬起头看着程鹏飞,眼睛里闪烁着细碎的光芒。

程鹏飞用力点点头:"大口吃饭!等你爸回来!"

所有人都看着李肆,他慢慢地低下头,开始用筷子往嘴里扒饭,大口大口地咀嚼着,拼命往下吞咽着,程苗苗反应过来,一块接一块地给他夹排骨。

在大家看不到的角度,李肆的眼泪一滴滴落入雪白的大米饭里,又被他就着排骨狠狠地吃了下去。

贾宝山开辟的西安专线,的确大大方便了群众的出行,但是也使得某些人更加便利。

袁勇回来了,在经历了又一波的天罗地网走投无路之后,他心里仅存的一丝人性也泯灭干净。

袁山青这两天总有些疑神疑鬼,这天和程芽芽一起做题的时候,还不小心把手划破了,程芽芽要去找创可贴,她笑着制止:"小口子,没事儿,哎呀我这两天也不知道咋了,心总是慌慌的。"

程芽芽看着她愈发消瘦的脸庞,关心地问:"你是太累了吧,一天打几份工,也歇一歇。"

一说到这个,袁山青就兴奋起来:"不能歇!我现在睡觉都觉得浪费时间,给你看我的小账本。"

她打开本子历数:"还了程叔叔垫的治疗费,刨去我和小紫的生活费,还存下这么多!"

袁山青仰起脸,开心地笑了:"等到我毕业就能攒够给小紫做人工耳蜗的钱了!"

程芽芽也被她的笑容感染,真心地赞叹:"你可真厉害!"

这天晚上，袁山青背着小紫回家，还没等掏钥匙，一推门就自动开了。

她心生疑惑，推开门，扫视了一眼，空荡荡的家里一览无余，没有人活动的痕迹，跟她早上离开家的时候一样。

"又坏了。"袁山青嘀咕一声，不放心地进门打开衣柜看了看，确定没人，她把小紫放在沙发上，给她倒水喝。

她用个拖把顶住了门，熟练地挽起袖子做饭，突然有人敲门，袁山青警惕地拿起菜刀，高声问："谁啊？"

门外传来程芽芽的声音："我。"

袁山青松了口气，过去挪开拖把开门，程芽芽端着饭盒进来："我爸炖的排骨，给你送些来，这门咋了？"

"锁坏了。"袁山青不好意思地说，接过饭盒，"正好你来了，陪小紫玩一会儿。"

小紫在沙发上坐着，朝程芽芽露出大大的笑容，程芽芽走过去顺手拿了个洋娃娃逗她，又回头看了一眼坏掉的门："还是得赶紧换啊，多不安全。"

这虽然是个小插曲，但程芽芽真放在了心上，从袁家出来，他略一思索，走向了大桥对面。

河西老镇不像油田基地有总务部统一维修，村子里可能有锁匠，连夜买把锁回来换上，还能安心点儿。

送走了程芽芽，袁山青哄着小紫吃完饭，让她自己玩去，又开始糊纸盒，闹钟的秒针嘀嘀嗒嗒地走着，过了一会儿，她扭头看了一眼，小紫歪在沙发上一动不动。

"上床睡觉咯。"袁山青笑着去抱她，突然发现小紫的嘴边流出了乳白色的口水。

她意识到不太对，摇了摇，小紫眼睛闭得紧紧的，一动不动。

"小紫？！"袁山青惊慌起来，马上放下小紫，开始穿外套，就在她起身的一瞬间，门被一脚踹开了，一个男人冲了进来，一只手拿着手绢捂住了袁山青的口鼻，另一只胳膊死死地勒住了她的脖子。

手绢上一股刺鼻的化学药品的气味，袁山青机敏地屏住了呼吸，摸索着用手去掰身后人的胳膊，但对方是个成年男人，她根本撼动不了。

情急之下，袁山青骨子里的凶悍激发了出来，她使出全身力气，用力把头往后撞去，一头撞上了什么脆弱的部分。

随着沉闷的一声，勒住她脖子的胳膊松开了，袁山青向前一冲，跌出了对方的控制范围，她赶紧用衣袖擦着自己的口鼻，同时抬眼一看：

袁勇！

顿时她明白了一切，包括袁勇这次回来的目的，两人的眼光同时落向了沙发上的小紫，袁山青心里大叫不好，赶紧往前冲。

但袁勇的动作更快,抬脚狠狠踹在她的腹部,把袁山青踢了出去,一手拎起了无知无觉的小紫。

"把她放下!"袁山青急眼了,压低声音说,"你走,我当没看见你。"

袁勇伸出手擦了一下鼻血,悻悻然地说:"别怪我,我也是走投无路了。"

袁山青死死盯住他:"我现在要是喊了,你跑不掉的。"

"你喊,我就掐死她。"袁勇举起小紫威胁。

看到他凶残的眼神,袁山青知道他说的是真的:"你要带小紫去哪儿?"

"你别管。"袁勇警惕地保持一段距离,"要不你让她现在就死,要不你就闭嘴,反正我把她带走,你也不用受拖累,还便宜你了。"

说完,他的手在后面拉开了门。

"扑通"一声,袁山青重重地跪下了,绝望地喊了一声:"爸!"

这是多少年来,袁山青第一次喊爸,即使是袁勇,开门的动作也停止了。

"去自首吧!你这样到处逃,连个正经日子都过不了,你要躲一辈子吗?就算坐牢,好好表现没有多少年的啊,你出来了咱一起过好日子不行吗?"

面对袁山青的苦苦哀求,袁勇心里未尝没有一丝动摇,但很快,黑暗的念头再次翻涌了上来,他冷笑着说:"晚了,我手上沾了人命,进去就出不来了。"

他的声音听在袁山青的耳朵里,简直是小紫的催命魔咒:"我回不了头了。"

袁山青情急之下,毛遂自荐:"那我跟你一起走,你一个人带着小紫容易被人怀疑,我可以掩护一下。"

袁勇心一动,他在水壶里放安眠药,是想药翻两个女儿,结果现在只能带走一个,卖的钱有限,如果能把袁山青也骗出去,一个马上能生孩子的大活人肯定比小紫这个毛丫头卖得高,自己又能再享受一阵子。

"你别耍花样。"他举起小紫威胁,"我掐死她不用一分钟。"

袁勇退到一边,用下巴示意:"去开门,你走前面。"

深夜的筒子楼,漆黑一片,路灯都半明不亮,袁山青哆哆嗦嗦地走出了单元门,袁勇观察了一阵,也走了出来,不远不近地跟在袁山青后面。

忽然!一样东西带着劲风直击向他的后脑勺,紧接着一个少年人的身形扑了上来,撞得他失去平衡,一下摔倒在了地上,手里钳制的小紫也滚了出去。

正是买了锁赶回来的程芽芽!

"抱小紫走!"程芽芽全力压在袁勇身上,声嘶力竭地喊道。

袁山青飞奔回来,伸手去够小紫,袁勇急了,知道小紫如今就是自己的护身符,他蛮横地推开程芽芽,也跟袁山青一样去抢。

程芽芽被推翻在地,毫不犹豫地再次冲了上来,一把抓住袁勇罪恶的贼手,狠狠地咬了下去。

袁山青终于抱住了小紫,连滚带爬地躲开袁勇,袁勇甩开程芽芽,一看自己今天万难得逞,晦气地吐了口带血的唾沫,转身就要跑。

万万没想到,程芽芽一把抓住袁勇,怒吼:"山青,报警!"

袁勇抡起拳头,劈头盖脸地揍下去:"小兔崽子,松手!"

袁山青抱着小紫,害怕极了,哭着喊:"芽芽,他杀过人!你松手吧!"

程芽芽的眼睛里带着怒火,少年的热血勇敢无畏,他大声喊:"今天让他跑了,他还会回来的,报警,抓他啊!"

袁勇一听急了,两脚就踹翻程芽芽,对他拳打脚踢,袁山青把小紫放下,一咬牙也冲了上来,拽着袁勇的头发往下拉,同时扯开嗓门大叫:"救命啊!来人啊!袁勇回来了!"

筒子楼在基地偏僻的地方,一时半会儿是不会有人来的,袁勇的亡命徒本性发作,掏出折叠刀唰的一下弹开,雪亮的刀刃在夜色下泛着不祥的凶光,大喊一声:"这是你们逼我的!"

手起刀落,狠狠地扎入程芽芽的腿上,袁山青惊慌失措地扑过来:"芽芽!"

袁勇两眼通红,已经丧失了理智,此刻在他面前没有什么女儿,有的只是阻碍他发财、要让他坐牢的仇人。

他挥着刀,划开了袁山青的胳膊,鲜血流涌出来,也没让他有一丝犹豫,满脑子就剩下一个念头:"我叫你喊!"

没等第二刀落下,程芽芽已经挣扎着从地上扑了过来,一把推开袁山青,把自己暴露在袁勇的攻击范围内。

一声闷响,折叠刀深深地扎入了程芽芽的肚子,直至没刃。

"啊!"袁山青发疯地从后面拖住袁勇,用拳头打、用手指抠、用牙齿撕咬,袁勇疼得一抖,刚拔出来的刀子脱手飞了出去,他凶性大发,索性用双手卡住了程芽芽的脖颈,用力地收紧。

杀了他,杀了他自己就能跑了……

袁勇正这么想着的时候,后心突然一阵刺痛,他诧异地回眸,看到了夜色下自己那个懦弱的女儿拿着刀,疯狂地流着泪,一刀接一刀地直刺下来,毫不犹豫。

这么多年了,这个禽兽父亲带给袁山青的所有绝望、恐惧和伤害,都在这一刻得到了最终的释放。

深夜的职工医院,因为程芽芽的重伤而忙碌起来,但是凌晨的时候医生通知了一个不大好的消息:程芽芽伤到了内脏,必须赶紧转移到大医院。

程苗苗捂着手上输血的针口,跟着大人们跑,她的眼泪都哭干了,觉得整个世界都

在一夜之间颠覆。

到底是怎么了？老天爷要这么折磨他们？

日出时分，基地的救护车载着昏迷不醒的程芽芽经过了大桥，往西安方向疾驰而去。

程鹏飞和贾代玉在救护车上随行，程苗苗只能等贾宝山一起坐车过去，她追着救护车跑了一段，呆呆地站在桥头，胸口像被棉花堵住了，又疼又闷，喘不上气来。

李肆是第一个赶来的，从兜里掏出一把钱，不由分说地塞到她手里："拿着。"

"你爸也需要用钱呢。"程苗苗一开口，声音嘶哑到几乎听不见。

李肆粗鲁地握紧她的手："我爸那是治病，芽芽这是救命！"

胡秋敏也气喘吁吁地赶来，翻出一个信封塞给她："我这些年全部的压岁钱都在这儿了，压岁钱就是带福气的钱，你都拿着。"

强小娃也从河西赶了过来，塞给她一把钱，足足有好几百，沉默寡言的他破天荒多说了几句："啥都别说了，赶紧去，有事儿给我们打电话！"

程苗苗看着手里满满当当的钱，一句话都说不出来，垂着头哭了。

李肆率先伸出手抱住了她，接着是胡秋敏，最后是强小娃，四个少年站在大桥上，紧紧地拥抱在一起，像要用自己的力量保护安慰他们的朋友。

到了西安的油田医院，程芽芽被送进了抢救室，医生和程鹏飞也是熟人了，坦言相告："孩子现在这个情况即使醒过来也是随时面临着危险，不是一两次手术就能解决的，后续如果需要连续手术和重症监护，费用不是小数目。"

程鹏飞艰难地点头："我明白，钱的事儿我们想办法，我儿子……就拜托你们……"

他从医生办公室出来，走到抢救室门口的等候区，和贾代玉坐在一起，互相拥抱着，紧握着手给彼此一点儿力气支撑下去。

贾代玉怔怔地回忆着："苗小时候肺炎转心衰，好几天醒不过来，我想着，要是闺女有个三长两短我就活不下去了，她醒来第一句话是：'妈妈，我好舍不得你啊。'"

程鹏飞轻轻拍打着妻子的后背，眼睛看着抢救室里一动不动的儿子，眼眶也湿润了："芽芽不会舍得咱们的，他不能不要爸爸妈妈。"

程苗苗从远处走来，看着父母互相依偎在一起，面容惨淡，隔着玻璃窗，程芽芽脸色苍白，扣着氧气罩，乌黑的睫毛紧紧闭着，像是沉睡的样子，她捂着嘴，无声地哭了。

贾宝山从后面拍拍她的肩膀，走过去，轻声说："我把能取的钱，所有现金都拿来了，不够的话……"

他停了下，做出决定："就把这条线给卖了。"

钱，确实是个大问题，贾宝山算了一下，现在转卖，最多只能卖半价，连本钱都捞不回来,更别说借的钱。

"不管了,就卖吧,有多少算多少,欠的钱归我还。"他痛下决心。

程鹏飞长叹一声制止他:"别卖,现在咱们就剩这一个收入了,我今天已经提交了买断工龄的申请。"

贾代玉惊呆了:"鹏飞,那你就不是油田的人了!"

"不是就不是吧,这么多年,够本了。"程鹏飞洒脱地说,"你当初不是也说,等苗苗芽芽上了大学,咱就去城市吗?"

贾代玉愣住,程苗苗从后面走了出来,轻声说:"爸,我不考大学了,不用给我交学费,我毕业了就回油田上班。"

此刻的程苗苗终于理解了李肆的心情,不是想一夜之间长大,而是形势逼人,使得她不能再当那个躲在父母庇护之下的小女孩。

她也是这个家的一分子,她也要把这个家撑起来。

"反正我这个破成绩也不一定考得上什么大学,回油田上班就能赚钱了,咱家还是油田的人。"她坚定地说。

程鹏飞看着女儿,像是第一次认识她,良久,他摇了摇头,郑重其事地说:"闺女,这不是你放弃高考就能解决的事情,别的事儿都有我们,你去好好考你的大学,要比之前更努力更珍惜这个机会。"

"可是……"

程苗苗想反驳,被程鹏飞温和地制止:"你书读了十二年,高考是一次检视,是否可以在此刻的高压下依然能承担住这次检视,你要做得更好,走过自己这一关,这是我们此刻的命运,虽然苦难,但并不该绝望,这是一次意外,我们都在付出代价,生活必须要继续,我们不可以全体崩盘。"

经过了一天一夜的抢救,程芽芽终于醒了,他虚弱地睁开眼睛,看着出现在面前的每一张面孔:爸爸、妈妈、小舅、程苗苗……

这些熟悉的脸庞争先恐后地占据他的视线,他使出全身的力气,勉强露出了一个微笑,隔着氧气面罩小声地说了句什么。

程苗苗凑到枕边,认真地听着。

程芽芽说得很慢,几乎是一字一顿,终于说完的时候,累得喘息了起来。

程苗苗抬起头,一边流泪一边复述:"他说,妈妈,我好想你啊。"

贾代玉忍不住,哇的一声就哭了出来,程鹏飞抱着妻子,也不禁涌出了泪水,贾宝山咧着嘴,哭得像个孩子。

程芽芽脱离危险之后,程苗苗抱着小紫来看他,小紫很警惕的样子,缩在程苗苗怀

里,抱着她的脖子不敢动。

"小紫,是哥哥啊,你看?"程苗苗轻声地哄着。

程芽芽勉力伸出了手,小紫瞪着大眼睛,好像终于认出了这个穿着病号服躺在床上的哥哥就是一直对自己很好的哥哥,她伸出小手,紧紧地握住了程芽芽的手指,用力地攥住。

"山青呢?"程芽芽虚弱地问。

程苗苗犹豫了一下,露出刻意的笑容:"她受伤了,也住院治疗呢,现在下不了床,让我把小紫抱过来给你看看,都好着呢,你放心吧。"

程芽芽点点头,又问:"袁勇呢?"

程苗苗又犹豫了一下:"他……抓住了,不能再害人了。"

听到这句话,程芽芽这才彻底放下心来,目光温柔地看着正握着自己手指不放的小紫。

一直到程芽芽能坐起来,他也没有见到袁山青。

他心里的恐慌越来越大,终于有一天,趁程鹏飞在的时候,他拉住了父亲,单刀直入地问:"袁山青呢?"

程鹏飞回避着他的目光:"好着呢。"

"你也骗我是不是?我妈和我姐都说山青没事儿,她要真没事儿一定会来看我的!"程芽芽情绪激动起来,苍白的脸上浮起红晕,喘息着说,"别说什么住院治疗,我伤这么重都活过来了,她就真不能动了吗?"

程鹏飞担心地按住他:"你听我说,事情很复杂,她要配合警方的调查,这是个刑事案件。"

"对啊,警察不是今天白天来问过话了吗,我说明情况了啊,袁勇是坏人,我和袁山青是抓坏人啊!"

程鹏飞努力跟他解释:"你中刀昏迷了,不知道之后发生的事儿,警察总要调查完全部情况才能——"

程芽芽打断了他:"爸,你就告诉我一句,袁山青还活着吗?"

程鹏飞看着儿子,沉默了。

时间匆匆而逝,从初春至初夏,程鹏飞回油田办理离职手续的时候,也是李大海做完手术强撑着从西安回油田的时候。

离别近在眼前,他们和坐在轮椅上的杨松柏一起,默默地走在油田基地里,不舍地看着熟悉的一切,谈论起刚搬来时候的艰难,三个男人的背影透着一股时代的苍凉。

而高三一班教室后的黑板上,也终于迎来了这个特殊的日子:离高考还有1天。

程苗苗和李肆坐在凉亭里,两人脸上都褪去了孩子般的幼稚跳脱,取而代之的是稳重的成熟。

李肆喟叹:"我还记得高三开学的时候小芳嫌我擦了高考倒计时,那时候还在想这漫长的高三一年咋过啊。"

程苗苗笑了笑,附和:"这一年,就跟一辈子那么长。"

李肆低着头,半晌才说:"苗儿,我不参加高考了。"

"为啥啊?"

"我暑假就去油田参加工人培训,我已经报完名了。"

程苗苗看着他,目光中只有惊诧,并无谴责,但李肆还是觉得心上有一块沉重的石头压着,越来越重。

"我爸,没多少时间了。"他艰难地说。

这一刻,时间像是停滞住了,两人谁都不知道下一句该说什么。

眼前基地的傍晚还是像往常一样热闹非凡,这个世界依然如常。

只有少年的心在默默哭泣。

高考这一天,程苗苗、胡秋敏和强小娃三人走进了考场,而李肆远远地站着,看着他放弃了的考场,也看着他放弃了的人生。

并没有出现奇迹,李大海走得很快,他躺在病床上,形销骨立,却坚持拉着李肆的手叮嘱:"儿子,我没当好这个爹,对不住了。"

李肆失声痛哭,这一刻,他真想时光倒流,他不会再惹李大海生一次气,他不会再犯一次浑,他愿意用一切来换回爸爸的命,可他马上就要没爸爸了。

"让你妈找个好人家,日子还长,不能一个人过。"李大海已经到了最后时分,他费劲儿地吐出话语,"你!回油田!我不行了,你得顶上,油田子弟……得有人留下来,去山上!"

李肆泪流满面,拼命点头。

李大海握着牛铃铃的手,似乎是想要凑到嘴边最后吻一下,但很快就落了下来。

"大海!"牛铃铃撕心裂肺地喊了起来。

李肆去长虹桥培训的这天,程苗苗来送他了。

她长发披肩,穿着白色连衣裙,文静的样子很难和从前那个风风火火翘着小辫子的疯丫头联系在一起。

李肆穿着橙色连体工装服,站在一群青年工人中间,一下也像是个大人了。

他怀念地对程苗苗说:"我从小到大生日就许过一个愿望,想要长大了娶你当老

婆，长大了和你说过无数遍，以后你去哪儿我就去哪儿，苗，没想到最后那个叛徒是我，哥们儿这次要食言了。"

一股酸楚涌上李肆的心头，他咬紧牙关，腮帮子绷出硬朗的线条，终于还是艰难地说出了下一句："没办法陪你去你想去的地方了，也没办法娶你当老婆了，对不起啊。"

程苗苗已经泣不成声，李肆伸手轻柔地摸过她的黑发，笑着说："但你记着！你程苗苗这辈子都有我这个哥们儿，你有李肆呢，我还是会揍翻任何一个欺负你的人，这辈子啊，你都有李肆呢！"

他潇洒地挥挥手，上了班车。

班车开动了，程苗苗一边哭一边追着跑，大声喊着："李肆！"

李肆从车窗探出半边身子，含着泪看着心爱的姑娘，始终没有回应她的呼喊。

他们，就这样分开了。

没有人告诉程芽芽，袁山青到底去了哪里，怎么样了。

她留给他的只有一本账本和存折，上面详细地写着自己欠的钱款。

等程芽芽终于能支撑起身体回油田的时候，他迫不及待地来到了筒子楼，在抽屉里看到了一颗折叠的幸运星，他打开后，看到里面是袁山青的字迹，写着"快点儿长大，在一起"。

程芽芽浑身颤抖，无力地跪倒在一片狼藉的屋子里，埋着头，发出压抑的哭泣。

他们的故事从1997年初夏开始，到1998年盛夏告一段落。

李肆留在了油田，胡秋敏去了深圳，强小娃去了北京，程苗苗考上了西安的一所大专，程家举家搬迁，带着小紫去了西安。

他们的青春到此结束了，在这场悲欢中，没人善待这场青春，这些残酷来得措手不及。每一条江河终将入海流，每一个少年终将奔天涯，他们离开了林七油田，各奔东西，但故事还未结束，他们的人生依然继续。

愿他们迎风生长，至此不灭。

番外一
胡秋敏

2017年7月1日，香港。

壹斐拍卖行里正在进行着一场艺术拍卖，主持拍卖的胡秋敏穿着手绣定制旗袍，优雅从容地站在台上，乌黑的发髻上低调地插着一根白珍珠发簪，落落大方地介绍着展品。

今天这场拍卖并不特殊，不过胡秋敏从业多年，每一场都倾注了大量的心血，务必要取得最佳成绩，如果不是这样的韧性和坚定，她也不能从大西北一路走到香港，又在本港出名排外的壹斐拍卖行里占得一席之地。

可是凡事总有意外，她正流利地介绍着展品，目光鼓励地看向每一个有意出价的客户，突如其来的头晕让她脸色一白，不得不紧抓住台子边缘才稳住身体。

"好的，我看见你了女士，100是吗？啊，不好意思，110是吗？好的，我们直接跳了两个进阶，网络、电话、场内，是否还有人愿意加价得到这件堪称艺术品的绝美旗袍……"

她单手死死抓住拍卖槌，脸上的笑容几乎维持不住，眩晕一波一波地涌上来，头顶雪亮的灯光照出她鬓角的冷汗，视野里一片漆黑。

下一秒，胡秋敏再也支撑不住，晕倒在台上。

方明霄赶到医院的时候，胡秋敏已经醒过来了，她手里转着一根烟，犹豫着要不要点，一抬头，就看见方明霄气喘吁吁地站在面前。

他是从拳击场地直接赶来的，穿着拳击短裤和运动衫，脸上还残留着被打的淤青，可怜巴巴地看着她。

胡秋敏指尖的烟又转了一圈,淡淡地说:"输了?"

方明霄大声保证:"训练输赢不重要,比赛我一定赢的!"

他的言下之意,两人都明白,胡秋敏冷笑着揭穿他:"要赚奶粉钱啊?我可没说我要生。"

这个回答在方明霄意料之内,两人交往这么长时间了,感情不能说不稳定,但只要一提到结婚生子,胡秋敏就像个刺猬一样,丝毫不让步,宁可分手。

别的小情侣都是不肯结婚才会分手,轮到方明霄却变成了:一提结婚就要分手。

他不敢多说,胡秋敏却突然激动起来,一把揉碎了那根不敢抽的烟,往方明霄脸上扔去:"你有什么意见?早就说好的!现在这样让我怎么办啊?你想过我吗?!"

方明霄赶紧扶她坐下:"你别激动,我们好好商量嘛,你怎么想的跟我说啊?"

胡秋敏冷静下来,又恢复到那个沉静从容的第一拍卖师,她款款站起,往外就走:"先保住工作再说吧。"

在壹斐做事,就要常备一身坚不可摧的铠甲,任何时候不能给任何人以可乘之机,不然他们就会闻着味道扑上来,把你拖下去,自己取而代之。

这一点胡秋敏再明白不过,她下午回到公司的时候,精神焕发,丝毫没有显露出一丝病容,遇到同事打听,也只是微微一笑:"低血糖罢了,以后我会注意。"

碍于她一贯的精明,一般人也不敢太过表露出刺探的苗头,但总有人是例外。

胡秋敏在卫生间补妆的时候,另一个拍卖师Vivi若无其事地跟进来,假装关心地问:"你没事儿吧,要不要休息一下?"

此时中午吃的简餐在胃里翻腾着,一阵阵地要涌上来,胡秋敏压根懒得理她。

Vivi脸皮厚,自顾自地讲下去:"别那么拼嘛,都在现场晕倒了,硬撑没好处的。"

"没好处的事儿你不是正在做吗?"胡秋敏从镜子里看着她,平静地问,"这么关心我啊?那我也关心一下你,你的专场筹备得怎么样了?进公司这么长时间第一个专场,得上点儿心了。"

Vivi的脸绷住了,硬邦邦地说:"谢谢你,情况很好。"

"嗯。"胡秋敏有意把口红加厚了些,越发显得明艳大方,她收起化妆包,回眸一笑,"你的策划案我看过了,确实不错,其实专注于自己的事情,不要老是盯着别人碗里的饭,自己负责自己的专场和客户,大家一起有钱赚,多好。"

她昂首阔步地走了,Vivi一个人留在卫生间里,脸色阴沉了下来。

为了收拾上午的烂摊子,在公司忙了一下午,傍晚时分,胡秋敏才下班。

她在香港是没有家的,长年住酒店,不过是随着收入的攀升而提高酒店的档次,这样做也有好处,永远在通勤上节省时间,步行可达,不用去挤车水马龙的早晚高峰。

在十字路口等红绿灯的时候,旁边三个学生模样的年轻人叽叽喳喳吵闹着,争着拿手机自拍合照。

"还要把红绿灯拍里头啊?哪里还没个红绿灯啊?!"

"吵啥啊,赶紧的!马上嘀嘀嘀了。"

熟悉的腔调,青春年少的气息,似曾相识的对白,回忆纷涌而来,让胡秋敏的唇角勾起了一丝怅惘的微笑。

整整二十年啦,她想。

胡秋敏侧头问:"你们好,你们从哪儿来啊?"

其中的女生好奇地看着胡秋敏,小圆脸带着笑,高声说:"沈阳!"

"真远啊。"胡秋敏感慨着,又问,"来香港玩吗?"

三人中的男生个头高大,警惕地把两个女孩挡在身后,大声说:"我们不买保健品,也不报旅行团!"

胡秋敏失笑,正好这时候绿灯亮了,发出嘀嘀嘀的声音,三个年轻人赶紧手拉手排成一排,飞快地穿过了斑马线。

这个小插曲让胡秋敏回酒店的路上久久回味着,多少冲淡了一些对于自己肚子里这个隐患的担忧。

等回到酒店,在前台拿了快递,发现是胡悦寄过来的辣椒面,她的心情就更好了,回房间冲了个热水澡,正擦着头发准备给家里打个电话,方明霄拎着保温饭盒来送饭了。

他新换了一身衣服,比上午穿着拳击短裤的样子正式了点儿,一进门先抱住了胡秋敏:"下午还好吗?有没有不舒服?"

胡秋敏心情不错,仰脸看着他:"很好。"

"猪脚面,赶紧吃。"方明霄打开饭盒,殷勤地把筷子递给她,一抬眼,看见旁边拆开的快递,里面红艳艳的辣椒面让他的眼角都抽搐了两下。

胡秋敏没看见,闻着熟悉的香味,满意地举起了筷子:"刘记?正想吃这口呢。"

"喜欢就多吃点儿,他家下个月就不做了。"方明霄斟酌了一下用词,"要回深圳了,说这边房租太贵。"

胡秋敏撩起眼皮看着他,别有深意地笑着:"他老婆要生了吧?"

被她揭穿了小心思,方明霄略显狼狈地低下头,胡秋敏不说话,挖了一大勺辣椒粉洒在面上,拌匀了大口吃起来。

看得方明霄干着急,又不敢出声。

"你这态度很明确了,又专门用刘记铺垫,专门跟我来谈孩子的事儿吧?"胡秋敏单手撑着头,慵懒地问,"你想我生下来?"

方明霄硬着头皮说："对，但这不是我一个人可以决定的，这是我们两个人的事儿。"

"这不是两个人的事儿，孩子在我肚子里，就是我一个人的决定。"胡秋敏微笑着，但话里却没有丝毫软弱和让步，"你说过要尊重我的。"

面对她的威慑，方明霄不停地给自己打气，不能缩头，这不是别的，自己一缩，孩子就没了啊。

"这，这事儿不一样。"他犹豫着，还是说出了真心话，"阿敏，我们在一起八年了，你想做什么我都是支持的，当然，你也一样，没有强迫过我，这样的尊重是相互的，所以我们没有过大的分歧，我印象中我们应该没有吵过很凶的架，我的意思是，那种相互大声，甚至说难听话的那种，我们并没有，但你明白，这件事儿，不一样。"

胡秋敏又吃了几口，才从容地放下筷子："方明霄，你老实告诉我，是不是你爸妈给了你必须结婚生孩子的压力了？"

方明霄毫不犹豫地说："有！但我解释过我们的想法，不结婚，不要小孩，就两个人生活，我爸爸妈妈也从来没有觉得你不好。"

"那是因为我们没有见过面。"胡秋敏淡淡地说，"何必对着虚空的敌人树靶子。"

方明霄想解释什么，胡秋敏黑亮的眼睛看着他，像要看到他心里去："他们并不理解，也不接受，只是你在中间两头敷衍着，但现在我怀孕了，对你和你家人来说，就是一个契机，可以结婚生孩子的契机，水到渠成的，对吧？"

方明霄困惑地睁大眼睛："事情不是一成不变的，现在有了变化，我们可以去适应它、面对它，你这样子就好像永远不接受任何改变的可能，为什么，阿敏？你不是这样的人。"

胡秋敏平静地看着他："从认识你那天起，我就是这样的人。"

她抬手指了指房间："我一直住酒店，就是为了拒绝有自己的家，像你这样从小生活优渥，生活得自由自在，快四十岁了，还在过着打拳这种不靠谱日子的人，是永远都不会明白我为什么不选择婚姻的。"

她说得斩钉截铁，毫无回旋余地，方明霄垂头丧气地站起来："我想……也许今天我们不该谈这个，你吃完了早点儿休息。"

胡秋敏又恢复了笑容，仰起脸让他亲了自己额角一下："好，谢谢你的猪脚面。"

知道昨天上午自己晕倒在拍场会有不良影响，但胡秋敏没想到，后果比自己想的还要严重。

公司大老板索菲亲自找她谈话，劈头就问："你知道昨天流拍了多少件吗？"

胡秋敏爽快地承认："我的问题，对不起。"

"道歉解决不了问题，昨天有一半的客户都是我们的重点VIP，五件流拍了，OK，这个不是最严重的,离谱的是有同行说我们因为价格的问题,故意流拍,还有人说我们公司压榨员工,员工身心受损,阿敏,无妄之灾啊。"

她敲着桌子,胡秋敏再次道歉:"我会负责,客户那边我会亲自解释,争取他们的谅解,流拍的产品我也会尽快筹办下一场——"

一股难以抑制的酸意从咽喉涌起,胡秋敏不得不停止说话,紧紧闭着嘴,等这股感觉过去。

索菲瞥了她一眼,并没有完全接受她的解决方案,而是半敲打半提醒地说:"阿敏,你是公司的老人了,我一向信任你,最好的东西都放到你的专场了,然而这个失误和不专业,是我没有想到的,如果你的身体有问题,就尽早处理身体的问题,我不想再看到这么吓人的不专业。"

胡秋敏神色如常地走回自己的办公室,小助理Kaya紧张地端着著名品牌的咖啡杯跟在后面,进门后才鬼鬼祟祟地把杯盖打开递过去,里面是一杯苏打水。

"索菲这个老狐狸,一定知道什么了。"胡秋敏喃喃自语,喝了几大口苏打水,嘱咐Kaya,"去准备礼物,按我名单上的次序,我们下午拜访客户去。"

Kaya小声提醒:"方先生刚才打电话过来,说送了一袋子东西到酒店了,请您记着吃。"

不用问,胡秋敏也知道他送的是什么,无非母婴用品,对于方明霄,她心情是复杂的,一方面爱他天真诚挚,无拘无束,为梦想打拳百折不挠的样子,另一方面又觉得难以回报他对家庭对孩子的那份希冀。

"不管他。"胡秋敏飞快地下了决定,又喝了两口苏打水,拿起电话娴熟地开始应酬:"欣姐,昨天的事儿实在是太抱歉了,我一会儿上门来给您赔礼,一定要来的,我马上都到您楼下了,上次的燕窝口感还不错吧?啊,那就好,这次我给您带了新口味的,您一定尝尝,您跟我客气什么啊,一直都是您最支持我的专场了……带了,最新的产品目录……好的,那我们见面聊?"

她放下手机,一昂头:"出发!"

方明霄晚饭时候给胡秋敏打电话,得知她还奔波在拜访客户的路上,一下心灰意冷起来:完了,这孩子阿敏绝对是不想要了。

情绪上头,他买了张轮渡票就到了深圳,找到杨涛,两个大老爷们儿苦闷地坐在街边喝酒:"我都不知道她为什么这么抵触,是因为我吗?她太紧绷了,根本不肯跟我交流,还疑心是我全家的阴谋!不可能的啊,哥,我能有什么阴谋?"

杨涛坐在他对面,二十年过去了,依旧是那副沉稳儒雅的样子,他慢慢地用筷子夹着毛豆:"你指望我去劝她啊?"

"我就是想知道,阿敏为什么会这样。"方明霄伤心地说,"她对我的父母有偏见吗?可是都没见过面啊!"

"那你有没有想过,可能是因为她的家庭,有一些忌讳?"

方明霄诧异地看着他:"家里,不好?可是我看她妈妈很疼爱她,昨天还寄了辣椒面,你这个大哥也很好啊。"

杨涛长叹一声,端起了酒杯:"你能大老远来找我,证明你是真想和小敏过日子的。"

"废话,我们八年!八年了啊!"方明霄捶胸顿足,也端起酒杯一饮而尽。

"那我就实话告诉你,其实小敏变成这样,和我,还有我俩的父母有一定的关系……"

胡秋敏拜访完了客户,回到酒店的时候,已经累得筋疲力尽,她看了方明霄送来的袋子一眼,里面是孕妇专用的保健品。

鬼使神差的,她并没有扔进垃圾桶,而是拆开细心地看过说明书,按医嘱吃了几粒。

同一时刻,方明霄已经在深圳街头哭得泪流满面,杨涛拉都拉不住:"她要当女强人,要搞事业,我支持的啊!她第一次专场,第一个拍品,不知道画的什么玩意儿,我在场,我举的牌呀!到现在还挂在我家里。"

杨涛费力地搀扶着他:"知道你有钱啦。"

"不,不是我的钱,是我爸的钱,没关系的,事业和孩子又不冲突,孩子是无辜的啊,阿涛你说是不是?孩子来都来了,就不能让他走!你让孩子去哪儿?那是我的孩子啊,我不得带着他打拳?"

杨涛看他呜呜哭得好不可怜,自己衬衫上被蹭了眼泪也只好不计较了:"打拳?"

"啊,女儿也可以打拳的嘛,不打拳,打鼓也可以的嘛,弹钢琴,都行啊!"方明霄一把鼻涕一把泪地哭诉着,"我爸爸妈妈可喜欢小孩了,我也喜欢,你喜不喜欢?"

有那么一瞬间,杨涛想起了三十年前的一个寒冷春节,他被杨松柏领着去林七二厂相亲,看到了雪白秀气的一个小姑娘,旁边的热心阿姨指着她对自己介绍:"以后小敏就是你妹妹了。"

"喜欢啊。"杨涛情不自禁地微笑了起来,喃喃自语。

"对吧!你也喜欢吧!没人不喜欢小孩!"方明霄得到了大舅子的支持,哭得更厉害了,"我们想要个孩子怎么这么难?八年了啊!"

他哭了一阵子,突然又不知道抽哪门子风,冲上马路牙子振臂高呼:"排除万难!保住孩子!"

杨涛头疼地站在旁边,捂着脸装不认识他。

胡秋敏怀孕的事儿还是暴露了,她交给Kaya销毁的孕检单被Vivi从碎纸机里捡了出来,拼拼凑凑黏在一起,出现在了大老板索菲的办公桌上。

"阿敏,要做妈妈了,恭喜。"索菲微笑着说。

愤怒已经不足以形容胡秋敏现在的心情了,她紧握双拳,咬牙盯着索菲:"这就是你抢了我的专场,交给Vivi负责的理由吗?"

索菲不慌不忙地摇了摇手指:"我也是为了你好,你现在的身体状况不适合做专场,但拍卖不能停,我们得为客户负责,我再提醒你一下,公司的资源不是属于哪一个人的,公司也不是只有你一个拍卖师。"

胡秋敏气得脸色发白:"这些话你可以早对我说,而不是等我所有筹备工作完成之后,再从我手里摘取成熟的项目,我找来的拍品,我联系的客户,我出的策划案,这就该是我的专场!你们现在是欺骗我,让Vivi坐享其成!为什么?就因为Vivi是香港人,是你的表妹?!"

索菲微笑着反驳:"你也一样骗了我们,如果你一早告诉公司你怀孕了,我当然不会让你去跟这个策划,所以,怪我咯?"

她双手一摊,假惺惺地安抚:"安心待产,生完孩子回来,壹斐还是一样欢迎你。"

生完孩子至少一年,足够Vivi消化完她的所有客户资源,她只能再次从头做起。

胡秋敏定定地看了她几秒钟,转身就走。

方明霄得到消息赶到拳馆的时候,胡秋敏已经换上了运动衣,戴着拳套,对着沙包狠狠一拳打了下去。

他冲上去吼道:"谁让她打拳的!"

周围的人吓得不敢作声,胡秋敏看着他,微微喘气:"我自己要打的,和他们没关系。"

"出什么事儿了?"方明霄担心地问。

"没事儿。"胡秋敏甩一甩头,挑衅地看着他,"想来发泄一下,不接待吗?"

方明霄伸手向后示意:"接待!我亲自陪你打。"

两人站上了拳台,方明霄连护具都没戴,只拿了一块护板,胡秋敏狠狠一拳砸在护板上,方明霄大声回应:"来!再来!"

一拳接着一拳,胡秋敏的眼眶渐渐红了,她终于开口,声嘶力竭地怒骂:"我从小就讨厌家,我妈离了两次婚,嫁给谁都不幸福,我天天看着她在家里大吵大闹砸东西发疯,我想跳河吓唬他们,她直接就跳下去了,总是说为了我她才过得不好,我不想在家待,一放学我就烦,一过年我都害怕。我继父大男子主义,我哥早早就离开了家,就剩我一个人在家顶着这些破烂事儿,我十八岁那年,我继父抢险废了腿,终于用下半辈子

坐轮椅换来了家里面的安稳日子,我临走前和他们说我要去过我自己的人生了,我咬着牙在外地上大学,出国上研究生,二十五岁来香港,找工作、找房子,我谁都没靠过!我被嘲笑是小地方来的,被嘲笑不会说粤语,被嘲笑说话有口音!我和你谈恋爱时,你就在打拳,每天脸上青一块紫一块,我也不知道你家里有钱,知道后我也没要你养过我。我在壹斐工作了这么多年,靠自己一点点爬上去,我没请过假,没耽误过任何工作,公司里天天钩心斗角的烂事儿我没参与过,我从来没抢过任何人的客户,就因为我那天晕倒了,就因为我怀孕了,我之前那么多年的努力就全白费了吗?!这是什么狗屁道理?!"

声声泣血,控诉着这些年她的所有委屈不甘,还有满满的愤怒。

方明霄一拳一拳挨着,脸上的表情越来越心疼,终于他忍不住了,一把抱住胡秋敏:"不开心就不要做了。"

胡秋敏嘲讽地看着他:"你只需要做自己喜欢的事儿,我不一样,像我这种从小地方爬出来的人,你知道我要付出多少才能有今天吗?"

"阿敏!"方明霄摇了摇她,"你现在不是只能在壹斐干,你这么多年攒的本事呢?你能从什么都没有到今天,还怕之后吗?以前你一个人都可以,现在我们有两个人,还有第三个。"

他看了一眼胡秋敏的肚子:"家,不是拖你后腿的累赘,是给你力量的地方!我们结婚,把孩子生下来,继续做想做的事儿,我们自己干,把拍卖专场放到拳馆里来!"

他抓住胡秋敏的拳套吻了吻,像宣布冠军一样高高举起:"就在这儿,你还是全香港最好的拍卖师胡秋敏!"

胡秋敏看着他,苍白疲惫的脸上终于露出了一丝微笑。

办完了辞职手续,也从酒店搬了出来,胡秋敏发现要做的事情反而更多了,要按自己的想法布置新房,要买宝宝的小衣服,要去医院做产检,要筹备婚礼,还要给自己的朋友们发消息邀请他们拨冗前来。

"去!你婚礼我肯定去!"程苗苗在视频里笑嘻嘻地说。

胡秋敏故意挑剔:"快点儿,等你伺候月子呢。"

"行啊。"程苗苗牙尖嘴利地一口答应,"给我发多少工资?"

胡秋敏笑了:"你们都来吧,我想你们了!"

还有李肆、强小娃,那些在胡秋敏一生最美好的年华里出现过的朋友,她想大家了,希望他们出现在她最幸福的日子里。

她挂断手机,目视前方,车一路向前开,穿过了这个城市的街道,夕阳挂在远方,城市灯火通明。

番外二
程芽芽和袁山青

2017年,西安,一条普通的街道上。

程鹏飞骑着小电驴,放慢了速度在车道上磨磨蹭蹭,他一身笔挺西装,气质和交通工具十分不搭,他也没在意,全副心神都盯着斜前方人行道上一对喁喁细语的青年男女。

背后有个快递员急着超车,一下按了喇叭,程鹏飞吓了一跳,一个急刹车,刺耳的声响吸引了两人的注意力。

程婉青回头一看,大吃一惊:"爸?!"

她急忙跑过来,围着车转,关心地问:"你怎么在这儿啊?没事儿吧?撞到了吗?"

程鹏飞尴尬地摇摇手:"没事儿,我这不过来接你吗……"

他盯着跟程婉青一起跑过来的男生,故意问:"这是谁啊?"

"这是我同学,梁亦骋。"程婉青落落大方地介绍。

梁亦骋礼貌地鞠躬:"叔叔好。"

"啊,你好。"程鹏飞还盯着他看,程婉青看着自己老爸这没出息的样子,叹了口气,推了男生一把:"那我先走了,你也回去吧。"

她从后座取出头盔戴上,长腿一抬,熟练地跨坐,程鹏飞小声打听:"男朋友啊?"

"不——是。"程婉青拉长声音否定,"就一个班的!爸,你这还问上了,说!你是不是跟着我好久了?还特地换了电动车,够隐蔽的呀?"

程鹏飞赔笑:"他们都没忙完,等他们开车来得几点了,爸爸知道你就爱坐我的小电驴,坐好了没?"

程婉青抓住他的肩膀,指挥道:"出发!"

高档酒店的包间里,一家人欢聚一堂,庆祝贾代玉的生日。

贾代玉看着小辈们送的金镯子,笑得见牙不见眼,立刻就从丝绒盒子里拿起来往手上戴:"好看啊,你看这个工艺,比老徐那个强多了,她那上面就是秃的,有啥工艺啊?你看我这个上面的雕花,打眼一看就是手艺,还是山青知道我喜欢啥,这多少钱啊?"

一身西装盘着头的袁山青刚从现场跟妆回来,化妆箱还放在一边,她微笑着解释:"我和妹妹一起买的。"

程婉青坐在旁边,专挑凉菜里的花生吃,头都不抬:"别管多少钱了,你喜欢就行。"

程鹏飞笑着揭穿:"你妈就是想知道有没有老徐的贵,一天就那点儿事,打倒这个弄翻那个,这日子过得跟打仗一样,遍地树敌啊。"

程婉青亲热地侧过去抱住贾代玉的胳膊撒娇:"那些人都不是我妈的对手!"

"你少吃点儿花生,等会有大海鲜……"贾代玉数落了她两句,又嗔怪袁山青,"你挣的都是辛苦钱,一天到晚忙活得饭都吃不上,下次别花这个冤枉钱,妈心里有数。"

程婉青做了个鬼脸:"嫂子,妈是暗示你下次给现金呢。"

大家哄堂大笑起来。

一顿饭吃下来,无疑都是高兴的,各自回到家中,袁山青一边收拾衣服一边问:"明天出差,去几天?"

程芽芽拿着平板从书房出来,要上去帮她,被袁山青推开,他无奈地说:"就是有个讲座,装一套西装就行。"

如今程芽芽也是博物馆文物考古方面的专家了,少时的兴趣爱好终于化作终身职业,连程鹏飞都几次感慨:"没想到基地后山上还真的是个将军洞啊。"

"我早上七点的飞机,顺路先送你?"

袁山青摇摇头,扣上行李箱:"我四点就得起,你别管我了。"

本来,这是生活中极平淡的一天,没发生任何不好的事儿,但不知为什么,袁山青翻来覆去睡不着,甚至额头上都渗出了冷汗,心莫名地慌起来。

如果硬要说的话,这种感觉十分熟悉,像是从前的某个时候……

袁山青不敢再想下去,轻手轻脚地起身,看了一眼枕边的程芽芽,尽量不发出声音地从床头柜里拿出药瓶,倒出两颗药,就这么吞了下去。

该来的总会来,不会因为恐惧、祈求、或者其他因素就能改变。

袁山青赶完了中午场,终于能坐下来吃饭的时候,掏出手机一看,一个陌生号码发来了短信。

她久久地盯着短信开头显示的几个字，没有勇气去点开，手颤抖得很厉害，直到手机自动熄灭。

袁山青的脸白得可怕，冷汗再度涔涔而下，她闭上眼睛，大口喘息着。

突然，铃声响了起来，袁山青受惊地一跳，差点儿把手机扔出去，但看到屏幕上显示来电的是程芽芽，赶紧接通。

"喂？老公，你落地了啊，我？我在外面呢……"袁山青眼睛看向窗外，听着手机里程芽芽温和的声音，脸上笑着，但眼泪不知怎么的又落了下来，"是，我会好好吃饭……你也要注意……"

程芽芽关心地叮嘱了一句："小紫是不是该复查了？我在外地，记得陪她去啊。"

"对，常规复查，我记得的。"袁山青深吸一口气，听到妹妹的名字，突然她又鼓起莫大的勇气和力量，让她敢于孤身应战，去面对一切。

"你放心出差吧。"袁山青的声音再度平静了下来。

袁山青心里有事儿，从放下电话的一瞬间，程芽芽就明白了。

会是什么呢？工作不顺利？这份跟妆的工作来之不易，袁山青从少年时代就不是畏难退缩的性子，她遇到困难只会更拼地咬着牙往前冲，生活上的委屈？贾代玉和程鹏飞对她视若己出，甚至到了程苗苗都会吃醋的地步。

如果这些都不是，那就只剩下一个原因了。

他出差回来，袁山青开车去接他，程芽芽一路上暗自观察着袁山青，发现妻子比平时还要显得疲惫，关心地慰问："你啊，少接几单，多睡觉，别太辛苦，小心把身体熬坏，咱们还有好长的日子要过呢。"

袁山青眼神闪烁，终于抬头迎上了他的视线，轻声说："芽芽……林秀，找到我了。"

有那么一瞬间，程芽芽都没反应过来，林秀是谁？

随即他脸色大变，厉声问："你去见她了？"

袁山青慌张地摆手："她发了短信还打了电话，我就去看了一眼！我没有见她！没有跟她说话！"

"为什么要去？！"程芽芽提高了声音，"为什么要接她的电话？！"

袁山青试图平息他的怒火："我怕她继续来找，我想和她说清楚！"

"她来找你难道是请客吃饭吗？！"程芽芽怒不可遏，好容易才获得的平静幸福，他不允许任何人来破坏，"这个人，不要再见面，不要有任何联系，手机号码明天换掉，这件事儿到此为止！"

他跨步下车，砰的一声把车门关闭，袁山青紧跟着下车，小跑着追在他身后，突然提高声音问了一句："你真觉得过去这些事儿，永远不会被人知道吗？"

程芽芽站住了，转身看着她，袁山青脸上流着泪，悲伤地问："小紫……有权利知道

发生了什么。"

"不!"程芽芽断然拒绝,"永远别让小紫知道发生过什么,她现在过得很好,很幸福,这就够了。"

"可是很多人都知道小紫的过去啊!"袁山青哭着说,"没有林秀,还会有别人,这是她的人生,没办法改变的。"

程芽芽阴沉着脸大步走到袁山青面前,握住了她瘦弱的肩膀:"那你觉得爸妈当初为什么要给她改名字,为什么再也没有回过油田,没有再见过油田的人,这不是你的选择吗?想让她拥有完整的家庭和人生,你现在要告诉她什么?她其实不是亲生的,她爸爸是罪犯,死了,妈妈也是,不要她了,你要让她知道这些吗?"

袁山青睁大眼睛,泪水滚滚而下,她哽咽着说:"你还少说了一句,她姐姐也是罪犯,杀人犯,杀了她爸爸。"

袁山青从来没有后悔过自己对袁勇扎下的每一刀。

如果真的有报应,那也是袁勇的报应。

她被警察带走的时候,眼睛里没有悲伤,只有愤怒,从警察嘴里得知袁勇的死讯时,还是只有愤怒。

袁勇这个坑害了她,也坑害了小紫,更是害得程芽芽伤重垂危的凶手,袁山青对他只有无穷无尽的恨意。

当时,她在看守所里不吃不喝,看着窗口的月牙,出神地想:如果程芽芽真的有个三长两短,那她也不会苟活。

程芽芽是无辜的,是她连累了这个善良勇敢的少年,如果……那自己就下去陪他一起走吧。

学校为袁山青请了律师,高飞扬和韩淑特地赶到西安陪她开庭,最终判决下来了,五年。

高三,高考,上大学,这些梦想中美好的东西,就在这一天永远离她远去了。

还好,她还有程芽芽。

服刑第一次允许探视的时间,程芽芽就来到了女子监狱,隔着玻璃窗把自己的手合在袁山青的手上,用口型无声地告诉她:我等你。

从那一刻起,快二十年过去了。

袁山青按时出狱,从头开始生活,学习了美容美发,找了新工作,和程芽芽结了婚,他们早已摆脱那些痛苦煎熬的日子,人生之路平稳而幸福。

程芽芽决不允许任何人、任何事来破坏这份幸福。

街头有一间小小的咖啡馆,不像连锁品牌那么人头攒动,几张小桌子错落摆放,空气里弥漫着咖啡的香气。

林秀紧张地坐在角落里,她还不到五十,衣着质朴,头发简单地盘着,里面夹杂着丝丝缕缕的白发,双手紧握着一个破旧的手机,面前的一杯咖啡早就放凉了。

她一直紧盯着手机等回信,没注意有人走过来,等程芽芽身影逼近,拉开椅子坐在对面的时候,林秀才反应过来。

抬起头,辨认着面前这个儒雅斯文的男人,林秀半天才嗫嚅着说:"是……是芽芽吧?"

她又希冀地往程芽芽身后看:"山青呢?"

"她不会来,你有什么事儿跟我说吧。"程芽芽冷淡地说。

林秀憋了一会儿,小心翼翼地说:"当年,是山青……杀了袁勇吗?"

"是袁勇要杀了我和山青,还有小紫。"程芽芽强调。

林秀的眼神黯淡下去,低声说:"山青,受苦了……"

"对!"程芽芽单刀直入,"所以我现在不会让她再受苦,你明白我的意思。"

林秀着急起来,忙不迭地解释:"我找了你们好多年……不是想干什么,就是想看一看小紫。"

"她现在叫程婉青,是我的妹妹,程家的小女儿。"程芽芽紧盯着林秀苍老憔悴的脸,并无同情,而是咄咄逼人,"山青去坐牢之前,签了协议把小紫送去福利院,我爸妈舍不得,留下来亲手带大了她,小紫那时听不见,也不明白当年发生了什么,对她来说,她就是我爸妈亲生的女儿,连山青的事儿我们都没有告诉过她,在她眼里山青是嫂子,不是姐姐。"

林秀情绪有些激动:"她不知道我?"

程芽芽摇摇头:"从来都不知道,我们都希望她健康地长大,过去的事儿就让过去吧,她现在很好,今年是研一,研究生,你也希望她过得好,对吧?"

良久,林秀才点了点头,眼睛里的光熄灭了。

程芽芽言辞恳切地说:"阿姨,我们真承受不起再来一次了,也承受不起当年的事情浮出水面,我们全都是受害者,能走出来真的不容易,我爸妈年纪也大了,我们所有人都没办法走回之前的路。"

他从怀里掏出一个信封,推向林秀:"这是我和山青的一点儿心意,我们也希望你能好好生活。"

林秀慌乱地推拒:"我不是来要钱的,我现在有工作,我能赚钱,我不要钱,我就是想看一眼,看一眼都不行吗……"

"不行。"程芽芽断然拒绝,任凭信封留在桌上,"这就当我们替小紫尽了孝,对不起了,您保重。"

程芽芽开车回家,看见程婉青挽着程鹏飞的胳膊在楼下散步,有说有笑的,看见他的车开过来,程婉青挥手招呼:"哥!"

"上车!"程芽芽摇下车窗,"姐从云南给寄的菌子,今天有口福了。"

"你先回!"程婉青对他做鬼脸,"嫂子和妈在家做饭呢,你赶紧去帮忙,我和爸再溜达一会儿。"

程芽芽看着她煞有介事的淘气样子,心里的郁闷才稍稍散开,也开玩笑:"爸,你不是最会讲大道理的吗?别偏心,也教育教育她,别躲懒啊。"

程鹏飞呵呵笑着,连连摆手:"人有怠惰之心,我也等着吃现成的。"

程婉青得意地哈哈大笑,在她清脆响亮的笑声中程芽芽把车开走,从后视镜里看着父女俩安逸舒适的样子,他长长地松了口气。

但他还是不放心,于是在饭桌上提出:"夏天了,西安太热,要不然送你们去云南避暑吧?妹,这个重担就交给你了,由你带着爸妈出去玩一圈。"

程婉青正给程鹏飞和贾代玉剥虾,剥一个喂一个,非常公平,闻言大喜:"好啊,我这周已经结课了。"

贾代玉惬意地用嘴巴接了一只虾,咀嚼着反对:"大热天的出去干啥啊,就在秦岭玩玩得了。"

程婉青立刻抗议:"秦岭有啥好玩的,都去了十几次了。"

袁山青明白程芽芽的用意,也跟着敲边鼓:"秦岭啥时候不能去?姐下个月就从云南回来了,趁她还在那边,你们赶紧去。"

"去嘛,我哥出钱,哎,我能带同学吗?"

程鹏飞立刻警惕:"是不是那个男同学?你俩是不是搞对象呢?"

贾代玉一听这还了得,追问:"啥对象!我咋不知道?!你现在跟妈妈有秘密了?"

程婉青摇头晃脑地否认:"没有啊,就是好朋友,但不排除未来发展的任何可能性。"

程鹏飞和贾代玉对视一眼,程苗苗到现在都没结婚,程芽芽和袁山青是水到渠成压根不用他们操心,如今年过半百,终于逮到一次为小女儿的恋情操心的机会,争先恐后地发表意见:"看看,那天我跟着半天,就看出来事情不简单!小伙子长得还可以……那这事儿也不能这么快定下来啊,你叫他到家里来,我得和他聊聊!"

"和你聊有啥用?我亲自见一下,哪儿的人啊?多大了?爸妈干啥的?"

程婉青红着脸跺脚:"你俩说啥呢?我们现在就是朋友,人家也没说和我谈恋爱啊!"

三人热火朝天地开始聊起来,袁山青又是欣慰,又是担心。

程芽芽在桌子下轻轻地抓住了袁山青的手,示意她吃饭。

这天夜里，袁山青又发病了，她浑身抽搐，牙关咬得紧紧地，突然一阵心悸，逼得她从睡梦中骤醒，一睁眼，无边的黑暗扑来，让她有一种濒死的窒息感。

程芽芽这次警醒多了，坐起来打开灯，一手抱住颤抖的袁山青，一只手熟练地拉开抽屉找药："没事儿没事儿。"

他紧抱着袁山青安慰："不怕，我在呢。"

温暖的灯光，熟悉的怀抱，眼前的环境，一点点让袁山青从绝望的噩梦里挣脱出来。无边无际的悲凉和酸楚涌上心头，袁山青趴在程芽芽怀里号啕大哭："为什么到现在还是不放过我啊？为什么还要回来找我？就因为她和袁勇，我和小紫那么惨，什么王八蛋父母，伤害了我们，一走了之，现在回来说声对不起，就要我原谅她吗？"

程芽芽紧紧抱着袁山青，哄她："不会的，我见过她了，让她走，她答应了。"

"当年她要是管过一次我和小紫，我都不会这么恨她！"袁山青哭得声嘶力竭，"我杀了袁勇，我拿刀捅了他，我坐了五年牢，我失去了上大学的机会，失去了好好做个人的机会，我连自己的亲妹妹都失去了，就是为了忘了这些恨，她为什么要在一切都平息后还来找我，还出现在我面前！为什么啊？！对不起她的是袁勇，不是我啊！"

袁勇的娃，这个从中学时就压在袁山青身上的魔咒，在二十年后以一种新的形式卷土重来，再度折磨着她。

"山青，不要怕，她走了，她不会再来的。"

程芽芽虽然这么说，但心里却也不安起来，林秀是个大活人，他那一番话未必打动得了她，如果她跟袁勇一样没了良心，又突然出现在程家附近怎么办？

这样一个炸弹孤悬在袁山青头顶，她每天光是担心忧虑都会加重病情，更不要说万一林秀找上小紫……

程芽芽搂紧了袁山青，深深地叹息。

贾代玉神气活现地拉着小车从超市出来，今天一大早她趁着买菜的时候已经大力宣扬了一波，附近邻居这圈子大概是都通知到了，她，贾代玉，马上要去云南旅游了！

人有得意便失蹄，正当她美滋滋回想着老徐羡慕得眼珠子都鼓出来的样子时，小推车一下拐了弯，轮子嵌进了石板缝里，贾代玉用力拽了两下没拽动。

正当她运气的时候，旁边有人过来帮忙，两人合力把小车给拉了出来，贾代玉长出一口气，笑眯眯地说："谢谢啊妹子。"

林秀出神地看着她，强挤出一抹笑容："你是小紫的妈妈吧？"

听到这个熟悉的名字，贾代玉沉了脸，回头死死地盯着她。

"我是林秀啊。"

五分钟之后，小紫的两个母亲坐在了公园的长椅上，贾代玉表情沉重，缓缓地回忆着往事:"我赶到抢救室的时候,只看见地上芽芽剪碎的衣服,上面全是血,我觉得是不是我儿子身体里的血都流干净了啊?"

她侧过头去,悄悄抹去了眼角的泪水:"医生说伤到了内脏,我们坐在救护车上往西安赶,那时候芽芽嘴里还在冒血,我当时想,要是芽芽半道上死了,我就跳车,我也不活了,没法活……这世界上这么多神仙菩萨,但凡有一个来救救我儿子啊,他要是作奸犯科,死了活该,可他是为了抓坏人,难道当个好人反而要没命吗?"

林秀突然说:"我也拿刀捅过袁勇。"

贾代玉诧异地看着她,林秀抬起脸,眼睛里全是泪:"我当年就是被他骗到歌舞厅当小姐的,跑了好几次都被抓回来打,我就想着我不跑了,我也得骗他来,就说我赚到钱了,让他来接我一起跑。我那时就想了,和他同归于尽,我知道他一听有钱肯定会来,我那一刀还是扎偏了,后来钱也让他拿走了,我也被抓了。"

贾代玉听得都替她着急起来:"你糊涂啊,你说你年纪轻轻,长得又好看,咋跟了那么个王八蛋呢?你咋能信那样的人呢?"

林秀埋下头,捂着脸,泪水从指缝里溢出来:"我坐牢的时候就想见小紫一面,一直没等到她来……"

贾代玉眼睛红了,低声说:"那时候我们家也难啊,芽芽要连续做手术,每天在医院的钱真是……他爸买断了工龄,房子也要收回去了,苗苗还要上大学,我们一家人都不知道离开了油田要住哪,吃饭都是问题,可是我儿子……当时他血色素才六克,下了床跪在地上求我啊。"

泪眼蒙眬中,贾代玉仿佛又回到了二十年前,在医院里,面对着袁山青交出的存折和账本,还有送小紫去福利院的协议,程芽芽面色惨白地跪着哭求:"爸、妈,小紫不能去福利院,她连声音都听不到,她一天好日子都没过过,我们能不能别送走她啊!我求求你们了!"

程苗苗也跪了下来,和弟弟肩并肩地哀求:"你们照顾弟弟,我来照顾小紫,我打工养她行吗?"

贾代玉抹去泪水,低声说:"他爸和我说,儿子为了这件事儿命差点儿都没了,咱当爸妈的要是连这点儿心都没有,那儿子白遭这个罪了,我们就跟山青商量,山青答应了,唯一的要求,改名换姓,什么都不对小紫说,让她拥有一个健康完整的人生。"

林秀痛苦地摇着头,泪水滴滴滚落。

贾代玉擦了把脸,稳定了一下情绪,又接着说:"山青是个苦孩子,她坐牢出来,很长时间睡不着觉,也不能见血,没学历找不到什么好工作,慢慢情绪越来越不好。我们起初想着,生个孩子能缓解一下,转移她的注意力,结果不知道怎么了,说是基因问题,也怀不上,我就说了,没孩子,一样过日子,人嘛,活着也不是为了生娃的。"

她叹了口气,拍拍林秀的肩膀:"但是既然生了娃,就要对娃负责,你别怪山青不想见你,也不想让你见小紫,这真不是一句道歉就能抹平的。"

"我知道。"林秀擦干了眼泪,突然站起来,对贾代玉鞠躬,"小紫的命是你们给的,山青的命也是你们给的,谢谢你们。"

贾代玉看着她憔悴的脸,同情地叹息:"你也付出了代价,这就是命啊。"

在程芽芽的推动下,次日程家一家三口就被打包送去了机场,开车来接人的时候,程鹏飞还纳闷:"前天说走,今天就飞啊?你这个行动还怪迅速的嘞。"

"行啦,我姐等着你们,翘首以盼呢!"程芽芽打开后备箱,和袁山青过去拿行李,程婉青从车里跳下来,过去搀扶父母。

袁山青突然愣住了,她看见林秀迎面走来。

程芽芽一下紧张起来,准备往前冲,却被程鹏飞一把拉住了胳膊。

"爸!"程芽芽小声抗议。

程鹏飞拍了拍他,又对袁山青说:"没事儿,别怕啊。"

袁山青紧张地看着林秀越走越近,紧握的双拳里全是冷汗,她想大声喊,让小紫快跑,但她动不了。

命运啊,总是在一个突兀的时候出现,把之前的幻想彻底粉碎。

贾代玉和林秀说了几句话,笑眯眯地回头招手:"婉青,来。"

程婉青毫无戒备地走过去,程芽芽大惊,差点儿挣脱程鹏飞的手臂:"爸!你们干什么!怎么也不跟我说一声就擅自决定?!"

程鹏飞笑眯眯地反问:"你们不是也没跟我俩说吗?莫名其妙地让我们去旅游,还急匆匆买了票,以为这样就能解决了吗?有些事儿啊,该来的总会来,躲不掉的。"

看到袁山青还想开口,程鹏飞竖着手指嘘了一声:"听我的,没事儿,别吓到小紫。"

一直到了机场,程芽芽还没从紧张中缓解过来,下车的动作都有些僵硬,程婉青没心没肺地嚷着说要喝奶茶,突然问:"哥,你刚才怎么没跟那个阿姨打招呼啊?"

"阿姨?"程芽芽机械地反问。

程婉青点头:"对啊!妈说是从前的老邻居,你不认得了?"

程芽芽看向袁山青,袁山青尽量平静地开口解释:"好多年之前的吧……阿姨跟你说什么了?"

程婉青侧头想了想:"没说啥,就是打了个招呼,说我长这么大了,还说让我要好好孝顺爸爸妈妈,没了。"

她双手一摊,还心心念念:"哥,我想喝奶茶。"

程芽芽机械地从兜里掏出钱给她,程婉青嚷着:"我是问你喝不喝,谁要你给钱了?不过也好,归我啦!"

她美滋滋地收起钞票，越过候机厅，往奶茶店走去。看着她无忧无虑的背影，贾代玉挽着程鹏飞的胳膊，低声说："她说以后不会再来了，能说上一句话，就算是给自己的交代了。"

程鹏飞点了点头："都说难免会犯错，但有些错啊，这辈子都弥补不了了，从这一刻开始，过去的事儿才真的都过去了。"

载着程家三口的飞机昂头冲向蓝天，隔着宽大的玻璃窗，金色阳光洒落下来。

袁山青挽着程芽芽的胳膊，出神地看着蓝天，眼泪默默地流下来，她伸手擦了擦，转头对着程芽芽笑了。

这个笑容，是她苦难人生的完结。

番外三
强小娃

2017年，夏天，河坪镇老村的咏华小学。

说是小学，其实就几间平房和一个水泥操场，强小娃走进唯一的一间教室，看着剩下的十二个孩子，心情十分复杂。

"同学们，"他扶了扶黑框眼镜，走下来把崭新的文具和笔记本分到每一个学生的桌子上，"从明天起，你们就要迈入初中的课堂，今天是你们在咏华小学的最后一节课。"

他抬起眼睛，看着窗外的蓝天："也是咏华小学的最后一天。"

说起老村的小学，强小娃小时候还存在，老校长永远一个人守在小屋里，咕嘟咕嘟地喝一点儿白酒，后来，老校长去世了，再也没有人愿意接过他的担子。

等到强小娃研究生毕业，重新回到老村办小学的时候，认识不认识的人全都惊呆了，不明白他一个去了北京读了研究生的人，怎么这么想不开。

只有强丰收理解他，吸着烟袋，咳嗽着拿出自己的全部积蓄："你这书啊，没白读，好好去办学，办出个样子来！"

强小娃真的做到了，从打地基，到建房子，从招募志愿者支教，到购买课本，他样样亲力亲为，一步一步走得很稳，让咏华小学这点儿教育的星星之火，在河坪镇周围的土地上微弱但坚强地燃烧着。

咏华小学成立的这些年里，老村一直是周边村子羡慕的对象，纷纷托人走关系也要把孩子送来读书，强小娃来者不拒，有教无类，一批批的学生从这里走向了县城的中学，最多的时候甚至有一个教室挤不下的情况。

但现在,随着农村的老龄化,咏华小学已经招不到学生了。

所以强小娃今天在送走这一批毕业生之后,就要亲手永久地关闭咏华小学的校门。

他在教室里坐下,摸着小小的课桌,看着上面孩子们稚嫩的涂鸦,想笑,又笑不出来。

记忆好像一下飘回了十二年前,当时他刚回到河坪镇,和李肆在烧烤摊酩酊大醉,李肆埋怨他:"你傻啊,都去了北京还回来,办学那么容易吗?李花儿的事儿你忘了啊?"

怎么能忘呢,为了给李花儿上学的机会,他差点儿和小伙伴一起进了派出所。

强小娃记得自己是这么回答李肆的:"高老师说读书是武器,拿武器为了啥?为了找个好工作?为了留北京?那就浅了,我是村里唯一读到研究生的人,现在村里要办学校了,我就知道我读书是为了这一天,我要让村子里的人都知道,读书有用,我们村有学校,我们村的娃能上学,那我们村就跟别的村不一样,我这书才算没白读!"

他的这份心意,从始至终就没有改变过。

只是时代变迁,现在的条件也跟过去不一样,出门打工的夫妻带着孩子可以就地读书,能出去的都出去了,没有人再会回到这个偏僻的西北小山村。

老村都要渐渐消亡了,咏华小学的关闭也是意料之中。

学校没了,教书育人的工作还是要做的,强小娃大名在外,早就有县城的学校递来合同,思谋再三,他选择了育苗学院。

这是一所私立复读学校,复读的意义强小娃是晓得的,成绩当先,所以校长接待他时也没有什么多余的客气礼节,简单介绍了一下之后,就让另一位老师带他去办公室熟悉一下环境,明天开始上课。

强小娃经过教室的时候,的确发现这些同学们都在埋头苦读,唯恐浪费时间的样子,和当时他刚到林七二中时一样,满脑子都是学习。

可是后来,他在林七二中度过了一生中最快乐的时光,交到了最好的朋友。

复读学校的老师们,也是忙碌到极点,桌上堆着厚厚的试卷要批阅,对于强小娃这位新来的同事,只是简单地点头打了个招呼,又低头忙自己的去了。

时隔多年,强小娃竟然又一次感受到了当年他第一次从大桥西边走入油田基地时的局促和紧张。

他只能假装忙碌,从背包里掏出自己的东西,在办公桌上一一摆好,拿出手机的时候停顿了一下,又放了回去。

突然房门开了,一个陌生女人背着包走了进来,脸扬得高高的,那气势让被打扰的老师们不禁恍惚了一下:"你是?"

这样子,不像是成绩差或者闯了祸被叫到学校来的家长啊?

她一眼看见了强小娃,就迈步走了过来:"就找你!"

强小娃尴尬地站了起来,对大家介绍:"这是我爱人,郭芸芸。"

"哦。"大家表示理解,交换了一下看好戏的眼神,又继续伏案工作了。

"你咋来了?"强小娃低声埋怨,就要带着郭芸芸出去。

郭芸芸一屁股坐到他的椅子上,跷着二郎腿:"为啥不接我电话?"

"我忙。"强小娃含糊其词,"打算去宿舍放下东西再打给你。"

"呵呵,宿舍都准备好了,条件够可以的啊?"郭芸芸笑了笑,"强小娃,你在村里的时候不给我打电话,到了县里还不打,在村里住你不回家,现在到了县里还不回家,这个家你是真不想要了吧?"

强小娃额头的汗都出来了,上手拽她:"走,咱们出去说。"

郭芸芸挣开,整整衣服,又扫了一眼装作专心工作其实竖着耳朵听的各位老师:"不用,你给我个痛快话,什么时候离婚?"

强小娃终于如郭芸芸所愿,和她一起回了县城的家,在邻居面前,郭芸芸又换了一副面孔,亲热地挽着强小娃的手臂,满面春风地到处打招呼。

住了十来年的老房子了,邻居也都知道他家的情况,好奇地探问:"强校长怎么有空回来?这不马上开学了吗?"

郭芸芸笑得声音都尖了些:"他现在调回县里的学校了。"

"哦!好事儿啊!这是高升了!"邻居们纷纷表示,"一家人也能团聚,你也算熬出来了。"

郭芸芸得意地瞥了强小娃一眼,强调:"是比在村里强!"

一回到家,女儿强思存就扑了上来,欢呼道:"爸爸!你回来啦!"

强小娃赶紧接住女儿,强思存搂着他的脖子,连珠炮似的问:"爸爸,我看了好多书,有一大堆问题要问你呢,正好你回来了。"

"爸爸书柜里的书,你都看啦?"强小娃抱着女儿,竟有一种不真实的感觉,上一次抱女儿是什么时候?春节?还是去年夏天?哦,不对,去年夏天他还在四处为咏华小学的生源奔波,没在家停留。

郭芸芸从背后推了他一把:"成天买书,有什么用?我迟早把你的书给卖了!"

强小娃霍然扭头瞪着她,郭芸芸毫不示弱,叉腰反问:"你人一年到头不回家,堆那么多书在家里干啥?看看这房子憋屈得,我正好卖了腾地方!"

强思存拢住强小娃的耳朵,小声说:"没有,妈妈把书放阳台上啦。"

她停了一下,又小声说:"爸爸,我想吃你做的手擀面。"

强小娃心里的愧疚被她这小小的一声给勾起来了,点点头:"好,做!"

吃完饭,郭芸芸打发强思存去做作业,强小娃到阳台上去收拾自己的书,分门别类地挑拣。

郭芸芸从背后踢了他一脚:"我请你回来是收拾书的吗?离婚,成不成给个话。"

强小娃蹲着,沉默了一会儿才问:"离婚了娃怎么办?"

"哈!"郭芸芸讽刺地笑了起来,"你还记得你有个娃呢?你不是有学生吗?你对他们哪个也比对我俩上心。"

强小娃压低声音说:"我是校长,我能不操心学生吗?那些孩子的情况你又不是不知道。"

"你光记着你是校长了,你还记得你是我郭芸芸的老公,是强思存的爸爸吗?"

郭芸芸看着强小娃严肃的脸,又狠狠刺了他一记:"还有,现在你不是校长了,你那个学校没有了。"

"对,没有了,你如意了。"强小娃重重地点了点头。

郭芸芸气笑了:"我如意啥啊?学校没了是我造成的吗?农村老龄化,没有小娃娃了,没人上学了,发展趋势如此,你就不肯承认!当初县城找你的是些什么学校啊?你不去,现在好了,沦落到复读学校,连个编制都没有,这些年你到底图个啥?!"

强小娃握紧拳头,因为她的话痛苦又愤怒:"就图个村子里的娃有学上,我就图这个!"

"那你跟我结婚干什么?"郭芸芸针锋相对,"你图你的事业好了!"

强小娃刚要说话,眼神突然变了,郭芸芸一回头,看到强思存站在门后面。强思存小脸上毫无表情,冷冰冰地问:"你俩要离婚?"

郭芸芸心烦意乱,口气生硬地指挥:"没你的事儿,作业写完睡觉去!"

"你俩离婚就关我的事儿!"小姑娘强调。

强小娃挤出一个笑脸,哄女儿:"没有,谁说要离婚了啊?"

强思存抬头看着他,严肃的表情和强小娃如出一辙:"那你为啥老不回家?"

"爸爸工作忙。"强小娃内疚地说,越过郭芸芸走过去,蹲下来试图抱起女儿,"抱你上床睡觉好不好?"

强思存不客气地打开了他的手:"你每天都忙学校的事儿,一个月能在家待几天啊,我过生日你都不在,我小提琴演出你也不去看,好不容易回来一趟就和我妈吵架,还要离婚,那你回来干啥啊?"

说完,小姑娘一转身,生气地跑回卧室,重重地关上了门。

强小娃半蹲着,依旧保持那个伸手要拥抱的姿势,他愣愣地看着女儿卧室的门,心里五味杂陈。

第二天,强思存的气还没消,板着脸起床上学,强小娃觉得自己难得回来一次,应该尽一下父亲的义务,送女儿上学,也被小姑娘断然拒绝。

"你知道我哪个学校读几年级吗?别再送错了!"强思存气鼓鼓地背着书包走了。

坏消息接踵而来,等强小娃到了育苗学院,准备拿着教案去上第一节的代数课的时候,又被刘校长叫去了办公室。

刘校长委婉地提醒他:"家里有啥事儿,就提前说一声,家庭还是重要的嘛,你说对不对?"

强小娃不明所以,但很快保证:"小矛盾,我能解决,不会耽误工作的。"

"那就好。"刘校长看起来放心了一些,"我们这个学校,性质比较特殊,一切还是以教学为主,你又是新到一个环境,到底为人师表,还是要注意些。"

说着他拍了拍强小娃的肩膀,压低声音传授经验:"过日子,跟老婆讲道理没有用的,说点儿好听话,态度积极,好些事儿就解决了,别闹到学校来,影响多不好。"

看到强小娃点头称是,刘校长才提起正题:"现在是这样,有一批已经在这复读过一年的学生,高考还是很不理想,要继续复读,我是想把他们单独再调出一个班来,重点抓一下,要不你来负责一下这个班?"

强小娃愣了:"合同上签的我只负责教学啊,现在要我负责一个班吗?"

刘校长不动声色地捧了一捧他:"你有经验,毕竟当了这么多年校长,对管理学生肯定比咱们那些老师强,再说,这些孩子情况特殊,有句话叫不能放弃任何一个学生嘛。"

也许就是这句话打动了强小娃,他答应了下来,但很快,他就明白到底什么叫"情况特殊"。

沿着走廊,走到最后一间教室,一个篮球从门里飞出来,直接砸到了他头上,强小娃的眼镜一下摔飞出去,他弯腰捡起来,镜片上已经出现了裂纹。

教室里哄堂大笑,明明名单上只有十个人,却热闹得犹如菜市场。

强小娃把眼镜戴上,又弯腰捞起了篮球,和教材一起捧在手里,走进了教室。

十个学生在自己的位置上乱哄哄闹成一片,并没有因为强小娃而收敛。

强小娃举起篮球:"谁的?"

没人承认,大家笑嘻嘻地看着他,也不害怕。

强小娃点头:"那就不是你们的,算我捡的吧,好,上课了。"

坐在最后一排,两条腿都架在课桌上抽风一样抖动的男生慢吞吞地下地,插着兜晃到讲台前,伸手去拿篮球,却被强小娃一个灵活的动作把篮球拍走,转移到另一只手上。

"是你的篮球吗?"他明知故问。

"对。"男生插着兜,毫不在乎地点头。

"徐浩轩是吧?"强小娃一口叫出了他的名字。

徐浩轩有些吃惊:"你咋知道?"

强小娃扶了扶眼镜,环视教室一周:"我是来当班主任的,你们所有人的名字,长相,还有高考考了多少分,我都知道。现在,回你的座位上去。"

徐浩轩站着不动,刻意做出为难的样子。

强小娃也不生气:"那你愿意站就站吧,往边上一点儿,不要影响我。"

他转身开始板书,徐浩轩被晾在原地反而显得尴尬,九个同学挤眉弄眼地起哄,他咬着牙,眼睛还看着被强小娃拿在手里的篮球。

强小娃在黑板上写了自己的名字:"自我介绍一下,我姓强,是你们的班主任,教代数的,今天也是第一天上班,没想到是这个局面。"

他又扫视了一眼,突然笑了:"我还纳闷为什么十个人要单独组一个班,刚才篮球飞到我脸上,我就明白了,原来我接手了一个老大难的班,我不太擅长融入新环境,但我擅长做难事儿,挺好。"

他露出了一个高深莫测的笑容,不知怎的,班上所有同学,包括离他最近的徐浩轩,都感到大事不妙。

徐浩轩,留守儿童算不上,得算留守青年了,父母在外打工,家里只有一个爷爷,强小娃做梦都没想到,白天发生了那样的事儿,晚上他就接到了徐爷爷的电话。

他本来是要去县医院接郭芸芸的,因为女儿强思存在饭桌上板着脸问:"你咋不去接我妈下班啊?我同学她妈妈也当护士,下夜班都是爸爸去接的,你不会都不知道我妈几点下班吧?"

强小娃确实不知道,所以他没时间直接骑车往县医院赶,结果半路就接到了徐爷爷的求救电话。

等他赶到河边,徐浩轩已经在桥上坐了一阵子了,孤单的人影在滔滔流水的映衬下,被月光剪成了一幅凄凉的画。

徐爷爷老泪纵横,抓着他像抓救命稻草:"强老师啊,你快劝劝轩轩,他爸晚上和他打电话,说了几句就吵起来了,摔了电话就跑到河边了,我这赶紧跟着劝啊,他说让我走,不然他就跳河,我也不敢走啊,也不敢和别人说啊,万一传出去了再让人笑话他,我就找了学校联系册上班主任的电话,只能求你了……"

强小娃安抚住老人,自己走过去,徐浩轩觉察到了有人靠近,一下蹦起来,胡乱地擦去眼泪,大声喊:"你来干啥!和你有啥关系啊!你别过来,过来我就跳了!"

强小娃只好站住:"你是我学生,大晚上在河边坐着,要是有什么事儿,我要负责的,我这个班才上了一天,你想让我丢工作啊?"

徐浩轩大喊:"我管你呢!站住啊!小心我拽你一起下去!"

强小娃不紧不慢地开始卷袖子:"你吓不到我,这个河你跳下去我也能救你上来,我同学她妈跳过洛河呢,我都给救上来了,说说吧,为啥啊?"

"还能为啥?"徐浩轩苦笑着,身子颤抖,歇斯底里地喊,"没人管我的死活!他俩出去打工去了,把我一个人扔乡下,一个月才打一次电话,张嘴就是考大学,我考不上啊!我都已经复读一年了,我就不是这块料,现在又逼着我复读,我都二十了,还复读呢!我复读十年也考不上啊,我还不如一头跳下去,我死了他们就满意了!"

"为这事儿啊。"强小娃叹口气,"那你要真不想复读,咱俩聊聊?"

徐浩轩愣住了,看着强小娃走过来也没反应,强小娃甚至还嫌弃地挤了挤他:"边儿去,给我腾个地儿。"

两人并排坐下,远处徐爷爷担心地看着,强小娃目视着面前的流水,轻声说:"你不想上学,我也不想上班。"

"啊?"徐浩轩傻乎乎地看着他,张大了嘴巴,在他心目中,老师多神气啊,没事儿就拿考试折磨学生,还能拿钱,还有寒暑假,怎么会有人不想当老师?

强小娃叹口气:"我在村里办了所小学,别人都说我傻,放着北京的工作不要,回村里当校长,可是我这十几年亲手带出了一批批学生,好多都考上了大学,现在有的都工作了。"

"啊!"徐浩轩指着他怪叫,"你就是报纸上那个一个人撑起一所学校的强校长!"

"不再是咯。"强小娃怅惘地说,"村子里现在没娃娃了,学校只能关门,我来复读学校当个老师,还是带一群第二次复读的调皮学生,确实挺调皮的,这不眼镜也让你砸坏了,大晚上还得坐这劝你别跳河,我老婆一百个不乐意,嫌我不顾家,没出息,闹着和我离婚,我女儿说我不是个好爸爸,你说这个班我能想上吗?"

面对强小娃突然自曝其短,徐浩轩有些不知所措。也许人就是这样,听到别人的困难之后,自己的痛苦就一下变轻了。

"你想离婚啊?"他小声问。

"我不想离婚,这不一直躲着不肯面对吗?"强小娃又叹了口气,"上班也是,把你们交给我,就是欺负我这个新来的呗。"

徐浩轩认真想了想,高声反驳:"那不对!你上班还能挣钱呢,我复读能有啥?我爸妈就是虚荣!觉得只有上大学才是有出息!"

强小娃反问:"那你有别的能拿得出手的事儿不?"

"没……"

看见徐浩轩明显蔫下去了,强小娃不客气地照他后背狠狠拍了一巴掌:"那你嚣张啥啊?人家打篮球能打到国家队,打电竞游戏能打成职业联赛,当兵拿枪能保家卫国,你啥都没有,还不想读书,那你是要修仙吗?"

"那我学习不好,就是考不上,我有啥办法?"徐浩轩垂头丧气地说。

"可你都复读一次了,你爸妈还愿意花钱让你再考,咱们这个复读学校真不便宜呢,他们在外地打工,累成啥样你知道么?赚的那点儿钱估计自己都舍不得吃喝,全给你攒着让你读书,供你上学,你知道有多少人读不起书吗?我那个年代大批乡下人没有书读,就到现在,也不是所有人都有读书的机会,既然可以读,为啥不拼一下?"

强小娃说得语重心长,徐浩轩无从反驳,但他内心的焦躁仍未平息,情不自禁地刺了他一句:"你读了那么多书,考上了厉害的大学,现在还不是在这儿落魄呢?你老婆还要和你离婚呢,你读书有啥用啊?"

强小娃沉默了,看着流水,半晌才说:"对,你说得对,咱俩都一样,都是失败者。"

徐浩轩嘟囔着:"那我也不是这个意思……"

"所以!"强小娃打断他的话,"咱俩来做个约定,都努力拼一次,试试自己没做过的那些事儿,你拼过学习吗?刷题,看着成绩一分分往上涨,该记的就使劲儿记,不会的题一定要弄懂,你试过吗?"

徐浩轩目瞪口呆,下意识地摇头。

强小娃一把按在他肩膀上,目光炯炯地盯着他:"试一次!拼一次!咱俩都别逃避了,为了家人,为了自己。"

"那……我拼学习,你拼啥啊?"徐浩轩傻乎乎地问。

强小娃低下头,自嘲地笑了一下:"有些事儿我一直该做,但从来没做过,年轻时我喜欢过一个女孩,但从来没有开过口,后来结婚了也没对我老婆说过好听的话,我……是时候试试说一句了。"

徐浩轩似懂非懂,但等强小娃站起来,伸手拉他的时候,他也借着劲儿站了起来。

"那就……试试呗?"

早晨八点半,县医院门口,正是人多车多的时候,郭芸芸下了大夜班,打着哈欠从门口出来,一脸的疲惫。

她正想着是回家补觉还是去菜市场,一抬头,突然看到强小娃站在不远处。

穿着雪白的衬衫,新配的眼镜,重新剪了头,那朝气蓬勃的英俊样子一瞬间把她拉回当年两人相亲初见面的时光。

特别是他手里还捧着一大束火红的玫瑰花。

周围人窃窃私语,强小娃充耳不闻,只热切地看着郭芸芸。

郭芸芸快步上前,小声说:"你干啥啊?"

强小娃认真地回答:"我来道歉,来挽回我的婚姻。"

郭芸芸很吃惊,周围人的议论声更大了,她暗自懊恼,下意识地想拽强小娃离开:"抽什么风!快点儿回家!"

强小娃站着不动,把玫瑰花递到她手里:"你不是说我没给你送过花吗?我今天一早去种花商户那边自己摘的,九十九朵玫瑰,请你收下。"

鲜艳的红玫瑰一下塞满怀,郭芸芸赶紧抱住,娇嫩的花瓣带着露水挤满了视野,她又欢喜又羞恼,低声说:"我收了,快走。"

强小娃变魔术一样拿出了一叠纸:"你不是说我死鸭子嘴硬不承认自己的错误吗?我现在就正式承认,从咱俩搞对象到结婚到生女儿,我做得都不好,只忙着学校的事儿,没有顾及到你,伤了你的心,我错了,大男人成家立业,家都没顾好,立啥业都不光荣,我已经写了保证书,上面详细列出了自己犯的错误和接下来改正的具体方针,请查阅修正。"

周围的路人发出善意的哄笑,有些汽车都停了下来,司机从车窗探头出来感兴趣地看着。

郭芸芸哭笑不得地接过保证书,连声说:"好,我收下,快回家!"

"你还说我从来都不表达爱,这么多年了没说过一句好听的话——"

强小娃从背后拿出一个喇叭,冲着郭芸芸喊:"郭芸芸!我爱你!"

郭芸芸脸和脖子都红了,是气的,她拽着强小娃的胳膊想把喇叭夺下来:"行了行了,大街上的,咱回家说啊!"

"好!回家!"强小娃继续举着喇叭高喊,"郭芸芸!我爱你!"

看着他这明显打算一路喊回家的样子,郭芸芸跺跺脚,不管他了,抱着玫瑰花挤开围观人群夺路而逃。

强小娃举着喇叭跟在后面,一声一声,认真而虔诚地喊着:"郭芸芸!我爱你!老婆!我爱你!"

郭芸芸低着头走在前面,还用手遮着脸。

强小娃在她身后拿着喇叭高喊。

两个人就这样走在县城的小街道上,身边的人都看着他们,笑了起来。

郭芸芸走着,听着身后强小娃一声接一声的"我爱你",眼泪流了下来,却忍不住笑了。

强小娃再度站到十人班的讲台上。

他扫了一眼,徐浩轩依旧坐在最后一排,但坐得好好的,脚没有放到桌面上,篮球也不在手边。

其他九个同学好奇地看着他,强小娃笑了笑:"我跟班上某位同学做了个约定,现在看来,我们两个都成功了。"

徐浩轩有些不好意思,面对同学们投来的目光,他把课本打开胡乱翻着,装作自己很忙。

"老师我啊,今年三十八岁了。"强小娃笑了笑,"刚失业,没做出什么成就,挺失败的,你们今年最大的都二十了,再次坐在复读学校里,也觉得自己挺失败的,那咱们这个十一人的组合就很合适。"

他说得如此直白不虚伪,同学们反而坐得端正了些,一双双眼睛认真地盯着他。

"肯定有人说,这个世界不是考上大学的人才有资格取得成功,但高考是什么？是让你可以窥见另一个世界的无限可能,只有攀上墙头亲自看一眼,才能知道那个世界适不适合自己。"

强小娃看着十个同学青涩稚嫩的脸,豪迈地大手一挥:"既然我来这儿上班了,你们来这儿上学了,咱就一起试试放牛班是不是真的有春天,也让曾经对咱们都很失望的人看看,我们十一个人不是废物!"

他扬声喊道:"上课,起立!"

"老师好!"

番外四

李肆

2017年，夏天。

李肆做梦都没想到，他离开学校都十几年了，今天突然又被塞了一堆资料，要他专心学习，预备职称考试。

"不是，王叔。"李肆穿着大红色连体石油工装，风尘仆仆，一看就是才从一线下来的，他把目光从一叠厚材料上移到对面坐着的男人身上，"我一个高中毕业的老工人，现在要我研究这个，这不是强人所难吗？队里那么多大学生……"

"叫王主任！"从前跟在李大海屁股后面的小王现在早已晋升作业区主任，他放下茶杯，怒气冲冲地说，"你是我看着长大的我能不知道你的文化水平？一天到晚的没点儿紧迫感，你自己出去打听打听，就你们四十岁以下这批人里，有多少自考的多少在职读研的，人家都在想办法镀金提升自己，就你一天天还撅着屁股在那儿拧阀门呢！"

李肆立刻一脸正经地纠正："拧阀门怎么了，我说老王同志，你这个话就有点儿看不起咱们基层工人的意思。"

"你别跟我在这儿胡搅蛮缠，我这话只针对你一个人！一把年纪了，一点儿学习进步的意愿都没有！李肆，现在跟我和你爸那时候不一样了，讲的是知识，是学历！没有学历你混个副队就到头了，今年三十七了吧？体力活还能干几年？早点儿努努力把职称评上，后面的路还长着呢！"

他拍拍身下的椅子，其意不言自明。

李肆愁眉苦脸："叔，我十几岁的时候就不是读书的料，现在快四十了，拿啥学啊？"

王主任指着他威胁："你学不学？不学我告诉小沈去！"

一提到妻子,李肆缩了缩脖子,赶紧拿着资料站起来:"行行行,我回去研究研究。"

拿着资料回到办公室,李肆打开看了两页,充分理解了什么叫"它认识我,我不认识它",郁闷地喘了口气,刚打开电脑看看工作进度,手机就响了,是妻子打来的,开口就是:"李拳叫家长了,你去。"

李肆一听就头疼,哼哼哈哈地敷衍着:"哎呀有事儿你去就行了,你又不是不知道,我跟学校犯冲,而且我工作这边也焦头烂额的……"

"人家老师点名要你去!"沈晓嘉加重了语气,"你自己闯的祸,现在想不认了?"

"啥?"李肆莫名其妙,"我什么时候闯祸了?"

他现在的身份可是家长,再也不是那个混小子淘气鬼李肆了。

沈晓嘉撂下一句话,"反正人家老师找的是你",就挂了。

李肆再回头翻翻考试资料,更加头疼,没办法,抓起手机往外走去。

林七二中门前。

还是熟悉的建筑,还是熟悉的大门,熟悉的四个大字,李肆赶到的时候,正遇上三个学生迟到了,在门口苦苦哀求,门卫大爷铁面无私地质询:"哪个班的?"

洪亮的声音,把李肆一瞬间拉回了从前。

曾几何时,多少次他们铁三角被堵在这里,一模一样的场面,一模一样的对话。

程苗苗扶着铁栏杆,满脸绝望:"都是你俩害的,跑快点儿就好了。"

李肆不服气地回嘴:"那还不是你俩非要吃糖葫芦,还是我掏的钱呢!"

胡秋敏小声纠正他俩:"你们傻啊?我们就跟大爷说是去镇上买复习资料了!"

大爷终于大发慈悲,铁门拉开,三个迟到的同学撒开腿没命地往教室跑去,那样子跟他们当年也如出一辙。

李肆嘴角咧了一下,想笑,没笑出来。

"李肆!"恍惚间他好像听到有个熟悉的声音喊他,猛回头,林七二中的马路上空空荡荡的。

原来是幻觉啊……

李肆摇摇头,对着大爷讨好地一笑:"三年二班方老师叫我来的。"

唉,当年他在林七二中当学生的时候,腰杆比现在还要直一些呢,怎么当了家长,越发显得灰溜溜的?

方老师接待的态度很客气,这就让李肆心里更加没底,他屁股坐了一半,诚惶诚恐地解释:"我也不是故意忽略孩子的教育:第一吧,实在是我这个工作性质特殊;第二,我这人以前在学校的表现就不大好,起不到什么模范作用。我爱人就不一样了!她是

211大学毕业的高才生,教育孩子肯定比我强啊。"

"别的情况我都能理解。"方老师打断了他的推诿,直截了当地说,"但您看看李拳写给一班同学的小纸条,上面写的是什么,我是三年二班的龙头老大,扛把子,你再来就打你……您不能带好头,也不能带孩子学这种社会混混的言论啊。"

方老师读得抑扬顿挫,李肆的脸红了又白:"方老师!这真不是我教的!"

"来。"方老师招手叫过站在办公室一角的李拳,"李拳,你把刚才告诉老师的话再说一遍。"

李拳低着头,小声说:"就今年过年,你和外公喝酒的时候搂着我脖子说的,外公还让你别胡说八道。"

李肆下意识地反驳:"不可能!你别造谣!"

李拳哇的一声哭了:"老师,他就是说了!妈妈、外公和外婆都听见了,他现在还不承认。他每次都这样!说话不算话,说好了只要我打扫房间一个月就给我买乐高,后来也不承认了!"

李肆急眼了,开始挽袖子:"你管谁叫他呢?信不信我揍你!"

方老师赶紧上前劝阻:"李师傅!不能这样!你冷静点儿!"

李肆身心俱疲地带着李拳回到家里,沈晓嘉难得清闲,正在贴面膜,她打发李拳去做作业,往李肆身边一坐,幸灾乐祸地问:"第一次被叫家长,感觉如何啊?"

"不是,李拳的问题真的很大吗?"李肆有点儿不相信。

沈晓嘉耸耸肩,转身拿了手机,把方老师的微信内容一条条说给他听:"第一,学习成绩不理想,经常拖欠作业。"

她补充了一句:"门门不及格。"

李肆傻了:"啊?"

他把手机夺过来自己看,喃喃地读出来:"第二,不遵守纪律,经常上课接老师话茬,总是惹得全班同学大笑。"

沈晓嘉揶揄地看着他,李肆不好意思地一笑:"这,确实是随我,基因问题,不好改啊!"

"接着看完。"沈晓嘉沉下脸。

李肆乖乖地往下读:"经常和外班同学发生争执,有打架的行为……哎呀,这不是证明咱儿子有正义感,见义勇为吗?小孩子打架有什么了不起的……还经常在同学当中声称谁谁谁长大了就娶她做老婆。"

一片寂静,空气仿佛都凝滞了。

沈晓嘉似笑非笑地问:"这也是随你吧?"

"老婆!你放心!"李肆立刻拍胸脯表示,"这孩子的确该管管了!我作为父亲,有

一定的责任,正好王叔给我放了十天年假,我这就接手孩子的教育!"

李肆一抬手,痛下决心:"保证把他治得服服帖帖的!"

沈晓嘉盯着他抬起来的那只手,慢条斯理地说:"之前有个人是这么说的,教育孩子不能靠打,要以德服人,这是他和父亲相处多年总结的教训,绝不能让下一代重蹈覆辙。"

"说得对啊,这一听就是有水平的人说的。"李肆装糊涂还给自己脸上贴金,"不能打,肯定不能打……你别管了,我自有我的办法。"

沈晓嘉一笑,走开了:"行,我看着你怎么以德服人。"

话说起来容易,做起来难,第二天中午,李肆就憋不住了,凶神恶煞地拿把尺子在手里抽得啪啪响,作势吓人。

李拳倒是很淡定,还告诉他:"我们老师说了,家长打孩子也属于家暴,警察叔叔会抓你的。"

"要抓也先抓你!不听话的孩子活该被抓!"李肆恐吓他。

李拳毫不示弱:"爸,你能不能不要这么幼稚,你要这个态度咱就别聊了。"

李肆目瞪口呆地转向沈晓嘉:"听见没?这是你儿子说的话?哪有儿子对爸爸这个态度的?我小时候再犯浑,也没有这个嘴脸啊!"

"那是你自己说的要平等对话啊。"李拳理直气壮,"我今天犯啥错误了,就不让我吃排骨?"

"一上午作业都没写,还惦记着吃排骨呢?"李肆吼得很大声,"李拳我告诉你,你的问题很严重!不解决的话你一年都别想吃排骨!"

李拳也不甘示弱地大喊了起来:"妈!他虐待儿童!"

沈晓嘉摇着头走过来分开两人:"我现在有点儿事要去一趟单位,你们两个人呢,自己解决自己的问题,爸爸呢我希望你记住自己说过的话,不要做一个出尔反尔的人,李拳呢,我也希望你能做到你答应我的事儿,你平时跟妈妈在一起不是今天这样的,既然是平等对话,我希望你也能平等地对待爸爸,好吗?"

等沈晓嘉走了,李肆开始把饭桌上的排骨拉到自己这边,一口一个,吃得好不快活。

李拳眼巴巴地看着他。

"听说你门门都考不及格啊,说说吧,怎么回事儿?"李肆吐出根骨头,用牙签剔牙,"爸爸主要也就在意你一个态度问题,你表现好的话,天天排骨,有的是。"

李拳把目光挪开,没精打采地说:"我也想考高分啊,不会有什么办法。"

"那别人怎么都会呢?就你不会,你不找找原因啊?"

李拳针锋相对:"那别的爸爸还会开飞机呢,你怎么不会啊?"

李肆勃然大怒,一拍桌子:"顶嘴是吧?我就知道是你妈把你惯坏了,从今天起,我盯着你写作业,哪门功课不及格我盯哪门,我就不信了!"

说完,他把装排骨的盘子推过去,粗声粗气地说:"饿了吧?赶紧吃!"

李拳直接跳下椅子:"不吃!"

"不吃拉倒,我留着晚上下面条。"李肆麻利地收拾着桌子,扬声指挥,"作业拿出来,我辅导你啊!"

李肆花了一个下午的时间,认清了一件事儿:三年级的功课,也太难了。

晚上,他躺在床上跟沈晓嘉抱怨:"现在的教材就有问题,我们那时候讲得清楚多了,还有应用题,曲里拐弯的,我看了半天才明白,孩子能读懂题吗?"

沈晓嘉扭头不敢置信地问:"李肆,你现在是连三年级的题都不会做了吗?"

"会啊,怎么不会,我是批评教材不合理,你说他们要是能把教材做得跟动画片一样,孩子一下就能看进去,有兴趣追着学,那不就结了吗?!"

面对李肆的异想天开,沈晓嘉只能叹气:"我算看出来了,孩子为啥不爱学习,根儿在你这里啊。"

李肆忍不住,翻身反驳她:"你就没责任吗?孩子三年级了,一直是你管着的,你堂堂知识分子啊,都没给他养成良好的学习习惯!作为母亲,你要反思啊!"

沈晓嘉笑了起来,亲昵地拍拍他的脸:"反思了呀,我就是不行啊,这不换你上了吗?我这种慈母能把衣食住行照顾好就不错了,人生道路还是靠你父亲大人去引领吧。"

说完她躺倒就睡,只剩下李肆还在嘀咕:"什么态度,做甩手掌柜啊?"

如果说李拳的学习已经够让李肆崩溃,那他进入三年二班家长群之后,才知道什么叫渡劫。

一个两个的,好像点燃了火药桶,纷纷向他控诉李拳的各种行为。

有的指责李拳在学校公开讽刺女同学长相,还说是家长也这么认为,所以李拳坚持自己没错。

李肆蒙了,这才想起自己似乎是指着儿子的班级合照说过一句:"老王家闺女这大脸盘子,跟她爸一样。"

但此时是绝不能承认的,他心虚地在群里打字:"啊?我怎么可能说这种话呢,这熊孩子,雨煊妈妈别生气,小孩子不懂事,我回去一定好好教育他。"

紧接着,又一位同学的妈妈指责李拳怂恿她儿子把从武汉买回来的辅导教材仨瓜俩枣就给卖了,只分给她儿子五块钱。

由此又引发出另一位家长的质疑:"你确定是二十块吗?张成豪问我要了五十啊,

而且就拿回来两本!"

毫无疑问李拳在中间吃了回扣,李肆急忙又表示会赔偿两位家长的损失。

这还不算完,下面的微信消息更是接踵而来。

李拳扬言说基地后山有外星人,那个将军洞就是基地,引导同学们跟他去探险。

李拳对女同学说父母吵架就是要离婚,离婚了她就是没人要的小孩。

李拳花钱找人代写作业,付了首付但不肯付尾款,赖账。

林林总总。

李肆没办法,关了机,索性逃到了高飞扬这里,找过去的老师给自己想办法。

高飞扬一直留在林七二中教书,挺拔俊朗,依旧维持着年轻时的风范,看见过去的学生上门诉苦,微笑着劝导:"不至于的,哪里就这么严重了。"

"这不来请教您了吗,您家俩丫头多好啊,学习上不让大人操一点儿心的。"

高飞扬摇摇头,感慨道:"别说请教,这么多年下来,我也认清一个道理,各人有各人的性格脾气,做老师的也好,当家长的也好,充其量在里面就是起到一个帮忙的作用。"

李肆迷茫了:"帮忙?"

"对啊,作为老师,教书育人是我的职责,但我不能替他们去学习,也不能替他们决定想做或者不想做,作为家长,我要帮助他们去理解做人的道理,去体会情感和友谊,追寻理想和抱负,但同样的,我也只是个帮忙的而已,他们需要我,我才能有作用,如果他们不需要,那我是没有办法的,这就是教育。"

李肆消化了半天,凑过去:"高老师,你再说明白点儿,我这个理解能力你是知道的。"

"那我举个例子,当年你们四个人为了救李花儿,放火烧了人家的谷堆,被村主任逮住了,你为什么会回来找我求助,为什么不找你爸?他大小还是个领导呢。"

李肆不假思索地说:"因为信任高老师啊,我知道你肯定会帮我,而且你赏罚分明,内心也是理解我们愿意跟我们交流的。我爸哪儿懂这些啊,他只会打骂,而且很多事儿是他自己的问题却根本就不承认,就总觉得我啥也不懂,我干啥都是错的……"

他突然不说话了,高飞扬了然地微笑起来:"看吧,你什么都明白,完全不用请教我啊。"

晚饭都摆上桌了,李肆还不见人,李拳坐下来问了一句:"爸爸呢?怎么还不回来?"

沈晓嘉给他盛饭,打趣道:"你还在乎爸爸呀,你天天这么气他,要我我也不回来了。"

正说着,门一响,李肆拿着一个半人高的乐高城堡大盒子走进来,李拳的眼都直了。

沈晓嘉吃惊地看着:"这玩意儿县里可没有,你哪儿弄的?"

"开车去了趟市里。"李肆把盒子推过去,李拳立刻抱着不撒手,眼睛亮晶晶地看着他。

沈晓嘉点点头:"明白,硬的不行来软的。"

李肆一转头朝她龇出雪白的大牙:"不,我这叫,来真的!"

说罢,他拉过李拳,让他在椅子上坐好,李拳还舍不得盒子,小手紧紧地抓住不放:"爸爸,什么条件?"

"这不是条件,是礼物。"李肆也坐好,郑重其事地说,"总说要平等对话,爸爸今天就和你真正地聊一聊,首先,爸爸要向你道歉。"

他坐在椅子上鞠了一躬,李拳傻了。

沈晓嘉饶有兴趣地坐下,准备看好戏。

"正月,爸爸跟外公喝酒,说过什么龙头老大扛把子的事儿,给你带来了不好的影响,造成恶劣后果之后,爸爸又不承认,把责任推到你头上,这是我不对,希望你能原谅爸爸,而且你要记住这个教训,以后也不能撒谎,不然你将来还得对你儿子道歉,多丢人,是不是?"

李拳懵懂地点点头。

"而且爸爸其实也不是林七二中的老大,当年我被人管得服服帖帖呢。"李肆叹气。

他感慨了一会儿,又认真地说:"第二,我不应该笑话你们女同学脸盘子大,而且后来人家家长问我,我也没承认,算是再次犯错,我以后一并改,但你在这个事儿上也跟我一样有错,人家长啥样不关咱的事儿对不对?"

李拳这下听进去了,郑重地点点头。

"第三,就是乐高,爸爸答应你的,你做到了,我后悔了,一直拖着不给你买,还嘴硬说小孩不能跟大人讲条件,这个依然是我的错,我向你诚恳道歉,你接受吗?"

李拳眨巴着大眼睛,提醒他:"爸爸,光给我道歉吗?你不得给妈妈道歉啊?"

沈晓嘉微微一怔,看着儿子。

李肆警惕地指着李拳:"差不多得了,你别给我翻旧账啊!"

李拳把乐高盒子放开,站了起来,小身板站得笔直:"我上学这三年,你一次家长会也没去过,所有事情问你就是找妈妈,我是你们两个人的孩子,妈妈每天也要上班,回来还要做饭,要扫地,要洗衣服,还要管我的所有事情,可爸爸你一回家就只有三件事儿,吃饭,打电话,在各种地方躺着,心情好了来问问我在干吗,心情不好就一个人待着,可是妈妈不管心情多不好都要做所有事儿。你应该道歉的不是我,是妈妈,如果没有妈妈,咱们俩都完蛋了!"

沈晓嘉百感交集,对着李拳竖起大拇指:"谁说我儿子不懂事儿的?我看比某些大

人懂事儿多了。"

李肆嬉皮笑脸地抱住她:"老婆,儿子教育得对,我确实对不住你,平时吧我总觉得我对你们很好,现在想想,纯粹是自我安慰。"李肆转向李拳:"从前不说了,咱们今天的家庭会议就要落实这件事儿,往后你看我的表现,我要是还像以前一样说话不算数,你就别认我这个爹了。"

李拳点点头,手背在身后,一字一句坚定地说:"那我也反省,我和爸爸一样,说话不算数,我说了要好好学习,但我老偷懒,而且我也经常在同学那里吹牛,还为了一些小事儿就跟人打架,都是为了展现自己懂得多自己很厉害,这些都是不对的,我以后要改,和爸爸一起改!"

"好!"李肆拿出自己那一叠备考资料,"从今天起,爸爸和你一起学习,你争取下次考试成绩及格,爸爸争取在四十岁之前评上职称!"

功夫不负有心人,家里的学习气氛日见浓郁,李肆和李拳父子俩每天分别占着桌子的一边,头挨着头地看书、写作业,如此坚持了一个月之后,李拳眉开眼笑地把成绩单拿回来,往桌上一拍:"七十分!"

"怎么样!"李肆欣喜若狂,差点儿把李拳给举起来,"我就说在我的辅导下,立竿见影!"

沈晓嘉心里也高兴,故意嗔怪:"行了吧,人家孩子都九十一百的,你这七十分也不值得骄傲。"

"你看,妈妈又严肃了,七十分怎么啦,我们这可是从十六分升上来的,这进步的速度谁能比得了?他们考一百的有这个进步空间吗?!"

李拳也骄傲地挺起小胸脯:"七十分,老师都表扬我了,张桐桐还对我笑了呢!"

"张桐桐?是你的朋友吗?"李肆琢磨了一下这个名字。

"是!她成绩可好了,前三名,还是班长!"李拳用一种与有荣焉的态度说着,突然问,"爸爸妈妈,我将来能娶张桐桐做老婆吗?"

沈晓嘉憋不住,扑哧一声笑了,李肆抓耳挠腮地担心:"前三名?还是班长?她很优秀啊,儿子。"

"可我们是好朋友啊!我想和她永远不分开,就像爸爸妈妈一样。"李拳认真地说。

沈晓嘉笑得更厉害了。

李肆却没有笑,心里五味杂陈,终于,他蹲下身子直视着李拳的眼睛:"我要是你,我就跟人家一样努力,也好好学习,跟她考一个大学,去一个城市,有什么困难我都帮助她,有什么麻烦我都保护她,不离不弃,那才叫像我和你妈一样,你要能做到,老爸就支持你!能不能做到?"

李拳毫不犹豫,大声喊:"能!"

到了晚上,沈晓嘉都躺在床上了,想起李拳那小模样,还在笑。

李肆躺平,懒洋洋地说:"别笑了,你儿子从小就惦记娶同学做老婆,可不值得推崇。"

"这也是随你啊。"

沈晓嘉轻描淡写的一句,无端让李肆紧张起来。他矢口否认:"别瞎说啊,我正派得很,我从来不这样。"

沈晓嘉翻过身,眼睛看着他:"真的?说说你的初恋呗?"

"给我下套?钓鱼执法?"李肆坏笑起来,指着她,"沈师傅你现在变狡猾了嘛。"

沈晓嘉静静地看着他,突然问:"她是叫苗苗吧?"

李肆一下愣了,笑容凝固在脸上,觉得自己突然被人看穿了内心最隐秘的角落,分外狼狈。

"别紧张,这油田里跟你俩一起长大的太多了,我听过你俩的故事也不算稀奇吧。"沈晓嘉目光柔和地看着他,"我就想问一句,当初你俩为啥没有在一起啊?"

李肆局促起来,硬着头皮说:"不是,老婆,你这我真不知道怎么回答,我感觉我怎么回答都不对。"

"我不是要找麻烦,十几年过去了,李拳都这么大了。"沈晓嘉轻声说,"我就是从一个女人的角度出发想弄个清楚,你当初怎么就放弃了呢?你们明明可以有机会在一起的啊。"

李肆整个人安静了下来,眼睛看着天花板,良久才说:"没有机会,从那个夏天开始,我俩就不是一路人了。"

"为什么呢?就因为她去上了大学,你留在油田?异地恋不行吗?她毕业之后也许会回来呢?"沈晓嘉不解地问。

"我了解她,她不会回来了,从小她就想离开油田出去闯一闯,但我不行,我必须回来,陪着我妈,接过我爸的担子,我要守着油田,是在我爸临死前答应他的,我终究要留在这里,而她终究要在外面,我不希望有一天她为了我留下来,或者我为了她走出去,我们谁都不应该这样相互委屈,相互成为包袱。十八岁啊,多好的年纪,没有人应该在这个年纪成为别人的负担,我不能,她,也不能。"

沈晓嘉微微动容,又追问:"那你不觉得遗憾吗?"

李肆突然豪情万丈,坐起来大声说:"人嘛,只要活着,永远都有遗憾。就跟走路一样,你面前有左右两条路,往左边走,右边是遗憾,往右边走呢,左边就是遗憾。我能怎么办呢?我就只能往前咯,往前,至少就不用再选了!"

他抬手按灭台灯,躺回去把被子一卷,宣布话题结束:"好了,睡觉!"

房间里很安静,静得好像夫妻俩都已经睡着了。

良久,沈晓嘉才低声问:"老公,如果再来一次,你还会这么选吗?"

李肆没有回答,呼吸平静,一动不动。

也许他睡了,也许没有。

也许在梦里他又回到了十七岁的年纪,穿着校服插着兜,神气活现地站在林七二中的校门前。

一回头,就能看见十七岁的程苗苗朝他招手,笑得像一朵太阳花儿一样,大声喊他的名字:"李肆!"

岁月已成醇酒,而青春终将远去,再不回头。

番外五
程苗苗

　　程苗苗毫不谦虚地觉得,她这二十年的人生,完全可以用精彩纷呈来形容。

　　十七岁的时候,她每天都在想着自己未来的生活是怎样的,高飞扬调侃她"有一百个理想要实现"。

　　等到了三十七岁,回头看一眼,惊觉这一百个理想没有实现八十个,起码也实现了六十个。

　　外面的世界,的确比稳定又富足的油田基地精彩多了,她不顾别人的目光,烫了爆炸头,大胆地半夜去看地下乐队演出,毕业的时候顺利地借到了学士服拍照,圆自己那个大学梦。

　　虽然最后定格的时候突然吹来一阵风,照片里只留下了她龇牙咧嘴的样子。

　　但有什么关系呢,当年她在舞台上顶着纸箱扮演磕头机的照片还不是一样挂在家里的墙上做纪念,要的是记录这一刻的生活瞬间,就算这瞬间是狼狈的。

　　程苗苗做过光鲜亮丽的杂志主编,也做过灰头土脸的记者,还做过名声不好的狗仔,去抢新闻的时候背着大包在人群中被当成个汤圆挤来挤去,还不忘记迎着明星的黑脸声嘶力竭地大吼。

　　她也做过专题记者,采访一支女子骑行队,跟着她们风餐露宿走遍大半个中国,最终在大草原上穿着裙子放声高歌庆祝胜利。

　　她采访过很多人,各行各业的,去过很多地方,有城市有山村,切切实实用自己的眼睛看到的外面的世界,比以前想象的还要大,还要精彩。

　　在同龄人都已经结婚生子安稳度日的时候,程苗苗就成了别人眼中"每一步都踩错点的人生对照组实验品"，但她毫不在意，还在想：自己到底想过上什么样的生活，最好的人生应该是什么样的？

一如当年那个十七岁的少女。

2017年，北京。

程苗苗刚结束了一场不愉快的商务会谈，回到自己租住的小公寓里，摸着瘪瘪的肚子，一边烧水下面条，一边打电话给朋友吐槽："以后这种活儿你别介绍给我啊，每次都是暴发户，坐在酒桌上吹牛，还不想掏钱，谁想看他们出自传啊，就那点儿平平无奇的人生经验有啥可吹的啊，还离了三次婚，光荣啊？"

她搅动着水里的面条，翻了个白眼："我都得收精神损失费！"

"行啦。"朋友安慰她，"周末带你去相亲啊，有个大活动，来的都是高素质。"

"不去。"程苗苗看面条快好了，打开柜子找辣椒面，出来这么多年，小时候想的好东西都吃过了，她却越来越馋家里那一口油泼面。

朋友叹了口气："苗儿，你真得抓紧了，再不找过了四十就没希望了，就现在你这条件放在相亲网站上积分也是垫底。"

程苗苗满不在乎："垫底就垫底吧，这世界总有人要垫底的。"

朋友没办法，换了话题："那密室去不去啊？"

"早说啊！去！当然去！"程苗苗爽快答应，又狡黠一笑，"相亲不是正经事儿，玩才是第一等正经的事儿。"

她挂上电话，捞面装碗，起锅烧油，"滋啦"一声，葱蒜辣子的爆香充满小小的公寓。

程苗苗也没想到，这次玩密室让她认识了高吉。

这本来是个平平无奇的小型密室，程苗苗头一天赶稿熬夜，第二天被闹钟叫醒才想起来今天还约了密室，赶紧爬起来，头不梳脸不洗地赶到地方。

张小贝一看她这样子，都要绝望了："就算这不是相亲，好歹也是个公众活动，你就这么素着脸来了啊？！"

程苗苗莫名其妙："啊，不就是玩密室吗？"

正说着，两个化着精致妆容的小姑娘过来集合，年轻美好，光亮动人，连抱怨都是娇滴滴的："啊，还要换衣服，戴头套啊？好麻烦的。"

程苗苗看到工作人员拿出来的条纹囚服也惊呆了："这是个啥本啊？"

工作人员特别有干劲儿地鼓舞大家："是越狱本！大家要一起协作才能逃出地下城，相互保护，相互配合。"

小姑娘乖乖地举手发问："可是这里四个女生，三个男生怎么保护我们全部啊？"

对面的男生刚要表决心，程苗苗慷慨激昂地说："我不用保护，我不怕恶势力，我单独和他们决斗!"

个子最高的男生看着她,一下笑了。

果然,在后面的密室中,程苗苗自告奋勇钻进暗道去找钥匙,高个子男生立刻请缨:"我陪你吧,互相配合嘛。"

事情也就这么巧,程苗苗确实找到了钥匙,但往外爬的时候,男生被卡住了,他吸着气拼命想钻出来,程苗苗阻止他:"等救援吧!别再受伤了,这洞也真是,怎么做这么小?"

男生沉默了一下,小声说:"也许是我个子太高了,他们没设计我这种尺寸的。"

程苗苗扑哧一声笑了:"反正也得等人来,聊会天呗?我叫程苗苗,你叫什么?"

"我叫高吉,吉祥的吉。"高吉特别老实地自报家门,"二十五了,读研究生。"

程苗苗笑了起来:"真好,我三十七了。"

黑暗中看不清她的脸,高吉诧异地抬起头,努力回想了一下进本前的印象,喃喃地说:"你真三十七了?"

"啊,骗你干吗?"程苗苗好笑地问,"是不是觉得三十七的女人还来玩密室不可思议啊?"

"没有没有。"高吉赶紧说,"我只是觉得你看起来真不像,看着跟我们学校的学生差不多。"

程苗苗开心了,得意地说:"我今天来得匆忙,化了妆再收拾一下,更显得年轻。"

两人就这样聊着聊着,热火朝天,浑然忘了时间,剩下五个玩家在密室里傻乎乎地等待着。

等到密室结束,张小贝数落程苗苗:"你可真行,我们在外面巴巴等着,你跟人还在里面聊上了!咱们游戏总共一个半小时,你俩在里面聊了半小时,后面六个环节啊,咱就玩了三个,这钱算是白花了……"

程苗苗换好衣服,脸上挂着神秘的微笑,经过张小贝的时候,得意地一晃手机:"加到了,微信。"

张小贝张大嘴巴,不可思议地问:"刚才那个?体大的?"

"嗯,研究生!"

"你可真行!"这一句张小贝说得心悦诚服。

起初,张小贝也没觉得有啥,交个朋友嘛,看到程苗苗后来几周的稿子交得特别及时,从不拖延,一问才知道是高吉约了她晚上打游戏,还感慨了几句:"有人约就是好啊,还知道勤快了。"

直到下一次见面,看着程苗苗一脸红肿地走进咖啡馆,因为刚做了项目,不能过多拉扯的缘故,喝咖啡都是噘着嘴喝的,张小贝才发现一件事儿:程苗苗,这次是来真的。

"苗儿,你这也太过了吧!"她目瞪口呆。

"刚做完是有点儿肿,过几天就消下去了。"程苗苗含糊地说。

"你说你何必呢!"张小贝心里还有一句没说出来:你是认真了,那男生能认真吗?

程苗苗摆摆手,感慨地说:"我都三十七了,不得提拉紧致点儿啊?岁月不饶人,该花钱保年轻的时候就得认!"

"你早有这觉悟早结婚了,现在着急了?"

程苗苗白了她一眼:"我一直都不着急,结婚这事儿就得碰到合适的,碰不到不结也行,这事儿到一百岁了也不能凑合。"

基于朋友的立场,张小贝知道真话难听,但她看着程苗苗那张红肿的脸,心里还是一酸,向来肆意张扬的程苗苗什么时候在乎过外表,她去见客户都是T恤衫牛仔裤的,如今她上心了,是好事儿,但靠谱吗?

她不得不开口提醒:"有可能吗?你俩差十二岁啊,大姐,十二!"

不顾脸上伤口的疼痛,程苗苗笑了起来,神采飞扬地说:"已经有突破口了!他约我周末吃饭!之前都是约我打游戏,玩密室什么的,这都是组局约人一起玩,没有什么实质性,吃饭就不一样了,一对一,懂?"

饭馆里,打扮精致得体的程苗苗看着满包厢的人,叹了口气。

牛皮都吹出去了,明天对张小贝可怎么说呢?

十几个大学生,清澈愚蠢的目光看着她,又看向高吉,高吉介绍:"我们同学过生日,这都一个班的,自己人。"

他又向大家介绍:"姐姐是编剧,很厉害的,打游戏的时候跟我们常在一组,你们不是说想见见吗?"

"过生日啊?"程苗苗到底是老江湖,迅速收起那一丝怅惘,换上笑脸热络地招呼,"也不早点儿说,我空手来的,是哪位同学啊?"

一个胖乎乎的男生踊跃地举手:"姐姐!我,我们一起玩过密室的!"

程苗苗笑容满面地一挥手:"没带礼物,不好意思啊,这顿姐姐请!"

她笑容明快,开朗大方,寿星公脸都红了:"不用,我过生日还能你买单啊,姐姐能来我就很高兴了。"

这嘴甜得,让程苗苗受创的心灵得到了一点儿弥补,她爽快地说:"那我订个蛋糕,一会儿就能送到,这家蛋糕可好吃了,一般人我不告诉。"

同学们开心起来:"好欸!"

这场寿宴大家都很开心,程苗苗混在里面,玩游戏,喝酒,互相抹奶油,最后唱生日歌的时候大家笑着挤在一起拍下了大合照。

程苗苗把这张合照钉在了照片墙上,看着里面脸上抹着奶油,笑得眼睛都看不见了的自己,心想,这怎么不算是人生瞬间呢?

她以为和高吉的来往也就到这个程度为止了,没想到过几天,高吉打电话来问:"有没有兴趣参观我们的校园啊?"

程苗苗破釜沉舟地想:既然有胆子来约,自己就去吧!大不了他带个学妹来继续暗示我们不可能。

但她程苗苗岂是随波逐流的人,于是到了约定时间,高吉在校门口看到的就是一个扎着马尾辫,穿着背带裤,斜背一个帆布包的程苗苗,青春洋溢到不像话。

在熙熙攘攘的人群中,高吉一眼就看见了她。

程苗苗嚼着口香糖,对他挑了挑眉。

高吉笑了起来,一拍后座:"学妹,上车吧!"

程苗苗长腿一跨,坐上自行车的后座,举起双手欢呼:"大学一日游!出发!"

程苗苗当年上的是女子学院,连保安都是女的,逛有男有女的大学对她来说是个完全新奇的体验。

而且高吉带着她游遍了体育大学的每个角落,不是蜻蜓点水的观光,他们去食堂打饭,尝遍各个窗口的特色美食,去教学楼蹭课,去操场看同学们训练竞技,在篮球馆高吉还下场打了一把,灌篮的动作漂亮利落到让程苗苗欢呼不已。

当夜色降临的时候,他们就像其他的校园情侣一样,拿着杯奶茶,肩并肩坐在学校的大草坪上,吹着小风,畅谈人生。

都是程苗苗在说,高吉在听。

"那个女子骑行队特别厉害,她们四个人从四川出发一路骑到西藏,有个女生两年后还登上了珠穆朗玛峰。"

"登顶了吗?"高吉好奇地问。

程苗苗与有荣焉地挺起胸膛:"当然!还给我发了照片呢,我都留着。"

说起照片,程苗苗又想起伤心往事:"我在银川看了一场摇滚演唱会,现场三万多人,十几支乐队,都是当年最好的摇滚乐队,后来我电脑坏了,当年演唱会的照片全没了,我哭了好几天,之后想一想,觉得有些事儿可能不需要记录,反正你永远都不会忘。"

"你喜欢摇滚?"高吉轻声问,"嘶吼的那种,是不是觉得特爽特嗨?"

程苗苗认真地想了想,摇摇头:"有嘶吼的,也有别的,其实我听不懂,不过不重要,要的就是个气氛。我觉得其实玩摇滚的也不都是叛逆的,很多都是特纯粹的人,我那时候在杂志社接到读者来信,是个妈妈写的,说女儿特别喜欢摇滚,但骨癌晚期了,想去现场听一次,我联系了当地的摇滚乐队,他们联合起来给小姑娘办了一场只属于她

的演唱会,全场八个乐队,她坐在轮椅上特别认真地看,还跟着一起挥手,最后大家上台一起对她喊加油,她撑着一口气站起来,大声说谢谢你们,我们所有人都哭了。"

程苗苗伤感地侧头抹去眼角的一滴泪,怀念地说:"一个半月之后,那个女孩去世了。"

沉默了良久,高吉才喃喃地说:"你的人生好棒啊。"

程苗苗大大咧咧地说:"那你是不知道我刚来北京有多惨,学历太低,找不到工作,去动物园买五块钱的衣服鞋子,经常房租也交不起,有一次我拖着行李在地下通道过了一夜,本来想打电话问朋友能不能收留我,结果发现手机也欠费了。"

她嘴上说着穷困窘迫的往事,笑容却依然明亮,高吉不禁关心地问:"你那时候是不是特绝望?"

程苗苗诧异地看他:"不绝望啊,因为绝望没有用,我自己选的路,我非要去看外面的世界,我想在北京做一些不一样的事情,我没选早早结婚生孩子,你想要自由,就要付出自由的代价,这事儿很公平,只是日子确实挺惨的。"

她长长地舒了一口气,惬意地往后倒在草坪上:"都过去了,现在的我,特别好。"

夜风吹拂,高吉的话轻飘飘地吹入她的耳朵,清晰到程苗苗无法错认:"有个男朋友,会不会更好,比如我?"

程苗苗猛地一个鲤鱼打挺坐起来,瞪着他:"表白啊?"

高吉认真地点了点头。

"理由?"程苗苗不客气地问。

高吉看着她笑了起来:"我觉得我还不错,咱俩在一起你就有了一个会打篮球的野王男朋友,我就有了一个三十七岁还扎马尾辫辅助打得很不错很酷的女朋友,双赢。"

他如此坦诚,程苗苗也不扭捏,直接点头:"好!"

高吉还有点儿不相信的样子:"这就答应啦?"

"这么好的事儿还磨叽什么啊?"程苗苗做了个鬼脸,"不然我这天天扎着双马尾扮嫩,赶着稿子也要半夜打游戏,还大老远往你这儿跑是为啥啊?校外辅导义务劳动啊?"

高吉直接上手去捏她的脸颊,两人嘻嘻哈哈地滚作了一团。

和草坪上其他校园情侣一样,他们恋爱了。

借着参加胡秋敏婚礼的机会,少年时候的伙伴再度在香港欢聚一堂。

不禁让人想起了,铁三角十七岁的时候离家出走要去香港,结果半道上被中巴甩下的糗事,唯一的好处可能就是因此认识了强小娃吧。

胡秋敏大着肚子来机场迎接,看到程苗苗走出来的时候,激动地扑过去,两人拥抱着又笑又叫,等到李肆和强小娃也从里面出来,干脆连行李都不顾了,四个人紧紧抱成了一团。

为了迎接远客,方明霄体贴地在酒店里叫了外卖火锅,弄好一切之后,过来吻了吻胡秋敏的额头:"弄好可以吃了,我晚一点儿来接你。"

程苗苗有点儿诧异:"你不一起吃啊?"

方明霄潇洒地摊手:"知道你们好多体己话要讲啦,时间留给你们。"

"辛苦老公。"胡秋敏挥着手告别,一转头,看到三个好朋友都羡慕地看着。

李肆感慨:"这好老公上哪儿找去啊,小娃,你可得学一学!"

十几年教书育人的强小娃比过去那个黑皮辈小子稳重多了,淡定又不失炫耀地表示:"我现在还行,不像你。"

李肆不干了:"我怎么了?我家庭平衡得特别好,都能给别人当婚姻指导了。"

"这么多年没见了,一见面就吵架,真幼稚。"胡秋敏无奈地摇着头。

程苗苗举起盛满啤酒的杯子,大声说:"都别废话,干了吧!多年没见,我可太想你们了!"

四个人端起杯子,开心地碰杯,豪爽地大口大口喝着,就像回到了从前,无忧无虑的少年时光。

从酒店的房间看下去,是香港璀璨耀眼的灯光夜景,四个人站在窗前,刹那间有些恍惚:他们是真的重逢了,还是重逢在小时候心心念念想去的香港。

"小舅现在做导游呢,走泰国那条线,哎哟好吃好喝的,胖得不行了。"

"朱超现在也有两百斤了,他儿子一生下来就十斤,大胖小子,我抱过,忒沉。"

"你们还记得魏雪吗?上次过年见到了,戴个大钻戒。"

李肆一拍大腿,兴奋地说:"高老师生了对双胞胎,俩姑娘,满月酒我还去了呢,他挨个问你们的情况啊,我就连编带造的,反正把你们都说得特牛,给他乐得,跟旁边人一直说,我们是他带过的最好的一届。"

说了又说,所有的熟人都说到了,连肖方都表扬了一顿,强小娃说:"其实小芳是个好人,我办学的时候,除了高老师楚老师,他也没少帮忙。"

时间流逝,过去的岁月里有些往事像河底,被泥沙覆盖,留下的痕迹慢慢消失,有些人和事儿却像石头,随着水流的冲刷,越发鲜明起来,深深地镌刻在记忆当中,无论什么时候提起,都像发生在昨天。

"哎!"酒足饭饱之后,程苗苗雀跃地提议,"都来香港了,咱们该圆一圆小时候的梦了吧?"

四个人互看一眼,点头表示同意。

第二天,程苗苗、李肆、胡秋敏、强小娃,四个人穿着正装,一本正经地站在中环街

头,每人手里端着一杯咖啡,神情严肃地盯着红绿灯,仪式感十足。

"嘀嘀嘀",提示音响了。

四人同时抬腿,步调一致地踏上了人行道,向街对面走去。

走过十字路口,穿过这繁华的汹涌人潮。

程苗苗十七岁的梦想,在三十七岁这年,终于实现了。

尾 声

　　那些遗憾的青春终将成过往,我们会长大,爸妈会变老,河坪镇的基地再次迁徙,美好的人们都去了高山和花海。

　　愿你们年轻,愿你们勇敢,愿你们对爱真诚,愿你们彼此怀念。

　　谨以这场结束的青春,致故乡,致年少。